Andreas Böckler

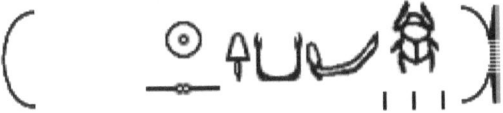

Die Zeitenzüge

Roman

Autor

Andreas Bönder, Jahrgang 1956, verbrachte die ersten Jahre seiner Kindheit bei Stuttgart und zog dann in die Nähe von Braunschweig. Nach dem Abitur und Berufsausbildungen im sozialen Bereich entdeckte er seine Vorliebe für Fremdsprachen wieder und schloß eine Ausbildung zum Übersetzer an. Immer wieder zog es ihn in die weite Welt hinaus, und er bereiste intensiv fast alle Erdteile. Nach dem Lexikband „Jahresrückblick 2002 - 365 Kurzgeschichten zur aktuellen Weltgeschichte", in dem er die täglichen Topnachrichten des Jahres mal ernst, mal heiter in Reimform brachte, veröffentlichte er 2007 seinen „Spaziergang nach Rom". In ihm verarbeitete er all die Kuriositäten und witzigen Erlebnisse des langen Fußmarsches von Braunschweig in die Ewige Stadt zu einem humorvollen Werk. Gleiches ist ihm mit dem Buch "Die Haupt=Rinder = gerade..." gelungen, das eine rund 6700 km weite Radtour um die gesamte Ostsee herum beschreibt. „Der Zeitenzauber" ist sein nächster Roman. Er ist verheiratet und Vater dreier Kinder.

Tutenchamun war Pharao in Ägypten, der Nachfolger Echnatons. Den weltlichen Machtkampf der Götter Amun gegen Aton wollte er gewinnen und vom Thron gestürzt, wodurch Amun obsiegte. Sein Name wurde getilgt, von der Geschichte wurde er vergessen. Sein Grab hat man nie gefunden. – Weil er bis heute überlebt hat! Erst in unserer Zeit erfuhr Tutenchamun, daß er seine extreme Langlebigkeit einer durch seine Familie vererbten Anomalie der Gene verdankt.

Über die Jahrtausende war es für ihn überlebensnotwendig geworden, seine Identität immer wieder zu wechseln. Unser Informationszeitalter hat diese Strategie schließlich scheitern lassen. Der Ex-Pharao ist gezwungen, sich zu offenbaren. Er will diesen Schritt aber noch nicht unternehmen, ohne zuvor eindeutige Belege für seine wahre Identität vorlegen zu können. Eine Reihe mit ehernen Zügen an einem geschichtsträchtigen Ort liefert die unumstößlichen Beweise. Sie verschaffen ihm die Glaubwürdigkeit, die Geschichte in wichtigen Punkten zu korrigieren, denn er war leibhaftiger Zeitzeuge in den Epochen, in denen sich die großen Religionen der Welt ausbildeten. Und er war nicht unbeteiligt daran gewesen.

Kein Gott hatte sich jemals wirklich offenbart! Aufklärung und Wissenschaft veränderten auch sein Weltbild. Deshalb ist er auf der Suche nach der absoluten Wahrheit und hofft, die Erkenntnis der Weltformel noch miterleben zu dürfen. Berührungspunkte mit dem absolut Wahren hat er bereits gefunden!

Bibliografische Information der Deutschen Bibliothek
Die Deutsche Nationalbibliothek verzeichnet diese Publikation
in der deutschen Nationalbibliografie; detaillierte bibliografische
Daten sind im Internet über http://dnb.ddb.de abrufbar.

Andreas Härdter

Der Zeitenzeuge

Vechelde: Freigeistiger Verlag Andreas Härdter

ISBN 978-3-943070-12-5
Ausgabe in Altdeutscher Schrift

1. Auflage 2015

Auch in Verkehrsschrift erhältlich.
Als Printausgabe: ISBN 978-3-943070-00-2
Als eBook: ISBN 978-3-943070-01-9

www.freigeistiger-verlag.de

Kurze Einführung in die Altdeutsche Schrift

Dargestellt ist die Deutsche Kurrentschrift, aus der sich auch die Sütterlinschrift entwickelt hat, welche nur geringe Unterschiede zur Kurrentschrift aufweist.

Die Zeichen in alphabetischer Reihenfolge:

A	B	C	D	E	F	G	H

I	J	K	L	M	N	O	P

Q	R	S	T	U	V	W	X

Y	Z

a	b	c	d	e	f	g	h

i	j	k	l	m	n	o	p

q	r	s (im Wort)	s (Wortende)	ß,ss

t	u	v	w	x	y	z

Für die freundliche Genehmigung, die Trau Typp Fonts "Deutsche Kurrentschrift" verwenden zu dürfen, bedanke ich mich ganz herzlich bei Herren Jochen Hoßbach.

Die Idee dazu, dieses Buch, das ich 2009 bereits in Normalschrift herausgebracht hatte, noch einmal in altdeutscher Schrift zu veröffentlichen, entstand, als ich mich mit alten Briefen meiner Mutter und meiner Großmutter beschäftigte und wie ein ABC-Schütze das Lesen und Schreiben quasi noch einmal erlernen mußte. Von da an hat mich diese Schrift einfach begeistert.

Andreas Höwelar
Januar 2015

Andreas Hörstel

Die Zeitreisenden

Roman

Wahrheit existiert absolut.

Sie ist unabhängig von Denken und Fühlen.

Sie weist Schnittpunkte auf mit unseren Möglichkeiten, Erkenntnisse zu sammeln.

Um sie erkennen zu können, müssen wir frei sein von religiösen und ideologischen Dogmen.

Nur wer die Wahrheit erkennt, oder wenigstens erkennen will, kann frei sein!

Nicht Gott verließ den Menschen

=

Der Mensch verließ Gott!

Timmelkam 2009

1. Kapitel

Eine gewaltige Staubwolke kündigte die Ankunft der Karawane aus Mitanni an. Viele Bürger der Stadt Waset, welche von den Griechen Theben genannt werden und jetzt Ägyptens neue Hauptstadt war, begaben sich vor das nördliche Stadttor, um die Neuankömmlinge zu begrüßen und zu bestaunen. Die glühende Sonne hielt sich bereits zwischen den Bergen jenseits des Nils, wo die Totenstadt lag, und drohte zu verschwinden, noch ehe man einzelne Personen in dem Tross ausmachen konnte.

Der Anführer der mitannischen Geleittruppen trieb zur Eile an. Er wollte Theben noch vor der einsetzenden Dunkelheit erreichen. Einen Herold hatte er bereits in den Palast geschickt, der dem Pharao die baldige Ankunft der Karawane melden sollte. Tuschratta, des Pharaos verwandter Vasall und König von Mitanni, hatte sie ihm zu Ehren vor Wochen entsandt. Amenhotep nahm die Nachricht äußerlich gelassen auf, doch war auch er gespannt auf die Gäste aus dem Norden seines Reiches, vor allem auf Taduhepa, die Tochter

...rattes, die dieser ihm zur Gemahlin geben wollte.

Die zahlreichen Fackeln für die verschwenderische Illumination der breiten Straßen waren schon entzündet, als die tausend Abgesandten des nördlichen Königreichs unter dem Jubelgeschrei der Thebaner durch das hohe Tor der weißen Mauer zogen. Tautihepa und ihre weibliche Gefolgschaft gerieten angesichts der gewaltigen Ausmaße und Schönheit der neuen Stadt ins Staunen. Ihre anfängliche Angst vor dem, was nach der langen Reise folgen würde, wich dem Gefühl, daß die Prinzessin sich hier durchaus wohl und heimisch fühlen könnte. Fürs erste umgab sie im Angesicht der Pracht dieser neuen Hauptstadt des bedeutendsten Reiches auch leben den Trennungsschmerz von der Heimat, von Vater und Mutter und von ihrer sorglosen Kindheit, der sie kaum entwachsen war. Sie war sehr froh, daß ihre Zuhälter mit ihr reisen durfte, ebenso wie Kija, das Mädchen, das ihr fast zur Schwester geworden war.

Der größte Teil des Zuges verblieb in der Stadt. Die Soldaten und Diener wurden von dort aus ihre Quartiere zugewiesen. Doch zuvor trug man die Sänfte Tutanchpas, ihrer nächsten Vertrauten und der mitreisenden Verwandten auf die Boote, die sie hinüberfahren sollten nach Per-Hoj, dem Palast des Pharaos. Brauste des großen Herrschers über beide Länder nahmen sie in Birket Habu, dem königlichen Hafen von Malkhaben, in Empfang, brachten sie in den prächtigen Sommerhof des Palastes und geleiteten sie von dort in ihre Gemächer. Für einen kurzen Moment glaubte Tutanchpa zu bemerken, wie jemand sie aus dem vermutlich vor Licht schützenden Dunkel des Palastes heraus beobachtete. Jemand, der sich noch nicht zeigen wollte. Sie vermutete, dass es der Pharao sei, der mächtigste Mensch auf Erden, ein Gott in Fleisch und Blut. Schon während ihres kurzen Zwischenaufenthaltes in Men-nefer, der alten Hauptstadt des Landes, welche die Griechen Memphis nennen, war sie des Herrscherantlitzes gewahr geworden. Wieder Male war es in Sandstein gehauen worden und blickte Ehrfurcht gebietend auf die Menschen herab. Amenhoteps Züge beherrschten zum Zeichen der Verbundenheit zwischen Gott und Herrscher die einzigen

13

Nahmen der Götter Ägyptens. So war die Tradition, und gewohnt groß und mächtig sollte sie sich seitdem ihrem zukünftigen Gemahl unwillkürlich auch vorgestellt.

Tutuhepas mitonnische Dienerinnen reinigten und entkleideten die Prinzessin, damit sie ein erfrischendes Bad nehmen konnte. Ihre neuen ägyptischen Dienerinnen brachten Früchte, worunter Speisen und Getränke aus Wasser; von denen sie nach der anstrengenden Reise genüßlich kostete. Nachdem sich die Prinzessin und ihr Gefolge erfrischt hatten, wurden sie für die Begrüßungszeremonie in den Thronsaal geführt.

Tutuhepas Begleiter durften sich dem Gottkönig nur in gebückter Haltung nähern, mit gesenktem Haupt und in Kniehöhe vorgestreckten Armen und Händen. In gebührendem Abstand sollten sie zu beiden Seiten des Torals auf die Knie zu fallen und in dieser Haltung zu verharren. Einzig die Prinzessin hatte Erlaubnis, sich dem Pharao weiter zu nähern. Auch sie sollte das Haupt gesenkt und die Arme in Kniehöhe vorgestreckt. Sie wußte, daß sie ihren Kopf niemals gewohnt hoch oder gar höher halten dürfte, als der

Kopf des Herrschers geendet war. Amenophis, wie er bei den Griechen hieß, und welcher der dritte Herrscher war, der diesen Namen trug, bestätigte den Eindruck, den Tadukhipa von ihm gewonnen hatte. Auf seinem erhabenen Thron sitzend, mit der gewaltigen Doppelkrone von Ober- und Unterägypten auf dem Haupt, den feinen, goldbestickten Gewändern und den Gesichtszügen, deren unbedingte Autorität durch den Zeremonialbund und durch die geschickt aufgetragene Kosmetik unterstrichen wurde, beeindruckte er sie trotz seines hohen Alters tief. Seine Augen waren schwarz umrandet, die Lider in zartem Grün abgesetzt und die Lippen erstrahlten in einem zarten Rotton. Das Gesicht zeigte einen auffallend rotbräunlichen, matten Glanz. Seine lackierten Fingernägel hielten die gekreuzten Machtinsignien, das Zepter und die Geißel, umgriffen, die Uräus-schlange glänzte auf dem reich verzierten Kopftuch. Das Gebot forderte, dass Tadukhipa ihren Blick nicht erhob, sondern regungslos verharrte. Sie spürte, wie der Pharao sie musterte, und konnte dann dem Drang aufzublicken nicht widerstehen. Für einen kurzen Augenblick trafen sich die Blicke. Sie meinte, ein Lächeln in den Augen des Herrschers gesehen zu haben, und war sich nun sicher: Sie gefiel dem König der Könige.

Teje, die erste Gemahlin Amenhoteps, zeigte sich nicht. Sie wußte, daß sie sich zur Wahrung der guten Beziehungen mit Mitanni mit dieser weiteren Ehe ihres Gemahls abzufinden hatte. Aber sie war nicht geneigt, ihre ausdrückliche Zustimmung dazu anzuzeigen. Dies aber hätte ihre Anwesenheit bei der Begrüßungszeremonie zum Ausdruck gebracht.

„Wir heißen unsere Göttin aus Mitanni willkommen!", erhob Amenophis nun seine Stimme, „und begrüßen dich, Taduchepa, als künftige Gefährtin des Herrschers über das Untere und das Obere Reich Ägyptens. Tuschratta, der König von Mitanni, verdient unseren Dank und wird in ewiger Freundschaft mit uns verbunden sein."

Amenhotep sah auf und deutete an, daß auch Taduchepa ihr Antlitz noch einmal erheben sollte. Was sie sah, gefiel ihr. Taduchepa war ein Mädchen von legendärer Schönheit. Tuschratta hatte nicht zuviel versprochen, und seine Botschafter sowie die

Völker Ägyptens und Mitannis sollten nicht übertreiben. Geboren war sie in seinem 21. Regierungsjahr. Sie mochte jetzt also 15 Jahre alt sein. Sein prüfender Blick erfaßte die Figur des Mädchens, und der Pharao war auch davon äußerst angetan.

Amenhotep deutete an, daß er sich erheben wollte. Sofort gab der Wesir Zeichen, daß alle Anwesenden ihre Köpfe zu senken sollten. Der Gottkönig fühlte einen leichten Anflug von Schwindel, als er sich erhob. Lediglich der Wesir bemerkte dies und stützte ihn schnell. Anschließend zog sich der Pharao in seine Gemächer zurück.

Rahmose, der Mundschenk zur Rechten des Königs, Großwesir und Hohepriester des Amun, sollte nun die Aufgabe, Taduhepa in die Hochzeitszeremonie einzuweisen. Er fragte nach der Wirkstoffen der Braut, und Kija reichten. Mit beiden Frauen begab er sich in einen heiligen Saal des Palastes. Eine Statue des Gottes Amun beherrschte den Raum. Er verneigte sich vor dieser, ließ die Frauen daselbst ein und bedeutete ihnen, sich zu setzen.

„Der große Pharao wünscht, daß die Hochzeitszeremonie noch heute vollzogen wird. Seine Majestät kann keine Frau

...lichen, die bereits von einem anderen Manne berührt wurde. Ich bin daher in der Pflicht, eure Jungfernschaft durch Amin auf Unversehrtheit überprüfen zu lassen.

"Wie ist dein Name?", wandte er sich Rashnot jetzt an Taduhepas Vertraute.

„Mein Name ist Rija, oh Herr!", antwortete diese.

„Du bist mit dem Zeremoniell vertraut?", fragte der Hohepriester.

„Ja, oh Herr!", antwortete sie.

„Dann sollst du es jetzt durchführen. Du findest, was du vielleicht brauchst, in der Schale dort. Amin wird Taduhepa zum Zeichen, dass die Prüfung erfolgreich war, ein Tuch überreichen. Ich lasse euch jetzt allein." Mit diesen Worten stand der Wesir auf, verneigte sich vor Amin und verließ den Raum.

Rija entkleidete Taduhepa. Sie wußte, dass sie einen jungen Mann in Mitanni liebte und dass dieser ihr bereits beigewohnt hatte. Deshalb entnahm sie der Schale, die Rashnot erwähnt hatte, ein kleines, rundes und hauchzart gegerbtes Stückchen Haut eines ihr unbekannten Tieres und führte es = abgenommen vom Blick des Gottes = ganz vorsichtig in

...jähriges Magma ein. Die Prinzessin
legte sich danach auf eine Bank, die sich vor
der Göttnerstatue befand. Ihren Kopf stützte
ein kleines Gestell aus Elfenbein mit
halbrundem Aufsatz. Die Bank war so
bemessen, daß sie gerade vom Kopf bis zum
Gesäß der Prinzessin reichte. Die Beine, die
sie jetzt zu spreizen hatte, berührten den
Boden. Rija bemerkte, wie gleich darauf ein
feines Tuch aus der Höhe der Hand des
Gottes zu Boden schwebte. Sie sah es auch,
kleidete Tausendjahr wieder an und besichtigte
das Tuch zum Zeichen ihrer überprüften
Unschuld am Gewand der Königstochter.

Rahmen erwartete die Frauen vor
dem Tor. Sie durchschritten erneut den
wundervollen Sommerhof, den eine
Kolossalstatue Atons mit der Sonnenscheibe
als Krone beherrschte. Die Statue wurde
von zahlreichen Fackeln erhellt. Die
Sonnenscheibe war in glänzendem Metall
als konkave Schale gearbeitet und
reflektierte das Licht besonders
positionierter Fackeln direkt in den Hof. Es
entstand auf diese Weise der Eindruck, daß
Aton auch mitten in der Nacht seine
wärmenden Strahlen zu schicken vermochte.

Dort, wohin der Strahl am hellsten schien, befanden sich die Gemächer des Pharaos, die er sein „Haus der Freude" zu nennen pflegte. Rahmose zog die Stoffe, die sich sonst im lauen Abendwind bewegten und ungewollte Blicke aus den Gemächern fernhalten sollten, zur Seite, damit Tauthepa eintreten konnte. Auch Kija durfte mit hinein, wagte aber sofort augenweise, sich zu Boden zu werfen und den Blick zu senken. Dennoch entging ihr ein rascher Blick auf den Pharao nicht. Er war jetzt in ein schlichtes weißes Gewand gehüllt. Ihre Herrin brauchte die Ehrfurcht gebietende Haltung nicht einzunehmen, sondern es genügte, daß sie vor dem Herrscher kniete. Amenhotep überreichte ihr Geschenke: Schmuck aus Gold und Edelsteinen. Er forderte Rahmose auf, ihm das Tuch, das Tauthepa in dem Total von Amun erhalten sollte, auszuhändigen. Rahmose unterwarf es in seiner Eigenschaft als Hohepriester von Tauthepas Gewand und sprach:

„Amun ist zufrieden."

Er überreichte es nun dem Pharao und dieser sprach:

„Amenhotep ist zufrieden."

Rija erwartete jetzt eigentlich, daß
sie sich zusammen mit dem Meister Didkad
zurückziehen würde, doch als sie sich gerade
erheben wollte, um in ehrerbietender
Haltung den wundervoll mit Bildern
ausgeschmückten Raum zu verlassen,
würde sie von Rahmosu zurückgehalten. Sie
müßte sich zusammen mit dem Meister im
rechten Winkel von dem Paroro abwenden,
aber im Raum verbleiben. Ein direkter Blick
war ihnen nicht gestattet, doch in den
Augenwinkeln bemerkte Rija, wie der
Pharao ihre Herrin entkleidete, danach sich
selbst. Sie müßte bleiben, bis der Gott seiner
neuen Königin beigewohnt hätte. Zusammen
mit Rahmosu war Rija Zeugin des
Vollzugs der Ehe, der unter einem Bild der
königlichen Schutzgöttin Nekbet stattfand.
Nachdem Taduhepa und Amenhotep sich in
ihre jeweiligen Schlafgemächer zurück=
gezogen hatten, oblag es den Zeugen, das
Laken der Bettstätte zu begutachten. Rija
war etwas erstaunt, daß sich darauf
tatsächlich ein kleiner roter Fleck befand.
Beide hatten den Vollzug auf einer
Steintafel zu signieren. Rahmosu nahm
zudem das Laken an sich und ging damit
zurück in den Huldigungssaal des Gottes

Amun. Dort ließ er es der Gottin zur Ansicht und zum Beweis des Ehrenzugs entgegen und ließ es sogleich wiederkommen.

In einer Ansprache an sein Volk gab Pharao Amenophis am folgenden Tag seine Heirat mit Teduchipa bekannt. Teje, die Große Königliche Gemahlin, erschien auch bei dieser Veranstaltung nicht. Ihr hätte der Platz auf dem zweiten Thron zugestanden, der nun leer blieb. Teduchipa hatte nicht das Recht, neben ihrem neuen Gemahl Platz zu nehmen. Amenophis vermied es deshalb, soweit das möglich war, auf dem Thron zu sitzen, und zeigte sich der Menge meist stehend, damit er seine Verbundenheit mit Teduchipa unter Beweis stellen konnte. Zur Übergabe des Ehrenkranzes und der offiziellen Brautgeschenke, die an das Land Mitanni gehen sollten, mußte der Pharao jedoch wieder Platz nehmen, und Teduchipa nahm die Geschenke, die ihr fast alle in Schriftform überreicht wurden, lächelnd und mit gesenktem Haupt entgegen.

Keja bemerkte einen zweiten leichten Schwächeanfall des Königs, nachdem er sich gerade wieder hingesetzt hatte. Er wäre wohl gestürzt, hätte er noch dort gestanden, dachte sie. Es schien eine äußerst kurze

Ohnmacht geworden zu sein, so kurz, dass er
lediglich die Augen verdrehte. Kija dachte an
die heilige Krankheit und überlegte, wie sie
die Ärzte darauf aufmerksam machen
konnte. Einer von ihnen, Rahotep, müsste die
Szene beobachtet haben. Aber ihm schien nichts
aufgefallen zu sein. Durch die jubelnde
Menge bahnte sie sich ihren Weg zu Rahotep,
wobei sie intensiv darüber nachdachte, mit
welchen Worten sie ihm ihre Beobachtung
deutlich machen konnte. Zwar hatte sie
etwas Ägyptisch vor ihrer Abreise gelernt
und ihre Kenntnisse in den Wochen der Reise
und während ihres bisherigen Aufenthaltes
gut vertiefen können, aber mit einer
längeren Unterhaltung hatte sie immer
noch ihre Schwierigkeiten. Und gerade jetzt
kam es auf eine sehr genaue Formulierung
an. Demütig richtete sie die rechten Worte,
die sie sich unterwegs schon zurechtgelegt
hatte, an Rahotep. Der Arzt aber förderte
sofort ihren mitannischen Akzent hervor.
Zwar sprach er kein Mitannisch, verständigte es
aber mit Babylonisch, dessen er mächtig
war. Kija war darüber sehr erleichtert, denn
diese Sprache beherrschte sie ziemlich gut.
Rahotep versprach, den König zu beobachten
und gegebenenfalls zu behandeln. Er folgte

aber auch, daß Ammophis schon recht alt sei
und daß die Möglichkeiten eines Arztes in
diesem Falle sehr begrenzt wären.

Nachdem Kija Toduchepa mit
ausgekleidet und für die Nacht vorbereitet
hatte, durchquerte sie auch den Weg in ihr
Quartier den Sommerhof. Am Rand des
Teiches saßen Ammophis, der noch junge Sohn
des Pharaos, und Roschap, der Arzt. Beide
waren in ein reges Gespräch vertieft.
Roschap bemerkte Kija und winkte ihr zu,
damit sie zu ihm komme. Kija warf sich
vor dem Thronfolger auf den Boden und
senkte ihr Haupt nieder. Roschap stellte sie
dem zukünftigen König als eine in ihrem
Land Mitanni hoch geachtete Frau aus dem
Fürstengeschlecht vor, das in direkter Linie
auf den Urvater Ab=ram zurückginge.
Roschap sagte, daß es Kija ware, die ihn auf
die kurzzeitigen Anfälle des Pharaos
aufmerksam gemacht habe. Er schien die
Sache sehr ernst zu nehmen und sagte, daß
man einen Thronwechsel in naher Zukunft
nicht ausschließen könne. Kija bat darum,
sprechen zu dürfen. Es wurde ihr gewährt.

„Oh Herr", begann sie, „auch ich vermute
dasselbe. Es ist das gleiche Anzeichen, das ich
schon bei meinem Vater beobachtet habe =

und bei Tschatana, dem Vater unseres
Königs Tushratta. Nicht lang nach diesen
Zeichen fand man beide jeweils in tiefer
Ohnmacht liegend vor. Es dauerte Tage, bis
sie wieder erwachten. Tschatana konnte
danach nicht mehr sprechen. Die linke
Körperhälfte war vollständig gelähmt.
Wir mußten ihn füttern und mehrmals am
Tage säubern. Sein Zustand hat sich danach
nur wenig gebessert. Nach etwa 50 Tagen
ereilte ihn ein weiterer Schlag. Von diesem
ist er nicht mehr erwacht. Da er nicht mehr
trinken und essen konnte, hörte sein Herz
nach einer weiteren Tagen auf zu schlagen."

„So werde ich mich wohl bald darauf
vorbereiten müssen, die Regierungsgeschäfte des Landes zu übernehmen", sagte
der junge Sohn des Pharaos. „Steh Maat
meinem Vater bei, und gebt Aton mir die
Kraft dazu. Wäre doch nur Thutmosis, mein
Bruder, noch bei mir!"

„Es ist aber noch nicht alle Hoffnung
für euren Vater verloren", sagte Kija. „Der
Schlag traf meinen Vater wirklich nicht
ganz so schlimm wie euren König. Ich habe
lange bei ihm gesessen und ihm Mut
gemacht, habe ihn unterstützt, wenn er sich
bewegen wollte, und habe seinen gelähmten

Arm, seine Hände und das Bein fest
gerieben, bis das Blut wieder wie früher
darin pulsierte. Und siehe, die Lähmung
ging zum großen Teil zurück. Mein Vater
soll sich nach und nach wieder an viele Dinge
erinnert und ist noch einige Jahre bei uns
geblieben."

„Ich bete zu Aton und zu seiner Tochter
Maat, daß sie uns gnädig seien und daß
der große Amunhotep noch lange unter uns
weile. Ich bin zu jung, ich kann dieses Reich
noch nicht führen. Diese Verantwortung,
diese Last macht mir Angst."

„Ich bete mit euch", sagte Reschotep. „Ich
werde jetzt nach dem Pharao sehen."

In den folgenden Monaten
verschlechterte sich die Gesundheit des
Pharaos kaum. Fast ausschließlich ließ er
Tachuschpa zu sich kommen und genoß es
ganz offensichtlich ihr beizuwohnen, wann
immer er Gelegenheit dazu fand. Auch Kija
lernte der Herrscher dabei immer näher
kennen. Er schätzte schließlich ihren wachen
Verstand, ihre Klugheit und ihr
außerzeichnetes Urteilsvermögen. Als
Amunhotep dann auch noch von ihrer
vornehmen Herkunft berichtet wurde, sah er
sie mit ganz anderen Augen an. Sie war

nicht, so glaubte er zu Beginn, von der
makellosen Schönheit einer Tänzerin und
hatte auch nicht deren anmutige Figur, die
ihn lange Zeit so spontan verzückt hatte. Den
König beschlich das Gefühl, dass er der
Königstochter irgendwann überdrüssig
werden könnte, und entdeckte zur gleichen
Zeit eine andere Schönheit in Kija, die ihn
fortan ganz besonders in Bann zog. Kija
war nicht so kindlich wie Tänzerin, sie
wirkte reifer, stand gewissermaßen und
auch eine ganz nicht übersehliche Miene über
den Dingen. Ammophis hätte es gern, wenn
Tänzerin von Kija begleitet würde, und er
müßte sich nun selbst eingestehen, dass er in
letzter Zeit Tänzerin doch eigentlich nur
deshalb rufen ließ, um Kija zu sehen.
Natürlich hätte er einfach auch nur noch
Kija schicken lassen können, doch das wollte
er nicht.

„Ich, der allmächtige König über das
größte Reich auf Erden, wage es nicht, eine
einfache Frau, die noch dazu aus einem mir
unterworfenen fremden Land stammt, zu
mir zu befehlen?", dachte er in einem
sarkastischen Anfall von Selbstironie.

„Papp!", brach es aber laut, nur
aufgrund dieses Gedankens, aus ihm

heraus. Die Dienerschaft verstreut darüber für einen kurzen Moment, und man blickt sich ratlos und Hilfe suchend gegenseitig an.

Anstatt aber direkt nach Rija zu schicken, sandte Ammophis wieder einen Diener aus, um Tadukhipa kommen zu lassen. Seine neue Ehefrau verschien bald darauf, und in ihrem Gefolge auch Rija. Der König bemerkte, wie ihm das Herz bei ihrem Anblick höher schlug, zwang sich aber, es sich nicht anmerken zu lassen. Durch die stürmischen Ereignisse der vergangenen Monate schon daran gewöhnt, begann Rija sogleich damit, ihre Herrin auszukleiden. Der König gebot dem jetzt aber = für sie überraschend = Einhalt und bat stattdessen beide Frauen, ein Brettspiel mit ihm zu bestreiten, das sie bisher noch nicht kannten. Ammophis erklärte ihnen, daß es aus einem sehr weit entfernten Lande komme, und wies sie in dessen Regeln ein. Ziel war es dabei, eine Armee aus Spiel=figuren mit verschiedenen Zugmöglich=keiten nach und nach auszuschalten und einen König durch geschickte und kompli=zierte Züge direkt anzugreifen, bis man diesen besiegt hatte oder bis man selbst von seiner Armee vernichtend geschlagen würde.

Tadukhepa stand im Spiel auf der Seite des
Königs, dessen geschnitzte Kleidung an die
eines ägyptischen Pharaos erinnern sollte,
und versuchte, ihn so gut sie konnte zu
verteidigen. Kija auf der anderen Seite
fand jedoch schnell eine wirksame Strategie,
Tadukhepas Soldaten und Offiziere
auszuschalten, und so hatte sie es bald nur
noch mit dem König selbst und seinen
engsten Vertrauten zu tun, deren Führung
der Pharao selbst übernommen hatte. Nach
einiger Zeit hatte sie den Herrscher so weit
eingekreist, dass sich dieser praktisch nicht
mehr selbst hätte befreien können. Doch so
weit wollte Kija nicht gehen und sann
darüber nach, wie sie einen fairen Fehler begehen
konnte, um dem gegnerischen König die
Flucht und seinen Machterhalt zu
ermöglichen. Aber so einfach war das gar
nicht, denn die Konzentration Amenhoteps
ließ merklich nach. Je länger er mit Kija
spielt, desto öfter beobachtete er sein
Gegenüber. Er war im Begriff, sich in die
anmutigen Gesichtszüge, die sie während
ihrer äußersten Konzentrationsphasen
zeigte, zu verlieben. Amenophis sah nur noch
ihre Schönheit, die so anders, so viel
vollkommener war, als er sie jemals bei

eine Frau beobachtet hatte. Sein Blick fuhr unwillkürlich über ihr langes Haar, über ihren Hals hinab auf ihre mit einem schlichten, aber feinen Kleid verhüllten Brüste, die größer waren als die Todeshepas. Er begehrte sie. Mehr, als er je eine andere Frau begehrt hatte und zu wünschen begehren würde. Die Gefühle, die sie in ihm auslöste, waren sogar anders als die, die er früher gegenüber Isis gehabt hatte, dachte er, obwohl Amenhotep bisher seine rechte Gemahlin immer über alle anderen gestellt hatte.

Riya hatte jetzt alle Mühe damit zu verhindern, daß sie den Kampf gegen den König gewann. Sie merkte, daß der Mann, der die gegnerischen Figuren zog, nicht mehr in der Lage war, dies mit Konzentration zu tun. Er machte einen Fehler nach dem anderen, und sie wußte schon nicht mehr recht, wie sie seine Fehler mit ihren Mitteln noch korrigieren konnte. Da schaltete sich völlig unerwartet Todeshepa doch noch einmal in das Spiel ein und vollzog in einem Geistesblitz die Rettung ihres Königs und den Sieg für die ägyptische Armee. Sie führte die erforderlichen Züge selbst aus, weil ihr weiser König nicht auf ihren Rat

...rogimen Sonnte. Die Königsfigur des
Pharaos gewann, und Rija war froh, endlich
unterlegen zu sein.

   Als Tadukhipa müde geworden war
und darum bat, sich zurückzuziehen zu dürfen,
befahl Amenophis einem anderen Diener,
mit seiner Gemahlin zu gehen, und wünschte,
noch etwas Zeit in der Gegenwart Rijas zu
verbringen. Rijas Herz raste auf einmal
vor Aufregung. Amenophis bemerkte es
und versuchte, sie mit ein paar Fragen über
ihre Heimat Mitanni zu beruhigen. Solange
sie von Hanigalbat = so nannten die
Mitanner selbst ihr Land = erzählte,
beruhigte sich ihr Puls tatsächlich auch
wieder. Über das fruchtbare Ackerland,
über die üppigen Viehweiden und die schönen
Berge, in deren Tuchweite sie im
Zweistromland aufwuchs, geriet sie so ins
Schwärmen, dass sie glatt vergaß, wo sie
sich gerade befand. Der Pharao befragte sie
über Waschukanni, die Hauptstadt des
Reiches, in der sie die letzten Jahre mit
Tadukhipa verbracht hatte, und wollte
genau wissen, wie Tushratta, ihr König,
lebte, denn er sollte das nördliche Ende
seines Reiches selbst noch nie besucht.
Des Pharaos Blick richtete sich auf Rijas

31

Mund, während sie erzählte. Er beobachtete, wie er lächelte, solange sie von ihrer glücklichen Kindheit sprach, wie er Scheu die Spannung und Furcht vor dem Neuen und Unbekannten widerspiegelte, als sie davon erzählte, wie sie nach Machtübernahme an den Hof Tutherkatars reisen mußte. Er lachte, als ob es um die neue Freundschaft mit Tadukhipa ging; dann drückte ihr Mund wieder die Spannung vor der großen Reise nach Ägypten aus, und schließlich meinte Amenhotep einen Ausdruck von Glück und Zufriedenheit in ihren Mundwinkeln zu entdecken, als ob es um ihr neues Leben im Palast des Pharaos ging. Er fühlte sich stark angezogen von diesem wunderschönen Mund, näherte sich ihm und wußte, daß er jetzt Erregung signalisierte. Dann spürte er nur noch, wie sich ihre Lippen öffneten und seine Zunge eindringen ließen.

Es gab keine Förmlichkeiten, keine Anmeritus, kein Protokoll. Er öffnete ihr Kleid, und sie ließ ihn gewähren. Sie schmiegte sich an ihn, ja sie preßte ihren Körper gegen den seinen, und er verspürte eine neue, heiße Welle der Lust über seinen Körper strömen. Sie wollte gleich hier und jetzt von ihm genommen werden, und er wollte gleich hier und jetzt in sie eindringen. Er verspürte den Willen, nicht gleich nur selbst befriedigt zu sein, sondern er wollte, daß sie gemeinsam den Höhepunkt erreichten. So hielt er sich zurück, bis er merkte, daß auch sie sich schnell dem höchsten Gefühl näherte. Erst als sie dort war, ließ er seiner unbändigen Lust freien Lauf, und sein Samen strömte in sie ein.

Ammophis bat Kija, die Nacht über bei ihm zu bleiben, und sie tat es gern. Sie waren sich dieser ungeheueren Ehrung durchaus bewußt, denn noch nie waren sie keiner anderen Frau mehr gewährt worden. Keiner Nebenfrau des Pharao. Auch Taduchepa nicht.

Zur üblichen Stunde wurde der Pharao geweckt. Seine Diener verneigten sich auch vor Kija, als sie sie neben ihrem Herrscher entdeckten. Kija lief rot an. Sie war solcher Art Ehrung nicht gewohnt. Sie wollte sich erheben, um sich anzuziehen und der ihr jetzt peinlichen Situation zu entfliehen. Es erschien aber sofort eine Dienerin, die ihr Kleider an sich nahm und Kija fragte, ob sie ein Bad nehmen wollte.

Es war ein wichtiger Tag am Hofe des Königs, denn es war der Tag des

Jahres, an dem Chor=nacht, der Sprecher=
vorsteher der beiden Länder, vor dem
Pharao erschienen, um über die diesjährige
Ernte zu berichten. Amenophis hatte zu
diesem offiziellen Anlaß sein Krönungs=
gewand angelegt und empfing seinen hohen
Beamten im prächtig ausgeschmückten
Audienzsaal, auf dem Throne sitzend. Die
Jahrtausende alte Tradition verlangte,
daß er die Machtinsignien während des
Reportes gekreuzt vor seiner Brust hielt.

Der Schreiber vermerkte die Worte
Chor=nachts, der davon berichtete, daß der
Nil groß war und daß die Gutsvorsteher
und Oberbeamten eine größere Ernte
abgeliefert hätten als im Jahr zuvor.
Darauf übergab der Sprechervorsteher dem
Pharao die Liste der Ernten von Ober= und
Unterägypten. Amenophis zeigte an, daß
Chor=nacht die besondere Ehrung zustünde,
und so wurde er im Angesicht des Königs
gesalbt und mit kostbaren Halsbändern
geschmückt und nahm als Ehrengast teil an
der anschließenden Opferzeremonie.

In den folgenden Monaten erkannte
Rija, wie zahlreich die Beamten waren, die
immer wieder an den Pharao heran=
getragen wurden. Über alles, was im Reich

34

geschah, müßte er unterrichtet werden. Zwar urteilten Richter über Streitigkeiten und Verbrechen, ihre Urteile aber waren allesamt nur vorläufig und bedurften der endgültigen Zustimmung des Königs, der sich mit vielen intensiv beschäftigte und manche sogar revidierte. Rija bemerkte, dank ihrer nur äußerst privilegierten Position, wie erschöpft Amenophis am Ende eines jeden Tages war. Dennoch vernachlässigte er sie nie. Sie verlangte unendlich viel mehr Gehorsam von ihm, als ihr recht war. Die Zuneigung des Königs war ihr schon mehr Lohn, als sie sich je erhofft hatte. Häufig teilte sie mit dem König nicht nur das Lager in seinem luxuriös ausgestatteten privaten Bereichen, sondern auch die Last seiner Regierung, die Sorgen, die ihn quälten. Sie tat es gern. Sie war glücklich, wenn sie das Gefühl hatte, daß sie seine Lasten lindern konnte.

Mit der darauf folgenden Nilschwemme verwartete Rija ein Kind des Königs. Doch begann zu dieser Zeit auch eine zunehmende Verschlechterung seines Gesundheitszustandes. Immer häufiger kam es zu kurzen Ohnmachtsanfällen, die schließlich auch den Beamten des Staates und den

Wollte nicht mehr verborgen bleiben. Ammophis, des Königs gleichnamiger, zweitgeborener Sohn, mußte mehr und mehr die Mitregentschaft übernehmen. Teje, des Pharaos große Gemahlin, ergriff die Initiative und führte die Korrespondenz mit den Vasallen des großen Reiches. Als die Krankheit wieder einsetzte, konnte der große König keine Gesandten mehr empfangen. Ammophis, sein Sohn, der eigentlich noch ein Kind war, mußte de facto die Regierungsgeschäfte übernehmen, nach Kräften unterstützt durch seine Mutter Teje. Kija übernahm wie selbstverständlich die Pflege des sterbenskranken Pharaos. Täglich traf sie den Sohn und die Mutter und vermittelte so zwischen dem König und den neuen Regenten, die auf die Hilfe des Pharaos noch dringend angewiesen waren. Als Kija bald mit ihrer Niederkunft rechnete, stand Ammophis III. Noch ehe die Einbalsamierung des Pharaos abgeschlossen war, gebar sie einen Jungen, einen Sohn des Königs, und nannte ihn, nach auch dessen Wunsch sie Semenchkare, „Geliebt mit den Kai-Kräften des Re und den heiligen Erscheinungen."

2. Kapitel

Entgegen seinen Erwartungen hatte er, kurz bevor er die Anwaltskanzlei erreichte, doch noch angefangen zu regnen. Er stellte sein Fahrrad ab und öffnete die schwere Holztür des stattlichen Bürgerhauses. Im Flur besah er den Schaden an dem Hofbrunnen: Der untere Bereich war durch das Spritzwasser nicht nur nass, sondern auch noch schmutzig geworden. Er ärgerte sich, daß er nicht das Auto oder die U-Bahn genommen hatte, und überlegte schon, wie er möglichst unauffällig durch den Rezeptionsbereich der Kanzlei in sein Büro gelangen konnte. Der Fahrstuhl öffnete sich, und eine ältere Dame entstieg ihm. Er kannte sie nur flüchtig. Sie betrieb, soweit er wußte, ein kleines Chrombeschichtungsinstitut im Stockwerk über der Kanzlei. Sie schaute etwas pikiert auf seinen Hofbrunnen, sagte aber nichts. Er beschloß, nun doch nicht mit dem Fahrstuhl hinauf zu fahren, weil er weitere Begegnungen vermeiden wollte. Schwungvoll nahm er über das Treppenhaus die Stufen bis in die zweite Etage. Er schaute noch einmal an sich herunter; fand, daß er wenigstens oben herum noch einigermaßen manierlich aussah, und öffnete die Glastür mit der ihm nun schon fast vertrauten Chronik „Loustaub & Partner" und, eine Zeile darunter, mit dem Zusatz „Rechtsanwälte". Zu den Partnern zählte er leider noch nicht, dazu war sein Examen noch zu frisch.

„Einen wunderschönen guten Morgen!", wünschte er den beiden Damen hinter dem modern geschwungenen Tresen aus hellem Holz.

„Guten Morgen!" grüßten beide zurück. Die Jüngere schaute dabei kaum von ihrem Computerbildschirm auf und bearbeitete ihre Tastatur ohne Unterbrechung weiter. Nur Frau Vogel lächelte ihn kurz an, blickte auf den Terminkalender vor sich und informierte ihn im Vorübergehen, dass er um 10:30 Uhr einen Termin bei Gericht habe. Doch das wusste er natürlich schon vorher.

„Sonst ist nichts dazugekommen?", fragte er beiläufig noch.

„Nein, aber die Akte Dormann habe ich Ihnen auf den Schreibtisch gelegt", sagte Frau Vogel.

„Danke", sagte er und war froh, dass er die Bürotür an der das blaue, durch eine

einem Plexiglasschild geschützten Schildchen
mit der Aufschrift „Sebastian Weißenborn"
und dem Zusatz „Rechtsanwalt" hing,
verriegelte Kammer, ohne daß ihn jemand auf
die Hofwiese gehört hätte.

Bis zum Gerichtstermin blieb noch
reichlich Zeit. Die Hose würde bis dahin
wieder trocken sein. Er nahm die
Kleiderbürste aus dem kleinen Schrankteil
im Bücherregal seines Büros und legte sie
auf den Schreibtisch ab, denn er wollte nicht
vergessen, den Schmutz, so weit möglich, zu
entfernen, ehe er zum Gericht müßte. Es
war ihm immer sehr wichtig gewesen, vor
Gericht adrett gekleidet zu erscheinen, weil
er wußte, daß die meisten Richter höchstens
zu 90 Prozent nach Tatsachen entschieden und
mindestens zu zehn Prozent nach dem
äußeren Erscheinungsbild des Angeklagten,
und noch mehr nach dem des Verteidigers.

Weißenborn blätterte darauf in
Dormanns Akte herum. Dormann war ein
Kleinkrimineller, der seinen Lebens=
unterhalt gelegentlich mit dem Knacken
von Autos und kleineren Einbrüchen in
Lagerhallen aufbesserte. Er war mit der
Akte vertraut und suchte nur noch einmal
gezielt darin herum, weil er sich über ein

bestimmtes Detail zu einer Dortmann vorgeworfenen Tat genauer informieren wollte. Danach blätterte er die Zeitung durch, die ebenfalls auf dem Schreibtisch lag, aber zu seinem Fall fand er keine Meldung darin. Dortmanns Wiedersehen war auch nicht gerade dazu geeignet, auf der Konkurrenzliste entscheidend nach oben zu klettern. Weißenborns Blick fiel schließlich auf eine Meldung in der Rubrik, von der er nicht wußte, daß sie nicht über Sachen berichtete, die nicht ganz recht zu nehmen waren und die ihn deshalb schon öfters gut unterhalten hatten.

34=Jähriger vorgen Kunstraub vor fast 100 Jahren festgenommen

Stand dort in fett gedruckten Lettern, und Sebastian Weißenborn freute sich schon auf einen vergnüglichen Artikel:

New York. Die neuen Einreise= bestimmungen in die USA, die verlangen, daß von jedem Einreisenden die Finger= abdrücke genommen und ein digitales Foto aufgenommen wird, zeigen erste Erfolge in der Verbrechensbekämpfung. So konnte

40

geheuren Abend auf dem New Yorker John F. Kennedy Airport ein Mann festgenommen worden, der seit fast 100 Jahren wegen der Komplizenschaft zu einem schweren Kunstraub gesucht wurde. Der Verdacht, daß der Kunsträuber Vincenzo Peruggia, der in einer dreisten Aktion am 21. August 1911 die berühmte Mona Lisa aus dem Pariser Louvre geraubt hatte, einen Komplizen gehabt haben könnte, wurde damit endlich bestätigt. Jedenfalls schlug ein unbestechbarer Computer der amerikanischen Einwanderungsbehörde Alarm, als der automatische Abgleich mit dem Fingerabdruck eines Mannes aus Frankfurt ergab, daß es eine Übereinstimmung mit einem im Jahre 1913 genommenen Daumenabdruck auf dem berühmten Gemälde gab.

Rund 17 Jahre nachdem in Argentinien zum ersten Mal in der Kriminalgeschichte ein Mord mithilfe des Vergleichs von Fingerabdrücken aufgeklärt worden war, hatte man auch vom Bild der Mona Lisa nach ihrem Wiederauffinden offensichtlich jede Menge Fingerabdrücke gesammelt, um den Raub vollständig aufzuklären. Irgendein übereifriger Ut-

amerikanischer Datensammler muß später
einem behördlichen Computer damit
gefüttert haben, ohne ihm freilich
beizubringen, daß heute 34=Jährige für
Raubzüge, die vor 100 Jahren begangen
worden sind, gar nicht verantwortlich
gemacht werden können. Dem Beamten
muß man seine Sammelleidenschaft
allerdings nachsehen, denn auch seine
Kollegen von der amerikanischen
Einwanderungsbehörde können diese Logik
bis heute noch nicht ganz nachvollziehen. Der
34 Jahre alte Geschäftsreisende wurde nach
allen Regeln der Kunst festgenommen und
in Handschellen dem FBI vorgeführt. Erst
nach einer voristerem rechtmüngs=
dienstlichen Behandlung und einem
einstündigen Verhör wurde er wieder auf
freien Fuß gesetzt.

Bis jetzt konnte noch nicht endgültig
geklärt werden, wie es zu diesem Vorfall
kommen konnte. Die übereilte Interpreta=
tion einiger amerikanischer Journalisten,
daß Fingerabdrücke zweier Individuen
zufällig doch einmal übereinstimmen
könnten, wurde heftig dementiert. Es müsse
sich um einen Übertragungsfehler im
Computersystem handeln, äußerte FBI

Direktor Müller auf einer Pressekonferenz
und drückte sein Bedauern über den
Vorfall aus. Das alte Datenmaterial sei
für eine nachträgliche Digitalisierung mit
Sicherheit nicht mehr geeignet geworden.

Gegen halb zehn ließ Weißenborn ein
Taxi bestellen, schnappte sich seinen Rock und
die Akte Dormann. Daß aus dem
anfänglichen leichten Regen ein regelrechter
Platzregen geworden war, hätte er oben
schon bemerkt, ohne aus dem Fenster schauen
zu müssen, denn die schweren Tropfen
wurden regelrecht gegen die Scheibe
gepeitscht und verursachten einen gehörigen,
vornehmlich rhythmischen Lärm. Frau Vogel
hatte ihm einen kleinen Faltschirm
zugesteckt, als er die Kanzlei verließ.
Eigentlich mochte er es nicht, auf diese Weise
noch bemuttert zu werden. Aber er sagte
nichts, bedankte sich höflichst, wenn auch
nicht so höflich, wie man es nach ihrer
Aufmerksamkeit hätte erwarten können.
Er war erst ein paar Monate in der
Kanzlei beschäftigt und da wollte er es sich
mit dem guten Geist des Hauses nicht - noch
nicht - verderben. Als er nun die schwere
Haustür wieder öffnete, überkam ihn aber

doch ein kurzes Gefühl echter Dankbarkeit, denn der Regen war so heftig, dass die Tropfen von Gummibällen auf dem Stein abzuprallen schienen und ihn in Form von Spritzwasser umgeben schlugen. Das Taxi kam in diesem Augenblick langsam durch eine tiefe Pfütze fahrend am Haus vorbei. Offenbar konnte der Fahrer die Hausnummer erst im letzten Moment erkennen. Er stoppte, setzte zurück und teilte damit die Wasser der Pfütze erneut. Er steuerte den Wagen halb in die Einfahrt hinein, so dass die Scheinwerfer Weißenborn blendeten, als dieser mit dem aufgespannten Schirm auf den Wagen zuschritt. Hätte er den Schirm nicht gehabt, wäre er jetzt bereits völlig durchnässt geworden. Aber die Hosenbeine fühlten sich schon reichlich feucht an. Das ärgerte ihn. Wenigstens waren sie aber nicht mehr schmutzig. Der Fahrer war froh, dass er zum Klingeln nicht aussteigen müßte, und begrüßte seinen Fahrgast. Zu viel mehr als einem kurzen Wetteraustausch reichten die 5 Minuten Fahrt bis zum Landgericht nicht aus. Der Chauffeur bewies beim Kassieren des Fahrpreises wenigstens noch ein bißchen Humor und fragte, ob Weißenborn jetzt die

Wetterfrösche verklagen gingen, weil sie Sonnenschein statt Regen angekündigt hatten.

Der junge Anwalt begab sich in den Raum, in dem er seine Robe anlegen konnte. Auch deren Ablagefächer, die bis zu den Wänden reichte, wandelte die fürsten Stellen am Hohenbein nicht vollständig, aber es war noch gut eine halbe Stunde Zeit bis zur Verhandlung. Dortmann war noch nicht da, als sein Verteidiger den Gerichtsflur abschritt, um noch den Saal zu suchen, in dem die Verhandlung stattfinden sollte. Er fand die Tür, neben der ein Schild die Termine des Tages ankündigte. Die Strafsache gegen Günter Dortmann stand für 1030 Uhr ganz oben an. Sie waren für 10 Uhr davor verabredet gewesen und wollten die Verteidigungsstrategie noch einmal kurz durchgehen. Sebastian Weißenborn mochte Dortmann nicht besonders. Er schätzte ihn als unzuverlässig ein und als auf eine dumme Art bestimmend. Dortmann akzeptierte weder Anweisungen noch gut gemeinte Ratschläge eines jüngeren Menschen. An seiner Lebenssituation waren immer die Anderen oder die ungünstigen Umstände schuld. Er konnte keine Niederlagen einstecken und war nicht rachsüchtig. Er war es gewohnt, den starken Mann zu markieren, und neigte zum Prahlen. Ein paar Minuten lang fürchtete Weißenborn, daß Dormann gar nicht erscheinen würde, was dem Anwalt eine Menge Peinlichkeiten bereiten und Dormann selbst eine Fahndung per Haftbefehl einbringen würde. Und dann wären seine Chancen auf ein mildes Urteil gleich Null. Weißenborn war froh, daß vorsichtlich diese Sorge unbegründet zu sein schien, denn um fünf nach zehn bog Dormann von einem Quergang auf den Flur ein, auf dem Weißenborn inzwischen auf einer Holzbank Platz genommen hatte. Schon von weitem begrüßte er ihn lauthals wie einen alten Kumpel. Beim Verhalten konnte er dem Ernst der Situation nichts anpassen. Wenn sich das nicht ändert, sei er vor dem Richter ein großes Problem, dachte Weißenborn und beschloß, auch dieses Thema vorher noch anzusprechen. Dormann war Wiederholungstäter, und damit drohte ihm eine empfindliche Haftstrafe, auch wenn die Delikte, die ihm angelastet wurden, relativ geringfügig zu sein schienen. Nur mit Ruhe und einem umfassenden Geständnis war das Schlimmste noch abzuwenden. Darauf sollten sie sich bei den Morgensprüchen verständigt.

„Passen Sie auf", begann Dormann, „was ich Ihnen sage, das haut Sie glatt um!" Mit diesen Worten zog er einen reichlich zerknüllten Frankfurter Tagboten aus der Tasche, drückte ihn so, dass Weißenborn den Artikel sehen konnte, den er ihm zeigen wollte, und klatschte mit dem Handrücken auf die Seite.

„Wir ändern unsere Verteidigungs= strategie, wenn Sie das gelesen haben", fuhr er jetzt fort, „aber so wars von radikal! Nie mehr mit diesem ganzen Quatsch von Reue und so! Ich war es gar nicht! An dem ganzen Einbruch bin ich vollkommen unschuldig! Alles, was der Staatsanwalt bisher nachweisen kann, ist ein einziger Fingerabdruck, der angeblich zweifelsfrei von mir stammen soll. Dass ich nicht lache! Der ist gar nicht von mir, der ist wahrscheinlich von so etwas wie einem Fingerabdruck=Doppelgänger von mir!"

„Aber Dormann", antwortete Weißenborn, „ich habe den Artikel auch gelesen. Das ist doch = entschuldigen Sie bitte = kompletter Schwachsinn, sich auf so

etwas berühren zu wollen. Da bringen Sie
doch den Richter nicht richtig gegen sich auf.
Daß es identische Fingerabdrücke von zwei
verschiedenen Personen geben soll, ist
überhaupt noch nicht wissenschaftlich
nachgewiesen, und so lange gelten immer
noch die alten Regeln. Daran werden auch
Sie nichts ändern können. Wahrscheinlich ist
es nur eine ungewöhnlich starke Ähnlichkeit,
und die genauere Untersuchung wird
ergeben, daß der angebliche Kunsträuber
und der deutsche Tourist Unterschiede in
ihren Fingerabdrücken aufweisen. Und
außerdem = für wie wahrscheinlich halten
Sie es im Übrigen, daß so etwas noch
einmal, und zwar ausgerechnet einen Tag
später und dann auch noch bei Ihnen
vorkommt? Bleiben Sie bei dem, was wir
besprochen haben, legen Sie ein Geständnis ab
und zeigen Sie Reue, oder Sie marschieren ab
in den Knast und kommen da auch so bald
nicht wieder raus! Sagen Sie am besten gar
nichts während der Verhandlung, machen
Sie nur Angaben zu Ihrer Person. Ich lasse
dann das Geständnis verlesen, und Sie
drücken Ihr Bedauern aus und schwören,
daß das nie wieder vorkommen wird. Das
reicht vielleicht aus, wenn wir Glück haben."

Aber Hermann hielt sich im Verlauf der Verhandlung nicht an die gut gemeinten Ratschläge seines Anwalts. Er berief sich auf den Zeitungsartikel und auf den Anspruch auf Unschuldsvermutung, wenn berechtigte Zweifel an der Beweis= führung bestanden. Er kassierte 2 Jahre und 6 Monate, eine Strafe, die nicht zur Bewährung ausgesetzt werden kann. Er werde in die Berufung gehen, ließ er dem Richter und dem Staatsanwalt noch nach. Aber dafür werde er sich einen anderen Anwalt suchen müssen, dachte Sebastian Weißenborn und verabschiedete sich von dem Uneinsichtigen, der, weil der Richter eine Fluchtgefahr nicht mehr ausschließen wollte, gleich in Gewahrsam genommen wurde.

Im Foyer traf Weißenborn noch einmal zufällig auf den Staatsanwalt Dr. Heimann.

„Was halten Sie denn von dieser Geschichte in der Zeitung?", fragte er ihn.

„Na ja, das wird sich sicher noch als Irrtum herausstellen. Aber wenn nicht, dann kommen wir in arge Schwierigkeiten mit unserer künftigen Beweisführung. Als nächstes wird man dann womöglich sogar noch DNA=Proben anzweifeln. Dann können Sie mit Dormann noch richtig Karriere machen, wenn Sie seine Rivision übernehmen und einen Präzedenzfall schaffen!"

Die amerikanischen Behörden sollten Erik Weizmann Diskretion zusichern, als sie ihn endlich aus dem Verhör entließen. Seine Ausschleusung nach Chicago sollte er verpasst. Wenigstens sollte man ihm einen Platz in der Business-Class eines der nächsten Flüge verschaffen. Zum Glück war die Konferenz, zu der er angereist war, erst für morgen geplant. Mit gut drei Stunden Verspätung bezog er sein Zimmer im Congress Plaza Hotel, schaltete den Fernseher ein und warf sich aufs Bett. Es dauerte nicht lange, bis CNN über den Vorfall mit ihm auf dem New Yorker Flughafen berichtete. Sein Name wurde nicht genannt und auch kein Bild von ihm gezeigt. Das FBI schien Wort zu halten. Es gab lediglich einen kleinen Filmbeitrag, der sich auf die zufälligen Videoaufnahmen eines Mitreisenden stützte. Darin war er aber nur von hinten zu sehen, als er noch am Einreiseschalter stand und mit den ersten Schwierigkeiten die Warteschlange aufhielt.

Persönlich zu nehmen war Weizmann
darauf nicht, und die demütigende
Verhaftungsszene sollte sich im hinteren
Bereich der Schalter abgespielt, den die
Kamera nicht mehr einsehen konnte.
Höchstens seine Stimme war zu hören, als
er gegen seine Verhaftung protestiert sollte.

Eine Woche später reiste Weizmann
in Frankfurt wieder nach Deutschland ein.
Hier sollten die Behörden offenbar eine
Mitteilung ihrer amerikanischen Kollegen
erhalten. Obwohl Weizmann in korrekter
Weise den Durchgang für EU=Bürger
wählte, stand ein deutscher Grenzbeamter
bereit, um ihn abzufangen und einer
eingehenden Personen= und Gepäckkontrolle
zu unterziehen. Die Personalien wurden
gemeinsam überprüft, und sein Pass sowie
sein Personalausweis = natürlich für Erik
Weizmann unsichtbar = einigen Tests auf
die Echtheit der Papiere unterzogen. Als
keine Zweifel mehr bestanden, ließ man ihn
endlich gehen.

Knapp zwei Wochen lang konnte
Weizmann danach seinem normalen
Geschäfts= und Privatleben nachgehen und
sollte den Kummer um seine Person schon
fast wieder vergessen, als ob an seiner

Wohnungstür klingelte und zwei Beamte des Landeskriminalamtes Einlaß begehrten. Er führte die beiden Männer in sein Wohnzimmer, ließ sie Platz nehmen und bot ihnen zu Trinken an.

„Wollen Sie mich jetzt wegen des Raubes der Mona Lisa festnehmen?", fragte er, halb im Scherz.

„Nein, ganz sicher nicht", antwortete der ältere der beiden Männer: „Auch Ihre Ausweise sind echt und von den zuständigen deutschen Behörden ausgestellt worden", fügte er hinzu.

„Was führt Sie also zu mir?", fragte Weizmann und setzte sich dabei auf den Sessel gegenüber der Couch, auf der die beiden Beamten saßen.

„Es gibt da ein paar offene Fragen bezüglich Ihrer Vergangenheit", meldete sich der jüngere Staatsdiener jetzt zu Wort.

„Was für Fragen?", entgegnete Weizmann, ein wenig – wenngleich kaum spürbar – schroffer.

„Laut Ihrer Ausweise wurden Sie am 23.8.1973 in Cottbus geboren. Ist das richtig so?"

„Wenn das da drin steht, dann wird es wohl so gewesen sein", antwortete Erik

Weizmann mit einem leichten Anflug von Sarkasmus.

„Wir haben natürlich Ihre Geburtsurkunden und die entsprechenden Einträge im Geburtenregister der Stadt Cottbus überprüft, die das auch bestätigen", sagte nun wieder der ältere der beiden. „Die Sache ist nur die, daß von beiden nur Kopien bestehen, die nach der Wende angefertigt worden sind. Originale scheinen nicht mehr zu existieren. Wie erklären Sie sich das?"

„Ich erkläre mir das überhaupt nicht. Wollen Sie mich etwa dafür verantwortlich machen, was die Behörden der ehemaligen DDR mit ihren Unterlagen = oder meinetwegen auch mit meinen Unterlagen = angestellt haben? Tut mir leid, da kann ich Ihnen nun wirklich nicht weiterhelfen. Da müssen Sie schon in Cottbus nachfragen."

„Das haben wir bereits getan. Wir haben sogar im Umfeld Ihrer früheren elterlichen Wohnung nachgefragt, und niemand konnte sich an eine Familie Weizmann erinnern."

„Das wundert mich nicht so sehr wie Sie. Wir sind für DDR=Verhältnisse oft umgezogen. Viele sind doch kurz vor oder bald nach der Wende in den Westen abgehauen. Heute wohnt wahrscheinlich auch in unserer Straße in Cottbus kaum noch jemand, der meine Familie überhaupt noch kennen könnte."

„Sie betreiben ein Antiquitäten=geschäft, nicht wahr?"

„Richtig, einen Antiquitäten= und Kunsthandel, um genau zu sein = und daraus leiten Sie jetzt ab, daß ich an dem Raub der Mona Lisa 1911 doch ein gewisses Interesse gehabt haben könnte, oder? Und Sie fragen nach meiner Identität. Ich sage Ihnen ganz im Vertrauen: Mein richtiger Name ist Ernst Braun alias Moritz Muflig, und mein Hobby ist es, durch die Zeit zu reisen!"

„Es gibt gewisse Hinweise darauf, daß Sie Kunstgegenstände und Antiquitäten nicht immer korrekt ein= oder ausgeführt haben und daß demzufolge dem Finanzamt gegenüber wohl auch nicht immer korrekt abgerechnet worden ist."

„Wer setzt solche schlimmen Gerüchte in die Welt? Wissen Sie, es hat schon immer gewisse Neider gegeben. Aber ich versichere Ihnen: Ich hinterziehe keine Steuern. Weder hier noch in irgendeinem anderen Land. Was ich verkaufe, ist legal eingeführt, gehört entweder zu meinem Geschäft oder zu meinem Privatvermögen. Aber – ist das Bundeskriminalamt neuerdings für die Steuerbehörde tätig?"

„Natürlich nicht", antwortete der ältere Beamte, „aber Sie haben in den Staaten versucht, Kontakt zu Mohammad Torgoddin aufzunehmen. Was wollten Sie von ihm?"

„Ich habe versucht, Kontakt zu einem Mann aufzunehmen, von dem ich vermutete, dass er mir geschäftlich von Nutzen sein könnte. Ich weiß seinen Namen nicht. Ich weiß nur, dass er auch mit Antiquitäten handelt. Wie kommen Sie auf Mohammad Torgoddin?"

„Alles deutet darauf hin, dass Sie nach diesem Mann suchen. Was wissen Sie über ihn?"

„Wie ich schon sagte: Eigentlich nichts. Aber warum ist das nötig für das BKA oder gar für das amerikanische FBI?"

„Torgoddin ist untergetaucht nach dem 11. September, hat alle Spuren so gut verwischt wie Osama bin Laden und wird immerfortwährend von den Amis mit dem Anschlag in Verbindung gebracht. Niemand hat mehr irgendetwas von ihm gehört, und dann tauchen Sie plötzlich auf, machen sich verdächtig und suchen nach ihm", erklärte der jüngere Beamte.

„Ich verstehe", sagte Weizmann, „und jetzt verdächtigen Sie mich, für die Al Qaida Geschäfte zu machen und Gelder zu waschen, habe ich recht?"

„Das haben Sie gesagt", antwortete der Jüngere.

„So weit sind wir noch lange nicht", fügte der Ältere beschwichtigend hinzu. „Aber die Amerikaner sind bei solchen Dingen sehr ungeduldig und werden leicht nervös. Wir bedanken uns, dass Sie uns Ihre sehr wertvolle Zeit geopfert haben."

„Keine Angst, über Zeit verfüge ich reichlich", sagte Erik Weizmann, während er die beiden Beamten an die Tür begleitete.

Als sie draußen durch das Tor des Grundstücks schritten, blickte sich Reinhard Wolf noch einmal um und sagte:

„So eine Wohnung hätte ich mir auch immer gewünscht. Aber da bin ich wohl in der falschen Gehaltsgruppe hängengeblieben."

„Die Wohnung ist sicher noch das Billigste an dem Japan. Hast du die Tauben gesehen, die da überall herumstehen? Von ägyptisch über Antik bis Mittelalter = alles da. Das kann doch nicht wirklich alles echt sein, oder?", fragte Dirk Neubert, wer an sich selbst als an seinen vorgesetzten Kollegen gerichtet.

„Meinst du denn, bei einem Kunst= und Antiquitätenhändler steht Nippes in der Wohnung herum?"

Erik Weizmann beobachtete durch die Gardine im Wohnzimmer, wie die beiden BKA-Männer in ihr Fahrzeug stiegen und davonfuhren.

„Die werden wiederkommen", dachte er, „wirklich sollte auch ich meine Tätigkeit bald wieder aufnehmen." Dann beschäftigten ihn die Gedanken an Torgaddin. Wer war das überhaupt der Mann, den er suchte? Und wie sollte er ihn finden, wenn ihn schon die amerikanischen Behörden jagten und nicht fanden?

3. Kapitel

Gegen 5 Uhr 30 am Morgen erreichte der weiße Mercedes Sprinter den Zollhof der deutsch-schweizerischen Grenzanlage in Weil am Rhein. Der Fahrer stellte das Fahrzeug hinter der ersten Schranke auf einem Parkplatz nahe dem Zollgebäude ab, verschloß es sorgfältig und ging zu Fuß hinüber zur Schweizer Raststation, um im Mövenpick einen Kaffee zu trinken und einen der leckeren Hörnchen dazu zu essen, vielleicht auch noch ein Birchermüesli; das wußte er noch nicht so genau.

Eine gute halbe Stunde später kehrte Claudio Santini zu seinem Fahrzeug zurück. Er grüßte den Posten an der Ausfahrtkontrolle, der inzwischen gewechselt hatte und vermutlich frischer aussah als sein Vorgänger. Ihm selbst steckte die lange Nacht, in der er den Morgen beladen, die Papiere ausgefüllt hatte und anschließend von Frankfurt hierher gefahren war, noch in den Knochen. Er reckte sich kurz, ehe er aus dem Fahrzeug die Zollpapiere holte und damit in die inzwischen geöffnete Schalterhalle der deutschen Ausfuhrkontrolle ging. Trotz des

kurzzeitig starken Andrangs an den
Schaltern ging es auch der deutschen Seite
zügig voran, und schon bald waren die
notwendigen Stempel in die Ausfuhr-
deklaration gedrückt. Ein Stockwerk höher
müßte man bei der Schweizer Einfuhr schon
voraussichtlich mehr Zeit investieren, das wußte
Tomtüni aus zahlreichen Transporten, die er
über diese Grenze bereits durchgeführt hatte.
Der Schweizer Zöllner, bei dem er landete,
war ihm zudem auch noch unbekannt, und so
rechnete er eigentlich damit, daß er noch eine
zeitraubende Revision über sich ergehen
lassen müßte. Nach ein paar Mißtrauen
vortäuschenden Zwischenfragen legte der
Zöllner Tomtünis Papiere aber eins nach
dem anderen auf die Hortsummmatte,
nahm sich, nahm den langen Stiel des
Einfuhrstempels in die Hand, schlug ihn
jeweils zweimal leicht in das
Stempelkissen und dann einmal fest auf
das Papier und entließ seinen Klienten mit
der Aufforderung, an die Kasse zu gehen.
Nachdem Tomtüni dort einige Tausend
Schweizer Franken als Einfuhr-
umsatzsteuer in bar bezahlt hatte, kam ihm
auf dem Weg zum Auto beiläufig in den
Sinn, daß alle Schweizer Zollbeamten wohl

von einem einzigen Ausbilder geschult
worden sein müssen, so gleich waren ihr
Verhalten stets geworden.

Den Schweizer Personalausweis mit
dem Namen Claudio Tontini darin legte
er auch dem Armaturenbrett sichtbar bereit,
obwohl er wußte, daß Fahrer, die vom
Zollbüro kommen, praktisch nie auf ihre
Identität überprüft werden. Durch das
geöffnete Fahrerfenster reichte er dem
Beamten, den er vorhin gegrüßt hatte, den
Warenausweis zu. Der warf einen
flüchtigen Blick auf das Papier, ob die
notwendigen Stempel darauf vorhanden
waren, schaute auf die Wimpel und
drückte den Knopf, der die Schranke
hochfahren ließ. Erleichtert steckte sich der
Fahrer eine Zigarette an, während er sich in
die Autobahn einfädelte. Er überquerte den
Rhein und ordnete sich auf der Basler Seite
im Gewirr der Straßentunnel in Richtung
Zürich ein.

Den Personalausweis mit dem
Namen Tontini verstaute er sorgfältig
bei den Fahrerpapieren und steckte
stattdessen einen Ausweis mit dem
Namen Urs Winterberg ins
Portemonnaie. Um halb neun Uhr stellte er

den Transporter auf dem Hof ab, der zu dem
Haus gehörte, in dem sich ihr
Antiquitätenhandel in der Züricher
Altstadt befand. Pünktlich um neun Uhr
erschien Herr Berger, ihr Geschäftsführer,
um den Laden zu öffnen. Berger half ihr,
die gerade aus Deutschland importierten
Waren ins Lager zu schaffen. Winterberg
nahm mit Berger die Katalogisierung vor
und berichtete, dass er schon morgen wieder
auf Geschäftsreise gingen. Den Firmen-
wagen ließ er stehen und mietete sich in
einem der gehobenen Hotels in der Züricher
Innenstadt ein. Er hatte keine Lust mehr,
für diese eine Nacht zu seinem Chalet
hinauszufahren.

Telefonisch nahm er Kontakt zu Lorel
Dahlbach auf, seinem besten Kunden in
Deutschland, und kündigte diesem an, dass
er ihm bereit sei das zu besorgen, was
dieser schon seit Jahren von ihm begehrte.
Winterberg brauchte Geld, so viel Geld, dass
er für ein paar Jahre untertauchen und sich
unter einer anderen Identität eine neue
Existenz aufbauen konnte. Es war ihm nach
dem Besuch durch das BKA zu riskant
geworden, weiterhin als Erik Weizmann in
Frankfurt zu leben. Auch der Urs Winter-

burg in Zürich war ihm zu unsicher geworden. Er beauftragte Burger, seinen loyalsten Mitarbeiter in Europa, mit der Abwicklung seiner beiden Antiquitäten-geschäfte und mit der Auflösung seiner Wohnung in Frankfurt sowie mit dem Verkauf des Chalets am Zürichsee und wies ihn an, die Erlöse auf sein Nummernkonto bei der ZKB Zürich einzuzahlen.

Minder als Claudio Constini getarnt, stieg er am Morgen am Sechseläutenplatz in ein Taxi und ließ sich nach Kloten zum Flughafen fahren. Problemlos checkte er für die Swiss-Air Maschine ein, die um 9:45 Uhr nach Kairo gehen sollte. Bis zum Boarding hatte er noch etwas Zeit und nahm sich deshalb die aktuelle Ausgabe der Neuen Zürcher Zeitung aus dem Regal, um darin zu blättern. Er hatte nicht unbedingt damit gerechnet, dass er einen Artikel über sich selbst darin finden würde, war aber auch nicht sonderlich überrascht, als er dennoch auf einen solchen stieß. Die Zeitung berichtete mit Bezugnahme auf einen früheren eigenen Beitrag unter der Überschrift:

Mona Lisa erneut untersucht – Deutscher endgültig entlastet, dass aufgrund der merkwürdigen Übereinstimmung der Fingerabdrücke eines deutschen Geschäftsmannes mit Abdrücken, die man an dem berühmten Bild der „Mona Lisa" nach ihrem Raub von 1911 genommen hatte, eine Expertenkommission das Werk Leonardo da Vincis mit modernsten Methoden erneut einer forensischen Untersuchung unterzogen habe. Dabei habe man festgestellt, daß der ominöse Fingerabdruck mit an Sicherheit grenzender Wahrscheinlichkeit schon kurz nach der Fertigstellung des Bildes hinterlassen worden sei und nicht erst bei dem Raub von 1911.

„Der Abdruck wurde zwar nicht in die ganz frische Farbe gemacht", berichteten die beiden namhaften Forensiker Marais aus Frankreich und Peterson von Scotland Yard nach übereinstimmenden Erkenntnissen. „Aber sie war auch noch nicht vollkommen durchgetrocknet, denn dieser Vorgang kann sich bis zu Wochen hinziehen. Die mikroskopisch feinen Haarrisse, die sich erst sehr viel später – nach Jahrzehnten oder gar Jahrhunderten durch weitere Austrocknung über das Bild ziehen, sollten aber auch den verwischten Fingerabdruck längst erfaßt. Dieser unterscheidet sich mithin deutlich von den Fingerabdrücken, die man 1913 von Vincenzo Peruggia, dem Haupt- und jetzt noch auch wieder alleinigen Täter des Raubes, genommen habe. Der Fingerabdruck sei ganz sicher älter als 450 Jahren, berichteten die beiden Untersuchungsbeamten. Der Frankfurter Geschäftsmann sei damit endgültig entlastet. „Aber auch vorher habe wohl kein vernünftbegabter Mensch, außer den sicherheitsfanatischen und blind computergläubigen Einwanderungsbeamten in den USA, ernsthaft an dessen Unschuld gezweifelt", fügte Morais, mit dem Wunsch, das Lächeln der Mona Lisa zu imitieren, schmunzelnd hinzu. Auf unsere Frage, ob der Abdruck Leonardo selbst zugeschrieben werden könne, antworteten die Fachleute, daß sie diese Möglichkeit vorher bestätigen noch ausschließen würden. „In der Zeitepoche des Leonardo da Vinci könnte das Bild in der Hand gehalten haben. Die Betonung liegt dabei aber auf Zeitepoche", erklärt Andrino Peterson. Daß es das geheimnisvoll lächelnde berühmte Modell selbst gewesen sein könne, schloß er aber aus. Zu mehr als 99 Prozent

Wahrscheinlichkeit stammen der Abdruck von einem Mann.

Noch ehe Tomtini den Artikel zu Ende gelesen hatte, wurden die Passagiere der Business-Class, zu denen auch er gehörte, aufgerufen, in den abflugbereiten Airbus einzusteigen. Tomtini faltete die Zeitung hastig zusammen und steckte sie in seine Jackentasche, denn er wollte den Artikel auf jeden Fall noch fertig lesen. Kaum hatte er Platz genommen und sich angeschnallt, faltete er das Blatt wieder auseinander. Der letzte Absatz des Artikels beschäftigte sich mit der inzwischen weltberühmt gewordenen Frage, ob es denn nun tatsächlich möglich sei, dass zwei unterschiedliche Individuen dieselben Fingerabdrücke aufweisen könnten.

"Ein Beweis dafür habe sich aus den abgeschlossenen Untersuchungen nicht ergeben", setzte Tomtini seine Lektüre um fort. „Man müsse allerdings zugeben, dass zwischen den Fingerabdrücken des Frankfurters und des Bildbetrachters vor etwa 500 Jahren eine große Ähnlichkeit bestünde", erklärte Peterson sehr konzentriert und seine Worte mit Bedacht wählend. „Von einer Identität kann jedoch nicht ausgenommen werden, da mit großer Wahrscheinlichkeit zum Beispiel im Bereich der Hauerisse des Bildes, in denen je Teile der Spur unwiederbringlich verloren sind, dadurch Unterschiede erkennbar geworden sein könnten. Wir stellen also fest, daß signifikante Ähnlichkeiten der Fingerabdrücke bei verschiedenen Individuen in seltensten Fällen möglich sind. Eine Identität bleibt jedoch unbeweisbar. Bisher ist dieses bei Zwischenmessen noch niemals nachweisbar aufgetreten. So lange bleiben Fingerabdrücke eindeutige Beweismittel in der Rechtsprechung" lautete das Fazit der Experten in Übereinstimmung mit Erklärungen durch die Justizminister fast aller Länder mit rechtsstaatlichen Systemen.

Die Mona Lisa lächelt inzwischen wieder geheimnisvoll durch ihr Panzerglas im Pariser Louvre hindurch. Mancher Besucher schwört, daß ihr Lächeln jetzt noch rätselhafter geworden sei, im Bewußtsein, der Menschheit noch einmal ein neues großes Rätsel aufgegeben zu haben."

Pünktlich wie ein Schweizer Uhrwerk setzte die Maschine um 14:35 Uhr auf der

Landebahn des Internationalen Flughafens von Kairo auf. Eine gute Stunde
später hatte Claudio Tontini die
Einreiseformalitäten hinter sich gebracht
und befand sich nun, nach noch einmal einer
halben Stunde Taxifahrt, im Zentrum der
alten Millionenstadt, am Talaat Harb
Platz. Eine ganze Meute junger Männer
drängte sich ihm sofort auf, um ihre Dienste
als Fremdenführer durch die Märkte und
zu den Sehenswürdigkeiten der Stadt
anzubieten. Seine Versuche in englischer
Sprache, diese Leute loszuwerden,
scheiterten plötzlich, obwohl beinahe alle ihn
auf Englisch angesprochen hatten. Entweder
verstanden sie nicht, daß er keinen Führer
brauchte, oder sie wollten es nicht verstehen.
Erst als er sich nicht mehr anders zu helfen
wußte und sie in bestem Arabisch
anherrschte, sie mögen ihn endlich in Frieden
lassen, schreckten sie zusammen und
verschwanden so schnell, wie sie gekommen
waren. Tontini ärgerte sich über sich selbst.
Es wäre nicht notwendig gewesen, so viel
von sich preiszugeben. Andererseits konnte
er es auch nicht gebrauchen, wenn jemand
erführe, wohin er unterwegs war. So fühlte,
als wäre er ein wenig gewesen, verweigerte er

durch die engen Gassen des Khan=El=Khalili Basars hindurch. Um die vielen „sing, Mister, wont so honor a look into my shop"=Rufe kümmerte er sich nicht; die orientalischen Gerüche nahm er kaum wahr; obwohl sie ihn unwillkürlich in seine eigene Vergangenheit versetzten. Er konzen=trierte sich ganz auf seinen Weg. Hinter dem Café El Fishawi zögerte er kurz, besann sich aber eines Besseren, bog nach rechts ab, statt nach links, wie ihm die erste Intuition vorgegeben hatte, und erreichte kurz darauf sein Ziel: Ein im Geviert der vielen kleinen Stände, Läden und Marktstätten recht großes Geschäft, das zwar über einen nur unscheinbaren Eingang verfügte, sich dafür aber über drei Stockwerke und mehrere zusammen= hängende Gebäude erstreckte. Gehandelt wurde hier mit mehr oder minder teuren Antiken, kostbarem und echtem Schmuck und mit Antiquitäten aus den ägyptischen Pharaonenreichen.

Moritz Ben=Aziz erwartete ihn gleich, als er durch den Laden schritt. Unwill= kürlich warf er sich zu Boden, um seinem Herrn zu huldigen. Toutöni wollte das verhindern, reagierte aber zu spät und bemühte sich nun, seinen Geschäftsführer dazu zu bringen, so schnell wie möglich wieder aufzustehen. Tomani sah sich um. Glücklicherweise schien diesen Akt altmodischer Unterwürfigkeit niemand im Laden bemerkt zu haben. Tomani sah Ben-Aziz mahnend an und zwar ihn fast ein wenig unsanft in sein Büro.

Während er den Mann alter Schule noch einmal eindringlich aufforderte, Gesten dieser Art in Zukunft zu unterlassen, vollzog er rasch seine Verwandlung in den vornehmen ägyptischen Geschäftsmann Mustafa El-Bakir. Eine neue, elegante Galabija fand sich in seinem persönlichen Schrank der dem Laden angeschlossenen Wohnung. Die westliche Kleidung legte er ab und streifte stattdessen die Galabija über; dazu füllte er in die Gürteltasche alle Utensilien, Geld und Kreditkarten, die einem ägyptischen Geschäftsmann Achtung und Geltung verschafften. Jetzt war Tomani wirklich zu Mustafa El-Bakir geworden. Erst in dieser Kleidung fühlte er sich wieder wie ein Ägypter.

Er wies Ben-Aziz an, den Privatjet für den morgigen Tag bereitstellen zu lassen. Außerdem sollte er den Helikopter in

...abora ausstanden und durchschauten lassen. Ben-Aziz veranlaßte das Notwendige.

Noch bevor der Verkehr Kairos seinen chaotischen Höhepunkt erreichen konnte, ließ sich El-Bakir von seinem Wirtraten zum Flughafen fahren. Der Pilot hatte die Maschine schon bereitgestellt und alle Abflugformalitäten erledigt. Zehn Minuten später konnte El-Bakir bereits die mächtigen Pyramiden von Gizeh, die eindrucksvollen Grabstätten seiner Vorgänger; im ausgehenden Sonnenlicht unter sich bewundern. Sie flogen von alten Memphis nilaufwärts, überquerten Achet-Aton, die Gründung Echnatons und sein einstiger Amtssitz. Jedes Mal, wenn er diese Strecke flog, überkommen ihn alte Erinnerungen, schöne und schmerzvolle. Doch dieses nützliche Verkehrsmittel war einfach zu schnell, um sie vollständig in seine Seele einzulassen. Schon kamen beim Anblick von Theben am mächtigen Strom des Nils andere Erinnerungen auf, dann erkannte er den ersten Katarakt mit Assuan unter sich. Der innere Film mit den Erinnerungen endete dort vorläufig, denn als seine Gedanken El-Bakir immer wieder aufs Neue über die ungeheuren Wasserflächen, die der Damm des Nasser-Sees aufgestaut hatte. Die Nilschwemme, die man früher alljährlich herbei gebetet hatte, war mit ihrem Bau nicht länger den Launen der Natur ausgesetzt. Sie war nur per Knopfdruck regelbar geworden. Allerdings, so hatte er in Gesprächen mit den Bauern am Fluß erfahren, blieb seitdem auch der fruchtbare Nilschlamm aus, der mit Alters her für die wirklich reichen Ernten gesorgt hatte.

Eine ganze Zeitlang überflogen sie die ungeheuren Wassermassen. Erst als sie den breiten See hinter sich gelassen hatten, wendete die Maschine ihre Reisehöhe, schwenkte in östliche Richtung ab und begann mit dem Landeanflug auf Abarca im heutigen Sudan. Dabei überflogen sie Korismo, dessen alter Name Napata El-Barkir noch vorhin wiederkäuer war. Der Anblick des Burgus Bankal und der Pyramiden von Al-Kurrü an der südlichsten Grenze des alten Ägyptens versetzten ihm auch heute noch einen Stich ins Herz. Woran sie es doch nicht gewohnen, die für ihn den letzten Anblick von Zivilisation für eine langen, schweren Zeit der Wiederannäherung in seinem Leben bedeutet hatte.

Der Helikopter stand auf dem Flugplatz von Asbara vor dem Hangar schon bereit, als der Jet ausrollte. El=Bakir holte von seinen Leuten noch schnell einige Informationen, die den Flug betrafen, ein und setzte sich dann selbst an den Steuerknüppel seines noch ziemlich neuen EL 135. Massen von Staub aufwirbelnd, erhob sich die Maschine kurz darauf senkrecht in den vor Hitze weiß glühenden Himmel, drehte die Nase nach Westen und tauchte nach vorn ab, um Geschwindigkeit aufzunehmen. Schnell hatten El=Bakir und der neben ihm sitzende Ben=Aziz die schachbrettartig angelegte Stadt hinter sich gelassen, überflogen den Nil und erreichten die Wüste. Scheinbar endlose Sanddünen türmten sich unter ihnen auf. Von Leben war kaum noch etwas zu sehen. Hin und wieder ein paar vertrocknete Büsche, die Fahrspuren von Jeeps oder Lastwagen, dann folgten glatt polierte Hochflächen, von denen der heiße Wüstenwind selbst die letzten Sandkörner fortgeweht hatten. Weiter und weiter überflogen sie Dünen, bis endlich kahle Hügel und schließlich Berge vor ihnen auftauchten. El Bakir drosselte allmählich die Geschwindigkeit und zog die

Maschine noch etwas höher, um mit genügend Abstand einen Grat zu überfliegen. Dahinter befand sich ein zerklüftig felsiges abgezäuntes Gebiet. Es schloß einige schroffe Hügel und ein tief eingeschnittenes System von Tälern aus Sand- und Kalkstein ein. El-Borkin steuerte eine kleine ebene Fläche am Rand einer der Täler an und ließ den Hubschrauber langsam senkrecht nach unten schweben. Sanft setzte er auf und ließ die Rotoren ausdrehen.

Die beiden Männer öffneten die Türen und verließen das Fluggerät. Noch immer sah sich El-Borkin vorsichtig um, ehe er sich auf dem Gelände bewegte. Das war ihm fast zum Instinkt geworden, denn früher lauerten hier Löwen auf leichte Beute. Für sie war es nicht ein Schlaraffenland geworden. Es gab genügend Wasser in den Felsspalten der Täler, sogar einen kleinen See in einer von ihnen. Wirklich Beute schlagen mußte der König der Tierwelt selten. Es reichte, zu warten, bis wieder ein elend wandernder Oryx aus der alten Goldmine herausgekrochen und achtlos vorgeworfen würde. Diese Zeiten waren lang vorbei, das wußte El-Borkin

73

natürlich. Die Löwen waren hier längst
ausgestorben, und kein heutiges Raubtier
wäre mehr in der Lage, die Mühen der
immer größer werdenden Wüsten lebend zu
überwinden, um hierher zu kommen. So
trafen die beiden Männer auch dieses Mal
nur auf Vögel und Eidechsen auf dem Weg
in die Schlucht, die diese Bergnorls als
einzige inzwischen schon seit einer kleinen
Ewigkeit bewohnten. El-Bakir und Ben-
Aziz erfrischten sich kurz am kühlen Naß
des kleinen Tmb, ehe sie das letzte Stück
zur alten Mine zurücklegten. Ihr Eingang
lag verschkt hinter einer Reihe von
Biegungen tief im Schatten eines roten
Felsüberhangs. Ein alt aussehendes
Eisengitter versperrte den Zugang. Der
Durchgang war zwar eigentlich geräumig,
wirkte aber eng, weil er von der Felspartie
her ziemlich zugemauert war. Dem
Augenschein zufolge hatte die Höhle schon
seit langem niemand mehr betreten. Ben-
Aziz schloß das Gitter auf. Während El-
Bakirs Augen sich langsam an die
Dunkelheit zu gewöhnen begannen, tauchte
er unwirklich in seine Erinnerungen ab: Er
hörte die Schreie der Aufseher, die
Peitschenhiebe, unter denen er verschkt

74

zusammenführe. Wieder sehen sie das Bild vor sich, von Schrauben den völlig zerschundenen Körper eines toten Mannes, der kaum älter war als er selbst, hier durch den Eingang schlichten. Hände und Füße waren vollkommen aufgerissen und bar jeder schützenden Haut. Der blasse Kopf und der fast schon bläuliche Körper übersät mit Narben und offenen, teils eitrigen Stellen; der Rücken überzogen mit unzähligen verwachsenen und teilweise noch offenen Peitschenstriemen, die immer wieder blutig geschlagen worden waren. Dennoch war ihm in dem geschundenen Gesicht ein gewisser letzter Anflug von Zufriedenheit aufgefallen. Später sollte er diesen Ausdruck in den Zügen der Toten noch oft gesehen und er sollte lernen, sie daran zu bemerken: Es war die Gewissheit, das Martyrium endlich überstanden zu haben. Draußen, im gleißenden Licht der Mittagssonne, die der Tote vor Jahren zum letzten Mal gesehen sollte, sah er noch schrecklicher aus, so, als wäre er bereits halb verwest. Die Augen blickten starr aus tiefen Augenhöhlen heraus, er war bis auf die Rippen abgemagert und bleich. Wie Schrauben packten ihn an den Gliedmaßen, nahmen zweimal Schwung und warfen ihn beim dritten Mal noch ein Stück durch den Abhang hinunter; wo die Löwen bereits auf ihr Opfer warteten. Doch selbst sie richten sich nicht gleich um ihren Fraß, sondern gedüldeten sich noch einen Augenblick, um zu sehen, ob nicht noch etwas Besseres nachfolgte.

„Herr", riß Ben=Aziz ihn aus seinen Gedanken zurück in die Gegenwart, „du kommst eintreten!" El=Bokir schüttelte seinen Gedanken förmlich ab, sagte, noch etwas geistesabwesend, „Äh, ja, danke" und schritt, nun wieder ganz im Hier und Jetzt, durch die mächtige Stahltür in die gewaltigen Halle. Ben=Aziz folgte sie auch schon verwünscht, und jeder unbedachte neue Besucher wären bei dem Anblick der Schätze, die darin standen, ganz wie in einem Märchen, vor Ehrfurcht auf die Knie gesunken. Ben=Aziz war der treue und geheime Verwalter dieses Schatzes. Das Amt folgte seiner Familie schon seit vielen Generationen inne und sie waren für ihre bedingungslose Treue als so reich entlohnt worden, daß ein Ben=Aziz ein Narre sein müßte, wenn er gegenüber El=Bokir sein Vertrauen verspielen würde. Zudem stand der Familie schon immer die bloße Ehre, diesem Herren dienen zu dürfen und sein Vertrauen bedingungslos zu genießen, über allem irdisch Erreichbaren.

El-Barir selbst hatte sich das meiste von den zusammengetragen, was ihm oder seiner Familie gehörte und ihm von Wert erschien. Anderes hatte er einfach vor der Zerstörung bewahren wollen. Er hatte zusätzlich Dinge gesammelt, die ihm lediglich gefielen, aber auch Gegenstände bemüht dazu erworben, von denen er sicher war, daß sie mit der Zeit an Wert gewinnen würden und ihm in der Zukunft helfen, seinen Lebensunterhalt bestreiten zu können. Zu diesem Zweck trat er in letzter Zeit auch immer wieder als Kunst- und Antiquitätenhändler auf, der seinen Kunden stets etwas Besonderes zu bieten in der Lage war. In einer der Hallen bewahrte er in kostbaren Tonkopfsärgen sogar die einbalsamierten Toten auf, die ihm in seinem Leben die liebsten und wichtigsten waren. Ihnen stattete er jetzt einen respektvollen Besuch ab, ein Ritual, das er immer unternahm, wenn er hierher in die alte Mine kam.

Es gab einen Raum hier im Burg, den Ben-Aziz das Allerheiligste nannte, und den er nicht ohne El-Barir betreten konnte und durfte. In ihm bewahrte El-Barir Gegenstände auf, die ihm selbst oder großen Teilen der Menschheit heilig waren. Die Situation sollte ihn gezwungen, einen dieser Gegenstände einem äußerst potenten Kunden anzubieten, der schon lange danach gestrebt hatte. El-Barir gab die Kombinationsreihe ein und öffnete den Raum. Er nahm ein kleines Holzkästchen aus einem der Regale, das mit der Sonnenscheibe Atons geschmückt war. Die Bänder an den Enden der Sonnenstrahlen umfaßten die Hieroglyphenkartusche mit dem Namen Nofretentaton Nofretiti. Er öffnete das aus edlem Holz gearbeitete Kästchen und entnahm ihm das goldene Atonkreuz, das Königin Nofretete zu ihren Lebzeiten zur Ehre ihres und Echnatons Gottes getragen haben sollte. El-Barir konnte sich kaum erinnern, wann er es das letzte Mal in der Hand gehalten hatte, und betrachtete das Kreuz deshalb etwas eingehender. Es war etwa handgroß, wovon nahm der Kreis über dem eigentlichen Kreuz ungefähr ein Drittel ein. Es war schwer,

noch aus massivem Gold, ansonsten aber
überraschend schlicht. Es gab keine Inschrift.
‚Aber das ist Sonngummt in Echnatons
Ansicht über seinen Gott', dachte er. ‚Atons
göttliche Strahlen sollten von nichts
behindert oder abgelenkt werden.'

Ganz anders war das Kästchen
gearbeitet. Die Außenseite war in
immer noch erstaunlich frischen Farben in
typisch ägyptischen Motiven ausgemalt.
Die Hieroglyphenschrift führte vom
Lobgesang Echnatons auf Aton. El-Bakir
überflog die Zeilen:

"Es lebe Rn-Horachte, der im
Lichtland jubelt in seinem Namen als Schu,
der in Aton ist. Es lebe Rn, der horizontische
Herrscher, der im Lichtland jubelt in seinem
Namen als Rn, der Vater, der als
Sonnenscheibe Aton kommt."

Er legte das Kreuz zurück in die
passgenau geformte Vertiefung des
massiven Kästchens, die mit einem
wertvollen Stoff überzogen war. Das
Ganze hatte jedoch im Lauf der Zeit etwas
gelitten. Die Farben waren verblasst, die
Ränder an den Holzvertiefungen waren
teilweise gebrochen und es gab ein paar
kleinere Löcher. El-Bakir überprüfte die

Daten des Raumes, insbesondere die Luftfeuchtigkeitsbremsen, löschte das Licht, zog das schwere Stahltor zu und sicherte es. Ben-Aziz sollte, nachdem er die Einrichtung über die moderne Tolar-anlage überprüft sollte, diskret in der Haupthalle abgewartet und ging Al-Bakir nun unterstützend zur Hand.

Nach kaum zwei Stunden steuerte El-Bakir den Helikopter. Er steuerte ihn nicht zurück nach Alboura, sondern nach Khartoum, wo die Falken 2000, deren Überführung er vorher angeordnet sollte, gerade für den Flug nach Europa ausgestattet wurden. El-Bakir sollte sich entschlossen, seine augenblickliche Identität für die neuste Einreise in die Schweiz beizubehalten. Die Ausfuhr von altägyptischen Antiquitäten war zudem vorteilhaft einfacher von Sudan aus zu regeln als aus Ägypten, zumal El-Bakir einen gewissen Einfluß auf die sudanesische Regierung pflegte.

4. Kapitel

Während sein Vorgesetzter den Angaben Weizmanns Glauben schenken zu wollen schien, sollte sich Diel Neubert mit dessen Aussagen nicht anfreunden können. Schon als er nach der Befragung mit Wolff noch einmal zu Weizmanns Wohnung hinaufgeblickt und gesehen hatte, daß sich der Vorhang leicht bewegte, war sein Entschluß herangereift, notfalls auch allein gegen ihn weiter zu ermitteln, falls Wolff die Sache einzustellen gedachte.

Wolffs Bericht an die Amerikaner fiel erwartungsgemäß recht beschwichtigend aus. Neubert sah seine Chance zum Steilaufstieg gekommen. Er setzte sich nach Dienstschluß und hinter Wolffs Rücken telefonisch mit den Amerikanern in Verbindung. Sie waren sehr interessiert an seiner Aussage und wollten ihn am nächsten Tag sehen. Neubert hatte unbändiger Ehrgeiz gepackt. Die innere Unruhe hatte ihn schließlich veranlaßt, sich in seinem Wagen vor Weizmanns Wohnung auf die Lauer zu legen. Auf diese Weise konnte er beobachten, wie dieser noch am Abend in die Firma fuhr, seinem

Geschäftsführer zu sich bestellte und schließlich mit einem beladenen weißen Menandes Sprinter die Stadt verließ. Anübnd war Weizmann anschließend bis auf den Zollhof an der Schweizer Grenze gefolgt und hatte bemerkt, daß Weizmann Waren verzollen wollte. Während der Antiquitätenhändler frühstückte, hatte er überlegt, ob er ihn jetzt schon auffliegen lassen sollte, indem er die deutsche Zollbehörde zu einer Durchsuchung des Fahrzeugs veranlassen würde. Diesen Gedanken verwarf er aber gleich wieder, denn wegen eines simplen Ausführdelikts, oder was auch immer man bei ihm finden würde, könnte er nicht einmal sein eigenmächtiges Handeln vor dem BKA rechtfertigen. An Hintermänner, die er dann ganz allein enttarnt haben würde, kam er auf diese Weise schon gar nicht heran. Nein, er würde Weizmann weiter verfolgen und auf eine günstigere Gelegenheit warten.

Einstweilen verständigte er seine Dienststelle, daß er dort heute nicht erscheinen würde. Das Handy schaltete er aus, weil er befürchtete, sonst unangenehmen Nachfragen seiner Vorgesetzten gestellt zu bekommen. Erst wollte er etwas Handfestes vorweisen können.

Er beobachtete, wie Weizmann sich dem Lieferwagen näherte, einstieg und damit an die Schranke fuhr, die er wenige Augenblicke später passierte. Neubert wollte ihm einfach nachfahren. Aber die Schranke hatte sich schon wieder geschlossen. Der Schweizer Beamte an der Schranke gehörte zu denen, an die man nicht geraten durfte, wenn man es eilig hatte.

„Sie haben es wohl sehr eilig, in die Schweiz zu kommen", sprach er Neubert im landestypischen Akzent an, „Ihren Laufzettel, bitte!"

„Bitte lassen Sie mich durch!", versuchte Neubert freundlich zu antworten, obwohl ihm wegen jenes offensichtlichen dummen Fehlers der Blutdruck auf 180 gestiegen war.

„Da könnte ja jeder kommen! Sie haben ja noch nicht einmal eine Wegnette!"

Neubert kochte innerlich bereits, schon hatte er die Hand an seinem Dienst-ausweis und wollte dem Schweizer Zöllner diesen unter die Nase reiben, damit er ihn gefälligst sofort durchfahren ließe. Aber im letzten Augenblick besann er sich eines bessern, denn plötzlich fiel ihm ein, daß er in der Schweiz ja überhaupt keine Bekanntin hatte. Er entschuldigte sich zähneknirschend und sagte:

„Ich fürchte, ich habe mich in der Tür geirrt. Könnten Sie mich bitte durchfahren lassen? Ich habe nichts zu verzollen."

„Zeigen Sie mir bitte erst einmal Ihren Ausweis und Ihre Fahrzeugpapiere und dann machen Sie den Kofferraum auf!", entgegnete ihm der Beamte.

Schon wollte Neubert wieder aufbrausen, besann sich aber augenblicklich und stieg aus dem Fahrzeug aus, um den Kofferraum zu öffnen. Der Zöllner schien die Papiere nicht weiter beanstanden zu wollen und händigte sie seinem Gegenüber wieder aus, nachdem er den leeren Kofferraum inspiziert hatte. Neubert setzte sich sogleich wieder in den Wagen und startete den Motor in der Erwartung, daß sich die Schranke nun endlich öffnen würde.

„Sie müssen noch eine Wignette kaufen, sonst kann ich Sie nicht fahren lassen!", sagte er aber, anstatt auf den Schrankenknopf zu drücken.

‚Herr Gott nochmal', fluchte Neubert innerlich. Er sagte:

„Und was bekomme ich dir?"

„Bei mir. Das macht 40 Franken."

„Geht's auch in Euro?", fragte er.

„Dann sind es 25 Euro, aber bitte in bar und passend", entgegnete der Zöllner.

Neubert riß das Portemonnaie aus seiner Gesäßtasche heraus, während der Schweizer kurz in seinem Glaskästchen verschwand, um eine Vignette und den Quittungsblock herauszuholen. Zwischen einigen 50 Euroscheinen fingerte er einen Zwanziger und einen Zehner hervor und streckte dem Beamten die beiden Scheine entgegen.

„Quittung brauche ich nicht!", sagte er und unterdrückte dabei mühsam einen Zähllaut. Der Schweizer nahm die 30 Euro und wollte die Hand mit der Vignette, die er in Neuberts Richtung schon ausgestreckt hatte, gerade wieder zurückziehen, weil er kein Wechselgeld hatte. Neubert zog ihm den Aufkleber aber blitzschnell aus der Hand und warf ihn auf den Beifahrersitz.

„Stimmt so!", sagte er nervös.

„Wir dürfen kein Trinkgeld annehmen!", beschwerte sich der Schweizer.

„Machen Sie doch einfach mal eine Ausnahme – und die Schranke auf – bitte schön!"

Endlich bewegte sich der Finger des Grenzbeamten in Richtung Schrankenknopf. Währenddessen sagte er:

„Die Vignette muß immer an der Windschutzscheibe angeklebt werden!"

„Ja, ja! Danke!", rief Neubert und fuhr los.

„Das kostet hundert Franken Strafe!", rief ihm der Zöllner noch hinterher.

Neubert zwang sich bis zur Auffahrt auf die Autobahn zum Einhalten der Geschwindigkeitsbegrenzung. Aber dann wechselte er sofort auf den linken Fahrstreifen und kümmerte sich nicht mehr um die erlaubten 80 Stundenkilometer. Er drückte aufs Gas und rückte ständig an der Lichthupe herum. Die Autobahn verzweigte sich mehrfach. Er mußte eine Entscheidung treffen und entschied sich dafür, den Schildern nach Zürich zu folgen. In einem der verzweigenden Tunnel wurde er geblitzt.

„Scheiße!", schrie er in sein Auto hinein und hoffte inständig, daß ihn die Schweizer Polizei nicht gleich wieder aus dem Verkehr ziehen würde. Sie lag aber niedriger auf der Lauer. Kurz vor der Verzweigung Außst entschloss er sich vor sich einen weißen Sprinter und gewann etwas an Zuversicht zurück, dass er Weizmann doch noch einholen könnte. Der Sprinter bog nach rechts ab. Am Berg überholte er ihn und erkannte, dass es Weizmanns Wagen war.

,Gott sei Dank', dachte er. ,Wenn das alles auch noch für die Katz' gewesen wäre!

Auf dem nächsten Parkplatz wartend, ließ er ihn vorbeiziehen, hängte sich in einiger Entfernung an ihn dran und entspannte sich allmählich wieder auf dem Weg nach Zürich. Dort beobachtete er, wie Weizmann mit einer anderen Person auf dem Hof eines Antiquitätenhandels mit Namen Winterberg den Wagen entlud. Nähere Informationen konnte er dabei noch nicht ermitteln; um die Schweizer Polizei einzuschalten, waren die Verdachtsmomente noch zu wag. Er beschloss abzuwarten. Irgendwann schlief er in seinem Auto ein, denn er war nun schon die zweite Nacht darin unterwegs. Mit einem gehörigen Schrecken erwachte er einige Zeit später wieder: Der Sprinter stand noch da, doch im Laden war alles dunkel.

„Ich Idiot = ich vertrottelter Voll= idiot!", schrie er sich selber an.

Er besorgte sich eine Hotelliste von Zürich und begann sie = die teuren Häuser zuerst = abzutelefonieren. Doch nirgendwo war ein Meixmann oder Mextberg, nach dem er sicherheitshalber auch gleich fragte, angemeldet. Er bekam heraus, daß dieser Mextberg irgendwo am Zürichsee ein Chalet besaß, und fuhr dorthin. Aber das Haus sah absolut unbewohnt aus, die Fensterläden waren geschlossen und bestimmt schon seit Wochen nicht mehr angewischt worden. Eine, wenn auch geringe Chance, Meixmann zu finden, sah er darin, die Hotels mit einem Bild von Meixmann abzuklappern. Doch er besaß natürlich keins. Daher kam er auf den Einfall, Frank Forster, den Koordinator für amerikanische Sicherheitsangelegenheiten, in Frankfurt anzurufen. Das Telefon klingelte eine ganze Weile, ohne daß jemand abnahm. Schon wollte Neubert wieder auflegen, als er hörte, wie die Verbindung schließlich doch noch hergestellt wurde. Forster meldete sich von seinem Mobilfunkgerät:

„Neubert?....Neubert?....Ach, Mr. Neubert! Wo haben Sie die ganze Zeit gesteckt? Sie wollten doch heute zu uns kommen!"

Neubert erklärte ihr seine Situation im Telegrammstil und bat ihn, ihm per MMS ein Foto von Weizmann zu senden. Es müßten doch Fotos von ihm gemacht worden sein, als er in New York festgenommen worden war.

„Sie stellen sich das ein bißchen zu einfach vor. So schnell komme ich da nicht ran. Außerdem sind Sie nicht autorisiert, Daten von US-amerikanischen Behörden zu empfangen. Sie bringen mich in Teufelsküche, wenn ich das tue."

„Ich bin ganz dicht an ihm dran", drängte Neubert, „und wenn er tatsächlich was mit diesem Torgaddin zu tun hat? Ist es nicht besser, eine Spur zu viel zu verfolgen als eine zu wenig?"

„Also gut, ich werde sehen, was ich für Sie tun kann. Aber es kann eine ganze Weile dauern."

Erst spät in der Nacht klingelte Neuberts Handy. Er öffnete die MMS und betrachtete das leidlich gute Bild des Mannes, den er suchte. Sofort begann er, die Hotels abzuklappern. Die Schweizer

Hotelportiers verrieten sich aber als nicht so auskunftsfreudig, wie er es sonst – freilich mit einem deutschen Dienstausweis in der Hand – gewohnt war. Einer glaubte wenigstens, die Person gestern schon einmal gesehen zu haben. Schließlich erinnerte er sich daran, daß er den Herren kein Zimmer hatte geben können, weil das Hotel ausgebucht war. Er habe daraufhin für den Mann in verschiedenen Hotels nach freien Zimmern nachgefragt und ihm schließlich das Hotel Bauer au Lac empfohlen, fügte er hinzu, aber, ob er tatsächlich dorthin gegangen ist, das wisse er nicht genau.

Im Bauer au Lac verweigerte man ihm ganz einfach die Auskunft. Ohne die Anordnung eines Schweizer Richters oder Staatsanwalts gebe man keine Informationen über die Gäste des Hauses preis. In den meisten anderen Hotels war das Ergebnis ähnlich. Neubert verzweifelte fast. Das konnte ihn den Job kosten. Auf jeden Fall würde es ihm ein Disziplinar= verfahren einbringen. Er wollte überlegen, wie er am besten aus dieser Situation herauskommen konnte, und setzte sich in seinem Wagen, der gegenüber dem Hotel bald auf Los im Parkverbot stand. Der Tag brach an; er war noch immer sehr müde.

Jemand klopfte gegen das Fenster seines Wagens. Norbert schreckte hoch. Es war ein eidgenössischer Polizist. Ein weiß-rotes Polizeifahrzeug mit seinem Kollegen darin stand schräg vor seinem Auto.

„Sie können hier nicht parken", sagte der Beamte, nachdem Norbert das Fenster heruntergefahren hatte. Kalte Luft schlug ihm entgegen, die ihn unmittelbar noch mehr frösteln ließ.

„Und im Auto schlafen darf man in der Schweiz auch nicht!", fügte er hinzu. „Haben Sie etwas getrunken?", wollte er wissen.

„Nein", entgegnete Norbert.

„Dann steigen Sie doch bitte einmal aus und zeigen mir Ihre Papiere", insistierte der Beamte.

‚Was soll's?', dachte er und tat, was man von ihm verlangte. Der Polizist ging zu seinem Wagen, ließ in der Zentrale Norberts Daten kontrollieren und kehrte mit dem Alkoholtestgerät zurück.

„Was soll denn das nun wieder?", fragte er mit leicht vorwurfsvoller Stimme. „Hören Sie, ich bin selbst Polizist!"

In diesem Augenblick bemerkte er gut 50 Meter von sich entfernt einen Mann, von dem er plötzlich glaubte, daß es Meizmann sein könnte. Ohne ihn wegen der Geschichte mit diesen Polizisten wirklich wahrgenommen zu haben, sollte er diesen Mann aus dem Hotel kommen sehen. Jetzt war Naüburd kaum noch zu bremsen, mußte aber nicht noch diese blödsinnige Tasche mit dem Alkotest hinter sich bringen. Der zweite Beamte bemerkte, daß sein Kollege auch einmal Probleme mit dem ungeduldigen ausschen BMW=Fahrer bekam, stieg aus und baute sich in gelungener Drohgebärde vor Naüburd auf. Kurzfristig gezähmt, pustete er vorschriftsmäßig in das Gerät hinein, um die Sache nicht unnötig noch weiter zu verzögern. Das Ergebnis wußte er bereits im Voraus, während die Schweizer erst noch auf die elektronische Anzeige warten mußten. Naüburd sah den Mann gerade noch in ein Taxi einsteigen, als die beiden Polizisten ihm endlich grünes Licht signalisierten. Im Nu saß er im Auto und wollte die Verfolgung aufnehmen. Inzwischen war der Verkehr zu dicht geworden, um zu dem Taxi noch aufzuschließen zu kommen. Er verlor es aus den Augen. Ein

wartenden Taxi, dessen Fahrer er hätte
fragen können, war am Posten nicht zu
sehen.

,Dieser Weizmann entwickelt sich
immer mehr zu meinem Alptraum', dachte
er jetzt. Erst Minuten später kam er an
den Buschläutenplatz, wo Weizmann in
das Taxi gestiegen war. Ein anderes Taxi
fuhr den Halteplatz gerade an. Neubert
wollte sein Auto schon ins absolute
Haltverbot stellen, um über den Fahrer
herauszubekommen, wohin das Taxi mit
Weizmann gefahren ist, bemerkte aber
gerade noch, daß das Fahrzeug mit den
beiden Polizisten direkt neben ihm an der
Ampel stand. Die Sache verzögerte sich also
noch einmal, denn er müßte rechts herum
um den Block fahren, wenn er die Schweizer
Kollegen abschütteln wollte. Zum Glück
stand das Taxi noch da. Er erzählte dem
Fahrer etwas von einem Geschäftspartner,
den er eigentlich hier abholen sollte, daß er
sich wegen des Verkehrs aber verspätet und
gerade noch gesehen habe, wie er in ein Taxi
gestiegen sei. Er würde gern wissen, wohin
der Kollege mit diesem gefahren ist.

Nach einigem Hin und Her = auch von
Geldscheinen in Erwägung = brachte der

ferner beim Zentrale dazu, bei Gelegenheit nachzufragen. Es meldete sich aber kein Fahrer, der war ein paar Minuten am Taxilenkerplatz einen Fahrgast aufgenommen hatte.

„Vielleicht war's aber auch einer von der anderen Zentrale", sagte der Fahrer, als er gerade einen Fahrgast bekam. Er schrieb für Neubert einen Telefonnummer auf und ordnete sich danach in das morgendliche Verkehrschaos ein.

Der Deutsche stand jetzt kurz vor dem Zusammenbruch und greift zum letzten Strohhalm. Die Telefonistin der zweiten Zürcher Taxizentrale schätzte er einen gerade stürmischen Gesichte auf. Sie fragte mehrfach nach, konnte aber nichts herausbekommen. Sie notierte Neuberts Handynummer sicherheitshalber dennoch.

Etwa 40 Minuten später rief sie ihn tatsächlich zurück:

„Der Herr, den Sie suchen, ist zum Flughafen gefahren und hat sich am Swiss-Air Terminal absetzen lassen. Der Fahrer hat sich jetzt erst gemeldet, weil er die ganze Zeit am Flughafen gestanden und sich draußen mit den Kollegen unterhalten hatte."

Neubert hatte es wieder eilig. Der Stadtverkehr mit seinen Ampeln, Vorfahrtsregeln und Baustellen sind in einem Nerven zureißenden Maß auf. Endlich sollte er die Autobahn erreichen. So schnell es ging, raste er den Hinweis- schildern nach Klotten nach.

Erst als er den Morgen passierte, kam er zum Nachdenken. Was sollte er jetzt tun? In sämtlichen Terminals herum- rennen, um Mizmann mehr oder weniger zufällig über den Weg zu laufen? Er müßte System in seine Suche bringen. Mizmann ausrufen zu lassen, würde keinen Sinn ergeben, ebenso wenig versprach es Erfolg, bei den Fluggesellschaften nach den Passagierlisten zu fragen. Zunächst klapperte er die Schalter ab, vielleicht hatte er ja noch einmal Glück. Dieses Mal aber leider nicht. Mizmann war nicht zu sehen. Er hatte also schon eingeholt oder - schlimmer noch - war bereits abgeflogen. Eine wage Chance sah er darin, mit Hilfe des Bildes auf den Handschirmen anderer Fluggäste und vor allem Personal zu befragen, das nicht an den Schaltern arbeitete. Schließlich kam er an eine Frau, die die Herren-WCs putzte. Die erkannte

95

den Mann tatsächlich sofort. Er hatte ein ordentliches Trinkgeld auf das weiße Porzellantellerchen neben der Tür gelegt, deshalb sei er ihr aufgefallen.

„Ich habe ihn danach noch", sagte sie, unterbrach den Satz, zog Neubert aus dem Toilettenraum heraus und drehte auf einer Schulter der Toiss=Alin „an den Schalter da drüben gehen".

„Ganz sicher?"

„Ganz sicher!"

Neubert war fast versucht, ihr einen Kuß auf die Backe zu drücken, erinnerte sich aber im letzten Moment an die Arbeit, die sie gerade ausgeführt hatte. Er zog stattdessen einen 10 Euroschein heraus und drückte ihn diesen in den rosafarbenen Gummihandschuh.

Nun mußte er nur noch herausfinden, welcher Flug dort bis vor einer einer Stunde abgefertigt worden war. Koiro war das Ergebnis. Die Maschine war vor zehn Minuten gestartet.

Neubert zückte sein Handy, drückte im Telefonbuchmodus auf „P" und ließ das Gerät den Namen „Ponter" anzeigen. Danach drückte er die grüne Taste. Ponter meldete sich sofort.

„Weizmann ist nach Kairo unterwegs", berichtete er.

„Wissen Sie die Flugnummer und die Ankunftszeit?", fragte Parker.

Neubert ging zu einem der Anzeigemonitore und nannte ihm die Daten, die er wissen wollte.

„Sie haben gute Arbeit geleistet, Herr Neubert", sagte Parker. „Ich setze mich mit unseren Leuten in Kairo in Verbindung. Ich denke, es ist das Beste, wenn Sie nach Frankfurt zurückkehren. Rufen Sie mich an, wenn Sie wieder hier sind."

Ein Anflug von Stolz überkam Dirk Neubert jetzt. Zufrieden setzte er sich in seinen Wagen und trat die Heimreise an.

Parker telefonierte mit dem FBI Büro in Kairo und mailte die Informationen dorthin, die er gerade von Neubert erhalten hatte. Seine ägyptischen Kollegen fanden tatsächlich den Namen Winterberg auf der Passagierliste. Für eine intensive Zolluntersuchung sowie eine Beschattung des Fluggastes wurden Vorbereitungen getroffen. Der Zufall sorgte dafür, daß man den falschen Mann verfolgte. Der Mann, der unter dem

Namen Constant in Ägypten einrichtet, blieb unbehelligt.

5. Kapitel

Die Falcon 2000 aus Khartoum setzte am frühen Abend auf der Landebahn in Zürich auf. Sie hatte Glück, daß sie kurzfristig von den Fluglotsen mit eingeschoben worden konnte. Die kleine Maschine beanspruchte die Landebahn nur für ein paar Augenblicke und scherte schon gleich an der nächsten Rollbahn von ihr wieder ab. Es war Freitag, ein Tag, an dem die großen Flugzüge im Minutentakt einschwebten. Ein bißchen verloren sah sie schon aus, als sie sich mitten unter die großen Linienmaschinen reihte, die in Richtung Terminal rollten.

Burger erwartete ihn bereits. Zusammen mit dem Piloten kümmerte er sich um die Fracht und um die Zollformalitäten. El-Barkie hatte schon vorzeitig eine nahezu identische Kopie des Ankhkreuzes der Nofretete gießen lassen. Es war in altägyptischer Technik aus dem Gold seiner Mine hergestellt worden. Auch das Gold des Originals stammte aus den nubischen Goldbergwerken. Die Schweiz verlangt einen Stempel auf Edelmetallen. Burger hatte den Auftrag, mit der Kopie

zur Edelmetallkontrolle nach Basel zu
fahren, wo sie den Stempel erhalten würde,
und El-Borkie anschließend in Liechtenstein
zu treffen.

El-Borkie selbst nahm sich einen
Mietwagen, fuhr damit nach Vaduz und
mietete sich im Parkhotel Sonnenhof ein. Er
genoß den ersten Abend seit langer Zeit,
den er in Ruhe und in dem angenehm
undurchdringlich seinem Ambiente verbringen
konnte. Anschließend gönnte er sich etwas
Zeit zum Lesen und Musikhören in seiner
Suite und erfreute sich dabei des Ausblicks
auf das weite Rheintal unter sich, auf die
Schweizer Berge gegenüber und auf das
fürstliche Schloß Adams des Zweiten, dessen
Vater er einmal persönlich kennen gelernt
hatte. Nofretetes Ankh-Kreuz hatte er den
ganzen Tag über wie ein persönliches
Schmuckstück um den Hals getragen. Jetzt
nahm er es ab, wischte es sorgfältig sauber,
wickelte es in ein Tuch ein und verstaute es
im Safe seines Zimmers. Carl Dahlbouh
hatte seinen Ankunft erst für morgen
angekündigt.

Der schwarze Mercedes des
Bankierchefs rollte gegen Mittag über den
weißen Kies des Hotelparkplatzes. Er

...schoppte genau vor der Lüftungsschwindeten Ecke, deren Tönen aus feinem Wasserstrahlen gebildet wurden. Sahlbach hatte den Morgen, entgegen seiner Gewohnheit, selbst gesteuert. Nachdem er den Motor abgestellt hatte, lief das Kühlergebläse noch eine ganze Weile nach und störte damit die Idylle des mit zahlreichen Künstlerwerken verzierten Hotelgartens ein wenig.

Man konnte den deutschen Geschäftsmann und begrüßte ihn gleich mit Namen. Fast hätte er an der Rezeption nach dem Namen Meizmann gefragt, doch es erschien ihm plötzlich vorteilhafter, wenn er mit niemandem von vornherein in Verbindung gebracht werden konnte. Sahlbach bezog die Räume neben El-Bokir und besuchte seinen Freund recht bald. Er, der es gewohnt war, vor großen Publikum auch über unangenehmen Themen lange Vorträge zu halten, spürte eine gewisse Aufregung, als er an die Tür des Nachbarn klopfte. El-Bokir öffnete und begrüßte den Freund. Sahlbach nannte ihn Erik, solange sie sich in der Suite befanden. El-Bokir ermahnte ihn schließlich, daß er ihn bitte Mustafa oder Herren El-Bokir nennen solle, sobald sie sich

in der Öffentlichkeit bekunden. Fahlbusch
redete nicht lange drum herum; er wollte
Nofretetes Ankhkreuz sehen, es in den
Händen halten, und El-Berbir gab seinem
Drängen gerne nach.

Die Ägypter nahm es aus dem
Tresor und ließ es Fahlbusch untersuchen.

„Das heilige Ankh der Hohepriesterin!",
fuhr es aus dem Berber ehrfürchtig heraus.
Im ersten Moment traute er sich noch gar
nicht, es zu berühren. Fast wäre er völlig
überwältigt auf die Knie gefallen, um die
Reliquie anzubeten.

Für Augenblicke hatte Lorel Fahlbusch
unwillkürlich seine Identität als Top=
Manager hinter sich gelassen und war, wie
von Sinnen, abgetaucht in seine eigene
dunkle Vergangenheit. Er war in Leipzig
aufgewachsen, in einem so genannten
sozialistischen Staat, den er abgründlich
hasste. Vor allem, weil es auch ein
atheistischer Staat war. Sein Vater war
Führungsoffizier bei der Staatssicherheit
gewesen, und es war dem jungen Lorel nicht
verborgen geblieben, wie dieser seine
Mitbürger ausspionierte, verfolgte und
quälte. Statt in seinem Vater ein Leitbild
zu sehen, wie andere Altersgenossen das

kommen, faßte er ihn für tot, was er war. Er suchte nach Halt im Leben, aber er fand ihn auch bei der christlichen Kirche nicht, die zwar eine große, nicht heimlich operierende Gemeinde stellte, aber gerade ihn als Stasi-Sohn nicht wirklich akzeptieren wollte. Während seines Studiums, Ende der Siebzigerjahre, kam er erstmals mit der Gothic-Szene in Berührung. In der DDR war diese bis dahin noch fast völlig unbekannt gewesen. Es gab nur wenige, die ihr damals schon angehörten, und die orientierten sich vor allem an der Szene im Westen, zu der sie rege Kontakte pflegten. Alles, was zum Kult gehörte, bezogen die jungen Leute zunächst aus dem Westen, vor allem die auch dort größtenteils illegal gepreßten Schallplatten. Später entwickelten Lack und seine Clique einen völlig eigenen Stil, der in seiner Generation großen Zuspruch fand. Sie suchten Räume aus, in denen sie sich heimlich treffen konnten, um selbst Musik zu machen und sich in Trance zu tanzen. Die veranstalteten geheime Treffen und fielen auch Freunden. Um nicht aufzufallen, mußten sie ein Doppelleben führen. Tagsüber das angepaßte Leben des braven DDR-

Studenten, machte jedoch verwandelten sie
sich in geheimlich bleibe Wesen einer neuen
Szene, für die Lovel, der immer ein Leitbild
gesucht hatte, sich selbst immer mehr zum
Leitbild entwickelte. In dieser Zeit fühlte er
sich zunehmend zu den fast ausschließlich in
Museen ausgestellten ägyptischen
Mumien hingezogen. Dem Staat fehlte es
an Geldern, seine Mumien zu restaurieren.
Viele Exponate waren nach dem Krieg in
verfallenden Lagern untergebracht
worden, verstaubten dort und gerieten
allmählich in Vergessenheit. Es gelang
seiner Clique, den Holzsarg einer dieser
Mumien aus Berlin nach Leipzig zu
entführen. In Kellern einer alten,
verfallenen Fabrikhalle der Nazizeit
hielten sie damit ihre Kultusveran-
staltungen ab. Die entdeckten das Auch als
ihr neues Sinnbild. Es wurde ihr Symbol für
das Ewige Leben nach dem Tod. Damit aber
setzte sich auch eine tiefe Sehnsucht nach
diesem ewigen Leben durch, mit der Folge,
daß einige seiner Jünger, wie sie sich zum
Zeichen seiner nun schon fast göttlichen
Verehrung nannten, selbst töteten. Das
konnte der Staat nicht länger hinnehmen.
Seine Organe, allen voran sein eigener

Vater; verfolgten die ... Bewegung
mit allen Mitteln. Dabei wußte sein
Vater nicht einmal, daß er den eigenen Sohn
jagte.

Carl flüchtete in den Westen. Dort
aber fand er niemals richtigen Anschluß an
die, wie man sie ... nannte,
... Die sollten sich zumindest in
Westberlin in eine völlig andere, ihm
fremde Richtung entwickelt. Allmählich
etablierte er sich dennoch in der westlichen
Gesellschaft. Er studierte jetzt an der
Freien Hochschule, lernte seine Frau kennen,
gründete eine Familie und löste sich damit
völlig aus seinem früheren Umfeld heraus.
Er machte Karriere. Aber einer Leidenschaft
blieb er zeitlebens treu: So oft er konnte,
fuhr er nach Charlottenburg und besuchte die
Büste Nofretetes. Er konnte es sich selbst
nicht erklären, aber er sollte sich unsterblich
in das Antlitz der antiken Königin
verliebt und ... sie mit ganzem
Herzen. Später, als seine Kinder größer
geworden waren, wenn, wenn er es sich
ehrlich eingestand, sogar seine Ehe daran
zerbrechen. ... und Meizmann sollten
sich im Angesicht Nofretetes kennengelernt.

105

Als Fahlbach das Kreuz nun endlich in seinen Händen hielt und sich vorstellte, wie die von ihm über alles verehrte Königin es rings um den Hals getragen hatte, war er zeitweilig von vorgegebenen und vernünftigen Argumenten nicht mehr zugänglich. Er hätte in diesem Moment alles gegeben, um es behalten zu können, und El-Bakir hätte ihn sonst noch unterschreiben können mit der Behauptung, dass es nicht Nofretete gehört habe. Aber Betrug gehörte nicht zu seinem Stil, und das wusste Fahlbach ganz genau.

Dennoch musste kurz über die Zahlungsmodalitäten gesprochen werden. Fahlbach telefonierte – noch immer mit zitternden Händen – mit seinem Lichtensteiner Freund und Kollegen, dem Leiter der Alp-Invest-Bank, und kündigte seinen Besuch mit El-Bakir an, um die Transaktion vorzunehmen. Wenige Minuten später traf Burger mit der inzwischen gestempelten und ordnungsgemäß eingeführten Kopie des Goldkreuzes ein. Er nahm es aus dem Holzkästchen heraus, damit Fahlbach das Original wieder darin verstauen konnte. Fahlbach sollte darauf bestehen, dass Nofretetes Auch im

Originalzustand verbleiben müsse und keinen Stempel aus heutiger Zeit aufgedrückt bekam. Auch El-Bakir sollte das niemals zugelassen. Seine prominenten Kunden = allesamt leidenschaftliche Sammler, die ihre Stücke niemals öffentlich ausstellen = konnten das verschmerzen: Zu den wertvollsten Originalstücken lieferte Weizmann immer perfekte Kopien mit, die anstatt der Originale offiziell in die Länder der Kunden eingeführt wurden. Für die Originale fand er stets andere Mittel und Wege der Überführung.

El-Bakir nahm das Angebot Taschbauhs an, ihn in seinem Wagen mit in die Bank zu nehmen. Dr. Stößli empfing die beiden in seinem großzügigen Büro. Er hatte die Transaktion so weit wie möglich schon vorbereitet. Nur die Summen mußte noch eingetragen und die Unterschriften darunter gesetzt werden. Der Liechten- steiner Bankchef konnte sich freuen, denn der Großteil der Summen blieb in seinem Hause; jetzt auf El-Bakirs Konto. Lediglich eine Million Euro wollte er in bar ausbezahlt bekommen.

Gegen Mittag des folgenden Tages reisten die beiden Herren wieder ab. Taschbauh besaß einen Wohnsitz in der Nähe von Pontresina im Engadin und fuhr dorthin. El-Bakir war von Burger darüber informiert worden, dass er in Frankfurt einen Anwalt und Notar Dr. Laubsch kontaktieren solle, damit dieser den Verkauf seiner Besitztümer in Deutschland abschließen könne. Also machte er sich mit dem Leihwagen auf den Weg dorthin. Als Mustafa El-Bakir mietete er sich im Hotel Steigenberger ein, als Fritz Weizmann betrat er am Montagmorgen die Anwaltskanzlei Laubsch & Partner. Burger sollte einen Makler für den Verkauf des Antiquitätengeschäfts und seiner Wohnung beauftragt. Beides waren sehr begehrte Objekte in der Frankfurter Innenstadt, und der Makler konnte sofort auf seinen Kundenpool zurückgreifen. Praktisch über Nacht war die Sache entschieden worden. Laubsch, den Weizmann seit Jahren kannte und dem er vollstes Vertrauen schenkte, legte ihm die Verträge vor und las ihm den Text. Burger hatte einen guten Preis für ihn erzielt, und so konnte er schließlich zufrieden die geforderten Unterschriften unter die Dokumente setzen.

„Du willst uns also tatsächlich verlassen", schloß Laurstub den offiziellen Teil der Sitzung ab und ging dabei zu dem mächtigen Eichenschrank hinüber, in dem er seine Gläser und den Cognac für besondere Anlässe verwahrte. Er holte zwei schwere Cognacschwenker heraus und goß seinem Gast und sich selbst einen ordentlichen Schluck voll ein.

„Ja, es ist Zeit, etwas Neues anzufangen", sagte sein Klient und hielt Laurstub das Glas entgegen, damit er seines dagegen stoßen konnte.

„Und von wem soll ich jetzt all die schönen alten Sachen beziehen, die ich mir noch wünsche? Wem kann ich so vertrauen wie dir?"

„In Deutschland sind die Betrüger in unserer Zunft in der Unterzahl."

„Aber dafür werden auch nicht so aufregende Sachen angeboten", sagte Laurstub.

„Willst du lieber etwas Aufregendes, statt der Sicherheit, etwas Echtes zu kaufen?"

„Ich will beides, mein Lieber! Und nur bei dir habe ich immer beides bekommen!", fragte Laufstein, und nach einer kurzen Pause fuhr er fort:

„Du, sag mal, wie viele Jahre kennen wir uns jetzt schon? Sind es zehn oder zwölf?"

„Ich glaube, diesen Heizungsschrank habe ich dir '93 verkauft; das war nicht lange, nachdem ich meinen Laden aufgemacht hatte."

„Fünfzehn Jahre also. Sieh mich an! In der Zwischenzeit hat mich mein Laden hier alt und grau gemacht! Ach, was sage ich! Weiß sind meine Haare schon geworden! Ich trage eine Gleitsichtbrille und muß die auch schon absetzen, wenn ich das Kleingedruckte lesen will. Und das mir als Notar! Ich muß den ganzen Tag über nichts weiter tun, als mich mit Kleingedrucktem herumärgern! Aber wenn ich dich so ansehe, du scheinst nicht einen einzigen Tag älter geworden zu sein. Wie machst du das bloß? Hast du in einem von deinen alten Schränken einen Zaubertrank gefunden, der für ewige Jugend sorgt? Komm, sag's mir! Ich will auch so ein Fläschchen abhaben!", lachte Laufstein.

Auf dem Weg zurück ins Hotel dachte Weizmann, dass es nun wirklich höchste Zeit ist, seine Zelte hier abzureißen und woanders etwas Neues aufzubauen. ‚Aber es wird immer schwieriger, dabei unerkannt zu bleiben.'

Sein Handy klingelte. Es war Burger. Er sagte, dass der Makler unbedingt die Übergabeprotokolle vom Eigentümer persönlich unterschreiben haben müsse.

Dirk Neubert betrat den Konferenzraum des BKA in der Wiesbadener Hauptstraße. Mit dem ominösen Verschwinden Weizmanns war das Ersuchen des FBI um Informationen über Erik Weizmann in die rechte Prioritätenliste aufgerückt. Obwohl man wusste, dass er nach Kairo ausgereist war, sollte Neubert sowohl die Wohnung als auch das Antiquitätengeschäft Weizmanns rund um die Uhr bewachen lassen. Er hoffte, dass er auf diese Weise an Hintermänner oder sogar direkt an Weizmann herankommen könnte. Mit seinem Ausflug nach Zürich und der anschließenden Belobigung durch Pander war er in der

111

... des BKA vorerst unterschieden
ausgerüstet, und man sollte ihn mit deutlich
mehr Kompetenzen ausgestattet, als sie
sein Kollege Reinhard Wolff, unter dessen
Leitung sie Weizmann erstmals besucht
sollten, zu innehatte.

Als sein Fall an der Reihe war, ließ
Neubert seine Leute über die
Observierungen berichten. Die anfangs
wegen Wardahlsbemommut gegen diesen
erhärteten sich langsam. Weizmann wollte
offenbar verkaufen und sich wohl endgültig
aus Deutschland absetzen. Die Bilder eines
Immobilienmaklers wurden gezeigt. Seine
Überprüfung ergab Keinerlei weitere
Wardahlsbemommut, ebenso wenig wie die
Überprüfung der Kaufinteressenten.
Womöglich habe es aber bereits einen
Abschluß gegeben, waß den Verkauf des
Geschäftes angeht, berichtete einer der
Fahnder. Bei dem vermittelten Käufer
handele es sich um einen integren, als
angesehenen Frankfurter Geschäftsmann,
der schon seit Längerem versuche, in der
Innenstadt zu expandieren.

„Vermutlich wegen der Wohnung hat
sich Gellnik = das ist der Makler = heute
Abend im Maintower mit einem

Ausländer getroffen. Der Mann ist anschließend zu Fuß ins Hotel Steigenberger gegangen. Die Überprüfung läuft noch."

„Haben wir Bilder von dem Mann?", warf Neubert ein.

„Noch nicht, aber Müller 2 ist noch an der Sache dran und wird sicher welche gemacht haben."

Neubert zog sein Handy aus der Tasche, hob die Hand zum Zeichen, dass er eine kurze Unterbrechung der Sitzung wünschte, und wählte den Kurzwahl-Code mit der Kennung „Müller 2". Müller meldete sich sofort. Er befand sich noch im Foyer des Hotels und versuchte, Informationen über den Mann einzuholen, dem er vom Restaurant Maintower bis hierher gefolgt war. Neubert fragte nach Bildern.

„Ich war in keiner besonders guten Position da oben, um scharfe Bilder schießen zu können. Außerdem war es am Opernplatz ziemlich dunkel", entschuldigte sich Müller vorab.

„Egal, schicken Sie die Fotos gleich rüber!", verlangte Neubert, „und bleiben Sie dran!"

„Können wir die Bilder gleich auf den Beamer schicken?", wandte sich Neubert sofort an den Techniker, der noch im Konferenzraum war.

„Über's Handy?", fragte der zurück.

„Ja."

„Dann geben Sie her!", schallte es zurück.

Der Mann nahm Neubert das Handy aus der Hand, steckte ein kleines Kabel in eine der Buchsen, verband das andere Ende mit dem Laptop, an dem der Beamer angeschlossen war, und reichte Neubert sein Handy zurück. Es dauerte eine Weile, bis das erste Bild auf die Leinwand projiziert wurde. Auch ihm war kaum etwas zu erkennen. Ein paar Lampen, mehrere Personen im Profil. Schattenbilder eigentlich nur. Das Ganze auch noch ziemlich verpixelt. Das zweite und dritte Bild war auch nicht viel besser.

„Die nächsten Fotos habe ich im Vorbeigehen gemacht, als ich so tat, als müßte ich auf die Toilette. Da war ich näher dran", kommentierte Müller 2 aus der Firma.

Eine Serie von Bildern, die durch die Bewegung an den Rändern stark verwischt

114

waren, flüchtete über die Leinwand. Die gaben nur ganze Reihe scheinbar abgeschalteter Bewegungen wieder. Erst auf die beiden observierten Personen zu, dann wieder weg davon.

„Stopp!", schrie Neubert plötzlich auf. „Nochmal zurück!"

Der Techniker ließ die Projektions= reihenfolge um und verlangsamte die Darstellung. Er sprang zweimal zwischen zwei Bildern hin und her, um zu entscheiden, auf welchem der Mann gegenüber Ghellinks Platz besser zu sehen war.

„Verdammt noch mal, das könnte er sein!", rief Neubert, „können wir das schärfer haben?"

„Bei der Auflösung wohl kaum", antwortete der Techniker, aber hier auf dem Laptop ist es besser zu erkennen."

Neubert bemühte sich, in der Dunkelheit des Raumes so schnell wie möglich hinter den Tresen zu kommen und auf den Schirm des Notebooks zu blicken.

„Verflucht, ja, das könnte er wirklich sein!" sagte er aufgeregt und rief den Namen „Müller 2" ins Handy. Der meldete sich sofort.

„Haben Sie schon noch rausbekommen über den Mann?"

„Noch nicht viel. Die rücken hier die Daten ihrer Gäste nicht so leicht raus."

„Sagen Sie ihnen, es herrscht jetzt Gefahr in Verzug, und geben Sie mir den Empfangschef!"

Müller reichte sein Handy weiter, und Neubert klärte den Empfangschef über die Situation auf. Neubert hörte mit, wie eine der Empfangsdamen ihrem Chef den Namen El-Barin und die zugehörige Zimmernummer nannte. Der Gast habe aber bereits die Rechnung verlangt und wolle bald abreisen, fügte sie noch hinzu. Neubert verlangte seinen Mitarbeiter wieder am Telefon.

„Müller, sie bleiben an der Sache dran und berichten mir laufend. Ich fordere ein SEK an!"

„Ich brauche sofort ein SEK zum Hotel Steigenberger in Frankfurt!", ordnete Neubert an.

„Ich brauche ein zweites Handy. Die beide kommen mit!" Diese Worte hatte er an die beiden Fahnder gerichtet, die anfangs von den Observationen berichtet hatten. Mit Blaulichtunterstützung raste Neubert mit

seinen Kollegen im Wagen über die
Autobahn in Richtung Frankfurt davon.
Unterwegs dirigierte er das Einsatz -
kommando und ließ sich von Müller
ständig informieren.

El-Barlir war etwa 15 Minuten
später in der Halle erschienen und begab
sich gerade zum Ausgang. Er zahlte bar.
Verdacht schien er nicht geschöpft zu haben.
Dazu hatte er es nicht eilig genug. Im
Gegenteil, er bestellte sich sogar noch einen
Kaffee, während er darauf wartete, daß
sein Wagen vorgefahren würde. Heimlich
schoß Müller noch ein Foto von dem Mann
und schickte es per MMS sofort an Neubert.

Jetzt war sich Neubert sicher: El-
Barlir war Weizmann.

Müller beobachtete, wie der
Hotelangestellte auf El-Barlir zuging und
ihm den Wagenschlüssel aushändigte. Er
müßte ein gutes Trinkgeld erhalten haben,
denn er sah anschließend sehr zufrieden aus.

„Wie lange braucht ihr noch?" fragte
Müller mit unterdrückter Lautstärke ins
Telefon. „Ich glaube, es kann nicht mehr
lange dauern, bis er abfährt."

„Wir sind gleich da", meinte er zur
Antwort.

Als er beobachtete, wie El-Bakir seinen Kaffee bezahlte und nach seinem Koffer griff, beschlich ihn Nervosität. Das Handy sollte er jetzt in die Jackentasche gesteckt und eine Bluetooth-Verbindung mit dem Headset hergestellt.

„Wie lange noch?", raunte er ins Mikro, „er ist im Begriff zu gehen!"

„Eine Minute!", scholl es zurück. Er müsste etwas tun, versuchen, ihn aufzuhalten. Er schnappte sich einen Stadtplan aus dem dafür vorgesehenen Plexiglashalter und ging El-Bakir nach. Draußen war dieser bereits dabei und dran, seinen Wagen zu besteigen.

„Excuse me, Sir!", richtete er die ersten Worte an El-Bakir, die möglichst unschuldig nach ausländischem Touristen klingen sollten.

„Yes, please?" antwortete El-Bakir freundlich.

„Can you tell me how to get to the Roman from here?" fragte er und hielt ihm den schon aufgeklappten Stadtplan entgegen.

„You mean the Römer" antwortete El-Bakir, den gesuchten Begriff in klarem Deutsch aussprechend. „But why don't you

...wo Ihr Hotel Edward befindet würd?". Mit diesen
Worten bring El-Borin in seinen Wagen
und startete den Motor.

„Weg vom Wagen!" hörte er Umbrat
in diesem Augenblick durch seinen Ohrstöpsel
rufen. Als El-Borin ausfuhr, versperrten
zwei Fahrzeuge augenblicklich die Ausfahrt
vor ihm. Zwei Wagen stoppten hinter seiner
Limousine. Noch im Rollen waren ihre
Türen aufgerissen worden, und schwarz-
vermummte Männer mit Helmen auf den
Köpfen stürmten von allen Seiten auf den
Mercedes mit dem Schweizer Kennzeichen
los. Jeder von ihnen hatte eine MP im
Anschlag. El-Borin konnte gerade noch
stoppen, schon wurden Fahrer- und
Beifahrertür aufgerissen. Ihn selbst zogen
die Männer brutal aus dem Fahrzeug und
warfen ihn zu Boden. Er mußte, auf dem
Bauch liegend die Hände hinter dem Nacken
verschränken, sonst lief er Gefahr, erschossen
zu werden. Er wurde durchsucht,
Handschellen wurden ihm angelegt und
gleich darauf zerrte man ihn in ein größeres
Polizeifahrzeug hinein, das augenblicklich
davon raste. Die ganze Aktion hatte keine
halbe Minute gedauert.

6. Kapitel

Wohin man ihn brachte, wußte El=
Bakir nicht. Keiner der Uniformierten im
abgedunkelten Fahrzeug sagte etwas. Auf
dem nicht sehr weiten Weg hörte er einmal
ein Flugzeug in geringer Höhe über sich
hinwegschreiben, weshalb er vermutete, daß
sie dicht am Flughafen vorbeiführen. Sehen
konnte er nichts. Er merkte nur, daß der
Transporter sehr schnell dahinraste. Es
mochte kaum eine halbe Stunde vergangen
sein, genau wußte er das nicht, denn er
sollte durch die gefesselten Hände keine
Chance auf seine Uhr zu blicken, da bog das
Fahrzeug langsam in eine Nebenstraße ein
und blieb bald vor einem Tor stehen, das sich
erst öffnen mußte, ehe die Fahrt für ein
paar Augenblicke fortgesetzt wurde.

Der Wagen stoppte erneut, die
Schiebetür wurde aufgerissen und El=Bakir
unsanft aus dem Wagen gezogen.
Zwei Männer in Polizeiuniformen
warteten auf dem Hof auf ihn. Es sollte
angefangen zu regnen. El=Bakir fröstelte
etwas, als er dort kurz im Regen stand.
Aber vielleicht war es auch nur die
Anspannung in dieser Situation der

Ungewißheit. Die Männer forderten ihn
auch, mitzukommen. Er blickte kurz auf das
Haus; es war ein großes, ziemlich
verzweigtes Gebäude mit vielen Vor-
sprüngen und Fenstern. Es sah hell und nicht
unfreundlich aus.

,Wenigstens keine düstere Haftanstalt', dachte er bei sich und ließ sich
widerstandslos von den beiden Männern
durch die Tür geleiten.

„Warum bin ich hier?", fragte er den
älteren der beiden, „was soll diese
Verhaftung bedeuten?"

„Erstmal sind Sie nur vorläufig
festgenommen. Alles Weitere wird sich
klären.", war das einzige, was Al-Barim
aus dem Mann herausbekam. Er wurde in
das Untergeschoß geführt, wo sich die
Arrestzellen befanden. Das automatische
Schloß einer Stahltür, auf die zwei
Videokameras gerichtet waren, summte
dunkel und sprang auf, als der jüngere
Beamte dagegen drückte. Links befand sich
ein Raum mit einem Tresen und einem
Glaskasten drum herum. Darin eine ganze
Reihe von Monitoren. In einem dieser
Bildschirme sprang das Bild alle paar
Sekunden von einem schmalen Raum zum

nächsten. In einigen wenigen davon war
jeweils ein Mensch zu sehen. Der Beamte
aus dem Glaskasten trat heraus, ein
weiterer Beamter kehrte aus einem
Nebenraum. El-Bakir wurden die Handschellen abgenommen. Er rieb sich die
Handgelenke, um den Blutkreislauf wieder
in Gang zu bringen. Die Männer, die ihn
hierher gebracht hatten, legten seinen Paß,
seinen Führerschein und die Brieftasche auf
den Tresen. Diese Dinge hatte man ihm schon
abgenommen, als er noch vor seinem Morgen
auf dem Boden gelegen hatte.

„Taschen ausleeren!", befahl der
Vollzugsbeamte. El-Bakir reagierte nicht
gleich darauf, sondern fragte seinerseits in
scharfem Ton:

„Weshalb werde ich festgenommen? Ich
habe ein Recht darauf, das zu erfahren. Ich
will meinen Anwalt sprechen!"

Der Vollzugsbeamte nickte den
beiden Polizisten nur zu, und sofort wollten
diese damit beginnen, seine Taschen
gewaltsam zu durchsuchen.

„Finger weg!", rief er; „das mache ich
schon selber!"

Die Männer ließen von ihm ab. El-
Bakir leerte seine Jacken- und Hosen-

tasten und stülpte sie um, zum Zeichen, daß
sich nichts mehr darin befand.

„Krawatte ab, Gürtel ab, Schnür=
senkel hergeben!", befahl er routiert.
Widerwillig tat El=Bakir, was der Mann
verlangte.

„Mitkommen!", verlangte er jetzt
und führte ihn an dem vierten Beamten
vorbei in den Nebenraum, dessen Tür offen
stand. Erst beim Eintreten sah er darauf
den Schriftzug „Erkennungsdienst".

In dem Raum befand sich eine Liege
mit blauem Kunstlederbezug und einer
transparenten Auflagefläche für die Füße,
diverse Instrumente, die an eine
Arztpraxis erinnerten, eine Waage und
eine Meßskala zur Größenmessung von
Personen, dann noch ein Stuhl vor einer
Leinwand. Davor waren eine Kamera auf
einem Stativ aufgebaut sowie diverse
Fotografenlampen mit den zugehörigen
Metallschirmen davor.

Es dauerte ein paar Minuten, die El=
Bakir im Stehen verbringen mußte, ehe sich,
kaum hörbar, eine Tür öffnete. Nur der
Luftzug, der dabei entstand, verursachte
ein leises Pfeifengeräusch. Ein älterer Mann
mit schütterem, aber noch blondem Haar

123

sollte den Raum betreten. Er trug weiße Schuhe und einen weißen Kittel. Offenbar war er ein Arzt.

„Guten Tag", sagte er. Eine Begrüßung, die El-Bakir nicht so recht in die Situation zu passen schien. Er antwortete nicht. Ebenso wenig die Anderen im Raum.

Während der Arzt seine Hände wusch, an einem Automaten desinfizierte und ein Paar Gummihandschuhe überstreifte, fragte er in den Raum:

„Name, Vorname, Nationalität, Alter?"

El-Bakir antwortete nicht.

„El-Bakir, Mustafa. Das steht jedenfalls in seinem Pass, als er festgenommen wurde. Der Pass ist ausgestellt in Ägypten", sprang der ältere Beamte für ihn ein, der ihn hergebracht hatte.

„Und das Alter?", wiederholte der Arzt einen Teil seiner Frage.

Dazu öffnete der Einweisungsbeamte den Pass, den er noch in den Händen hielt, und las:

„Angeblich geboren am 21.12.1972 in Kairo."

Inzwischen hatte der Arzt an seinem kleinen Schreibtisch Platz genommen und tippte die erhaltenen Daten in die Tastatur ein, die vor einem Flachbildschirm aufgebaut war.

„Sie verstehen Deutsch? – Sie verstehen mich?", richtete er sich nochmals direkt an El-Bakir. Wieder antwortete er nicht.

„Er versteht Sie sehr gut; hat auch Deutsch schon nach einem Anwalt verlangt.", sagte Kottmann der aufnehmende Vollzugsbeamte.

„Dann ziehen Sie sich mal aus und händigen ihre Kleidung dem Herrn da aus!", verlangte der Arzt. Der Beamte vom Erkennungsdienst streifte sich ebenfalls Gummihandschuhe über.

„Das werde ich nicht tun!", sagte El-Bakir in einem für alle Anwesenden überraschend bestimmten Ton. „Jedenfalls nicht im Beisein dieser Herren. Nur vor dem Arzt, damit wäre ich einverstanden."

Der Vollzugsbeamte lächelte nur spöttisch vor sich hin und wollte sich El-Bakir schon nähern, als dieser sagte:

„Sie können es natürlich mit Gewalt versuchen, aber wir könnten einen friedlicheren Weg vorziehen."

„Schon gut, meine Herren!", beschwichtigte der Arzt die beiden

Kontrahenten. „Ich denke, ich kann das verantworten. Bitte gehen Sie solange nach nebenan. Die Tür bleibt offen."

El-Bakir entkleidete sich bis auf die Shorts. Dr. Holm brachte die Kleidung zur näheren Untersuchung in den Nebenraum und maß Blutdruck und Puls des Ägypters. Eine ungewöhnlich hohe Anzahl von Narben fiel ihm während der Blutabnahme an dem Mann auf, die aber alle sehr gut und kaum sichtbar verheilt waren. Der Mann war beschnitten. Das sprach tatsächlich für eine Herkunft aus dem Orient. Dr. Holm verlangte schließlich El-Bakirs Kleidungsstücke zurück und diktierte seine Untersuchungsergebnisse in das Diktaphon, das er von seinem Schreibtisch nahm. Das geschätzte Alter stufte er als mit den Angaben aus dem Pass übereinstimmend ein. Der Mann sei gesund und nehme wahrscheinlich keine Drogen. Ohnmachten würden sich aus dem Blutbild ergeben.

Als El-Bakir sich wieder ankleiden sollte, nahm der Beamte vom Erkennungsdienst seine Fingerabdrücke und schoß die obligatorischen Fotos. Danach reichten der Vollzugsbeamte wieder: Er hatte sich jetzt ein mächtiges Schlüsselbund an den Gürtel gehängt und führte El-Borkie über den langen Flur zu einer der Zellen, die er aufschloß, während El-Borkie an der Wand zu stehen hatte.

Der Ägypter betrat den drei mal zwei Meter kleinen Raum. Er war vollständig ausgekachelt, wirkte auf ihn kalt und nackt. Rechts befand sich eine Pritsche mit einer Matratze, die, genau wie die Liege bei dem Arzt, mit Kunstleder überzogen war. Nur, hier war es braun und nicht blau. Daneben lag eine Garnitur Bettlaken und eine Wolldecke mit der Aufschrift BKA Wiesbaden. Wenigstens wußte er jetzt, wo er war. Am Ende der Querseite befand sich ein kleines Fenster knapp unterhalb der Decke. Das Milchglas, durch das man nicht hindurchblicken konnte, war nicht einmal vergittert. Aber es bestand dafür aus Panzerglas. Es konnte höchstens Tageslicht durchlassen. Doch das war um diese Jahreszeit sowieso nicht zu sehen. Der Raum wurde im Moment nur von einer Neonlampe erhellt, die in die Decke eingelassen war. Einen Schalter gab es dafür in der Zelle nicht.

El Barkir versuchte, sich langsam wieder zu beruhigen. Erst ging er eine Weile in der Zelle, soweit das geringe Platzangebot dies erlaubte, auf und ab und analysierte die vergangenen Stunden sowie seine augenblickliche Lage. Was würde man ihm vorwerfen können? Wahrscheinlich ein Passvergehen oder Urkundenfälschung. Sie hatten inzwischen mit Sicherheit seinen Koffer geöffnet, in dem sich die knappe Million Euro befand. Daraufhin würden sie zumindest ein Steuervergehen vermuten. Er müßte damit rechnen, daß man ihn womöglich wegen Terrorverdacht befragen und das Geld damit in einen terroristischen Zusammenhang bringen würde. Das wäre das Schlimmste, das passieren könnte. Er beschloß, in jedem Fall zu schweigen und seinen Anwalt zu verlangen.

Am späten Abend wurde die Zellentür aufgeschlossen und El Barkir zum Verhör geholt. Begleitet von zwei Beamten in Uniform, mußte er im Fahrstuhl mit in den dritten Stock hinauf fahren. Sie geleiteten ihn in einen fensterlosen, von Neonlicht durchfluteten Raum. Er war relativ groß, wirkte aber durch die mit

...weißen, perforierten Faserplatten abgehängte Decke nicht niedrig. Wie man es aus Filmen kennt, befand sich an der der Tür gegenüber liegenden Schmalseite ein großer Spiegel. Ein Einwegspiegel, hinter dem Beamte die Personen beobachten konnten, die man verhörte, vermutete El-Borkin: Die Akustik des Raumes machte auch ihm einen merkwürdig dumpfen Eindruck; sie ließ aber hohe Töne überraschenderweise durchaus klar zu.

Niebuhr kannte er bereits. Die beiden älteren Herren neben Niebuhr waren ihm unbekannt. Der eine davon forderte ihn auf, auf dem einzigen Stuhl Platz zu nehmen, der aus feiner Sicht vor dem großen, kahlen und mit gelocktem Holzimitat überzogenen Tisch stand. Er stellte sich ihm mit dem Namen Tribold vor und gab an, Ehrenmittler des BKA zu sein. Den Namen des anderen Mannes erfuhr er nicht. Zwar sprach er fließend Deutsch, ein amerikanischer Akzent war aber unverkennbar herauszuhören. Also würde es auch ihm die Sache mit Tangarten gehen, das war El-Borkin jetzt schon klar.

„Weshalb werde ich hier festgehalten?", eröffnete El-Borkin selbst das Verhör:

129

„Die Fragen stellen wir, Herr
Weizmann = oder Herr Münsterberg, oder
ist es Ihnen lieber, wenn wir Sie Constini
oder gar El=Bakir nennen?", blaffte
Neubert ... worauf sogleich zurück.

„Den Satz haben Sie sicher aus einem
Krimikrimi", konterte El=Bakir. „Kommt
mir irgendwie bekannt vor. Mark ... Derrick
oder irgendein Tatort?" Er konnte sich nicht
helfen, manchen Leuten konnte er nur
sarkastisch antworten, und Neubert gehörte
ganz offenbar dazu.

Die beiden anderen Herren machten
Neubert mit einem unmißverständlichen
Blick klar, dass er sich etwas zurückhalten
sollte. Auf dieser Basis konnte man kein
konstruktives Gespräch beginnen. Sie
bemühten sich wirklich um eine etwas
entspanntere Atmosphäre. Griebold wollte
von El=Bakir hauptsächlich wissen, weshalb
er so häufig seine Identität wechselte und
was er damit zu verbergen versuchte.
Immer wieder streute er, weil El=Bakir
besonders schwieg, den Satz ein, dass er dazu
natürlich keine Aussage machen müsse, aber
sie würden es schließlich ja doch
herausbekommen.

„Dann finden Sie es heraus", sagte El-Borkin zu jeder Frage nur und fügte an: „und wenn Sie dabei schon mal telefonieren, sorgen Sie bitte auch gleich dafür, daß ich meinen Anwalt sprechen kann."

Wie vermutet, versuchte der Amerikaner, ihn über Sinn und Zweck seiner letzten Amerikareise auszufragen. Er befragte ihn mit der Methode, wie man mit Leuten spricht, die an einen Lügendetektor angeschlossen sind: Erst ein paar harmlose Fragen, um den relativen Ruhepuls, den normalen Blutdruck und die gewöhnliche Schweißabsonderung zu messen, dann folgen wie aus heiterem Himmel Fragen, die den Probanden urplötzlich nervös machen sollen. Solche Fragen hatten meist kein vermutetes Verhältnis zu Gegenstand als Thema. El-Borkin antwortete aber niemals auf den Inhalt der Fragen, sondern amüsierte jedes Mal genau ihre Intention. Die Männer erkannten, daß sie in El-Borkin eine harte Nuß vor sich hatten, mit der sie in dieser Sitzung nicht weiter kamen. Er gab sich durchaus gesprächsbereit, lieferte aber keinerlei verwertbaren Informationen. Die mußten ihre Strategie ändern und beendeten das Verhör.

„Sie können mich 48 Stunden festhalten, dann müssen Sie mich einem Haftrichter vorführen. Dabei muß mein Anwalt zugegen sein. Ist er es nicht, muß mich der Richter entlassen, ob er will oder nicht. In Untersuchungshaft kann er mich nur nehmen, wenn bei der Verhandlung mein Anwalt anwesend war und wenn ich vorher genügend Zeit hatte, mich mit ihm zu beraten. Denken Sie darüber nach, meine Herren", sagte El-Bakir, während man darauf wartete, daß die beiden Vollzugs-beamten ihn wieder abholen würden.

„Wir sind hier beim BKA, da können wir noch ganz andere Sachen mit Ihnen anstellen!" Abermals konnte sich Neubert nicht zurückhalten und erntete auch gleich wieder böse Blicke seiner Vorgesetzten.

„Sie wollen doch sicher nicht, daß ich vor der Presse das BKA mit Guantanamo gleichsetzen muß?", konterte El-Bakir noch einmal.

Kurz nach ihrem Dienstbeginn um 8:00 Uhr nahm Frau Vogel in der Anwaltskanzlei Laufenb und Partner den Anruf eines Reinhold Burger entgegen. Der Anruf kam aus der Schweiz; das

konnte sie auf dem Display anhand der
internationalen Vorwahlnummer gleich
erkennen. Dringend verlangte, zu Herrn
Lobstab persönlich durchgestellt zu
werden.

„Es tut mir sehr leid", antwortete sie
darauf, „aber Herr Dr. Lobstab befindet
sich nicht im Hause. Worum handelt es sich
denn? Kann ich Ihnen vielleicht weiter=
helfen?"

„Wann kommt er denn zurück? Ich
muß die Angelegenheit unbedingt mit ihm
persönlich besprechen!"

„Hören Sie, es tut mir wirklich sehr
leid, aber Herr Dr. Lobstab hat gestern
Abend einen Schwächeanfall erlitten und
befindet sich im Krankenhaus mit Verdacht
auf einen Herzinfarkt. Der Zeißner, sein
Partner, hat vorerst seine Fälle
übernommen, müßte deshalb aber schon früh
zum Gericht. Der einzige Anwalt, der
zurzeit im Hause ist, ist Herr Weißenborn.
Soll ich Sie mit ihm verbinden?"

„Meinetwegen, ja! Es ist dringend!",
antwortete der Mann, in dessen Stimme
Frau Vogel jetzt auch einen leichten
Schweizer Akzent ausmachen konnte.

„Bleiben Sie bitte am Apparat!", sagte sie, wählte Meißenborns Büro-nummer und klärte den jungen Anwalt kurz über den Anrufer auf, ehe sie Burgner mit Meißenborn verband.

„Meißenborn. Guten Tag, was kann ich für Sie tun?", sprach er in seiner Börse; als ihm das Klicken anzeigte, dass er nun mit dem Fremden verbunden war.

Burgner erklärte kurz die Situation. Ein Erik Weizmann, der mit Dr. Lautstab gut befreundet sei, habe sich bis gestern in Frankfurt aufgehalten. Er wäre im Hotel Steigenberger abgestiegen und habe gestern Nachmittag vorgehabt, nach Zürich zurückzufahren. Weil er aber dort nicht eingetroffen sei, habe Burgner im Hotel angerufen. Dort habe man ihm gesagt, dass ein Herr Weizmann nicht bei ihnen wohne. Auf weitere Nachfragen habe man ihm aber berichtet, dass ein Gast mit arabischem Namen, auf den seine Beschreibung passe, gestern auf spektakuläre Weise in der Aufsicht des Hotels von deutschen Sicherheitsbehörden festgenommen worden sei. Dieser habe ein Fahrzeug mit Schweizer Kennzeichen gefahren. Das Auto sei später von der Polizei abgeschleppt worden. Burgner

134

befürchtete eine Entführung seines Chefs
und wollte, daß Meißenborn in der Sache
vermittelte.

„Wenn ihn die Polizei mitgenommen
hat, braucht er auf jeden Fall anwaltlichen
Beistand", sagte Burger; „und den hätte er
mit Sicherheit in Ihrer Kanzlei angefordert,
wenn er die Möglichkeit dazu gehabt hätte."

Meißenborn versprach, der Sache
nachzugehen. Eigenmächtig wollte er aber
nicht handeln, vor allem nicht bei einer
Angelegenheit, die seinen Chef persönlich
betraf. Er ließ sich mit dem Krankenhaus
verbinden und erfuhr, daß es Dr. Carstens
den Umständen entsprechend schon wieder
etwas besser ginge. Er durfte kurz mit ihm
sprechen.

„Die Summe hier!", antwortete
Carstens auf Meißenborns Nachfrage über
sein Befinden. „Mir geht es doch schon wieder
leidlich gut. Trotzdem wollen die mich noch
ein paar Tage hier behalten!"

„Meizmann = in Schwierigkeiten.",
sagte Carstens verblüfft, nachdem
Meißenborn ihm die Lage geschildert hatte.
„Der war doch neulich noch bei mir. Wollte
was, das kam mir gleich komisch vor. Ja,
kümmern Sie sich drum! Aber bitte,

"möglichst diskret!" Länger war das
Gespräch nicht möglich. Meißenborn hörte mit,
wie eine Sekretärin reichten und Courtaus
zum Beenden des Gesprächs veranlaßte.

Dieses Mal war Sebastion
Meißenborn mit dem Auto zur Kanzlei
gefahren. Er benützte es gleich wieder, um
zum Hotel Steigenberger zu gelangen. Dort
ließ er sich vom Empfangspersonal und von
dem Hotelpagen, der das Fahrzeug mit dem
Schweizer Kennzeichen geparkt vorgefahren
sollte, alle Einzelheiten der Verhaftungs-
aktion schildern. Offenbar war ein PKW
angefordert worden. Er erfuhr, daß sich der
Gast mit dem Namen El-Barlin ins
Gästebuch eingetragen sollte. Daraufhin rief
der Anwalt im Polizeipräsidium an, wurde
an mehrere Dienststellen weitergeleitet,
erhielt aber schließlich keine Auskunft. Er
konnte sich des Eindrucks nicht erwehren,
daß man dort selbst gar nicht recht wußte,
worum es ging. Sein zweiter Anruf richtete
sich an die Staatsanwaltschaft. Er wurde
mit Frau Dr. Wagner vom Bereit-
schaftsdienst verbunden. Auch sie wußte
nichts von einem solchen Fall, versprach
aber, sich sofort weiter zu erkundigen und
Meißenborn unverzüglich zu informieren.

136

Etwa eine Viertelstunde später meldete sie sich über Wiesbadens Handy und erklärte, daß bisher noch kein Staatsanwalt mit dieser Sache betraut sei. Erst auf Nachfragen haben sie erfahren, daß die Bundespolizei gestern ohne weitere Abstimmung eine Aktion durchgeführt habe, bei der ein Mann arabischer Abstammung zum BKA nach Wiesbaden verbracht worden sei. Ein solches Vorgehen sei sonst nur bei konkreten Terrorverdacht möglich. In diesem Fall sei dann die Bundesanwaltschaft in Karlsruhe zuständig.

„Aber da haben ich gleich nachgefragt, und auch dort scheint niemand etwas über den Fall zu wissen. Ich schlage vor, wir fahren gemeinsam nach Wiesbaden und gehen der Sache auf den Grund", sagte die Frau, die Wiesbaden bisher noch nicht persönlich kennen gelernt hatte. „Wann könnten Sie denn hier sein?"

„Ich schätze, in ungefähr 20 Minuten", antwortete er.

„Kann ich gleich bei Ihnen mitfahren?", fragte sie ohne Umschweife, was Wiesbaden etwas merkwürdig fand, weil es sicher ungewöhnlich sein würde, wenn

Verteidigung und Anklage gemeinsam irgendwo auftauchen würden.

„Äh, ja, sicher", fiel ihre Antwort daraufhin etwas zögerlicher aus.

„Rufen Sie mich einfach kurz auf dem Handy an, wenn Sie unten stehen, ich komme dann gleich runter", sagte sie und übermittelte Weißenborn ihre Nummer.

Als er eine gute Viertelstunde später vor dem nächsten wirkenden Gebäude der Staatsanwaltschaft vorfuhr, kam eine überaus attraktive Frau ihres Alters schon aus der Eingangstür heraus. Sie trug einen langen, roten Mantel, der so raffiniert geschnitten war, dass er mit jedem Schritt seiner Trägerin für einen kurzen Moment den Blick auf ihre wunderschönen, schlanken Beine freigab. Als sie bemerkte, dass der in die Jahre gekommene Passat Kombi vor dem Gebäude hielt, ging sie auf ihn zu und fragte:

„Herr Weißenborn?"

„Frau Wagner?" entgegnete Weißenborn nur und stieg aus dem Auto aus, um ihr die Beifahrertür zu öffnen. Eigentlich sollte er die Minuten, die er zu früh gekommen war, dazu nutzen wollen, das Spielzeug, das seine Kinder im Auto hatten liegen lassen, schnell noch im Kofferraum verschwinden zu lassen und die Krümel, die sich in allen Ritzen angesammelt hatten, von den Sitzen zu fegen. Doch die Zeit hatte er nun nicht mehr. Er konnte gerade noch eine Mappe und einen kleinen Stapel Papiere vom Beifahrersitz entnehmen und nach hinten werfen, um der Dame den Sitz anzubieten. Dabei bemerkte er auch noch einen weißen Fleck auf dem Sitz, der gestern beim Getränkekaufen entstanden sein mußte. Glücklicherweise war er aber schon eingetrocknet.

„Tut mir leid", sagte er, „zum Saubermachen bin ich nicht mehr gekommen".

„Das macht überhaupt nichts", sagte sie, „ich kenne das".

Meißenborn war noch nie beim BKA gewesen, drückte auf sein Navigationsgerät und fragte Frau Morgner, ob sie wisse, wie sie fahren müßten.

„Doch, ich weiß, wo es ist. Die können das Gerät ausschalten", sagte sie.

Nach Wiesbaden fand Meißenborn natürlich selbst, von der Autobahnabfahrt an begann Frau Morgner, ihn zu lotsen. Während der Unterhaltung stolperte sein Blick immer mal wieder unwillkürlich über

die Reize seiner Mitfahrerin, deren Mantel
den Blick nur permanent freigegeben hätte.
Darunter trug sie ein schwarzes,
dunkelgraues Kostüm, das knapp oberhalb
der Kniegelenke endete.

Als sie angekommen waren, bemerkte
Meißenborn, daß die hübsche Frau, mit der er
sich gerade noch so angeregt und nett
unterhalten hatte, mit Vorsicht zu genießen
war. Sie wußte die Autorität ihres Amtes
zu nützen und ließ keinen Zweifel daran,
daß sie hart durchgreifen würde, wenn einer
die Rechte eines Beschuldigten verletzt und
wenn sie nicht zu ihm vorgelassen werden
würden.

7. Kapitel

Der Mann, der in den Vernehmraum des Bundeskriminalamtes geführt wurde, machte vom ersten Augenblick an einen tiefen Eindruck auf die Staatsanwältin. Er war nicht besonders groß, kaum größer als sie selbst, strömte aber eine gewisse Aura von Wärme auf sie aus, die sie als sehr angenehm empfand. Dabei trug er weder eine Krawatte noch wurde seine Hose durch einen Gürtel gehalten. Aber das waren Folgen der Haft, das wußte sie. Einen Augenblick lang mußte Miriam Wagner innerlich dagegen ankämpfen, zu viel Sympathie für diesen Mann auszudrücken. Schließlich sollte sie seine Gegenseite zu vertreten. Auch Sebastian Weißenborn war beeindruckt von der Erscheinung dieses Mannes. Das war kein gewöhnlicher Krimineller, mit dem er es sonst meist zu tun hatte. Das wurde ihm augenblicklich klar.

„Man hat mir gesagt, Sie seien meine Anwältin?", ergriff El-Bakir das Wort.

„Das ist so nicht ganz richtig", begann Miriam Wagner die Situation zu klären und reichte El-Bakir die Hand. „Mein

„Name ist Wagner; ich bin Staats=
anwältin, vertrete hier also die Anklage,
soweit notwendig."

„Und mein Name ist Weißenborn.
Sebastian Weißenborn von der Anwalts=
kanzlei Lousters und Partner. Ich bin Ihr
Verteidiger; sofern Sie mich als solchen
akzeptieren wollen."

„Ich fürchte, ich verstehe nicht ganz. Wo
ist Dr. Lousters? Ich hatte erwartet, daß
er mich vertreten würde."

„Er hatte einen Herzanfall, liegt im
Krankenhaus und hat mich mit Ihrem Fall
betraut", sagte Weißenborn.

„Sie können sich auch gleich in aller
Ruhe allein mit Ihrem Anwalt beraten",
warf Frau Wagner ein. „Ich müßte nur
kurz ein paar Dinge mit Ihnen klären. Es
geht dabei um Ihre Identität, darüm, wie
der Festnahmeablauf aus Ihrer Sicht vor sich
gegangen ist, ob Sie verstehen haben, welcher
man Sie beschuldigt und ob man Ihnen
gesagt hat, daß Sie jeder Zeit einen
anwaltlichen Beistand verlangen können."

El=Barkie machte die entsprechenden
Angaben, und Frau Wagner notierte sie.

„Ich werde jetzt ein Gespräch mit den
leitenden Stellen in diesem Hause über

Ihren Fall führen und einen Haftprüfungs=
termin anberaumen lassen.", erklärte sie
und verließ anschließend den Raum.

Auch Meißenborn machte sich ein paar
Notizen, dann setzten sich beide an den Tisch.

„Man hat Ihnen also gar nicht klar
gemacht, wessen Sie eigentlich beschuldigt
werden? Hat man Ihnen einen Haftbefehl
vorgelegt?"

„Nein."

„Was sind denn Ihre persönlichen
Vermutungen, weshalb es zu dieser Fest=
nahme gekommen ist?", fragte Meißenborn.

„Es wird wohl mit Unklarheiten über
meine Identität zu tun haben. Einer meiner
bisherigen Befrager war ein Amerikaner.
Die Amerikaner schienen mir vorzuwerfen,
dass ich Kontakt zu einem mutmaßlichen
Mitglied einer terroristischen Vereinigung
gesucht haben soll."

„Ist denn an diesen Vermutungen
etwas dran?"

„Nicht, dass ich Kontakt zu einem
Terroristen gesucht habe. Ich habe eine Person
gesucht, das ist richtig. Dass diese Person
mutmaßlich in den Verdacht geraten ist, mit
einem Terrornetzwerk etwas zu tun zu
haben, konnte ich nicht ahnen."

„Würden Sie hauptsächlich darüber befragt?"

„Darüber und über meine Identität; außerdem wurde ich verumgsbdienstlich behandelt."

„Was haben Sie denn bisher außgesagt?", wollte Meißnborn wissen.

„Nichts", antwortete sein Mandant. „Ich habe verlangt, meinen Anwalt zu sehen, das ist alles".

„Was können Sie mir denn zu den verschiedenen Identitäten sagen, unter denen Sie aufgetreten zu sein scheinen?"

„In diesen Räumen gar nichts. Wir sind hier beim BKA, und ich wollte, daß jedes Wort mitgehört und mitgeschnitten wird. Ich verlange zunächst einmal, von hier fortgebracht zu werden. Dann bin ich zu einer Aussage bereit."

Meißnborn beriet sich anschließend mit Frau Morgner. Sie verstand die Befürchtungen El-Bakirs und telefonierte darauf mit dem Landgericht Frankfurt. Gemeinsam kehrten sie in den Verhörraum zu El-Bakir zurück, der immer noch an dem kahlen Tisch in der Mitte des Raumes saß.

„Eine Entlassung ist vorerst wegen der Schwere der Vorwürfe gegen Sie nicht

144

möglich.", sagte Frau Wagner und vermied dabei den direkten Blickkontakt zu dem Mann. "Die relevanten Vorwürfe betreffen Verstöße gegen das Paßgesetz, das Meldegesetz und eventuelle Verstöße gegen die Deutschen Steuergesetze, die im Einzelnen zu überprüfen sind. Sie bleiben also vorerst noch in Haft. Es würde aber Ihre sofortige Verlegung in die Untersuchungshaftanstalt Meisterstadt veranlaßt. Der Haftprüfungstermin wird auf morgen Vormittag 1130 Uhr anberaumt. Ihr Koffer mit dem Geld wird der Frankfurter Justiz zugestellt."

Mit diesen Worten verabschiedeten sich Frau Wagner und Meißenborn von El-Barin. Etwa eine halbe Stunde später verließ El-Barin, mit Ausnahme des Koffers, alle seine Sachen zurück und wurde in Handschellen hinaus auf den Hof des Gebäudes geführt. Ein VW-Transporter mit dicken, vermutlich schußsicheren Milch- glasscheiben stand mit geöffneter Schiebetür bereit. El-Barin mußte einsteigen und wurde damit nach Meisterstadt verbracht.

Im Vergleich dazu, wie El-Barin seine Einweisung in die Arrestabteilung beim BKA verübt hätte, ging die Einweisung in Moabit sehr human vonstatten. Er spürte, wie man sich Mühe gab, den Schock, den eine plötzliche Verhaftung für die meisten Menschen bedeutete, zu mildern, indem man dem Gefangenen Respekt zollte und unnötige Schikanen vermied. Auf eine erkennungsdienstliche Behandlung und ärztliche Untersuchung wurde verzichtet. Man vertraute den aus Wiesbaden mitgelieferten Papieren. El-Bakir bekam einen Arabisch sprechenden Beamten für die Einweisung zugeteilt. Auch Münch wurde ihm eine Einzelzelle zur Verfügung gestellt; er hätte aber auch eine Doppelzelle wählen können, wenn er das Bedürfnis verspürt hätte, nicht allein bleiben zu wollen. Die Zellentür wurde auch nicht gleich verschlossen, er hätte also Kontakt zu anderen Untersuchungs-häftlingen aufnehmen können. Der Flur war breit und hell und wirkte nicht so bedrohlich wie in anderen Anstalten. Er lud geradezu dazu ein, sich mit anderen Gefangenen oder gar mit Vollzugsbeamten zu treffen und zu unterhalten. Die Zelle war einfach eingerichtet, wirkte aber nicht schon wie eine Strafzelle, eher wie ein bescheidenes Zimmer in einem Wohnheim. Hier konnte er offenbar selbst bestimmen, wann das Licht zum Schlafen ausgeschaltet wurde.

El-Bakir hatte schon voriges schlimmere Haft- und Strafbedingungen erlebt. Die Gesprächsangebote, die ihm gemacht wurden, nahm er aber nicht wahr. Er brauchte Zeit für sich allein, denn er mußte für den folgenden Tag, für den Haftprüfungstermin, eine Entscheidung treffen. Die selbe Nacht forderte er mit sich selbst. Sollte er seine wahre Identität preisgeben? Was würde dann geschehen? Die Presse, die Öffentlichkeit würden sich auf ihn stürzen. Das aber wäre wohl noch das geringste Problem. Er sah dagegen unter bestimmten Umständen sein Leben in Gefahr.

Er könnte zu allem auch einfach schweigen. Die deutsche Justiz könnte ihn nicht allzu lange in Haft nehmen; die Zeit würde er leicht überstehen. Aber was dann? Man würde ihn vermutlich abschieben. Doch auch dafür müßte seine Herkunft bekannt sein. El-Bakir drehte sich innerlich im Kreis. Die Gesellschaft, in der er heute lebte, war eine andere geworden. Er lebte jetzt in der

Informationsgesellschaft, und die gab ihnen Ruhe, ehe sie nicht über jeden alles wußte. Nur etwas verschwieg, worauf die Gesellschaft das Recht auf eine Antwort zu haben glaubte, bedrohte sie und forderte sie heraus. Mit den modernen Informationstechnologien war dies bereits ein globales Phänomen geworden. Beinahe jedes Land auf dieser Erde war von den Informationsviren angesteckt. Am schlimmsten war es in den USA, wo einen die schärfsten Sanktionen erwarteten, wenn man dem Staat, genauer gesagt, seinen Computersystemen, die Informationen vorenthielt, die sie anforderten. Hier wurden noch „eine=einem", wie man drüben sagte, permanent alle Daten miteinander abgeglichen und sofort Alarm geschlagen, wenn zwei Datensätze nicht zueinander paßten. Freilich waren Deutschland und die Schweiz sicher nicht im Hintertreffen; diese Länder hielten sich aber immer noch eine feinere Hintertür offen, indem sie ihren Computern zwar die Entdeckung von Informationslücken überließen, nicht jedoch die Sanktionierung gegen diese Verstöße automatisiert hatten. Die Justiz war hier noch einigermaßen unter menschlicher

148

Kontrolle, vornehmlich auch in Europa die Datenschützer gegenüber den Daten-sammlern immer mehr die Oberhand verloren. Nein, El-Bakir bekannte, daß er langfristig keine Chance mehr hätte, seine wahre Identität zu verheimlichen. Er hätte seine Alias-Identitäten immer sehr stark verinnerlicht, konnte schnell und vollständig von der Rolle des Einen in die Rolle des Anderen schlüpfen. Mancher Schauspieler hätte ihn um diese Fähigkeit sicher beneidet. Wenn er in Frankfurt war, war er Erik Weizmann, hielt er sich in der Schweiz auf, war er Urs Münchberg und war er in Ägypten, fühlte und dachte er wie Mustafa El-Bakir. Und als dieser war er nun nicht weit von Frankfurt inhaftiert.

Er hätte bisher immer noch dafür sorgen können, daß seine Papiere makellos waren, meist sogar von den Original-behörden selbst ausgestellt. Es war zwar nicht immer leicht gewesen, die geeigneten fremden Identitäten dafür zu finden. Aber er konnte sich Zeit dafür lassen, die richtigen Personen und Anlässe zu nützen. Der Erik Weizmann, der tatsächlich am 23. August 1973 in Cottbus geboren worden war, hätte alleinstehend und zurückgezogen in Berlin gelebt, ehe er auf einer Reise nach Südfrankreich in einer Feuersbrunst ums Leben kam. Niemand sollte genau sagen können, wie viele Menschen darin gestorben waren. Der wahre Meinzmann war ein Zurückgekehrter; es war Timmermann geworden, der die Ausstellung seiner neuen Papiere als Erik Meinzmann in dem deutschen Generalkonsulat in Marseille beantragt und schließlich erhalten sollte.

„Timmermann", dachte er; „ich sollte dich fast schon vergessen, aber du wirst wieder an deinen Ursprung zurückkehren müssen!"

Eine halbe Stunde vor dem Haftprüfungstermin wartete Sebastian Meißenborn in einem auch für ihn ungewohnt besorglich eingerichteten Raum der Justizvollzugsanstalt Weiterstadt zu einer Vorbesprechung auf seinen Mandanten. Er brauchte nicht lange zu warten. Der Mann, der hier als Mustafa El-Bakir offiziell inhaftiert war und für den er als Erik Meinzmann das Mandat übertragen bekommen sollte, öffnete die Tür und trat ein, ohne von einem Vollzugsbeamten begleitet zu sein. Die

Herren begrüßten sich, und El-Bakir kam gleich zur Sache:

„Ich werde ausgehen und alles lückenlos aufklären, was man mir vorwirft", begann er. „Aber sagen Sie mir: Wer wird alles zugegen sein, und sind alle Personen zum Stillschweigen über meinen Fall verpflichtet?"

„Es wird der Haftrichter erscheinen. Ich weiß im Moment noch nicht, wer das sein wird. Es wird die Staatsanwältin erscheinen, die Sie gestern bereits kennen gelernt haben, Frau Wagner. Es wird, soweit ich weiß, der leitende Ermittler mit dabei sein, Herr Tribold, und natürlich wir beide. Alle Beteiligten sind selbstverständlich während des laufenden Verfahrens zum Stillschweigen über den Fall verpflichtet."

„Vor dem Richter, der Staatsanwältin und Ihnen werde ich meine Erklärung abgeben, sofern Sie sich alle verpflichten, zunächst nichts davon nach außen zu tragen."

Kurz vor elf Uhr dreißig begaben sich beide in den Raum, in dem die Haftprüfungstermine durchgeführt werden. Auf der Stirnseite eines größeren Tisches

daß ein älterer Herr, der sofort ein ernstes
Gesicht aufsetzte, als er das Erscheinen des
Mannes bemerkte, über dessen nahe
Zukunft er heute zu entscheiden hatte.
Timmesbaur wunderte sich, daß dieser
Mann nun aufstand, um ihn, den
vermutlichen Kriminellen, mit Hand=
schlag zu begrüßen. Er stellte sich als
Untersuchungsrichter Thomas Clemens vor
und bat ihn und Meißenborn, rechts von ihm
Platz zu nehmen.

Auf der anderen Längsseite des
Tisches saßen bereits, wie von Meißenborn
angekündigt, die Staatsanwältin Wagner
und BKA=Ermittler Tribold. Beide nickten
ihm bestimmt und angemessen freundlich zu,
als Richter Clemens sie, der Vorschrift
entsprechend, kurz vorstellte.

„Wir wollten noch kurz auf zwei
Kollegen des Herrn Tribold", schob Richter
Clemens das Wort.

„Da sind sie ja schon", sagte er kurz
darauf und erhob sich, um die beiden Herren
zu begrüßen. Der Beschuldigte erschrak fast,
als er, für ihn völlig unerwartet, Dirk
Neubert hereinkommen sah, und mit ihm den
amerikanischen Ermittler, der ihn beim
BKA betragt hatte. Jetzt erfuhr er dessen

152

Namen: Er wurde ihnen als Frank Parker
vorgestellt.

Weißenborn und sein Mandant
tauschten kurz Blicke miteinander aus, und
der Anwalt wußte, daß er das Wort
ergreifen müßte, um Einspruch gegen die
Anwesenheit dieser beiden Herren
einzulegen. Er sagte:

„Mein Mandant möchte eine
Erklärung abgeben, die den Todesfall
lückenlos aufklären wird. Er fordert, die
Sache streng vertraulich zu behandeln, und
er wird die Erklärung nur in
ausschließlicher Gegenwart von Richter,
Staatsanwältin und mir abgeben. Solange
die Herren Ermittler anwesend sind, wird
mein Mandant keine Angaben zum
Todesfall machen."

„Mr. Parker ist auf dringendes
Ersuchen der amerikanischen Regierung
anwesend, und die Herren Tribold und
Neubert werden den Todesfall aus Sicht
ihrer Ermittlungen darlegen.", antwortete
Richter Clemens bestimmt.

„Es bleibt dabei, daß mein Mandant
die Erklärung nur unter Ausschluß der
Ermittlungsbeamten abgeben wird."

Der Richter entschied, daß Gribold
zunächst den Ermittlungsbestand schildern
sollte, Staatsanwältin Wagner daraufhin
die konkreten Beschuldigungen zu formulieren hatte, und daß dann, wenn die
Ermittler den Raum verlassen haben
würden, dem Beschuldigten Gelegenheit zu
seiner Stellungnahme gegeben werden soll.

Neubert warf einen Mut wider-
spiegelnden Blick auf den Mann, der für ihn
El-Bakir hieß, und fühlte sich, als würde er
von diesem wie ein Hund behandelt, den
man vor die Tür gesetzt hatte.

„So, bitte, geben Sie Ihre Erklärung ab,
damit ich zu einer Entscheidung kommen
kann", sagte Clemens, als die Tür hinter
den Ermittlern ins Schloß gefallen war. Er
blickte dabei auf seine Armbanduhr, um den
Mann unausgesprochen zur Eile zu treiben
und ihm auf diese Weise mitzuteilen, daß
ihn seine Erklärung nicht wirklich sonderlich
interessieren würde.

„Sie fragen sich, wer ich wirklich bin",
begann Grummelbaer. „Aber diese scheinbar
einfache Frage ist hier vor Ihnen nicht so
einfach zu klären."

„Ach kommen Sie!", unterbrach ihn der
Richter gleich wieder; blickte in die Runde

und rollte dabei ungeduldig mit den Augen. „Name, Vorname, Nationalität und Anschrift würden uns schon genügen, dann hätten wir die Sache hier ziemlich rasch erledigt!", fügte er in einem sarkastischen Anflug hinzu.

„Wenn ich Ihnen einfach sagen würde, wer ich bin, würden Sie mir niemals glauben. Sie würden mich in eine psychiatrische Anstalt einweisen, und das wär's. Ich möchte Ihre Geduld nicht übermäßig strapazieren, aber; glauben Sie mir; es geht nicht, ohne daß Sie etwas Geduld aufbringen. Ich möchte Ihnen noch einige Beweise liefern, ehe wir zu meiner Identität kommen."

Clemens blickte verwirrt in die Runde und erkannte, daß er mit seiner Ungeduld allein dastand. Leicht verärgert lehnte er sich demonstrativ zurück und gab Simmelstorn mit einer Handbewegung zu verstehen, daß er fortfahren solle.

„Ich wurde vor einigen Wochen bei meiner Einreise in die USA vorübergehend festgenommen, weil meine Fingerabdrücke übereinstimmten mit Fingerabdrücken, die 1911 nach dem Raub der ‚Mona Lisa' auf dem Bild festgestellt worden waren."

„Ach, Sie waren das?", riefen fast alle Anwesenden gleichzeitig voller Erstaunen aus.

„Ja", antwortete Trummeßborn, „und es wundert mich, daß Sie mich damit bisher gar nicht in Verbindung gebracht haben. Aber ich nehme an, Mr. Parker wird darüber Bescheid gewußt haben."

Clemens richtete sich wieder auf und zeigte Trummeßborn damit, daß ihn die Sache jetzt doch, wenn auch widerwillig, zu interessieren begann.

„Und...?", fragte er.

„Es sind meine Fingerabdrücke.", antwortete Trummeßborn knapp.

„Aber, das ist doch überhaupt nicht möglich", wollte Clemens die Sache abtun, „Kommen Sie mir jetzt nicht mit einer Science-Fiction-Geschichte von der Zeitmaschine!"

„Es würde doch aber inzwischen zweifelsfrei nachzuweisen, daß die besagten Fingerabdrücke nicht von dem Kunstraub 1911 stammen können, sondern daß sie wesentlich älter sind; daß sie vermutlich sogar von Leonardo da Vinci selbst stammen würden", sagte Sebastian Weißenborn.

„Ach ja", antwortete Clemens, richtete seinen Blick auf Weißenborn und fügte hinzu: „Warum Sie nicht der Anwalt von Diesem....Diesem..."

„Dormann, Günter Dormann", ergänzte Weißenborn.

„Richtig, Dormann", fuhr Clemens laufend fort, „der gleich behauptet hat, dass die Fingerabdrücke bei seiner Tat auch nicht von ihm wären. Dann kennen Sie sich ja sicher auch in diesem Metier."

„Die Abdrücke müssen nicht zwingender Weise von Leonardo stammen. Auch ein Betrachter des noch frischen Bildes kann sie verursacht haben", nahm Trummschorr seine Ausführung wieder auf.

„Dann kommt jetzt doch die Zeit= maschine!", lachte Richter Clemens dazwischen. Allerdings hörte man doch eine gewisse Spannung auf das, was er als Antwort erwartete, heraus.

Trummschorr ergriff wieder das Wort:

„Ich nehme an, Sie alle haben schon einmal davon geträumt, wie es wäre, wenn Sie ewig leben würden. Sie haben sich diesen Gedanken sicher als sehr schönes Gefühl ausgemalt. Sie brauchen keine Angst mehr vor dem Sterben und vor dem Tod zu haben. Aber das Wissen darum, daß alle Menschen ans Ende ihres Lebens kommen und sterben werden, soll sie diesen Gedanken immer wieder verwerfen lassen und auf den Boden der Tatsachen zurückholt. Sie haben immer nur über die Vorteile des ewigen Lebens nachgedacht und sind niemals so weit gekommen, daß sie sich Gedanken darüber gemacht haben, welche Nachteile es mit sich bringen würde."

„Sie wollen uns jetzt nicht weis=machen, daß Sie schon vier oder fünfhundert Jahre auf der Welt sind, oder?", empörte sich Clemens jetzt sichtlich. Er konnte es überhaupt nicht leiden, wenn jemand offenbar versuchte, ihn auf den Arm zu nehmen. Auch Miriam Wagner und selbst Sebastian Weißenborn schienen sich dem Gefühlsausbruch des Untersuchungsrichters anzuschließen.

„Ich denke, wir beenden diesen Schwachsinn jetzt, und ich verkünde das Urteil!", weitete sich Clemens weiter.

„Ich habe diese Reaktion erwartet; sie mußte kommen!", sagte Timmerkorn bestimmt. „Wir können sie so stehen lassen und Sie verurteilen mich zu irgendetwas. Dann werden Sie die Wahrheit nie erfahren,

158

und ich kann mein Leben unbekannt fortsetzen, wenn auch etwas übriggeblieben als vorher. Oder wir überwinden diese Phase, indem Sie mir einfach einmal vertrauen, auch wenn sich meine Geschichte unwahrscheinlich anhört. Das ist mir durchaus bewußt."

Augenblicklich war Totenstille in dem Raum eingekehrt. Die Sicherheit, die Richter Clamont noch in seinem vorigen Satz ausgestrahlt hatte, war dahin. Sommerstern fuhr fort:

„Ich hatte gesagt, daß ich Ihnen Beweise liefern würde, ehe ich Ihnen meine wahre Identität preisgeben würde. Sie haben meine Fingerabdrücke; vergleichen Sie sie noch einmal mit denen auf dem Gemälde. Ich lasse zu, daß eine DNA=Probe von mir genommen wird. Im Laufe des Lebens hinterlassen wir alle zahlreiche geringe Spuren, von denen es jedoch beim heutigen Stand der Kriminalistik möglich sein könnte, sie eindeutig bestimmten Individuen zuzuordnen. Ich könnte Ihnen einige noch heute vorhandene Gegenstände nennen, mit denen ich einst in Kontakt gekommen bin und die Sie auf Spuren von mir untersuchen könnten."

„Und die wären zum Beispiel?", unterbrach ihn Clemens wieder. Sein Tonfall ließ nicht mehr eindeutig erkennen, ob er die Frage spöttisch oder ernst gemeint sollte.

„Die Büste der, von der heute sagen, Nofretete, zum Beispiel", antwortete Trummelbauer.

„Und da sollen jetzt auch Ihre Fingerabdrücke drauf sein?", lachte Clemens nun wieder laut auf. „Dazu bräuchten Sie theoretisch nun wirklich nicht viel älter zu sein, als Sie allem Anschein nach sind, vorausgesetzt, Sie hätten die unermüdlich strengen Sicherheitshürden überwinden und irgendwie geholfen, die alte Dame von dem Umbau der Berliner Museumsinsel von einem Museum ins andere zu tragen. Aber das wäre mir immer noch vorstellbar wahrscheinlicher als das, was Sie uns hier gerade weiszumachen versuchen. Kein Mensch lebt ewig und altert dabei nicht einmal!"

„Ich rede nicht – oder nicht nur – von Fingerabdrücken, sondern auch von Spuren, die jeder Mensch unbewusst überall hinterläßt und die mit heutigen Methoden nachweisbar sein müßten; ich rede von
160

Hautpartikeln, von denen, noch auch immer sich dafür eignet."

„Dann ist es ja noch unwahrscheinlicher, daß diese Partikel, wie Sie sagen, schon so lange an der Büste haften geblieben sind.", konterte der Richter: „Seit die Nofretete in Ägypten gefunden worden ist – und das ist ja auch schon eine ganze Weile her...."

„...Im Dezember 1912..", warf Sommerstorm ein.

„...Die schienen Ihre Hausaufgaben ja tatsächlich gemacht zu haben, Doktor. Aber, was ich sagen wollte: Seit 1912, und das können Sie sich ja sicher lebhaft vorstellen, ist die Büste bestimmt schon so häufig berührt, geputzt oder gereinigt worden, daß wohl selbst von ihrem Entdecker..."

„...dem deutschen Ludwig Borchardt.."

„...Ich bin Ihnen schon wieder zu Dank verpflichtet, wahrscheinlich keine einzige noch so kleine Spur erhalten geblieben ist. Und der hat sie sicherlich reichlich herumgetragen und der Welt präsentiert."

„Möglicherweise ist von Borchardt tatsächlich keine Spur mehr erhalten geblieben", nahm Sommerstorm den Faden wieder auf. „Aber die Büste Richter=

nachahmen Nofretete, Nofretete oder, wie man heute sagt, Nofretete ist nicht einfach nur eine Büste aus bemaltem Gips. Gleichwohl hatte zunächst eine kleinere Kalksteinfigur gehabt, die er erst später – in meinem Auftrag – mit Gips überzog und bemalte. Ich habe diese Kalksteinbüste eine Weile besessen, ehe ich den Auftrag dazu gab. Es müßten also unter der Gipsschicht Spuren von mir erhalten geblieben sein, die relativ unverändert überdauert haben könnten."

„Also, jetzt reicht's mir aber wirklich! Jetzt sollen wir wohl noch nach Berlin ins Museum reisen und da verlangen, daß mal eben so die Büste der Nofretete kaputtgeschlagen wird, nur weil es der Wahrheitsfindung dient!", rief Richter Clemens laut aus. „Zugegeben, als Märchenerzähler könnten Sie Karriere machen! Aber nicht mit mir! Ich ordne, wie Sie schon richtig vermutet haben, tatsächlich an, daß Sie zu weiteren Untersuchungen zunächst in einer Psychiatrischen Anstalt untergebracht werden! Es bestehen erhebliche Zweifel an Ihrer Zurechnungsfähigkeit! Bis ein geeigneter Platz in einer solchen Institution für Sie gefunden worden ist, verbleiben Sie hier in der Untersuchungshaft, schon wegen Flucht- und Verdunkelungsgefahr."

Untersuchungsrichter Clemens klaubte in aller Eile seine Akten zusammen und verstaute sie in seinem Koffer.

„Und damit vergrößer ich nun meine Zeit und verpasse meinen nächsten Termin!", schnaubte er noch vor sich hin.

„Ich habe gar nicht erwartet, daß Sie mir gleich alles glauben", sagte Dümmelkow in aller Ruhe, „aber ich habe vorsichtshalber gehofft, daß Sie — wenn auch im Zweifel — meinen Angaben nachgehen würden. Sie erwarten von mir, daß ich die Wahrheit sage. Das habe ich getan. Die Bücher muß nicht gleich wie ein Sparschwein geschlachtet werden; es gibt feinere Methoden in Ihrer Zeit, das wissen Sie. Sie könnten übrigens etwas noch Einfacheres untersuchen: Man holt die Blutgruppe Tut-Anch-Atons = oder nennen Sie ihn meinetwegen auch Tut-Ench-Amun = feststellen können, und vielleicht hat es inzwischen auch eine vollständige Ohn-Untersuchung gegeben. Vergleichen Sie es mit meinem Blut!"

Timmelsteen wußte, daß Clemens seine letzten Worte noch gehört haben müßte, obwohl er beim Hinausgehen überhaupt nicht mehr daraufhin reagierte. Miriam Wagner und Sebastian Weißenborn saßen noch immer mit vor Erstaunen offenen Mündern bewegungslos an ihren Plätzen. Erst allmählich kamen sie wieder zu sich und begannen, das Gehörte zu verarbeiten.

„Wer... wer als sind Sie denn nun wirklich? Und wer sind Sie?" fragte Frau Wagner.

„Ich glaube, es ist genug für heute", antwortete Timmelsteen. „Wenn Sie beide etwas tun wollen, dann gehen Sie dem nach, was ich gerade gesagt habe. Sollte sich etwas davon bestätigen, werde ich sicher von Ihnen hören. Ich bin ein geduldiger Mensch geworden. Aber bitte – behandeln Sie es vertraulich! Vielleicht haben Sie Lust, einmal darüber nachzudenken, was Sie tun würden, wenn die Menschen um Sie herum in regelmäßigen Abständen immer älter würden, Sie selbst aber nicht. Und was die Menschen mit Ihnen tun würden, wenn sie irgendwann merken, daß Sie als einziger nicht mit ihnen altern. Was, wenn Sie immer wieder mit ansehen müssen, wie Menschen, die Sie lieben, altern und schließlich sterben. Was würden Sie dabei empfinden, wenn es Ihre eigenen Kinder wären?"

Miriam Wagner sah ihn mit großen Augen an. Er sah, dass ihre Augen feucht waren. Sie nickte nur, weil sie glaubte, ihre Gefühle nicht mehr unter Kontrolle halten zu können, wenn sie noch etwas sagte.

„Ich melde mich bald wieder bei Ihnen", kürzte Weißenborn die Situation ab. Auch er war sichtlich ergriffen und begleitete die Staatsanwältin hinaus.

„Sie heißen Miriam, nicht wahr?", wandte sich Sommerhoven noch einmal an sie. Auch der Türsteller drehte sie sich kurz um, blickte ihm in die Augen und nickte wieder:

„Ich hatte auch eine Tochter, die Miriam hieß."

Draußen auf dem Flur fing Frank Ponther die beiden Anwälte ab.

„Wir haben Mohammed Torgaddin gefasst", sagte er, „das ist wahrscheinlich der Mann, nach dem Meizmann in Amerika gesucht haben. Ich habe gerade erfahren, dass Torgaddin eine äußerst seltene, man kann sagen, heute so gut wie ausgestorbene

Blutgruppe außerordentlich: AZMA. Es gibt, soweit bekannt, nur einem einzigen lebenden Menschen, der dieselbe Blutgruppe besitzt. Sie dürften wissen, wer das ist."

„Erik Weizmann, alias Mustafa El-Barkir?", vermutete Miriam Wagner.

„Exaktly", antwortete Parker. „Die Experten sagen, daß diese Blutgruppe bisher nur an einem längst verstorbenen Menschen nachgewiesen worden ist".

„An Tut Ench Amun, nehme ich an".

„Oh, mey god, woher wissen Sie das?"

„Also dürften jetzt auch die Amerikaner davon ausgehen, daß Weizmann nur noch einen nahen Verwandten gesucht hatte und nicht Kontakt zu einem Terroristen aufnehmen wollte", sagte Miriam Wagner dem Amerikaner nach.

8. Kapitel

Zurück in ihrem Büro in Frankfurt, hatte Miriam Wagner Mühe, sich auf die anderen Fälle zu konzentrieren, die sie auf ihrem Schreibtisch noch abzuarbeiten hatte. Immer wieder schlich sich der Fall El-Bakir in ihre Gedanken ein. Und nicht nur der Fall bemächtigte sich dominant ihrer Aufmerksamkeit, sondern, und das fiel ihr ganz besonders schwer sich selbst einzugestehen, zunehmend auch der Mann, der hinter dem Namen El-Bakir, Weizmann, oder wie auch immer, steckte.

Per E-Mail bat die Staatsanwältin in Paris um die Zusendung der Untersuchungsunterlagen, die über die mysteriösen Fingerabdrücke auf dem Gemälde der Mona Lisa gemacht worden waren.

Ihr Telefon klingelte. Es war Richter Clement. Er bat sie, im Fall El-Bakir alle erforderlichen und möglichen Untersuchungen vornehmen zu lassen. Clement klang ernst und verzichtete auf jeglichen ironischen oder gar sarkastischen Unterton. Er schien sein Verhalten von gestern

...verschütten machen zu wollen und nahm die Sache nun deutlich wahr.

„Mit dem Vorschlag El-Bakirs, die Büste der Nofretete auf ihren DNA-Spuren hin untersuchen zu lassen, müssen wir mit viel Fingerspitzengefühl zu Werke gehen", sagte er. „Zunächst sollten Sie mit einem Experten abklären, ob unter den gegebenen Voraussetzungen ein Erfolg von DNA-Spuren wirklich möglich ist. Noch viel schwieriger wird es sein, die Proben dann auch tatsächlich von der Statue zu erhalten. Am besten wäre es, wenn die Museumsleitung freiwillig zustimmen würde. Ich möchte ungern eine richterliche Anordnung dazu geben müssen."

Frau Wagner erzählte Clemens davon, dass die Amerikaner Tangawedin festgenommen haben und dass sie bei diesem dieselbe seltene Blutgruppe festgestellt haben, die auch El-Bakir besitzt.

„Tangler hat mich angerufen. Ich weiß darüber schon Bescheid.", sagte Clemens.

Miriam Wagner telefonierte danach mit Sebastian Weißenborn. In diesem ungewöhnlichen Fall konnte es jetzt nicht mehr darum gehen, dass die Staatsanwaltschaft nach Schuldbeweisen sucht

168

und die Verteidigung nach Unschulds=
argumenten, sondern hier müßten beide
Seiten zusammenarbeiten.

„Einmal vorausgesetzt, Weizmann
sagt die Wahrheit und will uns wirklich
darauf vorbereiten, daß er schon seit
Jahrhunderten, wenn nicht Jahrtausenden
auf der Welt lebt", begann Weißborn,
„habe ich mir die Sache schon einige Male
durch den Kopf gehen lassen. Ich habe mich
gefragt, wie ich wohl heute handeln würde,
wenn ich er wäre, und wie man hätte leben
müssen, um zum Beispiel das Mittelalter
heil zu überstehen. Ich finde es durchaus
nachvollziehbar, daß man dann gezwungen
ist, seine Identität immer wieder zu
wechseln."

Weißborn und Wagner verein=
barten eine enge Zusammenarbeit. Nach der
Übersendung der Befunde aus Paris
beauftragte die Staatsanwältin einen
weiteren Gutachter mit der Untersuchung
der Fingerabdrücke unter den neuen
hypothetischen Gegebenheiten. Die Vergleichs=
abdrücke wurden dem Gutachter in
anonymisierter Form zur Verfügung
gestellt. Das Ergebnis ließ nicht lange auf
sich warten.

Schon am Nachmittag lud Markus Ehrenbach, der Leiter der Kriminaltechnischen Untersuchungsstelle, die Staatsanwältin Wagner in sein Institut ein, um ihr seine Erkenntnisse direkt mitzuteilen. Die hatte Weißenborn über diesen Termin informiert, und so fanden sich beide nun an, was Ehrenbach zu sagen hatte:

„Mit Sicherheit ist dieser Fingerabdruck auf das noch frische Bild gesetzt worden, als also die Farben noch nicht hundertprozentig durchgetrocknet waren. Das Bild war zu diesem Zeitpunkt auch noch nicht gerahmt worden. Es handelt sich um den Abdruck des Daumens einer linken Hand und es finden sich bei genauem Hinsehen auf der Rückseite des dünnen Pappelholzes noch Fragmente von Abdrücken der anderen vier Finger. Die Person hat also das frische, ungerahmte Bild in der Hand gehalten und betrachtet. Jetzt muß man nicht unbedingt davon ausgehen, daß diese Person das Bild mit beiden Händen gehalten hat, weil es relativ klein ist. Tatsächlich finden sich auf der rechten Seite zunächst keine entsprechenden Abdrücke. Bei genauerem, das heißt mikroskopischen Hinsehen sind aber auch feine auf der Rückseite die Fragmente der wieder anderen Finger erkennbar. Das läßt zunächst drei Rückschlüsse zu. Erstens: Die betreffende Person hat den rechten Daumen abgespreizt oder ihr fehlt der rechte Daumen. Zweitens: Die Farbe war in diesem Bereich des Bildes bereits durchgetrocknet und drittens: Der Künstler, in diesem Fall also Leonardo selbst, hat den rechten Fingerabdruck bemerkt und anschließend noch einmal übergepinselt. In diesem Fall müßte im Röntgenbild der Abdruck des Daumens noch sichtbar gemacht werden können. Ich habe das den Kollegen in Paris schon mitgeteilt. Ich weiß aber nicht, ob sie das Gemälde noch einmal einer weiteren Untersuchung unterziehen können.

Was die Vergleichsabdrücke angeht: Wenn man einmal davon ausgeht, daß man zwischen der Entstehungszeit des Bildes, die mit Sicherheit auf den Beginn des 16. Jahrhunderts festzulegen ist, und der Person, die die Vergleichsabdrücke geliefert hat, eine Gleichzeitigkeit herstellen kann, dann kann man nach dem heutigen Stand der Technik mit Sicherheit sagen, daß alle Fingerabdrücke zu einhundert Prozent übereinstimmen."

Wagner und Weißenborn lief es beiden eiskalt den Rücken herunter.

„Das steht alles in dem Bericht?", fragte Weißenborn.

„Ja, selbstverständlich, natürlich noch etwas genauer ausformuliert", antwortete Ohmbach. „Darf ich fragen, was für einer Disposition Sie da gerade auf der Spur sind?"

Miriam Wagner nahm den Bericht an sich und sagte:

„Darüber können wir beider im Moment noch nicht sprechen."

„Also, verstehe.", entgegnete Ohmbach.

Auf dem Weg zum Parkplatz sagte Weißenborn:

„Wir sollten gleich zu Clemens fahren. Einer Entlassung meines Mandanten dürfte jetzt ja wohl kaum noch etwas im Wege stehen, oder wollen Sie immer noch ein Verfahren gegen ihn eröffnen?"

„Nein, also treffen wir uns gleich wieder bei Ohmbach."

Miriam Wagner war etwas schneller am Ziel als Weißenborn. Sie hatte schon herausgefunden, dass Richter Clemens gerade einer Verhandlung vorhaß. Sie fing Meißenborn am Eingang ab. Beide beschlossen, bis dahin einen Kaffee trinken zu gehen, um sich in dem Fall weiterer abzustimmen.

„Ganz ist El=Bakir noch nicht raus aus der Sache. Wir haben immer noch keine Angaben über seine wahre Identität", gab die Staatsanwältin zu bedenken. „Wir werden ihn aber bestimmt aus der U=Haft herausbekommen, auch dann, wenn er zurzeit keinen Wohnsitz in Deutschland nachweisen kann. Verdunkelungsgefahr ist jedenfalls nicht mehr gegeben, und genügend Geld, um in einem Hotel unterzukommen, hat er ebenfalls zur Verfügung."

Eigentlich war es ganz allein Meißenborns Aufgabe, einen Antrag auf Haftentlassung zu formulieren, aber im Feuereifer, den sie beide verspürten, formulierte Miriam Wagner den Antrag ihrer eigentlichen Gegenseite ungeduldig mit.

Clement zeigte sich im Großen und Ganzen damit einverstanden und war auch bereit, gleich zur Identitätsklärung mit in die Haftanstalt hinauszufahren. Sie hatten gerade auf den Stühlen Platz genommen, auf denen sie gestern schon gesessen hatten, als der Gefangene, der immer noch unter dem Namen El=Baskir geführt wurde, eintrat. Miriam Wagner spürte, wie ihr Herz plötzlich höher schlug, als sie den Mann erblickte. Sie schaute sich peinlich berührt um, weil sie glaubte, daß die Anderen in dem stillen Raum das Pochen ihres Blutes in den Adern doch hören müßten.

Diesmal ergriff Meißenborn das Wort:

„Es scheint so, als ob Ihnen die Staatsanwaltschaft und der Unter= suchungsrichter vorerst Glauben schenken wollen. Sie sind zu einer Haftentlassung unter Auflagen bereit. Eine dieser Auflagen, die wichtigste, ist, daß Sie Ihre wahre Identität preisgeben."

„Der Name, den mir meine Mutter einst gab, ist Temeschwar scheri scheraï. Es ist ein ägyptischer Name und bedeutet: ,Geschützt mit den Kai=Kräften des Ra und den heiligen Erscheinungen'. Das ägyptische Volk konnte mich fingeren unter dem Namen Auch scheraï Ra, was ,lebend sind die Erscheinungen des Ra' bedeutet."

174

Die Amtsrichter, sogar Richter Clemens, waren fühlbar ergriffen von den Worten dessen, der da vor ihnen stand. Selbst er verspürte plötzlich das Bedürfnis, sich vor seiner stattlichen Erscheinung zu verneigen, und hatte große Mühe, dieses Begehren zu unterdrücken.

,Wer bin ich', dachte Clemens im Stillen, ,daß ich mich erdreiste, über diesen Herren bestimmen zu wollen'.

Weißenborn schwieg, ebenso wie Miriam Morgner. Sie hatte das Gefühl, daß ihre Stimme zittern würde, wenn sie jetzt etwas sagte. In ihrem Innern bebte es, und sie war sicher, daß die Anderen ihr Herz klopfen hören müßten.

Clemens, der ja der eigentliche Untersuchungsleiter war, besann sich als erster wieder seiner Aufgabe und fragte, in beinahe schon unterwürfigem Tonfall:

„Und können Sie uns bitte sagen, wann und wo Sie geboren wurden?"

„Ich erblickte das Licht der Welt im 38. und letzten Regierungsjahr des Pharaos Amenhotep, welcher der dritte König von Ober- und Unterägypten war; der diesen Namen trug. Es war ebenfalls das erste Regierungsjahr des vierten Pharaos mit

Namen Amenhotep. Amenhotep der Dritte, die Griechen nannten ihn Amenophis der Dritte, war mein Vater: Er war aber bereits verstorben, als ich geboren wurde. Amenophis der Vierte, den Sie wahrscheinlich besser unter seinem späteren Namen Echnaton kennen, war mein Halbbruder. Meine Mutter war Kija, während Echnatons Mutter Teje war. Ich wurde in der damaligen Hauptstadt des Reiches, in Waset geboren. Die Griechen nannten die Stadt Theben."

"Das müssen mehr als dreitausend Jahre sein", flüsterte Sebastian Weißenborn sichtlich ergriffen, mehr an sich selbst gerichtet, um sich klar zu machen, von welchen Dimensionen hier die Rede war. Milder war es Richter Clement, der als erster den Satz Weißenborns aufgriff und fragte:

"Leider sind wir, glaube ich, alle geschichtlich nicht so perfekt bewandert, daß wir diese Zeit auf Anhieb richtig einordnen könnten. In der heutigen Zeitrechnung ausgedrückt, wann ungefähr vor Christi Geburt war das?"

"Christi Geburt? Ich würde sagen, das ist ein anderes Thema. Lassen Sie es mich so ausdrücken: Das Jahr meiner Geburt war das Jahr 1353 vor dem Jahr 1 der heute üblichen Zeitrechnung."

„Das heißt ja, daß Sie schon .... mehr als 3360 Jahre alt sind!", kieß Clemmet fassungslos hervor: „Wie....wie ist das nur möglich?"

„Das kann ich Ihnen leider auch nicht genau sagen = noch nicht. Aber ich habe großes Interesse daran, es selbst zu erfahren. Sehen Sie, Sie drei sind die ersten Menschen der, wie man heute sagt, Neuzeit, denen ich davon erzähle. Ich hoffe sehr, daß die heutige Wissenschaft, die Chemie um genau zu sein, in der Lage ist, herauszufinden, worum ich nicht wirklich altere. Es gibt verschiedene spekulative Theorien, die sich in der Gegenwart damit beschäftigen, wie man eine Verlängerung der Lebenszeit bis zur potenziellen Unsterblichkeit erreichen könnte. Um meine eigenen Neugier über dieses Thema befriedigen zu können, und auch, um einen Beitrag zum Verständnis dieses Phänomens leisten zu können, habe ich mich dazu bereit erklärt, eine Gewebeprobe von mir nehmen zu lassen."

Miriam Wagner, die bisher völlig in sich gekehrt versucht hatte zu begreifen, in

vorliegenden bedrückenden Situation zu sich hin
befand, wendete sich fast zaghaft mit der
Frage zurück:

„Gibt es denn noch andere Menschen,
die ewig leben?"

Timmschtorn hielt nun... einen Augenblick inne. Er betrachtete die
schöne Frau, die vor war ihn saß, so, als
würde er sie zum ersten Mal bemerken. Er
sah ihr tief in die Augen und sagte:

„Ewigkeit ist für mich ein ganz
anderer Begriff als der, den Sie
wahrscheinlich darunter verstehen. Kein
Mensch lebt ewig, auch ich nicht. Mein Körper
scheint sich auf bisher geheimnisvolle Weise
immer wieder zu erneuern und geht nicht
über das Stadium eines ausgereiften,
erwachsenen Mannes hinaus. Auch mein
Geist scheint diesen Prozeß zum Glück
mitzumachen, wobei ich allerdings meine
Erinnerungen und Erfahrungen meist
behalten darf. Jedenfalls scheint meine
Vergeßlichkeit nicht größer zu sein als die
von äußerlich vergleichbaren Männern.
Aber zurück zu Ihrer Frage. Früher war es
gar nicht so ungewöhnlich, daß einige
Menschen sehr alt wurden. Denken Sie an
unseren Stammvater Ab-Rom oder

178

Abraham, wie ihn die Bibel nennt, der im Alter von über einhundert Jahren Vater wurde. Oder denken Sie an Methusalem und dessen Vorfahren Set, die mehr als 900 Jahre auf unserer Erde lebten."

„Diese biblischen Geschichten sind also wirklich wahr?", fragte Sebastian Weißenborn ungläubig. „Sie werden doch immer wieder und werden auch heute immer wieder unterrepräsent..., damit sie ihrem mütlichen Weltbild ihre ...sprechen."

„Sie können in diesem Fall das Buch ruhig wörtlicher nehmen. Sicher hat sich nicht alles genauso abgespielt, wie es in der Bibel beschrieben steht", antwortete Sommerstorm. „Aber teilweise ist sie als Geschichtsbuch schon zu gebrauchen. Oder sagen wir lieber: als Sammlung alter Legenden. Ich habe weder Set noch Methusalem = Methusalem = persönlich gekannt; er soll, der Legende nach, in der großen Flut umgekommen sein. Aber es gab Menschen, mit denen ich tatsächlich mehrere Jahrhunderte zusammen verbringen durfte, oder besser gesagt: Denn ich im Laufe der Zeit immer wieder begegnet bin, ja. Sie lebten lange, aber sie waren nicht unsterblich. Sie starben an Krankheiten oder im Kindbett, sie wurden ermordet, kommen bei Unfällen um oder fielen in einem der zahlreichen Kriege. Oder sie verhungerten sogar. Ich hatte bisher einfach nur Glück, überlebt zu haben."

Immenschuer bemerkte eine leichte innere Unsicherheit bei Richter Clemens und sprach ihn darauf an.

„Ähm, es ist eigentlich nichts", antwortete Clemens ziemlich verlegen. „Ich denke, ich möchte Ihnen ja glauben. Aber gestern habe ich Ihre Geschichte noch für so absurd und abwegig gehalten, dass ich dachte, es gebe einen ganz einfachen Weg zu beweisen, dass Sie ein Hochstapler wären."

„Und der wäre?", wollte Immenschuer interessiert wissen.

„Also, ich habe im Internet nach einem Text in Hieroglyphenschrift gesucht, ihn ausgedruckt und wollte ihn von Ihnen lesen und übersetzen lassen. Aber – ich glaube, das wird nun wirklich nicht mehr notwendig sein."

„Zeigen Sie doch mal her!", forderte Immenschuer sein Gegenüber auf.

Thomas Clemens fasste in seine Aktentasche und zog eine Schutzfolie heraus, in der sich Blätter mit eng beschriebenen, senkrecht stehenden Zeilen befanden. Er reichte sie Temmeskhor zu.

Der Ägypter nahm die Blätter in die Hand und warf einen flüchtigen Blick über die Zeilen.

„Wenn Sie mich damit des Betruges überführen wollten, dann wäre ich tatsächlich ein schlechter Betrüger, wenn ich auf diesen Test nicht vorbereitet gewesen wäre. Es ist Echnatons großer Sonnengesang.", sagte Temmeskhor. „Als ich Kind war, mußten wir in der Schreibschule diese Tafel dutzende Male abschreiben."

Er begann, die Zeilen in altägyptischer Sprache zu lesen. Die Aussprache erinnerte Margner; Mißtraben und Klarheit an die arabische Sprache, wenn sich auch vieles wesentlich von ihr gesprochen anhörte. Das Wort „Aton" hörten sie immer wieder klar heraus, auch von Nefretete-Aton Nefertiti, über die sie bereits wußten, daß es der Name Nofretetes war, schien einmal die Rede zu sein. An einer Stelle brach Temmeskhor ab und sagte:

„Hier ist ein Fehler im Text. Der Fehler war schon damals auf der Tafel", erinnerte er sich. „Ich sollte unserem Lehrer

ein paar Mal darauf aufmerksam
gemacht, aber er hat immer wieder
verlangt, daß wir ihn genauso abschreiben
sollten, wie er auch der Tontafel
vorgeschrieben stand. Den ursprünglichen
Text hatte Echnaton selbst verfaßt,
natürlich fehlerfrei. Den Fehler hat der
Schreiber aus Unachtsamkeit beim
Übertragen eingefügt, und nun ist auch
dieses Schriftstück immer noch damit
behaftet. Es kommt aus dem Grab, das
Aigor oder Eje, wie er heute meist genannt
wird, in Achet-Aton für sich errichten ließ.
Als die Schrift angebracht wurde, war er
noch Echnatons Würdenträger zur Rechten.
Später ist Eje zum Amun-Kult zurückgekommen. Als er nach Memphis
übersiedelte, hat er die Inschrift anstimmend
nicht zerstören und auch nicht mehr ändern
lassen. = Aton, was die Sonne umschließt,
ist Aton. Der Herr des Himmels, der Herr
des Landes und der Herr des Hauses ist
Aton, am Horizont ist Aton", übersetzte
Tremmetkora ein Stückchen des Wortlauts.

Der an Nofretete gerichtete Satz „Du
ist beim geliebten königlichen Gemahlin, Herrin
der beiden Länder; die leben mögen gesund
und jung für immer und ewig" enthielten

182

fast in seinem Munde. Miriam Wagner bemerkte, wie der Mann Tränen zu unterdrücken versuchte.

Er dachte: ‚Warum bist nicht du gesund und jung für immer und ewig geblieben? Warum ich?'

Es dauerte eine Weile, ehe er sein Gesicht den drei Menschen ihm gegenüber wieder zuwandte.

Clemens verfügte die Entlassung des Untersuchungshäftlings, unter der Auflage, dass er sich in Frankfurt zur Verfügung hält. Seine Ausreise würde er natürlich noch nicht zurückerhalten, die Kaution legte er auf den Betrag fest, der sich im noch beschlagnahmten Koffer befand. Das waren 980 000 Euro, wie er in einem kurzen Telefonat erfahren sollte.

Zusammen mit Weißenborn und Wagner konnte Timmerkamp die Haftanstalt verlassen. Er genoss einen tiefen Atemzug frischer, freier Luft.

„Möchten Sie mit mir in die Stadt zurückfahren?", hörte Timmerkamp Weißenborn und Wagner gleichzeitig fragen.

„Oh, tut mir leid", verbesserte sich Frau Wagner und richtete sich entschuldigend an

Weißenborn. „Es ist natürlich angebrachter, wenn Ihr Mandant mit Ihnen mitfährt. Ähm, wir... wir dürfen wir Sie denn jetzt eigentlich anreden?" fragte sie Trummschlaur. „Also, ich, ähm, ich meine, ich müßte schon erfahren, wo Sie jetzt wohnen wollen?"

„Eine Anrede wie Herr oder Frau kannten wir im alten Ägypten nicht. Mit Ausnahme des Pharaos natürlich. Solange ich der einfache Trummschlaur war, nannten mich auch alle Menschen so. Vielleicht kann ich Sie Miriam nennen und Sie Sebastian, und Sie nennen mich bei meinem Namen Trummschlaur. Aber bitte nur dann, wenn wir uns nicht in der Öffentlichkeit befinden. In Beisein Anderer könnten Sie mich ja vorüberhin Erik Weizmann nennen, vorausgesetzt, Sie gestatten mir, diese Identität vorerst beizubehalten. Das wäre das Einfachste für mich. Ich denke, ich werde noch einmal im Hotel Lomorder bleiben, um Ihre zweite Frage zu beantworten."

Nach Dienstschluß kehrte Miriam Wagner in ihre komfortable Frankfurter Altbauwohnung zurück. Unterwegs hatte sie noch ein paar Besorgungen gemacht, weil sie ihrem langjährigen Freund Martin

versprochen hatte, das Abendessen für beide
zu kochen. In letzter Zeit hatten sich ihre
Dienstzeiten immer mehr ausgeweitet; sie
war kaum noch vor 20 Uhr nach Hause
gekommen. Martin hatte sich darüber
beschwert und gesagt, dass er keine Lust
mehr habe, jeden Abend noch in der Küche
stehen zu müssen, wenn er von einem
anstrengenden Arbeitstag nach Hause
kam. Miriam hatte ihm Recht gegeben und
gelobt, ab heute für mehr Gerechtigkeit in
ihrer Beziehung zu sorgen. Reichlich
unkonzentriert legte sie jetzt das gerade
gekaufte Filet auf das Schneidebrett,
schnitt es in Stücke und begann, es mit
dem Fleischhammer zu bearbeiten. Sie holte
es und wollte das Würzen des Fleisches
mit der Pfeffermühle fortsetzen, als ihr
einfiel, dass sie ja eigentlich frische
Pfefferkörner hatte mitbringen wollen. Sie
hatte sie nun vergessen. Der gemahlene
Pfeffer, der in dem Plastiktöpfchen noch im
Gewürzregal stand, war alt und hatte
sein Aroma bereits eingebüßt. Sie nahm ihn
trotzdem.

,Verdammt, jetzt habe ich auch noch die
Pasta vergessen', dachte sie wenig später
und jetzt schaltete/setzte Reis auf. Als

Martin kam, fiel es ihr schwer, seine gute Laune zu teilen. Sie konnte einfach nicht aufhören, an Sommerskoven zu denken. Martin spürte bald, daß etwas nicht stimmte, und fragte nach. Miriam entschuldigte sich bei ihm und sagte, daß es mit ihrer Arbeit zu tun hätte. Ein laufendes Verfahren, über das sie nicht sprechen könne. Zwar hatte Miriam schon öfters mit ihm über ihre Fälle gesprochen, obwohl er wußte, daß sie das eigentlich nicht dürfte. Es war aber für ihn auch nicht ungewöhnlich, daß sie über schwebende Verfahren nicht reden wollte. Er akzeptierte es.

Sie fühlte die ganze Zeit eine erhöhte Unruhe in sich, die sie nach außen zu verbergen versuchte. Plötzlich fiel ihr ein, daß sie eigentlich noch ein Abstrichröhrchen besorgen wollte, um eine Probe von Sommerskovens Mundschleimhaut nehmen zu können und diese einer Genuntersuchung unterziehen zu lassen. Natürlich wußte sie, daß das ebenso gut bis morgen Zeit hätte und daß Martin das als Entschuldigung nicht gelten lassen würde. Daher sagte sie nach dem Essen nur:

„Es tut mir wirklich sehr leid, Martin, aber ich muß dringend noch mal ins Büro."

Martin wollte schon seiner darauf erwidern, hielt sich aber mit Vorwürfen zurück. Schließlich war auch er als Bauingenieur schon so manches Mal gezwungen gewesen, nach Feierabend noch einmal zu einer Baustelle hinauszufahren oder stundenlang dienstlich zu telefonieren. Das brachte die heutige Zeit eben so mit sich.

Sie fühlte sich irgendwie verletzt, als sie den Wagen aus der Garage fuhr und die Richtung zum Gerichtsmedizinischen Institut einschlug. Daß sie sich aber freute, endlich einen Vorwand gefunden zu haben, um Simmerskorn noch einmal zu sehen, wollte sie sich zunächst selbst nicht eingestehen. Sie bemühte sich, ihre abendliche Unternehmung als normale dienstliche Handlung zu betrachten. Als sie vor dem Gebäude parkte, fürchtete die Staatsanwältin allerdings für einen Augenblick, daß das Institut schon geschlossen sein könnte, da sie zunächst kein Licht mehr entdecken konnte. Die Pforte war auch tatsächlich schon geschlossen. Auch ihr Klingeln sie erschien Dr. Wohlfarth. Er war noch

damit beschäftigt, einen Bericht anzu=
fertigen und wunderte sich, daß eine
Staatsanwältin zu dieser späten Stunde
um ein Röhrchen für eine Gynprobe bat. Er
erkundigte es ihr aus und verzichtete darauf,
nach den ungewöhnlichen Umständen zu
fragen.

Auf dem Weg ins Hotel merkte
Miriam Wagner, wie ihr Herz mit jedem
Meter, den sie dem Hotel Comora näher
kam, heftiger schlug. Als sie die bunt
erleuchteten Fenster des Hauses erblickte,
schien es ihr, als ob es gleich herausspringen
wollte. Sie glaubte, ihre Aufgeregtheit
müsse doch jeder Mensch um sie herum sofort
bemerken. Sie zwang sich, ruhig und normal
zu wirken, als sie den Portier nach der
Zimmernummer eines Herrn Erik
Meizmann fragte. Danach folgte sie in der
angegebenen Etage den in den Teppichboden
eingewobenen Hinweisen auf die Zimmer=
nummer, die sie unten erfahren hatte.

Schließlich stand sie vor der Tür und
hob die Hand, um anzuklopfen. In diesem
Moment verließ sie der Mut. Sie meinte,
plötzlich wieder klar denken zu können, und
fürchtete sich innerlich selber an:

,Du Idiot benimmst dich wie ein 17jähriger Backfisch! Du bist eine Staats=
anwältin, eine verantwortungsvolle Respektsperson, Du sollst einem liebenswerten Freund zuhören, der bereit ist, dich zu heiraten, und, anstatt mit ihm endlich mal wieder einen gemütlichen Abend zu verbringen, treibst du dich wie eine läufige Hündin unter fadenscheinigen Gründen in diesem Hotel herum!

Sie ließ die bereits zur Faust geformte Hand wieder sinken und wollte sich zum Gehen wenden, als sich die Zimmer= tür unerwartet öffnete.

,O Gott', dachte sie, ,ist das peinlich!' und wäre am liebsten vor Scham im Boden versunken. Aber der Mann, der da rückwärts gewandt in der Tür stand, war gar nicht Timmermann. Es war Sebastian Weißenborn, der sich gerade von seinem Mandanten verabschiedete. Noch hatte er sie nicht entdeckt, deshalb zog sie schnell das Röhrchen aus ihrer Handtasche, um wenigstens ihm einen dienstlichen Grund vortäuschen zu können.

,Ah, die Frau Staatsanwältin", sagte Weißenborn im Umdrehen.

Sie hielt ihm das Röhrchen entgegen und fragte:

„Ich wollte Ihren Mandanten bitten, die DNA=Probe möglichst bald abzugeben, damit wir das Verfahren rasch einstellen können", fragte sie und hoffte inständig, daß sie ihre Verlegenheit gut überspielt hatte. Der Anwalt bemerkte sie nicht und kündigte Frau Wagner kurz bei Timmerbauer an.

„Sie entschuldigen mich? Ich muß rasch weg. Ich bin spät dran", fragte er, wartete ihre Antwort nicht ab und ging zügig den Gang in Richtung Fahrstuhl hinunter.

Miriam trat ein. Plötzlich war das Herzklopfen wieder da. Timmerbauer hatte ihr gerade entgegenkommen wollen. Jetzt blieb er stehen und bat sie höflich, abzulegen und näher zu treten. Er bot ihr einen Platz auf dem Sofa an und fragte, ob sie etwas trinken wolle. Er zählte auf, was sich in der Bar befand und bemerkte eine kurze Zustimmung, als er den Wein nannte.

„Nein, also, ich bin ja eigentlich nur dienstlich hier", stammelte sie hervor und hielt nun zum Beweis das Röhrchen hoch. „Wahrscheinlich ist es auch besser, wenn wir den Abstrich gleich machen, also, ich meine,

...voor wir; ich meine Sie, bevor Sie etwas getrunken haben", sagte sie und fürchtete plötzlich, auch noch rot zu werden.

„Also gut", sagte Tremmelkorn, trat näher und fragte, was er tun müsse. Sie fummelte etwas umständlich an der Verpackung herum, zog den Wattebausch an dem langen Stäbchen heraus und sagte, dass er jetzt den Mund öffnen solle. Sie würde damit einmal durch seinen Mund fahren, das reiche, um genügend Untersuchungsmaterial zu gewinnen. Bereitwillig öffnete Tremmelkorn den Mund. Er empfand es als sehr angenehm, dass die schöne Frau dabei mit der anderen Hand seinen Kopf sanft umfasste. Sie roch gut, und für einen winzigen Augenblick berührte ihre linke Brust seinen Oberkörper. Binnen Sekunden war die Probe genommen, der Wattebausch zurück in das Röhrchen gesteckt und wieder verschlossen. Keiner von beiden ließ sich anmerken, dass sie die kurze Berührung bemerkt hatte.

Tremmelkorn nahm die Flasche Rotwein und zwei Weingläser aus dem Barfach und setzte sich ans andere Ende des Sofas. Er probierte, schenkte ihr ein und füllte danach sein Glas auf, nahm es in die Hand und wollte ihr zuprosten.

„Dürfen Sie denn Wein trinken = als Moslem, meine ich?", wunderte sie sich.

„Ich bin kein Moslem", antwortete er.

„Aber Sie sind doch Ägypter?", fragte sie ungläubig weiter.

„Ja, natürlich", antwortete er, „aber im Ägypten von heute gibt es nicht nur Moslems; es gibt beispielsweise auch Christen oder Juden..."

„Und was sind Sie nun?", fiel Miriam ihm ins Wort.

„Nun sag, wie hast du's mit der Religion? Du bist ein herzlich guter Mann, allein ich glaub, du hältst nicht viel davon."

„Wie bitte?", fragte Miriam, etwas verwirrt.

„Die Gretchenfrage. Sie haben mir eben die Gretchenfrage gestellt und kommen ja gleich mit einem schwierigen Thema an", sagte er. „Erst einmal sage ich Ihnen: Ich darf Wein trinken, weil ich schon über 16 bin, und ich trinke ihn gern. Ganz besonders gern in so charmanter Gesellschaft wie der Ihrigen. Zum Wohle!"

Nachdem sie einen Schluck getrunken und die Gläser auf dem Tisch abgestellt hatten, wollte Timmelstern seine Erklärungsschuld bei Miriam begleichen.

„Aber um auf Ihre Frage zurückzukommen: Ich habe in religiösen Fragen aufgehört, mich davon abhängig zu machen, in welcher Zeit und in welcher Kultur ich gerade lebe. Ich nehme an, Sie sind Christin. Als Säugling getauft, als Kind kommuniziert oder konfirmiert und heute mehr oder weniger praktizierend. Sie sind Christin, weil Sie zufällig in der heutigen Zeit, in einem christlichen Land, in einem christlichen Kulturkreis aufgewachsen sind. Wären Sie, ebenfalls in dieser Zeit, in einem arabischen, oder sagen wir: muslimischen Land aufgewachsen, würden Sie genauso an Allah und den Propheten Mohammed glauben, wie Sie hier und jetzt an Gott und Jesus glauben, habe ich Recht?"

„Ja, wahrscheinlich schon!", gab Miriam zu.

„Und lebten Sie irgendwo in Ostasien, wären Sie wahrscheinlich Buddhistin oder Schintoistin."

„Schon möglich!", sagte sie. „Darüber habe ich noch nicht nachgedacht."

„Und jetzt gehen wir mal 2000 Jahre zurück. Als Germanin würden Sie, ohne große Zweifel zu haben, Wodan anbeten oder Thor verehren. Als Römerin Jupiter, Neptun, Diana oder Minerva, und wie sie alle heißen. Im Moment würde ich Bacchus am nächsten stehen", sagte er und nahm sein Glas in die Hand. Auch Miriam nahm einen Schluck.

„Ich verstehe", sagte sie. „Als antike Griechin würde ich Dionysos zu Füß, Apollo oder Athene beten und die griechische Mythologie wäre meine Religion, mit der ich aufgewachsen bin, die für mich zum normalen Leben dazugehört und an der ich nicht zweifeln würde. Aber woran würde ich als Ägypterin glauben? Wen verehrte Nofretete?"

„Aton", antwortete er knapp und stellte sein Glas beiseite. „Die war die Hohepriesterin Atons und sah in ihm den einzigen, wahren Gott auf Erden. Sie war es – ihr ursprünglicher Name ist übrigens Taduhippa –, die aus ihrem Heimatland Mitanni den Glauben an diesen Gott, der in beiden Völkern existierte, als einzigen Schöpfergott mitgebracht hatte und sowohl ihren Vater Amenhotep dazu gebracht hat, ihn als solchen zu verehren, als auch meinen Bruder Echnaton. Es war seine

Liebe zu Nofretete, die ihn seinen Namen in Tey-Achet-Aton oder heute bekannter: Echnaton ändern und mit der alten Tradition der Amunverehrung brechen ließ. Ihr Wunsch war es, zum Zeichen der alleinigen Verehrung Atons die neue Haupt- und Regierungsstadt Achet-Aton zu gründen. Und sie war es auch, welche die Jahrtausende alte Kunst Ägyptens reformierte."

„Inwiefern?", fragte Miriam.

„Nun, bis dahin wurden die Götter in personifizierter Form immer in rein sittlicher Ansicht dargestellt. Die Absicht war, dass sie auf diese Weise immer nur einer Person zugeordnet standen – dem Pharao: Er sprach zu ihnen – allein – und ihm gewährten sie ihre Gunst – allein. Aton dagegen wurde nun nicht mehr in Menschengestalt gezeigt, sondern symbolisch, als nach oben gerichtete Sonnenscheibe mit Händen an den Enden seiner Strahlen. Jetzt konnte auch die Königin als westliche Herrscherin zusammen mit dem Pharao nahezu gleichberechtigt dem Gott huldigen. Als religiöse Hohepriesterin stand sie ihm sogar schon fast näher als der Pharao. Allerdings sollte sich Echnaton als eins mit

195

Aton gesehen und hatte Nefertiti den Rang
der Hohepriesterin gewährt, weil er nur auf
diese Weise seine abgöttische Liebe zu ihr
verraten fand. So fühlte er, daß sie
zusammen mit Aton auch ihr liebte und
verehrte. In Wirklichkeit verabscheute sie
seinen Körper. Darum sorgte sie dafür, daß
die Darstellungen der königlichen Familie
realitätsnäher wurden. Echnaton wurde
gezeigt, wie er wirklich aussah, mit
schwülstigen Lippen, einem fetten Bauch=
ansatz und deformiertem Kinn und
Hinterkopf. Solange Echnaton sich über
Nefertitis Liebe zu seiner Gestalt als
Aton sicher sein konnte, trug er diese
eigentlich beleidigenden Darstellungen
seiner selbst mit."

„Und Nefertiti?" fragte Miriam
Magener. „Hat sie sich selbst denn
ausgenommen von dieser neuen Art der
Darstellung?"

„Nein", antwortete Tummelhaver. „Sie
brauchte die neue Kunst nicht zu fürchten.
Sie war so schön, wie sie dargestellt wurde.
Ehre hat sie veranlaßt, daß ihre
Vollkommenheit ein wenig zurückge=
nommen wurde, indem sie sich als
Schwangere hat abbilden lassen. Es war ihr

nötig, sich dem Volk als Familie zu zeigen, mit der sich jeder einzelne identifizieren konnte. Sie wußten, daß der Wechsel von den alten Göttern Ägyptens zu Aton nur über die Sympathie des Volkes zur königlichen Familie vollzogen werden konnte. Die mächtigen Priester Amuns sahen ihre Privilegien schwinden und bekämpften Aton. Dazu schürten sie Angst im Volk vor dem Zorn Amuns. Nofretete setzte das Bild der heilen Königsfamilie dagegen, die, wie alle anderen ägyptischen Familien auch, unter dem allmächtigen Schutz Atons stand, den Amun nicht besiegen kann."

„Verzeihen Sie", leitete Miriam Wagner etwas unsicher ihren folgenden Satz ein: „Ich habe im Internet nach Ihrem Namen ‚Trummschlaw' gesucht..."

„...und dabei gefunden, daß Trummschlaw wahrscheinlich der Nachfolger Echnatons war", setzte Trummschlaw den Satz der Frau fort, die ihm jetzt gegenüber stand und mitten in diesem Satz eine Pause gemacht hatte, weil sie nicht recht wußte, wie sie ihn weiter formulieren sollte.

„Ja", sagte sie. „Man weiß es nicht genau, ...weißt es nicht genau. Manche Historiker setzen Trummschlora auch mit Rohrdate gleich und meinen, daß sie unter diesem Namen die Macht nach Ehrnatous Tod übernommen habe, weil ihr eigener Name nirgends mehr auftauchte. Und Sie, ich meine, waren Sie tatsächlich dieser Pharao?"

„Ich habe Hunger", sagte Trummschlora. „Was ist mit Ihnen, haben Sie schon etwas gegessen? Lassen Sie uns ins Restaurant gehen, ich lade Sie natürlich ein."

Eine knappe Viertelstunde später sollten sie in einem nahen Restaurant ihre Bestellungen aufgegeben.

„Wollten Sie meiner Frage bewußt ausweichen?", versuchte Miriam Morgner die Unterhaltung wieder aufzunehmen.

„Ich habe lange Zeit über das geschwiegen, was früher war. Ich soll mich ständig gezwungen, meine wahre Identität zu verbergen. Dieses = mir fällt gerade kein anderes Wort dafür ein = Spielen anderer Personen sollte ich stark verinnerlicht. Nur allmählich finde ich zu mir selbst zurück, und es fällt mir nicht leicht, im selben Atemzug diese Dinge über mich einer anderen Person preiszugeben. Ich muß über die Konsequenzen jedes einzelnen Schrittes nachdenken und immer wieder mit entscheiden, was ich preisgebe", gab Tutanchamun zu bedenken.

„Bitte, verstehen Sie mich nicht falsch! Ich vertraue Ihnen", schloß er an, „und ich genieße es, mich mit Ihnen zu unterhalten, aber es könnte auch für Sie zu gefährlich werden, zu viel über mich zu wissen. Auch das ist zu bedenken. Ich brauche Zeit."

Sie schien ein wenig enttäuscht zu sein und schwieg, bis der Kellner den Wein eingegossen hatte.

„Es tut mir leid", sagte sie schließlich, nachdem sie den ersten Schluck aus dem großen Gläsern genommen hatten. „Ich war wohl etwas ungestüm. Vielleicht eine Berufskrankheit."

„Ich wollte den wunderschönen Abend mit Ihnen nicht verderben", sagte er. Er blickte sich noch einmal im Restaurant um, aber niemand saß in unmittelbarer Hörweite ihres Tisches.

„Sie haben Recht. Ich war Pharao", sagte er mit leiser Stimme. „Nach Echnatons Tod bestieg ich in Achet-Aton den Thron Ägyptens. Ich war noch jung, für

199

heutigen Begriffen sehr jung. Aber damals war es nicht besonders ungewöhnlich, wenn ein 17 = jähriger König wurde. Echnaton wollte kurz vor seinem Tod Tut = Anch = Aton zu seinem Nachfolger bestimmen. Er war sein einziger leiblicher Sohn. Er sollte ihn mit Kija gezeugt, die auch meine Mutter war. Tut = Anch = Aton, der später den Namen Tut = Anch = Amun annahm, war also mein jüngerer Halbbruder. Folglich aber sollte Nofretiti = Nofretete = nach dem Tode ihres Echnatons die Herrschaft inne. Die aber bestimmte mich zu Echnatons Nachfolger. Auch meine Mutter Kija wollte nicht, daß ihr jüngerer Sohn schon im Kindesalter regierte. So vermählte man mich mit Merit = Aton, welche die älteste Tochter Echnatons und Nofretetes war. Diese Heirat bestärkte meinen Anspruch auf den Thron, den ich nach der Mundöffnungs = zeremonie und dem Ablauf der Trauerzeit um Echnaton bestieg."

Miriam Wagner war sprachlos. Die registrierte kaum, daß Timmermann seine Erzählung unterbrechen sollte, weil der Kellner die Speisen auftischte.

Nachdem sie dieser gegangen war, fragte sie nach dem Alter des Mädchens und damals, ob er sie denn geliebt habe. Trommelschlag wartete ab, bis der Ober fertig gewunken und sich entfernt hatte.

„Maket-Aton war im fünften Regierungsjahr Echnatons geboren worden und somit zwölf Jahre alt, als ich sie heiratete. Also durchaus in einem heirats-fähigen Alter. Für unsere damaligen Verhältnisse natürlich. Aber zu ihrer Frage: Nein, ich liebte sie nicht. Sie war mir zu jung. Zwar nannte ich sie offiziell meine große Königsgemahlin, aber es war Nofretete, die ich wirklich liebte. Und wahrscheinlich liebte auch sie mich zu dieser Zeit. Von Echnaton hatte sie sich schon längst vorher abgewandt. Sie hatte auch schon vorher ihr Lager mit mir geteilt, während Echnaton immer häufiger mit Kija schlief. Nachdem ich Pharao geworden war, wurde es durchaus gebilligt und sogar erwartet, daß die Hohepriesterin Atons mit dem Stellvertreter des Gottes, der selbst als fleisch gewordener Gott angesehen wurde, schlief und Kinder von ihm empfing. Ich hatte zwei lebende Kinder mit Nofretete: Anchesen-amun=Ra und Tutench=en=Ra. Zwei weitere Kinder wurden leider nur tot geboren."

„Das tut mir sehr leid für Dir", sagte Miriam sichtlich ergriffen.

„Daß Kinder sterben, war früher Seltenheit. Das traf beinahe jede Familie. Auch die Königsfamilie war davongen nicht gefeit", sagte er. „Aber da sind wir wieder an dem Punkt, auf den ich bei dem Hochprüfungstermin eigentlich hatte kommen wollen. Unsterblichkeit, oder sagen wir besser: ein langes Leben, denn unsterblich bin ich nicht, soll nicht nur die angenehmen Seiten, von denen die Menschen träumen. Sie müssen auch damit fertig werden, wenn Ihre Kinder sterben oder andere Menschen, die Sie lieben. Und, glauben Sie mir, das ist das Allerschlimmste daran. Sie sollen jedes Mal wieder in ein tiefes Loch und kommen an, die zu bannen, die sterben dürfen und all ihre Träume damit hinter sich lassen. Ich war oft genug nahe daran, meinem Leben selbst ein Ende zu bereiten. Natürlich hilft die Zeit über vieles hinweg, aber dennoch hinterläßt jeder Tod eines geliebten Menschen eine tiefe Narbe in der Seele, die man nie wieder losweird."

Beide schwiegen jetzt, und Unmutskarer bedeutete ihr, doch mit dem

Essen zu beginnen. Die Staatsanwältin blickte zwischen den einzelnen Happen des vorzüglichen Mahls ein paar Mal leicht verunsichert auf. Sie wußte nicht, wie sie die Unterhaltung fortsetzen sollte. Sie hatte das Gefühl, daß sie mit jedem Gesprächsthema, das sie einschlug, schließlich an einem wunden Punkt ihres Gegenübers stieß.

„Lassen Sie uns von erfreulicheren Dingen reden", übernahm Sommerkorn die Initiative zu einem neuen Gesprächs= anlauf. „Erzählen Sie mir von sich. Ich möchte so gern mehr über Sie erfahren."

Miriam nahm das Angebot gern auf und erzählte bereitwillig. Nur das Thema Martin ließ sie aus. Als Sommerkorn schließlich zahlte und sie zum Hotel Lomorda zurückschlenderten, war eine durchaus heitere Stimmung zwischen beiden entstanden. Hier und da blieb sie vor Schaufenstern kurz stehen, deutete auf irgendetwas, das sie schön fand. Das tat sie manchmal, wenn sie sich in netter Gesellschaft befand und glücklich war. Sie wollte die Dinge nicht haben, sondern es einfach genießen, daß jemand da war, dem sie zeigen konnte, was ihr gefiel. Am

Anfang war das mit Martin auch so
gewesen, aber dann sollte es ihn nur noch
genervt, wenn wir ständig irgendwo stehen
bleiben müßte, nur um unnütze Dinge zu
bestaunen. Sie genoß es, wenn Simmers-
haus Spiegelbild neben dem ihren im
Schaufenster auftauchte und zeigte, daß er
ihr Freund wäre.

,Wenn er mich jetzt in die Arme
schließen würde, ich glaube, ich würde einfach
dahinschmelzen', dachte sie.

Als sie das Hotel erreicht hatten,
sagte er:

„Es war ein sehr schöner Abend mit
Ihnen. Es ist noch etwas von dem Rotwein
da. Darf ich Sie noch zu einem Glas
einladen?"

Sie sah ein Taxi vor dem Eingang
stehen, das gerade frei wäre. In einer
Momententscheidung zeigte sie dem Fahrer
an, daß er warten solle. Im gleichen
Augenblick schon bereute sie es, sagte aber
dennoch:

„Es tut mir leid, aber es ist schon spät.
Martin = das ist mein Freund = wartet
bestimmt schon ungeduldig auf mich."

„Ich hoffe, ich sehe Sie bald wieder", entgegnete der Ägypter und küßte ihre Hand.

Sie tat zwei Schritte auf das Taxi zu. Der Fahrer öffnete die Beifahrertür für sie. Dann drehte sie noch einmal um und küßte Simmelbaur auf die Wange.

„Es war auch für mich ein wunderschöner Abend", sagte sie.

„Sie sind eine wunderbare Frau", sagte er.

Sie stieg in das Taxi ein, und der Wagen verschwand alsbald im nächtlichen Frankfurter Lichtermeer. Miriam gab ihre Adresse an und ihr fiel ein, daß ihr Handy noch ausgeschaltet war. Sie nahm es aus der Tasche und gab den Einschaltcode ein. Als die Netzverbindung hergestellt war, donnerte eine ganze Batterie von SMS-Nachrichten auf das Gerät ein. Fast alle hatte Martin abgeschickt. Er wollte wissen, wo sie ist, warum sie ihr Handy nicht eingeschaltet hatte. Die letzten SMS fragten danach, bei wem sie sei. Von freundlichen oder gar liebevollen Formulierungen war nichts mehr zu spüren. Miriam erkannte, daß ihr ein großer Streit bevor stand, wenn sie jetzt nach Hause kam, zumal Martin sicher gleich bemerken würde, daß sie etwas Wein getrunken hatte. Sie hatte keine Lust, diesen Abend so müde zu lassen und schaltete das Handy wieder aus, noch ehe sie die letzte Nachricht gelesen hatte.

„Ach bitte", sagte sie zu dem Fahrer; „ich habe es mir anders überlegt. Könnten Sie mich bitte zum Hotel Lomonde zurückfahren?"

9. Kapitel

Mit einem gewaltigen Schrecken fuhr sie auf. Tagesblicht strahlte schon gedämpft durch den dünnen Vorhang hinter dem Bett in Simmenstorfs Hotelsuite. Panikartig suchte Miriam nach ihrer Armbanduhr, denn ihr war eingefallen, daß sie heute Morgen einen Verhandlungstermin bei Gericht sollte. Dabei streifte ihr Blick die Zimmeruhr: Es war erst halb sieben. Erleichtert legte sie sich wieder zurück. Der Termin war um 10 Uhr. Kein Grund zur Eile.

Da lag er nun neben ihr, der schöne Mann, der ihren Sinn in den letzten Tagen so verwirrt sollte, nackt unter der leichten Decke. Sie schmiegte ihren ebenfalls nackten Körper noch dichter an ihn heran. Sie spürte seine Wärme. Im Halbschlaf legte sich seine Hand um ihren Körper, seine Finger krallten leicht durch ihr lockiges, schwarzes Haar. Das fühlte sich sehr schön an. Sein Rücken erschien ihr seltsam rauh, obwohl die Narben darauf kaum zu sehen waren. In der Schwärze der vergangenen Nacht – und sie müßte es in ihren Gedanken einfach so formulieren = war ihr das nicht aufgefallen. Jetzt streichelte sie sanft darüber.

Langsam verwachte seine Männlichkeit
auch neu. Sie warf einen verstohlenen
Blick unter die Decke, um es zu beobachten.
Er war beschnitten. Sie hatte noch nie zuvor
mit einem beschnittenen Mann geschlafen.
Seine Umarmung wurde fester; das
erregte sie. Noch einmal drang er in ihren
wundervollen, schlanken Körper ein, und
wieder erlebte sie den Höhepunkt so, wie sie
ihn mit keinem anderen Mann zuvor erlebt
hatte.

Durch die gläserne Abtrennung
beobachtete er demnach ihren makellosen
Körper unter der Dusche. Es gefiel ihr, dass er
ihr dabei zuschaute. Irgendwann ließ das
Frühstück auf das Zimmer kommen. Demnach
müsste sie los. Sie nahm dieses Mal das
Röhrchen mit der DNA-Probe mit. Sie hätte
es gestern Abend weggeben und liegen
gelassen, wenn sie nicht zurückgekommen
wäre.

Auf dem Weg zum Gebäude der
Staatsanwaltschaft brachte sie das
Röhrchen bei der Gerichtsmedizin vorbei. Sie
verlangte, mit Dr. Wohlfarth persönlich zu
sprechen, und trug ihm auf, die Probe vor
allem in Bezug auf die Langlebigkeit des
Probanden hin zu untersuchen. Den

ausschließenden Prozeß bei Gericht konnte die Staatsanwältin zwar als gewonnen verbuchen, jedoch brachten sowohl der Verteidiger als auch der Richter durch die Blume ihre Verwunderung darüber zum Ausdruck, daß es ihr heute doch noch an der gewohnten Schärfe und Entschlossenheit gefehlt habe. Zurück im Büro verfiel sie bald einem Anruf von Martin. Zunächst überhäufte er sie mit Vorwürfen, merkte aber bald, daß er damit nicht weit kommen würde. Schließlich beschlich ihn das Gefühl, daß die Sicherheit ihrer Beziehung zueinander gefährdet sein könnte, wenn er weiter auf sie eindrängte. Er wollte eine offene und ehrliche Aussprache am Abend haben. Das müßte sie ihm versprechen. Der Gedanke daran verursachte Miriam Bauchschmerzen. Das Glücksgefühl, das sie heute Morgen noch empfinden sollte, sollte sich schnell umgekehrt. Eigentlich sollte sie am Abend wieder zu Simmerstorn gewollt. Aber die Aussprache mit Martin war sie ihm wirklich schuldig. Sie rief Simmerstorn an und berichtete ihm davon. Er akzeptierte es.

Kurz bevor sie nach Hause gehen wollte, meldete sich Dr. Wohlfarth telefo=

nicht. Er berichtete, daß er in dem Material des Probanden tatsächlich eine Anomalie entdeckt habe. Normalerweise, so sagte er, könne sich eine menschliche Zelle bis zu 52 mal teilen, ehe sie abstirbt. Das hänge mit den Telomer-Stückchen zusammen, die an den Enden der Chromosomen säßen. Bei jeder Teilung breche ein kleines Stückchen von ihnen ab, und dann sei eben irgendwann Schluß. Bei dem Erbmaterial dieses Mannes seien die Telomerstückchen aber noch vollständig erhalten. Gewissermaßen gesehen sei er also wie ein ungeborenes Kind. Um mehr über die Ursachen zu erfahren, habe er eine Probe an die Universität nach Kiel geschickt, die auf dem Gebiet der genetischen Altersforschung führend sei.

Miriam Wagner ging zu Fuß zurück in ihre Wohnung. Sie wählte sogar noch einen kleinen Umweg, damit sie durch den Park gehen konnte. Vor dem Gespräch mit Martin wollte sie den Kopf frei bekommen, und die frische Luft tat ihr gut. Sie wollte sich bewußt machen, was sie aufgab, was sie riskierte und was sie Martin damit antat. Sie wußte jetzt, daß Martin nicht ihre große Liebe war, und glaubte auch, daß es umgekehrt genauso sei. Mit Vernunft=

...war es vollkommen anders. Schon von Beginn an. Sie bekam nicht Ruhe, allein wenn sie an ihn dachte. Sie setzte sich kurz auf eine Bank, um die schönen Gefühle bei dem Gedanken an Timmelborn auf sich wirken zu lassen. Kurz vor ihrer Wohnung stiegen die Schuldgefühle gegenüber Martin wieder in ihr auf. Timmelborn hatte ihr keine Versprechungen gemacht. Sie kam sich ihm gegenüber so klein und unbedeutend vor und sie wußte nicht, ob eine Beziehung zu ihm aus der vergangenen Nacht hervorgehen würde. Das war das Risiko. Aber sie wußte auch, daß ihre Zukunft jetzt nicht mehr Martin hieß. Zur Not würde sie lieber allein weiter leben. Ja, so würde ihr Entschluß aussehen, dachte sie. Martin war schon da. Er öffnete ihr die Tür. In seinem Gesicht, in seinen Bewegungen überwog die Angst vor dem Ende der Beziehung. Miriam war gefaßter. Sie dürfte Martin in dieser Krise nicht allein lassen.

Dr. Wohlfarth erhielt bereits einige Tage nachdem das Probematerial in Kiel zur Untersuchung eingetroffen war, eine E-Mail des Institutsleiters. Darin stand,

daß das Untersuchungsmaterial nach
ihrer Anschauung höchste Priorität
erhalten habe. Man würde damit möglicher=
weise einer müßen, bis dato völlig
unbekannten Variation der Fortschreib=Bop=
Ghun auf die Spur kommen können. Es sei
denkbar, daß mit dieser Grmmutation jeder
Form drohender Zellenkrebs in eine Apoptose
umgewandelt werden kann. Zudem habe
man eine Änderung von Zelladhäsions=
molekülen beobachtet, wovon Typ dieser, die
mit der extrazellulären Matrix
kommunizieren, was die Zellenbildung
und ihre Integration in das betreffende
Organ beeinflußen würde.

Dr. Wohlfart faßte sich in den
vergangenen Tagen anläßlich des
Materials, das er von Frau Morgner
erhalten hatte, schon ein wenig in die
Materie eingearbeitet. Das Objekt war
beim weiteren Studium des E=Mail=
Traktes jedoch bald zu komplex geworden,
und er war gezwungen, einige der
verwendeten Begriffe und Zusammenhängen
nachzuschlagen. Schnell fügte sich das Puzzle
aber doch auch in ihm zu einer Erkenntnis
zusammen, die ihm einen eiskalten Schauer
über den Rücken laufen ließ: Die waren

212

einer wissenschaftlichen Sensation auf der
Spur! Der Entdeckung dessen, was ein
Wissenschaftsjournalist einmal als
„Methusalem-Gen" bezeichnet hatte.
Folgerichtig endete die Mail auch mit der
dringenden Bitte, die Person, von der die
Probe stammte, davon zu überzeugen, daß
sie zu weiteren Untersuchungen unbedingt
an die Universität nach Kiel kommen
müsse. Es sei für die wissenschaftliche Arbeit
und ihre Dokumentation unerläßlich, daß
sie zu weiteren histologischen Unter=
suchungen für eine gewisse Zeit vor Ort zur
Verfügung stehe. Die Bereitschaft dazu
werde auf jeden Fall auch finanziell
großzügig honoriert, schloß das Schreiben ab.

Dr. Wohlfarth telefonierte mit Kiel,
wo er eben Unterschreibe... mit Professor Stifter
verbunden wurde. Dieser ging mit ihm noch
tiefer in die Details und beschrieb fast schon
euphorisch die Chancen, die sich aus dem
weiteren Verständnis des Erbmaterials
dieser Person für die gesamte Menschheit
ergeben können. Noch einmal beschwor
Professor Stifter Dr. Wohlfarth geradezu,
die Identität des Mannes bekannt zu
geben und ihn von der Wichtigkeit eines

Aufenthalts in Kiel zu überzeugen. Aber er konnte ihn selbst ja auch nicht.

Wieder griff Wohlforth zum Telefon= hörer und ließ sich mit Frau Wagner verbinden. Erst wollte er gleich mit der sensationellen Nachricht auf sie einstür= men, besann sich aber rasch eines Besseren, sagte, daß erste Zwischenergebnisse aus Kiel eingetroffen seien, und verabredete mit ihr einen zeitnahen Termin.

Frau Wagner hörte aufmerksam zu bei dem, was ihr Dr. Matthias Wohlforth später in ihrem Institut berichtete. Er gab sich große Mühe, die Informationen, die er aus Kiel erhalten sollte, so allgemein= verständlich wie möglich zu erläutern. Die Staatsanwältin zeigte sich weniger überrascht, als er es erwartet hatte. Sie nahm das Ansuchen der Wissenschaftler, daß Semmelbauer sich ihnen zur Verfügung stellen müsse, sehr nachdenklich entgegen und machte Dr. Wohlforth, trotz dessen Drängen, keine Versprechungen, die sie wahrscheinlich nicht einhalten könne. Sie erkannte, daß sie von nun an noch vorsichtiger sein müßte, was ihre Beziehung zu Semmelbauer anging. Fürs erste vermied sie es, ihn über ihre Hände anzurühen.

Martin war zwei Tage nach der Trennung von Miriam provisorisch bei einem Freund untergekommen. Er wollte sich so schnell wie möglich eine neue Wohnung suchen. Miriam hatte ihm zwar angeboten, noch so lange in ihrer alten Wohnung zu bleiben, doch diese Situation war Martin unerträglich erschienen. An diesem Abend war Miriam nun zum ersten Mal allein in der Wohnung. Sie verspürte Sehnsucht nach Timmenstorer. Da er noch nicht wusste, dass Martin ausgezogen war, rief er auch nicht an. Miriam wollte zu ihm. Eigentlich fand sie es für noch relativ unwahrscheinlich, dass man sie behalten würde, um Timmenstorers Aufenthaltsort auszuspüren, dennoch wollte sie vorsichtig sein. Gerade, als sie sich den Mantel anzog, um das Haus zu verlassen, klingelte ihr Telefon. Es war Richter Clemens. Er sagte, dass er das vorläufige Untersuchungsergebnis von Dr. Mohlfarts gerade erhalten habe, und teilte ihr mit, dass er gedenke, das Ermittlungsverfahren gegen Herrn El-Bakir endgültig einzustellen. Für den offiziellen Vorgang erwarte er sie morgen zusammen mit dem Anwalt Meißnborn. Sorgen bereite ihm jedoch noch, mit welcher Sensität man ihn

jetzt ausstatten sollte. Dazu gebe ich
absolut keinen Präzedenzfall. Frau
Wagner von Clemens, worauf den
Aufenthaltsort Timmerkamps weiter
geheim zu halten. Sie wollte sicher gehen und
rief anschließend Donnergott auch noch
Sebastian Weißenborn an.

'Wahrscheinlich ist es Einbildung',
dachte sie, als sie in ihrem Wagen stieg. Aber
sie hatte wirklich das Gefühl, daß sie jemand
beobachtete. In weitem Abstand folgte ein
Wagen, als sie losfuhr. Sie fuhr nicht direkt
zum Hotel Concorde, sondern bog auf eine
lebhaft befahrene Straße ab, änderte zwei
oder dreimal die Richtung und fuhr wieder
in eine ruhigere Straße, wo sie parkte und
wartete. Es war niemand mehr zu sehen.
Entweder war es ihr gelungen, den
Verfolger abzuschütteln, oder es war doch
nur ein Hirngespinst gewesen. Sie ging zu
Fuß zur nächsten U=Bahnstation, fuhr zum
Hauptbahnhof und stieg dort um in die
Linie, die sie in die Nähe des Hotels brachte.

Sie ging direkt zu Timmerkamps
Zimmer durch, ohne sich beim Portier
anzumelden. Sie hoffte, daß der sie nicht
erkannt hatte. Als Timmerkamp öffnete,
fiel sie ihm sofort um den Hals und küßte
216

ihn. Er genoß es sichtlich. Dann erzählte sie ihm von dem, was die Ghettros aufgelöst hätte, und daß die letzten Zweifel bei Richter Clemens nun ausgeräumt seien.

„Das Verfahren ist endgültig eingestellt", sagte sie, „aber Clemens weiß noch nicht, wie das mit deiner Identität weitergehen soll. Er sieht ein, daß du nicht offiziell als Simmelkoser leben kannst. Daß du als Deutscher mit dem Namen Erik Meizmann durchkommst, kann er juristisch nicht mehr zulassen; aber ich denke, daß er es mit seinem Gewissen vereinbaren kann, dir deinen ägyptischen Paß wieder auszuhän=digen. Ich soll morgen mit Meißenborn zu ihm kommen, um das Verfahren offiziell zu beenden. Wenn du mitkommst, kannst du deinen Paß gleich zurückerhalten, genauso wie den Koffer mit dem Geld."

Miriam wollte mit Simmelkoser sprechen, und es war nicht schwer, ihn dazu zu verführen. Als sie danach auseinander lagen, kam ihr wieder in den Sinn, daß sie eigentlich noch gar nichts über ihn wußte. Die Fragen, die sie ihm stellen wollte, waren unendlich viele, aber; als sie die erste davon aussprechen sollte, glaubte sie sofort, daß es die dümmste von allem war. Sie fragte:

„Liebst du mich?" und wollte vor Scham schon im Boden versinken, noch während sie die Stimme zum Zeichen, daß es eine Frage war, hob. Sie rechnete damit, Simmerstorn mit der Frage in eine Verlegenheit gebracht zu haben, doch er antwortete überraschend klar und ohne zu zögern:

„Ja, ich liebe dich."

Sie war glücklich und schmiegte sich wieder ganz eng an ihn.

„Warum bist du eigentlich beschnitten?", fragte sie, während sie mit der Hand zärtlich über seinen Penis strich. Sofort spürte sie eine Reaktion darin. „Ich dachte immer, nur Moslems oder Juden würden beschnitten."

„Der Beschneidungsbrauch ist viel älter. Ich weiß gar nicht so genau, ob in meiner Kindheit schon alle Jungen in Ägypten beschnitten wurden. Auf jeden Fall wurden es diejenigen, die in den Tempel gingen, um eine Priesterausbildung zu erhalten. Davon jedenfalls waren alle Jungen betroffen, die ich kannte. Aber ich lebte ja auch bei Hofe und konnte kaum Kontakt zu anderen Jungen des Volkes aufnehmen. Die Juden und später auch die

Moslems haben diese Tradition übernom=
men und auch alle Mitglieder ihrer
Gesellschaft ausgemerzt. Oft waren davon
sogar die Mädchen betroffen."

„Wie grausam!", entfuhr es ihr. „Hast
du denn fürchtbare Schmerzen gehabt?",
wollte sie wissen.

„Ich werde es jedenfalls nie vergessen.
Es ist eine meiner ersten Kind=
heitserinnerungen. Ich wußte vorher, daß es
wehtun würde, und ich wollte es ertragen
wie ein Mann und nicht losschreien wie die
Anderen. Schließlich war ich ein Sohn des
Pharao und soll mich als furchtloses
Vorbild. Ich preßt die Augen zusammen so
fest es ging, und mein Wille war stark,
aber als es geschah, konnte ich den Schrei
nicht verhindern. Die Tränen quollen mir
dermaßen aus den Augen, daß ich nur noch
sehr verschwommen sah, wie das Blut aus
der Wunde strömte. Der Priester stillte die
Blutung und verband mich. Es schmerzte
tagelang, und ich traute mich kaum,
Wasser zu lassen. Aber irgendwann waren
die Schmerzen vorbei. Ebenso wie die
unbeschwerte Kindheit. Von da ab fühlte ich
mich als Erwachsener und war bereit, für
mein neues Leben zu leben."

„Aber warum hat man das gemacht?"

„Es ist auch heute noch gängige Praxis", antwortete er: „In einigen afrikanischen Staaten auch sogar noch bei Mädchen. Offiziell wird es meist mit der besseren Hygiene begründet, aber eigentlich soll es wohl die heranwachsenden Frauen abhalten, gottesblästerliche, sündhafte Handlungen zu vollziehen. Masturbation ist ein Stichwort, zu frühe sexuelle Kontakte ein anderes. Das ist wohl auch der Grund, weshalb es immer ohne schmerzstillende Mittel oder Narkose durchgeführt wird."

„Spürst du denn auch heute noch etwas davon, wenn du mit mir; ich meine, wenn du mit Frauen schläfst?"

„Nein, mit dir ist es einfach nur schön, das kannst du mir glauben. Aber wenn wir über das Thema Beschneidung reden, stimuliert es mich nicht gerade. Auch nach so langer Zeit zeigt es, so scheinen, immer noch Wirkung."

„Und wie ist das denn nun mit deinem Glauben? Du hast gesagt, daß der Glaube, den man hat, abhängig ist von seinem Umfeld, von der Zeit, in der man lebt. Bist du noch geprägt vom Glauben an

ihrem Amun oder an Aton?", wollte sie
weiter wissen. "Oder hast du jetzt einen
Glauben von heute? Moslem bist du nicht,
bist du Christ oder Jude?"

"Deinen Bericht hört man bei dir
jedenfalls immer heraus", antwortete er
etwas verschmitzt. "Aber, deine Frage ist
natürlich berechtigt. Ich habe an Amun
geglaubt, als ich Amünpriester wurde. Ich
glaubte auch an die altüberlieferten
Geschichten, wonach Seth seinen Bruder Osiris
mit einer List in eine Kiste sperrte und im
Nil versenkte, woraufhin Seth die Macht über
die Welt an sich riß. Ich zweifelte nicht
daran, daß Isis ihren Mann Osiris rettete
und ihm wieder Leben einhauchte, nur damit
Seth ihn wieder tötete, dieses Mal aber
seinen Leichnam zerstückelte und über das
ganze Land verteilte. Fast hätte es Isis
ein zweites Mal geschafft, ihrem Mann zu
retten, doch am Ende fehlte der Phallus,
womit wir wieder beim Thema wären. Den
hatte ein Krokodil gefressen. Somit wurde
Osiris zum Herrscher über das Totenreich,
während Seth über die Lebenden und über
Ägypten herrschte. Die Legende nach begann
jetzt Horus, der bisher verborgen gebliebene
Sohn der Isis und des Osiris, einen

...feldzug gegen Seth. Der Kampf, der in Wirklichkeit von den realen Kriegern der Völker geführt wurde, indes unentschieden, ähnlich sind Nubien an Ägypten.

Im Verlauf des Kampfes war Horus ein Auge ausgeschlagen worden, das aber von Isis geheilt wurde. So wurde das Horusauge zum Symbol für Heilung und Schutz vor Gefahr. Später wurde Jahwe und damit auch der Gott der Christen oft nur als Auge dargestellt, weil der Gott selbst nicht abgebildet werden durfte. Für Aton hat man das Horusauge abgewandelt und später auch für Jahwe übernommen.

Es war die Götter auch zu beraten, wer von beiden Pharao werden sollte; die Götter konnten sich aber nicht einigen. Die riefen Neith an, die Göttin der Weisheit, und sie bestimmte Horus zum König. Da begann Seth den Krieg erneut, und Osiris verlangte von allen Göttern, daß das Urteil der Neith angenommen werde. Damit aber wurde die Welt geteilt: Horus beherrschte das Schwarze Land und Seth bekam das Rote Land.

Über unzählige Generationen gab man diese Geschichten weiter. Die vermischten Realität und Mythos. Der

Mythos füllte die Lücken aus, die in der Erinnerung geblieben waren und erklärte, was den Menschen unerklärlich war. Ursprünglich bezeichneten die Legenden wahrscheinlich einmal wirkliche Kriege und reale Führungspersonen, wie man heute machen sagen würde, Helden, die in den Geschichten, die zu Mythen wurden, zu Göttern hochstilisiert wurden.

Die Götter aber bekommen Zuwachs aus den Sagen anderer Volksgruppen. Schließlich zählten wir rund 200 Götter im Reich. Jedes Teilvolk brachte mehr Götter hinzu, jeder Gott sollte seine eigene Geschichte. Die alle standen im Grunde genommen für all die Dinge im Leben, die man sich noch nicht zu erklären vermochte. Ereignisse, die Ängste erzeugten, Erwartungen erfüllen sollten, oder für Hoffnungen. Vor allem aber auch für das Leben nach dem Tode, für die Überzeugung, daß man nach dem Tod ein besseres Leben haben würde, als es das irdische dahin bot.

Parallel mit dem Aufstieg von Macht einzelner Bevölkerungsteile oder einflußreicher Familien wuchs die Bedeutung bestimmter Götter; die von diesen Völkern oder Familien bevorzugt

werden. Re, Min und Amun vereinigten
sich zu Amun-Re, und als dieser gewann er
schließlich die religiöse Oberhand über das
ganze Reich. Auf dem Höhepunkt seiner
Macht war Amun-Re der König der Götter
und der Herr der Throne beider Länder.
Damit symbolisierte er auch die friedliche
Koexistenz, ja, die Einheit der beiden Länder
Ober- und Unterägypten. Die religiöse
Macht über ganz Ägypten lag damit
faktisch aber bei der Priesterschaft des
Amun, und kein Pharao konnte den Thron
mehr besteigen, ohne sich zu Amun als dem
höchsten aller Götter zu bekennen.
Ursprünglich der Sonnen-, Wind- und
Fruchtbarkeitsgott, sowie - und das war
das Wichtigste in Ägypten - Schutzgott der
Verstorbenen, gewann Amun durch sein
immer stärkeres Synonym ,Hauch des Lebens für alle
Dinge' zum ersten Mal eine gewisse
Transzendenz hinzu, die ihn zum Teil aus
den vorstellbaren Sphären heraushob.
Seine Definition war anspruchsvoller
geworden, der Beweis seiner Nichtexistenz
für seine Gegner schwieriger: Er war zur
ersten verborgenen Gottheit geworden,
allgemein anerkannt im Reich. Alle
anderen Götter waren nichts mehr als nur

verschiedenen Erscheinungsformen Amuns. Nahezu jeder Mensch betete ihn an, allerdings nicht ihn allein, sondern zusätzlich auch noch die anderen, lokalen Gottheiten. Aber das mußte der Amun=glaube als Preis für den Frieden erlauben. Nach der Aton=Zeit hat Amun fast seine alte Stellung zurückerobern können und lebte in vielleicht noch größerer Bedeutung unter den Griechen als Göttervater Zeus und unter den Römern als Jupiter fort. Selbst das Judentum, das Christentum und der Islam haben Amun noch in ihrer Religionen adoptiert. Noch heute benützen sie das Wort Amen als Ausdruck der Bestätigung, ebenso wie es nach Gebeten in den Tempeln Amuns üblich war."

„Also gibt es einen Zusammenhang zwischen alten und meinen Religionen. Was war nun aber so anders mit Aton?", fragte Miriam, die gespannt zugehört hatte.

„Zunächst nicht so sehr viel. Aton gewann an Bedeutung unter meinem Vater; so wie auch Götter anderer Dynastien immer wieder an Bedeutung hinzugewonnen. Der Name meines Vaters war ‚Amenhotep', was bedeutet: ‚Amun ist

zufrieden'. Er war also in Überein=
stimmung mit dem Glauben an Amun und
unter Zustimmung dessen Priesterschaft
zum Pharao gekrönt worden. Daß er unter
dem Einfluß des Königreichs Mitanni =
Taduhippa, die spätere Nofretete, und
seine Mutter Kija stammten aus dieser
Provinz Ägyptens = auch Aton verehrte,
nahm ihm die Priesterschaft Amuns nicht
übel, besiegelte sie doch den Frieden und die
Freundschaft zwischen den Völkern. Aber
der wirkte Amenhotep, mein Halbbruder und
der Nachfolger unseres Vaters, brach in
seiner Verehrung für Aton völlig mit dem
Kult um Amun. Er änderte bekanntlich
seinen Namen um in Echnaton: ‚Der Aton
dient'. Er machte aus Aton den einzigen
Gott, neben dem kein anderer Gott mehr
existieren durfte. Er sah in ihm den allum=
fassenden, allmächtigen Gott, der alles
lenkt, von der Schöpfung bis zum Tod und
dem Leben nach dem Tod. Sein Name ‚Der
Aton dient' bedeutete aber in Echnatons
Verständnis nicht, daß er sich als einer von
vielen sah, die Aton dienten, sondern daß er
allein würdig war, ihm zu dienen. Echnaton
hob mit diesem Schritt die Trennung seiner
weltlichen Macht von der religiösen Macht

auf und verstand sich als allumfassenden
Herrscher; ja als Inkarnation des Gottes
selbst. Das provozierte natürlich den Zorn
der Amün-Priesterschaft, die plötzlich ihren
Machtanteil am Staat und ihre Privilegien verloren sahen. Sie versuchten,
Aufstände zu organisieren. Aber sie fanden
im Volk nicht den Rückhalt, den sie
erwartet hatten. Schließlich hatten auch sie
ihre Macht jahrelang offenkundig
mißbraucht und sich auf Kosten der
Bevölkerung bereichert. Daher hatten die
Priester zunächst keinen Erfolg. Das Volk
sehnte sich aufgrund der vielen Kriege in den
vergangenen Jahren nach Ruhe und Frieden.
Es stand ihm nicht der Sinn danach, einen
riskanten Aufstand zu unterstützen.
Zudem schien Echnatons neue Religion
Frieden zu verheißen. Nofretete wurde die
Hohepriesterin Atons. Beide zeigten sich und
ihre Kinder zusammen mit Aton in einer
nie zuvor dargestellten Familienharmonie.
Die Strahlen Atons berührten Echnatons
Gemahlin in gleicher Weise wie den
gottgleichen Pharao selbst. Das gefiel den
Leuten.

Echnaton war es dennoch in Theben zu
unruhig geworden. Ihm schwebte etwas vor, in

einer religiös reinen Gesellschaft auserlesener Atonjünger zu leben, um Aton in höchster Reinheit verehren zu können. An einer ‚vom neuen Gott selbst erwählten Stelle am Nil' ließ er zu dessen Ehren die Stadt Akhet-Aton errichten. Der Name hatte eine wichtige Doppelbedeutung. In spiritueller Hinsicht bedeutete er: ‚Der Horizont des Aton'. Das Wort ‚Akhet' hat aber vor allem die für unser Land existenzielle Bedeutung Nilschwemme; die Verantwortung für Ägyptens Fruchtbar-keit ist in diesem übertragenen Sinne auf Aton übergegangen."

Tutmeskara legte eine Pause ein und trank einen Schluck Wasser. Miriam saß aufrecht gegen das rückwärtige Polster des Bettes gelehnt und wartete ungeduldig darauf, dass er fortfuhr:

„Wie bist du an die Macht gekommen?", fragte sie und Tutmeskara erzählte weiter:

„Ägypten blühte in der ersten Zeit, nachdem Akhet-Aton in nur einer dreijährigen Bauzeit entstanden war. Die Nilschwemme erreichte mehrmals hinter-einander 16 Ellen, es gab Nahrung im Überfluß. Im großen Atontempel spendete

Echnaton brachte seinem Gott große Opfergaben in
Form von köstlich angerichteten Speisen.
Das Gleiche verlangte er von seinem Volk.
Die unzähligen Tische in dem riesigen,
offenen Tempelareal quollen über von
besten Speisen. Aber das war nicht schlimm,
denn die Menschen sollten immer noch
reichlich zu essen. Doch dann sind die
Nilschwemmen plötzlich geringer aus. Die
reichte kaum mehr 13 Ellen. Die Ernte
war entsprechend gering. Man sollte die
Nahrungsmittel rationieren müssen, um
die Bevölkerung über das Jahr zu bringen.
Doch Echnaton war überzeugt, dass man
Aton nur mit noch umfangreicheren Opfern
zu einem höheren Wasserstand im folgenden
Jahr bewegen konnte. Statt weniger zu
spenden, zwang er sein Volk dazu, immer
mehr zu spenden. Bald hungerten die
Menschen, wurden schwächer. Zudem
versiegten einige Brunnen, man war
immer öfter gezwungen, weniger reines
Wasser zu trinken. Doch die Opfergaben
wurden immer noch mehr ausgeweitet. Das
aber machte die Ratten dick und fett und
sie vermehrten sich stark, so stark, dass sie
zur Plage wurden. Aber irgendwann
waren auch die Lebensmittel für die

Opfergaben erschöpft. Die Menschen, selbst
den Hungertod ihrer Familien vor Augen,
verweigerten die Lieferungen an den Gott.
Echnaton wollte am Finster der
Erscheinung sein Volk beschwören, rief hinab,
daß Aton im nächsten Jahr gar kein
Hochwasser mehr schicken würde, wenn man
ihm nicht opferte. Die Rückkehr von
Krankheiten und schrecklichen Toden
prophezeite der Herrscher. Aber, anders als
früher, zeigten sich immer weniger Menschen
auf der Straße. Und auch von diesen bekam
Echnaton nur Vorwürfe zu hören. Ich kann
mich noch gut daran erinnern, wie er tobte
und fortan mit Nofretiti selbst die Schalen
mit den Speisen in den Tempel trug. Aber
ein Gutes schien die Not wenigstens zu
haben: überall starben die Ratten. Aber
dann dauerte es nicht lang, und Echnatons
Prophezeiung würde wahr: Die ersten
Bewohner der Stadt wurden schwer krank
und bald schon starben einige einen
grausamen Tod."

„Die Pest?", wollte Miriam wissen.

„Ja", sagte Timmethoten. „Die ersten,
die die Krankheit im Palast ereilte, waren
die Sklaven. In ihrem Lager, wo sie eng
beieinander lebten, breitete sich die Pest

rasend schnell aus. Ich habe wieder von ihnen
gesehen. Es war ein grausames Bild. Die
meisten hatten große, häßliche Beulen am
Hals oder an anderen Körperstellen, die
schwarz waren und nach ein paar Tagen in
sich zusammen fielen. Manche schienen sich
danach wieder zu erholen, doch dann merkte
die meisten von diesem schabs Fieber und bald
spuckten sie Blut oder es trat sogar Blut
aus ihrer Haut aus. Es gab Menschen, die
scheinbar ohne diese Vorwarnungsanzeichen
plötzlich Erstickungsanfälle bekamen, blau
anliefen und unter großen Schmerzen
schwarzen, blutigen Stücke aushusteten. Kurz
darauf erstickten sie. Ich sehe noch heute
genau vor mir, wie sie mit schmerzerfüllten
Gesichtszügen und weit aufgerissenen,
starren Augen dalagen. Sie hatten keine
Möglichkeiten mehr, noch ägyptischer Sitte
bestattet zu werden und das ewige Leben
im Jenseits zu erlangen. Raschep, ein Arzt,
der schon in den Diensten meines Vaters
stand, versicherte, daß die Toten sofort zu
verbrennen seien. Er hatte diese Krankheit
schon einmal überlebt und war der einzige,
der wußte, was zu tun war.

Als erste Maßnahme ließ er es nicht
mehr zu, daß die gesamten Sklaven die

231

Königsfamilie bedienten. Nur sonderau-
lesenen Diener blieben in unserem Räumen,
die strikt von den Lagern der Kranken
getrennt wurden. Ich durfte Rahotep nach
einigen Drängen bei seiner Arbeit zur
Hand gehen. Er erklärte mir, daß er bei der
letzten Epidemie beobachtet habe, wie sich die
Krankheit bei ihm an Flohbissen entzündet
habe und daß er wahrscheinlich nur deshalb
überlebt habe, weil er die entzündeten
Stellen sorgfältig mit reinem Wasser
gewaschen hatte. Während Rahotep zunächst
die entkleideten Körper der Königsfamilie
auf Flohbisse untersuchte, war es meine
Aufgabe, die Kleidung derer, die Bisse
vorwiesen, zu untersuchen und ihnen neue
Kleidung herauszutragen. Die bekamen einen
gesonderten Teil des Palastes zugewiesen,
in dem Feuer geschürt werden sollten aus
feuchtem Holz, so daß der Rauch die Flöhe
fernhielte. Wer frei war von Flohbissen,
durfte im Bereich des Pharaos verbleiben.
Ebenso durfte sich nur die untersuchte
Dienerschaft dem Herrscher nähern.
Diejenigen, die sich und ihre Kleidung
säubigten mit Tinkturen getränkt hatten,
schienen weniger häufig befallen zu sein.
Auch ich blieb zunächst frei von den

Symptomen und dürfte den Arzt sogar ins Krankenlager begleiten. Hinterher unter-suchten wir uns immer gegenseitig auf Flohbisse. Sicherheitshalber aber dürfte auch ich mich der königlichen Familie nicht mehr nähern."

„Du sagst, du seist zunächst frei geblieben von Symptomen der Krankheit. Bist du denn gesund geblieben?"

„Irgendwann fühlte ich, wie meine Lymphdrüsen am Hals und unter den Achselhöhlen sowie in der Leistengegend anschwollen und zu schmerzen begannen", sagte er weiter. Fast wirkte er abwesend. „Ich bekam Schüttelfrost und schließlich lag ich im Fieber. Da war ich mir sicher, daß ich bald sterben müsse, zumal die frühen Anzeichen bei denen, die um mich herum starben, ähnlich waren wie bei mir. Rasholep war sich in der Zwischenzeit unsicher geworden, ob die Pest wirklich mit den Flohstichen zusammenhing, das sollte er mir in einer bitteren Stunde gestehen, als mehrere der Menschen zugleich starben, an denen er vorher, als sie noch gesund waren, keinerlei Flohstiche feststellen können. Ihr Tod war ihm unerklärlich geblieben. Wir wußten nur, daß sie gemauschte gefahrvoll an unterbrochenen Blut erstickten von den andern. Heute weiß man, daß sie an einer Tröpfcheninfektion erkrankt waren, die eine primäre Lungenpest ausgelöst hat. Die Schwellungen meiner Lymphdrüsen konnte ich zunächst noch geheimhalten, mein Fieber aber nicht mehr. Man schleppte mich auf die Krankenstation, von der ich wußte, daß sie nur eine kurze Zwischenstation zum Scheiterhaufen sein würde. Ich war verzweifelt. Von niemandem hatte ich Abschied nehmen können, weder von Nefertiti noch von Kijor, meiner Mutter. Rahotep war der einzige Freund, der mir noch geblieben war. Wenn immer er konnte, gesellte er sich für ein paar Augenblicke zu mir. Ich hatte Schmerzen und fühlte mich unendlich müde, aber ich hatte Angst davor, einzuschlafen, weil ich glaubte, dann nie wieder zu erwachen. Schließlich übermannte mich der Schlaf. Als ich erwachte, lagen neben mir wieder andere Kranke. Rahotep kam und reichte mir frisches, sauberes Wasser, um meinen Durst zu stillen, und wusch mich ab. Er sagte, daß ich zwei Tage lang geschlafen hätte. Immer wieder hätte ich laut phantasiert und dann wie tot dagelegen, so daß sie mich schon hätten

234

hinausschaffen wollen, um meinen Körper
zu verbrennen. Rashder sollte aber befehlen,
daß man mich nicht fortschaffen sollte, wenn
er meinen Tod festgestellt sollte. Er sei froh
gewesen, daß er immer wieder einen
schwachen Puls an mir entdecken konnte.
Rashder ließ mir bald Brühe bringen.
Langsam erholte ich mich wieder; und ich habe
die Pest auch während späterer Epidemien
nie wieder bekommen."

Timmerstorn erhob sich und nahm sich
ein Mineralwasser aus dem Kühlschrank.
Ihm war, als spüre er die trockene Kühle
und den Durst wieder, mit dem er damals
aus seiner Krankheit erwacht war.

„Viele Menschen betrachteten Ashat-
Aton als einen Unglücksort und flüchteten
vor der Seuche aus der Stadt. Einige davon
trugen sie damit aber auch noch Ufaset, also
nach Theben und bis nach Men-nefer, der
Stadt, die die Griechen Memphis nannten.

Auch dort wütete bald die Pest. Aber
so viele Tote wie in Ashat-Aton gab es
nicht. Am wenigsten in Men-nefer; und
nach der Wintersonnenwende verschwand
die Seuche dort zuerst. Pa-Aton-em-heb, ein
General, der schon unter meinem Vater
gedient hatte, war der folglich Ober-

bestehlbarer des ägyptischen Heeres, denn
Echnaton sollte die Führung des Heeres
zwar inne, vernachlässigte sich diesem Amt
aber nahezu völlig. Pa-Aton-em-heb also
sollte angeordnet, daß der Ausbruch der
Pest gegenüber den Vasallen und Nachbarn
des Reiches geheim zu halten war. Alle
Grenzen sollte er abgeriegelt, niemand
dürfte Ägypten verlassen. Das schützte
natürlich auch ihre Nachbarländer; sein
Hauptanliegen lag aber darin, daß
niemand erfahren sollte, daß das ägyptische
Heer stark geschwächt war. Immerhin sickerten
die Informationen zu den Hethitern durch.
Ägypten direkt anzugreifen, dazu fehlte
ihnen noch der Mut, aber sie fielen in
Mitanni ein und besetzten es.
Schattiwaza war seinem verstorbenen
Vater Tuschratta auf den Thron Mitannis
nachgefolgt und hatte seinen Schwager
Echnaton dringend um militärische Hilfe
ersucht. Echnaton erhörte ihn aber nicht.

Da erschien Pa-Aton-em-heb eines
Tages mit einem Gesandten aus Mitanni.
Es war ein Sohn Schattiwazas und ein
Neffe Nofretetes. Die Pest war inzwischen
abgeklungen, niemand erkrankte mehr
daran. Daher sollte man auch bei Hofe die

strengen Regeln gelockert und ließ die
Gesandten vor den Pharao treten. Der
Gesandte erneuerte die Bitte seines Königs
um militärischen Beistand, aber Pharao
wich seiner Bitte aus und machte keine
Zugeständnisse. Die Gäste aus Mitanni
sollten frische Früchte und Speisen
mitgebracht, von denen sie wußten, daß
Nofretete sie als Kind geliebt hatte. Ein
festliches Mahl wurde daraus bereitet, und Por-
Aton=em=hab und der Fürst aus Mitanni
selbst übergaben Pharao Echnaton die
wertvollsten Speisen, die nur einem König
zustünde, erklärten sie. Der höflichen Sitte
entsprechend, ließ Echnaton seinen Vorkoster von den Speisen probieren und aß dann
selbst davon, denn er konnte nicht unhöflich
erscheinen. Zwei Tage später reiste die
Delegation aus Mitanni wieder ab. Sie
wurden von Por-Aton=em=hab und seinen
Soldaten an die Grenze eskortiert.

Am dritten Tage nach dem festlichen
aber reichen Echnaton das Fieber. Er plagte
über starke Kopfschmerzen, seine
schwülstigen Lippen verfärbten sich blau,
und er begann zu frösten. Auch sein
Vorkoster wurde mit den gleichen
Symptomen krank. Rahotep kümmerte sich

um den Kranken, weißer aber, daß er
außer die Schmerzen zu lindern, nichts
ausrichten konnte. Eshatons Wardault fiel
sogleich auf die Spuren der Mitsommer und
er befahl Rashomp, die Reste davon zu
untersuchen. Rashomp ließ Ratten kommen,
und diese mußten von den Spuren fressen.
Den meisten ging es danach gut, nur die
Ratten, die unmittelbar von den Spuren
gefressen hatten, welche Eshaton und
seinem Worlose gereicht worden waren,
wurden krank. Rashomp machte aber auch
noch eine andere Beobachtung: zwei der
Ratten sollten sich um inzwischen
verschimmelte Reste der Nachspeise
gestritten. Zwar wurden auch sie zunächst
krank, starben aber nicht, wie die anderen.
Im Gegenteil: sie erholten sich schnell wieder.
Es war eine seltsame Süßspeise, welche wie
ringeförbtes Wasser ausloss und sich auch
wollte, wenn man sie schüttelte. Und
dennoch war sie fest, wenn man sie berührte.
Rashomp fragte Rijo, ob sie weißte, woraus
sie besteht, und Rijo erinnerte sich, daß man
Algen sammeln und kochen müßte, um
dieses Gelee herzustellen. Also trieb Rashomp
zur Eile an, um diese Zutat zu besorgen, und
Rijo kochte das Gelee nach ihrer Erinnerung

aus gepressten Früchten. Bis es fertig war,
ließ Rahotep dem Vorkoster schon die eilig
zusammengesuchten Reste der verdorbenen
Süßspeise essen, um zu testen, ob sie auch
dem Menschen schade. Sein Zustand
verschlechterte sich nicht mehr. Man konnte
aber von Pharao nicht verlangen, daß er
das stinkende Zeug zu sich nahm. Am
folgenden Tag war die Süßspeise fertig
eingedickt, und Rahotep ließ Echnaton
erwartungsvoll von der frischen Speise
essen. Doch es half nicht. Der König hustete
immer mehr und erbrach die Speisen wieder.
Der Hustenreiz quälte ihn, und schließlich
spuckte er schwarzes Blut nach jedem
Hustenanfall. Echnaton verlor das
Bewußtsein und ruhte wieder im Schlaf. Er
erwachte nicht mehr, und drei Tage später
war der Pharao tot. Sein Vorkoster aber
starb nicht, sondern erholte sich ganz
allmählich wieder. Rahotep zermarterte sich
den Kopf mit der Frage, was er falsch
gemacht haben könnte, aber weder er noch ich
fanden die Lösung."

„Der Schimmelpilz", sagte Miriam
ergriffen.

„Ja", sagte Tutmechotep, „erst nachdem Alexander Fleming das Penicillin entdeckt hätte, würde mir das auch richtig klar."

„Echnaton war tot. Wurde er ermordet?" fragte Miriam.

„Das war der Verdacht, den er selbst noch hegte", antwortete Tutmechotep. „Einen Beweis aber konnte niemand erbringen. Nofretete ließ einen Verdacht gegen den Sohn ihres Bruders nicht zu. Er hätte die Tat auch nur in Zusammenarbeit mit Pa-Aton-em-heb ausführen können. Der galt aber als vollkommen integer gegenüber seinem Herrscher. Er genoß zu diesem Zeitpunkt auch mein uneingeschränktes Vertrauen. Lediglich Nofretete und Kija vertrauten ihm nicht vollends. Sie hatten beobachtet, wie er, wenn er im Palast war, versuchte Tut-anch-Aton für Kriegsspiele zu begeistern. Für den jungen Thronfolger war er ein Held, dem er nachzueifern trachtete. Pa-Aton-em-heb brachte dem kleinen Knaben hölzerne Schwerter und einmal sogar einen kleinen Streitwagen mit und forderte ihn immer wieder zu spielerischen Kämpfen heraus, in denen sie die Feinde Ägyptens bezwangen und neue Länder eroberten. Das und die Tatsache, daß Tut=anch=Aton gerade einmal fünf Jahre zählte, bewog Nofretete und auch Kija dazu, ihren ganzen Einfluß geltend zu machen, daß nicht er, sondern ich zum neuen Pharao gekrönt werden sollte.

So wurde ich zur Durchführung des Mundöffnungsrituals am Echnaton bestimmt. Mit diesem Ritual, in dem ich dem verstorbenen Pharao, der mittels einer Sandschüttung aufrecht noch einmal dem Aufgang Atons entgegenblickte, durch eine symbolische Mundberührung den Atem für sein Leben im Jenseits gab, trat ich die religiöse Nachfolge Echnatons an: Er selbst war nun eins geworden mit seinem einzigen Gott, und jetzt war ich dessen Inkarnation auf Erden. Ich war gottgleich, und somit unmittelbar und allein berechtigt, den Thron der beiden Länder zu besteigen. Das Ende des 17. Regierungs-jahres des Pharaos Echnaton wurde zum ersten Regierungsjahre meiner Herrschaft. Kurz vor der feierlichen Krönung im Palast heiratete ich Meritaton, die älteste Tochter Echnatons und Nofretetes. Damit stand mir der Thron auch in rechtlicher Hinsicht unbestritten zu, und so übernahm ich in einer feierlichen Prozedur den Krummstab und die Geißel, die Machtinsignien des Reiches, und erhielt aus den Händen der Hohepriesterin Atons die Krone der beiden Länder. Von jetzt an trug ich den Königs= namen ‚Anch=chepru=re' – ‚Lebend sind die Erscheinungen des Re'. Ich zählte siebzehn Jahre, und in meiner jugendlichen Gefühls= welt war ich ungeheuer stolz darauf, Pharao zu sein. Ich fühlte mich als mächtigster Mann auf Erden. Man sah mich von nun an als Gott, und genau so fühlte ich mich auch, wenngleich mir durchaus bewußt war, daß die Macht, die ich jetzt innehatte, nicht mehr so unbestritten war wie die Echnatons noch ein paar Jahre zuvor. Atons Einfluß am Götterhimmel war nach der Pest erheblich gesunken, Amun=Re machte ihm die göttliche Herrschaft wieder streitig. Einer Aussöhnung der beiden Götter wollte ich mit meinem Thronnamen Rechnung tragen.

Pa=Aton=em=hab war der rechte, der aus dem schleichenden Wandel Konsequenzen= zog. Er blieb auch unter mir der wichtigste Heerführer des Reiches, denn das Militär stand bedingungslos hinter ihm und hätte rebelliert, wenn ich ihn nicht bestätigt hätte. Ich wußte: Er war innerlich

verzürnt, daß nicht Tut-anch-Aton gekrönt
worden war. Von ihm sollte er sich
versprechen, selbst leichter Einfluß nehmen
zu können.

Die Stadt Achet-Aton sollte durch die
Truste sehr Werlüste hinnehmen müssen. Die
Getreuen Atons waren stark dezimiert.
Um die Einheit des Reiches aufrecht-
zuerhalten, müßte ich zulassen, daß Amun-
Re wieder verehrt werden dürfte und daß
ihm zu Ehren ein Tempel errichtet würde.
Por-Aton-un-Sais nahm den Namen wieder
an, mit dem er aufgewachsen war:
Hawemhab.

Er drängte darauf, die neue Einigung
des Reiches schneller voranzutreiben. Durch
die neue Lockerungen zogen wir die immer
noch mächtige Amun-Priesterschaft auf
unsere Seite und vermehrten das Heer.
Hawemhab wollte es so bald wie möglich
mit den Soldaten Mitannis vereinigen und
dann gegen die Hethiter ziehen, von denen
eine immer stärker werdende Bedrohung
ausging."

Sinnuhklone bemerkte, wie Miriam
immer müder wurde und die Augen kaum
noch aufhalten konnte.

„Leg dich schlafen", sagte er.

„Es tut mir so leid", sagte sie. „Ich würde dir so gern noch weiter zuhören, aber ich fürchte, der Schlaf übermannt mich gleich."

„Ich kann dir auch morgen noch weiter erzählen, vorausgesetzt, es interessiert dich", antwortete Timmelborn.

„Und wie mich dein Leben interessiert! Es ist schon verrückt", sagte sie und kämpfte dabei schon mit dem Schlaf, „du erzählst mir aus deinem Leben. Das wäre für alle Menschen auf dieser Welt eine absolute Sensation. Aber für mich ist es schon fast so normal geworden, dass ich darüber einschlafe. Es tut mir so leid…"

Timmelborn lächelte sie liebevoll zu. Er war glücklich, dass er endlich wieder einen Menschen gefunden hatte, dem er bedingungslos vertrauen konnte und mit dem er sein Bedürfnis nach menschlicher Nähe befriedigen konnte.

10. Kapitel

An diesem Morgen verließ Miriam Wagner das Hotel, in dem Tummelbach zurzeit wohnte, rechtzeitig. Sie nahm die U-Bahn, um zu ihrem Auto zurückzukehren, das sie am Abend zuvor in einer Nebenstraße geparkt hatte, weil sie das Gefühl gehabt hatte verfolgt zu werden. Im U-Bahnwaggon streifte ihr Blick flüchtig einen Fahrgast, der in der Bild-Zeitung las. „Die Zombies – jetzt sind sie unter uns", titelte das Blatt in fetten Lettern. Darunter ein Foto. Mehr konnte sie nicht erkennen. Sofort brachte sie unwillkürlich Tummelbach mit der Schlagzeile in Verbindung und suchte an der Haltestelle nach einem Zeitungskiosk, um der Sache auf den Grund zu gehen. Sie nahm ziemlich aufgeregt die Bild aus dem Zeitungs- ständer heraus und betrachtete das Foto. Erleichterung machte sich in ihr breit: Es war kein Bild von Tummelbach. Vielmehr hatte das Blatt die bekannte Rekonstruktion des Gletschermannes Ötzi als Grundlage verwendet und diesen digital neu eingekleidet. Der Text verriet auch nicht mehr, als dass Wissenschaftler die DNA-

Probe eines offensichtlich noch lebenden Mannes zugespielt worden sei, die den Schluß zuließe, daß dieser Mensch schon einige Hundert Jahre mehr auf dem Buckel haben könnte als der älteste bisher bekannte Mensch. Es folgten ein paar Zeilen mit den für das Blatt üblichen Phantastereien, in denen einige Leute behaupteten, Napoleon oder Karl den Großen noch persönlich gekannt zu haben, oder kürzlich von den Toten wieder auferstanden zu sein. Miriam Morgner kam zu dem Schluß, daß der Artikel einerlei Hinweise auf Ernsthaftes enthielt. Aber, es müßte eine undichte Stelle geben, so viel war nun sicher. Sie müßte wissen, wer da geplappert hatte, und wie viel derjenige wußte oder überhaupt wissen konnte. Die Presse hatte Blut geleckt, und das machte sie zu noch größerer Vorsicht. Miriam griff zu anderen Zeitungen, den seriösen Blättern, und wollte gerade die erste von ihnen aufschlagen, als sie den Klosterschreiber sagen hörte:

„Ne, ne, junge Frau, so geht's aber nicht! Wie wär's denn, wenn Sie erstmal ein paar Euros hinlassen, bevor Sie mir die ganzen Buchstaben da rausblasen?"

„Entschuldigung", sagte sie, griff drei Zeitungen und fragte nach dem Preis.

Auf dem Weg zu ihrem Morgen stöberte sie darin herum und fand tatsächlich in jedem Blatt einen Artikel, der sich mit der Vermutung beschäftigte, dass man möglicherweise einen, wie sie vorsichtiger formuliert würde, außergewöhnlich langlebigen Menschen gefunden habe. Weil außer DNA-Proben keine weiteren Informationen über den Mann bekannt waren, führten die Zeitungen reichhaltige Erkenntnisse auf, die beweisen sollten, dass ewiges Leben theoretisch tatsächlich möglich wäre. Von einer kürzlich entdeckten Quallenart im Mittelmeer war da die Rede, die sich in gewissen Zeitabschnitten komplett regenerieren könne. Von Schwämmen, die bis zu 20 000 Jahre alt werden können, schrieb die andere Zeitung. Beide Blätter stellten natürlich einen Bezug her zu der Möglichkeit, dass gewisse Erzeugen in Zukunft vielleicht auch unser Leben entscheidend verlängern könnten. Von einem Gen war vorher die Rede, dass Kinder Wissenschaftler an einem mit Sicherheit noch lebenden Menschen entdeckt hätten und dessen Entdeckung ein entscheidender Anstoß sein könne, dem Ziel des weisen Lebens näher zu kommen.

Kurz vor ihrem Wagen bemerkte Miriam Wagner aus den Augenwinkeln flüchtig, daß ein Passant auf sie zukam.

„Na, versorgst dich dein neuer Lover jetzt auch noch mit seinem Schundblatt? Guten Fisch gehabt?"

Sie erschrak furchtbar, ließ die Zeitungen bereits und rief:

„Martin, was machst du denn hier?! Verfolgst du mich etwa?"

Martin sah furchtbar aus. Übernächtigt, der Anzug zerknittert, Ringe unter den dunklen Augen, gerade so, als hätte er geweint und die Tränen erst vor kurzem aus den Augen gewischt. So konnte sie ihn kaum wieder: Miriam fürchtete sich vor seinem aggressiven Wesen.

„Hab dein Auto hier gesehen. Und – wohnt dein Lover hier? Hat er's dir ordentlich besorgt, heute Nacht?", wollte er wissen.

„Auf diesem Niveau unterhalte ich mich nicht mit dir!", antwortete sie schroff und wollte weitergehen. Da packte er sie

am Arm und wollte ihr schon drohen. Die
Zeitungen flogen ihr aus der Hand.

„Die ‚Bild‘ ist jetzt doch wohl dein
Niveau! Dann hab' dich bloß nicht so!"

„Laß mich los!" schrie sie ihn
augenblicklich an. „Faß mich nie wieder an!"

Eilig klaubte sie die Blätter wieder
zusammen und rannte, so schnell sie konnte,
zu ihrem Wagen. Zitternd fummelte sie in
ihrer Handtasche nach den Schlüsseln, fand
sie, öffnete fast in Panik die Tür, setzte sich
hinein und drückte den Knopf der
Zentralverriegelung herunter. Schon stand
Martin neben ihrem Fahrzeug. Die
Aggressivität war überplötzlich aus seinem
Gesicht gewichen, eine pure Verzweiflung
machte sich jetzt darin breit.

„Miriam!", rief er, „Miriam, bitte, es
tut mir schrecklich leid. Ich wollte das nicht!"

Die aber steckte hastig den Schlüssel in
das Zündschloß, startete den Motor und
fuhr, ohne auf den rückwärtigen Verkehr zu
achten, aus der Parklücke auf die Straße.
Das heftige Hupen eines Autos hinter ihr
bemerkte sie kaum. An der nächsten Ampel
stoppte der Wagen neben dem ihren, und der
Fahrer gestikulierte wild herum, tippte sich
wiederholt an die Stirn, ließ das Seiten=

finster herunterfahren und ihren
irgendetwas von „blöder Zicke" und einem
Führerschein, den sie in der Lotterie
gewonnen hätte, herüber. Aber darüber
regte sie sich nicht noch weiter auf.

Auch ihrer Dienststelle begann der
Arbeitstag damit, dass ein jünger
Kriminalbeamter einen Haft= und einen
Durchsuchungsbefehl gegen einen Verdäch=
tigen ausgestellt bekommen wollte. Beide
Dokumente unterschrieb sie ohne langes
nachzufragen.

Die Mittagspause wollte sie nutzen,
um Sebastian einen neuen, möglichst
unauffälligen Aufenthaltsort zu
verschaffen. Sie verabredeten sich mit
Meißenborn. Auch er hatte die Zeitungs=
artikel schon gelesen und sorgte sich um
seinen Mandanten. Er hatte gehofft, von
Frau Morgner erfahren zu können, wo die
undichte Stelle sein könnte, aber sie wusste
es auch nicht. Infragen kamen ihrer Meinung
nach nur die Gerichtsmedizin, für deren
Integrität sie aber die Hand ins Feuer
legen würde, und das kleine Institut.
Sebastian Meißenborn erzählte ihr von
einer Wohnung am Wilhelmplatz in
Offenbach, die seinen Eltern gehörte und

zurzeit leer stehen würden. Er versprach, sich
darum zu kümmern und zu klären, ob
Summerton diese Wohnung in der
Zwischenzeit nutzen könnte. Noch vor
Dienstschluß rief Meißenborn an und
bestätigte die Möglichkeit, daß sein
Mandant die Wohnung beziehen könne. Sie
sollten vereinbaren, daß sie für den Kontakt
andere als ihre eigenen Dienststellen
benutzen würden. Miriam war sich sicher,
daß der vermutete Verfolger des gestrigen
Abends Martin gewesen war. Sie parkte
ihr Auto zuhause und versicherte sich durch
einen fingierten Anruf in Martins Firma,
daß sie von ihm nicht verfolgt werden
würde. Sie nahm öffentliche Verkehrsmittel,
um zu Summerton ins Hotel zu gelangen.

Natürlich war der Aufmacher der
Bild ein gefundenes Fressen für einige
private Fernsehstationen geworden.
Darüber sollte auch Summerton schon von
der Simulation erfahren, die das Land
plötzlich bewegte. Langen sollte er aber die
unseriösen Berichterstattungen über
Zombies und sich selbst bekümmern, angeblich
schon weniq lebende Menschen nicht
außerhalten. Miriam sollte die Zeitungen
mitgebracht, und er studierte die Berichte

gerade, als auch Sebastian Weißenborn
dazukam.

Grob skizzierte Miriam dem Anwalt
kurz, was sie inzwischen von Timmerstan
erfahren sollte, bis Timmerstan mit dem
Durchsehen der Zeitungen fertig war.

„So, wie es aussieht, liegen noch keine
konkreten Hinweise auf meine Person vor.
Es gibt also noch keine Veranlassung
überstürzt zu handeln.", sagte er, nachdem
er die Zeitungen wieder zusammengefaltet
und beiseite gelegt hatte. „Wie würden Sie
die Lage einschätzen?", wandte er sich an
Weißenborn.

„Ich sehe das genauso", antwortete
dieser, „aber wir sollten bedenken, daß diese
Geschichte im Moment für die Medien ein
gefundenes Fressen ist, und wenn so viele
Zeitungen und Fernsehstationen an der
Sache dran sind, werden wohl bald erhebliche
Summen im Raum stehen, die alle Leute
verrückt machen, die auch nur die kleinste
Kleinigkeit über die reichen Könnten. Die
Öffentlichkeit läßt sich schnell von einer
Geschichte wie der Ihren infizieren. Es ist eine
Sensationsgeschichte, die sich wahnsinnig gut
vermarkten läßt und mit der schnell viele
Millionen zu verdienen sind, wenn man

als Zeitung oder Fernsehsender die Nazi waren soll. Es wird nicht lange dauern, bis man Sie mit den Fingerabdrücken auf dem Mona Lisa Bild in Verbindung bringt. Dann wird es konkrete Anhaltspunkte geben. Ihre Fingerabdrücke in den ULTOL, Bilder, die bei Ihrer Festnahme dort gemacht wurden, die erkennungsdienstliche Behandlung in Wiesbaden, Überwachungsbilder aus Meisterstadt. Irgendwo wird jemand eins und eins zusammenzählen können und dann mit dem Ergebnis Zwei nicht zufrieden sein, wenn er Hosttaschen Zig- oder Hunderttausende daraus machen kann. Hier im Hotel stehen Sie schneller in der Öffentlichkeit. In der Anonymität einer Wohnung sind Sie eher aus dem Fokus der Medien herausgenommen."

„Was schlagen Sie also vor?"

„Wir haben uns überlegt", meldete sich nun Miriam zu Wort, „daß du vorläufig in einer Wohnung unterkommen könntest, die den Eltern von Herrn Weißenborn gehört. Es ist eine geräumige Wohnung in Offenbach. Der Vormieter ist gerade ausgezogen. Die Wohnung steht öffentlich zur Wiedervermietung an. Es wäre vollkommen unauffällig, wenn du dort einziehen würdest."

„Man könnte dann in aller Ruhe abwarten, bis die ganze Geschichte wieder einigermaßen verpufft ist", fügte Meißenborn an.

„Wirklich haben Sie Recht", sagte Temmelkorn. „Übrigens, wie Sie sicher bemerkt haben, dürfen sich Frau Wagner und ich, weil wir uns, wie soll ich sagen, näher gekommen sind. Ich möchte nicht, daß zwischen uns drei eine zu förmliche Beziehung steht. Deshalb schlage ich vor, daß wir uns alle untereinander duzen."

Sebastian lächelte und sagte:

„Das freut mich sehr."

„Gut", nahm Temmelkorn den Faden wieder auf. „Wir werden nach deinem Vorschlag verfahren. Rufe deine Eltern bitte aus, daß sie keinen finanziellen Schaden zu befürchten haben. Ich werde sie reichlich dafür belohnen."

„Die Zahlung der normalen Miete reicht völlig aus. Mehr würde nur verdächtig wirken", merkte Sebastian dazu an.

„Ich habe während der Besichtigungen heute nochmals auch die Möglichkeit in Betracht gezogen, selbst an die Öffentlichkeit zu gehen. Aber ich denke, es ist dazu einfach noch zu früh", erklärte Timmerkloven. Er blickte in zwei ziemlich überraschte Gesichter.

„Du hast Recht damit", fuhr er fort, „wenn du sagst, dass ich meine Identität nicht mehr sehr lange verbergen kann. Es ist nicht mehr so einfach, wie das früher war. Schon gegenüber den Behörden ist es durch die modernen Überwachungstechniken fast unmöglich geworden. Und wenn dann auch noch die Medien hinter mir her sind, ist es wirklich nur noch eine Frage der Zeit, bis ich voll in der Öffentlichkeit stehe. Dann kann auch sehr schnell mein Leben in Gefahr geraten oder, was noch viel schlimmer wäre: unser aller Leben. Deshalb möchte ich vorher noch mehr eindeutige Beweise liefern und dann den Grad der Öffentlichkeit möglichst weitgehend selbst bestimmen."

„Noch mehr Beweise?", fragten Miriam und Sebastian beinahe einstimmig.

„Ja", sagte Timmerkloven. „Und ich brauche dazu eure Hilfe und vielleicht noch die weiterer Personen."

„Was sollen wir tun?", fragte Miriam.

„Ihr sollt mich an einen bestimmten Ort begleiten. Vorher und an jenem Ort

werden ich euch die aus heutiger Sicht
wichtigsten Ereignisse in meinem Leben
schildern. Ich will euch so wahrheitsgemäß,
wie es mir möglich ist, das erklären, was
auch unser heutiges Leben immer noch
maßgeblich bestimmt. Ich weiß, das klingt
sehr mysteriös. Aber es gibt einfach
Ereignisse in meinem Leben, die heute noch
Auswirkungen zeigen, von denen ich
damals, als sie geschahen, noch gar keine
Ahnung hatte."

„Und wer soll uns dabei noch
begleiten?"

„Richter Thomas Clement als
objektive Instanz und Dr. Hamid Abbas
als anerkannte Institution in
archäologischer Hinsicht. Frank Parker
möchte ich mit dabei haben, und über ihn
möchte ich auch erreichen, daß Mohammed
Tanzaddin an der Reise teilnimmt."

Für den folgenden Tag planten sie
den Umzug Tanzaddins nach Offenbach.
Sebastian übernahm die Vorbereitung und
versprach, die notwendigsten Möbel zu
besorgen. Nachdem er gegangen war, fragte
Miriam, wer dieser geheimnisvolle
Mohammed Tanzaddin denn nun sei.
Tanzaddin sollte mit dieser Frage

gerechnet und mitgebildet; ihr wollt nur die notwendigsten Informationen über ihn zu geben.

„Du solltest mich einmal gefragt, ob es noch andere Menschen gibt, die ewig leben, oder besser gesagt: lange leben. Ich sollte geantwortet, dass es solche Menschen gegeben soll und dass sie an Krankheiten, Unfällen, in Kriegen, durch Hunger oder sogar durch Suizid schließlich doch gestorben sein. Wahrscheinlich ist Langlebigkeit ein Phänomen, das sich gewissermaßen durch meine Familie, im weitesten Sinne jeden= falls, zieht", begann Trummsklare und setzte sich dabei neben Miriam auf das Sofa. Sie kuschelte sich an ihn und verspürte kurz die wohlige Erinnerung an ihre Kindheit, als ihr Vater gewohnt neben ihr gesessen hatte, um ihr aus Büchern vorzulesen. Trummsklare legte den Arm um sie und begann sanft, in ihrem lockigen, schwarzen Haar zu kraulen. Das liebte sie.

„Meine Mutter Rija war sicher, dass ihre Familie in direkter Linie von Urvater Abü=ram abstammte. Das bedeutet: Der Vater ist erhaben. Unter dem hebräischen Namen Avram zählen ihn auch die Juden zu ihrem Stammvater, genauso wie die

araber, bei denen er Ibrahim heißt. In der
Bibel heißt er Abraham, und unter diesem
Namen wird er dir geläufig sein. Abü=ram
war offenbar langlebig, ebenso wie seine
Frau Sarai – die biblische Sarah =, von der
die Legende sagt, dass sie eine Nachfahrin
Methusalems gewesen sei. Die alle lebten
lange vor meiner Mutter; und gesicherte
Schriftstücke gab es darüber nie. Aber auch
mein Vater Amenhotep führte die Herkünfte
seiner Familie direkt auf Methusalem und
Abü=ram zurück. Weder mein Vater noch
meine Mutter waren jedoch langlebig.
Wenn man heute aber von der Vermutung
ausgeht, dass Langlebigkeit durch Gene
bestimmt sein könnte, und weiß, dass es
eine rezessive Vererbung gibt, dann
erscheint ihre Vererbbarkeit gar nicht mehr so
abwegig. Auch dass Eltern, die das
Merkmal selbst gar nicht zeigen, dieses
dennoch an ein Kind weitergeben können
und andere Kinder es nicht erhalten, wird
dadurch erklärbar. Zudem erscheint es auch
plausibel, dass langlebige Menschen
innerhalb ihrer Gesellschaft eine Sonder=
stellung einnehmen, zu Führungspersonen
werden, wie man es heute ausdrücken
würde. Diese Stellungen werden

258

...mütig auch an ihre Kinder weitergegeben, weil man ihnen die Führung eines
Volkes eher anvertrauen wollte. Also
wäre es durchaus denkbar, daß die direkte
Linie von Abraham sowohl zur Gründung
der Dynastie meines Volkes als auch zur
königlichen Dynastie der Familie meiner
Mutter in Mitanni geführt hat. Wie dem
aber auch immer im Einzelnen gewesen
gewesen sei, fest steht jedenfalls, daß ich die
Ehre für Langlebigkeit in mir trage und
sie manchmal auch weiter vererbt habe."

„Also ist Mohammed Trismegistos dein
Sohn?", fragte Miriam aufgeregt und löste
sich für einen Augenblick aus Trismegistos
Umarmung.

„Nein", antwortete Trismegistos
ruhig. „Wenn er denn überhaupt derjenige
ist, den ich suche, dann ist er mein Enkel."

„Miriams Sohn?", wiederholte die junge
Frau neben ihm, die den gleichen Namen
trug.

„Ja, Miriams Sohn", sagte
Trismegistos.

„Du sollst mir noch nichts von ihr
erzählt. So, wie du mich ansehen sollst, als
du sie das erste Mal erwähnt hast, mußt
du sie sehr geliebt haben."

„Ja, das habe ich", sagte er. Miriam Margner sah, daß es ihn immer noch traurig machte, wenn er an sie dachte. Sie kuschelte sich wieder an ihn, dieses Mal um ihn zu trösten.

„Mußt du immer an sie denken, wenn du meinen Namen sagst?", fragte sie kaum hörbar und mit unsicherer Stimme.

„Nein. Heute verbinde ich nur dich mit dem Namen Miriam. Und ich liebe diesen Namen jetzt nur deinetwegen. Der Name meiner Tochter hat sich im Laufe der Zeit häufiger gewandelt, und auch sie hat von Zeit zu Zeit andere Identitäten annehmen müssen."

„Erinnere ich dich manchmal an sie? Magst du mich vielleicht, weil ich ihr irgendwie ähnlich sehe oder ihr ähnlich bin?"

„Nein, keine Angst", sagte Timmerbauer. „Ich liebe dich, weil du du bist, und das hat mit meiner Tochter überhaupt nichts zu tun. Ich habe sie auch ganz anders geliebt, als ich dich liebe. Wie eine Tochter eben. Man kann sich nicht vorstellen, zu einer Tochter wie noch auch immer geartetes sexuelles Verlangen zu verspüren. Man liebt sie einfach in ihrer Ganzheit. Auch wenn sie ein so rebellisches Wesen ist, wie sie es war. Vielleicht aber auch gerade deshalb."

„Sie war rebellisch? Mir also doch ähnlich!", witzelte Miriam, zog Timmerkamp an sich und küßte ihn lange und innig.

„Ja, sie war rebellisch. Wie du. Aber sie war auch eine ganz andere Art rebellisch. Mit ihrer Art konnte sie die Welt verändern. Und das tat sie auch."

Nach dem Kuß war Miriam verwirrt. Sie hätte jetzt gern weiter mit Timmerkamp geschlafen. Aber er erzählte weiter von Miriam, seiner Tochter. Das machte sie für einen Augenblick doch etwas eifersüchtig, und dabei fiel ihr ein, daß Miriam eine Mutter gehabt haben müßte. Sie fragte, ob es Nachrichten gegeben sei.

„Nein", sagte Timmerkamp weiter: „Der Name ihrer Mutter war Schindrach, als ich sie kennen lernte, in Babylon. Später, nachdem wir heimgekehrt waren nach Kanaan und bevor ich sie zur Frau wählte, nahm sie ihren hebräischen Namen wieder an: Homonja. Daraus leitete sich auch ihr Kurzname Hanna, beziehungsweise Anna ab, unter dem sie auch in Babylon schon immer gerufen werden wollte. Miriam hat den Charakter ihrer Mutter

gewerbt. Ihre Mutter sollte zu den Mädchen
gehört, die sich im babylonischen Exil auch noch
unter Todesandrohung geweigert hatten,
sich vor einer Statue Nabu-Lüderei-ü-irê
= der Name Nebukadnezar wird dir
geläufiger sein = zu verbeugen. Stattdessen
stellten sie öffentlich ihren Gott Jahwe über
den Herrscher: Das war eine ungeheure
Provokation."

„Das hat dir imponiert, und deshalb
hast du sie geliebt?", wollte Miriam wissen.

„Ja, das hat mir imponiert, und auch
dafür habe ich sie geliebt. Ebenso, wie ich
zuvor Nefertiti geliebt hatte.

Auch Homonja zeigte damals einen
leichten Anflug von Eifersucht, als ich ihr
von Nefertiti erzählte. Ich
sagte ihr darauf, daß es beinahe 800 Jahre
her war, seit ich mit Nefertiti das Lager
geteilt hatte. Ich sagte ihr auch, daß ich
damals nicht geahnt hatte, so viele Jahre
leben zu dürfen, bis ich ihr = Homonja =
begegnen würde und daß ich auch damals
schon ein Mann geworden wäre, der sich im
Verlauf seines Lebens in eine Frau
verliebt hätte. Ich sagte ihr, daß ich nicht
wisse, ob ich auch länger leben würde als sie,
und wenn es dann so wäre, müßte ich

262

vielleicht in ferner Zukunft einer anderen Frau, die ich dann lieben werde, erklären, warum ich bereits vor ihr andere Frauen geliebt habe."

"Ich verstehe den Unterschied", entgegnete Miriam. "Und jetzt bin ich noch nicht einmal die Frau in der Zukunft, sondern höchstens eine dieser Frauen."

"Die Zeiten haben sich gewandelt", antwortete Trummschlauer und lächelte. "Die Frauen nicht."

"Ebenso wenig wie die Männer", konterte sie.

"Ihr sollt also Miriam bekommen", fuhr sie fort. "Man komanja denn auch eine ewig lebende, Verzeihung: lange lebende Frau?"

"Nein", sagte Trummschlauer. "Die würde zwar über 60 Jahre alt, alterte dabei aber wie fast alle anderen Menschen auch, ehe sie starb. Das war etwa um das Jahr 480 vor dem Jahr 1 der neuen Zeitrechnung. Doch auch sie müßte die Ohren in sich getragen haben. Immerhin sei sie noch erfahren, daß Miriam, ähnlich wie ich, ob einem gewissen körperlichen Reifungsgrad nicht weiter alterte."

„Und Miriam wäre nun die Mutter dieses Mohammed Dengardin, deines Enkels also? Dann ist er demnach auch schon über 2500 Jahre alt?", fragte Miriam voller Ungeduld.

„Du wirst ungeduldig, nicht wahr? Aber so schnell ist die Geschichte nicht. Auch nicht, wenn man nur über sie spricht. Es ist wahr: Miriam ist die Mutter dieses Mannes. Sofern Mohammed Dengardin wirklich der Mann ist, nach dem ich schon so lange gesucht habe. Es scheint aber alles dafür zu sprechen. Wenn er es ist, dann wäre er mit dem Namen Giovomo di ser Lionardo nach dem heutigen Kalender am 14. August 1503 in Florenz geboren."

Timmerstern brach ab, wandte das Gesicht von ihr und faßte mit Daumen und Zeigefinger auf die geschlossenen Augenlider, unter denen ein wenig Tränenflüssigkeit hervorquoll. Er sorgte längere Zeit nichts mehr.

Miriam verspürte das Bedürfnis, ihn zu trösten. Sie nahm ihn von hinten in den Arm.

„Ist sie .... ist sie bei der Geburt gestorben?", fragte sie ganz leise, und auch sie hatte Tränen in den Augen.

Sie bemerkte, wie er nickte. Eine Weile
später nahm er ein Taschentuch, trocknete die
Tränen aus den Augen, schnäuzte sich und
sagte:

„Am Tag danach, einen Tag nach
ihrer Geburt, ist sie von uns gegangen."
Timmershoven holte sich Luft.

„Du siehst, ein langes Leben kann
auch ein Fluch sein. Vor allem, wenn man
die eigenen Kinder bestatten muß. Es ist
immer wieder ein Fluch, weil immer wieder
Menschen sterben, die man sehr geliebt hat.
= Aber es bietet auch die Chance, immer
wieder neu zu lieben. Ich liebe dich."
Sie küßte ihn dafür.

„Also wurde er erst vor rund 500
Jahren geboren. Hat sich dann noch eine
andere Linie mit den Genen für
Langlebigkeit über die lange Zeit erhalten
können? Wer war sein Vater?"

„Es gab noch andere Linien. Der
Mann, der als Merlin in die Artussage
eingegangen ist, zum Beispiel, war
langlebig. Ich kannte ihn; er war ein
komischer Kauz, dennoch blitzgescheit. Aber so
weit ich weiß, hatte er nie selbst eine
Familie. Ich glaube auch nicht, daß seine

Vorfahren etwas mit unserer Familie zu tun gehabt haben.

Du fragst nach Giovannos Vater. Giovannos Vater war ein eigenartiger Mann, dem nichts entging auf dieser Welt. Schon als junger Mann liebte er es, sich unteres Volk zu mischen und die Menschen auf den Märkten und Straßen genau zu beobachten. Er hatte das, was man heute ein fotografisches Gedächtnis nennt, und hielt nahezu alles in seinen Skizzen fest. Irgendwann hat er dabei auch Miriam beobachtet. Ihre Gesichtszüge müssen ihn so fasziniert haben, dass er sie in einige seiner Gemälde einfließen ließ, darunter ein Madonnenbild. Miriam erfuhr davon und wollte den Mann näher kennen lernen. Viele Jahre nach ihrem ersten zufälligen Zusammentreffen reiste sie deshalb nach Florenz. Er war inzwischen ein berühmter Mann geworden, und Miriam interessierte sich sehr für seine Bilder. Sein Name war Leonardo di ser Piero. Weil er aus einem kleinen Dorf stammte, das Vinci hieß, und weil es damals üblich war, neben seinem Namen auch die Herkunft zu nennen, nannten ihn alle nur Leonardo da Vinci.

Kurz nach Miriams Ankunft in der Stadt präsentierte Leonardo der Öffentlichkeit den Entwurf für ein Altarbild, das er den Mönchen des Klosters Annunziata seit langem schuldete, und weitere große Anerkennung damit. Er ergriff diese Gelegenheit und betrachtete das Bild, dessen spätere Realisierung unter dem Namen Anna selbdritt berühmt geworden ist. In einem weiteren Entwurf zu diesem Generationenbild der heiligen Familie hat er Miriam sogar mit den Zwillingen dargestellt, die sie nicht geboren hatte. Doch wagte er nicht, dies wirklich ins Bild umzusetzen. Das eigentliche Gemälde hat Leonardo danach niemals wirklich fertiggestellt.

Miriam meinte, ihre eigenen Gesichtszüge in dem Entwurf zu erkennen, und lächelte ihn deshalb an, als er aufblickte. Leonardo erkannte sie sofort wieder. Er sah augenblicklich, daß irgend-etwas an ihr anders war, daß sie in der langen Zeit nicht um einen Tag gealtert zu sein schien, und bat sie zu sich, um ihr das Geheimnis zu verraten, warum das so war."

„Leonardo da Vinci", wiederholte Miriam in tiefer Ehrfurcht. „Du kennst ihn auch, nicht wahr?"

„Ja, ich kenne ihn. Ich habe ihn durch Miriam kennen gelernt."

„Die Fingerabdrücke auf dem frühen Bild, auf der berühmten Mona Lisa."

„Er hat es aus dem Gedächtnis gemalt, nachdem sie gestorben war. Er hat vieles geliebt auf dieser Welt. Aber nichts und niemanden hat er jemals so geliebt wie sie. Leonardo wollte sich ihr Antlitz für immer bewahren. Er hat das Bild nie aus der Hand gegeben und über Jahre immer wieder feinste Details darin verbessert. Mir hat er es erst Jahre später gezeigt. Er hatte gerade vor kurzem wieder einige Pinselstriche darauf gemacht, weil es für ihn nie so vollkommen war, wie er es haben wollte. Ich nahm es in die Hand und hielt es ins Licht. Daher die Fingerabdrücke. So konnte ich meine Tochter noch einmal in diesen wundervollen Farben sehen..."

„Verstehe ich das eben richtig?", unterbrach ihn Miriam. „Mona Lisa ... war deine Tochter Miriam?"

„Ja, so ist es!"

„Seit Jahrhunderten zerbricht sich die Wissenschaft die Köpfe darüber, herauszubekommen, wer diese geheimnisvolle Frau war; und du weißt es?"

„Das Bild war niemals für die Öffentlichkeit bestimmt gewesen. Zwar ließ Leonardo zu, daß manche Menschen es betrachteten, zum Beispiel um seine Maltechnik daran zu studieren. Aber für ihn war es nicht nur ein Bild. Es ist das Privateste, Persönlichste, das er jemals geschaffen hat. Er nannte es die Summe und den Sinn seines Lebens. Es drückt die tiefe Zufriedenheit zweier Menschen am Ende ihres schicksalsreichen Lebens aus. Das ist es, was in dem geheimnisvollen Lächeln verborgen liegt, über das so lange gerätselt worden ist. Ihr Mund lächelt nicht, wenn man nur ihren Mund betrachtet. Ihre Augen lächeln nicht, wenn man lediglich ihre Augen betrachtet. Sie lächelt, weil sie im Geiste das Geheimnis ihres langen Lebens betrachtet, das trotz vieler Rückschläge ein gutes Leben war. Ein freundlicher Betrachter des Bildes soll, und das war die wahre Absicht Leonardos, ihre und seine tiefe persönliche Zufriedenheit instinktiv erken-nen, ohne es jemals greifbar formulieren zu können und ohne wirklich in beider Seelen blicken zu können, die in diesem Bild für immer miteinander vereint sind. Ja, ich wußte von diesem Geheimnis. Ich konnte es aber auch nur entschlüsseln, weil ich der einzige Mensch war, der beide gut genug kannte.

Was mich allerdings doch immer verwundert hat, war, daß ihr doch bald eine solche Identität zugewinnen werdet. Dabei hat Leonardo hinweise gegeben, wie man die spielerische Durchschlüsselung ihrer Identität relativ leicht hätte entnehmen können. Bekanntlich schrieb er in Spiegel= schrift. Dort wurde mehr hinein geheimnißt, als notwendig war: Leonardo war Linkshänder, und in Spiegelschrift konnte er von rechts nach links einfach schneller schreiben ohne die Schrift, die für ihn sonst zu langsam trocknete, zu verwischen. Unter Zuhilfenahme eines Spiegels konnte man seine Schrift leicht entziffern. In dem Namen Mona Lisa für das Bild benützte er nun tatsächlich eine ganz einfache Durchschlüsselung, die im Zusammenhang mit seiner Spiegelschrift steht: liest man die Wörter von rechts nach links, dann ergeben sich daraus die damals gebräuchlichen

Abkürzungen Afil Anon für die italienischen Worte Asilo anonimo und bezeichnen das, was er ihr bis zu ihrem Tode weihentlich geboten hätte: ein anonymes Asyl, eine geheime Zuflucht, in der sie sicher war."

„Man hat Lisa del Giocondo, die Frau eines Kaufmanns, als die vermutliche Mona Lisa identifiziert", wußte Miriam. „Als es um die mysteriöse Dame mit dem Fingerabdrücken ging, habe ich mich ein wenig mit dem Bild beschäftigt."

„Ja, da hat wirklich auch noch der Zufall zur Bewahrung des Geheimnisses beigetragen", sagte Timmeshorn. „Leonardo hätte später dem Bild tatsächlich den Beinamen La Gioconda gegeben. Es war für ihn aber noch der reinen Trauer um Miriam ein Ausdruck des liebevollen Respekts. Gioconda bedeutet Heiterkeit, freudiges Spiel, und sie war für ihn im Leben immer Sinnbild der Heiterkeit geworden. Heiterkeit war der Ausdruck ihres eigenen Lebens, und es war das, was sich für den Rest seines Lebens auf Leonardo prägend ausgewirkt hat. Gleichzeitig hätte sie von Anfang an auch immer mit ihm gespielt. Das hätte er geliebt. Es gefiel ihm, Rätsel zu lösen, und Miriam als Person war ein Rätsel, von dem er niemals wissen konnte, ob er es jemals vollständig lösen würde. Auch diesen, ihrem Gesichtsausdruck der erwartungsvollen Freude, wenn er versuchte, eines ihrer Rätsel zu lösen, hat er in dem Bild verewigt.

Es gab tatsächlich eine Zeitgenossin Leonardos mit dem Namen Lisa, welche die Ehefrau des Tuchhändlers und Politikers Francesco di Bartolomeo del Giocondo war. Leonardo kannte den Mann und sollte auch wirklich einmal einen Malauftrag von ihm bekommen. Jedoch hat er ihn, meines Wissens, niemals ausgeführt. Ich verstehe noch immer nicht, wie man allgemein bis heute annehmen kann, daß es diese Frau eines Anderen auf dem Gemälde sein könnte, wenn man doch auch weiß, daß Leonardo das Bild bis zu seinem Tode niemals aus der Hand gegeben hat. Allein daraus muß man doch erkennen, daß ihm diese Person heilig gewesen sein müßte. Und heilig, das war sie ihm wirklich."

„Mit heilig meinst du mehr als Liebe?"

„Ja."

„In wiefern?"

272

„Darauf komme ich zu gegebener Zeit
noch zurück", sagte er.

„Aber wie war es denn nun möglich,
daß Miriams Sohn Gionomo die Anlagen
zur Langlebigkeit von Leonardo erhielt?
Außerdem habe ich doch gelesen, daß
Leonardo doch eigentlich homosexuell
gewesen sein soll. Wie paßt das alles
zusammen?"

„Das sind Fragen, die ich dir
wahrscheinlich auch nicht mit letzter
Sicherheit beantworten kann", erklärte
Tummelthaer. „Er hat sich mir gegenüber
weder zu früheren Beziehungen zu Frauen
noch zu Männern geäußert. Meine
Vermutung geht dahin, daß er, wie man
heute so schön sagt, bisexuell gewesen sein
könnte. Zumindest in seiner Jugend, mehr
weiß ich nicht. Solange ich ihn kannte, war er
jedenfalls normal veranlagt. Was die
Anlagen zur Langlebigkeit angeht, besteht
schon eine mögliche Verbindung zu unserer
Linie, denn Leonardos Mutter war eine
arabische Sklavin namens Caterina, die
einige Zeit im Hause seines Vaters Piero
diente. Leonardo kam unehelich zur Welt; er
blieb eine Zeitlang bei seiner Mutter, weiß
ab seinem 6. Lebensjahr aber bei seinem

Großvater auch, nachdem er das Haus der Mutter verlassen mußte; eine Ehe seines Vaters mit der Florein kam aus standesrechtlichen Gründen für den Anwalt nicht infrage. Caterina heiratete wenig später einen anderen Mann aus Vinci, sie dürfte den Kontakt zu Leonardo nicht aufrechterhalten."

„Was geschah mit Giacomo? Warum sollt du ihn aus den Augen verloren?"

„Aus Giacomo wurde, so weit ich das beurteilen kann, denn ich habe ihn auch damals nur selten gesehen, ein Mensch, der die Anlagen seiner Eltern gut vereinigte. Er war mißgünstig und wißbegierig von Leonardo und er war unruhig und unruhig von Miriam in ihrer Jugend. Florenz wurde ihm bald zu klein, ebenso von Italien. Kaum hatte er die Schule beendet – und selbst dazu hatte Leonardo ihn zwingen müssen – zog es ihn hinaus in die Welt. Die Welt war gerade größer geworden, denn man hatte einen neuen Kontinent entdeckt: Der richtige Abenteuerspielplatz für den gerade einmal 15-jährigen Giacomo. Anfang 1519 heuerte er auf einem Segler an, der ihn zunächst nach Sevilla bringen sollte. Von dort reist

Leonardo im Juni die letzte Nachricht von
Gionomo. Leider konnte er sie selbst nicht
mehr entgegen nehmen, denn er war bereits
am 2. Mai 1519 in Frankreich verstorben.
Ein Freund Leonardos überreichte mir den
Brief später, weil ich nunmehr der nächste
Verwandter seines Sohnes war. Gionomo
schrieb darin, dass er beabsichtigte, Hoffnungen
hege, mit der Flotte Hernando Magellans
den Versuch zu unternehmen, die ganze
Welt zu umsegeln. Magellan habe dem
Sohn des Vinis angeboten, auf der Trinidad
mitzureisen, betonte er stolz in dem Brief.
Seitdem habe ich, trotz intensiver Suche,
nichts mehr von ihm gehört. Ich nehme an, dass
er, wie so viele auf der Reise Magellans,
ums Leben gekommen sei, denn nur die
Victoria vollendete die Weltumsegelung
und kehrte mit wenigen Besatzungs-
mitgliedern nach Spanien zurück, unter
denen Gionomo sich aber nicht befand. Doch
dann erfuhr ich vor nicht allzu langer Zeit
in den Medien von einem gewissen
Mohammed Tangaddin. Auf den Namen
wurde ich aufmerksam, weil Leonardos
Vater so geheißen hatte. Auch seine
Biographie konnte auf Gionomo passen, und
ich schöpfte neue Hoffnung. Zudem habe ich

erst vor wenigen Jahren erfahren, daß eines
der verloren geglaubten Schiffe Magellans,
die Trinidad, nach Südamerika zurück=
gesegelt sein könne. Erst sollte es geheißen,
daß Magellans Flaggschiff von den
Portugiesen gekapert und versenkt worden
sei und nur fünf seiner Seeleute
zurückgekehrt wären. Die sollten sich
freiwillig den Portugiesen ergeben, weil sie
gehofft hätten, auf diese Weise dem
Morden doch noch lebend entgehen zu
können. Die fünf mußten Stillschweigen
über den wahren Ablauf der Tat halten und
taten das auch, schon aus Angst, in Spanien
wegen Feigheit vor dem Feind belangt zu
werden. Erst Jahrhunderte später tauchte
ein Brief eines dieser fünf Männer auf: In
Wahrheit war es der restlichen Mannschaft
der Trinidad gelungen, die portugiesische
Besatzungstruppe in der Nacht zu
überrumpeln und heimlich mit dem Schiff zu
fliehen. Damit ist es nicht auszuschließen,
daß sie den südamerikanischen Kontinent
erreicht haben. Gionomo soll sich bis zuletzt
auf der Trinidad befunden haben."

11. Kapitel

Auf dem Wilhelmsplatz in Offenbach war gerade Markttag, als Sebastian Meißenborn seinen Wagen vor dem alten Bürgerhaus parken wollte, in dem seine Eltern eine Eigentumswohnung besaßen. Neben ihm saß Emmanschen, während Miriam Wagner, die Staatsanwältin, einen Platz im Fond des in die Jahre gekommenen Kombis aus Wolfsburger Produktion eingenommen hatte. Der Möbel= wagen, der die bestellten Waren lieferte, stand immer noch schräg vor dem Haus und versperrte eine Fahrbahn zur Hälfte. Eine Parkmöglichkeit war auf dem gesamten Platz nicht zu finden. Meißenborn schaute, so bald er konnte, aus der Reihe der sich stauenden Fahrzeuge aus und bog nach rechts in eine Seitenstraße ab. Auf einer mit dem Schild „Nur für Anwohner mit Parkausweis B 4" gekennzeichneten Fläche stellte er sein Fahrzeug ab, und sie gingen zu Fuß zurück zum Haus.

Die Wohnungstür stand offen, zwei Monteure waren damit beschäftigt, einen Schrank zusammenzubauen. Das Bett stand schon, ein Sofa sowie zwei Sessel waren mitten in das Wohnzimmer gestellt und noch nicht von ihren Plastikhüllen befreit worden. Der Couchtisch lagerte kopfüber vor der Balkontür, die Plastikfolie halb herunter gezogen, die Beine dafür aber schon befestigt.

„Tut mir leid", sagte Sebastian, „eigentlich hätte schon alles fertig sein sollen."

„JETZT?", fragte Miriam, und ein leicht spöttischer Unterton war in dem Wort nicht zu überhören. Erst recht nicht im anschließenden Satz: „Wenn man Männer schon mal zum Einkaufen schickt!"

„Nein, aber so ähnlich. Es müßte schnell gehen...", entschuldigte sich Sebastian schon wieder. „Ich weiß, für einen renommierten Antiquitätenhändler vielleicht nicht das richtige Ambiente..."

„Es ist schon gut so", mischte sich Simmenstoner in den beginnenden Disput ein. „Ich werde mich hier schon wohlfühlen. Außerdem ist es ja nicht für ewig."

Miriam und Sebastian mußten unweigerlich lachen, und die kleine Meinungsverschiedenheit war augenblick= lich aus der Welt geschafft.

„Wie sieht es denn mit einem Telefon aus?", fragte Trummschtorr.

„Müßte noch heute Nachmittag freigeschaltet werden, hat man mir versprochen. Das mein Mietverhältnis läuft auf den Namen Andreas Wagner; und unter diesem Namen ist auch das Telefon angemeldet; also absolut abhör= sicher: Ich habe ein Telefon mit Schnur, kein Funktelefon gekauft."

„Sehr gut", sagte Miriam, „aber das mit dem falschen Namen will ich überhört haben!"

Alle drei räumten ein paar Sachen hin und her. Im Ergebnis sah es schon viel gemütlicher aus. Eine halbe Stunde später waren auch die Monteure mit ihrer Arbeit fertig. Trummschtorr ging auf den Balkon. Sebastion folgte ihm dorthin. Die beiden Männer blickten auf den Marktplatz hinab.

„Es gefällt mir hier", sagte Trummschtorr. „Das Treiben dort unten ist sehr belebt und dennoch ruhig."

„Ja", sagte Sebastion, „meine Eltern haben sich hier auch immer wohl gefühlt, aber mit zunehmendem Alter wurde ihnen das Treppensteigen zu viel".

Bevor Sebastian Trummelkarn und Miriam allein ließ, wollte er wissen, was es mit den Berenicen auf sich habe, von denen er gesprochen hatte. Er fragte Trummelkarn danach und wollte vor allem wissen, in welchen zeitlichen Rahmen sich die Sache bewegen.

„Mach dir wegen deines Jobs keine Gedanken", sagte Trummelkarn. „Ich werde mit Laufstamm darüber reden. Falls du private Hinderungsgründe hast, verschiebe sie, was auch immer es ist. Wir werden eine Reihe Untersuchungen von wahrscheinlich dreitägiger Dauer. Sie wird von historischer Bedeutung sein, und du wirst immer stolz darauf sein können, daß du an ihr teilgenommen hast. Ich habe die Reihe im Geist bereits vorbereitet. Wir werden noch eine weitere Person mitnehmen: Dr. Matthias Wohlfarth, den Gerichtsmediziner. Mit Richter Clement habe ich schon gesprochen; er hat in Aussicht gestellt, daß ich für die Reihe die Papiere des Mustafa El-Baikr zurückerhalte."

Miriam betrat den Balkon.

„Wir besprechen gerade die rechten Einzelheiten der kurzen Reihe, die wir zusammen unternehmen werden", erklärte Trummschlern.

„Reise? Welche Reise?", fragte Miriam etwas überrascht.

Als Trummschlern die Reise in Zusammenhang brachte mit der Beweisbeschaffung, von der er vor Kurzem gesprochen hatte, begriff sie. Er brachte sie auf den Wissensstand Sebastians und konnte anschließend nicht umhin, schon weiter ins Detail zu gehen, als er zu diesem Zeitpunkt bereits vorgehabt hatte. Zunächst kündigte Trummschlern eine Besprechung mit allen Beteiligten an. Mit Ausnahme von Hamid Abbas. Ihn werde er telefonisch kontaktieren, um ihn für die Reise in Kairo mit an Bord zu nehmen.

„Mit an Bord nehmen; was heißt das?", fragten Sebastian und Miriam praktisch zugleich.

„Ich erwarte in ein paar Tagen mein Privatflugzeug zurück, auf der amerikanischen Airbase in Frankfurt. Wenn alles gut geht, dann holt damit in diesen Stunden Frank Parker Mohammad Torgaddin von der Guantanamo Bay ab, um ihn sicher auszufliegen."

„Du hast es geschafft? Gionomo kommt tatsächlich frei?", jubelte Miriam.

Sebastians Verwirrung schien wieder zuzunehmen, und genau das äußerte er nun auch. Miriam übernahm die Erklärung anstatt Trummelbachs, den Sebastian fragend anblickte.

„Leonardin, die bis vor Kurzem gesuchte angebliche Al-Qaida Terroristin", erklärte sie sichtlich aufgeregt, „ist vermutlich Trummelbachs Enkelsohn mit dem ursprünglichen Namen Gionomo. Er vermutet jedenfalls stark, dass es sich bei ihm um den verloren geglaubten Sohn seiner Tochter Miriam handelt. Gionomos Vater wäre demnach Leonardo da Vinci gewesen. Und Miriam, seine Tochter Miriam, wird dir nicht unbekannt sein!"

„Also, verstehe.", antwortete Sebastian, während sein Gesichtsausdruck eher das Gegenteil signalisierte. „...und warum sollte ich sie kennen?"

„Sie ist die Mona Lisa, die Frau auf dem berühmten Gemälde Leonardos!", schwärmte Miriam ihrem juristischen Kollegen vor.

„Daher die Fingerabdrücke?", fragte er und blickte nacheinander Miriam Wagner und Trummschauer an.

„Daher die Fingerabdrücke!", bestätigte Trummschauer immer immer noch ungläubig dreinblickenden Werteidiger.

„Nun gut", sagte dieser; „aber wie soll ich ausgerechnet Parker, der doch sogar danach lechzte, dich selbst hinter Schloß und Riegel zu bringen und womöglich nach Guantanamo zu verfrachten, dazu gebracht, sich für die Entlassung Torgaddins, oder Gionomos, einzusetzen?"

„Parker ist kein schlechter Mensch", entgegnete Trummschauer. „Ich denke, er ist zum Geheimdienst gegangen, weil er der gerechten Sache dienen wollte. Leider sollte sich dann unter Bush aber die Sache selbst von der Gerechtigkeit entfernt, anstatt für sie zu sorgen. Nun, unter Obama, dreht es sich langsam wieder um in die richtige Richtung, und Parker hat ein Gespür dafür. Torgaddins Freilassung war eine der ersten Amtshandlungen des neuen und alten CIA-Chefs Leon Panetta."

„Okay, aber wie sollst du ihn überzeugt?"

„Die übereinstimmenden Blutgruppen zwischen Giovomo und mir sind ein starkes Indiz dafür, daß wir tatsächlich eng miteinander verwandt sind. Es gibt unter allen noch lebenden und mit Angaben zur Blutgruppe registrierten Menschen nur noch uns beide, die sie besitzen. Auch vor uns ist sie lediglich bei Tut-Anch-Amun unerläßlich festgestellt worden, sonst nirgendwo."

„Gut, wir fliegen also mit deiner Privatmaschine nach Kairo", sagte Sebastian nach einer Pause, während der sie alle drei wieder zurück in die Wohnung gegangen sind. „Und wie geht es dann weiter?" Bei dieser Frage schaute auch Miriam gespannt auf Timmerskova.

„Wir werden an einem geheimen Ort weiter reisen, an dem ich euch allen die Beweise für den wahren Ablauf entscheidender Ereignisse der Geschichte liefern werde. In groben Zügen werde ich sie euch und den anderen Teilnehmern bei unserem baldigen Zusammentreffen erläutern. Das allein reicht aber nicht aus, da mir vermutlich niemand vollständig glauben wird, nicht einmal ihr beide. Mehr

kann ich dazu im Augenblick noch nicht
sagen, entschuldigt das bitte!"

Am späten Abend des folgenden
Tages beobachteten Miriam und
Timmerloom die zunächst noch wenigen
Scheinwerferlichter eines scheinbar langsam
einschwebenden Flugzeugs. Allmählich
wurde das Licht greller, und die
unregelmäßige kleine Maschine hielt sich
schließlich auf das Rollfeld des amerikanischen Militärstützpunktes nieder. In
schneller Fahrt rollte sie an den Gebäuden
vorbei, von dem aus sie die Landung
verfolgten, ehe der Umkehrschub zu ihrer
starken Verlangsamung führte. Als die
Maschine, von der sie jetzt nur noch die hell
blitzenden Positionslichter sehen konnten,
drehte, verließen sie die Halle und betraten
das Vorfeld. Die Triebwerke der Falcon
2000 heulten laut auf, und jetzt blendeten
sie die Scheinwerfer der Maschine, als sie
ihnen genau entgegen rollte. Ein Air-Force-
Offizier mit dicken Ohrenschützern stand
plötzlich mit dem Rücken zu ihnen gewandt
vor Timmerloom und Miriam und schaltete
zwei gestreckte Leuchtstäbe ein, mit denen
er wenig später die sich in ohrenbetäu-

bindern Lärm nähernde Maschine auf ihre
Fortposition dirigierte. Die Triebwerke
wurden abgeschaltet und hielten langsam
aus, die Schwimmer der Maschine verloschen,
und der Platz wurde jetzt vom Gebäude her
mit starken Lampen erhellt. Ein
elektrisches Türen ertönte, und die Tür des
Flugzeugs öffnete sich. Die Treppe fuhr
automatisch aus. Augenblicke später
erschien der Kopf Frank Forsters in der
Kabinentür. Als er Trummschlora neben der
Maschine entdeckt hatte, lächelte er und
reckte den Daumen nach oben. Er trat ganz
aus dem Flugzeug heraus und wandte sich
um, als er auf dem Stühen stand. Er wollte
die Hand einer zweiten Person reichen, die
jetzt in der Lücke des Jets erschien. Das
Gesicht eines außergewöhnlich schönen
Mannes war dort zu sehen; er trug einen
dunklen Vollbart und wirkte äußerlich
älter als Trummschlora.

Trummschlora starrte wie gebannt auf
den Mann, der langsam die Stühen
herunterkam. Miriam konnte durch das
dichte Barthaar zunächst keine große
Ähnlichkeit zwischen ihm und dem Mann,
den sie liebte, erkennen. Aber Trummschlora
erkannte darin sofort die Züge seiner Tochter

286

reinder. Natur und Gang bezogen erinnerten ihn an Leonardo.

„Gionomo!", führ es aus Tummelbaca mit bewegter Stimme heraus. Jetzt erst sah der Mann, der soeben gelandet war; plötzlich verwandert auf und blickte in das Gesicht eines Menschen, dem die Tränen in den Augen standen.

‚Gionomo', dachte der Börtiger, ‚diesen Namen habe ich schon seit einer ganzen Ewigkeit nicht mehr gehört.'

Gionomo zögerte, blickte seinem Gegenüber lange ins Gesicht und sagte dann, nach Fassung ringend:

„Nonno? E tu, Tummelbaca?"

„Sì, sono io!" Tummelbaca sollte gar nicht damit gerechnet, daß Gionomo ihn natürlich auf Italienisch begrüßen würde. Blitzschnell aber war jetzt diese Sprache in seinem Inneren wiederbelebt, und er dachte auch schon wieder in der Sprache Leonardos, als die beiden Männer sich einen Augen=
blick später in den Armen lagen. Die Umarmung hielt eine ganze Weile an, und nur Miriam bemerkte, daß sich beide schnell und unauffällig ein paar Tränen aus den Augen rieben, während Porter mit seinem schwarzen Minicam vorfuhr und sie bat,

287

einzusteigen. Trummelborn stellte Giacomo
Miriam vor; die den beiden gegenüber Platz
nahm. Er nickte ihr höflich entgegen und
blickte interessiert auf, als er ihren Namen
hörte.

Frank Porter lenkte seinen
schwarzen Chevrolet Trans Sport zügig in
Richtung Offenbach. Das Navigations-
system gab ihm auf Englisch die
notwendigen Anweisungen dazu. Miriam
hatte damit gerechnet, daß schon auf der
Fahrt ein intensives Gespräch zwischen den
beiden Männern stattfinden würde.
Stattdessen musterten sie sich voneinander
eher gegenseitig, und die Konversation schien
sich darauf zu beschränken, daß Trummelborn
seinen Enkel gelegentlich auf dies und jenes,
das sie unterwegs sahen, aufmerksam
machte. Mehr wusste sie offen nicht. Um
diese Zeit hatte Porter keine Schwierigkeiten, sein Fahrzeug vor der Tür des
Hauses am Wilhelmsplatz abzustellen. Er
verzichtete trotz der Einladung
Trummelborns darauf, mit in die Wohnung
hinaufzukommen. Trummelborn bedankte sich
in aller Form für den Einsatz des
Amerikaners und erinnerte ihn an ihr
Treffen in den nächsten Tagen. Darauf

verließen sie das Fahrzeug und stiegen die
Treppen zur Wohnung hinauf.

Timmeshaven holte eine Flasche des
besten italienischen Weins, den er in der
Umgebung sollte auftreiben können, aus
dem Schrank, um auf das lang ersehnte
Wiedersehen anzustoßen. Dabei fiel ihm ein,
daß er noch nicht einmal wußte, ob Gionomo,
der sich zuletzt Gargoddin genannt hatte,
vielleicht zum islamischen Glauben
konvertiert sein könnte. Auch seine Frage
sie vermeinte Gionomo dies und akzeptierte
gern das Weinglas, das ihm Großvater
ihm anbot. Allerdings mißfiel beiden dieser
Begriff Großvater: Gionomo wollte er kein
zweites Mal über die Lippen kommen, und
Timmeshaven wollte auf keinen Fall von
ihm so genannt werden. Timmeshaven würde
bewußt, daß er in diesem Punkt für
Klarheit sorgen müßte, denn er merkte, daß
Gionomo nicht recht wußte, wie er ihn
anzusprechen hatte. Das gefüllte Weinglas
war der richtige Anlaß, ihm zu sagen, daß
er die gegenseitige Anrede gern auf die
Namen beschränkt wisse. Timmeshaven bezog
Miriam gleich darin ein. Gionomo schlug von
sich aus vor, daß sie sich untereinander von
nun an in englischer Sprache unterhalten

könnten, weil er bemerkt hatte, daß Miriam Kolumbus nicht verstand, und er selbst kaum Deutsch sprach. Gionomos Englisch war stark amerikanisch eingefärbt; in Amerika hätte ihn jeder für einen Landsmann gehalten. Timmerstons Englisch klang eher britisch; auch ihn hätte man in England für einen Muttersprachler gehalten. Miriams Schulenglisch war zwar nicht entwickelt, aber ihrem deutschen Akzent hörte man deutlich heraus.

Miriam leerte ihr Glas noch zusammen mit den beiden Männern, dann zog sie sich diskret zurück, um ihnen Gelegenheit zu geben, die letzten 500 Jahre zumindest in groben Zügen Revue passieren zu lassen. Bei diesem Gedanken mußte sie innerlich lachen und wunderte sich wieder darüber, daß ihr diese absolut ungewöhnliche Situation schon so schnell fast wie normal geworden war. Natürlich hätte sie gern dabei zugehört, aber ihr Gefühl für Diskretion verbot es ihr einfach. Sie wollte auch nicht bei Timmerston übernachten, sondern fuhr zurück nach Frankfurt.

Auf dem Weg in die Stadt steuerte Miriam ihren Wagen an einem alten Industriegebiet vorbei. An einer der

Manner hing immer noch ein halb verwittertes, überdimensional großes Filmplakat mit der kaum noch lesbaren Aufschrift „Der da Vinci Code". Tom Hanks' Gesicht darauf war stark angegriffen, und die eine Randspitze, die sich vom Untergrund gelöst hatte, flatterte im Wind. Miriam kannte das Plakat und sie hatte den Film gesehen, sonst wäre es ihr kaum aufgefallen. Es versetzte ihr einen Stich ins Herz. Sie fuhr auf dem verwaisten, dunklen Parkplatz eines benachbarten Supermarktes. Obwohl es zu regnen angefangen hatte, mußte sie ihr Auto verlassen. Sie rannte völlig ziellos auf und ab, mit nassen Haarsträhnen und einem Lachen auf dem Gesicht. Auch einmal war ihr glasklar geworden, was sie in den vergangenen Wochen und am heutigen Abend eigentlich erlebt hatte: Sie hatte einen Mann kennen gelernt, der mehr als 3300 Jahre alt war! Einst war er als Pharao des alten Ägypten der mächtigste Mensch auf Erden gewesen! Sie war heute mit Giovanna di ihr Lionardo zusammen-getroffen, dem leiblichen Sohn Lionardo da Vincis und dem leiblichen Sohn Miriams, der Frau, die der Menschheit als lächelnde

Mona Lisa Jahrhunderte lang ihres größten Rätsel aufgegeben hatte. Und Mona Lisas Vater liebte sie: Miriam Wagner, die kleine, unberührende Staats-anwältin aus Frankfurt. Jetzt endlich war ihr dieses unglaubliche Glück vollständig zum Bewußtsein gekommen!

„Ich liebe dich, Dummerkoren!!!", schrie sie, so laut sie konnte, in den nächtlichen, wolkenverhangenen Himmel hinaus, lachte, und der Regen strömte ihr dabei ins Gesicht.

Ein junges Pärchen, das sich zum Schmusen und zu mehr in seinem Auto in den hintersten Bereich des vermeintlich einsamen Parkplatzes verzogen hatte, sah die geisterhafte weinende Szene mit an. Nach Miriams Schrei packte die beiden die Panik. Das Mädchen knöpfte hastig seine Bluse zu, der junge Mann startete das von seinem Vater geborgte Auto und rollte ohne Licht über die nächstgelegenen Ausfahrt vom Parkplatz davon. Erst auf der Straße schaltete er das Licht ein und gab Gas.

Als Miriam Wagner das sich entfernende Fahrzeug bemerkte, schlug sie sich unwillkürlich mit der Hand auf den Mund und prustete los. Sie ging wieder auf ihr Auto zu, das immer noch mit

blendenden Schimmerfarben und offen
stehender Fahrertür mitten auf dem
Parkplatz stand.

„Oh, Gott, ist das peinlich!", bauschte sie
und fuhr aufschließend auf die Frankfurter
Tröglein zu. Sie parkte den Morgen vor ihrer
Wohnung und wollte gerade die Haustür
aufschließen, als sie eine Morgentür
zufallen hörte. Sie drehte sich um.

„Miriam!", rief ein Mann aus der
Richtung, in der sie das Geräusch gehört
hatte. „Was hat er mit dir gemacht?" Der
Mann trat unter den Lichtkegel der
Straßenlaternen, und sie erkannte, dass es
Martin war, ihr früherer Freund. Er sah,
dass sie völlig durchnässt waren, dass ihr das
Haare in nassen Strähnen herunterhing und
dass ihr das Make-up im Gesicht verlaufen
waren. Sie müßte erbärmlich aussehen, dachte
sie.

„Brauchst du Hilfe?", fragte Martin.
„Willst du reden? Ich liebe dich doch immer
noch!"

Zum ersten Mal tat ihr der Ehemann
wirklich leid. In den Tagen davor hatte sie
ihn immer nur als lästiges Überbleibsel
aus der bedeutungslosen Zeit vor ihrer
großen Liebe gesehen. Erst jetzt akzeptierte

sie ihn als einen Menschen, den sie anerkennen
ließ.

„Martin", sagte sie, „es tut mir
wirklich leid, was ich dir angetan habe. Ich
mag dich sehr gern, aber ich habe jetzt
gemerkt, daß es die ganze Zeit keine
wirkliche Liebe war, die uns verbunden hat.
Er hat mir nichts angetan, mach dir darüber
keine Sorgen. Du wirst es mir kaum
glauben, aber ich fühle so auch, weil ich sehr,
sehr glücklich bin. Und ich hoffe wirklich, daß
du dieses Gefühl auch bald spüren kannst, in
einer anderen Liebe, mit einer anderen
Frau. Ich weiß, das hört sich blöd an und
auch arrogant, weil sich eben jeder Ratschlag
arrogant anhört, den derjenige gibt, der den
anderen verlassen hat, noch dazu wegen
einer neuen Liebe. Aber ich meine es wirklich
ehrlich und ich will dich auf keinen Fall
verunsichern. Bitte, mach dir selbst nichts vor
und laß es sein, mich hier zu bewachen!"

Martin senkte den Blick und verließ
schweigend den Lichtkegel der Straßen-
laterne. Er stieg in sein Auto und fuhr mit
Tränen in den Augen an Miriams Haus
vorbei. Sie stand noch immer auf dem
Treppenabsatz und hob jetzt die Hand zum
Abschiedsgruß.

„Leb wohl, Miriam", sagte er leise zu sich selbst. Er hatte begonnen, über ihre Worte nachzudenken, und ein feiner Hoffnungsstrahl offenbarte sich am Ende des dunklen Tunnels, in dem er sich zu befinden glaubte.

Miriam drehte den Schlüssel der Haustür herum. Schon auf der Treppe wurde ihr klar, daß sie den Rest der Nacht doch nicht in ihrer Wohnung zubringen würde. Sie würde ein Bad nehmen, danach einen Morgen=tee aufsetzen, ein hübsches Kleid anziehen und zurück nach Offenbach fahren.

12. Kapitel

Frank Fowler sollte den abhörsicheren kleinen Konferenzsaal seiner Dienststelle in Frankfurt für die von Timmerborn gewünschte Versammlung zur Verfügung gestellt. Der Ägypter begrüßte Richter Clemens, der zusammen mit Dr. Wohlfarth gekommen war; und stellte ihnen Gionomo vor. Ehrfurchtsvoll erwiderten der Arzt und der Jurist die Begrüßung. Dr. Wohlfarth war nicht auf der Fahrt hierher von Richter Thomas Clemens über Timmerborns wahre Identität aufgeklärt worden, obwohl er selbst entscheidend dazu beitragen sollte, sie glaubhaft zu machen. Er sollte zwar geahnt, mit etwas Ungewöhnlichem konfrontiert zu werden, zum Beispiel, einem lebenden natürlichen Nachfahren Tut-Ench-Amuns zu begegnen, aber das hier überstieg seine Vorstellungskraft bei weitem und raubte ihm zeitweise den Atem.

Sebastian Weißenborn erschien und stützte Dr. Roman Lackstab, seinen Chef. Der sollte es sich nach dem Telefonat mit seinem alten Freund Erik Weizmann, dessen wahre Identität er jetzt endlich

verfahren dürfte, nicht nehmen lassen, an dem
historisch bedeutsamsten Treffen seines
Lebens teilzunehmen. Mitreisen würde er
allerdings schon aus medizinischen Gründen
nicht können, sollte er ihn schon am Telefon
lautend berücksichtigt.

Als die Gruppe vollständig war,
nahmen alle Beteiligten am runden Tisch
des Konferenzsaales Platz. Tennenbaum
ergab das Wort. Kurz stellte er sich selbst
noch einmal vor und machte die
Anwesenden mit Gionomo di zur Lionardo
bekannt. Er referierte über seine Theorie
hinsichtlich der Vererbbarkeit von
Langlebigkeit und forderte Dr. Wohlfarth
auf, ihn gegebenenfalls zu korrigieren, falls
dieser inzwischen von meinen Erkenntnissen erfahren haben sollte. Er berichtete
davon, dass die allermeisten Langlebigen,
die er gekannt hatte, aufgrund dessen in
höchste Positionen aufgestiegen seien. Das
galt nicht auch für ihre Familien und
Nachfolger: Langlebigkeit sei allerdings
unter keinen Umständen mit Unsterblichkeit zu verwechseln, denn auch sie
könnten an Krankheiten, an Unfällen oder
in Kriegen sterben. Manche von ihnen seien
aber auch mit der besonderen Lebens-

Situation nicht mehr zurechtgekommen und hätten ihrem Leben selbst ein Ende gesetzt.

Die allermeisten Langlebigen hätten die Geschichte aufgrund ihrer hohen Stellungen aktiv mitgestaltet, einige haben sie sogar so nachhaltig geprägt, daß die Auswirkungen bis in die Gegenwart zu spüren seien. Dennoch sei aber der Einfluß, den sie später auf die Geschichte und ihre gewünschte Korrektur ausüben konnten, auf nahezu Null gesunken, da sich besonders die nachhaltigen Ereignisse allmählich unweigerlich verselbständigt hätten. Ganz besonders gelte dies für den Bereich der Religionen, sagte er. Timmerstern beschrieb den Zwang, im Laufe der Zeit seine Identitäten immer wieder abzulegen und neue Identitäten anzunehmen, wenn er überleben wollte. Eine Erfahrung, die sich im Übrigen mit denen seines Großsohnes Gionomo decke. Er berichtete davon, daß sie beide vermutlich die letzten verbliebenen Langlebigen seien. Durch die modernen Kommunikations=, aber auch Überwachungstechnologien, seien sie nun an einen Punkt angekommen, an dem das Wiederlegen der ursprünglichen Identität nahezu unmöglich geworden sei. Denn wollten sie beide nur Rechnung tragen und sich schließlich der Öffentlichkeit stellen. Dieser Prozeß müßte aber so weit wie möglich von ihnen selbst kontrolliert vor sich gehen. Zunächst gehört dazu der zweifelsfreie Beweis ihrer ursprünglichen Identitäten gegenüber unabhängigen Experten und Menschen, die als objektiv urteilende Autoritäten anerkannt seien. Nur so können man als langlebiger Mensch glaubwürdig sein. Und Glaubwürdigkeit sei essentiell für die Konsequenz, die sich aus der Langlebigkeit ergibt, nämlich der Tatsache, daß ein langlebiger Mensch ein Zeitzeuge ist für die Zeitspanne, in der er gelebt hat.

„Ich möchte mit Ihnen eine Reise unternehmen an einen Ort, der es mir erlaubt, diesen Identitätsbeweis rundgültig zu leisten", verkündete Tammstorr. „Ich übertreibe, glaube ich, nicht, wenn ich behaupte, daß es heute der für die Geschichte der Menschheit bedeutungsvollste Ort auf dieser Erde ist. Aus diesem Grunde habe ich den Generalsekretär der ägyptischen Altertumsverwaltung, Hamid Abbas, einen der renommiertesten Ägyptologen der Gegenwart, gebeten, uns auf dieser Reise zu begleiten. Er hat zugestimmt,

obwohl ich ihn bisher in nur wenigen Details
eingeweiht habe, und wir werden ihn in
Kairo mit an Bord nehmen. Ich bitte Sie
schon jetzt um Ihr Verständnis, daß das
Geheimnis um die Lage dieses Ortes
unbedingt gewahrt bleiben muß und daß ich
darum gezwungen bin, einige Vorkehrungen
zu treffen, die, wie ich hoffe, nicht allzu
unangenehm für Sie sein werden."

Es entstand eine Pause, in der
niemand etwas sagte. Jedermann wußte,
daß für die Beteiligten sicher Tausende von
Fragen offen geblieben sein müßten, aber er
war sich nicht sicher, ob er jetzt einfach weiter
referieren sollte oder ob er ihnen Zeit geben
müßte, das Gehörte zu verarbeiten und
dann Fragen an ihn zu stellen.

Sein Freund Ramon Loestus war
es, der den Reigen der Fragen eröffnete:

„Du sprichst davon, daß Ihr = und
wenn ich Ihr sage, meine ich zunächst Euch
Langlebige ganz allgemein = einen Einfluß
auf die Religionen oder Religionsbildungen
hattet, wenn ich das richtig verstanden habe.
Gibt die Reihe, an der ich im Übrigen aus
gesundheitlichen Gründen nicht teilnehmen
werde, auch im Zusammenhang damit?"

„Ja. Vor allem damit", antwortete Timmelbaur. „Die Religionen sind das entscheidende Thema überhaupt und haben fast ausnahmslos jedes Ereignis in der Geschichte geprägt oder zumindest mitgeprägt."

„Welche Religionen werden konkret betroffen sein?", fuhr Laufstab zu fragen fort.

„Im Endeffekt alle. Alle mit einem Gottesbezug, oder sagen wir besser: mit einem Bezug zu einem transzendenten, höheren Bewußtsein. Ganz konkret wird es um das Christentum gehen."

Ein unverständliches Raunen ging durch die Reihe seiner Zuhörer. Wieder war es Laufstab, der die nächste Frage stellte:

„Du hast aber keinen Kirchenvertreter für deine Reihe gewählt."

„Nein, Vertreter der Kirche, oder besser gesagt: der Kirchen, wären keine objektiven Instanzen. Die mögen nicht dazu, sich wirklich mit der Wahrheit auseinander-setzen zu wollen."

„In all den Jahren, die wir uns nun kennen, habe ich niemals eine direkte Äußerung von dir zu irgendeiner Religionszugehörigkeit gehört. Es soll mich auch nie so wirklich interessiert. Aber jetzt frage ich dich doch einmal ganz konkret: Welchem Glauben gehörst du an?"

„Keinem mehr."

„Also bist du Atheist?", fragte Konstanz verwundert.

„Ich bezeichne mich nicht als solchen", antwortete Timmerkorn. „Der Begriff Atheist assoziiert in den Menschen, dass es sich dabei um eine Person handelt, die versucht, die Nichtexistenz eines Gottes beweisen zu wollen. Das will ich gar nicht. Für mich ganz persönlich herrscht nur die Gewissheit: Es existiert kein Gott! Die Möglichkeit, die Nichtexistenz eines Gottes absolut beweisen zu können, besteht hingegen nicht. Das liegt daran, dass auch der Atheist in seiner Beweisführung nicht an dem Begriff des Glaubens vorbeikommt. Letzten Endes wird ein gottesgläubiger Mensch dem Atheisten immer nur zugestehen, dass dieser nur den Glauben an Gott verloren hat, noch nicht bewiesen, dass es einen Gott nicht gibt. Das Dilemma für den Atheisten liegt also in diesem Begriff Glauben. ,Glauben heißt: nicht wissen' sagt der Volksmund. Ich habe für mich diese Definition ein wenig verändert in: ,Glauben heißt: nicht wissen und doch nicht zweifeln'. Damit bin ich dem, was ich in Bezug auf die Nichtexistenz eines Gottes fühle, zwar näher gekommen, aber ich bin immer noch an dem Begriff des Glaubens haften geblieben. Zwar kann man den Glauben nun wirklich nicht mathematisch definieren, aber immerhin gibt es eine Entsprechung in der Wahrscheinlichkeitsrechnung. Und diese fasse ich für mich mit meiner Definition sozusagen von 99 Prozent auf 99 Komma Periode 9 nebst, auf das, was man vorläufig gesprochen auch eine ,an Sicherheit grenzende Wahrscheinlichkeit' nennen könnte. Und gerade dieses ,vorläufig gesprochen' brachte mich zu der Erkenntnis, daß der Begriff ,Glaube' ein Begriff ist, den überhaupt erst religiöse Menschen in den Sprachschatz eingebracht haben. Er ist völlig ungeeignet, einen Beweis gegen eine Gottesexistenz zu führen, weil er bemißt außerhalb der objektiven Wahrheit angesiedelt ist und damit gar keinen Anspruch auf Absolutheit erheben kann. Ungleich anspruchsvoll ist mittlerweile der Begriff ,Gott' von den Kirchen, welcher Konfession auch immer; angelegt: weder positiv noch negativ beweisbar. Als Nichtgläubiger gehe ich

davon aus, daß nicht Gott den Menschen
erschaffen hat, sondern der Mensch hat Gott
geschaffen! Leider haben wir Menschen das
längst vergessen und ihn im Laufe der Zeit
auch noch so anspruchsvoll definiert, daß wir
uns nun selbst in die mißliche Lage gebracht
haben, weder seine Existenz noch seine
Nichtexistenz beweisen zu können!

Was mich persönlich hingegen nach
meiner eigenen Antwort auf die Frage
‚Gibt es einen Gott?' beschäftigt, ist: Welche
Wahrheit existiert absolut, das heißt
unabhängig von unserem Denken und
unseren Gefühlen? Gibt es Schnittpunkte
zwischen diesen absoluten Wahrheiten und
unseren Möglichkeiten, Erkenntnisse zu
sammeln? Ich bin, vor allem mit Hilfe
meines Freundes René Descartes, auf den
Grundgedanken, auf das rechte Verbin=
dungsstück zwischen menschlichem Denken
und absoluter Wahrheit gestoßen. Wie Sie
alle wissen, formulierte Descartes den
Satz: ‚Cogito, ergo sum' = ‚Ich denke, also
bin ich'. Der Satz ist einfach, aber genial.
Erst nach der Reduktion allem persönlichem
Denkens, das immer subjektiv sein wird,
gelangt man an diesen einen Punkt: Das
Innerste des Menschen, die tiefste

Subjektivität also, stellt den allernächsten Berührungspunkt mit der reinen Objektivität, der absoluten Wahrheit, dar. Es gibt, von diesem Punkt ausgehend, noch einige andere Berührungspunkte.

Descartes hatte diese Erkenntnis zwar formuliert und gedanklich berührt, aber nicht bis in die letzte Konsequenz weiter verfolgt, denn aufgrund seines sozialen Umfeldes war es ihm immer noch unmöglich geworden, eine Nichtexistenz Gottes überhaupt in Erwägung zu ziehen. Er zog den falschen Schluß, nämlich daß die Existenz Gottes gewisso wahr sei wie seine eigene Existenz. Damit widerspruch er seinen eigenen Lehrsätzen, denn weder der Begriff ‚Glaube‘ noch der Begriff ‚Gott‘ führen uns weiter auf der Suche nach der Wahrheit über diese Welt. Sie führen in einen Sackgasse mit unzähligen Windungen, aus der der Weg zurück zur Wahrheit bis heute nur schwer zu finden ist. Immerhin aber war Descartes konsequent genug, Wunder auszuschließen. Und damit bin ich an einem ganz zentralen Punkt der Reihe, die ich mit Ihnen untersuchen will.“

„Du glaubst also nicht an Gott und du meinst, Beweise dafür zu haben, daß

305

manche Wunder gar keine Wunder waren?",
faßte Lautstus zusammen.

„Ich würde es nicht gerade so
formulieren, aber man könnte es in etwa so
ausdrücken, ja", sagte Trummelleuer, worauf
eine heftige allgemeine Diskussion ausbrach,
die nur schwer wieder in geordnete Bahnen
zu lenken war.

Nach einer Weile beruhigte sich die
Situation wieder. Lautstus war inzwischen
zu so etwas wie dem Sprecher der Gruppe
aufgestiegen, obwohl er nur mittelbar
beteiligt war. Er fragte Trummelleuer:

„Welche Auswirkungen wird diese
Reihe auf das Christentum haben?"

„Lassen Sie mich zunächst noch diese
eine Vorbemerkung machen", antwortete
Trummelleuer. „Wenn wir von der
Voraussetzung ausgehen – und ich persönlich tue das mit vollkommener Sicherheit –,
daß kein Gott existiert, dann bedeutet das
in der Konsequenz, daß die gesamte heilige
Schrift, egal ob Thora, Altes oder Neues
Testament, von Menschen erdacht und
aufgeschrieben worden ist. Ich sage das
zunächst wertfrei. Es sind, darauf werde ich
später kommen, durchaus Motivationen
denkbar, die solche Handlungen moralisch

rechtfertigen können. Aber, und das muß ich ganz deutlich sagen, es steht weder ein göttlicher Auftrag noch eine göttliche Handlung dahinter!"

„Und was ist mit Jesus Christus?", fragte Miriam mit fester Stimme. Zum ersten Mal schwang eine gewisse Aggression gegen den Mann, den sie liebte, in ihrer Tonwahl mit. Obwohl sie nie ein besonders religiöser Mensch gewesen war und auch widerstanden hatte, wohin Timmerhaus hinaus wollte, fühlte sie sich dennoch in ihren Grundfesten erschüttert.

„Das ist genau der Punkt", antwortete Timmerhaus und blickte ihr fest in die Augen. Sie begriff in diesem Moment, daß er von der Wahrheit seiner Gedanken so sehr überzeugt war; daß er notfalls seine Beziehung zu ihr dafür opfern würde, wenn sie ihm jetzt nicht folgte.

„Das ist genau der Punkt", wiederholte er; „in dem die Korrektur der Geschichte so lange unmöglich war. Ich spreche nicht unbedingt davon, daß ich früher mit dem Wunsch, sie öffentlich zu korrigieren, mein Leben riskiert hätte = das tue ich wielleicht auch heute noch = sondern ich hätte Jahrhunderte lang, von wenigen

307

Ausnahmen abgesehen, gar keinen christlich erzogenen Menschen damit überhaupt erreichen können. Jesus hat gelebt, ja. Jesus war von der Existenz seines Gottes überzeugt, ja. Jesus hat gepredigt, weil er seine Mitmenschen = auch seine Feinde = zu besseren, barmherzigeren Menschen machen wollte, ebenfalls ja. Er wollte Frieden auf der Welt durch Liebe zu seinem Nächsten erreichen, gleich welcher Nation, welchen Glaubens, welcher Hautfarbe, ja. Er war selbst tief überzeugt, in göttlichem Auftrag zu handeln, und die Menschen um ihn herum glaubten das ebenfalls. Auch ich war von seinem charismatischen Auftreten beeindruckt, ja. Aber ich zweifelte damals schon an der Existenz des Gottes, von dem er sprach. Doch ich redete nicht gegen ihn, denn ich merkte, dass er mit seinen Predigten die Menschen erreichte und dass er tatsächlich etwas Gutes in ihnen bewirkte. Ich glaubte, dass es nicht schaden könnte, wenn ich ihn gewähren ließ."

„Du kanntest ihn persönlich?", fragte Miriam erstaunt in die Runde, und ein Schauer lief ihr dabei über den Rücken. Sofort hob sich der Lärmpegel der Versammelten wieder an. Gionomo sah ihn verwundert an

und wollte wissen, ob er ihr denn noch nichts
von der Familie erzählt habe. Gemeinsam
warteten ab, bis sich alle wieder beruhigt
hatten. Es bedurfte keiner weiteren Fragen,
um an den Gesichtern seiner Zuhörer zu
erkennen, daß sie sehr gespannt darauf
waren, alles zu hören, was er über Jesus
Christus zu sagen wußte.

„Er war kein Sohn eines Gottes", fuhr
er fort. „Er war der Sohn einer Frau, deren
römischer Name tatsächlich Maria war.
Aber Maria war keine Jungfrau, die den
Samen eines Gottes empfing. Sie hatte sich
als Unverheiratete mit einem Mann
namens Joshua eingelassen, der ihr als
Wanderprediger bekannt war. Er war
einer der Leute von Qumran, die man
Essäer nannte. Er war sehr jung und ähnlich
charismatisch wie später ihr eigener Sohn. Sie
liebte ihn, und er liebte sie, obwohl er sich dem
Zölibat verpflichtet hatte. Am Ende aber
war ihm jedoch die Verkündung des Wortes
eines Gottes Joshua wichtiger als die Liebe
zu Maria. Und so stahl er sich davon, noch
ehe Maria wußte, daß sie von ihm
schwanger war. Er hat wohl selbst nie
erfahren, daß er Vater wurde. Maria aber
drohte das Schicksal, künftig als ledige

Mutter in Schande und als Ausgestoßene
der Gesellschaft leben zu müssen. Sie hätte
das nie verwogen. Da verliebte sich Josef
ihrer, ein Mann, der es mit dem Bau von
Häusern zu bescheidenem Wohlstand
gebracht hatte und der in Nazareth lebte. Er
hatte Maria schon seit längerer Zeit geliebt.
Aber sie hatte seine Liebe bis dahin nicht
erwidert. Er nahm sie nun zur Frau, obwohl
er bereits sah, daß sie von einem Anderen
schwanger war; und ersparte ihr damit die
Schande. Da er wußte, daß sie das Kind
schon vor Ablauf von neun Monaten nach
ihrer Hochzeit gebären würde, ging er mit ihr
vor der Geburt fort aus Nazareth. Sie
verbrachten die Wochen vor ihrer Niederkunft bei seiner Schwester; die einen Mann
aus Bet Lehem geheiratet hatte, wo man
sie beide nicht kannte. Der Zufall wollte es
aber ebenso, daß die Schwester Josefs selbst
Kinder hatte und eine Frau war; die in der
Geburtshilfe reich an Erfahrung war. Sie
war es auch, die sogleich bemerkte, daß
Maria nicht ein Kind, sondern Zwillinge
erwartete. Die beiden Jungen wurden
geboren, und es ging ihnen allen gut.
Maria nannte den Erstgeborenen Josef,
nach ihrem Mann, und den zweiten Jungen

nannte sie Joschua, nach dem weisen Wanderer der Kinder: Jusuf aber, dem Häuserbauer, sollte sie den Namen des weisen Wanders wiederschwingen. Er ... es ihn, doch er ließ sie bei der Namensgebung gewähren. Die Familie blieb in Bet Lechem, bis zehn Monde seit der Hochzeit der Eltern vorüber waren, und kehrte erst dann zurück in ihr Haus nach Nazareth, weil auf diese Weise kein Verdacht auf Schande mehr aufkommen konnte. Die Jungen wuchsen heran und waren sich so ähnlich, daß nur ihre Mutter und Jusuf sie auseinander halten konnten. Oft machten sie sich den Spaß und hielten die Leute zum Narren, indem sich der eine für den anderen ausgab.

Der junge Jusuf sollte einst das Geschäft seines Vaters übernehmen; die Baukunst interessierte ihn. Da er sich in Palästina bald nicht mehr weiterbilden konnte, reiste er nach Griechenland, um seine Ausbildung dort fortzusetzen. Joschua hingegen war kein Handwerker. Er war neugierig, nachdenklich, kritisch. Er lernte schnell, sprach bald neben hebräisch auch griechisch, Latein und Ägyptisch. Er sah das Elend der Armen und kritisierte die Behandlung der Sklaven. Heute würden

man sagen: Er stellte soziale Mißstände
infrage, an denen sich Jahrhunderte lang
kaum jemand angestoßen hatte und an
denen sich bisher nichts geändert hatte. Er
verehrte Jahwe als seinen einzigen Gott.
Aber nicht einmal vor ihm machte seine
Kritik halt. Er verstand seinen Gott so,
daß Gott ihm die Gabe gegeben habe, die
Dinge zu sehen, wie sie sind, und daß er von
Gott selbst damit den Auftrag erhalten
habe, sie zu ändern. Deshalb begab er sich
bereits in jungen Jahren in den Tempel und
klagte die Priester im Namen Gottes an,
weil sie an den Mißständen nichts
änderten. Trotz seines jungen Alters war
er ein hartnäckiger, blendender Rhetoriker,
der es geschickt verstand, recht wenige, denn
immer mehr einflußreiche Priester auf seine
überaus... Seite des menschlichen
Gewissens zu ziehen. Er begann schließlich,
wie sein leiblicher Vater vor ihm,
umherzuwandern, und setzte gewissermaßen eine soziale Bewegung in Gang. Es
grenzte sicher an ein Wunder, was er dabei
alles erreichte. Die römischen Besatzer und
die alten, starrköpfigen Priester versetzte
er in große Unruhe, und es war klar, daß
er damit eine Gegenreaktion herauf=

beschwor: Das alles hat er verwirkt, aber: Er hat niemals ein wirkliches Wunder vollbracht!

In ganz Palästina erzählte man von dem jungen Mann, der die mächtigen Römer in Verlegenheit zu bringen verstand. Schon zu seinen Lebzeiten rankten sich um ihn Legenden, die sich zum Teil zu seinem leiblichen Vater summierten und sich mit diesen vermischten. Er wußte dies geschickt zu nützen. Die Zeiten waren so.

Den Helden und den Pharaonen schrieb man göttliche Verbindungen und Fähig= keiten zu.

Auch mich sollte man einst als Inkarnation Atons ansehen, als Gottes Sohn also, als ich lange vorher Pharao war. In der ersten Zeit damals fühlte ich mich auch fast wie ein Gott, allein aufgrund der Verehrung, die mir die Menschen entgegenbrachten. Ich wußte aber, daß auch ich keine Wunder vollbringen konnte. Ich erkannte, daß ich keine Verbindung zu irgendeinem Gott aufzunehmen vermochte, und versuchte deshalb, dieses Bild des Pharaos gegenüber den Bürgern Ägyptens zurückzufahren. Aber das, und das erkannte ich erst, als es schon zu spät war;

raubte mir schließlich die Macht. Die Menschen, die Einfluß hatten, wollten an ihrer Spitze einen besonderen Mann, der eine direkte Verbindung zu ihren Göttern hatte, einen allmächtigen Helden also, der sie mit übernatürlichen Kräften schützen und ihren Wohlstand fördern konnte. Das sollte ein mächtiger Pharao auch stets nach außen zu zeigen und mit allen Mitteln zum Ausdruck zu bringen. Aus diesem Grunde waren Ägyptens Bürger bereit, riesige Kolossalstatuen zu errichten und Pyramiden zu bauen.

Echnaton sollte den Untergang der Dynastie einleiten, weil er sich nicht um die Erweiterung des Reiches und auch kaum um seine Verteidigung gegen äußere Feinde gekümmert hatte. Aber er baute Tempel für Aton und die neue Hauptstadt Achet-Aton und er profitierte noch vom Reichtum, den seine Vorgänger sich gegenüber Ägyptens Feinden verschafft hatten. Als ich an die Macht kam, war dieser Reichtum bereits verspielt. Zwar führte ich Krieg gegen die Hethiter und drängte sie zeitweilig auch zurück, aber Ägyptens Feinde hatten bereits erkannt, daß sie nicht länger einen aussichtslosen Kampf gegen

übermächtigen ägyptischen Götter zu führen
sollten, sondern dass auch wir unvermeidbar
waren. Harmhorb, mein erfahrener General,
der schon unter meinem Vater Amenhotep
gedient hatte, ermahnte mich, den Kampf
nicht zu halbherzig zu führen. Damit meinte
er, dass wir die Feinde nicht nur
zurückschlagen sollten, sondern dass wir sie
hernach zur Abschreckung der anderen
unterworfenen Völker vollständig
vernichten müßten. Das Töten im Kampf
war für mich damals eine legitime Tat
gewesen, ebenso, den Befehl dazu geben zu
müssen. Auch die Besiegten und ihre
Familien in die Sklaverei zu schicken, gebot
das Kriegsrecht. Doch wehrlose Menschen
abzuschlachten und Völkermord zu begehen,
dagegen wehrte ich mich vehement. In einem
sollte Harmhorb recht: Die Vasallen sahen
das als Schwäche, fürchteten um den Schutz,
den Ägypten ihnen zu bieten verpflichtet
war, und begannen, sich neu zu orientieren.
Die Hethiter formierten sich nach kurzer Zeit
neu, weil wir sie nicht vernichtet hatten,
und hatten leichtes Spiel mit unseren
nördlichen Vasallen. Ein neuer Krieg war
notwendig geworden, ein Krieg, der nach
Harmhorbs Meinung vermeidbar gewesen

wäre. Er verschwor sich mit seinen Leuten
gegen mich. Sie wollten mich bei dem
Angriff gegen die Bastiten heimtückisch
ermorden, und es sollte so aussehen, als
wäre ich im Kampf gefallen. Es gelang
ihnen aber nur, mich schwer zu verwunden.
Königstreue Kämpfer zogen mich vom Feld
und verbanden mich. Ich überlebte zwar als
Mensch, nicht jedoch als Pharao. Haremhab
ließ alle töten, die noch mag auf meiner
Seite standen. Die anderen schlossen sich ihm
notgedrungen an, nachdem er geschworen
hatte, dass man mich nicht töten werde,
wenn sie von jetzt an ihm folgten. Die
Aufständischen hatten immer noch zu mir
gehalten, weil sie fürchteten, dass sich die
Götter erzürnten, wenn man mich
umbrachte. Auf diese Weise rettete es mir
tatsächlich das Leben, dass man mich immer
noch als einen Gott ansah.

Offiziell war ich für tot erklärt, und
nach der Zeit der Staatstrauer bestimmte
festlich Haremhab, wer den Thron bestieg.
Dass er es nicht gleich selbst war, dazu
reichte sein Einfluß, der vor allem durch Ein
beschränkt war, noch nicht aus, oder er
glaubte einfach selbst, dass die Zeit dazu noch
nicht gekommen wäre. Er wählte den jüngern

Tut=ench=Aton als Pharao aus, wohl, weil
er wußte, daß er auf ihn fast
unbeschränkten Einfluß hatte. Tut=ench=
Aton hatte Haremhab immer bewundert.
Von ihm hatte der Prinz heimlich – denn
weder Echnaton noch Nofretete hätten es
gutgeheißen – gelernt, das Schwert zu
führen. Der General hatte ihn beigebracht,
wie man Schlachten gewinnt, und dem
mutigen Jungen zahlreiche Helden=
geschichten erzählt. Haremhab konnte den
neuen Pharao lenken, wie es ihm beliebte,
ohne selbst Gefahr zu laufen, daß man ihn
für das verantwortlich machte, was
wirklich Mißfallen erregen könnte. Tut=
ench=Aton gab auch sein Geheiß Achet=Aton
als Hauptstadt auf, änderte seinen
Namen in Tut=ench=Amun und verlegte
seine Residenz nach Men=nefer, der Stadt,
die heute unter ihrem griechischen Namen
Memphis bekannt ist.

Mich hatte man zum ersten Mal
meiner Identität beraubt und schaffte mich
als Gefangenen fort aus dem Gebiet, in
dem man mich noch hätte erkennen können.
Ich landete in einem Goldbergwerk
irgendwo in dem riesigen Wüstengebiet,
das wir Nubien nannten, und von dem

niemand recht wußte, wie groß es wirklich
war oder wo es endete. In dieser Wüste gab
es keine klare definierten Grenzen Ägyptens
mehr; das Land lief einfach irgendwo aus in
der unendlichen Wüste des Todes. Tausend
Mal verwünschte ich irgendwann mehr
tot als lebendig dort an und mußte fortan
härteste Pionierarbeit verrichten, um Hieb
und Bohrmeißel, dann Rammen des Ersten,
Sachsos des Ersten und schließlich Ramses
des Zweiten Königsgassen zu füllen.

Doch zurück zu Joshua. Er war es nun,
der sich für die Geschicke dieser Welt
bedingungslos interessierte. Obwohl inzwischen
zu Reichtum gelangt, fühlte ich mich
aufgrund meiner Zeit in Nubien immer noch
diesem zugehörig. Den Römern, der
Besatzungsmacht, war er mittlerweile ein
Dorn im Auge geworden. Die hatten aus dem
Namen Joshua den Namen Jesus gemacht
und suchten nach einer Möglichkeit, ihn
mundtot zu machen.

Immer wieder nötigte er manche von
ihnen zu endlosen Diskussionen, die der
äußerst intelligente junge Mann so zu
führen verstand, daß sich seine römischen
Gesprächspartner am Ende dessen bewußt
wurden, was sie im Namen Roms in

Palästina anrichteten und daß sie sich
schuldig daran fühlten. Das blieb nicht ohne
die von ihm gewünschten Folgen. Langsam
untergrub er die Moral der Besatzer und
begann, eine Gefahr für deren Vorgesetzte
darzustellen. Immer öfter schlug ihnen das
Wort Jeschua entgegen, das sie nicht nur
moralisch zur Umkehr bewegen sollte. Die
Römer waren es gewohnt, bewaffnete
Aufstände brutal niederzuschlagen. Mit
einer gewaltlosen, physischen Bedrohung
kamen sie lange Zeit nicht zurecht.

Eine Anklage gegen Jesus kam
vorerst nicht infrage; die Römer fürchteten,
sich lächerlich zu machen, wenn sie einen
Mann hinrichteten, der sie, ohne Gewalt
anzuwenden, bedrohte. Außerdem war ihnen
das freie Wort immer noch heilig.
Trotzdem bedrängten die Römer die
jüdischen Vorsteher, ein Verfahren gegen ihn
zu eröffnen. Diese jedoch lehnten das ab, weil
ihm keine Gotteslästerung nachzuweisen
war. Bis dahin sollte er sich nicht selbst als
Gottessohn oder als Messias bezeichnet.

Joshua war gewarnt und wußte, daß
er sich in Gefahr begab, wenn er weiter
gegen die Besatzer aufbegehrte. Doch er
zeigte keine Furcht. Er wußte aber auch, daß

ihm nicht mehr allzu viel Zeit blieb, wenn er
seine Ziele erreichen wollte. Daher nahm er
ein Angebot an, das ihm einige seiner
Bewunderer gemacht hatten: Sie wollten
ihn unterstützen und mithelfen, seine
Botschaft durch das Land zu tragen. Mochten
die Gefahren für sie sollte er das bisher
immer abgelehnt; jetzt aber begab er sich an
den See Genezareth, an dem die Brüder
Simon und Andreas Fischer waren, und
sprach zu ihnen: ‚Kommt und folgt mir nach‘
und er meinte damit nicht nur, daß sie seine
Gedanken verbreiten sollten, sondern = auch
im Gedanken an seinen Tod =, daß sie sein
Erbe antreten würden. Joshua machte seine
Jünger; und die Unruhe in der römischen
Provinz nahm in der Folge weiter zu.

Der römische Präfekt Pontius Pilatus
in Caesarea, das die Römer Caesarea
Maritima nannten, tobte. Doch er sollte
keine wirkliche Handhabe gegen die
Aufständischen; immer noch übten sie keine
Gewalt aus. Pontius Pilatus fürchtete,
einen Märtyrer aus Jesus zu machen,
wenn er selbst ihn richten ließ, und fürchtete
zudem, damit einen Aufstand erst richtig
auszulösen. Er hoffte darauf, daß die Juden
das Problem für ihn lösten. Doch die Juden

waren nicht zu bewegen ihn zu steinigen, so
lange Joschua von Nazareth Gott nicht
lästerte. Da würden die Römer eines
Tages am Hafen von Cäsarea eines aus
Griechenland heimkehrenden Mannes
habhaft, von dem einer, der Jesus kannte,
behauptete, er sei es. Der Mann schwor es
bei Jupiter und beim Leben seiner Mutter.
Man brachte den Gefangenen vor den
Präfekten, und dieser ließ ihn foltern, bis er
gestand, was man von ihm hören wollte.

Man schickte nach den Rabbonim, den
Priestern der Juden. Zwei von ihnen konnten
ebenfalls bestätigen, daß es sich bei dem
Mann um Joschua aus Nazareth handelte,
und Pontius Pilatus ließ ihn vor den
Thoragelehrten wiederholen, was sie aus ihm
herausgepreßt hatten: Er sei der Messias
und Bar Abbas, der Sohn des Vaters,
gestand er.

,Ihr habt es gehört', rief Pontius
Pilatus aus. ,Er nennt sich den Sohn eures
Gottes!'

Die Rabbiner stritten lange, aber sie
nahmen schließlich die Interpretation des
Römers an. Damit war für sie der
Tatbestand der Gotteslästerung erfüllt,
und sie sollten ihn unverzüglich zur

Steinigung weiterteilen können. Darauf hatte Pontius Pilatus gesetzt. Doch nun erinnerte der einzige Rabbiner, der gegen Jesu Steinigung gesprochen hatte, ihren Besatzer an ein vor kurzem erlassenes römisches Dekret, nach welchem es Juden nicht mehr erlaubt war, Todesurteile auszusprechen oder zu vollstrecken. Die anderen Rabbiner aber drängten darauf ihrerseits auf den Römer ein, das Urteil selbst zu sprechen und den Mann zu töten, der ihren eigenen Stand bedroht hatte.

Pontius Pilatus jedoch ahnte, daß der Mann, den er gefangen hielt, und der am Anfang der Tortur vehement behauptet hatte, daß er nicht Joshua sondern Jesu heiße und nur ein Bruder Jesu sei, die Wahrheit sprach. Er suchte den Gefangenen in seinem Kerker auf und fragte:

,Quis es? – ,Wer bist du?

,Ego sum Abbas reian sum!', beantwortete er die Fragen wahrheitsgemäß und verriet dem Wärter des Kaisers dennoch nicht, wen er mit dem Vater meinte: Gott oder den Baumeister aus Nazareth.

,Quid est veritas? – ,Was ist die Wahrheit?

‚Jahwe verstattet vernarht‘, = ‚Gott kennt die Wahrheit‘, antwortete Jesus und schwieg fortan.

Pontius Pilatus ließ ihn nach Jerusalem schaffen und öffentlich verlauten, daß er in Übereinstimmung mit den Rabbinern Judäas Jesus von Nazareth wegen Gottesblästerung, Hoch= verrats und Schürens eines Volksauf= standes zum Tode verurteilt habe.

Die Verkündung verfehlte ihre Wirkung nicht. Joshua erfuhr, daß sein Bruder an seiner Statt sterben sollte, und begab sich nach Jerusalem. Er versammelte seine Jünger um sich und beriet mit ihnen, was zu tun sei. Die stritten die halbe Nacht. Die Entscheidung darüber, das wußte er von Anfang an, konnte aber nur er selbst treffen. Die würde unweigerlich seinen Tod bedeuten. Während die Zwölf weiter stritten, ging Joshua hinaus in den Garten und bat seinen Gott, sich zu offenbaren und ihn die Entscheidung abzunehmen. Doch sein Gott antwortete nicht. Joshua fühlte sich von ihm verlassen.

Zurück bei seinen Jüngern fühlte er sich dennoch gestärkt, denn er hatte die Entscheidung getroffen; die einzig mögliche:

323

Er würde sich Pontius Pilatus im Austausch gegen seinen Bruder stellen. Dies verkündete er seinen Getreuen. Aber sie sprachen, daß der Römer dann sicher beide Brüder töten würde. So kamen sie überein, daß sie alle zum Präfekten gehen würden, um die Freilassung Jesus zu fordern. Einer nach dem anderen würde sprechen, während sich keiner zu erkennen gebe. Judas sollte der erste sein, der Pontius Pilatus den Austausch vorschlagen sollte.

‚So soll es geschehen!', sagte Joshua in die nun schweigende Runde, ergriff sein Trinkglas, und sie tranken ein letztes Mal Wein miteinander.

Um die dritte Stunde versammelten sie sich vor dem Amtssitz des Präfekten und stellten ihre Forderungen.

‚Ihr beabsichtigt, heute einen zu richten, der keine Schuld trägt', begann Judas. ‚Unser ist einer, der die Schuld, die ihr ihm anlastet, auf sich nimmt'.

‚Sein Name ist Joshua von Nazareth, den ihr Jesus nennt', verkündete der Zweite.

‚Er ist bereit, sich Euch zu stellen, wenn Ihr Jesus, seinen Bruder, freilaßt!', rief der Dritte.

,Er ist bereit, das zu tun, wenn alle Anderen seines Geleits verfehlen, denn er nimmt alle Schuld auf sich, die Ihr ihnen anlastet, und er ist bereit, für die Sünden seiner Brüder zu sterben, die sie vor ihrem Gott begangen haben mögen', sagte Joshua.

,Nun denn', rief Pontius Pilatus und gab den Torwächtern ein Zeichen, woraufhin sich das Tor öffnete. Die Soldaten stießen einen sichtlich geschundenen Mann heraus, der nackt war und blutig von den Schlägen der Geißel. Auf dem Haupte trug er ein Dornengeflecht, das man ihm zur Erniedrigung und zur Bereitung weiterer Schmerzen in das Fleisch gedrückt hatte. Er mußte die Last eines Kreuzes tragen, das ihn sogleich unter den nächsten Schlägen zusammenbrechen ließ.

,Wenn einer unter euch ist, der die Leiden dieses Mannes auf sich nehmen will, so möge er jetzt zu ihm kommen und ihm das Kreuz abnehmen. Rom wird seinen Mut belohnen, ihn fortan Christus, den Gekreuzigten, nennen, und seine Gefährten werden frei sein!', rauschte Pontius Pilatus von seiner Freitreppe herab.

Festen Mutes ging Joshua auf seinen Bruder zu. Der erkannte ihn durch seine

gefühlvollen Augen Raum. Er nahm ihm
das Kreuz von den Schultern, gürtete seine
Hand auf und bedeckte Jesus Blöße damit.
Danach schulterte er das Kreuz und trug es
erhobenen Hauptes durch Jerusalem, gefolgt
von seinen Jüngern und den römischen
Soldaten, von denen keiner es wagte, den
Todgeweihten zu grüßen. Erst auf dem
Berge Golgota, der den Römern vorgen
seiner Form, die an einen Totenschädel
erinnerte, als Richtstätte diente, entrissen
sie ihm das Kreuz, zwangen ihn, sich darauf
zu legen und trieben die Nägel durch seine
Hände und Füße."

Simmerbaur hielt inne. Die letzten
Worte hatte er mit zitternder Stimme
gesprochen. Er verzog die Mundwinkel und
schwieg. Auch Gionomo hatte das Gesicht von
den anderen abgewandt und vergrub es in
seinen Händen. Simmerbaur und er wußten,
was Folter bedeutete und was sie aus
einem Menschen machen konnte. Es war
erst wenige Wochen her, daß er sie in
Guantanamo lang zuletzt erlebt – mein =
überlebt hatte. Es herrschte Schweigen im
Raum.

„Et enim respondet et taliter
infigeretur atque fratri suo dolorem
326

immerhin über andere Absolventen, ist
moritürüs worden sondern ihnen einen
... verschworenst", sagte Gionomo ganz
leise. Jeder hörte, doch außer Timm...laren
verstand kaum einer ihre Worte. Er
wollte nicht, daß Petrus sie verstand.

„Jemand schickte nach Maria, die sich
bereits auf dem Weg von Migdal nach
Jerusalem befand, und als sie erfuhr, was
geschehen war, eilte sie nach dem Berge
Golgota. Die Soldaten ließen sie lange Zeit
nicht an Joshua heran. Als jedoch in der
Nacht einer Wache fiel, der nicht mit Jesus
gewandt hatte, zeigte er Mitleid und ließ sie
vor das Kreuz treten. Joshua war so
schwach, daß er kaum die Augen öffnen
konnte. Maria sank weinend zu Boden. Vor
Schmerzen konnte ihr Sohn kaum noch
sprechen, aber mit letzter Kraft bat er sie
darum, daß der Soldat ihn töten möge.
Zögernd willigte sie ein, als sie gewahrte,
wie sehr ihn die Schmerzen quälten.
Schweren Herzens nahm der Soldat die
Lanze und berührte die Glieder des
Mannes, den er heimlich bewundert hatte.
Er rief unter den Römern einen Zeugen
herbei, der ihm den Tod Jesu Christi

bestätigte, und ließ zu, daß die Jünger Jesu seinen Leichnam vom Kreuze nehmen um ihn aufzubahren.

Sie nahmen ihn mit zu dem Haus, in das sie Jesus nach dessen Befreiung durch seinen Bruder gebracht hatten. Als Maria den geschundenen Körper ihres Erstgeborenen sah, brach sie erneut in Tränen aus. Er hatte, kurz nachdem Joshua ihn vom Kreuz abgenommen hatte, das Bewußtsein verloren und seither nicht wiedererlangt.

Sie pflegte nun den einen Sohn, der bereit gewesen war, für seinen Bruder zu sterben und trauerte um den anderen, der jetzt für ihn gestorben war. Da kam einer der Jünger und sagte, daß viele Menschen aus Judäa und sogar einige Römer gekommen seien, um von Joshua, oder von Jesus Christus, wie ihn die Römer jetzt nannten, Abschied zu nehmen. Da salbten sie den Leichnam, kleideten ihn in weißes Tuch und legten ihn in eine Felsnische in der Nähe des Hauses. Viele kamen am folgenden Tag und trauerten um ihn.

Am Abend verwachte Jesus und fragte bald nach seinem Bruder. Seine Trauer war groß, als er die Spiegel und Bilder verhängt sah und als Maria ihn von seinem Tode berichteten. Sie gingen zu ihr, um Abschied zu nehmen, und sie weinten und trauerten die halbe Nacht. Die Zahl der Einzelsteine an seinem Grab war gewaltig. Jesu Jünger hielten abwechselnd Wacht an seinem Leichnam und kamen und sprachen mit Joseph und Maria und nahmen Anteil an ihrer Trauer. Maria aber hatte Furcht um ihren Sohn und um das Leben der Jünger Jesu, denn sie glaubte nicht, daß Pontius Pilatus sein Wort halten würde. Unter den Bürgern Jerusalems, die gekommen waren, sich von Jesus Christus zu verabschieden, gärte es, denn sie waren wütend über das Vorgehen der Römer. Sie hatten Jesus wehrlos und wie einen Verbrecher behandelt. Viele von ihnen glaubten ihren Priestern nicht, die geschossen waren; und glaubten Nazarethern, daß Jesus ihr Messias, der Messias war und daß Gott sich an denen rächen würde, die sich auf die Seite Roms und seiner Erfüllungsgehilfen stellten.

‚Mein Sohn ist ein Märtyrer‘, erkannte Maria. ‚Er darf nicht umsonst gestorben sein.‘ Und Maria hatte eine Vision und sie glaubte, daß Gott selbst sie ihr gegeben hatte. Außer den Jüngern war

Ein Jünger in Jerusalem, der wußte, daß
Joschua einen Bruder hatte, der ihm bis aufs
Haare glich. Und so schafften sie in der Nacht
nach dem Sabbat den Leichnam Jesu fort,
um ihn im Hause zu verstecken, und sie
verkleideten Jesus mit den Malen des
Gekreuzigten, salbten ihn und bedeckten ihn
mit dem Tuch des Toten. Und so würden
einige Juden vom Römer Zeugen, vom Simon
ausbricht:

,Schaut auf unseren Herren Jesus
Christus! Er ist auferstanden von den
Toten!' Sie sahen, wie er sich von seinem
Totenlager erhob und sie glaubten an das
Wunder. Sie fielen vor ihm nieder und
wollten seine Wunden küssen und riefen:
,Gelobt sei Jehova, unser Gott, und sein Sohn
Jesus Christus, welcher unser Erlöser ist!'
Mehr und mehr Menschen kommen, um ihn zu
sehen und zu berühren, daß er auferstan=
den wäre; und er sprach zu ihnen, wie er es
uns zuvor gesagt hatte. In der Folge
schwärmten sie aus und verkündeten die
Botschaft über das Wunder im ganzen
Land; und je mehr sie davon sprachen, umso
zahlreicher wurden die Wunder, die sie dem
Manne zusprachen. Bis zum Jom Kippur
des gerade begonnenen jüdischen Jahres

3791, welches dem September des Jahres 30 unserer Zeitrechnung entspricht, ließ Jesus die Wiederauferstehung seines Bruders an sich bezogen. Jom Kippur, den Tag der Versöhnung, wählte er als den Tag aus, an dem er diese Rolle beenden wollte. Niemand hinderte ihn daran, an diesem Tag im schlichten weißen Kleid in den Tempel zu gehen, nicht einmal der Hohepriester, der als einziger das Recht dazu innehatte. Er rief dreimal den Namen Gottes aus und sprach: ,O Herr, du sollst mein Blut genommen! Laß mich die Sünden meines Volkes auf mich nehmen!' Darauf verließ er den Tempel, bedeutete, daß keiner ihm folgen möge, und ging in die Wüste hinaus, aus der er nie wirklich wieder zurückkehrte. Maria, die eine Langlebige war und nun nicht älter als ihre Söhne zu sein schien, nannte sich fortan Maria aus Magdala und schürte überall das Feuer, aus dem sich die neue Religion zu entwickeln begann. Die Begeisterung war groß, und überall wollte man die Geschichte von den Augenzeugen beschreiben hören. Aber irgendwann waren auch die letzten von ihnen verstorben, und so wollte Maria Magdalena sie für die Nachwelt aufschreiben lassen. Matthäus,

Markus, Lukas und Johannes, die Namen dieser Namen, schrieben die frohe Botschaft, die Evangelien, nieder; so, wie man sich die Geschichte zu ihrer jeweiligen Zeit erzählte."

Mit diesen Worten beendete Timmerscheid seine Ausführungen zunächst. Natürlich bestürmten ihn die Anwesenden sofort, und nun nicht nicht mit ihren Fragen, von denen die wenigsten in dem sachlichen, freundschaftlichen Ton gestellt wurden, der zuvor geherrscht hatte. Timmerscheid hatte einen Lieben, wunden? Punkt in ihnen allen berührt, das woar ihm durchaus bewußt. Auch aus Miriams Gesichtsbezügen schien die Liebe zu ihm zumindest vorübergehend gewichen zu sein, und die Aggressivität einer Staatsanwältin war in ihre Fragen zurückgekehrt.

„Bitte", versuchte Timmerscheid sich wieder Gehör zu verschaffen. „Bitte, bedenken Sie eines: Wenn es keinen Gott und damit auch keine göttlichen Fügungen in dieser Welt gibt, dann kann die Geschichte des Christentums nicht so gewesen sein, wie es das Neue Testament darstellt! Dann kann es nur einen Ursprung dieser Schriften geben: Menschen haben sie aufgeschrieben und alles Übernatürliche darin haben Menschen gedacht; kein Gott hat es ihnen diktiert! Alles Handeln, alle Moral, jede Form von Trost und jedes Gesetz haben Menschen formuliert.

Ich weiß es, denn ich selbst habe mich mitschuldig gemacht! Moses hat die zehn Gebote nicht von einem Gott empfangen! Er hat in Stein meißeln lassen, was er und wir, die Rolle, mit der er sich umgeben sollte, formulierten! Wir waren gezwungen, unserem wirren und unstetem Volk der Israeliten, das Jahrhunderte in Sklaverei verbracht hatte, neue Richtlinien für das künftige gemeinsame Zusammenleben zu geben. Bitte, versuchen Sie zu verstehen! Viele dieser Menschen hatten keine eigene Vorstellung mehr von dem, was es heißt, friedlich und in Freiheit mit anderen Menschen zusammenzuleben. Sie waren gewohnt zu gehorchen, wenn die Herrschaft befahl. Sie bestahlen ihre Herren, das war allgemein akzeptiert, wenn es nicht übertrieben wurde. Heirat und Ehe konnten sie nur von ihren Herren, die ihnen Treue auch nur selten vorlebten. Sie selbst konnten keine festen sozialen Beziehungen aufnehmen oder Familien gründen, und so

schlief man, mit wenn man die Gelegenheit
hatte. Sklaven waren Handelsware, ihre
Kinder wurden verkauft. Ein Menschen=
leben galt unter ihnen nichts. Auf diesen
Grundlagen konnte kein Volk freundlich
zusammenleben. Wollten wir ein Volk
einen, so müßten wir ihm Gesetze geben, und
damit sie diese Gesetze befolgten, müßten
sie Respekt vor diesen Gesetzen haben. Von
Ahnen übernommen haben die Midianiter=
ter das Aufzugs aus Ägypten – die
geistigen Väter Israels = die Idee des
einen Gottes, und sie nannten ihn Jahwe.
‚Jahwe‘ bedeutet ‚Befreier‘. Erst war er
nur die Hoffnung auf die Befreiung von der
Knechtschaft Ägyptens und bildete ein
lockeres Band unter den Sklaven.
Allmählich wandelte sich der Begriff zum
Erlöser=Gott, schließlich zum Schöpfer der
Welt. Die Menschen sollten glauben, daß
diese Gesetze, welche die Bibel und Thora die
Zehn Gebote nennt, direkt von ihrem Gott
gegeben waren, denn nur so würden sie sie
auch befolgen. Denn die Menschen wußten:
Auch das Volk ihrer ehemaligen Herren
fürchtete und respektierte seine Götter! Also
hat Moses sie ihnen mit einigen = verziehen

... mir diesen Ausdruck: Holzbrotus = präsentiert.

Folglich haben die Menschen zur Durchsetzung dessen, was sie wünschen wollten = und darunter ist nicht nur Machtgier und Böses, sondern darunter sind auch viele gute Absichten, wie wir gesehen haben – den Glauben an die Götter benützt = oder auch mißbraucht.

Das Wort ‚christlich' oder ‚christliches Handeln' wird immer noch von den meisten Menschen als Synonym für moralisch gutes Handeln verstanden, weil es direkt von Gott gelenkt angesehen wird. Aber dem ist nicht so! Wir sollten die Dinge hinter beim richtigen Namen nennen: Der Mensch handelt menschlich! Vielleicht denken Sie, daß ich etwas in Ihrem Innersten zerstören will, wenn ich von Wahrheit spreche. Aber ich will nichts zerstören, ich will, daß wir uns weiter entwickeln. Die Wahrheit existiert so, wie sie ist; es ist ihr egal, ob wir sie erkennen oder nicht. Nur für uns selbst ist es wichtig, daß wir sie erkennen, denn nur mit ihr können wir endlich mit klarem Verstand nach vorn blicken.

Es verwundert und erschreckt mich immer wieder, daß so viele anerkannte und

...fachrangigen Wissenschaftler Erkenntnisse sammeln, die mit der Lehre der Kirchen nicht vereinbar sind, und dennoch bleiben sie auch heute noch gottgläubig! Die verteidigen ihre Theorien vehement vor jedem wissenschaftlichen Gremium, vor dem sie entweder bestehen oder verworfen werden müssen, jedoch äußerst selten stellen sie wirklich ihre Religion infrage.

Nur die Lüge zerstört etwas, und die Menschen behindern sich durch sie in ihrer Fortentwicklung. Oder sie leiden durch sie, weil sie sich in ihren religiösen Dogmen selbst belügen. Nur wer die Wahrheit erkennt, oder zumindest erkennen will, kann frei sein!"

13. Kapitel

Miriam Wagner fuhr nicht mit zu Trummeskern nach Offenbach. Sie fuhr in ihre Wohnung in Frankfurt. Sie müsse schließlich ihre Wäsche herrichten und Sachen packen, wenn sie übermorgen mitfliegen wolle, sagte sie ihm. Außerdem müsse sie morgen früh ins Büro und die Termine für die nächsten Tage verschieben, beziehungsweise sich um ihre Vertretung kümmern. Auch Sebastian Meißenborn blieb nicht mehr lange bei ihm. Zwar sollte er den ganzen folgenden Tag von seinem Chef, Roman Laufstab, frei bekommen, aber er wollte vor der Reise nach Anoab Zeit mit seiner Familie verbringen, die in den vergangenen Wochen Anoab zu kurz gekommen war.

Frank Parker sollte veranlasst, daß die geladenen Fluggäste bis zu der Maschine Trummeskerns auf der Airbase durchgeführt würden. Trummeskern und Gionomo warteten zusammen mit Parker in der Fokker 2000. Sebastian Meißenborn war der erste, der auf dem Flugfeld erschien, gefolgt von Richter Llement und Dr. Wohlfarth. Miriam Wagner erschien als letzter, genau zum ausgerechneten Zeitpunkt.

Pünktlich hob die Maschine ab und schwenkte ihre Nase sogleich nach Süden, in Richtung Kairo. Nachdem sie ihre Reiseflughöhe erreicht hatte, versammelten sich alle um Gemeinschaftsraum herum, der auch dem vornehmen, beigefarbenen Sofa im Fond jenes Flugzeugs Platz genommen hatte. Er gab einige wichtige Einzelheiten bezüglich des Fluges und ihrer Weiterreise bekannt. Miriam hielt sich bemüht im Hintergrund. Natürlich kam die Sprache bald wieder auf den Vorbereitungsabend zurück. Einige hatten ihre Wissenslücken durch Blicke in die Bibel oder durch Informationen aus dem Internet inzwischen leidlich geschlossen und erkannt, daß sich die Aussagen jenes Gemeinschaftskurses nicht unbedingt im Einklang mit diesen Quellen befanden.

Thomas Clement, der Richter, erinnerte daran, daß Gemeinschaftskurs von Jom Kippur als dem Tag der Auferstehung gesprochen hatte, und fragte, ob er dieses Fest mit dem Passah-Fest verwechselt habe, an dem Jesus bekanntlich ans Kreuz geschlagen worden sei.

„Als Jude, der ich - im geographischen Sinne - beinahe ebenso bin wie ich ein Ägypter bin, werde ich diesen beiden wichtigsten Festen das Judentums nicht verwechseln können. Ich denke, es wird Ihnen auch nicht passieren, dass Sie Weihnachten mit Ostern verwechseln. Die Kreuzigung Joshuas fand tatsächlich am Vortag zum Schabbat vor dem Rosch-ha-Schana statt. Die Auferstehung konnte somit am Tag Rosch-ha-Schana, dem Beginn des jüdischen neuen Jahres stattfinden. Das war einerseits ein Zufall, andererseits aber Drängte Maria, nachdem sie den Beschluß zur Wiederauferstehung gefaßt hatten, wegen der Symbolträchtigkeit des Tages auch die Durchführung noch an jenem Tage.

Jom Kippur ist der zehnte Tag nach Rosch-ha-Schana. Es ist der Tag der Umkehr, der Vergebung der Sünden, der Versöhnung mit der Welt. Bis zu diesem Tag zeigte sich der Wiederauferstandene den Menschen. Diese Tatsache soll entscheidend mit zu dem Mythos beigetragen, daß Jesus Christus den Tod für die Vergebung der Sünden aller Menschen und für die Versöhnung der Welt erlitten hat. Bis dahin durfte traditionell nur der Hohepriester allein im Tempel das

Allerheiligste betreten, um Fürbittenund die Vergebung der Sünden zu
empfangen. Die Bundeslade wurde dazu
mit dem Blut zweier Opfertiere besprengt.
Das eine wurde als Opfer geschlachtet, das
andere als Sündenbock in die Wüste gejagt.
Ihm wurden die Sünden des Volkes
aufgelegt. Am Jom Kippur trug man
weiße Kleidung als Zeichen der Reinheit; es
ist ein Tag der Freude.

Jesus nun, diesem Maßstab folgten
Maria und seine Jünger im Volk, war als
einfacher Mann in die Domäne des vom
Volk entrückten Hohepriesters eingedrungen und hatte auf Verlangen Gottes
sein eigenes Blut für die Vergebung aller
Sünden des Volkes geopfert. Dieses Opfer
war in ihrem Verständnis das letzte an
Gott zu erbringende Opfer; Gott wollte
keine weiteren Opfer mehr im Sinne der
Tötung von Mensch oder Tier. Josthars
Leichnam und der Leib Jesus, das
Minderauferstandenen, waren in weißes
Tuch gekleidet, das war das Zeichen, daß die
Sünden vergeben waren, und war damit
der ursprüngliche Anlaß zur Freude, den die
Christen bis heute zum Osterfest feiern."

„Aber wie kommt es bei dem Fest zu einer so großen zeitlichen Verschiebung kommen?", fragte Sebastian.

„Das Osterfest, wie man es heute kennt, wird erst mit etwa dem 4. Jahrhundert gefeiert. Neben dem Wintersonnenwendfest, das man etwa auch von da an die Geburt Christi zuschreib, war das Frühjahrsfest bei den vorchristlichen Volksstämmen in Europa das wichtigste Fest. Wollte das Christentum die heidnischen Bräuche zurückdrängen, so mußte es auch diese Feste zurückdrängen. Aus diesem Grund hat man Christi Geburt auf den Dezember, die Wintersonnenwende, gelegt, das Fest in der Folge mit dem christlichen Namen Weihnachten bezeichnet. Jesu Kreuzigung mit der Wiederauferstehung bestimmte man auf den ersten Frühjahrsvollmond. Das ist aber nie vollständig gelungen. Selbst der Name der von den Germanen verehrten Göttin Ostarün ist im Begriff Ostern noch erhalten geblieben. Auch die Fruchtbarkeitssymbole, wie Eier und Hasen, sind bis heute noch gebräuchlich."

„Eine zeitliche Verschiebung also der Geburts- und Sterbedaten", sagte Richter Clemens nachdenklich. „Was ist denn

überhaupt mit unserer heutigen Zeit=
rechnung, die sich an der Geburt Christi
orientiert?"

„Wie Sie sicher alle gehört oder gelesen
haben, haben sich Historiker und
Kirchengelehrte schon immer über das wahre
Geburtsjahr Jesu gestritten.", antwortete
Tummelstein. „Ein Jahr Null hat es nie
gegeben. Unsere moderne Zeitrechnung hat
mit dem Jahr 1 begonnen. Nur wußte
damals niemand, daß er sich gerade im
Jahr 1 befand, denn in jedem Land wurde
immer noch anders gerechnet. In Ägypten
war die Zeitrechnung völlig durcheinander
geraten. Es gab keinen Pharao mehr,
Augustus war als Kaiser Roms
gleichzeitig König von Ägypten. Das aber
erkannten die Ägypter nicht an. Die einen
zählten deshalb die Regierungsjahre
Ptolemaios des Fünfzehnten weiter, weil
sie ihn als letzten Pharao ansahen, die
Anderen sahen Ptolemaios den Vierzehnten
als letzten Pharao an, weil der Fünfzehnte
nur Mitregent Caesars war. Wieder
Andere erkannten nur Netzmat Mar=it=
us, besser bekannt als Kleopatra die Siebte,
als letzte Pharaonin an, und schließlich
meinte eine weitere Gruppe, daß

Ptolemaios der Dreizehnte der letzte unabhängige Pharao Ägyptens gewesen sei. Doch auch er war nur ein Vasall Caesars. Jedenfalls konnten wir bis dahin keine andere Zeitrechnung als die Krönung unserer aktuellen Pharaonen. Weiter zurück reichende Zeiten würden in den Pharaonenlisten und in Dynastien gezählt. Eine neue Zeitrechnung müßte also schon zwangsläufig mit dem Ende der Pharaonenherrschaft in Ägypten eingeführt werden.

In Rom hatte Caesar den julianischen Kalender entwickelt. Das Jahr begann seitdem am 1. Januar. Caesar bezog sich mit seinem Jahr 1 auf die Gründung Roms, die nach damals einhelliger Meinung 709 Jahre zurücklag. Das Jahr 1 begann mit einem Schaltjahr: Man machte jedoch den gleichen Fehler wie im jüdischen Kalender; der bei der Einführung wohl Pate gestanden hatte, daß man Schaltjahre nicht alle vier Jahre, sondern alle drei Jahre einsetzte. Als Ausgleich müßten Gemeinjahre eingefügt werden, in denen die Schaltjahre ausfielen. Weitere Schwierigkeiten ergaben sich aus der römischen Rechnungsweise für Tage und Monate. Der Probelauf des neuen

Kalender war also festgeschlagen, wie man heute sagen würde. Irgendwelche überkommen gebliebenen Astronomen haben wohl schließlich, wahrscheinlich auf Anordnung des Kaisers Augustus, den Kalender genauer berechnet und um das Jahr 753 nach der Gründung Roms herum in Betrieb genommen. Nun konnte ein so bedeutendes Ereignis damals nicht einfach in den Nachrichtensendungen oder gar im Internet noch am selben Tag veröffentlicht und verbindlich eingeführt werden. Es dauerte seine Zeit - und hier spreche ich von Jahren und Jahrzehnten, in weiter entfernten und von Rom unabhängigen Ländern von Jahrhunderten -, ehe sich die neue Zeitrechnung durchgesetzt hatte. Selbst damals war ihre Anwendung noch nicht einheitlich. Und schon gar nicht überall anerkannt. Die Juden zählten weiterhin anders, die Moslems begannen erst Jahrhunderte später mit ihrer eigenen Zählung. Da war es nur ein weiterer geschickter Schachzug, um den Einfluß der christlichen Religion auszunutzen, daß man die Geburt Christi mit der neuen Zeitrechnung gleichsetzte, obwohl Maria ihr Kind fünf Jahre davor geboren haben sollte, ein

344

knappes Jahr vor dem Tod des Herodes, der damals König und Statthalter Roms war. Allerdings geschah dies, meines Wissens, erst ein halbes Jahrtausend später. Jedenfalls habe ich erst etwas zur Zeit des Artus davon erfahren, daß man nun Jesu Geburt als Beginn der Zeitrechnung definierte."

„Wenn ich das hier jetzt höre, bekomme ich eine Gänsehaut", gab Thomas Clement zu. „Wenn das richtig ist, was Du da erzählen, dann müß man die ganze Geschichte umschreiben!"

„Nicht die ganze", führe Trummschloen die Bedeutung seiner Aussagen zurück. „Einiges ist schon ganz richtig überliefert worden. Aber gerade wichtige Geschichten, die gar nicht oder, wie im Falle Jesu, erst Jahrzehnte oder Jahrhunderte später aufgeschrieben worden sind, sind natürlich in ihrem Wahrheitsgehalt stark verändert, und es gilt, sie auf ihren Wahrheitskern hin zurückzuführen."

„Wenn wir nun schon das genaue Jahr Jesu Geburt von dir erfahren haben, kennst du denn auch den genauen Geburtstag?", fragte Sebastian.

„Es war jedenfalls nicht der 25. Dezember, sondern er = und natürlich sein Bruder = wurden im Frühjahr geboren. Den genauen Geburtstag kenne ich nicht, denn es war nicht üblich, Geburten so exakt zu registrieren, wie man das heutzutage tut. Ich erfuhr von der Geburt zu Beginn des ägyptischen Aktes, also wurden sie vor Beginn der Nilschwemme geboren."

„Mein Vater hat die Geburt Jesu nach den Aussagen meiner Mutter berechnet auf den 25. Mai im Jahre 5 vor der Zeitenwende", schaltete sich Gionomo auf Englisch in das Gespräch ein.

„Mag sein, dass es das richtige Datum ist", sagte Timmelbaun.

Etwas zögerlich stellte Dr. Wohlfarth eine Frage, die ihm die ganze Zeit unter den Nägeln gebrannt hatte:

„Ich will Ihnen nicht zu nahe treten, und ganz sicher ist es mir nicht gegeben, infrage zu stellen, was Sie uns über Jesus Christus und über die Religionen berichtet haben, aber gestatten Sie mir bitte die Frage: Woher wissen Sie das alles so genau? Waren Sie Augenzeuge bei der Kreuzigung? Inwiefern fühlt sich Ihre

Schilderung sogar so an, als wären Sie mitten unter den Jüngern Jesu gewesen?"

Truminshaven antwortete:

„Ihre Frage ist sehr berechtigt. Ich habe mit dieser Frage gerechnet. Lassen Sie mich zunächst so viel dazu sagen, daß ich zwar nicht Augenzeuge der Geschichte in Judäa war; aber unmittelbaren Zugang zu Informationen aus erster Hand hatte. Um Beweise für meine Darstellung zu liefern, dazu untersuchen wir diese Reise, und dazu brauche ich gerade Sie. Im Moment kann ich Ihnen zu diesem Thema noch nicht sehr viel mehr sagen. Ich bitte Sie alle noch um ein klein wenig Geduld, bis wir unseren endgültigen Bestimmungsort erreicht haben."

„Und wie ist es mit der Existenz Gottes?", meldete sich Miriam mit einer betont aggressiven Stimme aus dem Hintergrund. „Hast du den Beweis dafür, daß es ihn nicht geben soll, auch dort werstellt? Aber wahrscheinlich wirst du darüber jetzt auch noch keine Auskunft geben können! Wir gedulden uns!"

„Das, was ich gesagt habe, scheint dich in deinen Grundfesten erschüttert zu haben", antwortete Truminshaven ruhig. „Das tut mir sehr leid, denn du weißt, was ich für dich empfinde. Dein Tonfall schmerzt mich. Aber ich werde mich daran gewöhnen müssen, daß man mich anfeindet. Ich muß sogar damit rechnen, daß man mir nach Veröffentlichung des Ergebnisses dieser Reihe nach dem Leben trachten wird; ganz sicher sogar.

Nein, um deine Frage zu beantworten, ich halte deine Beweise für eine Nichtexistenz Gottes, denn Gott ist über die Zeiten von seinen Anfängern so anspruchsvoll definiert worden, daß weder sie einen echten Beweis für seine Existenz bringen können, noch Atheisten den Beweis für seine Nichtexistenz führen können. Ich habe das schon erklärt anhand des Begriffes Glauben, den die Religion eingeführt hat.

Was ich mit Gewißheit aber sagen kann, ist, daß es in den rund dreitausendvierhundert Jahren, die ich auf dieser Erde bisher gelebt habe, keinen einzigen objektiven Beweis für die Existenz eines Gottes gegeben hat. Es hat einiges gegeben, daß wir ein Wunder ausdachten, wieles, daß man sich über die Jahrhunderte nicht begreiflich machen konnte. Aber mit der Wissenschaft von heute lassen sich die meisten dieser damaligen Phänomene

erklären. Über andere Münder weiß ich,
daß sie nur vorgetäuscht waren, um beim
Volk zur Erreichung bestimmter, nicht
guter Ziele einen tiefen Eindruck zu
erzeugen. Ich erinnere an die Verkündung
der Zehn Gebote und natürlich an die
Kreuzigungsgeschichte. Mit einem Gott
sollten diese Dinge jedoch wahrlich nichts zu
tun. Die meisten Wundertaten Jesu
würden ihm im Verlauf seiner
Entwicklung zur Legende nur angedichtet.
Um in der Sprache der Juristen zu sprechen:
Alle Indizien sprechen gegen die Existenz
eines Gottes. Ein Indiz ist folgende logische
Ausschlußerklärung:

Im christlichen Verständnis ist Gott
gut und allmächtig. Kein Christ würde
aber bestreiten, daß das Böse existiert.
Wenn Gott sowohl gut als auch allmächtig
ist, dann aber dürfte das Böse nicht
existieren. Es existiert jedoch. Folglich ist
Gott entweder nicht gut, weil er das Böse
selbst veranlaßt hat oder er ist nicht
allmächtig, weil er zwar gut ist, das Böse
aber nicht verhindern kann. Darauf
antwortet ein überzeugter Christ für
gewöhnlich: ‚Gottes Wege sind
unergründlich' und verweist damit wieder

nur auf den Glauben. Er meint, den Kreis der Beweisführung geschlossen zu haben, weil dieser Satz auf den Glauben, auf den Ursprung seiner geistigen Welt, zurück= führt. Doch damit ist kein Beweis geschaffen. Dieser Satz kann nicht der Schlußsatz in einer Auseinandersetzung sein, den ein Christ damit eben gesprochen haben will. Das Böse existiert aber, weil es einen Gott gibt. Entweder geschieht es zufällig und durch kein denkendes Wesen bestimmt, wie zum Beispiel ein Erdbeben oder andere Naturkatastrophen, oder es geschieht, weil der Mensch sozial immer noch nicht vollständig entwickelt ist. Amokläufer, menschliche Tragödien von Rassenwahn und Völkermord sind Extrembeispiele. Hitler muß in diesem Zusammenhang genannt werden. Aber auch religiös motivierte Taten haben immer wieder zu den größten Katastrophen der Menschheit geführt. Ich meine damit nicht nur beispielsweise den 11. September 2001, sondern auch die Zeit der Christianisierung in Ägypten, der die von mir überaus hoch geschätzte Hypatia grausam zum Opfer fiel und in deren Verlauf die Bibliothek von Alexandria mit ihrem unwiederbringlichen Wissensschatz niedergebrannt, ich meine die Zeit der Kreuzzüge, die Inquisition, den Scheiterhaufen."

„Aber selbst wenn es nun so sein sollte, wie du sagst, daß kein Gott existiert, so kann man doch nicht einfach verlangen, daß die Kirche abgeschafft wird. Die vermittelt Trost und Geborgenheit, hilft vielen Menschen in ihrer Verzweiflung", wandte Miriam in abgemildertem Tonfall ein.

„Du hast Recht, wenn du das sagst", antwortete Timmerkater. „Aber das allein kann doch nicht bedeuten, daß wir die Wahrheit nicht aussprechen dürfen. Ich weiß selbst noch nicht, welche Konsequenzen sich daraus ergeben, wenn ich mit meinem Wissen an die Öffentlichkeit gehe. Tatsache ist, daß es eine Jahrtausende alte Tradition gibt, sich bei persönlichen Problemen, in Trauer oder Katastrophen an die Kirchen zu wenden. Aber = ist es nicht so, wenn man als ein an den allmächtigen Gott glaubender Christ einmal logisch über seinen Tellerrand hinaus denken würde, daß gerade nach großen Katastrophen immer ein Gottesdienst veranstaltet wird, in dem man – überspitzt formuliert = den Verursacher dieser Katastrophe huldigt? Der

Prediger fragt nicht: ‚Herr, warum hast du das zugelassen?‘ und verweist danach auf den Trost, den Gott den Betroffenen für ihre ‚Prüfung‘ zu spenden bereit ist. Eine Antwort auf die Fragen aber gibt der Priester nicht. Das war vor dem Christentum anders. Damals hielt man einen bestimmten, den zuständigen Gott, von dem man glaubte, daß er die Katastrophe verursacht hat, weil der Mensch ihm Anlaß dazu gegeben hatte. Man hat ihn angefleht und ihm geopfert, auf daß sich die Katastrophe nicht wiederholen möge. Das Christentum kann die Katastrophe im Sinne einer Bestrafung für die Sünden der Menschen nicht mehr erklären; für die Sünden aller ist im Verständnis ihrer Kirchen bereits Jesus Christus gestorben.

Heute ist es nicht mehr unbedingt so, daß die Kirche ein Monopol auf die Krisenbewältigung der Menschen innehat. Es gibt unzählige weltliche Einrich= tungen: Beratungsstellen, Psychologen, Kliniken. Doch eines, das ganz wichtig ist, Trost zu spenden, um Katastrophen zu überstehen, bietet die Kirche heute immer noch fast ganz allein: Die Stelle einer große solidarischer Gemeinschaft bereit, die den Betroffenen beisteht und in der rechten Weise wirklich hilft. Die Kirche arbeitet dabei viel mit Stimmungen. Aber Stimmungen, gleich wie groß und wie stark sie auch sein mögen, machen nicht wahr, was die Kirchen lehren. Auch ich bin häufig diesen Stimmungen erlegen. Ich suche mich gern in großen Kathedralen auf, ich liebe es, Orgelmusik zu hören und es ist mir ein Genuß, wundervollen Kirchenchören oder gregorianischen Gesängen zu lauschen. Aber das alles kann mich nicht davon abbringen, die Wahrheiten dieser Welt zu ergründen, und dabei ist uns die Kirche, stehen uns die großen gottgläubigen Religionen dieser Welt wahrlich im Wege! Eine dieser Wahrheiten ist: Alle Dienste, die uns die Kirchen bieten, sind in Wahrheit von Menschen zur Verfügung gestellte Dienste."

Nach knapp einer Stunde Flugzeit verließ die Maschine ihre Reiseflughöhe und senkte sich allmählich in Richtung auf das blaue Meer hinab, das unter ihnen leuchtete. Am Horizont wurde Land sichtbar, das sie sich unter dem Vibrieren der beiden Turbinen langsam näherten. Immer noch sicher unter ihnen konnten sie mit bloßen Augen die Wellenfront ausmachen, die auf die Strände von Alexandria rollten. Die Stadt schien von oben grau und eintönig zu sein, danach glitten sie über das grüne Land des breiten Nildeltas. Die Arme des gewaltigen Stromes konnten sie schon sehr gut ausmachen. Einzelne Schiffe waren darauf zu erkennen, deren Bugwellen die Wasser des Nils in Dreiecksform teilten. Rechts kamen die berühmten Pyramiden von Gizeh ins Bild, dann, schon ganz nah, das Häusermeer von Kairo, das ihnen riesig vorkam. Danach schienen sie direkt in das Gewirr der Häuser einzutauchen. Im letzten Moment öffnete sich eine Lücke darin, ein breiter Streifen ebenen Landes tauchte unter ihnen auf, eine Betonpiste, Begrenzungsleuchten, und schon setzte die Maschine einmal, zweimal darauf auf. Der sofort einsetzende Umkehrschub bremste sie ab, lange bevor sie sich auf der Höhe der Abfertigungshallen befand. Die Falcon 2000 scherte früh von der Landebahn ab und rollte unter mehrmaligem erneuten Aufheulen der Triebwerke auf einen

Hangar zu, der sich in der Nähe des großen Empfangsgebäudes befand.

Ein Kleinbus wartete bereits auf die Gäste Timmerskoovs, um sie ins Comoder El Toloum Hotel zu bringen, wo Mourik Ben-Aziz, Timmerskoovs Direktrice in Kairo, eine Reihe von Zimmern für sie gebucht hatte. Sie begrüßten die Möglichkeit, sich frisch zu machen und versammelten sich um 14 Uhr Ortszeit im Restaurant des Hotels, wo Timmerskoov sie über den weiteren Ablauf des Tages informierte:

„Man wird Ihnen heute Abend frische Kleidung in Ihrer jeweiligen Größe in Ihr Zimmer bringen. Ich möchte Sie bitten, diese in Gegenwart des Überbringers anzuziehen. Bitte lassen Sie alle Ihre privaten Sachen vollständig in Ihrem Zimmer zurück. Das gilt insbesondere für Fotoapparate, Handys und für alles, was aus Metall ist. Handys funktionieren dort, wohin wir reisen werden, ohnehin nicht. Ich werde zu unserer Sicherheit ein Satellitentelefon für eventuelle Notfälle mitnehmen. Digitale Fotos in bester Qualität werden Sie mit Kameras machen können, die wir Ihnen zur Verfügung stellen. Auch Ihre Ausrüstung zur Entnahme von Gesteinsproben und so

... ... wir durch unseren eigenen
Charakter ersetzen. Der Wohlfahrt, ob wäre
gut, wenn Sie Ihre Ausrüstung meinem
Assistenten und Vertrauten Moritz Ben-
Aziz übergeben könnten, damit er
überprüfen kann, ob unsere Ausrüstung
vollständig ist. Ich bitte Sie für diese
Maßnahmen um Verständnis. Sie sollen
kein Mißtrauen Ihnen gegenüber
ausdrücken. Jedoch ist in diesem Fall die
höchste Sicherheitsstufe unbedingt erforder-
lich. Ich möchte Sie bitten, gegen 18 Uhr in
Ihrem Zimmer zu sein. Die Ihnen jeweils
zugeteilte Person wird Sie anschließend in
die Hotelgarage begleiten, wo der Kleinbus
auf uns wartet. Der Start ist für 19 Uhr
geplant. Ich hoffe, Sie haben Ihre Uhren
bereits auf die lokale Zeit umgestellt; in
Kairo ist es eine Stunde später als in
Deutschland. Die Zeit bis dahin steht Ihnen
zur freien Verfügung. Ich wünsche Ihnen
einen schönen Nachmittag. Ach ja, seien Sie
gewarnt: Wir haben eine lange Nacht vor
uns; wer möchte, kann die Zeit natürlich
auch gern zum Ruhen nutzen."

Timmerhaus hätte gemerkt, daß sich
die Launen Miriams ihm gegenüber etwas
gebessert hätten. Er saß neben ihr und teilte

ihr mit, daß sie anschließend zusammen mit
Giovanni mit dem Ägyptologen Donald
Abbott wiederkehrt sei, für den sie ebenfalls
ein Zimmer reservieren sollte. Wenn sie es
wünsche, könne sie gern an dem Treffen
teilnehmen. Sie sah ihn an und fragte zu.

Die Ankunft des Donald Abbott
sorgte für einigen Aufsehen. Das ägyptische
Personal erkannte ihn sofort, hielt sich jedoch
diskret zurück. Aber auch einige der
Touristen im Hotel erkannten sein Gesicht,
weil sie es im Fernsehen gesehen hatten.
Nach anfänglicher Unsicherheit in ihrer
Gruppe wagte sich eine Dame aus England
vor und bat um ein Autogramm. Als der
Generalsekretär der ägyptischen Alter=
tümerverwaltung ihr Ansinnen mit seiner
Unterschrift belohnte, waren die Zweifel
wie weggeblasen, und ein wachsendes
Blitzlichtfeuer wurde auch ihn losgelassen.
So dauerte es ein Weilchen, ehe sich der Herr
mit dem markanten Ledergesicht an die
Rezeption wandte, um nach dem Mann zu
fragen, mit dem er sich verabredet war.
Abbott wunderte sich, daß er, anstatt direkt
zu dem Herren geführt zu werden, ein
eigenes Zimmer im Hotel zugewiesen
bekam.

357

Pünktlich um 15 Uhr klopfte es an seiner Tür. Abbas öffnete, erkannte in dem Mann, der vor ihm stand, Mustafa El-Bakir und bat ihn mit den Worten:

„Salam aleikum", in das Zimmer einzutreten.

„Aleikum salam", antwortete Tummelberger und stellte in arabischer Sprache seine beiden Begleiter vor.

„Aleikum salam" sagten sowohl Gianomo als auch Miriam beim Eintreten. Miriams Arabischkenntnisse waren damit bereits so gut wie an ihrem Ende angekommen. Dagegen schien der andere Mann, den Tummelberger als Gianomo di per Lionardo vorstellte, zum Erstaunen des Ägypters über sehr gute Arabischkenntnisse zu verfügen. Dr. Abbas erinnerte daran, daß er durch die Vermittlung El-Bakirs gelegentlich wertvolle Hinweise erhalten sollte, die bereits zu Abschlüssen versagenden Entdeckungen geführt hatten, und war gespannt, was er ihm dieses Mal anzubieten hatte.

„Sie haben Neuigkeiten zu einigen „vergessenen Pharaonen', sagte mir Ihr Mitarbeiter Ben-Aziz?", fragte der offenbar leidenschaftliche Hobbsträger und konnte eine gewisse Ungeduld nur schwer verbergen. „Um was handelt es sich denn?"

„Es geht um Timmerstein", sagte Timmerstein.

„Timmerstein?", fragte Abbas erstaunt nach. „Haben Sie etwa Hinweise darauf gefunden, wo sich Ihre Mumie befinden könnte?"

„Nein", übernahm jetzt Gionomo in bestem Arabisch den Gesprächsfaden. „Ihre Mumie wird vorerst auch vorläufig unauffindbar bleiben, einfach deshalb, weil er nie gestorben ist."

Abbas sah der Reihe nach mit ungläubigen Augen erst Gionomo, dann El-Baikir und die Frau an, die ihm als Miriam Wagner aus Deutschland vorgestellt worden war. Dann begann er leise, kurz darauf schallend an zu lachen. Er lief im Zimmer hin und her und lachte. Danach machte er vor Gionomo und El-Baikir halt und sagte, immer noch auf Arabisch:

„Ihr wollt mich verarschen! Das ist doch wohl ein Witz! Und dafür laßt ihr mich hierher kommen und mietet mir ein Luxuszimmer!?", und dann wandte er sich an Miriam:

„Thing' er Lidding, wenn's thing? Was is this hier, ihr Command Commer? Was, that's is! Wou want so tork me stupid fom nohm you sull mr wazig Florins! Wann's ihr wommer?" = „Die wurwarten mich hier, nicht wahr? Was ist das hier? ‚Wurhaben Sie Spaß'? Ja, das ist es! Ihr wollt mein blödes Gesicht in den Kasten bringen, wenn ihr mir einen wurrückten Gesichte aufsetzt! Wo ist die Kammer?

Er sah wieder in die drei Gesichter, die keine Miene verzogen. Er hätte erwartet, daß ein Verziehen ihrer Mundwinkel die Auflösung der Situation anzeigen würde.

„Mein Gott, ihr seid Verrückte! = Wou are ihr wazig people", fügte er fassungslos auf Arabisch und Englisch hinzu. „Ich habe von Ihnen wirklich erwartet, daß Sie mir wieder einen präzisen Hinweis geben könnten. Meinetwegen darauf, wo ich Tutenchamuns Grab finden könnte, wenn es nicht KV 55 ist."

Jetzt ergriff Tutenchamun das Wort und sagte in altägyptischer Sprache, daß der Mann die Wahrheit gesprochen habe und daß er selbst Tutenchamun sei.

Hamid Abbas rang buchstäblich nach Luft. Er wußte nicht, was er sagen oder

360

denken sollte. Was El-Bakir da sprach, war
einwandfrei altägyptisch, das erkannte er
aus der Konsonantenfolge. Die Aussprache
einiger Wörter deckte sich mit dem, was
man bisher über sie vermutet hatte, andere
Wörter hörten sich ganz anders an. Nur
mit Mühe verstand er; was El-Bakir
sagte, aber er verstand es nach kurzem
Nachdenken. Wenn dieser Mann ihn tatsächlich verulken wollte, dachte er weiter;
dann tat er es unter einem wahnwitzigen
Aufwand. Ihm kam sofort in den Sinn, was
es für ihn bedeuten würde, wenn dieser
Mann die Wahrheit sprach, für die Lücken
in der ägyptischen Geschichtsschreibung, die es
immer noch zu schließen galt. Es gäbe jetzt
einen Zeitzeugen, der die Dinge in den
richtigen Zusammenhang bringen konnte.
Obwohl der Raum gekühlt war; brach Abbas
unwillkürlich der Schweiß aus. Er mußte
sich hinsetzen, ehe ihm schwarz vor Augen
werden würde. Abbas holte das Taschentuch
heraus, das er eigens bei sich trug, um sich
Schweiß von der Stirn zu wischen, und
tupfte sich damit die kalten salzigen Perlen
ab. Einen Augenblick lang wirkte er völlig
abwesend. Dann fing er sich langsam
wieder:

„Aber, aber ..... Majestät", stammelte er, unsicher, wie er sein Gegenüber anzureden hatte. „Ihr habt gesagt, daß Ihr eine Reise mit mir unternehmen wolltet."

„Bitte, lassen wir diese Förmlichkeiten", sagte Tutenchamun, nun wieder auf Arabisch. „Dafür haben sich die Zeiten zu sehr verändert. Nennen Sie mich bei meinem Namen Tutenchamun, nennen Sie mich El-Bakir oder meinetwegen auch einfach Mustafa. = Ja, ich möchte wirklich eine Reise mit Ihnen unternehmen. Ich bin gezwungen, meine Identität endgültig zu offenbaren und ich brauche Sie als anerkannten Historiker und Experten auf dem Gebiet der altägyptischen Geschichte, um der Weltöffentlichkeit zu beweisen, daß ich nicht der Betrüger bin, für den man mich unweigerlich halten wird."

Giacomo war zur Minibar gegangen und hatte für Hamid Abbas ein Mineralwasser geholt und die Flasche geöffnet. Dankbar nahm er sie an und trank ihren Inhalt ohne abzusetzen aus.

„Ich verstehe immer noch nicht ganz", sagte er darauf. „Wie kann es sein, daß ein Mensch, der vor mehr als 3300 Jahren

Pharao war, heute noch lebt? Nein – nein,
das kann nicht sein!"

Tümmelcorn erzählte ihm von seinen
langlebigen Vorfahren, von den Theorien zur
Vererbbarkeit der Langlebigkeit und
davon, daß bei ihm ein bißchen unbekanntes
Langlebigkeitsgen gefunden worden sei.
Außerdem gebe es unumstößliche Beweise
in Form von Fingerabdrücken und
Ohrproben, daß er mit bestimmten Dingen
schon vor Hunderten oder gar Tausenden
von Jahren in Berührung gekommen sei.
Zudem habe er dieselbe, bis dahin äußerst
seltene Blutgruppe wie Tut-Anch-Amun,
was unter Experten allein schon für eine
Verwandtschaft spreche. Anschließend
berichtete er Abbas davon, daß Gionomo der
Sohn Leonardo da Vincis und seiner langlebigen Tochter Miriam sei, die allerdings
bedauerlicherweise bei seiner Geburt
verstorben ist. Von da an überreichte
Gionomo selbst die weitere Schilderung
seines Lebens. Abbas fragte ihn, warum er
zuletzt einen arabischen Namen angenommen habe, und Gionomo antwortete, daß es
kein erfundener Name gewesen sei.
Mohammad Tongaddin habe der Vater
seiner arabischen Großmutter geheißen. Die

363

Müller des Leonardo di ser Piero, den man
Leonardo da Vinci nannte.

„Möglicherweise würde das erklären,
wie es dazu kommen konnte, daß Gionomo
ebenfalls langlebig ist", ergänzte
Timmerstern die Unterhaltung, die die
beiden Männer mit Rücksicht auf Miriam
auf Englisch gehalten hatten.

„Was es das nun mit den
Überraschungen für mich?", fragte Hamid
Abbas auf Arabisch. Er blickte zu Miriam
Morgner hinüber und fragte im besten
Altägyptisch, das er aufzubieten hatte:

„Oder wolltet Ihr mir noch berichten,
daß es sich bei dieser wunderschönen jungen
Frau um Nofretetes Nofretiti
handelt?"

Miriam verstand die Frage allein
schon aus dem Blick, mit dem Abbas sie
musterte, und antwortete selbst, diesmal
in einem kurzen arabisch-englischen Satz:

„Lā anā Nofretete - nein, ich bin nicht
die Nofretete."

Abbas lachte und sagte:

„Al hamdulillah - Gott sei Dank, daß
hätte ich nicht auch noch verkraften können!"

Timmerstern erklärte Abbas ausführlich seine weiteren Absichten, und auch er

wurde aufgefordert, sein Mobilfunkgerät
zurückzulassen, sowie seine persönliche
Kleidung vollständig gegen die Kleidung
auszutauschen, die Tummelstone ihm zur
Verfügung stellen würde. Abbots reagierte
ein wenig zögerlich darauf, doch als er sah,
dass es sich dabei um ein Trompßund der
gleichen Marke, die er gerade trug,
handelte, sowie um eine Kommoasßud
Trompßohn und einen Ledershut der Marke
Indiana Jones, lachte er und wechselte seine
Kleidung ohne weitere Kommentare.

Inzwischen war es 18 Uhr geworden.
Allmählich versammelte sich die gesamte
Reisegruppe Tummelstones in der Tief=
garage des Hotels. Tummelstone machte die
Deutschen und Frank Poarker mit Ronnie
Abbots bekannt, und bald starteten der
Kleinbus in Richtung Flughafen. Es war
Nacht geworden über Kairo. Die zahlreichen
Beleuchtungen tauchten die alte Stadt in
ein warmes, gelbes Licht. Grell erhellten
dagegen Schimmerfer den betonierten
Vorplatz des Hangars, in dem
Tummelstones Falcon 2000 gegen Mittag
gerollt war. Die weiße Maschine stand
startklar mit bereits angelaufenen
Turbinen auf der gelben Linie, die den Weg

zur Notbahn wird. Der Kleinbus fuhr, ohne irgendwelche Kontrollen über sich ergehen lassen zu müssen, direkt neben die hereingelassene Treppe der Maschine. Aus dem klimatisierten Fahrzeug mußten die Passagiere nur wenige Schritte durch die immer noch schwülwarme Luft und den starken Außenlärm des Flughafens machen, ehe ihnen die angenehme frische Innenluft des Flugzeuges entgegen-strömte. Drinnen war es gleich wesentlich ruhiger, und die feinen beigefarbenen Polster strahlten in der angenehmen Bordbeleuchtung große Behaglichkeit aus. Die Leiter wurde sogleich elektrisch eingefahren, und Stewardess verschloß die Tür hermetisch gegen die Außenwelt.

Während der Pilot die Checklisten noch einmal durchging und die Maschine für den Start beim Tower anmeldete, erklärte Stewardess kurz die Besonderheiten dieses Fluges:

„Wie ich Ihnen bereits vorher angekündigt hatte, erfordert diese Reise einige Sicherheitsmaßnahmen. Der Kleidungswechsel und der Austausch, beziehungsweise das Zurücklassen sämtlicher Geräte waren zwei wichtige Komponenten davon. Einem weiteren wird es sein, daß sich bald nach dem Start die Jalousien ihrer Fenster schließen werden. Die werden also leider keine Gelegenheit haben, die Nachtlichter Ägyptens bewundern zu können. Ich werde selbst mit im Cockpit sitzen und meinem Piloten, der übrigens der Sohn meines Vertrauten Monik Ben-Aziz ist, auf dem Flug assistieren. Keine Angst; ich bin selbst Pilot, und das schon fast so lange, wie es Flugzeuge gibt, und auch Ali Ben-Aziz ist ein sehr erfahrener Flieger."

Die Drehzahlen der Triebwerke hatten bereits deutlich zugenommen. Summerstone nahm neben seinem Piloten Platz und ließ sich von ihm über den augenblicklichen Status informieren, während er die Sicherheitsgurte anlegte und das Kopfhörerset aufsetzte. Noch ein paar Minuten sollten sie alles Wichtige durchsprechen und geben dem Boden-personal das Zeichen, die Maschine von den Bremsklötzen zu befreien. Wenig später sorgte der erste größere Schub dafür, daß sich die Maschine über eine Rollbahn in Bewegung setzte. Am Hall verlassenen Flugzeugenbände vorbei, rollte sie langsam zur Startbahn hinüber. Ein

Jumbojet der Egypt Air stand an der Startposition und begann langsam, Anlauf zu seinem Start zu nehmen. Dahinter warteten noch zwei weitere große Airbus-Maschinen, die eine aus Thailand, die zweite trug den Kranich der Lufthansa. Hinter ihr reihte sich die werdarn klein aussehende Falcon 2000 in den Start ein und wartete, bis die großen Linienmaschinen gestartet waren. Dann ging alles ganz schnell. Der Privatjet nutzte bei weitem nicht die Länge der Startbahn, sondern erhob sich schon in die Lüfte, nachdem er rund ein Drittel des Wegs hinter sich gebracht hatte, den der schwerere Jumbo zuvor benötigt hatte. Steil stieg sie zum Himmel, während das Fahrwerk eingefahren wurde und die Jalousien des Passagierabteils sich leise summend schlossen. Ali Ben-Aziz dirigierte den schlanken Flugkörper genau auf der Linie, die sein Copilot ihm vorgegeben hatte. Die Maschine nahm nicht den üblichen, kürzen Weg nach Ankara im Süden, auf dem man mehr oder weniger der Linie des Nils gefolgt wäre, sondern ihre Fluglinie beschrieb einen weiten Umweg, der sie über den Sinai und das Rote Meer fliegen ließ.

Erst kurz vor der Grenze zu Eritrea schwenkte die Maschine in nördliche Richtung ab und überflog, noch in ihrer idealen Reiseflughöhe, ein imposantes Bergland, von dem die Passagiere im hinteren Teil nichts mitbekommen.

Die waren ohnehin in eine lebhafte Diskussion verstrickt, in deren Verlauf sich Dr. Abbas weiter über die Person Timmerklans informierte und immer noch vorhandenen Zweifel an der unglaublichen Geschichte dieses Mannes allmählich ausräumen konnte. Von Südosten kommend, setzte das Flugzeug Stunden später pünktlich auf der holprigen Landepiste auf, deren Befeuerung auf ein Minimum reduziert war. Nur durch das eigene Scheinwerferlicht geleitet, steuerte die Maschine anschließend auf zwei vor einem dunklen Schuppen geparkte Helikopter zu.

Die Luft war merklich kühler und trockener geworden. Miriam Morgner fröstelte gewaltig, als sie in den Eurocopter AS 350 stieg. Sie sollte vorn neben dem Piloten Platz nehmen. Zwischen den Pilotensitzen und den Sitzplätzen für die Passagiere im Fond gab es eine Trennwand,

ihren Oberschreiber abgedunkelt war. Ebenso
war die zeitliche Sicht nach draußen durch die
Panoramascheiben unmöglich gemacht
worden. Meißenborn, Clement, Dr.
Wohlforth, Fowler und Dr. Abbot würden
von Tummelpour aufgemacht, dort Platz zu
nehmen. Obwohl die Sitze im hinteren Bereich
des Hubschraubers immer noch komfortabel
waren, entschuldigte sich Tummelpour für
den etwas weniger gewordenen Reisekomfort.
Moril Ben-Aziz und sein Sohn besetzten
die Pilotensitze des etwas kleineren EL
135, während Gionomo hinter ihnen saß, ohne
in der Sicht jedoch eingeschränkt zu sein.

   Wenige Minuten später erhoben sich
beide Maschinen in die Luft und entfernten
sich in unterschiedlichen Richtungen vom
Flugfeld des Städtchens Asbona. Die kleine
Maschine nahm den direkten Kurs auf die
alte nubische Goldmine, der größeren
Hubschrauber, den Tummelpour oder Ben-
Aziz gelegentlich für umfangreichen
Transporte benutzte, wandte sein Nase
zunächst nach Süden. In weitem Bogen
umflog Tummelpour das Städtchen Asbona,
drehte kaum merkbar später nach Westen
ab und überflog den Nil, von dessen dunklen
Wassermassen Miriam kaum etwas sah.

Lediglich ein paar kleinere Hilfslichter sorgten mit ihren langen Positionslichtern für ein spärliches Licht unter ihnen. Zwar sollte Trummeschorn auch Miriam nicht verraten, wohin die Reise ging, doch war kein Vertrauen ihr gegenüber bedingungslos, so daß es nichts ausgemacht hätte, wenn sie herausgefunden hätte, wo sie sich befanden. Ihr Orientierungssinn war gut, das nützte ihr; aber nicht so gut, daß sie auch nur ansatzweise hätte verraten können, wohin sie flogen. Fast zwei Stunden lang zog der Hubschrauber seine Bahnen durch die beinahe absolute Dunkelheit. Nur ein phantastisches Flimmern und die Beleuchtung der Instrumente, von denen sie aber nichts verstand, konnte sie in der ganzen Zeit beobachten. Unter sich sah sie kein gar nichts. Die Passagiere im hinteren Bereich sahen überhaupt nichts von der Außenwelt. Es schien sie aber auch nicht zu stören, denn sie waren in lebhafter Diskussion vertieft, die Trummeschorn und Miriam über ihre Brachteils mitverfolgen konnten.

Trummeschorn reduzierte allmählich die Flughöhe. Miriam merkte das neben ihrer Instrumentenanzeige vor sich vor allem an dem Druck auf ihre Ohren, der konstant

wieder zwingen und sie jetzt sanftiger
zwang, mit ihren Fingern die Nase
zuzuhalten und von innen dagegen zu
pusten, um ihr Trommelfell, das sich noch
immer gewölbt zu haben schien, wieder
zurückzudrücken. Timmelbock schaltete den
Frontscheinwerfer ein, dessen Lichtkegel
jetzt einen felsigen Hügel erfaßte. Die
Maschine war in der Luft zum Stillstand
gekommen und drehte sich langsam leicht hin
und her, bis sie den Lichtstrahl, der von dem
zweiten Helikopter ausgeschickt wurde,
erfaßt hatte. Neben diesem jetzt
Timmelbock seinen Hubschrauber sanft auf
den Boden auf. Ali Ben=Aziz öffnete von
außen die hintere Tür des Hubschraubers,
nachdem die Rotorblätter fast zum
Stillstand gekommen waren. Danach
kümmerte er sich um die beiden Maschinen,
während es Timmelbock übernahm, seine
kleine Reisegruppe mit Hilfe eines hellen
Handstrahlers zum Eingang der Mine zu
führen.

14. Kapitel

Morik Ben=Aziz und Ojonomo verwarteten Tommeshtova und ihre Gruppe am Eingang der Mine. Das Innere war bereits hell erleuchtet. Tommeshtova gab in englischer Sprache eine Erklärung ab:

„Wir befinden uns hier am Eingang einer ehemaligen Goldmine des ägyptischen Reiches. Es ist die Mine, in die man mich nach meinem gewaltsamen Sturz vom Thron verschleppt hatte. Ich muß es leider so sagen, aber es war ein unmenschlicher Sklavendienst, den wir hier zu verrichten hatten. Die Aufseher vollzogen unvorstell= bare Grausamkeiten. Wir waren gleich= zeitig immer um die eintausend Mann, die hier zu arbeiten hatten. Nur zum Teil waren darunter Männer aus anderen Ländern, und wenn, dann meist solche, die bei Eroberungszügen als ehemalige Soldaten verschleppt und als zu gefährlich eingeschätzt wurden, als daß sie normale Sklavendienste innerhalb des Reiches hätten verrichten können. Ausgepeitscht, gedemütigt, geschlagen oder gar umgebracht zu werden, gehörte zur Tagesordnung. Innerhalb eines Jahres starben von den

Tausend gut Dreihundert, und man füllte
den Fehlbestand immer rasch wieder auf.
Die Leichen warf man einfach in die Schlucht
dort rechts neben Ihnen; unten wartete
schon ein Rudel Löwen auf die beginnende
Beute. Manch einer wurde auch schon dort
hinunter geworfen, wenn er noch gar nicht
tot, sondern vor Erschöpfung zusammen=
gebrochen und auch unter Peitschenhieben nicht
mehr zum Aufstehen zu bewegen war."

"Wie lange sind Sie hier gewesen?"
fragte Dr. Abbots darzwischen.

"Ich wurde zu Beginn der
Regierungszeit Tut=anch=Amuns hierher
gebracht, also nach heutiger Zeitrechnung
etwa im Jahre 1332 und ich habe die Minen
ungefähr im 60. Regierungsjahr Ramses
des Zweiten als freier Mann verlassen.
Das war nach heutiger Rechnung das Jahr
1219. Das sind rein rechnerisch 113 Jahre, die
ich hier zugebracht habe. Allerdings muß ich
dazu sagen, daß nur die rechte Hälfte dieser
Zeit die schlimmsten Jahre waren. Danach
versiegten allmählich die bis dahin
bekannten Goldadern. Die gestorbenen
Sklaven wurden nicht mehr ersetzt, die
Mannschaften verringert. Als das
Gold schließlich gänzlich versiegt zu sein

374

sehen, woher die Mannschaft abgezogen
und man überließ uns einfach unserem
Schicksal. In Wirklichkeit jedoch sollte ich erst
beim Vortrieb eines Stollens eine mein
Goldader entdeckt, deren Ausmaß alles
übertraf, was man bisher gekannt hatte.
Ich weihte einige meiner Leidensgenossen in
das Geheimnis ein, und sie halfen mir. Wir
verkleideten die Ader und leiteten den
Stollen um, auf daß er ins Leere führte.
Nachdem die Mine nun geschlossen war,
machten wir uns ans Werk und förderten
das Gold der Ader zutage. Wir schmolzen
es, gossen es zu Barren und füllten einen
Raum in der Mine nach dem anderen
damit aus. Die Ader wollte und wollte
nicht versiegen.

Dieses war um und für zu tun; wir
brauchten Nahrung. Ein Teil von uns mußte
sich um die Herbeischaffung von
Nahrungsmitteln kümmern. Das war
nicht einfach, denn es mußte geheim gehalten
werden, wohin sie gebracht werden. Andere
zogen nach Ägypten und übernahmen die
Aufgabe, alle Dokumente zu vernichten, in
denen unsere Mine verwöhnt war. Die
mußten aus allen Köpfen, von allen Papieri
und von allen Steintafeln getilgt werden.

375

Wir bildeten eine wahrhaft verschworene Gemeinschaft. Niemand hat sie jemals verraten. Ich bin nun der rechte, der ihre Existenz hiermit preisgibt. Allerdings in Übereinstimmung mit der letzten Familie, die aus dem Stamm meiner Freunde von damals übrig geblieben ist. Es ist die Familie Ben-Aziz, die in direkter Linie von meinem treuen Freund Aziz abstammt und der ich durch alle Zeiten hindurch immer unbedingtes Vertrauen entgegen bringen konnte.

Aziz ist der rechte Mensch, den ich auf seinen Wunsch hin nach seinem Tode hierher zurückgebracht habe. Der Sarkophag mit seiner Mumie befindet sich nicht weit von hier in der Gruft der Familie."

„Ist denn das Gold immer noch hier?" wollte Abbas von ihr wissen.

„Mit einem Teil des Goldes haben wir den sehnlichsten Wunsch der meisten verbliebenen Männer erfüllt: Wir haben ihre verstorbenen Angehörigen und ihr unterdrücktes Volk freigekauft und aus Ägypten hinausgeführt."

„Sprechen Sie etwa von Exodus des Volkes Israel?"

„Ja, von dem spreche ich", antwortete Timmeshoan auf die Fragen des Hannis Abbas.

„Aber das Volk Israel durfte doch aus Ägypten fortgehen, nachdem Gott die Zehn Plagen über das ägyptische Volk gesandt hatte", wandte Clemens ein. „Was ist damit, haben Sie historische Kenntnisse darüber?"

„Ich weiß, daß es einige schwerere Erdbeben gegeben hat" berichtete Timmeshoan. „Eine Zeitlang war der Himmel finster geworden. Zwar nicht so finster wie in der Bibel beschrieben, aber von einer grauen Schicht in der oberen Atmosphäre durchzogen. Wahrscheinlich hatte es irgendwo im Mittelmeer einen wirklich großen Vulkanausbruch gegeben. Aber das wußten wir damals nicht; der abgedunkelte Himmel verursachte große Angst im Volk. Dann trat in einem Jahr die Nilschwemme viel stärker ein als gewöhnlich. Viele Häuser der Bauern am Ufer wurden überschwemmt, Wasser wurde verseucht, weil auch die Latrinen überspült worden sind und Mensch und Tier in den Fluten ertrunken waren. Viele starben anschließend an Krankheiten, weil sie das

verfaulte Wasser getrunken hatten. Am
schlimmsten traf es die Kinder: Jungen und
Mädchen starben gleichermaßen. Nichts, was
im Alten Testament verzeichnet, nur die
Jungen. Diese falsche Überlieferung beruht
übrigens auf der Tatsache, daß Jungen
wichtiger waren und ihre Verluste
gemeldet wurden, während Mädchen
weniger galten und daher auch ihre
Verluste nicht offiziell registriert wurden.
Mag sein, daß in Folge der Über=
schwemmungen auch eine Mückenplage
einsetzte und die Zahl der Sumpffieberfälle
anstieg; das weiß ich nicht mehr genau.
Jedenfalls war dagegen das folgende Jahr
ein Jahr der Dürre; die Nilschwemme fiel
geringer aus als erwartet, und durch die
Verluste an Menschenleben im Jahr zuvor
gab es auch nicht genügend Leute, um die
Felder wie sonst zu bestellen. Zudem hat es
in einigen Teilen des Landes auch eine
Heuschreckenplage gegeben. Das Volk
hungerte. Die Pharaonen mehr als das
ägyptische Volk. Das war auch früher
vorgekommen. Neu war dagegen, daß es
eine Gruppe von Pharaonen gab, die Trost in
ihrem schwachen Lob darin fanden, daß sie
den Glauben an nur einen einzigen Gott

ausbildeten. Vielleicht orientierten sie sich dabei an Echnatons Atonkult. Jedenfalls verstanden es einige ihrer intimeren Kenner, die Schuld für die = Seuche würden wir sagen: Naturkatastrophen = auf das aufschwankende Leben ihrer ägyptischen Herren zurückzuführen. Ihr Gott war es, der die Ägypter schuldig sprach, und die Natur half ihm zufällig dabei, mächtiger zu erscheinen, als es die ägyptischen Götter waren. Immer mehr von ihnen vereinigten sich und verlangten, aus Ägypten auszuziehen zu dürfen. Doch Ramses ließ sie nicht gehen. Da sprachen sie davon, daß ihr Gott weitere Plagen über Ägypten schicken werde. Das machte den Ägyptern Angst. Aber erst, als sie ihm Gold und kostbare Waren anboten, ließ Ramses die ersten von ihnen ziehen. Unter ihnen befanden sich Mose und sein Bruder Aaron. Die fanden das Kanaan nicht menschenleer vor, von dem sie sagten, daß es ihnen von Gott bestimmt worden sei, und so müßten sie das Land kämpfend in Besitz nehmen. Es begab sich aber, daß mit ihnen verwandte Stämme dieser immer noch dort lebten, die nicht nach Ägypten in die Sklaverei verschleppt worden waren, und mit diesen vereinigten

sie sich in Frieden und wollten fortan keine
Menschen mehr töten.

    Viele jedoch mußten in Ägypten noch
zurückbleiben, weil sie kein Gold hatten, um
sich freizukaufen. Davon berichteten unsere
Brüder, die aus dem Land des Ramses zur
Mine zurückkehrten. Und es waren einige
unter uns, deren Familien zu den
Zurückgelassenen gehörten. Also beschlossen
wir, mit unserem Gold diejenigen
freizukaufen, welche mitgehen wollten nach
dem neuen Lande Israel. Wir zogen vor
den Pharao, welcher immer noch der zweite
Ramses war, und feilschten mit ihm und
seinen Beamten um Gold gegen die Freiheit
der Menschen. Da wir dem Pharao nicht
sagen konnten, woher das Gold kam,
mußten wir es nach und nach herbeischaffen.
Hier ein paar Kamele unter winken, dort ein
Lastkahn auf dem Nil innerhalb einer
Flotte und dazwischen immer wieder die
Drohung, daß der Goldfluß sofort versiegen
würde, falls der Herrscher einen von uns
verhaften ließe, um zu erfahren, woher wir
das Gold holten. Ramses wurde darüber,
und sein Sohn Merenptah erfüllte schließlich
das Begehren der Israeliten, nachdem
zusätzlich sein Kronschmuck aus unserem

Gold gefertigt und die Krönung von
ihrerem Gold bezahlt worden war. Mose
und Aaron, die tapferen Kämpfer, kommen
nach Pi=Ramesse am östlichen Delta des
Nils, wo sich die freigekauften Israeliten
versammelten. Sie führten sie aus ins
Gelobte Land. Menemptah wurde gemeldet,
daß die Israeliten eine schwere Lade, die
mit zwei goldenen Cherubim verziert sei,
mit sich führten. Da fiel er für vernünftig auch
und verlangte, ihren Inhalt zu sehen, weil
er noch mehr Gold darin vermutete. Mose
aber sprach, daß diese Lade ihren Aaron
sorbeit – ihren Bundeslade = sei, worinnen den
Bund Jahwes mit seinem auserwählten
Volke Israel symbolisiere. Jeder, der nicht
vom Volke Israels sei, werde geblendet, und
daß Feuer entzünde sich an ihm, wenn er in
die geöffnete Truhe schaue. Das glaubte der
Pharao und ließ sie ziehen.

Damit es aber keinen Streit gebe
unter den Völkern Israels, wenn diese
Kanaan verließen, übergaben sie ihnen
worfür die Gesetze. Und damit sie ihnen
heilig würden, verkündeten sie, daß diese
Gebote Gottes Wille und daß sie ihnen
direkt von Jahwe verkündet worden seien.
Zur Bekräftigung entzündeten Aaron auch

scheinbar wunderbaren Weise durch das Öffnen der Lade einer Gesetzbuch, und Mose sagte, daß Jahwe direkt zu ihnen daraus spreche. Und Aaron nannte ihnen in der Stimme Jahwes weitere Gebote, wie sie ihrem Gott zu dienen haben. Und das Volk glaubte ihnen. Danach verbrachten sie die beiden Steintafeln in die Bundeslade und verschlossen sie sorgfältig, auf daß künftig nur der Hohepriester, welcher Aaron selbst war, zu Jom Kippur sie öffnen dürfe."

„Aber waren es denn doch nicht nur zehn Gebote?", unterbrach ihn Richter Clemens.

„Der Dekalog = die zehn Gebote = sind im Tenach eine Zusammenfassung des göttlichen Willens. In der vermeintlichen Offenbarung Jahwes sind genauere Anweisungen enthalten, wie wie Israelit seine Religionsausübung zu vollziehen hat.", antwortete ihn Simmelbaur.

„Aaron aber erlitt eine Erkrankung, die er sich in Pi-Ramesse zugezogen hatte, und starb", fuhr er fort. „Mose leitete sein Volk so nach am Kanaan heran, daß er es noch sehen und auf das Land deuten konnte

und sprach: „Dort sollt ihr in Frieden leben!".
Dann starb auch er an der Krankheit.

Die Bündesblade werden die nächsten
im Hause der Religion zu sehen bekommen."

Ein Raunen war unter den Besuchern
hörbar. Timmeskorus fühlte sich für einen
Augenblick, als wäre er Führer in einem
archäologischen Museum, aber er fand keine
Alternative, wie er ihnen die Miene sonst
hätte bekannt machen können.

Während er und seine Gäste in die
Miene eintraten, trafen sich die Blicke
Ojonomos und Timmeskorus. Ojonomo sprach
zu ihm:

„Olim sor loro ūm potar fūi. Nonne? =
Ich war einstmals mit meinem Vater an
diesem Ort, nicht wahr?"

„Ita est. Matrem suam communiter
funeravimus. = So ist es. Wir haben deine
Mutter gemeinsam bestattet."

„Et potrem suum introitum
dēsignavisse memini. = Und ich erinnere
mich, daß Vater diesen Eingang entworfen
hat."

„Dū! = Das ist wahr", antwortete
Timmeskorus.

Miriam hatte die kurze Unterhaltung mit angehört und die Erinnerung

an ihr Schullatein nützte, um den Sinn zu verstehen.

„Der Eingang ist wirklich von Leonardo da Vinci?", fragte sie noch einmal, und Timmsteen ergriff kurz die Gelegenheit, etwas darüber zu erzählen, denn auch die Übrigen hatten bei der Nennung seines Namens interessiert aufgehört.

„Ja, es stimmt", sagte er. „Leonardo hat diesen Eingang und einigen der noch folgenden Sicherheitstüren auf meine Bitte hin entworfen. Das von ihm vor 500 Jahren gedachte System ist bis heute das sicherste der Welt, davon bin ich noch immer fest überzeugt. Er sagte, ein Sicherheitssystem müsse mit der perfekten Täuschung beginnen; eine Tür, die niemand bemerkt, sei allein schon dadurch sicher; selbst wenn sie nicht verschlossen sei."

Sie wanderten durch einen breiten und geräumigen Stollen an der Gruft der Familie Aziz vorbei, wo Moritz Ben-Aziz stehen blieb, um seine Ahnen zu ehren, und sich damit von der Gruppe trennte. Der Stollen war nicht kahl, dunkel und abweisend, wie sie das erwartet hatten, sondern an den Wänden und an der Decke fanden sie eine prachtvolle Ausstattung mit altägyptischen Malereien und Hieroglyphen vor; ganz so, wie man es aus den ägyptischen Tempeln und Gräbern kennt. Nur = hier wirkten die Farben noch frisch und unverblasst. Hinter einer Nische mit einer Statue des Tutanchamun ihren Besucher; stehen zu bleiben, und er jetzte einen Mechanismus in Gang, der ein großes Wandsegment sich, ähnlich wie einer Flugzeugtür, öffnen ließ.

Tutanchamun ließ Dr. Abbot den Vortritt in die wundervoll ausgeschmückten Halle. Dieser bemerkte sofort zwei ägyptische Steinsarkophage und senkte unwillkürlich auf die Knie, als er die Namensschildchen durchlas: Was für die Anderen in der Kartusche ausfiel wie eine Gräber mit christlichen Kreuzen in der Mitte, zwei Mandeln und einem stehenden Menschen davor und ein paar Zusatz-zeichen, erkannte er sofort als die Kartusche mit der Inschrift Nefernefruaton Nefertiti; als das Grab der Nofretete. Der zweite Sarkophag trug den ägyptischen Namen Rijas, die Tutanchamun als seine leibliche Mutter bezeichnete. Auch die Anderen sammelten sich langsam um die

385

Tonkrüge. Sie ahnten noch nicht, wer sich
darin befand. Hamid Abbas hatte seinen
Leuchter abgenommen und hielt ihn vor
seiner Brust fest, während er demütig und
sittlich ergriffen vor den Steinsärgen
immer noch auf das rechte Knie
niedergesunken verharrte. Abbas war
minutenlang sprachlos. So kannten ihn die
Anderen nicht. Sein Gesicht war blaß, als er
endlich aufblickte, kalter Schweiß rann ihm
von der Stirn, Miriam bemerkte eine
Gänsehaut auf seinen Unterarmen.

    „Also is it?", fragte Clement mit
unterdrückter und gleichzeitig drängender
Stimme. Er wußte, daß er hier gerade Zeuge
einer archäologischen Sensation geworden
war; und er wollte endlich wissen, um
welche Sensation es sich handelte.

    „Alhamdulillah, is is...", stammelte
Abbas aufgeregt, „is is... Nefertiti =
provides the Hieroglyphs oar telling the
truth! And Riga, Tutankamen's offering
mother!" — „Es ist Nofretete =
vorausgesetzt die Hieroglyphen sagen die
Wahrheit! Und Riga, Tutanchamuns
vermutete Mutter!"

386

„Und meine Mutter", unterbrach ihn Tutenschamun. „Die Hieroglyphen sagen die Wahrheit!"

„Können wir die Sarkophage öffnen? Ich möchte in Nofretetes Antlitz blicken!", bat Abbas den ehemaligen Pharao.

„Wir werden nachher ausreichend Gelegenheit haben, mit Dr. Wohlfahrt zusammen die Toten in Augenschein zu nehmen", antwortete Tutenschamun.

In der Zwischenzeit hatte Tutenscha= mun einen zweiten, wahrscheinlich größeren Raum eröffnet. Auch er war prunkvoll mit ägyptischen Ornamenten ausgeschmückt. In ihm waren Gegenstände ausgestellt. Gegenstände, die nicht nur aufgrund ihres materiellen Wertes zu den größten Kost= barkeiten der Menschheitsgeschichte gehörten.

Frank Parker war eigentlich ein etwas unterkühlter Geheimdienstmann, den so schnell nichts aus der Ruhe bringen konnte. Aber er war auch jüdischer Abstammung. Hatte ihm die Ankündigung Tutenschamuns, daß sich in diesem Mann die Bundeslade befände, noch keinen Blutdruck in die Höhe gejagt, so zog ihm jetzt ihr tatsächlicher Anblick die Kräfte vollends aus dem Körper. Die Muskeln seiner

durchrieselten Beine versagten ihm den
Dienst; unwillkürlich sank er auf die Knie.
Ihm wurde schwindelig vor Augen. Vor ihm,
in greifbarer Nähe, stand auf einem
schlichten, steinernen Podest eine Truhe aus
Akazienholz! Und sofort erinnerte er sich an
den gesamten Wortlaut, den er so oft von
seinem Großvater gehört hatte:

„Anfertigen eine Lade aus Akazien=
holz, zweieinhalb Ellen lang, eineinhalb
Ellen breit und eineinhalb Ellen hoch!
Überziehe sie mit reinem Gold von innen
und von außen und befestige eine goldenen
Leiste ringsherum. Gieße für sie vier
goldenen Ringe und bringe sie an den vier
Ecken an, und zwar zwei Ringe an ihrer
einen Seitenwand und zwei an der
anderen! Anfertigen Stangen aus Akazien=
holz und überziehe sie mit Gold! Stecke die
Stangen durch die Ringe an den
Seitenwänden der Lade, daß man sie mit
ihnen tragen kann! Die Stangen sollen in
den Ringen der Lade bleiben; man soll sie
aus ihnen nicht herausziehen! In die Lade
sollst du das Gesetz legen, das ich dir geben
werde!

Anfertigen sodann eine Deckplatte
aus reinem Gold, zweieinhalb Ellen sei ihre

388

Längen und eineinhalb Ellen ihre Breite!
Stelle zwei Goldscheiben her; als getriebene
Arbeit sollst du sie an den beiden Enden der
Deckplatte anfertigen! Und zwar sollst du
den einen Cherub an den einen Ende und
den anderen am anderen Ende anbringen.
Von der Deckplatte her mache die Cherubim
über ihrem beiden Enden! Die Cherubim sollen
ihre Flügel nach oben hin ausbreiten, indem
sie mit ihren Flügeln die Deckplatte
überdachen: ihre Antlitze seien gegen=
einander gekehrt; zur Deckplatte hin sollen
die Gesichter der Cherubim gerichtet sein."

 Manches hatte Peter als Kind nicht
richtig verstanden. Zum Beispiel hatte er nie
ganz begriffen, was ein Cherub wäre. Spätere
hatte ihn der jüdische Glaube seiner
Großeltern nicht mehr so sehr interessiert. Er
kam nur noch gelegentlich damit in
Berührung. Zuletzt bei den Beerdigungen
seiner Großmutter und seines Großvaters.
Jetzt endlich sah er, daß ein Cherub ein
Engel mit Menschengesicht und Flügeln
war. In seiner Phantasie war die
Bundeslade fast riesengroß geworden, die
von vielen Männern getragen werden
mußte. Diese sah wirklich ihre Pläne. Peter
schätzte sie auf etwa einer Fuß Längen und

jeweils knapp drei Fuß hoch und breit ein.
Die Längen der Stangen, die sich tatsächlich
noch davon befanden, ließ jeweils kaum
mehr als zwei Träger vorn und zwei
Träger hinten zu. Auch war die Truhe nicht
so vollständig mit Gold überzogen, wie er
es sich in seiner Kindheit ausgemalt hatte
oder beschrieben bekam. Die Flächen des mit
feinen Ornamenten überzogenen Holzes
überwogen Holzflächen. Parker blieb wie
gebannt davor sitzen; er sollte durch die
religiöse Erziehung seiner Großeltern
wissen, daß dies eines der größten
Heiligtümer; wenn nicht das größte
Heiligtum der Juden überhaupt war. Er
sollte es nie gewagt, die Bundeslade zu
berühren.

   „Frank", sprach ihn Tummelkorn jetzt
direkt an. „Ich weiß, daß ihre Großeltern
Juden waren. Ich weiß, was sie in diesem
Augenblick empfinden. Ich möchte Sie bitten,
die Lade zu öffnen und in sie
hineinzuschauen."

   „Nein!", sagte Parker unterschieden.
„Das kann ich nicht tun! Ich bin nicht
würdig!" Und die Anderen um ihn herum,
die allesamt keine Juden waren,
verstanden, daß er dagegen aufbegehrte.

390

Nicht einmal Miriam Wagner oder Sebastian Weißenborn hätten in diesem Augenblick gewagt, die Lade zu berühren, obwohl sie sie eigentlich nur aus einem Spielbergs Indiana-Jones Filmen kannten und das Werk immer als das betrachtet hätten, was es war: Ein spannender und amüsanter Unterhaltungsfilm, und nicht mehr.

Dr. Matthias Wohlfarth, der Pathologe, und Dr. Hamid Abbas vereinten sich als die Unerschrockenen, und so bat Trummelkorn schließlich diese beiden, die Truhe zu öffnen.

Er sagte:

„Mythische oder gar heilige Gegenstände werden diese Dinge nicht durch den Glauben der Menschen daran und durch die Legenden, die sich um sie ranken. Die Bundeslade wurde nicht aus Salomos Tempel geraubt. Einigen Spuren bin ich nachgegangen. Eine der Legenden besagte, dass sie Menelik, ein Sohn Salomos, über das Rote Meer entführt habe und dass sie später in Axum, im heutigen Eritrea, aufbewahrt worden. Das stellte sich als wahr heraus, und wir haben sie von dort zurückerworben. Allerdings befand sie sich nicht mehr in ihrem Urzustand. Das Gold war längst entfernt worden; wahrscheinlich schon in Jerusalem, weil man es dort dafür verwenden sollte, wofür es ursprünglich auch gedacht war: Zum Aufbau des Staates Israel. Die goldenen Cherubim sollte ich zwischenzeitig im römischen Reich zurücklaufen lassen können, die beiden Gesetzestafeln fand ich in Babylon wieder. Das andere Gold habe ich ersetzt. Es ist zwar nicht das originale Gold, aber es stammt aus demselben Bergwerk wie das Original: aus diesem hier!"

Timmelhans bat Dr. Wohlfarth und Dr. Abbas, den Deckel der Truhe nun anzuheben. Während einige der Anderen tatsächlich ihre Augen zukniffen, zeigten die beiden Mut und hoben den Deckel der Lade an. Nichts geschah. Kein Blitz, keine Feuersäule, keine Gestalt, die aus der Lade schwebten. Kein unterirdisches Gewölbe, das explodierte. Der Gedanke daran erinnerte Dr. Wohlfarth hiermit daran, dass man ihnen bisher weder die versprochenen Fotoapparate noch ein Pathologenbesteck ausgehändigt hatte. Er fragte Timmelhans danach, und dieser veranlasste Ali Ben-Aziz, der inzwischen wieder zu ihnen

gestoßen war; die Geräte, die letztendlich
Tutenchamuns Glaubwürdigkeit bezeugen
sollten, zu verteilen.

Der Inhalt der Truhe schien aus
purem Gold zu bestehen, in das zwei
roßgemalte Vertiefungen eingearbeitet
waren, die zwei in Tuch gewickelte
Gegenstände enthielten. Tutenchamun nahm
einen der Steine heraus, wickelte ihn
sorgfältig aus und präsentierte ihn der
Gesellschaft. Es war ein schwarzer Steinbrocken,
der eingeritzte hebräische Buchstaben zeigte.
Sie waren auf beiden Seiten des Steins zu
sehen. Tutenchamun las weder vor, noch
übersetzte er den Text. Stattdessen sagte
er:

„Leider ist nur dieser Stein
unversehrt erhalten geblieben. Es ist der
zweite Stein. Die ersten Gebote befinden sich
auf diesem Stein, der in drei Teile zerbrochen
ist. Sie enthalten die religiösen Handlungs=
anweisungen." Damit nahm er die zweite
Tafel in ihren Einzelteilen aus der
Aussparung der Lade heraus und hielt sie
hoch.

Clemens warf einen Blick hinein und
fragte, ob das Innere massives Gold sei.
Das verneinte Tutenchamun.

„Zwar würde die Truhe in der Hauptsache angefertigt, um Gold in dieser Menge aufzunehmen, doch ist es absolut unmöglich, darin eine solche Menge Goldes zu transportieren. Dazu reichen die Kräfte der möglichen Träger nicht aus, und schon gar nicht die Widerbefestigungen an der Truhe. Die Innenmaße betragen zirka einen Meter zehn mal 60 mal 60 Zentimeter. Abzüglich des Raumes, den die Steintafeln einnehmen, bleibt rund ein Drittel Kubikmeter Raum übrig. Ein Drittel Kubikmeter Feingold würde rund sechs Tonnen wiegen! Nun, in der Lade selbst würden nur etwa 400 Kilogramm Gold benötigt. Mehr konnte nicht bewältigt werden. Das restliche Gold hatten wir auf die Karren und Schlitten des ausziehenden Volkes verteilt, das es sorgfältig verstecken mußte. Die heimliche Mitnahme des Goldes sollte tatsächlich den Sinn, das Anfangskapital zur Gründung des Staates Israel zu stellen."

Jetzt blitzte es doch noch rund um die Bundeslade herum, denn alle Beteiligten fotografierten sie ausführlich.

Die meisten anderen Gegenstände im Raum waren ägyptischen Ursprungs.

Darunter befanden sich der Thronschmuck
und die Meisterinsignien Tutanchamuns aus
der Zeit seiner Herrschaft über Ägypten. Er
sollte sie einige Jahrhunderte nach seinem
Auszug aus Ägypten zurückgewonnen.

Dr. Abbas fand auch, daß offenbar
zumindest ein Gegenstand in den Regalen
fehlte. Die feine Staubschicht, die überall auf
dem Regal lag, zeigte eine Aussparung, die
vermuten ließ, daß wahrscheinlich ein
Köfferchen entnommen worden war. Er
fragte Tutanchamun danach, und dieser
klärte ihn darüber auf, daß er das Anch=
Kreuz Nofretetes verkauft habe. Schon
wollte Dr. Abbas seinem Ärger Luft
machen und Tutanchamun vorwerfen, daß er
unberechtigt ägyptische Kunstschätze außer
Landes geschmuggelt habe, da besann er sich
in letzter Sekunde darauf, wen er vor sich
hatte. Die Gegenstände befanden sich, das
mußte er sich noch einmal vergegen=
wärtigen, im Privatbesitz dieses Mannes.
Das Kreuz war etwas, das er ganz legal
von seiner Ehefrau geerbt hatte, und es war
sein gutes Recht gewesen, es zu verkaufen.

„Ich weiß, was Sie sagen wollen",
kam ihm Tutanchamun in arabischer Sprache
zuvor: „Aber ich lebe auch vom Handel mit

395

...sten Antiquitäten. Vielleicht kann ich Sie beruhigen, wenn ich sage, daß ich solche persönlichen Dinge niemals endgültig verkaufe. In diesen Fällen handele ich meist immer für den Käufer lebenslangen Vorbehalt der Ware aus: Er erwirbt den Gegenstand und bezahlt ihn mir. Das Recht, ihn auch zu vererben, erhält er dagegen nicht. Das Erbrecht an diesem Gegenstand steht allein mir zu; also erhalte ich ihn nach dem Ableben des Käufers wieder zurück. Zudem schaue ich mir meine Kunden vorher genau an. Gibt es nun Erwachsene, die mir mein eigenes Erbrecht streitig machen könnten, wird die Sache auch nicht verkauft."

„Ich will Ihnen diese Sachen gar nicht streitig machen", antwortete Hamid Abbas. „Allein damit, daß Sie noch leben, leisten Sie Ägypten den größten Dienst. Ich will nur zu überdenken geben, daß das ägyptische Recht auf Ihren Fall natürlich nicht vorbereitet ist, nicht vorbereitet sein kann. Es bestimmt für den Normalfall, daß ägyptische Altertümer dem ägyptischen Volk gehören, weil sie ihm automatisch von seinen Ahnen vererbt worden sind, und daß deshalb die Ausfuhr generell verboten ist."

„Ich gebe Ihnen aber zwei Dinge zu bedenken", antwortete ihm Timmermann. „Das ägyptische Recht stellt das persönliche Privateigentum über das Allgemeineigentum. Und zwar das persönlich erworbene ebenso wie das ererbte. Was Sie hier im Raum sehen, erfüllt beides. Zum Zweiten stellt sich die Frage: Sind wir hier in Ägypten?"

„Sind wir hier in Ägypten?", wiederholte Dr. Abbas.

„Nicht im Ägypten mit den heutigen Grenzen", antwortete Timmermann.

„Warum nehmen Sie nicht einfach das viele Gold, von dem Sie sprechen, und machen sich davon ein wirklich schönes Leben?", wollte Abbas wissen.

„Das Gold", sagte Timmermann, „sehe ich ihr als einen gewissen Staatsschatz an, nicht wirklich als mein persönliches Eigentum. Daher: ich war auch Pharao über dieses Gebiet zu einer Zeit, in der mir alle Schätze des Reiches persönlich zustanden. Doch dieses Recht stand auch allen nachfolgenden Pharaonen zu, so lange sie Herren über dieses Land waren. Ich habe die Ader selbst entdeckt, auch von daher wird es mir niemand als privaten Besitz streitig machen wollen, zumal ich zusätzlich mittlerweile persönlicher Eigentümer des gesamten Umlandes bin. Doch Jahrhunderte lang habe ich dieses Gold und diese Mine zunächst mit meinen gefangenen Brüdern und dann mit deren Erben geteilt. Die Familie Ben-Aziz sehe ich heute noch als Miteigentümer an, und es käme weder mir noch ihnen in den Sinn, es daraus auszuziehen, dass sich einer von uns damit ein feines Leben macht. Wir haben es immer so eingesetzt, dass es uns sinnvoll erschien. Wir haben vielen damit geholfen, vom Einzelnen in Not bis hin zu ganzen Staaten. Das tun wir auch heute noch. Aber wir holen es uns auch immer wieder zurück, wenn es nicht mehr wirklich gebraucht wird. Um zusammenzufassen: Nein, ich will von diesem Gold nicht leben! Außerdem brauche ich eine Aufgabe im Leben, und der Handel – da bin ich wohl wirklich immer noch ein Ägypter – erfüllt mich."

In der Zwischenzeit sollten sich auch die Anderen noch weiter in der großen Halle umsehen. Trommelhörner brummelten, wie Sebastian Weißenborn Miriam Wagner auf etwas aufmerksam machte. Trommelhörner ging auf die beiden zu, die jetzt stumm die zwei dunklen Holzbalken betrachteten.

„Ist das....?", hob Miriam zu einer Frage an, die ihr jedoch im Hals stecken blieb und sie zu ersticken drohte. Auch Sebastian schaute nun ernst und fragend zu Timmelkoen hinüber.

„Ja, das ist es", antwortete Timmelkoen genauso ernst, und auch ihm schnürte es immer noch die Kehle ein, wenn er darüber sprechen müßte.

„Was ist woas?", reagierte Clemens ungeduldig dazwischen und blickte unverständlich in ihre Richtung.

„Das Kreuz, an dem Jesus Christus starb...?", antwortete Sebastian mit ausgestreckter Stimme und mußte sich anschließend räuspern. Einerseits wollte er Clemens damit eine Antwort geben, andererseits suchte er in der Antwort Halt bei Timmelkoen, deshalb klang sie wie eine Frage aus.

„Aber das sieht doch gar nicht aus wie ein Kreuz", hielt Clemens dagegen, der immer noch nicht begriffen hatte, daß hier gar keine Zweifel mehr bestanden.

„Es ist das Kreuz", formulierte Timmelkoen knapp.

Sie verharrten in Schweigen. Einige bekreuzigten sich.

„Dieses Kreuz entspricht nicht den Vorstellungen der heutigen christlichen Kirche", unterbrach Timmerstorm schließlich mit leiser Stimme die bedrückende Stille und richtete dabei den Blick auf Thomas Clement.

„Während der römischen Besatzung wurden viele Menschen auf diese besonders grausame Art hingerichtet. Wie Sie sehen, besteht das Kreuz aus einem Pfahl und einem daran gelegten und vernagelten Querbalken. Die bei christlichen Kreuzen dargestellte freie Pfahlspitze fehlt. Es gab deshalb auch nie das oft dargestellte Schild oder die Krone mit der Inschrift INRI – außer bei Fälschungen. Kreuze, die aussehen wie das bekannte Christenkreuz, gab es auch – allerdings verwendete man sie eher in Italien, im römischen Kernland also, zur Hinrichtung entflohener Sklaven. Daran brachte man auch tatsächlich kurze Warnschriften an, die andere Sklaven von möglichen Fluchtgedanken abschrecken sollten. In den Provinzen Roms wurden dagegen Aufständische auf diese bestialische

weise ermordet. Und Joshua – Jesus von
Nazareth = wurde von Pontius Pilatus
als Außenstehender verurteilt."

„Verzeihen Sie die Frage, aber sind Sie
sich vollkommen sicher, daß es dieses Kreuz
war, an dem Jesus Christus starb?", wollte
Dr. Matthias Wohlfarth wissen. „So, wie ich
Sie bisher verstanden habe, waren Sie kein
direkter Augenzeuge der Kreuzigung. Sie
beschreiben die Vorgänge aber doch fast so,
als wären Sie dabei gewesen. Wie nah
waren Sie wirklich am Geschehen dran?"

„Lassen Sie mich diese berechtigte
Frage so beantworten: Wenn Sie als
Gerichtsmediziner an den Tatort eines
Mordfalls gerufen werden und sehen nach
erstem Augenschein, daß das Opfer erstochen
wurde, und die vermeintliche Tatwaffe, ein
Messer, liegt neben der Leiche, werden Sie
sicher erste davon ausgehen, daß es sich
dabei um die Mordwaffe handelt. Es gibt
Augenzeugen der Tat, die Sie befragen. Sie
sagen aus, daß sie gesehen haben, wie das
Opfer mit diesem Messer erstochen wurde.
Dann werden Sie wahrscheinlich zunächst
davon ausgehen, daß sich die Tat so
abgespielt hat und daß das Messer
tatsächlich die Tatwaffe war?"

„Das haben Sie recht", antwortete Dr. Wohlforth. „Trotzdem müßte ich eine Autopsie vornehmen und die DNA=Spuren an der vermuteten Tatwaffe mit der DNA des Opfers vergleichen, um ganz sicher zu gehen."

„Das genau ist der Punkt", antwortete Trummelborn, „an dem wir uns hier befinden. Dieses Kreuz hier ist die vermutete Tatwaffe. Die Aussagen habe ich gehört, und sie bestätigen es. Um ganz sicher zu gehen, muß der Forensiker vergleichende Untersuchungen anstellen. Das soll hier Ihre Aufgabe sein. Ich möchte Sie bitten, Proben von diesem Kreuz zu entnehmen. Hier sind die Nägel verwahrt, mit denen Joshua an dieses Kreuz genagelt worden ist."

Dr. Wohlforth betrachtete die schon relativ stark korrodierten diesen Nägel und zog ein zweifelndes Gesicht auf. Er sagte:

„Es tut mir sehr leid, wenn ich Sie wahrscheinlich enttäuschen muß, aber an diesen Nägeln werde ich wahrscheinlich kaum geeignetes Vergleichsmaterial finden können. Es wird nicht so schwer sein zu beweisen, daß diese Nägel in diesem Kreuz gestellt haben und daß damit Menschen gekreuzigt worden sind. Aber nur mit sehr viel Glück wäre es unter idealen Bedingungen vielleicht noch möglich zu beweisen, daß es DNA-Spuren von ein und derselben Person an beiden Altertümern gibt. Vermutlich würde das Kreuz von vielen Menschen in der Zwischenzeit berührt, es ist irgendwie aus Jerusalem hierher gekommen; allein die Kontaminationen wären unüberschaubar. Selbst wenn man die ausschließen könnte – es tut mir wirklich leid – ein Beweis, daß es sich dabei um Jesus Christus handelt, ist das dann immer noch nicht. Dazu bräuchte ich Vergleichsmaterial von einer eindeutig identifizierten Person."

Dr. Matthias Wohlfarth hatte eigentlich damit gerechnet, in ein ziemlich enttäuschtes Gesicht Timmershovens zu blicken. Aber so wirkte er keineswegs, als er fragte:

„Dazu kommen wir bald noch..."

Aller außer Giovomo starrten ihn ungläubig an.

Moritz Ben-Aziz nickte und reichte Dr. Wohlfarth einen Koffer, in dem sich alles befand, was der Gerichtsmediziner zur

Entnahme forensischer Proben benötigte. Der
Arzt machte sich im Beisein des Dr. Harris
Abbas, der ebenfalls in der Spurensicherung
sehr erfahren war, daran, Proben an Stellen
zu entnehmen, an denen es am wahr=
scheinlichsten war, geeignetes Material zu
finden.

Während sich die Übrigen weiter in
dieser Halle umschauten, forderte
Gummeßtone seinen Großsohn Gionomo auf,
mit ihm zu kommen. Gummeßtone öffnete
eine weitere geheime Halle und hieß
Gionomo, einzutreten. Nachdem das schwel=
volle Licht sich vollständig ausgebreitet
hatte, blickte er, fast schon mitten im Raum
stehend, auf eine Pracht, die ihm beinahe den
Atem raubte. Unwillkürlich verglich
Gionomo den Raum mit der Sixtinischen
Kapelle, die er einst zusammen mit seinem
Vater besucht hatte. Diese Halle stand dem
Raum in der heiligen Stadt in nichts nach.
Im Gegenteil: Er schien ihm noch prächtiger
zu sein! Alles erstrahlte zudem in frischen
Farben, als hätten die Künstler ihren Pinsel
gerade erst aus der Hand gelegt.

„Ich erinnere mich bloß an diesen
Raum", sagte Gionomo, der Sohn des
Leonardo. „Damals aber befanden sich nur

404

Zeichnungen an der Decke und an den Wänden, und ich erinnere mich daran, daß Vater an dieser Wand schon mit Farben arbeitete."

Er deutete auf die schmalere Rückwand und sagte:

„Vater hat eine Kopie des heiligen Abendmahls gemacht. Und eine Kopie von Mutters Portrait. Hat er die ganze Halle noch selbst ausgemalt?"

Die Mitte des Raumes beherrschten drei steinerne Tierkörper gleicher Größe, die teilweise in den prächtig verzierten Marmorboden eingelassen waren. Auf diese Weise konnte man die Nasen der Personen von oben so betrachten, daß der Eindruck entstand, als schliefen sie friedlich in ihren Betten. Die Plastiken waren nicht bemalt, aber dennoch farblich unterschiedlich, ohne daß man einen Übergang bemerken konnte. Leonardo hatte verschiedenfarbigen Marmor bearbeitet und das Ganze so zusammengefügt, daß es wirklich Eins geworden war. In der Mitte ruhte eine Frau, deren fein gearbeitetes steinernes Antlitz genau mit dem Portrait übereinstimmte, das Gionono gerade malen sollte.

Er kniete neben dem Sarkophag nieder.

„Mutter", sagte er leise, senkte den Kopf und faltete die Hände.

Die Skulptur zu ihrer Rechten zeigte einen anmutigen Mann jüngeren Alters, zu ihrer Linken ruhte ein offensichtlich alter Mann.

„Joshua und Jusuf", sagte Gionomo nach einer Weile und verneigte sich vor beiden. Trummelbaum nickte stumm.

„Ich danke dir, dass du mir die Gelegenheit gegeben hast, meine Mutter und meine Brüder allein zu sehen, ehe du die Anderen hier herein führst", sagte Gionomo.

„Es gibt noch etwas", fügte Trummelbaum an, „dein Vater soll die Sarkophage mit einem Mechanismus versehen, der es einem einzelnen Mann erlaubt, sie ganz leicht zu öffnen. Leonardo sollte mich damals gebeten, deine Mutter in altägyptischer Tradition einzubalsamieren. Wir haben es zusammen getan, und er hat dabei eine neue Methode entwickelt, welche die Mumie deiner Mutter über Jahrtausende nahezu vollendet konserviert. Es gibt also die Möglichkeit, dass du deine Mutter so sehen kannst, wie sie zuletzt ausgesehen hat. Möchtest du das?"

Giovanni benötigte ein paar Sekunden Zeit, um für sich die richtige Entscheidung zu treffen.

„Ja, ich will es", antwortete er schließlich auf Italienisch, in der Sprache, in der sie die ganze Unterhaltung geführt hatten.

Timmughaver entfernte ohne großen Kraftaufwand den schweren, auf kleinen Kugeln gelagerten Deckel.

Giovanni blickte auf einen gläsernen Innensarg, in welchem seine Mutter friedlich, in ein schlichtes weißes Kleid gehüllt, zu schlafen schien.

Kindheitserinnerungen stiegen unweigerlich in ihm auf, die seit fünfhundert Jahren verloren schienen. Natürlich hatte er das berühmte Bild seines Vaters gekannt und natürlich hatte er immer gewußt, daß es seine Mutter darstellte. Im Hintergrund seines Gedächtnisses hatte er auch immer gespürt, daß da noch etwas war; das er nie wieder richtig hatte greifen können. In diesem Augenblick wußte er es: Er war als dreijähriges Kind dabei gewesen, als Timmughaver und Leonardo den gläsernen Sarg seiner Mutter in den kleineren Vorlopsarg verbracht hatten. Bis dahin war ihm das Bild seiner Mutter in diesem gläsernen Sarg vertraut geworden. Er sollte es eine Zeitlang, während der langen Reise suchte, immer betrachten können und er sollte sogar so etwas von Mutterliebe für diese Frau in dem Sarg empfinden. Er erinnerte sich jetzt genau daran zurück, wie sein Vater, sein Großvater und einige Helfer den schweren Deckel über den Glassarg setzten, wie ihn als kleines Kind die Panik ergriff und wie er schrie, denn er sollte in diesem Augenblick begriffen, daß dies ihr endgültiges Verschwinden bedeutete. Erst jetzt war sie wirklich tot, auch für ihn. Und Vater und Großvater waren schuld daran, daß sie tot und verschwunden war. Er flüchtete aus diesem Raum, so schnell er konnte. Vor Tränen in den Augen konnte er schon fast nichts mehr sehen. Beinahe wäre er dabei in die Löwenschlucht abgestürzt. Er rannte und rannte, weg vom Berg, hinaus in die Wüste. Er wollte fort von hier, einfach nur weg. Erschöpft und halb verdurstet blieb er irgendwo draußen liegen. Es war kein Zufall, daß sein Vater und Timmerstoan ihn dort entdeckten. Aber er konnte diesen furchtbaren Ort niemals nicht verlassen.

Walter war noch lange nicht fertig mit der Ausgestaltung des Raumes. Er wollte das Abendmahl mit, das gleiche Bild, das er schon einmal in der Kirche Santa Maria della Grazie gemalt hatte. Walter war einmal mit ihm in Mailand gewesen. Warum mußte er es noch einmal malen? Warum konnten sie nicht einfach abreisen? Endlich nach Hause fahren?

Gionomo blickte auf und er sah, was verändert war auf diesem Bild, im Vergleich zum Letzten Abendmahl in Mailand: Die Lücke, die Gionomo auf dem Fresko in Mailand so sehr gestört hatte, der W-förmige Ausschnitt zwischen Jesus und Johannes, war ausgefüllt, ausgefüllt mit einem schemenhaften Bild Jesus. Jesus war als alter Mann dargestellt, obwohl er als sein Zwillingsbruder gemacht so aussehen müssen von Jesus. Auch das Gesicht Jesu war ein anderes als in der Kirche Santa Maria della Grazie; es war klar und in reinen Farben gehalten und es trug die Züge Joshuas, in denen auch Maria, seine Mutter zu erkennen war. Und noch etwas fiel ihm auf: Jeder der Jünger Jesu hatte ein Glas Wein vor sich stehen. Alle Gläser sahen gleich aus. Die waren nur unterschiedlich gefüllt. Das Glas war jetzt nur offenbar umgekippt, der Wein verschüttet, etwas davon kam über die Tischdecke. Doch Jesus füllte etwas Wein aus seinem Glas in Judas' Glas nach.

Timmelsbach erkannte auf die gleiche Weise die Enkel der Tonköpfe Jesu und Judas. Auch ihre Mienen befanden sich in gläsernen Inventsärgen, die Leonardo für sie angefertigt hatte. Ihre Gesichter wirkten allerdings nicht so frisch und so lebendig wie das seiner Mutter. Der Vergleich erschien ihm sofort grotesk, aber er wusste es gedanklich nicht anders zu formulieren. Die Haut seiner Halbbrüder wirkte ledern, die Haarfarbe Joshuas seltsam verblasst. Judas' Haar war ohnehin durch sein verrücktes Alter weiß geworden. Ihre Körper waren vollständig von kostbarem Tuch bedeckt, die Wunden daher nicht sichtbar. Giovanni verzauberte eine Weile im Gedenken an seine Familie. Er bat darum, dass Timmelsbach zunächst Miriam allein in den Raum führte. Die ließ zuerst Giovanni, wie er am Grab seiner Mutter und seiner Brüder trauerte und seine Erinnerungen zurück= kommen ließ. Die ging zu ihm und tröstete ihn.

410

Dann war er bereit, die Anderen
eintreten zu lassen. Auch sie waren bemüht,
die Pietät gegenüber Gianomo und
Trummelkowa zu wahren. Aber schon der
prachtvolle Anblick der Halle überwältigte
sie, und als Trummelkowa sie auf die
geöffneten Sarkophage zuführte und ihnen
folgte, wo die Menschen waren, die darin
ihre letzte Ruhestätte gefunden hatten,
konnte keiner seine Gefühle mehr
zurückhalten. Sebastian Weißenborn, als
Kind katholisch erzogen, überkam eine
Gänsehaut und er hatte Tränen in den
Augen, als er in das Antlitz Jesu blickte.
Er bekreuzigte sich unwillkürlich, hielt die
Hände vor den Mund und sprach ein Gebet.
Das hatte er seit dem Ende seiner Schulzeit
nicht mehr getan. Die Frau in dem
Sarkophag neben Jesus nannte Trummelkowa
seine Tochter Miriam, welche unter den
Römern den Namen Maria trug und die
Mutter Jesu und Jusufs war. Er hatte es
längst vermutet, aber jetzt war es zur
Gewißheit geworden: Vor ihm lag die Frau,
welche die Kirche als die Jungfrau Maria,
als die Mutter Gottes verehrte. Und es
war ihm wie ein Wunder; daß sie da lag,
als ob sie nur schlafe. Er fand ein

zufriedenes Lächeln in ihrem Gesicht. Aber
ihr Mund allein lächelte nicht, und ihre
geschlossenen Augen allein lächelten nicht.
Da erkannte er das Gesicht als das der
Mona Lisa, der La Gioconda wieder; und
ihm schienen die Kräfte zu versagen.

412

Für einen Augenblick war ihm schwindelig und sogar schwarz vor den Augen geworden, aber er sollte sich gerade noch fangen können. Sebastians Augen wanderten lange zwischen Josef, Maria und Jesus hin und her, und erst allmählich entdeckte er die Ähnlichkeit in ihren Gesichtszügen. Er bemerkte nicht, daß Miriam und Gionomo die Halle wieder verlassen sollten. Er, Parker und Clement wurden Zeugen, wie Moritz und Ali Ben-Aziz die gläsernen Türen öffneten, damit Dr. Wohlfarth und mit ihm Dr. Abbas Gelegenheit erhielten, die Toten eingehender zu betrachten. Selbst Matthias Wohlfarth, der in seiner langjährigen Praxis als Gerichtsmediziner natürlich die Scheu vor der Berührung von Toten schon längst abgelegt hatte, überkam das Gefühl, einen Frevel zu begehen, wenn er die Körper der heiligen Familie examinierte. Aber Trummschloern und Abbas ermunterten ihn dazu, es auch durchzuführen, jetzt, da ihm Ali Ben-Aziz in seinem sterilen Anzug mit Mundschutz und Schutzhandschuhen verholfen sollte. Also zog er vorsichtig das Leinen beiseite, mit dem

Jesus zugewandt war. Wohlfarth war froh, daß Jesus nun nicht nackt vor ihnen lag, sondern zusätzlich in einem Lendenschurz gekleidet war. Die Wunden an den beiden Handwurzelknochen waren deutlich zu erkennen. Wohlfarth sah, daß man die Nägel hier durchgeschlagen hatte, damit der Blutverlust nicht gleich zu groß, und das Leiden auf diese Weise verlängert würde. Ein Nagel war durch die linke Fußwurzel geschlagen worden, der andere durch das rechte Fersenbein. Wohlfarth wurde sogleich bewußt, daß diese Methode der Hinrichtung ein unglaubliches Leiden und ein endlos quälendes Sterben bedeutete. Selbst ihm lief bei dem Gedanken ein Schauer über den Rücken. Er hatte während seiner Medizinerlaufbahn schon einige grausam verstümmelte Leichen untersucht, aber eine solche sterbensverlängernde Barbarei, wie sie die Römer vor zweitausend Jahren praktizierten, war noch nicht darunter gewesen. Wohlfarth erkannte, daß der Schwertstich in die linke Brusthälfte sofort tödlich und für Jesus erlösend geworden sein mußte. Die Schwertspitze hatte das Herz verletzt und dessen Schlagen augenblicklich zum Stillstand gebracht. Die Wunden an

Händen und Beinen zeigten ganz leichte
Anzeichen von beginnender Heilung. Das
sprach dafür, daß der tödliche Schwertstoß
erst Stunden, wenn nicht einen ganzen Tag
nach der Kreuzigung geführt worden war.
Die Wunde in der Brust zeigte keinerlei
Heilungsansätze. Das sprach einerseits für
den sofortigen Tod, andererseits aber auch
gegen das Wunder der Wiederauferstehung.
Dr. Wohlfahrt nahm am Schluß seiner
Untersuchung eine ausreichende Menge an
Gewebeproben direkt aus den Wunden.

An Jesus Körper fand Dr. Wohlfahrt
die Angaben Simonskovs ebenfalls
bestätigt. Der Körper war mit Narben
übersät, die von schweren bis lebens-
bedrohlichen früheren Geißelungen zeugten.
Auch am Kopf fand er eine Reihe von
Narben, die dafür sprachen, daß er
tatsächlich eine Dornenkrone hatte tragen
müssen. Jedoch erschienen ihm ihre Abdrücke
zu regelmäßig, als daß sie von natürlichen
pflanzlichen Dornen hätten stammen
können. Die Spitzen waren teilweise so tief
in die Kopfhaut eingedrungen, daß sie
augenscheinlich bis zum Schädelknochen
durchgedrungen waren, und keine einzige
schien darin abgebrochen zu sein. Der.

Wohlforth fragte Timmerhorn, ob es möglich wäre, daß die Römer künstliche Horn- kronen aus Eisen verwendet haben könnten, um ihre Opfer noch stärker zu quälen. Timmerhorn wußte es nicht, konnte diese Möglichkeit aber auch nicht ausschließen.

Maria war eines natürlichen Todes gestorben, auch das konnte Dr. Wohlforth augenscheinlich an dem wohlerhaltenen Körper bestätigen. Eine Fremdeinwirkung von außen schloß er jedenfalls aus. Alle Zeichen deuteten wirklich auf einen Blutungen noch einer Spontangeburt hin.

Die Leichen wurden von Ben-Aziz wieder sorgfältig bedeckt, die Türen und Torbögen erneut verschlossen. Die beschrifteten Proben legte Dr. Wohlforth selbst in die bereit gestellten Kühlbehälter.

Timmerhorn hatte einige der früheren Ökonomiestationen innerhalb der Mine zu wohnlichen Zwecken umgebaut. Er bot seinen Gästen an, sich frisch zu machen und zu Tisch zu kommen. Sebastian folgte diesem Aufruf Timmerhorns nicht gleich. Er hatte, nachdem die Torbögen wieder verschlossen waren, auf das Gemälde Leonardos geblickt und sofort bemerkt, welche Unterschiede es gegenüber dem Fresko in der Kirche Santa

Maria della Grazie außerhalb. Sebastian kannte das Original in Mailand gut; er hatte es als Jugendlicher im Rahmen eines Italienurlaubs mit seinen Eltern schon einmal besucht. Er erkannte das verschwundene Gesicht Jesu und natürlich die zusätzliche Gestalt Judas'. Er überlegte einen Augenblick lang, aber dann war er sich sicher: In Mailand waren keine Weingläser auf dem Gemälde zu sehen. Hier gab es sie: wenige an der Zahl. Und genau diese Gläser hatte er in der Halle der Religien gesehen. Er ging noch einmal dorthin zurück und betrachtete die Gläser genauer. Manche von ihnen waren schon einmal gesprungen, aber wieder sorgfältig restauriert worden.

Sebastian spürte, daß jemand hinter ihm stand. Es war Timmershorn, der beobachtet hatte, wie er seine Schlußfolgerungen zog, und war ihm daher gefolgt.

„Eines von diesen Gläsern ist der heilige Gral, nicht wahr?", fragte er.

„Ja, eines dieser Gläser ist das, was man als den heiligen Gral bezeichnen könnte", antwortete Timmershorn.

„Welches ist es?", fragte Sebastian Meißnborn sichtlich aufgeregt.

„Eine Sache wird nicht dadurch heilig,
daß wir sie in unseren Legenden dazu
machen", antwortete Tummelvann.

„Bitte, sag es mir! Ich möchte ihn
einmal in meinem Leben berühren!"

„Dann berühre sie alle, und du sollst ihn
berührt!"

„Aber ich muß mir doch dessen bewußt
sein, welcher es ist!"

„Und was sollst du damit gewonnen?"

„Das Gefühl der Glückseligkeit
vielleicht, ich weiß es nicht genau."

„Hast du denn bis jetzt kein
glückliches Leben geführt?"

„Doch, ich denke schon."

„Dann steht vor dir ein Kelch, der die
Glückseligkeit bedeutet, aber es macht dich
unglücklich, wenn du nicht genau weißt,
welcher es ist?"

„Ja, irgendwie schon."

„Such sie dir aus! Wähle einen aus.
Dieser ist der schönste, über zweitausend
Jahre lang heil geblieben, und kein Kratzer.
Dieser ist leicht verkratzt, aber nie
gesprungen. Oder doch dieser, der einmal
geklebt wurde? Von diesem ist ein Stück
verloren gegangen; ein Zeichen, daß es der
sein könnte, der vor Jesus und Jesus

umgefallen ist und symbolisch das Blut
des Einen oder des Anderen verschüttet hat.
Einer kann dir Glückseligkeit bringen, zwölf
würden dich unglücklich machen. Oder ist gar
nur der vierzehnte, der imaginäre Kelch, der
wahre Gral? Wähle sorgsam!"

„Du hast Recht", sagte Sebastian. „Ich
war für einen Augenblick versucht, der
Reliquienverehrung zu verfallen."

„Ich freue mich, daß du das selbst
erkannt hast! Keines dieser Gläser verheißt
Glückseligkeit, keines hat jemals das Blut
Christi enthalten, kein Joseph von
Arimathäa hat darin sein Blut
aufgefangen. Diese Gläser waren hin und
wieder in Gebrauch in dem Hause, in dem
Joshua das berühmte Abendmahl mit seinen
Jüngern abhielt. In meinem Hause. Sie
versammelten sich häufig dort, und gewisse
häufig haben sie Wein aus diesen Gläsern
getrunken. Wie jeder Andere, wird auch
Jesus aus jedem dieser Gläser getrunken
haben.

Aber, um ehrlich zu sein: Ich weiß auch
nicht, aus welchem Glas er nun zuletzt mit
seinen Jüngern getrunken hat!", sagte
Emmanuel. „Das ist auch unwichtig! Es ist
nur Glas, gewöhnliches Glas, woraus

trinkt, wird wieder unverwüstbar noch
wächst es weiniges Leben!"

Sie gesellten sich zu den Anderen.
Vater und Sohn Ben-Aziz sowie die
Doktoren Abbas und Wohlforth aßen und
tranken mit Appetit. Die Übrigen zeigten
wenig Lust am Essen. Miriam und
Sebastian rührten es gar nicht an. Richter
Clement legte seine Gabel bald zur Seite
und stellte Timmerstorn eine Frage:

„Abgesehen von Ihrer Verwandt-
schaft zu Jesus Christus; welche historische
Bedeutung sehen Sie als Ungläubiger denn
nun in ihm?"

Timmerstorn nahm sich einen Moment
Zeit, ehe er seine Antwort formulierte. Auch
alle Anderen warteten gespannt auf das,
was er sagen wollte:

„Wir sollten hier eine deutliche
Unterscheidung vornehmen zwischen der
Vergangenheit und dem heute.

Stellen Sie sich jetzt einmal vor, wie
es für Sie wäre, wenn Sie in der Zeit Jesu
leben würden. Daß der Gott, an den Sie
glauben, sich lebenden Menschen offenbart
haben soll, ist schon einige Jahrhunderte her.
Die Aufbruchstimmung, die die Menschen
des frühen Israel einte, ist vorüber. Kämpfe

und Kriege sind immer noch an der Tagesordnung und werden nicht mehr nur nach außen geführt. Die Menschen des Landes sind längst nicht mehr gleich. Es gibt Arme und Reiche, Mächtige und Ohnmächtige, Korrupte und Unterdrückte und viel zu einflußreiche Priester, die das religiöse Geschehen bestimmen und prägen. Sie sehnen sich danach, daß sich Ihr Gott endlich einmal wieder offenbart, für mehr Gerechtigkeit sorgt und den Messias schickt, der demnächst kommen soll.

Und plötzlich ist da einer, der in brillanten Reden mittels Thesen und Ansichten alles das formuliert und anprangert, was auch Sie in dieser Gesellschaft lange schon wütend gemacht hat, oder er fordert, was Sie sich ebenso lange erträumt haben: Frieden und Gerechtigkeit für alle, selbst für die früheren Feinde. Damit zeigt er einen Ausbruch aus der Spirale der Gewalt an. Er wirbt für Bescheidenheit und Demut und zeigt damit einen Weg auf, wie die Schere der gesellschaftlichen Ungleichheiten wieder zu schließen ist. Rückhalt unter den Armen, der, wenn auch bisher einflußlosen Mehrheit in der Gesellschaft, erhält Jesus dabei schon ganz von allein. Aber nochmals gelingt es diesem Mann, den Filz der Einflußreichen von ihnen her abzuwenden, indem er ihnen nicht mit Gewalt droht, sondern sie mit seiner Liebe lockt. Denn nur, wenn man trotzdem aushält, kämpft man nicht mit Gewalt, wenn dieser einem selbst Gewalt antut, und nur, wenn man liebt, dann hält man auch die zweite Wange hin, damit er durch Einsicht zur Besinnung kommen kann. Schnell entstehen um diesen Mann Legenden und Mysterien. Er bewirkt Wunder, und man erzählt sich bald, daß er sogar Wunder vollbringen kann. Bald sagt einer, daß er bestimmt der Messias, der Gesalbte sei, den die Propheten angekündigt hätten, und daß er von Gott selbst gesandt sei, um Israel zu retten und Frieden zu bringen. Der Mann spricht nicht gegen diese Gerüchte über sich selbst, sondern er erkennt, daß sie ihm dazu verhelfen, daß sein Wort gehört wird. Bald spricht einer sogar davon, daß er der Sohn Gottes sei. Auch dagegen redet weder er, noch reden seine Jünger dagegen nachdrücklich an.

Ehe Jesu Einfluß unumkehrbar groß werden und ihre Machtstrukturen zerstören kann, beschließen die immer noch

Mächtigen, seinem Reden ein Ende zu bereiten. Sie klagen ihn des Unrechts an, urteilen und richten ihn hin. Die Art der Hinrichtung soll abschreckend wirken, zeigen, daß, wer auch immer sich gegen die Mächtigen auflehnt, mit demselben Schicksal zu rechnen hat. Aber der Mann hat niemals Unrecht gepredigt. Das Urteil und seine Vollstreckung werden von der Mehrheit des Volkes als große Ungerechtigkeit empfunden. Jesus Christus wird zum Märtyrer. Märtyrer hat es auch früher schon gegeben. Denken wir beispielsweise an Spartakus, der etwa siebzig Jahre zuvor ebenso endete wie Jesus Christus. Vielleicht hätte man Jesus genauso in Erinnerung behalten, wie man Spartakus in Erinnerung hielt. Vielleicht hätte man ihn auch bald wieder vergessen, wie man viele Andere vergessen hat, die ähnlichen Mut bewiesen. Bis hierher haben wir die Ereignisse aus der Sicht der Vergangenheit betrachtet. Wir können als dort Lebende nicht in die Zukunft schauen, wir ahnen nicht, welche Auswirkungen diese Geschehnisse auf die nahe und ferne Zukunft haben werden!

Zwei Jahrtausende später wissen wir, daß sie allmählich zur Gründung einer führenden Weltreligion geführt haben. Wir können von heute aus sagen, daß zwei Dingen gegenüber Spartakus und anderen Aufständigen entscheidend anders waren: Ihre absolute Gewaltlosigkeit und — das ist das wirklich Entscheidende = die vermeintliche Auferstehung!

Diese Auferstehung hat Jesus Christus ganz entscheidend in die Nähe der Identität des Gottes gerückt. Sie war der Ausgangspunkt aller weiteren Mythen= bildung und Basis der neuen Religion. Alles Andere hat man ihm nun schnell und bereitwillig hinzugedichtet: Wer von den Toten wiederauferstehen kann, für den ist es keine Kunst mehr, Kranke zu heilen, Blinde wieder sehend zu machen, über Wasser zu gehen, Wasser in Wein zu verwandeln und sogar andere Tote wieder zum Leben zu erwecken! Maria, seine Tochter und die Mutter dieses Mannes, oder sollte ich besser sagen: Mutter dieser Männer; denn ohne die Hilfe Jesus hätte Joshua nicht zur unsterblichen Legende werden können, hat diesen Mythos nicht erfunden, sondern ihr gehört, daß könnte man ihn aus heutiger Sicht zum Vorwurf machen. Aber auch ich habe nicht vorgenommen gewusst, denn, genau wie sie, sah ich, dass sich in seinem Namen einige Dinge in der Welt zum Guten kehrten. Wir wussten nicht, welche Auswirkungen das in der Zukunft haben würde, wir ahnten nicht, dass sich die neue Religion bald verselbständigen würde, dass sie neue, geistliche Machtverhältnisse schaffen würde, die Politik der späteren Mächtigen bestimmen und zu neuer Gewalt, zu neuer unvorstellbarer Grausamkeit und Unterdrückung führen würde. Es war zu spät, der Inquisition Einhalt zu gebieten. Maria hat hin und wieder versucht, die Menschen zur Umkehr und zur Liebe zu bewegen, indem sie sich einigen offenbarte. Aber den Weg zurück hat auch sie nicht gefunden.

Aus heutiger Sicht = und sie fragten mich nach meiner Beurteilung Jesu als Ungläubigen, der ich im Übrigen recht viel später wirklich geworden bin, sehe ich Jesus Christus als Reformator des jüdischen Glaubens an, ähnlich wie mein Bruder Echnaton ein Reformator des ägyptischen Glaubens gewesen war und genauso wie zuletzt Martin Luther Reformator des

425

christlichen Glaubens werden. Zur Zeit Luthers sollen die Kirche autoritären Strukturen ausgebildet, die den Absichten und der Lehre Jesu vollkommen widersprachen. Die Zahl der Deutungen seiner Worte, der Interpretationen und Auslegungen war so unermeßlich groß geworden, daß die Kirchenfürsten immer Stellen fanden, die rechtfertigten, was sie gerade selbst bewirken wollten. Jesu wahre Gedanken werden dabei aber ständig ad absurdum geführt. Auch die Bibel mit ihrem Neuen Testament ist nichts als eine Interpretation. Jedoch werden sie immer noch in bester gesellschaftlicher Absicht von unterschiedlichen Menschen verfasst.

Und wenn Sie mich als den Menschen fragen, der ich heute bin, so sage ich, daß es unserer Zeit ist für einen neuen Reformator: Wir müssen uns von den Gottesgedanken endlich befreien und zielstrebig, das heißt ohne krankzuredente Umwege, aufmachen, die Menschheit in Frieden genießen werden zu lassen! Wir müssen uns frei der Wahrheit zuwenden können und die beweisbaren Wahrheit endlich als solche akzeptieren!"

Einigen Gesichtern sah man deutlich
an, daß sie nicht einverstanden waren mit
dem, was Dummerstein gesagt hatte.
Widerspruch wollte laut werden, doch
Dummerstein unterband ihn, indem er sagte:

„Ich weiß, daß einige von Ihnen mit
dem, was ich sagte, nicht einverstanden sind.
Wir werden uns die Zeit nehmen, darüber
zu sprechen. Aber wenn wir jetzt damit
beginnen, wird es eine hitzige Debatte, die
stundenlang dauern würde. Es ist sehr spät
geworden. Ali und Moritz Ben-Aziz haben
Ihnen Schlafgemächer hergerichtet. Es ist
nicht so luxuriös, wie Sie es wahrscheinlich
gewohnt sind, aber ich denke, wir sind alle
müde genug, um bald einzuschlafen. Wir
bleiben den Tag über, der bald anbrechen
wird, hier. Es bleibt also Zeit, um wichtige
Fragen zu klären. Sie sollten, denke ich, sich
auf das konzentrieren, was sie sehen
können. Die historische Einordnung und
weiteren philosophischen Betrachtungen dessen
sollten wir nach der Rückreise vornehmen.
Wir werden nach Sommeruntergang
zurückklingen. Ich wünsche Ihnen eine gute
Nacht."

Moritz und Ali übernahmen es, den
Gästen ihre Quartiere zuzuweisen. Es

waren allesamt ungemütliche ehemalige
Klosterunterkünfte, die einem Mittel-
europäer zwar weder das Gefühl von
Luxus noch besonderes Wohlbehagen
einflößten, mit der entsprechenden Müdigkeit aber ein akzeptables und willkommen-
es Nachtlager boten. Mit Ausnahme von
Hamid Abbas und Miriam fügten sich alle
Anderen auch dankbar in ihr Schicksal und
begaben sich zur Ruhe. Dr. Abbas verspürte
keine Müdigkeit; er war ein viel zu
enthusiastischer Altertumsforscher, als daß
er ausgerechnet jetzt hätte schlafen können,
da er mitten in der größten archäologischen
Sensation steckte, die einem Wissenschaftler
zu widerfahren konnte. Er verlangte förmlich
von Mawil Ben-Aziz, daß dieser ihn noch
einmal in den Raum führte, in dem
Nofretete und Kija ruhten. Die Versuchung
war für ihn riesengroß, die beiden
Sarkophagen schon gleich zu öffnen. In dieser
Beziehung war er ungeduldig wie ein
kleines Kind. Er mußte sich zwingen, damit
bis morgen zu warten und Timmerkloor um
Erlaubnis zu bitten. Aber die Hieroglyphen
der zahlreichen Inschriften entziffern, damit
konnte er schon einmal beginnen. So
fotografierte er eifrig alle Details des

Raimund, öffnete anschließend das Laptop, das ihm zur Verfügung gestellt worden war; übertrug die Bilder und machte sich daran, die Texte ins Arabische zu übersetzen. Er freute sich schon darauf, daß Tutanchamun für ihn in seiner originalen ägyptischen Stimme am nächsten Tag vorlesen würde und er damit die letzten Geheimnisse der altägyptischen Sprache als erster würde enträtseln können. Überhaupt müßte er ihn unbedingt dazu bringen, mit ihm zusammen die gesamte Geschichte der Menschheit durchzugehen und sie Punkt für Punkt neu niederzuschreiben aus der Sicht des einmaligen, unwiederbringlichen Zeitzeugen. Lediglich Ojonomo war von ähnlicher Wichtigkeit, dachte er. Aber er konnte nur von der Geschichte der letzten fünfhundert Jahre als Augenzeuge berichten. Und von dann hatte er anscheinend die meiste Zeit in Südamerika oder Ostasien zugebracht. Damit mußte er bei dem Gedanken innerlich lachen.

Miriam tat es leid, daß sie Tutanchamun in den letzten Tagen so schroff behandelt hatte, und sie bedauerte, daß es die Umstände bisher nicht zugelassen hatten, daß sie sich mit ihm darüber ausgesprochen konnte. Sie bat Old Dschafer, sie zu Dschunubistans Offizieren zu führen. Er hatte gehofft, daß sie kommen würde, und freute sich darüber, daß sie es nun auch wirklich tat. Gern ließ er sie ein, und Dschonomo fragte mit einem stillen Blick, ob er besser gehen und einen anderen Raum für sich nützen sollte. Beide wollten aber, daß er zunächst blieb.

„Es... es tut mir so unendlich leid, daß du hier so schlimme Dinge zu erleiden hattest", wollte sie beginnen. Aber noch ehe sie weitersprechen konnte, überkam es sie, und sie fiel dem Mann um den Hals, den sie liebte. Sie drückten sich so fest es ging aneinander, und als er sie küßte, spürte er, wie eine Träne, die sich aus Miriams Augen gelöst hatte, auf sein Gesicht kam. Dschonomo wollte sich nun doch diskret zurückziehen, wurde aber durch Dschunubistans Stimme zurückgerufen. Dschunubistan löste sich leicht aus der Umarmung und sagte zu Miriam:

„Ich war gerade im Begriff, Dschonomo noch einiges zu zeigen, das ihm so gut gefällt wie mir. Ich möchte, daß du mitkommst und es dir ansiehst."

Er rief Moritz Ben-Aziz, und gemeinsam mit ihm schritten sie einen langen und breiten, ebenfalls mit altägyptischen Motiven ausgemalten schmaligen Stollen ab, ehe sie an einem eindrucksvollen Pharaonenbild stehen blieben. Äußerlich war der Stelle nichts anzumerken. Demetrios und Ben-Aziz lösten eine der Platten aus dem Fußboden heraus und betätigten einen geheimen Mechanismus, der plötzlich einen Spalt in der Umrahmung des Pharaonenbildes werden ließ. Die Tür öffneten sie auf die gleiche Weise wie die Türen zuvor. Dahinter befand sich ein größerer Raum, dessen gegenüberliegende Wand aus einer schweren Eisentür bestand, die scheinbar schon etwas korrodiert war und für Miriam nicht sonderlich vertrauenerweckend aussah. Aber Demetrios erklärte:

„Auch diese Tür ist eine Erfindung Leonardos. Er sollte mit der Schmelze von Eisen experimentiert und entdeckt, dass ein bestimmtes Mischungsverhältnis zwischen Eisen und Chrom ein äußerst hartes Metall ergab, das nur bis zu einem bestimmten Grad korrodierte und nicht weiter. Wir würden dieses Material heute Stahl nennen. Allerdings war es noch kein rostfreier Edelstahl."

An der Tür war ein nur scheinbarer Öffnungsmechanismus angebracht: Es gab ein Drehkreuz wie bei einem Bootstresor mit einem Zahlenschloß.

„An diesem Zahlenschloß kann man drehen, solange man will; es bewirkt nichts. Selbst wenn man es tatsächlich schaffen sollte, die Tür zu entfernen = öffnen kann man sie ohnehin nicht =, hat man nichts gewonnen. Dahinter befindet sich nichts als der bloße Fels des Berges."

Minder entfernten sie eine Stein= platte, gruben mit den Händen im Sand darunter, der zur Tarnung diente und verhinderte, daß die Platte hohl klang, und legten einen weiteren geheimen Mechanis= mus frei, der erneut eine verborgene Tür zum Vorschein brachte. Dieses Mal ließ sich die dahinter befindliche und noch mächtigere Stahltür mittels eines Codes öffnen, und Minuten später standen alle wie in dem Raum, in dessen Mitte sich ein kubischer Block von etwa zwei Metern Kantenlänge befand, der massiv aus reinem Goldbarren aufgebaut war. Kein Wort war kaum vernünftig. Er allein hätte schon bewiesen, daß Timmerstorn auch heute noch der reichste Mensch auf Erden war: Oionomo und

432

Miriam konnten nicht glauben, was sie da vor sich sahen. Sie hätten sich niemals träumen lassen, daß es eine solch große Menge Goldes geben konnte. Timmelstorn ließ den Eindruck auf die beiden eine Weile wirken, dann gab er Mowik das Zeichen, daß sie Gionomo und Miriam in das wahre Geheimnis des Goldbergwerks einweihen sollten.

Mowik Ben-Aziz ging auf die unvermutliche Stohlwand auf der gegenüberliegenden Seite zu und öffnete auch in dieser eine geheime Tür. Die führte in einen scheinbar dunklen, schmucklosen Stollen. Kalte Luft schlug ihnen entgegen, die Miriam unwillkürlich erneut frösteln ließ. Mit einer Lampe bewaffnet, begaben sie sich in den Schacht, und Timmelstorn erklärte:

„Wir befinden uns hier in dem Stollen, in dem sich die riesige Goldader befand, von der ich sprach. Ihn sollten wir bis zur Aufgabe der Mine geheim gehalten. Ich sollte auch davon gesprochen, daß wir mit dem Gold aus der Ader einen Raum nach dem anderen gefüllt hätten. Vielleicht habt ihr schon bemerkt, daß der Kubus, den wir eben gesehen haben, diese Bedingung noch nicht erfüllt. Hier befindet sich nun der weitaus größte Teil des Goldes..."

Giacomo und Miriam bemerkten, daß in der Aussage Trummelbaues ein Rätsel stecken sollte. Sie fragten gleich:

„Und wo ist es nun?"

„Die Trutenwände des Stolles sind auf einer Länge von etwas mehr als hundert Metern aus reinem Goldbarren aufgemauert und zur Tarnung mit einer Mörtelschicht überzogen, die den Eindruck eines natürlichen, leeren Stolles vermitteln soll."

„Genial", sagte Miriam.

„Genial und vollkommen sicher", antwortete Trummelbaue.

„Hast du eine ungefähre Vorstellung über den Wert des ganzen Goldes?", fragte Giacomo.

„Er liegt jenseits dessen, was man mit Zahlen erfassen kann", antwortete Trummelbaue.

„Aber dann könntest du doch damit ganz leicht die Not der Menschheit bekämpfen!", rief Giacomo, schon mit einem vorwurfsvollen Unterton.

„Ich wußte, daß ihr das sagen würdet. Aber so einfach ist das nicht. Einiges von unseres Gold ist bereits in Umlauf, ursprünglich für die Linderung menschlicher Not eingesetzt. Wir haben Kinder damit vor dem Verhungern gerettet, bedrohte Existenzen stabilisiert, unschuldig Gefangene freigekauft und vieles mehr. Aber der Wert des Goldes ist auch nur ein von Menschen gemachter Wert. Man kann den Markt damit nicht überfrachten; es erfordert großes Fingergefühl, es richtig, und vor allem zum richtigen Zeitpunkt, einzusetzen. Die Bankenkrise ist so ein guter Zeitpunkt: Die Menschen flüchten wieder in Sachwerte, und der Goldpreis steigt. Du besitzt von nun an das volle Recht, dieses Gold sinnvoll einzusetzen, aber bedenke immer: Um den Wert stabil zu halten, mußt du auch der anderen Seite auch wieder Gold oder andere Werte abschöpfen. Es ist gut, die Menschen vor dem Hunger und vor Krankheiten zu bewahren; aber auch mit allem Gold der Welt kannst du keine Lebensmittel kaufen, die einfach nicht vorhanden sind. Du kannst nicht alle Hungernden ernähren und alle Kranken heilen, ohne daß neue Probleme entstehen. Du mußt dir auch Gedanken darüber machen, daß die Weltbevölkerung nicht ewig so weiterwachsen kann. Du mußt deine Hilfen sehen im Zusammenhang mit Hilfe zur Selbsthilfe und mit Geburtenkontrolle. Auch der Papst beispielsweise lebt in unermeßlichem Reichtum. Er ruft zwar und prangert den Hunger in der Welt an, ohne persönlich viel dagegen zu tun, ohne von seinem Staatsschatz abzugeben. Mehr noch handelt er bevölkerungspolitisch völlig unverantwortlich, indem er dazu aufruft, von Geburtenkontrolle abzusehen, und indem er Abtreibungen generell verdammt."

„Noch einmal, um es richtig zu verstehen", fragte Gionomo; „ich kann von nun an ebenso frei über das Gold verfügen wie du?"

„Richtig", antwortete Timmeßlaw, „ebenso frei wie ich. Aber das heißt auch, daß du dich, genau wie ich, dem Ehrenkodex unterwirfst, der nur eine bestimmte Menge Goldes im Jahr zur wirklich freien Verfügung zuläßt. Die Ausgabe größerer Mengen entscheiden wir mit Mouris Ben-Aziz gemeinsam.

Timmeßlaw, Miriam und Gionomo schritten den Stollen ab, dessen Wände aus den unsichtbaren Goldadern bestanden.

436

Giovanni widerstand der Versuchung nicht, den Wert des Schatzes insgeheim zu taxieren, konnte den Überblick über die sich schnell potenzierende Zahlenreihe aber nicht lange behalten. Giovanni beobachtete seine Mimik, und als sie freudige Verzweiflung signalisierte, fragte er ihn nach den Erfahrungen, die er mit den spanischen Conquistadores im Südamerika des beginnenden 16. Jahrhunderts gemacht hatte. Giovanni mußte zugeben, daß deren Hunger nach Gold unerschöpflich geworden war. Je mehr die indianische Bevölkerung des Kontinents davon unter Zwang für sie herbeischafften, desto gieriger waren sie geworden, desto mehr unterdrückten sie das einheimische Volk, desto grausamer gingen sie gegen alle Völker vor. Am Ende waren keine glücklicher geworden, aber Millionen sollten ihr Leben verlieren, noch mehr lebten fortan im Elend, und ganze Kulturen waren untergegangen. Schließlich war fast der gesamte Kontinent in Armut versunken. Nicht einmal Spanien konnte trotz des erbeuteten immensen Goldschatzes seine Vormachtstellung in der Welt lange aufrechterhalten. Damals sollte er entscheiden, in Südamerika zu bleiben und zu versuchen, an den Indios gut zu machen, was immer ihm möglich war. Das sollte ihm großen Respekt verschafft.

Schweigend gingen sie zurück in ihre Quartiere. Gianomo wählte einen neuen Raum für sich aus, und Miriam blieb bei Tuuuushonei. Nur Miriam sollte noch niemals eine Frau die Miene betreten. Wie oft sollte er damals während seiner Verbannung eine Frau herbeigesehnt, sollte er hier von Nofrerate geträumt! Ohne die Erinnerung an die kurze, schöne Zeit gemeinsam mit ihr in Achet=Aton hätte er die schweren Jahre in der Miene niemals überstanden. Fast jede Nacht war die Schöne sein Zufluchtsort gewesen, fast jede Nacht verließ sein Geist diesen Ort des Grauens und nahm selbst seinen Körper mit zurück in die privaten Gemächer des Palastes in Achet=Aton, wo Nefer=neferu=Aton schon auf ihn wartete, um sich von ihrem Herrscher entkleiden zu lassen und sich ihm lustvoll hinzugeben, bis sie beide ihren Höhepunkt erreichten und er seinen Samen in sie einströmen ließ. Erst danach kehrte er in die erstickende und mit einem immer währenden, übel werdenden Geruch behaftete Realität des völlig überfüllten

...laagers zurück, von der er selbst ein
Teil geworden war. Gelegentlich hörte er
dann noch, daß auch andere Mitgefangene
ähnliche Ausflüge unternahmen und
befürchtete, daß man auch ihn dabei gehört
haben könnte. Aber niemand interessierte
sich dafür; und so genoß er bald wieder die
damit verbundene erholsame Entspannung,
fiel in tiefen, traumlosen Schlaf und wehrte
sich wie in das Konzert der schnarchenden
Männer. Der Schlaf gab ihm die Kraft
zurück, die er am Tag zuvor bei der Arbeit
in der Mine verloren hatte. Nicht mehr und
nicht weniger: Es war ein weiser Akt der
Belohnung gewesen.

Wann immer Trümmerschmerzen später in
der Mine eine oder mehrere Nächte
verbracht hatte, woran die alten
Erinnerungen wieder wach wurden, hatte
er den Gestank von Kot, Urin, Schweiß und
Tränen in der Nase gehabt, hatte ihn das
bedrückende Gefühl der Angst vor dem
nächsten Tag immer wieder eingeholt. Erst
heute war das anders geworden. Einzig
nahm er den wunderbaren verführerischen Geruch
Miriams in sich auf. Die Luft schien mit
nichts Anderem erfüllt zu sein. Der
Liebreiz mit ihr wurde zur vollkommenen

Erfüllung. Glücklicher kann ein Mensch nicht sein, dachte Tremmelkorn und schlief zufrieden und angstfrei ein.

Die Doktoren Wohlfahrt und Abbas waren die ersten, die ihr Nachtlager verließen. Sie wollten keine Minute des kostbaren Tages verschenken und machten sich an die Untersuchung der Räume und der dort in Ewigkeit ruhenden, zeitlos berühmten Persönlichkeiten. Doch trotz ihres Eifers vergaßen sie keinen Augenblick den tiefen Respekt vor den Toten. Tremmelkorns Anwesenheit war in den ersten Stunden dringend erforderlich. Danach konnte er von dem Aziz abgelöst werden und fand endlich die Zeit, die Mine zusammen mit Miriam, Gionomo, Weißenborn und Clement zu verlassen und an die frische Luft zu kommen. Im Bereich des Schachtes, den die Fuge der Schlucht bildete, und durch das kühle Wasser des kleinen Sees darin, war die Luft wirklich frisch und erquickend. Weiter draußen traf sie die Hitze der unmittelbaren Sonneneinstrahlung wie ein Schlag. Doch das Klima war äußerst trocken, und so empfanden sie es als nicht so unangenehm, wie sie erst befürchtet hatten.

Trummelbora hörte, wie sich Clemens und
Meißenborn über die ungeheuren Konse=
quenzen unterhielten, die sich aus Trummel=
oras Zeugnis von der Geschichte und ihrem
Besuch hier zwangsläufig ergeben würden.
Sie fragten sich bereits, was aus dem
Episkoprecht der Kirchen und ihrer
Institutionen, bis hin zum Papst, werden
solle. Trummelbora mischte sich schließlich in
ihre Unterhaltung mit ein und sagte:

„Eine ganze Weile werden uns die
Kirchen und ihre Institutionen noch erhalten
bleiben. Schon weil sie zunächst noch den
Alleinanspruch auf die Moral der
Menschheit für sich festhalten wollen. Es
wird lange dauern, ehe man dem vertrauen
wird, was ich der Menschheit zu sagen habe.
Man wird gegen mich reden, mich moralisch
unter Acht und Bann stellen, bis mir
Kirchenfanatiker nach dem Leben trachten
und Anschläge auf mich verüben werden.
Von der Seite des Islam wird dies am
schnellsten erfolgen, obwohl ich mich zu ihm
kaum äußern werde. Vielleicht sterbe ich
auch, noch ehe ich in den Menschen ein
Bewußtsein für die wirklichen Wahrheiten
erzeugen kann. Die Religion sitzt heute
immer noch tief in den Herzen der Menschen,

vielleicht sogar lieber als zu zweit. Vielleicht wären es sogar gut, die Menschen darin zu belassen. Aber man kann die Wahrheit doch nicht ewig unausgesprochen lassen! Eine Wahrheit ist, daß ich immer an die Götter glauben wollte. An die zahlreichen, mächtigen um Amun aus meiner Kindheit ebenso wie an Aton, dessen Prophet ich mit meiner Königswürde geworden war; und genauso, wie später an den einen Gott, den die Juden Jahwe und die Moslems Allah nennen. Ich habe die meisten Zeiten erlebt, in denen dieser Gott sich den Legenden und Schriften zufolge den Menschen offenbart haben soll; ich war manches Mal sogar zur rechten Zeit am rechten Ort. Aber ich habe nicht ein einziges Mal selbst gesehen, daß sich ein Gott wirklich offenbarte! Glaube und Religion sind durch Legenden entstanden, nicht durch unmittelbar erlebte Zeugnisse! Legenden entstehen meist um einen wahren, jedoch nicht menschlichen Kern herum und helfen den Menschen Ängste zu bewältigen, Dinge zu erklären, die ihnen in ihrer Zeit sonst nicht erklärbar scheinen. Auch heute scheinen die Ängste noch tief zu sitzen und für die meisten Menschen noch zu vieles

unerklärbar zu sein. Das liegt am
unerschütterlichen Bildungsniveau, aber auch
daran, daß man häufig nicht bereit ist, sich
den Fragen wirklich auch zu stellen. Die
Kirche hat zum Beispiel auf die Fragen ‚Was
ist nach dem Tod' die Antworten, die man
gerne hört und die für die rechte Zeit das
Schmerzes nach dem Verlust eines
Angehörigen vielleicht sogar über die Trauer
hinweghelfen: ‚Die Seele des Menschen lebt
weiter'. Doch ist das die wahre Antwort?
Aus biologischer und chemischer Sicht wohl
kaum. Wir können uns nicht wirklich damit
abfinden, daß unser Leben, das Leben derer,
die wir lieben, und unser innerstes Ich
lediglich ein Ablauf von chemischen Prozessen
ist, der eben auch zu Ende ist, wenn er
unterbrochen wird. Jeder von uns ist allzu
gerne bereit, mehr darin zu sehen. Die
Wahrheit kann grausam sein, gewiß, aber
es ist ein erhebendes Gefühl, sie für sich zu
entdecken. Dieses Gefühl macht das Leben
lebenswert, immer wieder aufs Neue. Und
= einen Vorteil hat derjenige, der nicht an
ein Fortbestehen der Seele glaubt: Er kann
im Augenblick des Todes nur positiv
überrascht werden, wenn er mit seiner
Meinung doch Unrecht gehabt haben sollte."

Die Gruppe versammelte sich zum Nachmittagskaffee. Anschließend trafen Timmerstein, wie auch Vater und Sohn Ben-Aziz, die Vorbereitungen für den Rückflug. Dieser war eigentlich schon für die Zeit kurz nach Sonnenuntergang geplant. Dr. Wohlfarth hatte seine Arbeit gerade noch rechtzeitig abgeschlossen, allein Dr. Abbas war von dem phantastischen Fundort nicht zu trennen. Immer wieder brachte er Gründe vor, weshalb er hier und da noch kurze Studien durchführen müßte. Er bot sogar darum, ihn vor Ort zu lassen und später wieder abzuholen, aber das konnte Timmerstein schon deshalb nicht zulassen, weil man ihn sonst in Kairo der Entführung eines Prominenten verdächtigen würde. Timmerstein kam nicht umhin, ihm zu versprechen, daß Abbas bald an diesen Ort zurückkehren dürfe.

In völliger Dunkelheit steuerten die Piloten die beiden Helikopter wieder getrennt voneinander auf den bereits geschlossenen Flughafen von Alborca. Die Scheinwerfer schalteten sie erst kurz vor Bodenberührung an. Die Lichtkegel erleuchteten nicht viel mehr als die Falcon 2000 Timmersteins, in die sie für unverzüglich

umstiegen. Als beide Teams an Bord
waren, dauerte es nur noch wenige
Minuten, bis die Maschine zu rollen
begann. Die Jalousien waren schon von
vornherein heruntergezogen worden.
Unverzüglich erhob sich der Privatjet in die
Luft und wählte dieselbe Route, auf der er
gekommen war, auch für den Rückflug.
Hatten sich die Expeditionsteilnehmer im
Helikopter noch lautstark unterhalten und
sogar ein wenig gestritten, so war es jetzt
ruhiger geworden. Die Gruppe kehrte in die
Welt von heute zurück, und jeder besann sich
auf das, was er in den letzten 24 Stunden
erlebt hatte. Kaum einer konnte richtig
begreifen, was mit ihm in dieser kurzen Zeit,
die jedem Einzelnen mindestens dreimal so
lang vorgekommen war, geschehen war.
War es wirklich wahr, dass sie vor kurzem
noch an den Torkophagen der berühmtesten
Personen der Menschheitsgeschichte gestanden hatten? Es war ihnen noch gar nicht
richtig bewusst, dass sie jetzt zu den ganz
wenigen Menschen auf Erden gehörten, die
die größten Geheimnisse des Menschen-
geschlechts kannten, oder ihnen zumindest
dicht auf der Spur waren.

Ali Ben=Aziz ... den Gästen
ein reichhaltiges Abendmahl und löste
danach Sebastian im Cockpit ab, um
seinem Vater Moritz beim Navigieren der
Maschine zu assistieren. Beim Essen kam
die Konversation langsam wieder in Gang.
Sie war der Reihe bei einigen noch latenten
Zweifel daran, daß Sebastian tatsächlich
Pharao im ägyptischen Altertum gewesen
ist, wovon vollkommen ausgenommen, auch
bei Hamid Abbas. Während die Anderen
darüber debattierten, wars zu ihm hin,
nachdem die Gegenproben ausgewertet sein
würden, wovon er gedanklich damit beschäf=
tigt, die ägyptische Geschichte ab der 18.
Dynastie aufzuarbeiten und entsprechend
zu korrigieren.

Richter Clemens und Dr. Wohlfarth
plädierten dafür, daß Sebastian am
besten auf einer speziell einberufenen
Pressekonferenz an die Öffentlichkeit gehen
sollte. Diesen Plan schmetterten Sebastian
Meißenborn und Miriam Wagner recht
einmal vehement ab und gaben zu bedenken,
daß die Geschichtsbeschreibung zwar relativ
einmütig und schnell zu revidieren sei, dort,
wo es notwendig ist. Doch es seien
unweigerlich ja auch so fast unnotionalen

Gebiete wie die Religionen der Menschheit davon betroffen. Hier müsse man äußerst behutsam vorgehen und gemeinsam abwägen, was man sagen wolle.

„Die christliche Religion zum Beispiel ist in Jahrtausenden gewachsen und als wichtigster Inhalt des Familienverbunds immer wieder in langen Übergangsphasen von einer Generation an die nächste übergeben worden", gab Miriam zu bedenken. „Ich merke es an mir selbst recht jetzt so richtig, wie sehr ich von ihr geprägt bin. Ich war nie ein wirklich religiöser Mensch. Ich wurde getauft und konfirmiert, genau wie die meisten meiner Altersgenossen auch. Danach habe ich, außer an Weihnachten, zu Taufen, Hochzeiten oder Beerdigungen, keinen Gottesdienst mehr besucht. Dennoch fällt es mir unheimlich schwer, der atheistischen Argumentation Timmerkamps bedingungslos zu folgen." Sie sah Timmerkamp an und fügte leise hinzu: „Und das, obwohl ich Timmerkamp liebe, wie ich noch nie zuvor einen Menschen geliebt habe, und ihm in allen Dingen vollkommen vertraue."

Es herrschte wieder Stille nach ihrem Einwand. Sie selbst fuhr fort:

„Obwohl ich mich also nicht als religiösen Menschen verstehe, sitzt das so genannte Gottvertrauen so tief in mir, daß ich das Gefühl habe, daß es nicht erst in mir vorhanden ist, sondern daß es sich so anfühlt, als ob ich es von meinen Vorfahren geerbt habe. Ich habe das Gefühl, daß ich mich in diesem Punkt Timmerthauer niemals richtig aufschließen kann und daß dies, bei aller Liebe, der einzige Punkt ist, der uns voneinander entzweien könnte."

Timmerthauer blickte recht vor sich hin. Er liebte diese Frau und er wollte unter keinen Umständen dulden, daß es etwas gebe, das sie beide auseinander bringen könnte. Einen Augenblick lang dachte er darüber nach, seine Offenbarung als Langlebiger zurückzuziehen. Nein, das ging nicht mehr! Aber die Geschichte Gottes und der Familie Jesu, die ja auch seine eigene Familie war, so zu belassen, wie sie war, war das die Alternative? Seine Liebe zu Miriam wächst es nennt, dachte er. Aber er verwarf auch diesen Gedanken sofort wieder. Seine Beziehung zu Miriam konnte er nicht auf einer Lüge aufbauen. Zu viele Menschen waren gerade durch die Generationen hindurch wegen dieser Reli=

gionen zu Tode gekommen. Und wenn er
selbst nun noch ein Opfer, ein sehr
schmerzhaftes Opfer bringen müßte: Es war
seine innerste Pflicht, die über allem zu
stehen hatte; er müßte die Menschheit über
den Irrtum des Gottesglaubens aufklären
und die gefälschten Legenden über seine
Familie berichtigen!

„Wenn es mir schon so weh tut", hörte er
Miriam weiter sagen, „wie würden erst
wirklich religiöse Menschen, ganz zu
schweigen von religiösen Eiferern und
Fanatikern, darauf reagieren?"

Gespannt blickten Parker, Wohlfarth
und Clement in Timmerslows sorgenvolles
Gesicht. Sie fühlten, daß es auch Masters
Schneide stand, ob er der Welt sein
Geheimnis mitteilen würde oder ob er jetzt
im letzten Moment noch einen Rückzieher
machen würde. Timmerslow spürte die
Blicke und wußte, daß er mit dieser Reise
den Prozeß der Offenbarung bereits
unumkehrbar gemacht hatte, denn: Trat er
nicht an die Öffentlichkeit – einige der ihm
Nahekommenden würden es noch kürzer Zeit
mit Sicherheit tun. Er selbst müßte das Recht
jetzt in der Hand behalten!

„Wir werden mit der ganzen Wahrheit an die Öffentlichkeit gehen!", bestimmte er mit starker Stimme. Er blickte dabei fest in die auf ihn gerichteten Gesichter und vermied auch den Blickkontakt mit Miriam nicht. Ihre Augen spiegelten keine Enttäuschung wider; ihre signalisierten ihre Züge, dass einverstanden war; was sie verwundert hatte, und dass auch sie trotz allem hinter ihr stehen würde.

„Über das Wie und Wann erbitte ich eure Vorschläge", fügte er an.

„Ich habe wirklich eine Idee", meldete sich Sebastian zu Wort. „wir könnten auch eine groß angelegte Pressekonferenz vorziehen, bei der man sowieso niemals weiß, ob einem die Journalisten nicht direkt vor Ort in die Luft zerreißen. Stattdessen könnte man in eine Talk-Show gehen. Ein solcher Öffentlichkeitsauftritt ließe sich sorgsam und schonend vorbereiten. Wir als deine Zeugen können mit in der Runde sitzen, und das Ansehen in der Öffentlichkeit ist mindestens genauso stark gegeben wie in einer Pressekonferenz. Deine Lenkungs- und Mitgestaltungsmöglichkeiten sind aber ungleich höher."

„Die Idee ist wunderbar", fiel Miriam sofort ein. „Du könntest sogar optisch so im Hintergrund bleiben, dass du nicht erkannt wirst und damit kein unnötiges Risiko eingehst!"

„Dann machen wir es so!", entschied Timmerkamp, „denkst du dabei schon an einen bestimmten Ort?"

„An Father vielleicht?", fragte Sebastion. „Ich glaube, er ist zwar ein religiöser Mensch, aber durchaus tolerant und offen für alles."

„An ihn habe ich auch gerade gedacht", gab Timmerkamp zu. „Ich mag an seiner Sendung, dass er es versteht, eine gesunde Atmosphäre zwischen Vertrauen und offener Behandlung von natürlichen Zweifeln herzustellen. Er könnte tatsächlich der richtige Mann dafür sein."

Die Maschine warf ihre Reiseflughöhe und schwebte auf den Flughafen Kairos zu. Die Jalousien öffneten sich wieder, und Timmerkamps Passagiere genossen den Ausblick auf das hell erleuchtete Lichtermeer der Millionen-stadt. Der Kleinbus brachte die Gruppe zurück ins Hotel, wo alle Teilnehmer ihre persönlichen Gegenstände zurück erhielten.

Während Ali und Moritz Ben=Aziz das Foto= und Probenmaterial sichteten und auf ihren Rechner kopierten, lud Timmes= Bauer alle Beteiligten ins Restaurant zu einem späten Abendessen ein. Am Ende verabschiedete sie Hamid Abbas herzlich, der sich trotz der späten Stunde sogleich in sein Büro fahren ließ, um mit der Auswertung ihres gesammelten Materials zu beginnen. Am Morgen flogen die Übrigen mit Timmesbauer zusammen zurück nach Frankfurt.

16. Kapitel

Dr. Matthias Wohlfarth hatte mehr als genügend Probenmaterial gesammelt, um sowohl einen Teil selbst untersuchen zu können als auch zu einem weiteren Teil an zwei voneinander unabhängige, renommierte Institute zu Vergleichsuntersuchungen schicken zu können. Den weitaus größten Restanteil konservierte er jedoch im Originalzustand, um auch in Zukunft noch Untersuchungen durchführen zu können, wenn sich die Methoden möglicherweise noch weiter verfeinert haben sollten. Auch Proben zur Altersbestimmung der Münzen und Materialien, vor allem nach der Radio-kohlenstoffmethode, hatte er an die entsprechenden Fachstellen gesandt. Deren eigenen Analysen bestätigten vorerst voll und ganz die Aussagen, die Trummelkorn gemacht hatte.

Bis die Untersuchungen zu einem endgültigen Abschlußergebnis kommen würden, beschloß Trummelkorn, endlich einmal einige Zeit mit Gianoma allein zu verbringen. Miriams durch die Reihe noch weiter verdichteten Termine ließen es ohnehin nicht zu, daß sie die beiden auch ihrer

Kürzreise begleiten. Dazu hatte sie viel zu viele Fälle aufzuarbeiten. Gionomo wollte das Grab seines Vaters besuchen, das er noch nie gesehen hatte, und noch einmal an die Stätten seiner Kindheit zurückkehren. Zunächst flogen sie nach Paris und betrachteten, unauffällig als Touristen getarnt, das Gemälde seines Vaters, das seine lächelnde Mutter zeigte. Danach fuhren sie nach Amboise an der Loire, um das Schloß Clos Lucé, in dem Leonardo seine letzten Lebensjahre verbracht hatte, zu besichtigen. Zwar statteten sie der Chapelle de H. Hubert auf dem Gelände des großen Schlosses von Amboise, wo er begraben liegt, einen Besuch ab. Doch eine Atmosphäre der Stille, um in Ruhe seines Vaters zu gedenken, fanden sie dort zunächst nicht vor. Die Besucher kehrten kurz vor Schließung des Geländes zurück. Gegen eine großzügige Vergütung waren das Wach=personal gern bereit, eine Überstunde anzuhängen und den beiden aristokratisch wirkenden Herren einen Besuch der Kapelle in angemessener Ruhe zu gewähren. Gionomo hatte sich ihr vorgestellt, seinem Vater an einem Sarkophag die Ehre erweisen zu können. Daß es lediglich eine

Steinplatte gab, die, mit seinem Namen versehen, in den Fußboden eingelassen war, enttäuschte ihn sehr. Auf diese Weise verbrachten die beiden Männer doch wesentlich weniger Zeit als vorgesehen in der Kapelle.

Clos Lui, das Château, das der französische König Leonardo als Alterssitz zur Verfügung gestellt hatte, und der Park, der das Anwesen umgab, sollten sich in der Zeit seit Simmenkloars letztem Besuch, Mitte der vergangenen Fünfziger= jahre, in einen wahren Freizeitpark verwandelt. Simmenkloar kam nicht umhin, bei der Verwaltung des Besitzes ebenfalls um einen privaten Besuchstermin zu bitten, der ihm nach Inaussichtstellung einer großzügigen Spende auch problemlos gewährt wurde.

Die junge Frau, die den Rundgang durch Clos Lui für die beiden Herren gestalten sollte, erwies sich als fachlich sehr kompetent. Sie konnte ihnen ihre Führung in mehreren Sprachen anbieten. Da nur Simmenkloar fließend französisch sprach und nur Giacomo spanisch, entschieden sie sich neben dem ebenfalls angebotenen Englisch für Italienisch. Es war die Sprache, in der die junge Frau unwillkürlich ihr größtes Engagement entwickelte, weil sie Leonardos Biographie mit großer Begeisterung in der Originalsprache studiert hatte. Sie benützten gegenüber den beiden Männern nicht nur ihrem Typ für die übliche Führung, sondern sie freuten sich sichtlich über das wirklich große Interesse der Männer und versorgten sie mit unzähligen Zusatzinformationen. Tummelbauer bemerkte, daß der große Renaissancesaal, der früher der Lumpenballsaal Leonardos gewesen war, auswendig restauriert worden war.

„Genau wie zur Zeit Leonardos", davon war die charmante Dame überzeugt. Ein paar Unterschiede dazu bemerkten Gionomo und Tummelbauer allerdings schon, ließen es aber kommentarlos damit bewenden. An den Wänden würden sie auch die leidlich guten Kopien einiger Bilder Leonardos aufmerkten. Die Mona Lisa hing dort, wo auch Leonardo das Original postiert hatte. An den Bau, in dem Leonardo gestorben war, war inzwischen praktisch alles immer wieder erneuert worden, so daß man kaum noch davon sprechen konnte, daß es tatsächlich sein Bau

456

gewachsen wären. Lediglich die Küche ließ die beiden für eine kurze Zeit in die Vergangenheit eintauchen. Eine besondere Beziehung zu diesem Schloß konnte Ojonomo nicht aufbauen. Aber wenn sie schon einmal hier waren, dann konnten sie auch den Themenpark besuchen. Julietta, so hieß die junge Fremdenführerin, war hier richtig in ihrem Element. Sie schwärmten geradezu von den Erfindungen ihres großen Vorbildes, und besonders Ojonomo genoß die frische Art, wie sie ihnen das Genie ihres Vaters näher bringen wollte. Die Maschinen und Geräte Leonardos waren mit viel Liebe zum Detail für diesen Park nachgebaut worden, und sie machten auf Ojonomo in der Vollständigkeit, in der sie hier zu sehen waren, einen wirklich tiefen Eindruck. In Erinnerung an seine Kindheit sollte er nur wenige und immer nur einzelne dieser Geräte zu Gesicht bekommen. Als Knabe sollten sie ihn nicht sonderlich interessiert. Eher sollte er sich damals darüber geärgert, daß sein Vater ihretwegen nie richtig Zeit für ihn hatte. Ständig war er damit beschäftigt, eine ein Detail zu verbessern und dort etwas auszutauschen. Jetzt nahm er die Dinge, die ihn hier in ihrer

Gesamtheit so beeindruckend präsentiert
werden, zum ersten Mal richtig wahr; und
sie werden auch für ihn nachhaltig
beeindruckend. Daß sich Timmerlohann unter=
bei noch Jonathans Saint-Gobain bei der
jüngeren Dame erkundigen wollte, nahm er
kaum wahr. Julietta war einen Augenblick
recht erstaunt, daß sie nach dem Mann
gefragt wurde, der in den Fünfzigerjahren
als Familienoberhaupt damit begonnen
sollte, den ursprünglichen Zustand des
Hauses aus der Zeit Leonardos =
zumindest teilweise = wieder herzustellen.
Julietta berichtete, daß sie ihn nicht mehr
persönlich gekannt habe, da er bereits 1979,
dem Jahr ihrer eigenen Geburt, verstorben
sei. Timmerlohann verzichtete darauf, weiter
nachzufragen.

    Beim Gang durch den Park begegnete
ihnen ein älterer Herr, der einen alten Damen
auf einem Spaziergang begleitete. Julietta
machte ihre Zuhörer schon beim ersten Anblick
der beiden Herrschaften auf sie aufmerksam
und sagte:

    „Oh, Signori, was für ein Glück Sie doch
haben: Der Herr ist Juan Saint-Gobain; er
ist derjenige, der den Park zu dem gemacht
hat, der er heute ist. Und die Dame = sie

fragten mich wohin nach Monsieur Jonquis
Saint=Godain = woar dessen Frau."

Giacomo und Tummelchen grüßten die
beiden Herrschaften freundlich, und Frau
Saint=Godain grüßte ebenso freundlich
zurück. Madonna blickte Tummelchen beim
Näherkommen die ganze Zeit recht ungläu=
big an und erwiderte den Gruß nur flüchtig.
Als sie sich ebenfalls begegneten, blieb sie stehen
und sagte, an Frau gerichtet:

„Dieser Mann kommt mir bekannt
vor."

„Wer soll es denn sein?"

„Er sieht aus wie der Mann, der uns
damals Dinge aus Leonardos Nachlaß
besorgt hat."

„Du irrst dich bestimmt", hörte
Tummelchen ihn sagen.

„Ich weiß, es kann eigentlich nicht
sein", antwortete sie und sagte plötzlich
lauter und an Tummelchen gerichtet:

„Pardon, sind Sie nicht Monsieur
Schöfer?"

„Oui, Madonna?", gab Tummelchen
zum allgemeinen Erstaunen, vor allem zu
dem Giacomos, zurück.

„Mais, Monsieur, pardon, i'est
impossible. Immer noch so jung?!"

„Madame", versuchte Trummelbaum die Situation einigermaßen logisch aufzuklären. „Ich nehme an, Sie erinnern sich durch mich an meinen Vater, der einmal für Monsieur Jonquis gearbeitet hat?"

„Richtig! = Das war ihr Vater? Dann sind Sie ihm aber wie aus dem Gesicht geschnitten! Diese Ähnlichkeit ist wirklich frappierend! = Aber bitte, meine Herren, begleiten Sie uns doch ins Haus. Sie müssen uns alles erzählen! Denk nur, Yvon, er ist tatsächlich der Sohn des Antiquitäten= händlers, der für uns damals die echten persönlichen Gegenstände Leonardos wiederbeschafft hat!"

„Das habe ich schon verstanden, Mama. Den Namen Schäfer hat Papa schließlich oft genug erwähnt. Ich freue mich, Sie kennen zu lernen", richtete Yvon Saint= Gobain den letzten Satz direkt an Trummelbaum.

Juliette wollte sich von den beiden Herren verabschieden, weil sie annahm, daß ihre Aufgabe als Fremdenführerin für sie damit erledigt sei. Madame Saint=Gobain unterbrach sie sogleich und sagte:

„Meine liebe Juliette, ich möchte dich bitten, ebenfalls mit uns zu kommen. Ich bin sicher, daß unsere Unterhaltung mit den beiden Herren auch für dich sehr interessant werden wird."

An Temmelsdorra und seinen Begleiter gewandt fuhr sie fort:

„Sie müssen wissen, daß Julietta meine Großnichte ist, und ich versichere Ihnen, daß es heute wohl kaum jemanden gibt, der von der Person und dem Werk Leonardos mehr weiß und begeisterter sein kann als sie."

Die alte Dame führte ihre drei Gäste in den privat genutzten Salon des Schlosses und bat ihre Haushälterin, ihnen Kaffee zu servieren. Sie erzählte davon, daß ihr Sohn Ivan nach dem Tod Jonquins' dessen Werk fortgesetzt habe. Unter ihm wurde die Restauration der Räume Leonardos vollendet, und er habe aus dem gesamten Anwesen das gemacht, was es heute ist.

„Ivan hat dem größten Genie der Menschheit ein wahres und angemessenes Denkmal gesetzt, indem er allen Menschen die Möglichkeit bietet, Leonardos vielfältiges Werk zu entdecken und zu bestaunen und sich sogar mit der fast unüberschaubaren Menge an Ihnen auseinanderzusetzen, für deren Verwirklichung ein

normales Menschenleben gar nicht
aufbrauchen konnte."

In diesem Moment betrat auch der
eben erwähnte Jrom die Halle. Er war durch
ein Telefonat aufgehalten worden. Er
wußte, daß seine Mutter gerade einen
Lobesbrunnen auf ihn ausgestoßen hatte, und
bemühte sich, diese zu relativieren. Jrom
beabsichtigte im Augenblick, sich weiter nach
dem vermeintlichen Vater des Monsieur
Schäfer zu erkundigen, als Madame
Beatrice Point=Godoin ihre Stimme erneut
erhob:

„Sie werden es sicherlich als unhöflich
empfunden haben, Messieurs, daß ich mich
überhaupt noch nicht nach Ihrem charmanten
Begleiter erkundigt habe und Ihnen auch noch
nicht die Gelegenheit geboten habe, ihn uns
vorzustellen. Aber ich möchte Sie bitten, sich
noch einen Moment zu gedulden; es gibt
etwas, das ich Ihnen zeigen möchte."

Unterstützt von ihrem Sohn, der
ebenso überrascht dreinschaute wie Simmons=
Lorre und Gionomo, ließ sie sich von ihm an
ihren Sekretär begleiten und entnahm
diesem zwei offensichtlich schon sehr alte
Dokumente.

„Ich fand diese Papiere an einem, sogar recht sehr verborgenen Ort des Schlosses. Offensichtlich lag derjenige, der sie zuletzt vor mir in den Händen gehalten hatte, viel daran, daß sie nicht an die Öffentlichkeit gelangten."

Madame Saint-Gobain hielt die Papiere weiter in ihren Händen, während sie sich wieder setzte und sprach:

„Ist es möglich, daß Ihr Name Gionomo lautet, verehrter Herr? Und ist es ebenso möglich, Monsieur Schäfer, daß wir nicht Ihrem Herren Vater zu großem Dank verpflichtet sind für die Wiederbeschaffung so vieler Gegenstände aus dem Leben Leonardos, sondern Ihnen selbst?"

Simmonsflower und Gionomo waren im ersten Moment so verblüfft, daß sie gar nicht sofort darauf antworten konnten. Lediglich ihre unbewußte Gestik signalisierte, daß sie die Möglichkeit dazu einräumten. Diese Reaktion wertete die alte Dame richtigerweise als Bestätigung ihrer Vermutung und legte ihnen das erste der Dokumente vor: Es war eine Handschrift Leonardos, wie üblich in Spiegelschrift verfaßt. Sie war nicht so flüssig zu lesen wie die Schriften, die sie sonst von ihm

463

konnten = und das nicht nur wegen ihres
Alters. Man konnte erkennen, daß es ihn
große Mühe gekostet haben müßte, sie zu
verfassen. Es war für den Leser nicht leicht
verständlich, daß sich dieses Papier um einen
leiblichen Sohn Leonardos drehte. Der Name
Giovonno wurde darin erwähnt, es war aber
auch dabei kein direkter Zusammenhang zu
einer konkreten Person erkennbar.
Schwerlich schrieb Leonardo, außerdem
etwas diffus, von Erfahrungen, die er mit
dem eigenen Leben gemacht haben. Jeder
christlich erzogene Mensch müßte daraus
den Schluß ziehen, daß er sich im Angesicht
des nahen Todes Gedanken über die kirchliche
Lehre vom Weiterleben nach dem Tod
gemacht haben. Einzig Madonna Saint=
Gobain las daraus einen Bezug zu
tatsächlich real existierenden Personen
heraus und hatte in den zweiten Papier
weiterer Hinweise auf die Richtigkeit ihrer
Theorie gefunden. Es handelte sich dabei um
ein niedergeschriebenes Zeugnis, das, so
vermutete sie, von König Franz I. persönlich
stammte. Laut Überlieferung soll er, als
großer Bewunderer und Förderer
Leonardos, aufgrund der Nachricht vom
bevorstehenden Ableben seines Freundes

464

nach Amboise geeilt sein. Glaubt man dieser Niederschrift, so war der König in Leonardos letzter Stunde bei ihm, was historisch betrachtet allerdings sehr umstritten sei. Auch dieser Niederschrift zufolge, die als eine Art Gewöhnnisprotokoll des Königs anzusehen sei, nannte Leonardo ebenfalls den Namen Gionomo in Zusammenhang mit einem Sohn, den er gezeugt haben soll. Diesen Sohn habe ihn aber ausscheinend ‚für die Ewigkeit' verlassen.

„Möglicherweise sei er in unerklärdiger Weise im Zusammenhang mit der harzigen Maria einem Pharao des Landes Ägypten genannt und wieder vom ewigen Leben phantasiert", zitierte die Frau aus dem Pergament.

Die beiden Angesprochenen holten tief Luft und sahen sich gegenseitig an.

„Nun, Madame", begann Trummenklauer in sehr bedachtem, feinstem Französisch, „in Anbetracht der Tatsache, daß wir in vorigen Tagen ohnehin unsere wahren Identität bekannt geben werden, würde es sich nicht geziemen, Ihnen bis dahin eine Lügengeschichte zu unterbreiten. Aber es erstaunt uns doch außerordentlich, daß gerade jetzt die Klugheit einer wahren

Frau worab zu ünserer Enttäuschung führt. Es ist tatsächlich, wie Sie es vermutet haben: Dieser Mann ist Giacomo di ser Leonardo, der leibliche Sohn des Leonardo di ser Piero da Vinci. Aber ich frage mich, ehrlich gesagt, wie Sie darauf kommen konnten, daß eben dieser Giacomo heute noch leben könne, zumal doch Leonardo selbst gar nicht mehr erfahren konnte, daß sein Sohn ein langlebiger Mensch ist?"

„Er selbst hat es gehofft, mehr noch: Er hat fest daran geglaubt", entgegnete sie. „Schon seine Mutter Caterina, die arabischer Herkunft war, soll ihm, als sie die letzten Jahre vor ihrem Tod bei ihrem Sohn lebte, davon erzählt, daß es unter ihren Vorfahren Menschen gegeben habe, die sehr sehr lange gelebt haben. Darüber habe ich entsprechende Aufzeichnungen Leonardos entdecken können. Als ich nun diese Papiere las, die von anderen wenig lebenden Menschen in Leonardos Nähe berichteten, wußte ich, daß mehr daran sein müßte als das bloße Hirngespinst eines vom Tod gezeichneten alten Mannes. Ich wußte nur nicht, wer außer Maria es noch sein könne. Bis ich Sie heute wieder gesehen habe und sofort wußte, daß Sie selbst der Mann

woran, der meinen Ehemann und mich
damals besucht hatte und in der Zwischen=
zeit nicht um einen einzigen Tag gealtert
zu sein scheint. — Und Sie es, sind Sie der
Mann, den Leonardo als den Pharao
bezeichnet hat?"

„Ja = ja, der bin ich", gab Timmerkamm
zu.

Madame Saint=Gobain standen
Tränen in den Augen. Julietta war bleich
geworden und starrte mit weit
aufgerissenen Augen auf Giovanno. Die
Comtess es einfach nicht fassen und schüttelte
den Kopf. Eben noch hatte sie einen ihr
außerordentlich sympathischen jüngen
Mann begriffenes Leben und Werk das von
ihr mißverstandenen Menschen dieser Welt
näher bringen wollen, und von ihm sogar
eine lächelnde Zustimmung dafür erhalten,
da stellt sich heraus, daß er selbst der
leibliche Sohn des Uomo Universale ist! Sie
hatte das Gefühl, diesen Gedanken nicht
aushalten zu können!

Auch Jean saß kreidebleich und
sprachlos auf dem Sofa. Er faßte sich als
erster wieder und machte sich Gedanken über
die Konsequenzen, die diese neue Lage =
auch für ihn = haben würde.

„Das hieße denn ja, daß Sie auch der rechtmäßige Erbe von Clos Lüni wären...", fragte er, an Gionomo gerichtet, mit einem leichten Unterton des Erschreckens. Gionomo glaubte zwar, die Frage verstanden zu haben, dennoch blickte er kurz in Julettes Augen. Sie begriff sogleich und übersetzte die Frage ins Italienische.

„Oh, machen Sie sich darüber keine Gedanken", beruhigte Gionomo den Hausherren, jetzt in englischer Sprache, die sie alle beherrschten. „Ich bin nicht gekommen, um irgendwelche Ansprüche zu erheben. Ihre Familie hat dieses Anwesen sicher ehrlich erworben, von wem auch immer; und dabei soll es auch bleiben. Ich freue mich im Gegenteil sehr darüber, daß Sie das Andenken an meinen Vater so hoch halten und..", jetzt mußte er wieder zu Julette hinüberblicken „....so außerordentliche charmante und engagierte Mitarbeiter beschäftigen, die ihre Aufgabe so begeisternd erfüllen."

Julette wäre beinahe rot geworden.

„Wir haben diese kleine Reise unternommen", fuhr Gionomo fort, „weil ich sehr lange nicht mehr in Europa war und auch das Grab meines Vaters noch nie besucht habe."

„Warum Sie denn schon in der Chapelle St. Hubert, wo sich sein Grab befindet?", wollte Jrom wissen.

„Ja", antwortete Giacomo, „allerdings war es doch ein wenig enttäuschend, nur eine Bodenplatte mit seinem Namen darauf zu sehen."

Jrom sah seine Mutter fragend an. Sie zögerte eine Weile, doch dann nickte sie und sagte:

„Es war nicht leicht für Sie, und Ihr Geheimnis zu wahren. Sie haben unserer Diskretion vertraut und es getan. Auch wir haben ein Geheimnis. Nur, wenn nicht Sie, wären würdiger, es zu erfahren." Sie nickte Jrom noch einmal zu, und er begann zu erzählen.

„Bruder Leonardo Mons, gab er genaue Anweisungen, was mit seiner sterblichen Hülle zu geschehen habe. Darüber gab es eine offizielle und eine inoffizielle Version. Beide stimmen darin überein, dass er in das Kloster St. Florentin verbracht werden wollte. Während der offiziellen Totenfürsorge leer bleiben und später in der Chapelle St. Hubert in den Boden eingelassen werden sollte, hatte Leonardo einen Vertrauten im Kloster angetragen, seinen Leichnam nach einem bestimmten Verfahren zu mumifizieren. Er sollte diesen anschließend in die Toskana, in die Nähe seines Heimatortes Vinci überführen. Dieser Mann erhielt eine geheime Karte und genaue Anweisungen, wie er den verborgenen Eingang zu einer Höhle finden werde, die Leonardo dereinst entdeckt hatte. Es müßte sich um eine gewaltige Tropfsteinhöhle handeln. Dort sollte er einen zweiten Sarkophag für sich entwerfen, in welchem er seine wahre letzte Ruhestätte finden wollte."

Madame Saint=Gobain ergänzte:

„Mein Mann hat diese Anweisungen in dem Notizbuch entdeckt, das Leonardo dem Kloster N. Florentin hinterlassen hatte. Darin fand sich auch die Anweisung, daß dieses Buch keinesfalls Francesco de Melzi auszuhändigen sei. Melzi war, wie Sie wahrscheinlich wissen, der im Testament Leonardos eingesetzte Haupterbe seiner Werke."

„Melzi war ein endlich begabter Schüler Leonardos", mischte sich Timmerthon in die Ausführungen ein. „So weit ich weiß, wollte Leonardo ihn lediglich zum Nachlassverwalter und allerhöchstens zum Erben bestimmen, nicht jedoch zum Alleinerben seiner Werke."

„Könnte er das Testament meines Vaters gefälscht haben?", fragte Giacomo.

„Möglich wäre es, aber ich weiß es nicht", antwortete Trummelbauer. „Leonardo hat ihm schon vertraut, soweit ich das beurteilen kann, aber die Tatsache, dass er diese geheimen Anweisungen an einen der Mönche im Kloster gegeben hat, und dieser Zusatz, dass Melzi nichts davon erfahren dürfte, bewirkt immerhin ein gewisses Mißtrauen."

„Ich kann mich kaum an diesen Mann erinnern", sagte Giacomo.

„Er kam in die Werkstatt deines Vaters, nachdem sein Onkel Francesco gestorben war. Etwa zu der Zeit, als Leonardo diesen Rechtsstreit mit seinen Halbgeschwistern um das Erbe seines Onkels hatte."

„Ach ja, jetzt kehrt die Erinnerung allmählich zurück", sagte Giacomo nachdenklich. „Er war, glaube ich, aus Mailand gekommen, als ich ungefähr 9 oder 10 Jahre alt war. Irgendetwas fand ich immer

merkwürdig an ihr. Es war, als wäre sie
ständig eifersüchtig auf mich geworden.
Minder und minder fort sie versucht, mich aus
der Nähe meines Vaters zu verdrängen
und hat Vaters selbst seine Nähe
gesucht. Ach ja, einmal kehrten sogar seine
vornehmen Mutter bei uns. Sie wollten sich
vorgeblich nach den künstlerischen
Fortschritten ihres Sohnes erkundigen und
drängten Vater, über Nacht in unserem
Hause bleiben zu dürfen. Sie bekam mein
Zimmer zugeteilt, und ich mußte mit bei
Vater im Zimmer schlafen. Aber ich wachte
mitten in der Nacht auf. Vater lag nicht
neben mir, und so suchte ich ihn. Ich sah ihn im
Wohnraum mit Frommhos Mutter bei
einem Glas Wein sitzen. Ich hörte, daß sie
sich stritten; wahrscheinlich war ich davon
auch aufgewacht. Sie sagten, daß er schließlich
eine gewisse Verantwortung für Frommho
trage und sich dieser nicht so einfach
entziehen könne. Dann entdeckten sie mich,
und Vater brach den Abend ab, um mit mir
zu Bett zu gehen. Ich habe dieses
merkwürdigen Geschehen damals nicht
verstanden, danach habe ich es vergessen.
Aber — vor der Geburt Frommhos lebte
Vater einige Jahre in Mailand..."

„Denken Sie, daß Francesco der Malzi in Wahrheit Ihr älterer Halbbruder gewesen sein könnte?", fragte Madame Saint-Geboin.

„Ausschließen will ich es jedenfalls nicht", entgegnete ihr Gionomo.

„Während Malzi die Werke Leonardos jedoch noch hoch geschätzt zu haben schien und praktisch nichts davon verkaufte, verpraßten seine Erben die Hinterlassenschaft schon in kürzer Zeit", wußte Frau Saint-Geboin süffisant hinzuzufügen. „Leider ist dabei vieles unwiederbringlich verloren gegangen."

„Nicht unwiederbringlich", korrigierte ihr Grummelkorn. „Ich bin es, der Ihnen so gut wie alles abgekauft hat. Die Dinge, die ich Ihrem Vater verkauft habe, stammen größtenteils aus dem Erbe der Malzis."

Schon wieder versetzte er die Familie Saint-Geboin in großes Erstaunen.

„Bevor Sie danach fragen", fügte er hinzu, „ich werde Ihnen alles von Leonardo für Ihr Projekt hier zur Verfügung stellen, was sich noch in meinem Besitz befindet. Vorausgesetzt natürlich, auch Gionomo ist damit einverstanden. Einige Dinge habe ich jedoch auch schon an engen dem Museum in

Wien, seiner Leonardos Geburtshaus zukommen lassen."

„Aber was ist denn nun mit Wards Grabstätte?", wollte Gionomo zum eigentlichen Thema zurückkehren. Ivan nahm den Faden wieder auf:

„Daß das Grab hier in Amboise leer war, wußte man schmals zur Zeit des hugenottenaufstandes, als einige Geistlichen versuchten, es zu plündern. Es wurde aber wieder hergerichtet und, da es niemanden wirklich interessierte, vergaß man die Sache bald wieder. Im 19. Jahrhundert kam es anläßlich von Restaurierungsarbeiten zu einer zweiten Öffnung des Sarkophages. Für die Fachwelt galt fortan, daß die Überreste Leonardos seitdem abhanden gekommen seien. Die Stadt Amboise hat kein Interesse daran zu verlautbaren, daß Leonardos Grab leer sei. Man läßt es damit bewenden, daß eben diese Platte mit seinem Namen darauf sich dort befindet, wo Leonardo ursprünglich begraben lag oder begraben worden sein soll. Für das Grab der Besucher genügt das Kirchhaus."

„Was ist mit den Annotierungen und mit der Landkarte für den Mönch?"

„Die sind leider unauffindbar geblieben", antwortete Madonna Point= Jobain auf Gionomos Fragen und fragte ihrerseits zurück: „Aber haben Sie vielleicht irgendeine Vorstellung, von was für einer Höhle die Rede hier kömmte? Alles, was wir sonst an Aufzeichnungen Leonardos haben, sind wir schon mehrfach durchgegangen, aber wir haben keinen erkennbaren Hinweis entdecken können."

„Ich erinnere mich nicht, daß mein Vater jemals eine Höhle erwähnt hat, und ich selbst bin in Florenz aufgewachsen, war nur gelegentlich in Vinci. Da gab es für mich kaum die Möglichkeit, so herumzu= streunen, wie er es früher getan hatte. – Gibt es denn einen konkreten Hinweis auf den Mönch, der die Anweisungen meines Vaters erhalten sollte?"

„Da sind wir ebenfalls nicht weiter gekommen", sagte Jnom.

„Existiert der Sarkophag noch, der leer geblieben ist?", fragte ihn Tummerstorn.

„Ja, er ist zwar beschädigt worden, aber er steht noch wie vor unter der Kapelle", antwortete Jnom.

„Können wir ihn sehen?"

„Heute Abend nicht mehr; aber wir könnten morgen früh hinfahren, ehe das Schloß für die Besucher geöffnet wird.", sagte Jean. „Sie sind heute selbstverständlich unsere Gäste. Lassen Sie uns zu Abend essen."

Bei Tisch nützte Madame Saint-Gobain freilich aufgeregt die Gelegenheit, den Mann, den sie bisher nur unter dem Namen Schäfer kannte, nach seiner wahren Herkunft zu fragen. Timmeskorn nannte seinen wirklichen Namen und erzählte in groben Zügen die Geschichte seiner pharaonischen Zeit. Im Hause Saint-Gobain war man den Umgang mit hochgestellten Persönlichkeiten, sogar mit dem europäischen Hochadel, gewöhnt, dennoch regte sich in ihnen ein Gefühl höchster Ehrfurcht vor ihrem Gaste. Ganz besonders bei Juliette. Madame Saint-Gobain und Timmeskorn bemerkten gleichzeitig, daß sich zwischen Giacomo und Juliette ein zartes Band gegenseitiger Zuneigung zu spinnen begann. Nach dem Essen bat die Hausherrin Timmeskorn, sie in den Salon zu begleiten, und fragte ihn dort, woher er seine perfekten Französischkenntnisse habe. Er antwortete, daß er anläßlich der Französischen

Revolution einige Zeit in Paris unterbracht haben, weil auch er damals der Aufklärung zugeneigt gewesen sei und ihre vielen voreiligen Erkenntnisse verdanke.

„Aber es muß doch furchtbar gefährlich gewesen sein, sich damals in der Stadt aufzuhalten?", wollte sie aus berufenem Munde erfahren.

„Sehen Sie", antwortete er ihr, „wir betrachten die Geschichte von heute aus zeitlich sehr gedrängt und von einer vermeintlich übersichtlichen Position aus. Aber wenn Sie sich vorstellen, mittendrin zu sein, werden Sie merken, daß die geschichtlichen Abläufe viel gestreckter ablaufen. Die Revolution begann 1789 und währte gewiß noch dem Tode Robbespierres im Sommer 1794. Das sind gut fünf Jahre, in denen zwar eine Menge geschah, in denen sich die Bürger aber auch auf ein halbwegs normales Leben eingerichtet haben, sofern jemand nicht ständig im Brennpunkt des Geschehens stand. Einige Tage waren natürlich herausragend, wie der Sturm auf die Bastille oder die Hinrichtung des Königs. Das waren Tage, denen man sich kaum entziehen konnte. Sie dachten bei Ihrer Fragestellung sicher hauptsächlich an die

477

Zeit des Terrors, als der Wohlfahrts=
ausschuß rund ein Jahr lang herrschte. Die
haben Recht; das war wirklich eine
gefährliche Zeit, in der man sogar als
einfacher Bürger sehr genau überlegen
mußte, was man sagte, ja selbst, wie man
sich kleidete. Jede noch so geringe Kleinigkeit
konnte den Argwohn des Revolutions=
tribunals auslösen. Und war dieser erst
einmal geweckt, war immer der Tod schon so
gut wie sicher. Von einem wirklichen
Rechtsstaat, wie ihn die unverbindlichen
Verfassungen aus der Revolutionszeit
immer wieder propagierten, war Frankreich
zu diesem Zeitpunkt weiter entfernt als je
zuvor. Einen Rechtsbeistand oder gar eine
Berufung gab es vor dem Tribunal nicht.
Seine Mitglieder hatten in kürzer Zeit
Tausende von Fällen abzuurteilen, da
hörten sie dem Angeklagten schon gar nicht
mehr zu, wenn dieser vor ihnen um sein Leben
rangen.

Man muß sich das einmal vorstellen:
Jeder einzelne wird vor das Tribunal
gezerrt, es wird eine kurze Anklage
vorgetragen, und der vermeintliche
Delinquent weiß, daß sein Überleben
einzig davon abhängt, daß er die richtigen

Worte findet, um seine Unschuld glaubwürdig zu machen. Aber es hört ihm noch nicht einmal jemand zu! Seine Richter sind mit anderem Dingen beschäftigt oder schwatzen sogar wie bei ihm, was man vorzubringen hat. Niemand geht auf das Vorgetragene ein. Das Urteil lautet: Tod durch die Guillotine! Der Nächste bitte!

Ich war, wie gesagt, eigentlich voller positiver Erwartungen nach Frankreich gekommen, weil mich die Epoche der Aufklärung schon seit Jahren in ihrem Bann gezogen hatte, und zuerst hatte mich das Feuer der Revolution auch wirklich angesteckt. Ich war hin und wieder Gast bei den Rolands, und ganz besonders mit Madame Jeanne-Marie Roland führten wir heftige Debatten, während derer wir, so glaube ich, gegenseitig unsere Weltbilder unterscheidend beeinflussten und veränderten. Sie war wirklich eine brillante Denkerin. Später eröffnete sie sogar einen politischen Salon in der Rue Guénégaud, wo auch die Größen der Revolution wie Brissot, Villemain, Buzot und selbst Robespierre – jedenfalls so lange er noch zu den Gemäßigten zählte – häufig verkehrten. Voller Leidenschaft diskutierten wir über

die Auswirkungen und scheinbar über=
grenzten Möglichkeiten der neu gewonnen
Freiheit. Es gab keinen Tabus mehr. Nicht
einmal vor Gott und dem Christentum hielt
man mehr ein. Zum ersten Mal gab es ein
Forum, in dem auch ich offen meine Zweifel
an der Existenz der Götter äußern konnte.
Damals festigten sich meine Überzeu=
gungen, die auch heute noch gültig sind. Die
neue Freiheit der Gedanken faszinierte mich
vollkommen. Ich entdeckte eine neue
Leidenschaft in mir: Die Suche nach
Erkenntnis, nach der Wahrheit der Dinge in
dieser Welt!

Verzeihen Sie Madame, wenn ich
darüber heute noch so ins Schwärmen
gerate!"

„Aber ich bitte Sie!", antwortete
Madame Point=Godard, „ich freue mich doch
mit Ihnen, daß Sie Frankreich mit einer
solchen Begeisterung erleben konnten, ..., ei,
jetzt hätte ich beinahe gesagt: Junger
Mann!"

Ernster fuhr Tennenbaum fort:

„An der radikalen Veränderung
eines Robespierres aber erkannte ich bald,
welche absurden Ausmaße es haben konnte,
und wie gefährlich es war, wenn Leute wie

480

...er plötzlich an Ämter kommen, die ihre geistigen Fähigkeiten bei weitem überforderten. ...Aber ich langweile Sie sicher mit meinem Gerede."

„Aber ganz und gar nicht", antwortete sie, „es kann für mich nichts Spannenderes geben als einen Augenzeugenbericht aus der Geschichte, noch dazu der wichtigsten Epoche der französischen Republik!"

Daraufhin berichtete Trummelkorn von seinen Erlebnissen während dieser Epoche der Geschichte, in der sein Temperament sich den gemäßigten Kräften zuwandte. Nachdem die Schreckensherrschaft unter Robespierre auch die Girondisten im Oktober 1793 beseitigt hatte, besuchte er die inzwischen ebenfalls inhaftierte Madame Roland noch ein letztes Mal in dem dunklen Kerker der Conciergerie und verließ anschließend das Land, noch ehe sie am 8. November hingerichtet wurde.

„Es war am Anfang eine Zeit voller neuer Hoffnungen und Zuversicht gewesen, und es sah wirklich so aus, als könnte sich die Menschheit endlich aus ihren Fesseln befreien. Solange man mitten in diesem geschichtlichen Prozeß steckt, weiß man nicht,

noin un in der Zukunft ausgehen wird. Erst
macht man leichte Zugeständnisse in einer
Richtung, die man eigentlich gar nicht will,
nur um nicht den ganzen Prozeß zu
gefährden. Aber irgendwann läuft die Sache
völlig aus dem Ruder; und man lebt am
Ende in einer Diktaturschaft, die viel
schlimmer ist als alles was vorher war.
Dennoch muß ich sagen, daß die französische
Revolution zusammen mit der Unab=
hängigkeitserklärung der Vereinigten
Staaten Meilensteine in der Demokrati=
sierung waren, ohne die unsere heutigen
Länder wohl kaum so liberale Verfas=
sungen haben würden. Als langlebiger
Mensch habe ich so manches Mal gedacht:
Jede Generation kämpft immer wieder
darum, für sich selbst ein besseres Leben in
Freiheit zu schaffen. Dann stirbt die
Generation langsam weg, und niemand
von denen, die gekämpft hatten, hat mehr
etwas von dem, was sie erreicht haben. Ihre
Kinder und Kindeskinder kämpfen wieder
um ein neues Ziel, und so fort. Aber es ist
eben doch so = selbst wenn sich die Geschichte in
vielen Punkten wiederholt = daß alles,
was die früheren Generationen bereits
geschafft hatten, das Erreichen ihrer Ziele für

die nachfolgenden Generationen einfacher macht."

Madame Point-Goboin fragte nach:

„Sie meinen: Jede Generation hat ihre eigenen Probleme, die sie nur für sich zu lösen versucht. Aber sie definiert damit auch immer die Lebensweise der nachfolgenden Generationen?"

„Exakt. Sie haben es treffender formuliert als ich."

Juliette hatte sich in der ganzen Zeit so angeregt mit Gionomo unterhalten, dass sie eine Einladung von Freunden für diesen Abend fast vollkommen vergessen hatte. Sie hatte ihr Handy bereits gezückt und wollte ihre Teilnahme an der Feier absagen, aber Gionomo hielt sie davon ab. Er hatte Lust, etwas mit Juliette zu unternehmen, und fragte, ob er nicht einfach mitkommen könnte. Minuten später saß er auf dem Beifahrersitz ihres Kleinwagens, und sie flitzten durch das nächtliche Amboise auf die andere Loire-Seite hinüber.

Erst als ihr die Haushälterin hein Zimmer zeigte, bemerkte Emmeßloire, dass

Gionomo nicht mehr da war: Sie teilte ihm
mit, daß Julietta mit ihm vorgegangen sei.

Über sein Handy setzte sich
Dammerstein am Morgen mit Gionomo in
Verbindung. Sie verabredeten sich an der
Schloßeinfahrt. Vom Point-Gobain führte sie
in den engen Raum unterhalb der Kapelle,
wo sie den leer gebliebenen Sarkophag in
Augenschein nehmen konnten.

Er gab an Informationen scheinbar
nicht viel her. Mit den plastisch heraus-
gearbeiteten Figuren und Ornamenten
daraus konnten sie nicht viel anfangen. Es
fanden sich außer Leonardos Namen und
seinen Geburts- und Sterbedaten an
Schriften nur die ganz klein eingeritzten
Initialen „OJL". Das war das einzige, dem
sie jetzt nachgehen konnten.

Gionomo fragte, ob es vielleicht ein
Verzeichnis gebe, auf dem die Mönche des
Klosters von damals aufgelistet sein
könnten. Während Jron zu bedenken gab,
daß die Suche in den Klosterunterlagen sehr
langwierig sein könnte, wußte Julietta,
daß sämtliche erhalten gebliebenen
Unterlagen der Priorei vor Kurzem
digitalisiert worden waren.

„Ich kann Ihnen die DVD mit den Daten besorgen", versprach sie. „Ich schlage vor, wir treffen uns in einer Stunde im Besucherzentrum von Clos Lucé."

„Einverstanden", sagte Jron, „aber komm bitte in mein Büro im Haus, dort sind wir ungestört".

„Gut", sagte sie. Jron nahm Sammelboxen wieder in seinen Wagen mit zurück, während Gionomo bei Juliette blieb. Von einander unabhängig kamen sowohl Sammelboxen als auch Gionomo auf den Fakt der Gedanke, dass der Tourkopförg, den sie eben besichtigt hatten, eigentlich eines so genialen Bildhauers, der Leonardo nun einmal war, nicht nowürdig gewesen wäre. Viel zu einfach waren die Bildnisse danach gestaltet. Gionomo fühlte sich an irgend= etwas erinnert, konnte es im Moment aber noch nicht greifen. Im Nachdenken ließ Juliette eine Kopie der Daten=DVD für sich machen, worauf sie, so schnell es der morgendliche Besucherverkehr erlaubte, nach Clos=Lucé zurückkehrten. Die ersten Tagesbesucher drängten sich bereits vor dem Besuchereingang, und Juliette war froh, dass sie die Daten in der Ruhe des Büros von Jron durchsehen konnte. Gezielt begannen

485

sie anhand der bekannten Jahresdaten ihrer Bücher. Sie fanden auch bald einen Datensatz aus der Zeit vor dem August 1519, auf den die Initialen paßten: Giuliano Gregoire Lombard. Er war 1506 ins Kloster eingetreten und 1520 als immer noch einfacher Mönch wieder verstorben. Mehr geben die Aufzeichnungen nicht mehr her.

„Damit können wir nicht sehr viel anfangen", sagte Giacomo.

„Aber sonst gibt es niemanden mit den Initialen GGL, der dem Kloster vor oder während Leonardos Tod angehört hat", ergänzte Juliette.

„Das wäre auch zu schön gewesen", murrte Ivan.

Während Giacomo und Emmanuella ihre Eindrücke über den Tresorsarg verbalisierten, stöberte Juliette die gespeicherten Informationen noch einmal systemlos durch. Dabei öffnete sie auch den Ordner, auf dem die Einnahmen des Klosters akribisch aufgeführt waren. Es gab eine verwirrende Anzahl von Unterordnern, aber immer mit der Aufschrift „Beherbergung" fiel ihr bald ins Auge. Sie rief die drei Herren zu sich, ehe sie den Ordner öffnete. Mit Spannung arbeiteten sie sich zusammen in das Jahr

1519 zurück und fanden unter den hier aufgeführten Personen tatsächlich einen mit den Initialen GGL: Giom Gionomo Loprotti.

"Torloj!", rief Gionomo aus. Die anderen, selbst Timmerhaven, sahen ihn verblüfft an.

"Giom Gionomo Loprotti ist Torloj!", wiederholte er noch einmal.

"Du meinst doch nicht etwa diesen Schwachkopf aus der Werkstatt deines Vaters?", fragte Timmerhaven ungläubig.

"Doch, genau den", entgegnete Gionomo. "Ich erinnere mich genau an ihn, denn am Anfang rief ihn Vater immer bei seinem Namen Gionomo; und ich fühlte mich meistens davon angesprochen. Loprotti war so faul, daß er glaubte, sich selbst nicht rühren zu müssen, wenn ich doch schon auch den Ruf des Meisters erahnt hatte. Jedes Mal sagte er dann, daß er gedacht habe, der Meister habe seinen Sohn gerufen. Das störte Vater ungemein – und mich übrigens auch – und deshalb wollte er ihm den Namen Torlodino, was Tölpel bedeutet, geben. Weil er nun aber nicht dauernd öffentlich den Tadel herbeirufen konnte, kürzte er den Namen ab in Torloj."

„Aber Tailoj hat doch Leonardo gar nicht hierher begleitet, sondern ist in Mailand geblieben", wußte Juliette einzuwenden und rief mit ihrem Wissen das Erstaunen der beiden Zeitgenossen Leonardos hervor.

„Was wollte er hier; er hat doch zwischenzeitlich nichts Verdächtiges zustande gebracht?", fragte Timmerstone.

„Vielleicht wollte Mater ja, daß er ihn begleitete und dabei im Verborgenen blieb. Mißtraut hat er ihm jedenfalls trotz allem." Nach einer kurzen Pause fügte Giacomo hinzu:

„Jetzt wird mir auch langsam klar, was mir vorhin am Tarkophag aufgefallen ist: Da waren Motive dabei, die ich bei Tailoj früher schon gesehen habe."

„Also scheint Laprotti tatsächlich unser Mann zu sein!?", fragte Frau Saint-Gobain in die kleine Runde. „Was können wir mit dieser Information nun anfangen?"

„Was ist eigentlich aus ihm geworden?", fragte Giacomo.

„Ich habe keine Ahnung", antwortete Timmerstone.

„Er ist, glaube ich, kurz nach Leonardo gestorben. So weit ich weiß, ist er sogar ermordet worden", sagte Julia und weitete damit schon wieder das Erstaunen der Männer. Sie startete eine Internetverbindung und rief gezielt eine kunsthistorische Seite auf. Danach tippte sie den Namen Solari in die Tastatur und drückte die Entertaste.

„Da haben wir ihn", sagte sie, „tatsächlich, die Namen stimmen überein. Solari wurde am 10. März 1524 in Mailand begraben. Todesursache soll ein nicht näher beschriebener Büchsenschuß gewesen sein."

„Ich denke, wir müssen nach Mailand", verkündete Trummelsbach. „Möchten Sie uns begleiten?", fragte er und sah dabei sowohl Juan als auch Julia an.

„Ich würde gern", entgegnete Juan, „aber ich fürchte, ich bin hier in den nächsten Tagen unabkömmlich. Außerdem glaube ich nicht, daß ich von großem Nutzen wäre. Ich spreche weder Italienisch, noch bin ich in den Einzelheiten über Solari sehr bewandert. Aber ich denke, daß es doch für Julia eine interessante Aufgabe wäre, vorausgesetzt sie möchte mitreisen."

„Es gibt nichts, was ich lieber täte!", sagte sie mit glänzenden Augen und mußte dabei einen Freudenschrei mit Mühe unterdrücken.

Das Anwesen verfügte über einen Hubschrauberlandeplatz. Jörn stellte ihnen den familieneigenen Helikopter zur Verfügung, der sie in kurzem Flug zum Airoport von Toirs hinüberbrachte. Tummelton sollte ihm Fashion 2000 in der Zwischenzeit bereits zum Start nach Mailand vorbereiten lassen. Eineinhalb Stunden später befanden sie sich in Milano-Linate. Ein Taxi brachte sie in die Innenstadt zur Via San Gurolomo. Aber ein Kloster war dort nicht mehr zu finden.

„Die Stadt hat sich verändert", sagte Gionomo trocken.

„Dann müssen wir eben das Archiv finden, das die Dokumente des Klosters verwaltet", sagte Tummelton.

„Das wird nicht so einfach sein", gab Gionomo zu bedenken.

Fürs erste mieteten sie sich in der Nähe des Doms im Hotel Spadari ein. Tummelton wußte nicht, wie weit eine mögliche Beziehung zwischen Juliette und Gionomo fortgeschritten war; so überließ er

us ihm, auch die Fragen des Portiers nach Art
und Anzahl der gewünschten Zimmer zu
antworten. Gianomo entschied auf zwei
Räume und verursachte damit in Juliette
zwar großes Herzklopfen, aber keinen
Protest. Unverzüglich loggten sie sich ins
Internet ein und recherchierten ein
wiederansprechendes Archiv. Sie sollten noch
genügend Zeit, es heute aufzusuchen.

Leider war die Digitalisierung der
Daten für vorigen der Mengen der
Dokumente noch nicht abgeschlossen. Der
Computer half ihnen nur stichpunktartig
weiter. Sie mußten die Papiere selbst
durchblättern. Sie fanden eine Besitzur=
kunde für ein noch gelegenes Mengut
unter dem Stichwort Caprotti sowie
Hinweise darauf, daß Verlag Eigentümer
einiger Werke Leonardos gewesen sei.
Unter ihnen befanden sich die Mona Lisa
und die Madonna in der Felsengrotte. Der
erhoffte Hinweis auf die letzten Ruhestätte
Leonardos fand sich jedoch leider nicht in den
Dokumenten.

„Immerhin wissen wir jetzt, daß er
aufstimmend bedeutende Werke Leonardos
besitzen sollte, von denen wir glaubten, daß
sie eigentlich fremdes Mulzi mitgenerbt

"hätte", sagte Trummelkorn. „Aber wirklich weiter hat uns das nicht gerade gebracht."

Der Archivar kam noch einmal auf sie zu und sagte, daß er auch noch auf gerichtliche Aktenmerkle gestoßen sei, in denen der Name Laprotti verzeichnet sei. Sie suchten gemeinsam die infrage kommenden Regalstellen ab und wurden schließlich fündig.

„Das ist ja sehr interessant", sagte Giacomo eine Weile später, nachdem er sich in einen verstaubten Folianten eingelesen hatte. Taloj hat anscheinend Anzeige gegen Melzi erstattet wegen Erbschaftsunterschlagung. Er ließ hier in dieser Anzeige niederschreiben, daß Francesco da Melzi dereinst von der Familie eines Halb-bruders von Leonardo angestiftet worden wäre, Leonardo seine Dienste anzubieten. Er bringt dies mit dem Erbschaftsstreit in Zusammenhang, der um das Erbe seines Onkels Francesco entbrannt war. Taloj beschuldigt Melzi, sich nach Leonardos Tod selbst vom Erbschaftsverwalter zu seinem Haupterben gemacht zu haben."

„Ich denke, wir sollten uns auch noch den Alten Melzi genauer ansehen", schlug Trummelkorn vor:

Sie ließen sich an das entsprechende Regal führen und suchten nach der Akte des Francesco da Melzi. Dieses Mal wurden Julietta als erste fündig.

„Das ist ja unglaublich!", fuhr es aus Gionomo wieder nach einer Weile heraus. „Er stand unter dem Verdacht, Gian Giacomo Caprotti erschossen zu haben. Hier ist sogar noch ein Auslieferungsantrag an die Stadt Amboise vom Dezember 1524, und da gibt es einen Vermerk aus dem Jahr 1525, wonach sich ‚Frankreich außerstande sähe, französische Staatsbürger an den Staat Österreich auszuliefern.' Offenbar wurde die Antwort auf das Ersuchen nicht abgeschickt, nachdem der Habsburger Karl der Wiener Mailand Franz dem Ersten bereits abgejagt hatte."

„Ich habe da noch etwas bei Caprotti gefunden", sagte Julietta. „Es scheint die Kopie eines Eigentümereintrages zu sein. Danach wurde ihm ein Weingut bei der Porta Vercellina überschrieben."

„Ja", antwortete Gionomo. „Es gehörte meinem Vater; und Carlaj war der Sohn des Försters. Er hat es ihm anscheinend vermacht."

Timmerthorn nahm das Dokument in die Hand.

„Das ist allgemein bekannt", sagte er. „Aber was ist mit diesem zweiten Grundstück? Kennst du es?"

Gionomo nahm das Papier in die Hand.

„Ein Grundstück bei Borga, in der Nähe von Fornovolasco", las er: „Ich weiß nicht einmal, was das ist."

Sie fragten den Archivar nach Fornovolasco.

„Ja, natürlich weiß ich, was das ist", sagte er: „Da ist doch die berühmte Grotta del Vento. Eine wunderschöne Gegend ist das. Ich war vor drei Jahren mit meinen Kindern dort. Sie waren ganz begeistert. Wissen Sie, man spürt den Wind richtig, wenn die Eingangstür für die Führung geöffnet wird, und wie er dann durch die Höhle bläst...."

„Gut", unterbrach ihn Timmerthorn. „Wo genau ist denn diese Höhle nun?"

„Na, in den Apuanischen Alpen natürlich", antwortete er etwas erstaunt, „knapp nordöstlich von Lucca."

„Herzlichen Dank, Sie haben uns wirklich sehr geholfen."

Am nächsten Morgen flogen sie nach Lucca und mieteten dort einen Geländewagen. Da sie annahmen, daß sie in dem kleinen Fornovolasco kaum Auskünfte darüber erhalten könnten, wo sich das Grundstück befindet, wandten sie sich zunächst bei der Gemeindeverwaltung in Borgo.

„Solch alte Besitzurkunden können sich nur im Palazzo Pretorio befinden." Der Beamte meldete die kleine Gruppe dort an.

„Es ist heute ein Museum", gab er ihnen mit auf den Weg, „aber wenden Sie sich an Signora Lombardino."

Lombardino führte sie in den nahen Dom des wirevollen Stückes, wo die alten Katasterunterlagen aufbewahrt wurden. Nach kurzer Suche wurde er fündig.

„Das Grundstück muß sich noch oberhalb von Fornovolasco befinden", sagte er: „Ich kenne die Gegend und zeige es Ihnen auf der Karte."

Sie gingen zurück zum Palazzo Pretorio, und Lombardino kramte in seinem Büro eine topografische Karte hervor. Er verglich die etwas antiquierte Darstellung des Grundstücks auf dem Katasterverzeichnis mit den heutigen

Gegebenheiten auf der topografischen Karte und zeigte dort die ungefähre Begrenzung des Landsitzes auf.

„Können wir Ihnen die Karte ablaufen?", fragte Giacomo.

„Ich schenke sie Ihnen", antwortete Lombardino. „Sie ist aber schon ziemlich alt. Ich wollte mir sowieso für meine nächsten Ausflüge eine neue Karte besorgen."

Er zeichnete mit einem roten Stift die ungefähren Grundstücksgrenzen ab und übergab sie Giacomo mit einem Lächeln.

„Wissen Sie, ob es auf dem Grundstück eine Höhle gibt?", fragte Tummeltaver.

„Die Grotta del Vento ist in Fornovolasco", sagte Lombardino.

„Das wissen wir natürlich; aber ich meine: direkt auf dem Grundstück? Ist Ihnen da etwas bekannt?"

„Soweit ich weiß, ist ungefähr dort ...", er setzte seine Lesebrille noch einmal auf und fuhr mit dem Zeigefinger über die Karte „...so eine kleine Grotte. Eher ist es ein Felsvorsprung, aber keine Höhle. Sehen Sie, da ist auch ein kleines Zeichen dafür auf der Karte."

„Ist das Grundstück denn noch bewohnt?", wollte Giacomo noch wissen.

„Es befindet sich immer noch im Besitz der Familie Brunelli. Aber die meisten Bergbauern sind schon lange von hier fortgezogen. Die Bewirtschaftung der kleinen Höfe hat sich nicht mehr rentiert. In den Fünfziger- und Sechzigerjahren sind die Leute lieber als Gastarbeiter nach Deutschland gegangen oder sie sind in die Industriestädte gezogen. Einige wenige haben nach dem Ausbau der Höfe zu einer Besucherhöfe auf den Tourismus gesetzt und haben überlebt. Aber die Familie Brunelli gehörte nicht zu denen. Was aus ihnen geworden ist – ich weiß es nicht."

Sie nahmen die Landstraße über Gallicano und verließen Fornovolasco noch am späten Vormittag. An der gut beschilderten Besucherhöfe fuhren sie vorbei. Das Sträßchen, das laut der Karte zum Landsitz hinauf führte, war schon lange nicht mehr ausgebessert worden. Etwa zwei Kilometer hinter dem Ort war es mit den Resten von Asphalt ganz vorbei. Immer steiler wand sich der Weg, der kaum breiter war als das Fahrzeug, bergauf. Pflanzen überwucherten den groben Schotter; weiter oben waren sie wieder zurückschnitten, und der Weg verlor sich in einem

Gewirr von ausgewaschenen Rinnsalen im
lockeren Gestein. Offenbar transportierten
sie bei Regen Wasser auf den Weg, denn bei
schlechtem Wetter schien er der Natur als
Abfluß zu dienen. Juletta und ... die
Ruine eines Hauses. Das Dach war
größtenteils eingestürzt. Die ....
putzten groben Mauern standen noch. Die
Fenster waren eingeschlagen, einige
Rahmen hingen halb herausgerissen in ihren
Öffnungen, an anderen waren noch Fetzen
von ehemaligen Vorhängen und Gardinen
zu erkennen. Bewohnt war der Hof mit
Sicherheit nicht mehr. Die stellten den Wagen
vor dem Haus ab und machten sich an die
Suche nach der eingezeichneten Grotte. Für
längere Wanderungen auf hartem Geröll
waren sie jedoch schlecht vorbereitet. Juletta
schmerzten bald die Füße und sie konnte den
beiden Männern nur noch schwer folgen.
Trotz ihrer inneren Anspannung zwangen
sie sich aber immer wieder zur Geduld und
unterstützten die junge Frau auf ihrem
beschwerlichen Marsch nach oben. Sie mußten
den Punkt auf der Landkarte erreicht
haben, an dem die kleine Grotte eingezeichnet
war. Nur entdecken konnten sie sie noch

498

nicht. Sie entschlossen sich zu einer kleinen Pause und setzten sich auf einen Felsen.

„Zu dumm, daß wir kein GPS-Gerät dabei haben", sagte Giovanni.

„Wir können es mit einer Kreuz-peilung versuchen", entgegnete Trummelbaum und zog einen Kompaß aus der Tasche hervor: „Den habe ich im Auto gefunden", ergänzte er und peilte mit dem Gerät den nächsten markanten Punkt an, der sowohl in der Natur als auch auf der Karte zu sehen war: Julietta sollte einen Kugelschreiber in ihrer Umhängetasche, und mit diesem verband Trummelbaum nun die Linien, die sich aus den Peilungen ergeben sollten. Die Linien ergaben ein kleines Dreieck, in dem auch der Karte die Grotte zu sehen war: Sie befanden sich in natura ebenfalls in diesem Dreieck. Also konnte die Höhle auf der Karte nicht richtig eingezeichnet sein. Minder suchten sie und fanden hinter einem nahen Felsvorsprung eine Stelle, die vermutlich die besuchte Grotte sein sollte. Ihre Enttäuschung war groß, denn als Grotte konnte man diesen kleinen Felsübergang wohl kaum bezeichnen. Trummelbaum klopfte mit einem Stück Metall die Felswände ab, um herauszufinden, ob es irgendwo einen

Hohlraum gab, doch er fand nichts. Die Tür mit dem Bergerundstück sollte so widerstreitend ausgehen; sollten sie den ganzen Weg umsonst gemacht haben? Sie sahen sich noch eine Weile um, bis sie auf dieser Seite des Landbesitzers bis an seine Grenze und noch darüber hinaus alles abgesucht hatten.

Etwas bedrückt stiegen sie den Weg zum Wagen wieder ab und fuhren langsam in den Ort zurück. Sie beschlossen, sich im Dorf noch ein wenig umzuhören und suchten das Rifugio La Luna auf, das anscheinend die einzige Übernachtungsmöglichkeit im Ort anbot. Sie erfuhren, dass es einen alten Bauern gab, der die Gegend angeblich kannte wie seine Westentasche. Sie klopften an sein Haus an und unterhielten sich lange mit ihm. Er sagte, dass er die Familie Brunelli gut gekannt habe. Der alte Brunelli habe ihm einmal davon berichtet, dass der Besitz früher größer gewesen sei. Ein ganzes Stück abseits von dem alten Haus käme man in ein kleines Tal, durch das ein Bach strömt. Dort gebe es vereinzelt das Wasser dichten Pflanzenbewuchs und in der Nähe der Quelle einen ziemlich verborgen liegenden Grotte.

„Aufsteigend ist irgendwann einmal die Seitenwand und ein Teil der Decke einer kleinen Tropfsteinhöhle herunter gebrochen. Ein paar Stalaktiten hängen immer noch vom offenen Rest der Decke herab."

Das gab den drei Reisenden wieder einen großen Hoffnungsschub. Am liebsten wären sie sofort noch einmal hinaus-gefahren, aber die Nacht würde bald hereinbrechen, und so gebot ihnen die Vernunft, sich im Rifugio für die Nacht einzunisten. Sie nützten den Abend, um die letzte Führung durch die Grotta del Vento mitzumachen. Am Ende fragten sie sich, ob Leonardo damals einen weiteren Zugang zu diesem riesigen und noch weithin unerforschten Labyrinth entdeckt haben könnte.

Von den Bauern liehen sich Simmenthaler und Giovanni Werkzeug aus. Juletta bekam ein Paar Wanderstiefel im Rifugio, das irgendein Gast einmal vergessen hatte, und alle drei machten sich am frühen Morgen auf den Weg. Den Morgen mußten sie an den verfallenen Gebäude stehen lassen. Selbst mit den Geländewagen kamen sie von dort nicht weiter. Nach einer Viertelstunde Fuß=

manche hatten sie das Tor erreicht, von dem
ihr der Bauer gesprochen hatte, und sie
wandten sich flußaufwärts. Die Stelle
war bald gefunden. Die Grotte mußten sie
aber noch überspähen haben. So gingen sie
aufmerksam ein Stück zurück und
durchspähten die dichte Vegetation. Girolamos
Wasser, mit dem er prüfend immer wieder
in die dichte Blätterwand forschte, prallte
plötzlich von einem Felsen ab. Schnell
beschritten sie die Umgebung aus ihrer
Pflanzenhülle. Da lag die kleine Grotte vor
ihnen, und es war, wie es ihnen der Bauer
beschrieben hatte.

„Da, sieh die dichte Felsen an!", rief
Juliette begeistert, „erinnern sie dich an
etwas?!"

Girolamo blickte sich um.

„Oh ja!", rief er, und ein Schauer lief ihm
über den Rücken. „Dazu braucht gar keine
Worte! Die ganze Welt hatte es jetzt vor
Augen!"

„Die Madonna in der Felsgrotte!"
hauchte Juliette ergriffen und sank auf die
Knie.

„Und Vater hat das Bild sogar
zweimal gemalt. Beide Male mit dem
identischen Hintergrund."

502

„Hier ist der dominante Felsen mit den markanten Klüften darunter, der auf beiden Bildern zu sehen ist. Im rechten Bild ist er dunkler abgebildet, im zweiten Bild sind die Details hinter Mütter deutlicher zu sehen."

„Hinter Mütter?", fragte Julietta ein wenig verwirrt. „Du meinst die heilige Mutter Gottes?"

„Äh, ja", antwortete Gionomo, der sofort bemerkte, wie Trummestlowe ihn anblickte. Im Augenblick wollte er Julietta noch nicht über die ganze Wahrheit seiner Familie aufklären. Das hätte sie sicher überfordert, und er war zu gespannt auf das, was sich hinter den Felsen verborg.

„Die Felsen sind vorhentlich stärker verwittert", analysierte Trummestlowe, „als auf dem zweiten Bild. Hier befindet sich eine Felswand hinter den vorderen Stalaktiten des Bildes."

„Auf den Bildern ist dahinter der Blick frei auf weiteren Felsen, den Himmel und ein Meer", ergänzte Julietta.

„Richtig. Oder auch einen See", unterbrach Gionomo.

Trummestlowe nahm den Hammer in die Hand und schlug an den Stellen gegen

den Felsen, wo auf den Bildern Wasser
oder Himmel zu sehen sind. Und tatsächlich:
Er traf auf eine Stelle, die metallisch
klang. Schnell arbeiteten sie sich mit der
effektiveren Spitzhacke voran. Sie trafen
auf eine Stahlplatte mit einem vermutlich
imitierten Schloß, also auf ähnliches
Material, wie es Leonardo in Summuns-
cards Mine verwendet hatte. Summuscards
hielt Gionomos Arm zurück, der offenbar
weiterhin mit Gewalt vorzudringen
versuchte. Stattdessen untersuchte er jetzt
den felsigen Boden unterhalb der Grotte.
Auch hier fand er einen offensichtlichen
Hohlraum. Der Fels war nicht so hart, wie
sie dem Augenschein nach vermutet hatten.
Rasch legten sie eine Öffnung frei, in der sich
ein raffiniertes Schloß befand. Mit dem
Wissen aus der Mine gelang es ihnen, den
neuen Zugang zu entdecken. Beim Öffnen
schlug ihnen ein kalter Wind entgegen. Sie
blickten in eine tiefe Höhle hinein. Etwas
Licht schien ihnen nun durch den größten
Eingang, und allmählich gewöhnten sich ihre
Augen an die Dunkelheit. Sie sahen ein
leichtes Glitzern in der Tiefe eines glas-
klaren unterirdischen Sees, und allmählich
erkannten sie schwach die Konturen einer

natürlichen Insel in diesem See. Auch der
Insel stand etwas. Offenbar etwas Großes.
Noch weiter öffneten sich die Pupillen der
drei Besucher: Jetzt erkannten sie es: Es
war ein Sarkophag. Der Sarkophag
Leonardo da Vinci!

Natürlich hatten sie Lampen mitge=
bracht, die sie jetzt hervorholten und damit
die Höhle beleuchteten. Sie war riesig und
vom Schimmerlicht in ihren Dimensionen
kaum zu erfassen. Der See leuchtete
smaragdgrün und spiegelte seine
wunderschöne Umgebung prachtvoll wieder:
Sein Grund war übersät mit weißen
Stalagmiten. Einige ragten aus der
Wasseroberfläche heraus und konnten
damit praktisch als Steg benutzt werden,
um die Insel zu erreichen. Die selbst war
offenbar dadurch entstanden, daß
einstmals ein Teil der Decke eingestürzt
war. Ihre Oberfläche war dennoch flach und
bereits mit weißen Sinter überzogen,
während an ihren Rändern, fast
kreisförmig, schon neue Stalagmiten
gewachsen waren. Von oben her schien der
Sarkophag von geschwungenen, weißen und
hauchdünnen Sinterornamenten ringshüllt
worden zu sein. Der Sarkophag selbst war

ein wahres Prachtstück filigraner
Steinmetzkunst. Die Harmonie zwischen
Natur und Leonardos übernatürlicher
Kreativität war vollkommen gelungen. Er
hatte offenbar bemüht sogar das Entstehen
von Stalagmiten an besonders dafür
vorbereiteten Stellen des Tropfsorgens mit
einbezogen.

Dies war die Ruhestätte, die dem
wichtigsten Genie aller Zeiten und immer
der größten Besonderer der Natur
wirklich würdig war! Es war Leonardos
abschließendes, krönendes Kunstwerk, das
von selbst immer weiter wuchs, weil er
sogar das Wasser als immer wachsend
gestaltreiches Element mit einbezogen
hatte. Eines war ihm jedenfalls bei der
Formgebung dieses Ortes bewußt gewesen:
Es war kein Ort zum Trauern - es war ein
Ort der Freude und des Staunens!

Sichtlich ergriffen ließen die drei
Besucher - die ersten seit beinah 500 Jahren
- diese Eindrücke auf sich wirken.
Emmeskraw bedeutete seinem Enkelsohn
voranzugehen, und so trat Gionomo als
erster an die letzte Ruhestätte seines
Vaters, gefolgt von Emmeskraw. Julietta
stand immer noch mit vor Ergriffenheit und

stammen offenen Mund am anderen Ufer des Tibers. Gionomo bot ihr, ebenfalls herüberzukommen, und reichte ihr für die letzten Schritte die Hand.

Die beiden Männer sollten sofort erkennen, daß der Torsophang nach dem gleichen Prinzip gearbeitet war wie die Grabstätten in der Mine. Daher machten sie sich daran, den schweren Deckel mittels der eingebauten Kugellager zu bewegen. Julietta war bestürzt und konnte zunächst nicht mitgehen, was die beiden damit bezwecken. Sie waren auf den erschreckenden Anblick einer noch 500 Jahren gewiß bis zur völligen Unkenntlichkeit verwesten Leiche vorbereitet. Stattdessen fiel sie in ... in tiefstes Erstaunen darüber; Leonardos Gesicht und Körper, die sich in einem zusätzlichen gläsernen Sarg befanden, so gut erhalten zu sehen, daß er fast wie lebendig erschien. Sein langes, weißes Haar und der ebenso weiße, lang gewellte Bart verliehen ihm immer noch große Würde und drückten unendliche Weisheit aus. Er war in die vornehme purpurne Kleidung der Könige des beginnenden 16. Jahrhunderts gekleidet. Auch sie schien ganz speziell konserviert worden zu sein und erstrahlte noch immer in der Farbenpracht ihrer frühen Tage. Juliette kamen Tränen über das hübsche Gesicht. Niemals hätte sie sich träumen lassen, daß sie dem Mann, den sie im Leben immer am meisten bewundert hatte, einstmals gegenüber-stehen würde, und daß es wäre, als würde er noch lebendig sein. Etwas Gewaltigeres konnte einem im Leben nicht widerfahren! Auch Gionono stand beengungslos und schweigend vor seinem Vater. Unwill-kürlich gewannen die Erinnerungen des kurzen Lebens gemeinsam mit ihm die Oberhand. Erlebnisse kamen zurück, die mit einem halben Jahrtausend vergessen schienen. Langer Zeit verharrten sie wortlos.

Sorgfältig verschlossen sie den Sarkophag und überließen Leonardo wieder der dunklen Stille, die nur alle paar Minuten durch das Fallen eines Wassertropfens unterbrochen wurde, der hernach unsichtbare Kreise durch das stille Wasser des Sees zog. Sie verriegelten den Eingang in die Höhle sorgfältig und nahmen sich sehr viel Zeit, um alles so herzurichten, wie es vorher war. Nur die Pflanzen, die den Ort unbefugt verborgen hatten, mußten sie ihrem eigenen Wachstum überlassen.

Die Nacht verbrachten sie in Vinci, ganz in der Nähe des Geburtshauses von Gionomos Mutter.

Julietta kam auf Gionomos merkwürdigen Satz zurück, in dem er die Madonna in der Felsengrotte als „Mutter" bezeichnet hatte. Er war im Begriff, sich in die junge Frau zu verlieben. Gionomo schlug vor, einen Spaziergang mit ihr zu unternehmen und nahm sich sehr viel Zeit, ihr alle Einzelheiten über seine Familie zu erzählen. Beinahe an jedem Punkt in dem kleinen Städtchen erinnerte etwas an Leonardo. An einigen Stellen hielt Gionomo inne und berichtete Julietta aus seinen eigenen Erinnerungen. Sie wanderten bis zum Geburtshaus Leonardos und kehrten erst lange nach Einbruch der Dunkelheit in das frühere Jagdschloß der Medicis zurück, in dem sie Quartiere bezogen hatten.

Das Museum in Vinci kannte Julietta bereits, und es unterschied sich thematisch nicht allzu sehr von Clos-Lucé. Deshalb setzten sie ihre Reise bald fort ins nahe Florenz, wo Gionomo ihr zeigen wollte, wo er geboren und aufgewachsen war. Nicht alle Orte seiner frühen Kindheit waren erhalten geblieben. Manches veränderte er

... mit Simmonskons Hilfe winden. Wieder in der Stadt sah er inzwischen mit anderen Augen. Juliette war begeistert von der Metropole, und so sängten sie noch einen weiteren Tag dran, ehe sie nach Amboise zurückreisten.

Simmonskons hatte während ihrer Reise Kontakt zu Miriam gehalten. Deshalb erfuhren sie noch in Florenz, daß Dr. Wohlfarth nunmehr alle Untersuchungsergebnisse zusammenhatte.

17. Kapitel

Dr. Matthias Wohlforth bewohnte ein Haus im Frankfurter Westend. Dorthin sollte er Trummelbom, Gionomo, Miriam Wagner und Sebastian Meißenborn sowie Richter Thomas Clement für den Abend eingeladen. Seine Frau sollte ein Essen vorbereiten, anschließend bat er die kleine Gesellschaft in sein komfortables Wohnzimmer.

Er war sich des historischen Augenblicks vollständig bewußt und begriff beinahe schon freudig eine Dokumentenmappe, um sie triumphierend in die Höhe zu halten.

„Hier sind die eindeutigen wissen= schaftlichen Beweise dafür, daß Sie, Trummelbom, die Wahrheit gesprochen haben. Meine eigenen Untersuchungen habe ich jeweils von zwei renommierten Instituten überprüfen lassen. Archäologische Institute haben die Proben aus den Gräbern nach ihrem Alter untersucht.“

Eine große Überraschung löste seine Worte nicht aus, aber alle hörten seinen nun folgenden Ausführungen aufmerksam zu. Wohlforth ging auch in seiner Formulierung wissenschaftlich vor:

„Punkt 1: Die Mumie der Frau, die mit dem Namen Riya bezeichnet wird, weist ein wahrscheinliches Alter von 3330 Jahren plus minus 40 Jahren auf. Die Jahresbzahlen beziehen sich natürlich jeweils auf den Todeszeitpunkt.

Punkt 2: Die Mumie der Frau, die mit Nofretete bezeichnet wird, weist in etwa dasselbe Alter auf.

Punkt 3: Der Vergleich des Erbguts der Riya mit der DNA Tutenchamuns läßt mit hoher Wahrscheinlichkeit – also mit mehr als 99 Prozent = darauf schließen, daß Riya tatsächlich Tutenchamuns Mutter war. Als beinahe ebenso wahrscheinlich gilt, daß auch Tut=Anch=Amun ein Sohn Riyas war. Die Wahrscheinlichkeit, daß Tut=Anch=Amun und Tutenchamun eng miteinander verwandt = Halbbrüder = sind, wird durch die Tatsache, daß beide die gleiche seltene, beziehungsweise heute praktisch nicht mehr vorkommende Blutgruppe aufweisen, zusätzlich gestützt.

Punkt 4: Die Mumie der als Miriam, beziehungsweise Maria bezeich= neten Frau weist ein Alter von 500 Jahren

plus minus 40 Jahren auf. Der DNA=
Vergleich ergibt auch hier eine sehr hohe
Wahrscheinlichkeit, daß sie die Tochter
Emmanuelas ist. Ebenso hoch ist die
Wahrscheinlichkeit, daß Giovanno di hier
Lionardo ihr Sohn ist.

Punkt 5: Die männliche Mumie der
Person mit der Bezeichnung Jesus weist ein
Alter von 1944 plus minus 40 Jahren auf.

Punkt 6: Die männliche Mumie der
Person mit der Bezeichnung Joshua,
beziehungsweise Jesus Christus..." Hier
versagte Mahlfachs Stimme für einen
kurzen Moment, in dem man zweimals
seine innere Aufregung spürte. „Bezeichnung:
Jesus Christus, weist ein Alter von 1978
Jahren plus minus 40 Jahren auf. Die
DNA sowohl des Joshua sowie des Jesus
sind identisch; es handelt sich also mit
Sicherheit um Zwillingsbrüder. Mittlerweile ist
die Wahrscheinlichkeit, daß Maria ihre
Mutter war, ebenso groß wie die
Wahrscheinlichkeit, daß sie auch die Mutter
Giovannos ist."

Er blickte in die Runde, die ihm immer
noch aufmerksam zuhörte, und fuhr fort:

„Alles in allem bedeutet dies, daß die
Richtigkeit der Angaben Emmanuelas noch

...menschlichen Ernsten lückenlos beweisen ist!"

Er blickte in lachende Gesichter und erntete sogar einen kleinen Applaus für seine hervorragende Arbeit. Von Wohlfarth ging der Applaus direkt an Trummschlager und Giacomo weiter:

„Das einzige, das leider unbewiesen bleiben muß, ist, daß Giacomo der Sohn Leonardo da Vincis ist", bemerkte Matthias Wohlfarth am Ende noch, was aber in den allgemeinen Glückwunschbekundungen beinahe unterging.

„Not unbedingt!", rief Giacomo, der Wohlfarths Schlußsatz verstanden hatte, und zog einen kleinen transparenten Plastikbeutel aus der Tasche. „This is one of my father's hairs. I took it from him in the presence of two witnesses."

Dr. Wohlfarth staunte nicht schlecht und wandte ein, daß er sich doch erkundigt haben:

„Aber die Überreste Ihres Vaters in dem Grab in Amboise sollen doch verschwunden sein, wurde mir von dort mitgeteilt!"

„Das ist richtig", übernahm Trummschlager für Giacomo, dessen Rechtschreibkenntnisse sich passiv zuvor verhalten sollten, der sich in dieser für ihn neuen Sprache aber noch nicht befriedigend auszudrücken wußte. „Das Grab in Amboise ist tatsächlich leer. Es ist uns aber gelungen, Leonardos wahres Grab aufzuspüren, und aus diesem stammt das Haar. Der eine Zeuge, den Giacomo meinte, bin ich, der andere ist Madame Julietta Clement aus Amboise."

Dr. Wohlfarth nahm das Päckchen dankend entgegen und versprach, es sorgfältig zu analysieren. Frau Wohlfarth bot ihren Gästen zur Feier des Tages Champagner und besten französischen Wein an.

Sebastian Weißenborn und Richter Clement vertieften sich in ein Gespräch darüber, wie die Veröffentlichung der Lebensgeschichte Simmelkorps denn nun vollzogen werden könnte. Ernst hielten sie den Auftritt in einer bekannten Talk-Show für das am besten geeignete Medium dazu. Die machten ihr Idee zum allgemeinen Gesprächsthema der Runde und erzielten die Zustimmung aller Beteiligten. Die beiden versprachen, sich gemeinsam um einen Sendetermin bei Johann B. Fäller zu bemühen. Nach Möglichkeit sollten Frank

...ler und der Ägyptologe Dr. Hamid
Abbas ebenfalls an der Falk=Runde
teilnehmen. Timmerhaus berichtete, daß
Abbas schon einige Male bei ihm
nachgefragt habe, wann er die Information
dann bekannt geben dürfe. Daß es einige
unglaubliche Enthüllungen geben werde,
hatte er der ägyptischen Öffentlichkeit auf
Drängen der Medien bereits angekündigt.

„Es stimmt: Abbas wird bald platzen
und auf jeden Fall beim Entdeckung von
Nofretete und Kija ausposaunen!", sagte
Timmerhaus.

Erst die Autorität eines Richters
verhalf dazu, sich bei Falkers Hamburger
Medienfirma „TV=Kreaktivisten" Gehör zu
verschaffen. Auf die Anfrage eines Rechts=
anwaltes Meißenbora hatte man zunächst
gar nicht reagiert. Ziemlich unerwartet
meldete sich Herr Falker persönlich am
Clemens Telefon und wollte Einzelheiten
zu dem Fall des altägyptischen Pharaos
wissen. Seine Fragen klangen natür=
gemäß ziemlich skeptisch. Einerseits wollte
er nicht auf einen derartigen Bluff
hereinfallen wie vor Jahren der Stern, als
er Hitlers angebliche Tagebücher veröffent=

lichter, andererseits war er aber schon sehr
stark daran interessiert, an der
Veröffentlichung einer wirklichen Sensation
wesentlich beteiligt zu sein. Er kündigte an,
daß ein Rechercher-Team seiner Firma
kommen werde, um Vorabgespräche mit den
ausgeführten Zeugen und mit Temmelborn
selbst zu führen. Clemens nannte die
Zeugen, und Fallner notierte deren Namen.
Als der Name Dr. Harald Abbels fiel,
erklärte der Fernsehmoderator, daß ihm
dieser Name geläufig sei und er sich sehr
freuen werde, wenn er ihn in seinem Studio
begrüßen dürfte. Sein Kommen werde der
ganzen Geschichte einen gehörigen Schub
Glaubwürdigkeit geben.

Schon am nächsten Morgen stand das
Team der TV-Aktivisten in Clemens'
Büro. Zunächst bat der Teamchef um
Vollmachten des Rechners, um die
entsprechenden Auskünfte einzuholen.
Kaum hatte Clemens die Namen der
Zeugen und der untersuchenden Institute
noch einmal genannt, schwärmten die
Fernsehleute auch schon aus. Clemens hatte
wenig Zeit gehabt, allen Beteiligten ihr
baldiges Auftauchen anzukündigen.
Offenbar arbeiteten sie schnell und gründlich,

Dann noch am selben Abend erhielt Clemens
zusammen mit Meißenborn eine Einladung
zu einem Vorgespräch mit Faller und
seinen nächsten Mitarbeitern.

Die beiden Juristen verschoben ihre
Termine und flogen bereits am folgenden
Morgen nach Hamburg. Der Taxifahrer
wußte unter dem Stichwort Johann B.
Faller-Ohno, wohin er zu fahren hatte, und
setzte seine Fahrgäste direkt an dem
gläsernen Eingang mit dem großen
Schriftzug Faller ab. Freundlich und
routiniert begrüßte der Ohno-Master seine
Gäste, nachdem sie in ein Besprechungs-
zimmer geführt worden waren. Er stellte
ihnen seine beiden Rudolfsturen vor und ging
gleich in medias res.

Das Thema interessierte das
Fernsehteam inhaltlich so sehr, daß sie auf
die formalen Fragen, mit denen Clemens
und Meißenborn eigentlich gerechnet hatten,
anfänglich gar nicht zu sprechen kamen.
Stattdessen erzählten sie davon, wie sie
Sammelboxen Sammelbecken sollten,
beziehungsweise auf welche Weise sie das
erste Mal mit ihm zu tun hatten.
Ausführlich kam ihr gemeinsamer Besuch
der Goldmine zur Sprache. Herr Faller

518

ündigte an, daß Dr. Hannid Abbas höchstwahrscheinlich an der Sendung teilnehmen werde. Er fragte seine Gäste, was sie davon halten würden, wenn die Sendung nicht, wie sonst üblich, aufgezeichnet würde, sondern als Sondersendung ab 20 Uhr 15 live ausgestrahlt würde. Man könne darüber nachdenken, sie zugleich und simultan übersetzt auch nach Ägypten und in andere interessierte Länder zu übertragen.

„Was mir, ehrlich gesagt, an Ihrem Konzept für die Sendung nicht gefällt, ist, daß sich hier Timmenstern zu sehr im Hintergrund halten will", gab Fellner zu bedenken.

„Verstehen Sie mich bitte nicht falsch", fuhr er fort, „ich verstehe natürlich seine Bedenken, was seine Sicherheit angeht, aber wir verlangen hier praktisch einen echten Knaller, eine wirkliche Sensation, und die wirkt eben einfach wenig authentisch, weniger glaubhaft, wenn die Person, um die es hauptsächlich geht, der hinter einem Vorhang sitzt oder nur als Schattenbild zu sehen ist. Womöglich auch noch mit verfremdeter Stimme, wie in Report oder

frontal 21 oder so. Ich denke, darüber
sollten Sie nochmal nachdenken!"

Weißenborn und Clemens verspra=
chen, diese wichtigen Punkte mit Timmerhans
noch einmal durchzudiskutieren und
erhielten anschließend Gelegenheit, das
Studio zu besichtigen.

Timmerhans forderte eine ganze Weile
mit sich selbst, ob es wirklich klug wäre, sich
gleich so unvorbereitet der Öffentlichkeit zu
präsentieren. Über kurz oder lang, zu
diesem Entschluß kam er schließlich, würde
es aber doch unvermeidlich bleiben. Die
Medien würden keine Ruhe geben, ehe sie
sein Gesicht nicht überdimensional in allen
Zeitungen und Nachrichtensendungen
würden präsentieren können. Und sie
würden vor allem seine neuen Freunde
damit immer wieder belästigen, wenn nicht
sogar bedrohen. Also stimmte er zu. Giacomo
lehnte es allerdings ab, nach seinen
Medienerfahrungen in den USA als
gesuchter angeblicher Al=Qaida Terrorist
schon wieder im Fokus der Öffentlichkeit zu
erscheinen. Auch Timmerhans meinte, daß
sein eigener Auftritt in der Öffentlichkeit
vorerst genügen sollte. Der Sender stellte

ihnen andererseits den Sendetermin mit und
schickte einen Zeitplan über die Abläufe im
Vorfeld der Sendung. Frank Parker war,
außer Giacomo, der einzige Teilnehmer an
der Reise, der zuvor gebeten hatte, aus dem
Licht der Öffentlichkeit herauszuhalten zu
werden.

Der Tag der Sendung nahte, und in
gleichem Maße nahm die Anspannung
derer zu, die daran teilnehmen sollten.
Selbst Sammerhaven blieb von einem leichten
Lampenfieber nicht verschont. Er erinnerte
sich daran, wie es war, als er zu Beginn
seiner Herrschaft über Ägypten seinen
Thronrede gehalten hatte. Damals war er
so voller Selbstvertrauen gewesen, daß er
förmlich darauf gebrannt hatte, seinem
Volk mitzuteilen, was er in seiner
Regierungszeit zu tun gedenke. Er meinte
damals, die Kraft Atons selbst in sich zu
spüren, der ihn befahl, Ägypten klarzu=
machen, daß es nur einen einzigen Gott gebe
und daß alle Bürger, auch, und ganz
besonders die Priester Amuns, die immer
noch im Verborgenen agitierten, ihren
Göttern abzuschwören hätten. Damals
hatte er in Achet-Aton vor einigen Tausend
Menschen gesprochen, die ihn und seinen

Gott freundlich gesonnen waren. Seine
Botschaft wurde rasch darauf hinaus
getragen ins Land und fand nicht überall
Zustimmung. Hin und wieder war er auch
später politisch aufgetreten und hatte
Reden gehalten, zum Beispiel in Athen oder
im römischen Senat. Hier und jetzt war es
anders: Er versucht abermillionen Menschen
in Europa, in Ägypten, vielleicht in
Amerika und den anderen Teilen der Welt
gleichzeitig. Und es stand ihm kein Gott zur
Seite, denn es gab keine Götter mehr in
seinem Leben. Doch je mehr er darüber
nachdachte, desto stärker wurde sein Wille,
den Menschen von heute mitzuteilen, was
aus seiner Sicht für die heutige Zeit das
Wesentliche war: Die Erkenntnis der
Wahrheit voranzutreiben, indem man all
das, was daran hinderlich ist, endlich von
sich weist. Er würde ein Plädoyer gegen
religiöse Dogmen führen, gegen Rassismus
und für gleiche Chancen aller Menschen auf
Bildung und Lebensgestaltung!

    Den Abend vor dem TW-Ereignis
verbrachte er allein mit Miriam. Sie sahen
sich die Johann B. Faller Show an, um sich
einen möglichst bewußten Eindruck vom
Ablauf der Sendung zu machen. Bei der

Vorstellung seiner Gäste bemerkten sie, daß auch Fuller offenbar sein Publikum und sich selbst auf den Abend des folgenden Tages vorzubereiten versuchte. Zu sich eingeladen hatte er eine, trotz ihrer Jugend, renommierte Wissenschaftlerin aus Kiel, die sich mit dem Problem des menschlichen Alterns beschäftigt. Sie referierte über den neusten Stand der Forschung und erklärte, daß es inzwischen als gesichert gilt, daß eine hohe Ausprägung des Forkhead Box Gens 3O, kurz FOXO 3O genannt, bewirke, daß Menschen ein höheres Alter erreichen. Aber eine bloße Ausprägung des Gens reiche nicht aus um die Lebenszeit der Menschen signifikant zu erhöhen.

Fuller fragte, welches maximale Lebensalter ein Mensch unter optimalen genetischen und gesellschaftlichen Bedingungen überhaupt erreichen könnte. Darauf wollte sich die junge Frau nicht eindeutig festlegen. Sie gestand jedoch zu, daß es wohl über einhundert Jahre sein würden. Es gebe aber auch Kollegen, die meinten, daß unter besten Wohn- und Lebensbedingungen sogar ein maximales Lebensalter von wenigen Tausend Jahren im Bereich des Denkbaren läge. Die Kielerin betrachtete diese

Hypothese mit Skepsis und sagte, daß ihrer
Meinung nach dazu eine Kombination aus
mehr Erbfaktoren gehöre als die bloße
Anreicherung von FOXO 3Ol. So weit sei die
Forschung aber noch nicht vorangeschritten.

Daraus stellte der Moderator die
Frage, was es für die Forschung bedeuten
würde, wenn sich plötzlich tatsächlich ein
Mensch outen würde, der schon ein paar
Tausend Jahre auf dem Buckel habe?

Die junge Wissenschaftlerin zögerte
einen Augenblick und blickte Feller dabei
fragend an. Dann sagte sie:

„Das wäre natürlich ein ganz
besonderes herausragendes Ereignis. Wenn
sich diese Person für Tests zur Verfügung
stellen würde, könne die Wissenschaft in
vielen Bereichen ganz wesentlich voran. Ich
spreche nicht nur von der Genetik und der
Molekularbiologie, auch die Geisteswissen-
schaften würden davon profitieren können,
die Historiker, die Sprachforschung und viele
andere Disziplinen. So rein spekulativ kann
ich das im Moment gar nicht alles
überblicken. Für uns Altersforscher wäre
das natürlich wie ein Sechser mit Superzahl
im Lotto und gleichzeitigem Hauptgewinn

beim Spiel 77 und der Überwacht. Aber worauf wollen Sie wirklich hinaus?"

„Besteht die Möglichkeit, dass es einen Menschen gibt, der vor ein paar Tausend Jahren geboren wurde und heute noch lebt?", fragte Faller ganz gezielt.

Wieder sieht die Frau einen Augenblick ihn.

„Kann es sein, dass Sie auch einen bestimmten Fall anspielen, der vor einiger Zeit unkontrolliert durch die Medien ging? Ich kann Ihnen dazu folgendes sagen: Wir erhielten im Frühjahr Genmaterial einer erzunt lebenden Person mit der Bitte, dieses auf Auffälligkeiten in Bezug auf das Alter der Person zu untersuchen. Bei diesem Material haben wir entdeckt, dass ihre Telomerstückchen noch vollständig erhalten waren. Die Telomerstückchen sind ein Indikator dafür, wie oft sich eine Zelle im Laufe des Lebens bereits regeneriert hat. Nach jeder Neubildung bricht ein Stückchen davon ab, und nach durchschnittlich 52 Regenerationen der Zelle ist normalerweise Schluss, und die Zelle stirbt im weiteren Alterungsprozess unwillkürlich ab. Den Telomerstückchen zufolge hätte sich die Person, von der das Material stammte, im

Jünglingsalter befinden müssen. Die waren = oder ist = aber eindeutig schon verwachsen und möglicherweise tatsächlich auch schon sehr alt. Eine auffällig erhöhte Konzentration des Proteins P 53 spricht neben anderem Faktoren jedenfalls dafür: P 53 zerstört mutierte, also geschädigte Stammzellen, so daß sie sich nicht in Gewebe und Organe einnisten können. Es schützt die Organe also praktisch vor dem Altern. Normalerweise läßt diese Aktivität von P 53 allmählich nach. Die Person, von der die Probe stammte, schien aber ein Gen zu besitzen, daß die Aktivität von P 53 immer wieder auf 100 Prozent vermehrt. Aber ich denke, auch das reicht noch nicht aus, den Menschen zu einem ewigen Leben zu verhelfen. Möglicherweise werden noch mehr Faktoren dabei eine Rolle spielen. Aber ohne weitere Untersuchungen dieses Menschen, wenn es ihn als wirklich langlebige Person denn tatsächlich geben sollte, können wir die Mechanismen, die die Langlebigkeit ausmachen, noch nicht vollständig verstehen. Wir haben den besagten Mann dazu aufgerufen, sich uns für eine Weile zur Verfügung zu stellen, doch ist die Person unseren Ersuchen leider bisher nicht nachgekommen. Wir wissen schlicht und wegweisend einfach nicht, wer es ist, und damit bleibt es auch Spekulation, ob es tatsächlich einen Menschen gibt, der wesentlich älter ist als alle anderen, von denen wir wissen, jemals geworden sind."

„Möglicherweise wird sich diese Person aber auch bald zu erkennen geben", schloß Faller die Sendung ab.

Er bedankte sich für das Kommen der Frau und kündigte die Sondersendung des folgenden Tages für 20 Uhr 15 an.

Um 16 Uhr versammelten sich Semmelbauer, Miriam, Sebastian Weißenborn, Dr. Wohlfarth sowie Richter Clement ein zweites Mal auf der Air Base am Frankfurter Flughafen, um eine Reise mit Semmelbauers Falcon 2000 anzutreten. Frank Faller verabschiedete die Gruppe am Ausgang des Gebäudes mit einem dreifachen Toi-toi-toi und versprach, die Sendung im Fernsehen zu verfolgen. Kurz nach halb sechs betraten sie das Hamburger Sendezentrum. Etwa eine Stunde nach ihnen traf auch Dr. Hannis Abbas dort ein, den sie mit großem Hallo als guten Freund begrüßten. Für ihn war der Auftritt in einer Talk-Show echte Routine, und so war

r der einzige, der überhaupt keine
Nervosität zeigte. Aber er spürte sie bei den
Anderen und half ihnen in der Weise mit
einigen Späßchen über die Zeit des Wartens
hinweg.

Eine Regieassistentin erklärte ihnen
die Sitzordnung, die man festgelegt hatte,
und den Ablauf der Sendung, während im
Studio eine ziemliche Unruhe herrschte: Die
Zuschauer sollten den Saal gerade betreten
und suchten nach ihren Sitzplätzen. Danach
wurden auch sie kurz in das Geschehen
eingewiesen. Als alle sechs Talkshowgäste
gerade von Technikern verkabelt wurden
und kurze Sprechproben abgeben sollten,
erschien Johann B. Faller und begrüßte sie
sehr freundlich. Miriam Wagner zuerst.
Clemens und Weißenborn sowie natürlich
Hannis Abbas kannte er bereits. Der
Moderator sah, dass Faller beim Anblick der
beiden übrigen Herren einen Augenblick
zögerte, und übernahm es, kurz sich selbst
und dann Trummenborn vorzustellen. Der
Ägypter war eine stattliche Erscheinung,
und man spürte einen Moment lang, dass
der Moderator ihm eine gehörige Portion
Respekt zollte. Mehr, als er es
normalerweise tat.

Faller entschuldigte sich bei ihnen und ging hinaus auf die Bühne, wo er routinemäßig mit den Zuschauern ein paar Worte wechselte und sich orientierte, wo die Experten saßen, die er für die Zwischen-fragen eingeladen hatte. Danach nahm er an seinem Schreibtisch Platz, ließ sich dort verkabeln und nützte die Sprechprobe zu weiterer Kontaktaufnahme mit dem Publikum. Dann erschien wieder die Regieassistentin mit ihrem Klemmbrett unter dem Arm und geleitete die Gäste-gruppe an ihre Plätze. Ganz professionell begann JBF sogleich einen Smalltalk mit seinen Gästen, um ihnen in den letzten Minuten vor Beginn der Sendung die Nervosität ein wenig zu nehmen.

Über einen Monitor verfolgten sie aufschließend das Ende der voraus-gegangenen Sendung. Faller sagte ihnen, dass noch zwei Programmhinweise folgten, dann zählte die Regieassistentin die letzten Sekunden rückwärts ab, und der Trailer zur Show wurde gestartet. Die Kamera, die auf den Moderator gerichtet war, zeigte ihr Rotlicht, und Faller begann mit seiner Anmoderation. Darin erklärte er, dass aufgrund der immensen Bedeutung dieses

Medienereignisse neben zahlreichen anderen Staaten auch Ägypten live und simultanübersetzt zugeschaltet hei. Er erinnerte noch einmal kurz an die Sendung des gestrigen Abends und zeigte für das Verständnis derer, die sie nicht gesehen hatten, Ausschnitte aus dem Gespräch mit der jungen Wissenschaftlerin aus Kiel. Daraus leitete er schließlich die Überleitung zu Tummelbaur, dem Mann, der nach einem langen Leben in relativer Verborgenheit erstmals bereit sei, sich der Öffentlichkeit zu stellen. Bei seinen Worten:

„Begrüßen Sie nun mit mir ganz herzlich den Mann, dessen ursprünglicher Name Tummelbaur lautet!" zog die Kamera hinüber zu dem Ägypter, um sein Gesicht in Großaufnahme zu zeigen. Er nickte freundlich in Richtung der Kamera.

Foller richtete nach dem Abebben des Zuschauerbeifalls zunächst nur eine Frage an seinen Hauptgast:

„Herr Tummelbaur, Frau Dr. Junghaus sprach in dem gerade verkürzt gezeigten Beitrag davon, daß das Institut in Kiel, für das sie arbeitet, vor einiger Zeit Angebote zur Unterstützung von einem Mann erhalten habe, der möglicherweise schon sehr lange leben könnte. Diese Person sei ihr aber bislang unbekannt geblieben. Handelt es sich bei dieser Person um die Ihre?"

„Ja, das ist richtig", antwortete Timmeßlorn.

Anstatt das Gespräch nun einseitig mit Timmeßlorn weiter zu führen, ging Foller dazu über, auch die übrigen Gäste vorzustellen. Er begann mit Hamid Abbas und fragte, was ihn mit Timmeßlorn verbinde. Er antwortete auf Arabisch, und nach einer kurzen Zeitverzögerung hörten die Zuschauer in der Stimme des Übersetzers, daß er ihn eigentlich schon ziemlich lange kenne, allerdings zuvor nur unter dem Namen Mustafa El-Borkin. Unter diesem Namen sei er ein angesehener Antiquitätenhändler gewesen, den er manchen unschätzbar wertvollen Hinweis auf altägyptische Funde verdanke. El-Borkin habe ihn vor kurzem zu einer Reise mit den übrigen Herrschaften in dieser Runde eingeladen, bei der er sich ihnen gegenüber als Timmeßlorn zu erkennen gegeben habe.

„Die Reise führte zu einer verborgenen ehemaligen, vermutlich unbekannten Goldmine. Timmeßlorn erklärte uns, daß er

darin vor langer Zeit Zwangsarbeit leisten
mußte. Später haben wir mit einigen
Leidensgenossen die Mine übernommen und
zur Grabstätte für sehr berühmte
Persönlichkeiten der Menschheitsgeschichte
umgearbeitet."

„Also", begann JBF die Formulierung
einer Zusatzfrage, „Sie haben dort also die
Mumien vorhehr Personen vorgefunden?"

„Aus ägyptischer Sicht heraus möchte
ich zunächst nur die Mumien Nofretetes
und der Kija namentlich nennen. Zu
Nofretete brauche ich, glaube ich, nicht viel zu
sagen. Ich gehe davon aus, daß sie in
Deutschland genügend bekannt ist. Kija
dürfte allgemein unbekannter sein in der
Öffentlichkeit. Ihre geschichtliche Bedeutung
ist jedoch mindestens ebenso hoch, wenn nicht
höher zu bewerten als die Nofretetes.
Nofretete war mit Amenophis dem
Dritten verheiratet und auch mit
Amenophis dem Vierten, den Sie sicher besser
unter seinem Namen Echnaton kennen.
Aber auch Kija hatte Kinder von beiden
Pharaonen. Sie ist, das ist inzwischen
erwiesen, auch die Mutter des so berühmt
gewordenen Tut-Anch-Amun. Bei den
anderen Mumien, die wir dort gesehen

haben, sondern es sich ebenfalls im Parforum aus der nahen Vineenschaft Tummel-Korus. Als Ägyptologe und Moslem maße ich mir aber nicht an, hier etwas voranzuziehen."

Während der Abbas erzählte, wurden auf dem großen Studiomonitor einige der Bilder gezeigt, die Abbas in der Miene von den Mumien angefertigt hatte.

„Das sind funktionelle Aufnahmen von Fundstücken in der Miene und von den beiden dort aufgefundenen Mumien", kommentierte Faller die Fotos.

Miriam Wagner und Sebastian Weißenborn stellte Faller als nächste vor, und sie beschrieben gemeinsam und sich gegenseitig ergänzend ihre ersten Kontakte zu Tummelkorus. Sie blieben bei dem zuvor genannten Namen Mustafa El-Bakir. Den Namen Erik Weizmann verschwiegen sie nicht. Auch, dass sie eine Liebesbeziehung zu dem Ägypter eingegangen ist, verschwieg Miriam. Richter Clement erzählte von den Schwierigkeiten des heutigen Informations-zeitalters für einen langlebigen Menschen, die es ihm praktisch unmöglich machen, weiter unerkannt zu leben. Er berichtete von der Tocht mit den Fingerabdrücken auf der Mona Lisa. Weil sich die meisten Zuschauer an diesem Fall erinnern konnten, ging nochmalig ein Raunen durch die Römer. Er ergänzte einige Details aus seiner Sicht in Bezug auf Timmersloans kurzer Zeit in deutscher Haft.

Dann kam die Reihe an Dr. Matthias Wohlfarth. Er berichtete davon, in welch überraschend gutem Zustand die Gruppe die bereits angesprochenen Münzen in der Mine aufgefunden hatte. Timmersloan habe ihn ausdrücklich gestattet, geeignete Chemoverproben von allen Faktoren zu nehmen. Wohlfarth schilderte, dass er jeweils einen Teil der Proben selbst untersucht und jeweils zwei Proben an andere Institute zur Unterstützung geschickt habe. Auch Altersbestimmungen nach der Radiocarbonmethode hätten mehrfach stattgefunden. Alle Ergebnisse hätten eindeutig und übereinstimmend gezeigt, dass Timmersloan der leibliche Sohn der Riga sei, sowie der Vater der dritten dort aufgefundenen Münzen. Diese sei mit hoher Wahrscheinlichkeit ebenfalls eine langlebige Faktor gewesen.

„Woraus schließen Sie das?", fragte Faller noch.

„Einmal daraus, daß ihr Tod, gemessen nach der C14-Methode, vor nicht viel mehr als 500 Jahren eingetreten ist. Zum anderen aus der Tatsache, daß sie die leibliche Mutter von männlichen Zwillingen war; von denen der eine vor 1944 Jahren im Alter von 65 Jahren verstorben war und der andere vor 1978 Jahren im Alter von 35 oder 36 Jahren", erklärte Wohlforth.

„Äh, Moment", unterbrach ihn Fuller und nahm die Hände herunter, mit denen er während Wohlforths Ausführungen vor Spannung seine Nasenflügel bewegt gehalten hatte. „Damit wir das richtig verstehen = oder besser = ich frage den Herren Trummestown gleich direkt: Sie sind also der Sohn dieser Kijar?"

„Das ist richtig", bestätigte Trummestown. „Kijar war meine Mutter."

„Und... wie alt sind Sie dann? Ich denke, das wird unsere Zuhörer zunächst am meisten interessieren. Wissen Sie denn Ihr genaues Geburtsjahr?"

„Als ich geboren wurde, zählte man Jahre nach dem Regierungsjahr des augenblicklichen Herrschers. Das Jahr meiner Geburt war das 38. Regierungsjahr des dritten Amenhotep, beziehungsweise

Ammophis des Dritten, wie man heute
sagt. Dieser Pharao ist auch mein leiblicher
Vater. In die heutige Zeitrechnung
übertragen bedeutet es, daß ich im Jahre
1353 vor dem Jahr 1 der heutigen
Zeitrechnung geboren werde."

"Mommes, das sind ja....lassen Sie
mich kurz rechnen...3362 Jahre!" sagte
Fallmer und lachte in die Kamera: "Ich gebe
zu, Kopfrechnen dauert bei mir immer eine
Weile! Aber – mal ehrlich – das ist ja
wirklich unglaublich, und es fällt mir auch
wirklich schwer, das hier so einfach zu
schlucken!"

"Das ging mir am Anfang ganz
genauso", schaltete sich Richter Clamet ein.
"Ich gebe zu: Mein erster Gedanke war, in
welche Anstalt ich jemanden wohl stecken
sollte, der so einen unverrückbaren Blödsinn
erzählt. Aber Trummelhorn sah diese
Reaktionen seiner gegenwärtigen Zeit=
genossen voraus. Er ging sehr behutsam vor
und lieferte fast immer erst den Beweis,
bevor er die Behauptung dazu aufstellte.
Und alles, ich betone noch einmal: Wirklich
alles, was er uns bisher berichtet hat,
entsprach der Wahrheit, auch wenn es noch so
abwegig klingen mochte. Die selben gehört,

nach Dr. Wohlfarth ausgeführt hat. Sümmerkoven hat uns Schritt für Schritt an die Wahrheit herangeführt, und ihm war immer daran gelegen, jeden einzelnen Schritt zu belegen. Gerichtliche Untersuchungen gelten vor jedem Gericht als nicht manipulierbare Beweise. Es war ihm wichtig, gerade diese Beweise zu liefern. Und in diese ehemalige Goldmine zu bringen, war sicher ein Risiko für Sümmerkoven. Er hat es trotzdem auf sich genommen."

„Da ihr wart", kommentierte auch Harald Abbots, jetzt in English, seine erste Reaktion darauf, daß El-Basir behauptete, Sümmerkoven zu sein. „Ich hätte geglaubt, daß Opfer der Wirkstellen Kommer zu sein. Ich war richtig sauer. Aber mein alter Freund hier hat mich wirklich überzeugt", lachte er zu Sümmerkoven hinüber. „I believe him, absolutely! Schon als er mir hineoglophstertste vorlas, dachte ich, wenn er ein Betrüger wäre, dann macht er das unter einem unwahrscheinlichen Aufwand."

„Ach ja, gut, daß Du das sagen", nahm Fuller den Faden von Abbots auf. „Wir haben doch hier noch so was wie einen kleinen eigenen Beweis vorbereitet."

Lächelnd zog er eine Tafel unter seinem Schreibtisch hervor, auf der ägyptische Hieroglyphen zu sehen waren. Timmelbein machte den kleinen Spaß mit, las vor und übersetzte den Text. Hannib Abbas war aber fast ebenso schnell beim Entziffern der Schrift und meinte lächelnd:

„Nanu ist's prowen! I'm also 3360 years old!"

„Jetzt ist es bewiesen: Ich bin auch 3360 Jahre alt!", hörten die Zuschauer den Simultanübersetzer wie ein Echo noch sagen, während Timmelbein schon Tipps gab, wie man die Schreibweise des Textes noch verbessern könnte.

„Vor den Namen Johann Baptist Faller gehört eigentlich noch das Zeichen, dass es sich bei dem Gymnasten um einen Mann handelt", schloss er und fügte die entsprechenden Hieroglyphen hinzu.

„Gut, das reicht", sagte Faller; „ich glaube Ihnen, dass Sie die Altägyptische Sprache perfekt in Wort und Schrift beherrschen! Hat Ihr Name eigentlich eine besondere Bedeutung, und ist es einigermaßen korrekt, wenn ich Sie mit Herr Timmelbein anspreche?"

„So etwas wie einen Vor- und
Nachnamen konnten wir damals noch nicht.
Jeder sollte natürlich einen Namen, und
wenn sich dieser wiederholte, nannte man
zur Unterscheidung der Person den
Namen des Vaters mit. Daraus haben sich
später die Nachnamen, wie Sie sie heute
kennen, entwickelt. Der Name, den wir
meiner Mutter geben soll, lautet:
Tutanchamun scheper scheperu. Das bedeutet:
‚gefestigt mit den Ka-Kräften des Re und
den heiligen Erscheinungen'. Das ägyptische
Volk kannte mich unter meinem
Thronnamen Anch scheper Re, was ‚lebend
sind die Erscheinungen des Re' bedeutet."

„Und wie spreche ich Sie nun korrekt
an?", wollte Falker wissen.

„Im alten Ägypten begann die
förmliche Anrede mit einer Aufzählung von
guten Wünschen, deren Umfang abhängig
war von der gesellschaftlichen Stellung
sowohl der angesprochenen als auch der
ansprechenden Person. Darin wurde der
Adressat der Wünsche zunächst in der
dritten Person Singular genannt. Etwa so:
‚Möge Ptah sein Herz erfreuen mit sehr
vollkommenem Leben', und so weiter und
so weiter. Danach nannte man sich beim

Namen und sprach miteinander in dem, was wir heute als ‚Du-Anrede' bezeichnen würden. Es ist vielleicht vergleichbar mit dem Englischen, in dem man das ‚You' ja auch nicht kennt. Die einzige Ausnahme ist der Pharao; er würde tatsächlich mit einer Entsprechung des Wortes ‚Majestät' angesprochen."

„Du warst Pharao. Also gebührt Ihnen die Anrede ‚Majestät'!?", brummte Faller, sich fast entschuldigend.

„Ich bitte darum, nicht so angesprochen zu werden!", entgegnete der Ägypter. „Für die korrekte Aussprache eines Altägypters in der heutigen Zeit besteht, glaube ich, noch keine DIN-Norm", scherzte er; „wahrscheinlich, weil es bisher so selten Gelegenheit dazu gegeben hat."

„Das soll sich jetzt gründlich ändern!", scherzte JBF zurück.

„Nennen Sie mich Tummschaun, egal, ob mit oder ohne Herr davor!"

„3360 Jahre", wechselte Faller das Thema, „sind eine echt lange Zeit. Da ist wirklich fast die gesamte Geschichte der Menschheit drin, und die wird unsere Zuhörer ganz besonders interessieren. Ich gehe stark davon aus, daß Du in der

540

nächsten Zeit wahnsinnig viele Anfragen von Historikern bekommen würden, die Interviews mit Ihnen machen wollen. Aber was mich zunächst mal persönlich interessieren würde: Wie verbringt man eine so lange Zeit eigentlich?"

„Sehen Sie, Herr Foller", antwortete Trummelpaur, „rückblickend erscheint mir diese Zeit gar nicht so ewig lang. Denke ich an die Zukunft und versuche, mir auszumalen, wie die nächsten 3500 Jahre aussehen könnten, dann geht es mir genauso wie Ihnen, nämlich daß ich diese Zukunft als eine endlos lange Zeit sehe. Das liegt wohl daran, daß sie inhaltlich fast leer ist. Es gibt keine Erinnerung an die Zukunft, die vergleichbar wäre mit einer Erinnerung an die Vergangenheit. Es gibt nur eine Reihe von Erwartungen oder Vorstellungen von der Zukunft, die - bei mir jedenfalls - sehr begrenzt sind. Ich denke höchstens ein paar Jahre voraus, nicht Jahrzehnte oder gar Jahrhunderte. So weit reicht meine Phantasie nicht."

„Gut, meine auch nicht", unterbrach ihn Johann B. Foller, „aber ich brauche mir über eine allzu weit entfernte Zukunft auch kaum Gedanken zu machen, weil in

irgendeiner = sagen wir überschaubaren =
Zeitspanne mein Leben einfach zu Ende sein
wird, während Sie dann immer noch
weiterleben werden."

„Das ist Eimbrodts sicher. Auch ich
habe keine Garantie für ein ‚ewiges Leben'",
entgegnete Trommsteen, „auch ich kann durch
einen Unfall, eine Krankheit, durch Mord
oder Selbstmord plötzlich aus dem Leben
scheiden. Aber zurück zu Ihrer ursprüng=
lichen Frage: Ich sehe, ebenso wie Sie
wahrscheinlich, jeden einzelnen Tag als eine
Einheit an. Und der Tag beginnt, verläuft
und endet ganz ähnlich wie der Tag, den
jeder andere Zeitgenosse auch erlebt.
Manchmal wird er spannend, manchmal
sorgenvoll, manchmal langweilig und
manchmal sogar lebensbedrohlich. Dann
endet er, und der nächste Tag beginnt. Das
Erlebnis ist jeweils für Zeitgenossen immer
ähnlich, und es wiederholt sich einfach Tag für
Tag. Dabei spielt es keine große Rolle, ob sie
das nun ungefähr 1,2 Millionen oder 30.000
mal erleben. Verstehen Sie mich bitte nicht
falsch, mein Leben wäre auf gar keinen Fall
langweilig oder nur von Routine geprägt.
Ebensowenig wie Ihres. Nur der Ablauf
eines Tages ist irgendwann Routine; man

geht seinen Aufgaben nach, und es reiht sich ein Tag an den andern, immerfort."

„Dass Sie im Laufe Ihres langen Lebens viele geschichtliche Höhepunkte miterlebt haben, liegt ja auf der Hand, und dass eine Reihe von Historikern auf Sie zukommen werden, haben wir bereits angesprochen", wechselte Follmer das Thema. „Wenn ich es richtig sehe, dann sind Sie aber auch ein Zeitzeuge von – ja, eigentlich schon mehreren – Religionsbildungen. Wie haben Sie das erlebt? Was haben Sie mitbekommen davon, dass Gott sich damals den Menschen offenbart hat, was haben Sie aus der Zeit Jesu in Erinnerung behalten?"

Sennefankar erzählte über seine eigenen Erfahrungen aus der Zeit, als man ihn, den Pharao, noch selbst als einen Gott angesehen hatte, und sagte, dass er sich niemals selbst als Gott gefühlt habe. Danach kam er auf seine eigene Theorie zu sprechen, wie sich eine Religion entwickle, und vor allem, aus welchen Gründen. Er erklärte, wie die Vielzahl der ägyptischen Götter in dem Staatsgebilde Ägyptens vereint worden waren und wie Amun zum Hauptgott wurde. Er betonte, dass es immer Menschen waren, die ihre Götter

schufen und diese im Laufe der Zeit immer
anspruchsvoller definierten, bis an einen
Punkt, an dem sie sich selbst in die mißliche
Lage gebracht hatten, daß nun weder die
Nichtexistenz noch die Existenz des Gottes
beweisbar war. So ein Gott war Aton, der
von Echnaton und Nofretete zum einzigen
Gott Ägyptens gemacht worden war. Sie
glaubten an Aton, und er, Immenstern, tat
es auch. Ein Großteil des Volkes übernahm
diesen Glauben, kraft der Autorität seines
Herrschers. Dann sprach Immenstern davon,
daß die Idee von dem einzigen Gott Aton
bei der Schaffung des einen Gottes der
Juden und Moslems, in Jahwe, beziehungs=
weise Allah, wiedergeboren worden sei. Von
da an war Glaube bedingungslos
geworden.

Er berichtete davon, daß er bei einigen
Ereignissen dabei gewesen sei, die in der
Bibel Erwähnung finden und in denen Gott
sich offenbart haben soll. Immenstern
erläuterte detailliert den Exodus des
Volkes Israel und korrigierte dabei die
Darstellungen der Bibel darüber, und er
machte klar, daß kein Gott jemals zu all
diesen Ereignissen wahrhaftig erschienen sei

und daß kein Gott ihn oder irgendeinen Anderen zu einem Auftrag verhelfe.

Sein Bericht löste Unruhe unter den Zuschauern aus. Es gab empörte Zwischenrufe, Pfiffe, aber auch Beifallsbekundungen. Es entstanden kurze Streitgespräche unter den Besuchern. Faller mußte darauf eingehen, damit die Situation nicht eskaliert. Er sprach einzelne Zuschauer an, damit sie ihrem Ärger comonlisiert Luft machen konnten, und ließ andere darauf antworten. Er sprach seine Experten an, die einmütig dazu rieten, sich nicht einmal weiter anzuhören, ... Stimmenfänger zu folgen habe. Abbas und Clement wirkten zusätzlich beschwichtigend auf das Publikum ein, indem sie ihnen mitteilten, daß sie genau die gleichen Gedanken auch gehabt hätten, als Stimmenfänger ihnen zum rechten Mal aus seiner Vergangenheit berichtete.

Stimmenfänger fuhr fort, indem er erklärte, daß die Wahrheit ihm das wichtigste Gut auf Erden sei:

„Das Erkennen und Verbreiten von Wahrheit ist mir; zumindest seit der Zeit der Aufklärung, zum Lebenszweck

geworden!", sagte er, nachdem wieder
relative Ruhe eingekehrt war.

„Und darum haben Sie sich die ganze
Zeit unter falschem Namen irgendwo
versteckt?", rief ein Zuschauer dazwischen.

„Ich möchte, daß Sie sich einmal einmal
bildlich vorstellen: Stellen Sie sich bitte vor,
Sie selbst wären in der Situation, nicht zu
altern. Sie leben in der Gesellschaft einer
bestimmten Zeit, nehmen wir als Beispiel
das, was Sie heute das Mittelalter
nennen. Zwangsläufig gehören Sie zu der
Gesellschaft. Irgendwie müssen Sie sich
schließlich integrieren, um zu überleben. Sie
leben also zwanzig, wenn es hoch kommt,
dreißig Jahre in dieser Gesellschaft.
Irgendwann, spätestens nach dieser
Zeitspanne, wird jemand bemerken, daß Sie,
im Gegensatz zu allen Anderen, nicht
gealtert sind. Man spricht über Sie, kann
sich das nicht erklären, und irgendjemand
bringt Sie deshalb mit magischen Kräften in
Verbindung. Sie werden der Hexerei
bezichtigt. Ihnen droht, wenn Sie weiterleben
wie zuvor, daß sich die Inquisition mit
Ihnen beschäftigt. Wie weit, glauben Sie,
würden Sie kommen, wenn Sie jetzt die
Wahrheit sagen würden? Ihnen bleibt gar

nichts Anderes übrig, als den Ort zu
wechseln, wenn Sie überleben wollen."

„Aber die heutige Zeit ist ganz anders.
Heute landet niemand mehr auf dem
Scheiterhaufen!", konterte der Zuschauer, den
Stummfilm angesprochen hatte.

„Ohnmoch das sollte ich, und aus diesem
Grund bin ich bereit, mich Ihnen zu erkennen
zu geben. Aber ich weiß, dass die Religion
auch heute noch tief in den Menschen
verwurzelt ist. Die Inquisition ist heute
keine offizielle Instanz mehr, sie findet aber
immer noch in den Köpfen der Gläubigen
statt. Und manche darunter sind fanatisch
genug, zu töten."

Fühler wollte das Thema, das für so
viel Zündstoff sorgte, für eine Weile
ausklammern und sprach nun noch einmal
Dr. Abbas an:

„Sie sagten, dass Sie in diesem Mann
noch weitere Männer vorgefunden haben.
Um welche Personen handelt es sich dabei?
Haben Sie das feststellen können?"

„Ich sagte bereits, dass es sich dabei
nicht direkt um Personen aus der
ägyptischen Geschichte handelt. Noch bin ich
ein gläubiger Moslem und ich kann mir
vorstellen, dass die gerade genannten

Äußerungen Trummelbart auch in der arabischen Welt im Moment einige Unruhe auslösen werden. Da will ich mich in die christliche Welt nun wirklich nicht tiefer einmischen. Vielleicht möchte einer der anwesenden christlichen Zeugen die Rolle dieses Paul übernehmen?"

Sebastian Weißborn räusperte sich kurz und deutete an, dass er etwas dazu sagen wollte:

"Trummelbart führte uns dort in einen besonderen Raum. Schon beim Anblick des Raumes gerieten wir ins Staunen. Er war über und über mit den wundervollsten Fresken ausgeschmückt, die in frischen Farben leuchteten. Der Boden bestand aus wertvollstem Marmor. Selbst die Beleuchtung war ganz besonders effektvoll gewählt. Der Blick fiel sofort auf ein Fresko auf der gegenüberliegenden Wand: Es war eine leicht veränderte Kopie des heiligen Abendmahls von Leonardo da Vinci. Aber hier war das Bild vollständig erhalten geblieben; es strahlte in den frischesten Farben."

"Kleinen Augenblick", unterbrach ihn Faller; "ich glaube, wir haben auch davon ein paar Bilder, die die Regie mal kurz

"...einspielen Römer!" Genau das geschah in diesem Augenblick auch schon. Meißenborn fuhr fort:

"Den eigentlichen Raum aber beherrschten drei prächtige Torbögen. Die standen geöffnet vor uns, und die Menschen, die sich darin befanden, sahen aus, als schritten sie, so perfekt wovon sie konserviert worden. Sie ruhten in einem zusätzlichen gläsernen Sarg.

Trummschorr erklärte, daß die Frau in der Mitte ihre Tochter Miriam gewesen sei. Sie sei eine langlebige Frau gewesen, genau wie er. Fast zweitausend Jahre habe sie gelebt, ehe sie im Jahre 1503 nach der Geburt eines Sohnes aus dem Leben schied. Die Römer hätten sie Maria genannt, und sie sei auch die Mutter der beiden Männer gewesen, die links und rechts neben ihr aufgebahrt lagen. Ich blickte in das Gesicht eines Mannes, der sehr alt geworden war. ,Das ist Josef', erklärte Trummschorr. Dann blickte ich in das Gesicht eines Mannes, der nur so alt geworden ist, wie ich es heute bin. ,Das ist Joshua', sagte Trummschorr, und ich wußte, daß es Jesus war; Jesus von Nazareth, Jesus Christus.

Beide Männer waren Zwillinge gewesen, hatte er uns gesagt."

Wieder ging ein Raunen durch das Publikum. Die drei genannten Toten wurden aus unterschiedlichen Entfernungen gezeigt. Einige Zuschauer bekreuzigten sich. Während weitere Fotos gezeigt wurden, herrschte gespannte Stille.

Dr. Wohlforth war der erste, der das betretene Schweigen unterbrach:

„Tumeshtorer forderte mich auf, geeignete Proben zu entnehmen, um sie einer modernen genetischen Untersuchung zu unterziehen. Alle Ergebnisse der Untersuchungen, die zur Sicherheit mehrfach in verschiedenen Laboratorien durchgeführt worden sind, kommen zu dem gleichen Ergebnis, nämlich, dass Tumeshtorer in allen Punkten die Wahrheit gesprochen hat. Wir gehen heute davon aus, dass es sich bei den aufgefundenen Männern tatsächlich um die des Jesus Christus, seines Zwillings- bruders Judas sowie um die der Maria handelt, die mit Sicherheit die Mutter der beiden Männer war. Ferner konnte eindeutig gesichert werden, dass Jesus an dem Kreuz gestorben ist, das sich ebenfalls in einem Raum der Mine befand."

Dr. Wohlfarth griff in eine Jackentasche seines Anzuges und zog einen Plastikbeutel heraus. Er öffnete ihn und legte ein dunkles Stückchen Holz auf den Schreibtisch des Moderators und sagte dabei:

„Das ist ein Originalstück aus dem Kreuz, an dem Jesus gestorben ist."

Ehrfürchtig nahm es Johannes Baptist Follmer in die Hand, betrachtete es von allen Seiten und hielt es so, daß die Kamera es in Nahaufnahme einfangen konnte.

„Ich kann es einfach noch nicht glauben", sagte er in die auf ihn gerichtete Kamera. „Früher haben wir Fahrten mit den Eltern unternommen, wenn die Möglichkeit bestand, irgendwo Reliquien nur zu sehen, und jetzt halte ich ein angeblich echtes Teil des Kreuzes Christi in der Hand! Ist das wirklich echt? Und was ist dann mit den Tausenden Kreuzreliquien, die überall auf der Welt zu sehen sind, was mit dem Kreuz, das die Kaisermutter Helena angeblich gefunden haben soll?" Er sah Timmerstoewe an und bat ihn um Antwort.

„Ich selbst habe dieses Kreuz von den römischen Besatzern ausgelöst. Ich habe es lange Zeit versteckt gehalten, weil ich nicht wollte, daß noch einmal ein Mensch daran

gerichtet werden, und auch, weil ich verhindern
wollte, daß fanatische Menschen unter
ihnen, die in Joshua einen Märtyrer sehen,
daraus ein Symbol für Auflehnung gegen
Rom machten. Das wäre nicht im Sinne
Joshuas gewesen. Selbst Maria wußte
lange Zeit nicht, daß ich es besaß. Es gab
inzwischen viele Rückkehrer in Jerusalem, und
Sie können sich vielleicht vorstellen, daß es
geschäftstüchtige Menschen in der Stadt
gab, die der Mutter des Kaisers 300 Jahre
nach der Kreuzigung Jesu bereitwillig
irgendein Kreuz und irgendein Grab zeigten.
Sie wußten, daß sie auf der Suche danach
war und sie im wahrsten Sinne fürstlich
dafür entlohnen würde."

„Gut, so faszinierend es ist, einen Teil
des Kreuzes in der Hand zu halten, an dem
Jesus starb; wir sprechen weiter über ihr
Leben!", sagte Faller und fragte: „Jesus hat
zu Ihrem Leben gehört. Sie waren, wenn ich
Sie richtig verstehe, mag mit ihm verwandt,
waren sein Großvater." Man merkte, daß
ihm dieser letzte Satz nur widerwillig über
die Lippen wollte. „Was war er wirklich
für ein Mensch? Wäre er auch ein = wie Sie
es formulieren = langlebiger Mensch?"

„Das kann ich nicht mit letzter Sicherheit sagen", antwortete Summerlaus. „aber ich denke, daß er das wohl nicht geworden ist. Zum einen wäre er nicht alt genug, um beobachten zu können, ob er weiter altern würde oder nicht, zum anderen wurde sein Bruder – sein wenn einiger Zwillingsbruder – eines natürlichen Todes. Jedenfalls war kein langlebiger Mensch; er ist ganz normal gealtert."

Summerlaus erzählte aus dem Leben und vom Wirken Joshuas. Er setzte dabei die Vorstellung voraus, daß kein Gott existiere und Jesus folglich auch nicht der Sohn eines Gottes sei. Das haben er im Übrigen auch nie selbst behauptet – aber leider auch nicht vehement dementiert. Hin und wieder wandte sich Faller an die Experten im Studio, von denen einer einer Historiker und der andere Theologe war. Beide mußten einräumen, daß sich die Geschichte so abgespielt haben könnte, wie Summerlaus sie beschrieb.

Die geplante Sendezeit war längst überschritten. Entsprechende Hinweisschriften liefen gelegentlich über den Bildschirm. Wiederholt warb Faller die Information

der Regie auf, daß er die Sendezeit nach
eigenem Ermessen ausbreiten solle. Es lag
daran, daß die Einschaltquoten von
Minute zu Minute annahmen. Und das
nicht nur in Deutschland, sondern auch in
den zugeschalteten Ländern. Einige der nicht
von vornherein zugeschalteten Staaten
änderten, nachdem sie von dem
Medienereignis in den Nachrichten berichtet
hatten, spontan ihr Programm und
übertrugen live weiter aus Hamburg.

Eigentlich sollte Falter die Fragen, die
er jetzt stellte, vorbereitet, um einen
Abschluß für die Sendung einzuleiten. So
wollte er wissen, was für einen seit so
langer Zeit lebenden Menschen die
faszinierendsten Ereignisse im Leben
waren. Der Moderator stellte sich
vor, daß kein Gott über
herausragender Momente der Geschichte
reden würde, aber Summerfield nannte
Falter sehr persönliche Erlebnisse. Die
Geburt von Kindern seien immer die
wunderbarsten Momente in seinem Leben
gewesen, ganz besonders die Geburt seiner
Tochter Miriam. Im direkten Gegensatz
dazu stand die Trauer, wenn Kinder
starben und Menschen von ihm gegangen

sind, die er sehr geliebt hatten. Das waren
immer die schwersten Momente im Leben
gewesen, in denen er sein langes Leben auch
verflucht habe und diejenigen beneidete,
deren Schmerz bereits durch den eigenen Tod
beendet sein würde. Dann nannte er die
Erkenntnis von Wahrheiten, die ihm höchste
Glückseligkeit bescheret hätten. Follmer fragte
noch, und Summerhouse antwortete:

„Zum Beispiel der Gedanke, daß die
Welt aus einer = Stephen Hawking nennt
es Singularität, andere sagen Urknall
dazu = entstanden ist. Von diesem
Moment an, den ich den Augenblick der
Umwandlung von reiner Energie in alle
Materie unseres Weltalls bezeichnen
möchte = die Beziehung, daß das All aus
dem Nichts entstanden sei, lehne ich
persönlich ab = von diesem Moment an hat
sich alles so weit verändert und entwickelt,
bis nicht nur Leben aus der toten Materie
entstanden ist, sondern sich daraus auch noch
ein Wesen entwickelt hat, welches in der
Lage ist = oder eines Tages in der Lage
sein wird = die Geschichte des Alls bis in
seinen allerersten Beginn zurückzuver-
folgen. Energie, und durch sie die Urmaterie,
hat sich damit so weit verändert und

immer weiter entwickelt, bis sie durch und in der Lage ist, sich selbst zu erkennen! Der von mir sehr geschätzte Stephen Hawking hat einmal sinngemäß formuliert: ,Wenn es einen Gott gibt, dann hat er das All und seine Naturgesetze erschaffen und hat danach nie wieder in das natürliche Geschehen eingegriffen.' In meiner Vorstellung, nämlich der konsequenten Verfolgung von wenigen unverbogenen absoluten Wahrheiten, wozu auch zur Erschaffung der Welt kein Gott vonnöten!"

",Erklären Sie das!", forderte Johann Baptist Keller seinen Gott auf.

",Das will ich gern tun", sagte Sonnenschein und schickte voraus:

",Die absolute Wahrheit über diese Welt — und damit meine ich nicht nur unseren Kosmos = existiert völlig unabhängig davon, was wir denken. Es ist ihr im Grunde genommen völlig egal, ob wir sie erkennen können oder nicht. Das rationale Denken eröffnet aber Möglichkeiten, sie in einigen Punkten zu berühren. Die Mathematik ist ein relativ großes Feld mit vielen Berührungspunkten, vielleicht sogar schon mit einer Berührungs-

flösse. Andere Möglichkeiten eröffnet die
rationale Philosophie."

Er erzählte von seiner Freundschaft
mit René Descartes und klärte die
Zuhörer über die Bedeutung seines
berühmten Satzes „Cogito ergo sum" – Ich
denke, also bin ich – auf, ganz so, wie er es
schon einmal getan hatte, als er in Frank
Parkers Dienststelle über seine Reisepläne
zur Goldmine informierte und dabei eine
Frage seines Freundes Lorstans
beantwortete.

„Von dieser festen Basis der
absoluten Erkenntnis des eigenen Seins
gelangen wir zum zweiten Schritt: Von der
Zeit vor dieser ersten Erkenntnis bis zur
Zeit nach der Erkenntnis hat eine
Veränderung stattgefunden. Die Verän=
derung existiert also ebenso absolut. Das
ist der zweite Schritt der absoluten
Erkenntnis. Ich bin kein reiner Rationalist,
und deshalb kann ich sagen, daß sich diese
Erkenntnis auch mit allem deckt, was mir
meine Erfahrung und = inzwischen auch die
Wissenschaft = vermittelt: Alles verän=
dert sich immerwährend. Schritt drei der
Erkenntnis ist, daß hinter jeder
Veränderung eine Kraft stehen muß.

Allgemein nennen wir diese Kraft Energie. Ich definiere sie als Möglichkeit und Zwang zur Veränderung. Die Existenz von Energie als Triebkraft der Veränderung ist also die dritte absolute Wahrheit, die wir rational erfassen können. Jetzt lösen wir uns für einen Augenblick von der Suche nach absoluter Erkenntnis und schließen uns einer Theorie an. Einer Theorie allerdings, die so gut ist, dass sie seit rund achtzig Jahren Bestand hat, und vieles erklärt, was vorher unerklärlich schien: die Urknall-Theorie, oder in anderen Worten: die Theorie der Weltentstehung durch eine Singularität. Noch einmal: Bis kurz nach der Auflösung des Urknalls gesteht Stephen Hawking einem Gott noch seine Entfaltungskraft zu. Danach habe er scheinbar in die Entwicklungsgeschichte nicht mehr eingegriffen. Das umfasst also einen Zeitraum von mehr als 13 Millionen Jahren, von dem die Wissenschaft sagen kann, dass die Evolution auch ohne fremde Hilfe so komplexe Gebilde wie den heutigen Menschen oder sogar noch höhere Lebens-formen irgendwo da draußen im Weltall hervorbringen konnte. Das schließt ein: die Evolution der Teilchen zu Atomen, die

Entstehung von Sternen und Galaxien, die Kernfusion zu höheren Atomen, die Explosion ausgebrannter Sterne unter Freigabe neuer Atome, das erneute Zusammen= ballen des umändernden Sternenstaubes zu neuen Sonnen und Planeten, das Entstehen von Molekülen und Molekülketten bis hin zum Entstehen von organischem Material und schließlich der Evolution von niederen zu höheren Lebewesen. Wir sollten also fest: Bis zur Evolution des Menschen ist kein Gott vonnöten.

Was ist nun mit der Singularität? Viele Wissenschaftler sagen, es lohne sich nicht, über den Zustand der Welt vor dem Urknall nachzudenken, weil es ein nicht begreifbarer Zustand sei; außerhalb aller Gesetze der Natur. Ich aber meine, daß es sich durchaus lohnt, darüber nachzudenken. Denn: wenn Energie der Grund für alle Veränderung ist, und der Zustand der Singularität in den Zustand der Kosmosgründung übergegangen ist, dann kann der Auslöser dazu nur neuer Energie sein. Ich glaube also, daß außerhalb unseres Kosmos, oder zumindest vor der Entstehung unseres Kosmos, Energie in einer Form bestanden hat, mit der

Möglichkeit zur Veränderung. Zunächst bestand die Veränderung darin, sich zu konzentrieren. Irgendwann erreichte sie einen Schwellenwert, dessen Überschreitung die Singularität bedeutete und die Energie dazu zwang, sich zu einem großen Teil in Materie zu verwandeln. Auch die Energie, die sich fortan im gerade geschaffenen Kosmos, also in der neuen Raumzeit befand, war verändert, denn sie war jetzt nicht mehr frei, sondern unterlag der Einsteinschen Formel $E = m\,c^2$. Nun kann man sich fragen: Hatte sich damit schon alle verfügbare Energie in der dort draußen bestehenden Unendlichkeit konzen=triert? Oder war es nur eine punktuelle, eine lokale Konzentration? Ich nehme kaum an, daß bereits die gesamte Energie dabei verbraucht war; vielmehr glaube ich, daß Ereignisse von dieser Häufigkeit stattfinden, ja unendlich oft. Ich glaube, daß es sehr viele Universen gibt mit sehr unterschiedlichen physikalischen Gesetzen. Vielleicht auch welche mit gleichen Gesetzen. Zwei Theorien beschreiben die Gesetze unseres Universums inzwischen sehr gut: Einsteins Relativi=tätstheorie und die Quantentheorie. Die Relativitätstheorie begann ihre Gültigkeit erst nach Ablauf der so genannten Inflationsphase des Universums, die sich in einem unvorstellbar kurzen Zeitraum abspielte und bereits 10 hoch minus 33 Sekunden nach dem Urknall abgeschlossen war. Der Zeitraum ist wirklich für uns Menschen nicht nachvollziehbar und würde in anderen Worten einer Quintillionstel Sekunde entsprechen. Ein Wort, das in unserem Wortschatz eigentlich nur theoretisch vorhanden ist. Die Inflations= phase war eine Periode, in der sich der Raum schneller ausbreitete als das Licht, und zwar um einen Faktor von 10 hoch 50. Wenn man dies jetzt in unser heutiges metrisches System auflöst, wird man allerdings enttäuscht sein, denn es bereitet, dass es demnach zwischen 10 r m und 1 Meter im Durchmesser maß. Aber ich glaube, wir schweifen hier zu weit ab vom Thema. Das alles sind Informationen, die Sie alle dank Internet leicht selbst nachverfolgen können. Aber eines bleibt bestehen, egal ob die Urknalltheorie wahr ist oder nicht durch eine andere Theorie abgelöst werden sollte: Das Ich besteht, die Veränderung besteht und Energie besteht. Die ist die Urkraft, die den Kosmos geschaffen hat, und ich sehe keinen Grund zur Annahme, daß sie eine Kraft ist, die über ein Bewußtsein oder Intelligenz verfügt. Sie hat mit uns Bewußtsein und Intelligenz hervorgebracht und kann sich recht durch uns selbst reflektieren. Vielleicht niemals vollständig, denn uns hat die Evolution eigentlich nur an die Überlebens-erfordernisse auf dieser kleinen Erde angepaßt. Für unser Überleben war es bisher nicht erforderlich, in mehr als vier Dimensionen zu denken oder die Unendlichkeit wirklich zu begreifen. Aber die Neugier ist für unser Überleben auf der Erde nötig und hat unsere Intelligenz ausgeprägt; und deshalb stellen wir uns heute diese letzten Fragen.

Es scheint so, als könnten wir sie derzeit vielleicht beantworten. Es scheint, als ob in der Vereinigung von Relativitätstheorie mit der Quanten-theorie die Lösung stecken könnte."

„Könnte das eine andere Frage bereits beantworten, die ich Ihnen eigentlich noch stellen wollte", fragte Johann G. Faller noch, „nämlich die Frage: Gibt es ein bestimmtes Ereignis, auf das Sie in Ihrem

Leben noch warten wollen? – Gibt es für Sie noch ein Lebensziel?"

„Ja. Das ist genau der Punkt", antwortete Timmerhans. „Ich möchte es noch erleben dürfen, wie die Weltformel gefunden wird. Die letzte Erkenntnis der wichtigsten Fragen."

„Sehen Sie denn schon einen möglichen Lösungsansatz?"

„Es gab in den letzten Jahren vielversprechende Lösungsansätze. Es sah oft danach aus, als könnte die Weltformel bald gefunden werden" antwortete Timmerhans. „Ich habe Vorträge von Einstein gehört, von Heisenberg und vielen anderen, ich habe in meiner Zeit aufmerksam verfolgt, was so kluge Köpfe von Hawking dazu beitrugen, und ich bin sicher, dass wir diese Fragen irgendwann werden lösen können. Aber ich bin mir auch sicher, dass dazu eines notwendig sein wird: Das Erkennen der Struktur des Kosmos. Und diese können wir nicht erkennen, solange wir die Existenz der so genannten Dunklen Materie nicht direkt nachweisen können."

„Ich bin mir bewusst, dass wir damit den Rahmen dieser Sendung endgültig springen und sogar das eigentliche Thema, weshalb wir uns hier versammelt haben, einer Weile verlassen", sagte Faller in die Kamera, "aber ich denke, dieses Thema ist es wert, noch weiter verfolgt zu werden. Wie sieht also Ihre Hypothese aus?"

"Wie der Name Dunkle Materie bereits sagt, emittiert sie keinerlei Strahlung, die wir bisher messen können. Die Berechnungen gehen aber dahin, dass bis zu 90 Prozent der beim Urknall entstandenen Materie aus dunkler Materie besteht. Das für uns sichtbare Universum bestünde demnach also aus lediglich 10 Prozent der Gesamtmasse. Die Relativitätstheorie sagte uns eine Krümmung des Raum-Zeit-Gefüges voraus, der zum Beispiel auch das Licht folgen würde. Beobachtungen haben dies bestätigt und gezeigt, dass Licht quasi um starke Gravitationsfelder herumwandert. Aus diesem Grund würde ich von einer Struktur ausgehen, die das Universum innehat. Sollte die dunkle Materie diese Struktur stellen, so verschwindet sie in diesem Punkt mit der sichtbaren Materie, beziehungsweise mit der sichtbaren Energie, dem Licht. Diese Struktur stelle ich mir bildlich vor wie eine

Kraft gespannter Gummihaut. Nehmen wir an, ein einzelnes Objekt, zum Beispiel eine Kugel, rollt über diese Haut. Sie würde geradeaus rollen und auf der anderen Seite herunterfallen, wenn die Impulsgeschwindigkeit hoch genug ist. Wenn nicht, bleibt sie irgendwo auf der Haut stehen. Würde man zwei Kugeln auf festem Untergrund nebeneinanderlegen, müßten sie sich nach Newton gegenseitig anziehen. Sie rollen aber nicht auseinander zu. Anders ist dies auf der Gummihaut. Die Bahn der zweiten Kugel wird von der Lage der ersten Kugel, die sich noch auf der Haut befindet, beeinflußt; sie bewegt sich auf diese zu, umkreist sie eine Weile und teilt in relativer Ruhe den Platz mit ihr; wobei beide zusammen die Haut noch weiter nach unten ziehen. Die erste Kugel scheint jetzt also von der zweiten angezogen worden zu sein. Kommt eine dritte Kugel mit der gleichen Masse dazu, sieht es wieder so aus, als ob diese Masse c von der Summe der Massen a und b noch schneller, beziehungsweise stärker angezogen werden würde. Nicht die Kugeln ziehen sich also direkt an, sondern ihre Auswirkungen auf die Struktur; auf der sie sich gerade

befinden. Um es deutlich zu machen: Ich
glaube nicht, daß sich Massen wie in
Newtons Gravitationsgesetz ausgeführt,
von sich aus gegenseitig anziehen. Das
würde voraussetzen, daß, ähnlich wie bei
einem Magneten, ein Energieaustausch
zwischen beiden Körpern stattfinden würde.
Soweit ich weiß, findet der aber bei einfachen
Körpern nicht statt. Newton beschreibt also
das Erscheinungsbild der Gravitation
richtig, nicht aber ihre Ursache. Hat der
Raum eine Struktur, wie wir es an dem
Beispiel der Trampolins gesehen haben,
erklärt sich die scheinbare Anziehung der
Massen daraus. Ein Trampolin ist
zweidimensional und dehnt sich unter
Belastung in die dritte Dimension hin aus.
Das Experiment funktioniert auf der Erde,
wenn die Trampolins sich in horizontaler
Position befindet. Es funktioniert aber in
England ebenso gut wie in Neuseeland,
obwohl die Kugeln die Haut dort, absolut
gesehen, in die entgegengesetzte Richtung
ziehen. Im freien Universum ist die
Struktur ähnlich einem feinen Gitter in
allen Richtungen vorhanden. Das heißt:
Körper ziehen sich in ihm aus allen
denkbaren Richtungen scheinbar an, weil sie

die Struktur in aller Richtungen belasten. Daraus würde sich auch die Mobilität und natürliche Häufigkeit der Kugelform erklären, sofern sie aus relativ homogenem Material besteht.

Eine weitere Wechselwirkung der Struktur besteht meiner Ansicht nach darin, daß sie für das Licht sozusagen die Geschwindigkeitsbegrenzung darstellt. Das Licht, oder physikalisch besser Photon genannt, ist die materielose Form der Energiestrahlung, die wir kennen. Es bewegt sich in Wellen voran, und seine Geschwindigkeit ist bekanntlich auf knapp 300 000 Kilometer pro Sekunde beschränkt. Licht ist auch der Gradmesser für unsere Zeit. Allein schon die Wellenbewegung deutet an, daß sich Licht durch eine Struktur bewegt. Der Schall kann sich nur durch Luft oder Wasser, also durch relativ frei bewegliche homogene Materie bewegen, indem er deren Struktur kurzfristig verändert = Wellen erzeugt. Licht bewegt sich durch die Struktur der dunklen Materie. Wo diese Struktur zu dicht wird, erreichen uns nur die Lichtstrahlen, die einen Umweg durch die weitmaschigere Struktur gefunden haben. Wir kennen das Beispiel der Gravi=

...tationslinsen um so genannte Schwarze Löcher. Um sie herum nimmt die Dichte der Struktur zu, bremst das Licht, oder leitet Licht um in das schwarze Loch hinein, wo die Struktur eine unlose Dichte erreicht und alles verschluckt. Zeit verengt damit in einer verdichteten Struktur langsamer als in einer entspannten Struktur. Die Struktur besteht meiner Meinung nach aus Dunkler Materie in Zusammenhang mit Dunkler Energie. Sie besteht innerhalb des Universums und um den sichtbaren Anteil des Universums herum. Wahrscheinlich würde sie während der Inflationsphase des Kosmos angelegt. Daraus zur großflächigen, kosmischen Struktur; innerhalb derer die Relativitätstheorie Gültigkeit besitzt. Diese besagt im Übrigen bekanntlich auch, dass außer dem Licht alles, das sich mit Lichtgeschwindigkeit bewegen würde, eine unendlich große Masse erlangen würde. Auch hierin sehe ich eine theoretische Wechselwirkung zwischen der sichtbaren und dunklen Materie, die wahrscheinlich in den Schwarzen Löchern auch real vollzogen wird.

Eine andere Frage ist: Wie fein ist die Struktur angelegt? Die uns bekannte

...ganische Materie ist heute bis in den Bereich der Quarks zu verfolgen. Man könnte also sagen, daß die Materie des Universums zu 10 Prozent aus Quarks besteht. Wenn man sich vor Augen führt, wie ungeheuer riesig schon diese Masse ist, die geschätzt 100 Milliarden Galaxien mit durchschnittlich jeweils 100 Milliarden Sonnensystemen umfaßt, dann kann man sich vielleicht vorstellen, was es bedeutet, daß die dunkle Materie 90 Prozent des Materieanteils ausmacht. Folglich wären es gar nicht so abwegig anzunehmen, daß jedes noch so kleine baryonische Elementarteilchen von einer Vielzahl dunkler Elementarteilchen innerhalb ihrer Struktur umringt ist und daß damit die Gummihaut, von der wir sprechen, bereits in diesem Bereich beeinflußt, das heißt in allen Dimensionen verformt wird. Gravitation findet also schon im subatomaren Bereich statt, und damit auch die Wechselwirkung zwischen heller und dunkler Materie, sowie heller und dunkler Energie. Großflächig – und damit meine ich Galaxien und so genannte Schwitz=lokale Bereiche von mehreren Galaxien, die sich gegenseitig anzuziehen scheinen, würde diese Theorie auch das Gravitationsphänomen in dieser gigantischen Größenordnung erklären können. Möglicherweise ist auf diesem Weg tatsächlich eine Verbindung zwischen Relativitätstheorie und Quantenmechanik herzustellen. Vielleicht würde die Wechselwirkung zwischen beiden Materie- und Energieformen erklären, wie es zum Phänomen des Quantensprungs kommt, und schließlich die Heisenbergsche Unschärferelation in einem noch kleineren Maßbereich verschieben.

Eine andere Konsequenz daraus könnte unser Zeitverständnis betreffen. Ich habe mich oft gefragt: Was ist das eigentlich, die Gegenwart, in der ich lebe. Philosophisch betrachtet, ist Gegenwart eigentlich nur virtuell existent als die Trennungslinie zwischen Vergangenheit und Zukunft. Biologisch würde ich die Reaktionszeit eines Individuums auf einen Reiz damit gleichsetzen, soziologisch verbinden wir einen längeren Zeitraum damit, vielleicht eine Generation. Physikalisch dagegen könnte man Gegenwart nur festlegen auf die Zeit, die es dauert, bis die Energieaufnahme eines Teilchens bis zum

...enentstehung abgeschlossen, und der Sprung vollzogen ist."

„Gut. Das war sehr interessant, aber ich denke, wir brauchen hier nicht noch weiter ins Detail zu gehen", kommentierte Faller.

„Viel tiefer wären ich auch nicht gegangen. Das sollten wir den Experten überlassen", antwortete Timmermann.

Darauf Faller:

„Da mögen Sie wohl Recht haben. Wir sind weit im spekulativen Bereich gelandet. Aber vielleicht noch: Wenn ich an Ihrer Stelle wäre und die Chance hätte, weit in die Zukunft hinein leben zu können, dann wäre für mich die faszinierendste Hoffnung die, daß es irgendwann einmal zu einem Kontakt mit einer außerirdischen Lebens= form kommen könnte. Haben Sie sich darüber schon einmal Gedanken gemacht?"

„Ja, natürlich", antwortete Timmer= mann. „Das ist für mich eine reine Frage der Wahrscheinlichkeit, die ich in diesem Fall jedoch ziemlich nach an Null einschätzen würde."

„Warum?", fragte Richter Clemens dazwischen.

„Sehen Sie: Es hat, vom Urknall gerechnet, mehr als 13 Milliarden Jahre gedauert, bis die Evolution uns Menschen hervorgebracht hat. Dazu war es notwendig, daß zumindest die erste Generation von Sternen ausgebrannt ist, um neue, höherwertige Elemente hervorzubringen. Danach mußten sich neue Sonnensysteme mit Planeten bilden. Zur Entstehung von Leben auf einem Planeten müssen bestimmte Temperaturbedingungen gegeben sein, die im Bereich dessen liegen sollten, in dem Wasser flüssig sein kann. In hundert Milliarden Galaxien mit jeweils hundert Milliarden Sonnen und einer Vielzahl von Planeten zu Sonnensystemen sollte das gelegentlich erfüllt sein. Leben gibt es mit Sicherheit auf vielen Planeten. Es kann aber wegen der notwendigen relativen Homogenität im Universum überall nicht viel früher als bei uns entstanden sein. Vor 3,5 Milliarden Jahren entwickelte sich also auf unserer Erde das erste Leben. Seit sicher nicht mehr als einem Tausendstel dieser Zeitspanne können wir davon sprechen, daß es hier intelligentes Leben gibt. Von diesen geschätzten 3,5 Millionen Jahren beschreiben wir eine relativ recht zu nennende Wissenschaft erst seit den letzten Zehntausendstel dieser Zeit; seit vor 350 Jahren. Ungeheure theoretische und technische Fortschritte haben wir in den letzten 150 Jahren gemacht. Eine Kommunikationsmöglichkeit durch das All haben wir mit den elektromagnetischen Wellen erst vor einem hundert Jahren gefunden, unsere Raumfahrttechnik begann sich vor nicht einmal 50 Jahren zu entwickeln und beschränkt sich in brauchbarer Form bis heute auf den Radius Erde - Mond. Das von der Erde am weitesten entfernte von Menschen gebaute Objekt ist immer noch die Raumsonde Voyager; zurzeit vielleicht 16 oder 17 Millionen Kilometer weit weg im interstellaren Raum. Um die nächste Sonne - Alpha Centauri - zu erreichen, würde ein konventionelles Raumschiff 10 000 Jahre benötigen. So viel zu unserem allernächsten Umkreis. Jetzt zur Evolution. Wir alle sind in der glücklichen Lage behaupten zu können, daß alle unsere Vorfahren, sozusagen von der allerersten Einzeller-generation bis zu uns am heutigen Tage jeweils lang genug überlebt haben, um eine fortpflanzungsfähige neue Generation zu erzeugen. Wenn wir uns selbst als Krone der Schöpfung bezeichnen: Wir wären

Millionen Arten müßten aussterben und wie viele Millionen Generationen müßten überleben, um schließlich uns hervorzubringen? Versetzen wir uns im Geiste in die Zeit des entstehenden Lebens zurück. Für wie wahrscheinlich würde man es im Anblick des ersten Einzellers halten, daß sich daraus dereinst ein Lebewesen entwickeln wird, das vernunftmäßig begreifen kann, wie sich die Entstehung des Lebens, der Erde, des Universums vollzogen hat? Für wie wahrscheinlich halten wir es jetzt, daß das auch anderen Planeten auch geschehen ist? Dazu noch in einer relativ nahen, lokalen Umgebung des Alls, innerhalb derer wir mit unseren heutigen Mitteln kommunizieren können?"

„Denkbar wären doch aber auch eine andere Art von Evolution hin zur Intelligenz als die von Lebewesen, wie wir sie kennen. Zum Beispiel von Metallen, oder ganz allgemein von Kristallen", gab Clemens zu bedenken, den dieses Thema offensichtlich sehr interessierte.

„Schon wieder haben wir den Bereich der Spekulation erreicht", blockte Follmer an dieser Stelle erneut ab.

„Richtig", sagte Trummelkern. „Das ist eine Bemerkung, die wichtiger ist, als sie glauben!"

„In wiefern?", fragte der Moderator, und Trummelkern antwortete:

„Als ich jung war, beschäftigten uns zwar auch schon die gleichen Fragen in ähnlicher Weise. Mit einem entscheidenden Unterschied: Der Beruf der Spekulation begann an einem wesentlich früheren Punkt. Wir konnten schon darüber, was zum Beispiel Luft, Wasser, Erdbeben, Donner oder Sonnenstrahlen waren, nur spekulieren. Wir konnten diese Dinge nicht erklären. Deshalb schufen unsere Vorfahren und wir uns Götter, die für diese Dinge verantwortlich waren. Damit mußten wir uns nicht mehr den Kopf darüber zerbrechen, sondern hatten eine einfachere Aufgabe vor uns: Wir mußten den Göttern nur noch dienen. Das war leicht, und jeder konnte das tun."

„Ich verstehe. Sie meinen, wir tun heute einfach immer noch dasselbe. Wir haben diese Tradition von Ihnen und Ihren Vorfahren übernommen", sagte Faller.

„Im Prinzip, ja. Nur anspruchsvoller, und die Grenzen sind weiter hinaus=

gehoben, weil wir für vieles Unbekannte eine wissenschaftliche Erklärung gefunden haben. Selbst einige Päpste sind inzwischen vor den wissenschaftlichen Erkenntnissen so weit zurückgewichen, daß sie zugestehen, der eigentliche Schöpfungsakt Gottes habe sich auf seine Initiierung des Urknalls beschränkt. Die Kirche selbst hat sich damit interessanterweise sogar gleich bis hinter den Punkt zurückgezogen, an dem für uns zurzeit die Spekulation beginnt. Von dort aus verteidigt sie jetzt sozusagen ihre Existenzberechtigung mit dem Rücken zur Wand und hofft, daß diese letzte Bastion auf alle Zeiten uneinnehmbar bleiben wird."

„Die Weltformel, die wir letztendlich aber anstreben, wird uns die Welt erklären können, in der wir leben, das heißt: das Universum, unser Universum, und nicht das, was sich außerhalb dessen befinden mag", gab Clement weiter zu bedenken.

„Ich hoffe, diese letzte Erkenntnis wird noch darüber hinausblühen. Wie gesagt: Für mich ist klar, daß auch die Welt außerhalb unseres Universums nach dem Prinzip Veränderung durch Energie funktioniert."

Schweigen folgte diesen Satz Trummelkaurs. Feller nützte den Augenblick, um zum Thema zurückzukehren.

„Was mich persönlich sehr interessieren würde" formulierte er seine Frage, „ist, wie Sie Ihr langes Leben in diesen so wechselnden Epochen eigentlich verbracht haben?"

„Die meiste Zeit habe ich mit Handel verbracht. Schon früh habe ich ein weitzweigiges Netz aufgebaut und praktisch alle bekannten Länder untereinander mit Waren versorgt, die sie selbst nicht herstellen konnten oder zu denen ihnen die Rohstoffe fehlten. Ich besaß eigene Flotten von Handelsschiffen. Später handelte ich mit dem, was man heute Antiquitäten nennt."

„Und welche Länder waren in der Antike die wichtigsten Handelsländer?"

„Neben Ägypten war das am Anfang vor allem das Reich der Assyrer und der Hethiter; dann natürlich Kreta und später das aufstrebende Griechenland. Italien kam danach hinzu. Mit dem Wachstum des römischen Reiches bereiste ich auch all seine Provinzen rund um das Mittelmeer und bis nach Britannien hinein. Germanien habe ich erst Jahrhunderte nach der Zeitwende mit in den Handel einbezogen."

„Sie fragen relativ spät. Warum? War es zu gefährlich, nach Germanien zu reisen?", wollte Faller wissen.

„Nein", antwortete Trummelbaer, „zu gefährlich war es nicht. Es hat auch während der römischen Besatzungszeit einen regen friedlichen Handel in kleinem Rahmen gegeben. Aber erst nachdem sich germanische Stämme zu den Franken, wie die Römer sie nannten, den Mutigen, den Freien, zusammengeschlossen hatten, verwischte die bis dahin klare Grenze allmählich auch. Köln, Aachen und Trier lagen jetzt in ihrem Herrschaftsgebiet. Das schenkte ihnen Reichtum, und denen, die sich als Fürsten durchsetzten, Macht. Erst dadurch entstand die Notwendigkeit, Handel in größerem Stil zu treiben. Chlodwig, ein Merovinger, übernahm die Macht und wollte natürlich nicht darauf verzichten, seinen Reichtum auch gebührend zu präsentieren. Nach ihm zerfielen Macht und Einfluß langsam wieder, bis der Hausmeier Pippin sich zum König, und Karl der Große sich zum Kaiser machte."

„Kannten Sie Karl den Großen denn persönlich?"

„Ja, ich kannte ihn von seiner Kindheit an.", antwortete Tummelhaun.

„Erzählen Sie!"

„Den ersten Kontakt zu seiner Familie knüpfte ich über eine Handels= beziehung zu seinem Großvater Karl Martell. Karl entstammte einer Frankenlinie Pippins und mußte sich seine Funktion als Hausmeier des Franken= reiches erst erobern. Danach sollte er faktisch die Macht über das Land übernommen. Ich lernte Magnratsch von Estev, einen Hauslehrer an Karl Martells Hof kennen und schätzen, der eine neue lateinische Grammatik verfassen wollte, und ich entschloß mich, ihn dabei zu unterstützen. Wir freundeten uns an. Er war ein hoch gebildeter Mann, mit dem ich manches philosophische Gespräch führen konnte. Aber was Disputa über den christlichen Glauben anging, war er rigoros. Er ließ kein anderes Wort gelten als das der Bibel. So gerieten wir nicht in Streit, und ich fiel aufgrund seines hohen Einflusses in Ungnade beim fränkischen Hausmeier. Magnratsch jedoch verließ später den Hof und

verwandelte sich zum fanatischen Missionar
für das Christentum. Papst Gregor der
Zweite ehrte ihn für seine Tätigkeit mit dem
Namen Bonifazius. Ich unterbrach den
Handel mit den Mönchigen des
Frankenreichs bis zum Tode Bonifatii.
Pippin, der Sohn Karl Martells und Vater
Karls des Großen, weilte nach Bonifatii Tod
in Ravenna, wo ich die Gelegenheit ergriff,
ihm meine Dienste anzubieten. Offenbar
war er von mir beeindruckt und bat mich,
daß ich seinen Sohn Karl unterrichtete. Ich
bemerkte sofort dessen hohe Begabung und
willigte ein, obwohl Pippin mich davor
warnte, daß er ein schwieriges Kind wäre.
Neben seinen anderen Erziehern lehrte ich ihn
die sieben freien Künste, Latein, Griechisch
und Hebräisch. Er hörte nicht auf, Fragen zu
stellen, und war in höchstem Maße
wißbegierig. Auch er fragte übrigens nach
der Entstehung der Welt, nach den Sternen,
nach dem Sinn des Lebens. Es war eine
Freude, mit ihm zu diskutieren. Viele
Antworten konnte ich ihm damals jedoch
noch nicht geben. Ich verließ Aachen, als ich
den Eindruck hatte, ihm nichts Wesentliches
mehr beibringen zu können. Das war lange,
bevor er König wurde. Ich hörte, daß er in

seinen Kriegern gegen die Deutschen das
Christentum mit äußerster Brutalität
dort einzuführen versuchte. Er ging sogar so
weit, daß selbst sein Ratgeber Alkuin,
unter dessen Einfluß Karl zum leiden-
schaftlichen Gegner des Adoptionismus
geworden war; sich genötigt sah, seinem
grausamen Treiben Einhalt zu gebieten."

„Verzeihen Sie", unterbrach ihn Falkner,
„aber vielleicht sollten Sie unseren
Zuschauern einmal kurz erklären, was mit
Adoptionismus gemeint ist."

„Adoptionismus bedeutet, daß Jesus
Christus nicht als fleischgewordener Gott
angesehen wird, sondern als natürlicher
Mensch, der durch sein Handeln und
symbolisch durch die Taufe zu Gottes Sohn
adoptiert wurde", beantwortete Timmerkorn die Frage. „Es ist im Übrigen die
Position, die ich selbst während der
Etablierungsphase des Christentums
vertreten habe. Im Gegensatz zu meiner
Tochter."

„Zu Maria?"

„Ja, genau. Sie war immer noch der
Meinung, daß nur die direkte Verbindung
ihres Sohnes mit Gott, zusammen mit dem
Wunder der Wiederauferstehung, die uns

christliche Religion so mächtig werden lassen könne, daß Liebe und Menschlichkeit die Seelen der Menschen beherrschen können."

„Das halten Sie für falsch?", fragte Follmer.

„Der Adoptionismus hätte in den Eroberungs- und Missionierungskriegen, die Karl führte, einen Kompromiß darstellen können, der eine friedlichere Übergangsphase zwischen den heidnischen Bräuchen der Sachsen und der Einführung des Christentums möglich gemacht hätte. So hätten es deren Führer auch gefordert. Das hätte sehr viel Blutvergießen und Brutalität verhindern können. Natürlich barg der Adoptionismus dabei auch die Gefahr, daß sich das Christentum möglicherweise gar nicht hätte durchsetzen lassen. Aber auf jeden Fall erführen die nicht bekehrten Völker am eigenen Leibe, daß unter dem Christentum nicht Liebe, sondern Tod, Haß und Gewalt die Welt regieren würden."

„Haben Sie Karl den Großen später noch einmal wiedergesehen?"

„Bei seiner Kaiserkrönung durch Papst Leo den Dritten in Rom war ich nicht zugegen. Ich pilgerte aber zu diesem Anlaß

Marmorplatten aus Jerusalem. Die waren einst die Platten vor dem Richterstuhl des Pontius Pilatus gewesen, auf denen die Angeklagten stehen mußten, wenn sie ihr Urteil erhielten. Karl glaubte an das Wort der Bibel und somit auch, daß Jesus auch ihnen kein Urteil erließe. Doch es waren in Wahrheit Jesus, der das Todesurteil auf diesen Steinen stehend entgegen- genommen hatte.

Karl lud mich zu seiner Krönungs- feier nach Aachen, in seinem gerade fertig gestellten Dom ein. Dort ließ er sich von seinen Vasallen im Rahmen eines Gottesdienstes als ihren neuen Kaiser huldigen. Ich bezahlte einen begabten Künstler dafür, daß er mich zu dem sehr alten Manne schminkte, den Karl zu treffen verwartete. Er umwarb mich aus Dankbarkeit, daß ich ihm diesen alten Wunsch erfüllt hätte. Stolz zeigte er mir den Thron, den er aus dem Marmor hatte arbeiten lassen. Ich habe Karl danach nicht wiedergesehen. Ich vermied es bewußt, nachdem er so etwas wie einen Vorboten der Inquisition in seinem Reiche eingeführt hätte. Aber seinen legendären, mächtigen

weißen Elefanten Abūl Abbas habe ich
einmal in La Spezia bewundern dürfen."

Über seinen Ohören merkte Fokler,
daß offenbar immer mehr Zuschauer die
Güter in schwindelnde Höhen treiben. Er
sollte ruhig noch länger auf Sendung bleiben.
Deshalb stellte er jetzt an Timmershaver die
Frage, ob zu unser Zeit als Pharao
irgendwann noch einmal politisch aktiv
gewesen wäre. Timmershaver berichtete
davon, daß er sich einmal in die Politik
Athens eingemischt habe. Nach Einführung
der Geldwirtschaft waren die einfachen
Bauern durch die viel zu hohen
Zwangsabgaben an ihre Grundbesitzer so
stark verschuldet, daß sie allesamt in
große Not gerieten. Die Versorgung des
Staates drohte zusammenzubrechen, da habe
Timmershaver, der damals den Namen Solon
trug, in das Geschehen eingegriffen, indem er
sich zum obersten Beamten wählen ließ.
Das brachte ihm das Recht, Gesetze zu
erlassen, und es gelang ihm, die
Schuldknechtschaft abzuschaffen. Er schaffte
es sogar, bereits wegen ihrer Schulden
versklavte Bauern wieder frei zu kaufen
und auch ihnen wieder demokratische Rechte
einzuräumen. Durch einen Kompromiß war

584

der inneren Feinde wurde wieder hergestellt, und die Versorgung mit Nahrungsmitteln erneut in Gang gesetzt. Aber mit der Zeit machte sich wieder Unzufriedenheit breit: Die Bauern sollten ihr altes Land mit aufgeteilt gesehen, was er nicht gutheißen konnte, und die Grundbesitzer glaubten, daß sie zu viele Rechte aufgegeben hätten. Das Volk drängte ihn, sich zum Tyrannen, zum Alleinherrscher zu machen, um die Krise ein zweites Mal zu lösen.

„Das Wort Tyrann wurde damals nicht so negativ verstanden wie heute", ergänzte Timmesboer. „Ich lehnte das dennoch ab und zog mich aus der Politik zurück. Meine Absicht war gewesen, den Athenern einen Weg aus der Krise zu zeigen, und das sollte ich innerhalb der Jahresfrist getan, für die ich zum ersten Beamten des Staates gewählt worden war."

„Das war Ihr letztes Auftreten in der Politik?"

„Nein", antwortete er, „ich habe später vor dem römischen Senat noch einmal eine Rede für die Belange Ägyptens, stellvertretend für alle römischen Provinzen, gehalten. Das wäre allerdings mein endgültiger Abschied aus der Politik."

Der Historiker unter den Experten war wirklich unruhig geworden, als Sommerfeld schilderte, wie er als Solon die Geschicke Athens geleitet hätte. Doch erst jetzt bemerkte man seine Wortmeldung, und er konnte die Zwischenfrage stellen, die ihm offensichtlich auf den Nägeln brannte:

„Platon erwähnt in seiner Schilderung von Atlantis, daß er über Solon von der versunkenen Insel erfahren habe. Was können Sie uns dazu sagen?"

„Zunächst habe ich Platon leider niemals kennengelernt. Zum zweiten ist die Geschichte von Atlantis über mehrere Generationen hinweg weitererzählt worden, ehe sie Platon erreichte, wahrscheinlich wirklich über die Nachfahren des Dropides, einen guten Freund. Aber — Sie möchten sicher etwas über den Wahrheitsgehalt des Mythos erfahren. Ich habe ihn nicht ursprünglich in die Welt gesetzt — man erzählte sich in Ägypten schon lange vor mir von dieser geheimnisvollen Insel =, sondern ich habe lediglich anhand dieses mythischen Idealbildes von einem Staat aufzeigen wollen, wie man Athen gestalten könnte.

Das – so nehme ich an – wird auch Platons Intention gewesen sein, als er die Geschichte aufschrieb. Ich würde aber vorschlagen, dieses Thema in einem kleineren Kreis zu einem späteren Zeitpunkt zu diskutieren. Atlantis in der Form, wie Platon es beschrieben hat, existierte jedenfalls nicht, so viel steht einmal dazu."

„Was würden Sie aus Ihrer wirklich langjährigen Erfahrung heraus der heutigen Politik mit auf den Weg geben?", wollte Faller jetzt wissen.

„Ich mische mich in die heutige Politik nicht mehr ein; ich denke, das steht mir auch nicht mehr zu. Generell würde ich sagen, dass die Weltpolitik auf einem guten Weg ist. Natürlich ist sie längst nicht perfekt, und die Liste der berechtigten Kritikpunkte ist lang. Aber Demokratie und, vor allem, Menschenrechte haben sich als oberstes Gut prinzipiell durchgesetzt. Die Gründung der UNO war ein guter und wichtiger Schritt, und es gelingt ihr auch immer mehr, ihren Einfluß geltend zu machen. Natürlich könnte man das noch entschlossener tun."

„Könnten Sie sich vorstellen, mit Ihrer Erfahrung ein wichtiges Amt in der UNO zu bekleiden?"

„Ein langes Leben bringt zwar viel Erfahrung mit sich", antwortete Timmesteuer, „aber das bedeutet nicht automatisch, daß man damit auch die wichtigen Gegenwartsprobleme richtig löst. Eine Beratungsfunktion könnte ich mir vorstellen, eine Entscheidungsfunktion nicht."

„Zurück zu den Ursachen für Ihr langes Leben. Wie es möglicherweise aus Sicht der Wissenschaft dazu gekommen sein könnte, haben wir ja schon erfahren. Was den Leuten aber sicher unter den Nägeln brennt, ist die Frage: Gibt es außer Ihnen auch heute noch weitere langlebige Menschen?"

Timmesteuer hatte erwartet, daß Johann B. Follmer ihn das fragen würde, und hatte sich bereits im Vorfeld eine Antwort zurechtgelegt:

„Nach meinem Wissensstand gibt es nur noch eine langlebige Person, die mir selbst auch bekannt ist. Diese Person ist zurzeit aber nicht bereit, sich als langlebiger Mensch zu erkennen zu geben. Ich nehme an, sie wird meine Erfahrungen in diesem Punkt abwarten wollen. Es gab früher noch andere langlebige Menschen. Die meisten sind inzwischen verstorben, von den übrigen habe ich keine Kenntnisse, ob oder wann sie verstorben sind."

„Diese eine Person, von der Sie sprechen, ist sie so alt wie Sie?", wollte Foller wissen.

„Nein, erheblich jünger", antwortete Drummstorm wahrheitsgemäß.

„Mann oder Frau?"

„Sie versuchen, bei der Suche nach der Person von vornherein mehr als drei Millionen Menschen auszuschließen? Es würde Sie nicht viel voranbringen, denn es bleiben dann immer noch mehr als drei Millionen übrig", konterte Drummstorm.

„Da haben Sie recht", lenkte Foller in die Kammer und fragte in eine andere Richtung weiter: „Gibt es unter den langlebigen Menschen, von deren Verbleib Sie nichts mehr wissen, Leute, die geschichtlich bedeutend oder bekannt wurden?"

„Merlin ist auch heute noch recht bekannt, wenn auch nur als mythische Sagenfigur."

„Merlin ist eine historische Figur?", fragte Foller sichtlich erstaunt.

„Er war oder ist ein langlebiger Mensch, ja. Er entstammt oder höchst=

wahrscheinlich einer ganz anderen Linie als meine Familie. Dein Erscheinungsbild ist das eines alten Mannes gewesen."

„Du kanntest ihn also auch persönlich?"

„Ja, ich habe ihn in Britannien kennengelernt, als ich zur römischen Zeit dort war; und später war ich noch einmal da, weil ich Handelsbeziehungen zum Hause Pendragon aufgenommen hatte. Ich weiß nicht, ob es den Rahmen dieser Sendung nicht zu sehr sprengt, wenn ich von ihm erzähle?"

„Vielleicht darf ich zur Einleitung mal ganz kurz etwas zur Legende sagen", fiel Faller ihm kurz zurück, „weil wahrscheinlich nicht alle unsere Zuhörer damit vertraut sind?"

Timmerstern nickte.

„Korrigieren Sie mich ruhig, wenn ich etwas Falsches sage", begann Faller; „Merlin ist der Legende nach ein keltischer Zauberer, der mächtigste Zauberer der Welt. Er hat den jungen König Artus ausgebildet und ihn später auf die Suche nach dem heiligen Gral geschickt. Abstammen soll er von einem Engel und von einem Gott und er soll erklärt haben, warum der Bau einer Festung scheitern mußte: Ein roter und ein weißer Drache schliefen nämlich in einem Der

unter dem Ort, wo die Festung entstehen
soll. Merlin veranlaßt, daß der Bau
vorangebracht wird, worauf die Drachen
gegeneinander kämpfen. Der rote Drache
steht, glaube ich, für die Briten, der weiße
für die Sachsen. Der rote gewinnt, und
deshalb ist er auch heute noch das
Wappentier von Wales. Stimmt das so
einigermaßen?"

"Ich muß gestehen", antwortete
Timmestone, "daß ich kein ausgesprochener
Experte für die walisische Mythenwelt bin.
Aber ich denke, daß Sie den Mythos richtig
wiedergegeben haben. Doch was den wackeren
Merlin angeht, muß ich sagen, daß er für
mich immer schon ein etwas undurchsichtiger,
komischer Kauz war. Er war ein kluger
Kopf, keine Frage. Das hört sich vielleicht ein
bißchen widersprüchlich an, aber man merkte
es daran, daß er zwar scheinbar weiser
wurde, dabei aber nie wirklich etwas
durcheinander brachte. Obwohl wir offen über
unsere Langlebigkeit redeten, habe ich nie
herausbekommen, wie alt er wirklich war.
Er behauptete immer, daß er schon gelebt
habe, als Stonehenge errichtet wurde.
Immerhin hat er es damit zu der Legende

gebraucht, daß er die Steinkreise selbst herbeigezaubert hätte.

Ein Zauberer war er natürlich ganz sicher nicht. Die Geschichte von dem Engel und dem Gott, von denen er angeblich abstammte, hat er selbst in die Welt gesetzt, um sich interessanter zu machen, denn er umgingte sich immer schon damit, eine geheimnisvolle Aura um sich auszuströmen."

„Sie halten es also nicht für glaubwürdig, daß Merlin bereits gelebt haben könnte, als Stonehenge errichtet wurde?", fragte Falkner dazwischen.

„Doch, ich denke schon, daß das im Bereich des Möglichen liegt. Aber er hatte nicht im magischen Sinn damit etwas zu tun. Er stammt selbstverständlich nicht von Göttern oder Engeln ab. Ich glaube mich erinnern zu können, daß er mir einmal erzählt hat, sein wirklicher Vater sei aus einem weit entfernten Land mit hohen Bergen gekommen - vermutlich also aus dem Alpenraum. Während des Sommersonnwendfests, zu dem sich die Clans der Insel regelmäßig in der Nähe der Steinkreise versammelten, hatte der Vater seine Mutter kennengelernt und mit ihr einen

592

Sohn gezeugt. Daß sie sein älterer Bruder gewesen, der allerdings bald verstorben sei, nicht lang nachdem er ins Mannesalter gekommen war. Im Frühling des folgenden Jahres sei Merlin selbst zur Welt gekommen, erzählte er. Der Steinkreis, der heute Stonehenge genannt wird, sei damals schon fast fertig gewesen."

„Was wissen Sie darüber, was hat Merlin über Stonehenge erzählt?", wollte der Historiker, den Fowler als Experten geladen hatte, jetzt genauer wissen.

„Nun", begann Stonestone, „im Gespräch mit Merlin war es immer sehr schwierig, den Wahrheitsgehalt aus seinen Phantastereien herauszufiltern. Ich denke, es war so: Stonehenge war schon sehr lange der bedeutendste Kultplatz der Menschen im heutigen England. Die Clans, die sonst sehr verstreut auf der Insel lebten, kamen zweimal jährlich aus allen Teilen des Landes zusammen. Das eine Mal zur Wintersonnenwende. In der längsten Nacht des Jahres feierten sie ihr Totenfest. Jedes Clanmitglied, das im vergangenen Jahr gestorben war, wurde verbrannt worden. Die Asche der Toten brachte man in speziellen Lederbeuteln nach Stonehenge mit. In dieser Nacht nun entzündete man zahlreiche Feuer entlang des Flusses, der Süden heißt, und streute die Asche der Toten gleichzeitig in den Fluß, damit sie alle gemeinsam die Reise ins Jenseits antreten konnten. Bedeutende Stammes= fürsten jedoch verbrachte man in der Prozession, die vor Sonnenaufgang zum Steinkreis unternommen wurde, dorthin, und begrub sie direkt am Heiligtum. Nur so, das glaubte man jedenfalls, konnten sie von den Göttern als die Führer ihres Volkes erkannt und im Jenseits auch wieder als solche eingesetzt werden. Die ersten Sonnenstrahlen zeigten sich genau über dem südlichsten Sonnenaufgangs= punkt, und damit begann für das lebende Volk das neue Jahr; denn von nun an wurden die Tage wieder länger. Während des Baues der Anlagen war es so, wenn ich Merlin richtig verstanden habe, daß einige Zeit vor der Sommersonnenwende die jungen und kräftigen Männer des Clans in die Steinbrüche beim heutigen Marlborough geschickt wurden, um den diesjährigen Großstein in das Heiligtum zu transportieren. Eine Gruppe von... wir wurden hier sogar speziell ausgebildeten

594

Steinmetzen... sollte dort das ganze
Frühjahr über den bis zu 50 Tonnen schweren
Großstein ausgemeißelt, vermessen und
präzise bearbeitet, der um an seinen rund
30 Kilometer entfernten Bestimmungsort
verbracht und aufgerichtet, beziehungsweise
eingepaßt werden mußte. Eine ungeheure
Leistung, die vor der Sommersonnenwende
vollbracht sein mußte. Die Clans
versammelten sich rund in der eigens für
die Trecker erbauten und immer wieder
renovierten Hüttenstadt, um den
Sommaufgang nach der kürzesten Nacht
des Jahres genau über dem Fersenstein, der
den nördlichsten Sonnenaufgangspunkt
markiert, zu feiern. Durch den Sommer-
korridor betrachten sie nun genau das
Zentrum des hufeisenförmigen Innen-
kreises. Damit begann das Fest des
Lebens, das im Überschwang und in großen
Orgien gefeiert wurde, auf daß die Zahl der
Geburten zur Tag- und Nachtgleiche des
folgenden Frühjahrs groß werden sollte. Es
war die Zeit, in der die meisten
herumaufenden Männer ihre Lebens-
partnerinnen wählten und in die Familien
einführten oder neue Familien gründeten.
Wann der Punkt des Sommaufgangs an

den südlichsten Punkt vorgerückt, beging
man wieder das Totenfest der Wintersonnenwende. Hatte dann die Sonne den
halben Weg zur Sommersonnenwende
wieder zurückgelegt, wurden die Kinder des
letzten Sommers geboren und die Toten
mußten aufgebracht werden."

„Dann war Stonehenge tatsächlich ein
einziger großer Kalender?", fragte Failer
noch einmal nach.

„Nicht nur", antwortete Tummelhaus.
„Es war vor allem ein großer Kultplatz,
an dem Leben entstand und vergangenes
Leben, dem Glauben nach, in eine mögliche
andere Lebensform überführt werden sollte.
Es war der bedeutendste Versammlungs-
ort für die Gemeinschaft, an dem soziale
Kontakte geknüpft wurden, die wichtigsten
Ratsversammlungen abgehalten und auch
Recht gesprochen wurde."

„Hat denn Merlin danach noch eine
Rolle in Stonehenge gespielt?", wollte der
Historiker weiter wissen.

„Oh ja", antwortete Tummelhaus auf
die Frage. Praktisch während seiner
gesamten Lebenszeit hat er den Kult von
Stonehenge aufrecht erhalten, wenngleich
am Ende nicht mehr viele Menschen seines

ursprünglichen Volkes übrig geblieben waren oder sich mit den Völkern, die Britannien im Laufe der Zeit erobert hatten, vermischt haben. Etwa im fünften Jahrhundert unserer Zeitrechnung wurden die Anlagen endgültig verlassen und wurden zusehends. Seitdem habe ich auch von Merlin nie wieder etwas gehört, außer von dem Gerücht, daß er in Marlborough unter einem Hügel begraben liegen soll. Der Ort ist nach seiner vermutlichen Grabstätte benannt worden."

„Welche Rolle spielte er denn am Artus' Hof?", wollte Hamid Abbas nun wissen.

„Aufgrund seines – wie soll ich sagen – priesterähnlichen Bekanntheit in Stonehenge und seiner Langlebigkeit, von der jeder in Britannien wußte und die er nicht verbarg, hielten ihn die meisten Menschen tatsächlich für einen Zauberer. So glaubten ihm die Leute, wenn er vorgab, die Zukunft vorauszusehen zu können, und die Wohlhabenden profitierten von seinem Ruhm, wenn sie ihn bei sich aufnahmen. Damit verdingte er sich gut, und auf diese Weise war er auch an das Haus Pendragon gekommen."

„Uther Pendragon war wirklich der Vater von König Artus?", fragte Hamid Abbas noch.

„Das kann ich nicht mit Sicherheit sagen oder ausschließen", antwortete Trummelbaren, „als ich Uther in Dintagell, seiner auf einer schroffen Insel gelegenen Burg besuchte, bekam ich mehrere Knaben zu sehen. Ich denke nicht, daß sie alle seinen eigenen Lenden entsprungen waren, obwohl er sie seine Söhne nannte. Ich glaube eher, daß er die kräftigsten und aufgewecktesten Jungen seines Landes ausgesucht und praktisch adoptiert hatte. Ganz offenbar wurden sie alle militärisch ausgebildet. So, wie ich die Sache damals verstand, wollte Uther den Geschicktesten unter ihnen zum Heerführer gegen die eindringenden Sachsen machen. Soweit ich mich erinnere, hatten sie unterschiedliche Namen, trugen jedoch alle zum Zeichen ihrer Herkunft den zweiten Vornamen Uther. Daraus entstand wahrscheinlich der Name Artur und lateinisiert Artus. Ich weiß, daß Merlin an der Entscheidung, welcher der Jünglinge der Anführer werden sollte, beteiligt war. Das hat er jedenfalls stolz verkündet. Um die Entscheidung weise zu treffen, sollte er sich vorgenommen, ihnen neben ihrer militärischen Bewährung seelische Aufgaben zu stellen. So kam es auch zu der Legende um den heiligen Gral. Die Bezeichnung stammt dabei von ihm. Er wußte, daß ich den Kelch besaß, aus dem Jesus getrunken hatte. Und er schickte die Jünger aus, das Geheimnis des Grals zu ergründen. Das war allerdings eine gedankliche Reise und nicht, wie in der Mythologie, eine wirkliche Reise ins heilige Land."

„Und Excalibur? Das war doch sicher ein reiner Mythos?", fragte Sebastian Weißenborn.

„Die Geschichte hat allerdings doch einen realen Hintergrund. Trennt man das Wort Excalibur in seine lateinischen Bestandteile auf, so erhält man: Ex, das lateinische aus, cal für Stein und libur für befreit, also aus dem Stein befreit. Wenn man nun weiß, daß die Kelten ihre Schwerter herstellten, indem sie flüssigen Stahl in eine Form gossen, die aus zwei entsprechend ausgravierten Steinhälften bestand, so kann man sich den Ursprung der Sage relativ leicht erklären: Wenn der Stahl erkaltet, so mußte man ihn aus dem Stein,

dem Falz herauszziehen, um ihm anschließend
den letzten Schliff zu geben. Natürlich gab
es eine besonders kunstvoll gearbeitete
Gußform für den Fürsten, und jedes daraus
gegossene Schwert erhielt den Ehrennamen
Lobodowsky,   lateinisch   Leopoldus.
Selbstverständlich erhielt allein der von
Usher und Merlin auserwählte Knabe ein
Schwert aus dieser fürstlichen Form, das
nur er selbst aus dem Falz zu ziehen
berechtigt war. Usher hat das Schwert
symbolisch in den Falz gestellt, indem er
den Auftrag zu seiner Herstellung gab."

„Herr Simmelsson", sagte Fellner in
einem Tonfall, der auf einen Themenwechsel
hindeutete: „erklären Sie uns doch bitte, wie
es dazu kommen konnte, daß man Ihre
Fingerabdrücke   auf   der   Mona   Lisa
gefunden hat. Mit dem Raub hätten Sie doch
wohl nichts zu tun?"

In diesem Moment schaltete sich
Miriam Wagner in das Gespräch ein und
erklärte, daß dieser Verdacht schon früh
ausgeräumt worden sei, weil man bei einer
mündlichen Untersuchung festgestellt hätte,
daß die Abdrücke in die noch relativ frische
Farbe gekommen waren. Simmelsson
übernahm die weiteren Ausführungen

selbst und erklärte den Zuschauern, daß die
geheimnisvolle Frau auf dem berühmten
Gemälde niemand Anderes sei als seine
Tochter Miriam, beziehungsweise Maria, die
Mutter der Zwillinge Joshua und Jusuf.
Die Liaison zwischen Leonardo da Vinci
und Maria verschwieg er, weil sonst mit
Sicherheit die Frage nach Giacomo gekommen
wäre.

Schließlich leitete Faller wirklich das
Ende der Sitzung ein, indem er Trummelbauer
fragte:

„Wenn Sie irgendwoaus in Ihrem
langen Leben rückgängig machen wollten,
was wäre das?"

„Da fällt mir einiges ein; ich habe
viele Fehler gemacht", antwortete Trummelbauer.

„Nicht unbedingt persönliche Dinge
meine ich damit", ergänzte Faller.

„Ich kann ebenso wie jeder andere
Ihrer Zeitgenossen die Gegenwart mitge-
stalten, ich kann vielleicht die Zukunft
etwas länger mitformen als mancher der
heute lebenden Menschen, aber ich kann die
Vergangenheit genauso wenig beeinflussen
wie jeder Andere hier. Aber — könnte ich
wirklich mit dem Wissen von heute in die

vergangenheit zurückreisen, dann würde ich zu verhindern suchen, daß Klara Hitler ein weiteres Kind von ihrem Mann Alois gebärt, oder ich würde zumindest Helene Hanfstaengl davon abhalten, Hitler am Selbstmord zu hindern. Das hätte 55 Millionen anderen Menschen das Leben retten können. Das Dilemma ist nur: In der jeweiligen Gegenwart ist die Zukunft nur begrenzt vorhersehbar. Vielleicht bin ich heute der einzig übrig gebliebene Mensch, dem man noch den Vorwurf machen könnte, Hitler nicht verhindert zu haben. Aber damals gab es Millionen anderer, die es auch nicht getan haben, eben weil man es nicht gänzlich voraussehen konnte. Und Hitler ist nur ein Beispiel für viele. Allerdings auch das schlimmste aller bisher gewesenen Beispiele."

"Meine Damen und Herren, verehrter Simmelbauer, ich danke Ihnen herzlich dafür, daß Sie hier gewesen sind!"

Der offizielle Teil der Sendung war damit beendet, daß ZDF schalteten um in die Heute=Redaktion. Ein großer Bildschirm im Zuschauerraum übertrug die weiteren Sendungen mit leisem Ton. Faller, Simmelbauer und die übrigen Teilnehmer der

Gesprächsrunde hatten sich erhoben, um in die Garderobe zurückzukehren. Viele der Zuschauer verließen jedoch den geöffneten Saal noch nicht, sondern näherten sich dem Ägypter; bestürmten ihn mit Fragen. Eine Zeitlang ging er bereitwillig darauf ein, dann ließ Falke ein paar Saalordner eingreifen, die die Leute freundlich, aber bestimmt aufforderten, das Studio zu verlassen. Im Anschluß an die Heute-Sendung, in der minutenlang über die gerade beendete Sendung mit Trummelstour berichtet wurde, fügte der Sender ein Heute-Spezial an. In rascher Folge wurde darin von einem Auslandskorrespondenten zum nächsten geschaltet, um die Reaktionen auf Falkes Sendung einzufangen. Neben begeisterten Stimmen wurden Bilder gezeigt, in denen fanatische Moslems spontan auf die Straße gingen, amerikanische und deutsche Fahnen in Brand steckten, Autos zerstörten und Geschäfte in Flammen aufgehen ließen. Der Papst war zu sehen, wie er die Gläubigen, die sich spontan auf dem Petersplatz versammelt hatten, zur Ruhe und Besonnenheit aufrief. Bischöfe und Kardinäle kamen zu Wort. Zwischendurch sich man auch schon aufgebrachte Christen

verdoilirem.

18. Kapitel

Hartmut Ulitz hatte immer ein bescheidenes Leben geführt. In einem Dorf in Schleswig-Holstein hatten ihm seine Eltern ein altes Fachwerkhaus vererbt, an dem er ständig etwas zu werkeln hatte. Mit seiner jungen Frau, die aus dem Nachbarort kommt, war er ganz zufrieden gewesen. Wirklich geliebt hatte er sie eigentlich nie. Aber er war zu schüchtern gewesen, Mädchen anzusprechen, und sie hatte ihn gemocht. Außerdem war er weder aufgrund seines Aussehens noch wegen eines Vermögens in der Position, bei Frauen wählerisch sein zu können. Er hatte sich an sie gewöhnt, und sie hatten ein Kind miteinander: Diesen Jungen hatte er geliebt.

Auch nach zwei Jahren danach konnte er nicht aufhören, sich darüber zu ärgern, wie es zu dieser Fahrlässig- keit hatte kommen können. Er war Mitglied im örtlichen Schützenverein gewesen und er besaß eine Jagdwaffe. Seit der Junge geboren war, bewahrte er sie in einem Waffenschrank auf, den er stets peinlich verschlossen hielt. An diesem

Abend vor zwei Jahren sollte er ihn eröffnen,
kurz bevor er zum Schießen in den Verein
fahren wollte. Die Schachtel mit der
Munition lag neben dem Gewehr bereit.
Das Telefon sollte in diesem Moment
geklingelt, weil Fabians Mutter wissen
wollte, wann sie ihren Sohn wieder abholen
sollte. Fabian war der Freund seines
Sohnes Justin gewesen. Zur gleichen Zeit
klingelte Hummel, der Dachdecker, an der
Haustür. Hartmut sollte ihn gebeten, ihm
beim Umbau des alten Stalls zu einer
Garage zu helfen. Beide waren anschließend
nach draußen gegangen und sollten bei einer
Flasche Bier beratschlagt, wie sie die
Baumaßnahmen am besten durchführen
wollten. Was in den folgenden Sekunden
geschah, versuchte Hartmut auch heute
immer noch aus seinem Gedächtnis
auszublenden. Aber es gelang ihm nicht.
Immer und immer wieder hörte er den
Schuss, auch wenn er sich jedes Mal die
Hände vor die Ohren hielt und anschließend
wimmernd in eine Ecke fand. Dann tauchten
die schrecklichen Bilder in seinem Kopf auf:
Er sah Justin mit vor Schreck starren
Augen, wie er gegen die Wand gelehnt
dastand. Seine rechte Hand, mit der er sich

den Bauch hielt, voller Blut. Dann war er zusammengesackt und hatte dabei eine Spur rot glänzenden Blutes an der Tapete hinterlassen.

„Papa, das wollte ich nie, wirklich nie!", hatte Justin gestammelt, als sein Vater sich über ihn beugte.

Dann sah er das Zimmer von blauen Blinklichtern erleuchtet. Himmel hatte gegenwärtig einen Krankenwagen gerufen. Fabians Mutter betrat das Wohnzimmer gleichzeitig mit den Rettungssanitätern und schrie, als sie ihren Sohn erblickte. Immer noch stand er, vor Schreck ganz starr, da, mit dem Gewehr in der Hand. Ihm selbst war im Krankenwagen plötzlich schwarz vor Augen geworden. Dann sah er wieder, wie er und Bilde im Hospital, in dem Justin notoperiert wurde, warteten. Stunden voll quälender Angst, Hoffnung und Verzweiflung, in denen Bilde kein Wort mehr mit ihm sprach. Sie hatte ihn dort, als sie kam, nur einmal angeschrien, wie so etwas denn hätte passieren können. Dann war der Arzt gekommen, und Hartmut hatte auch heute noch Bildes Schrei der Verzweiflung in den Ohren. Immer und

immer wieder gellte der Schrei durch seinen
Kopf, und jedes Mal, auch heute noch, zog es
ihm den Magen zusammen, bis er fast
erbrechen mußte. Dabei füllten sich seine
Augen mit Tränen, bis er nichts mehr sehen
konnte. Er fühlte sich auch blind, blind vor
Wut über sich selbst.

Bei der Arbeit sollte man in der
nächsten Zeit nach dem Verlust des Sohnes
Rücksicht auf seinen Zustand genommen. Er
war aber nicht darüber hinweg gekommen
und begann schließlich seinen Chef und die
Kollegen zu meiden. Die Wirtschaftskrise
ging auch an dem kleinen Metall
verarbeitenden Betrieb nicht vorbei. Er
wurde entlassen. Hilde sollte ihn nie
verziehen. Die behandelte ihren Mann, als
hätte er selbst auf seinen Jungen geschossen.
Schließlich sollte er es zuhause nicht mehr
aushalten. In Hamburg Billstedt fand
er in einem heruntergekommenen Miets-
haus eine kleine, billige Wohnung. Mit
Gelegenheitsjobs, meist im Hafen, hielt er
sich einigermaßen über Wasser. Was er
selbst nicht dringend benötigte, schickte er
Hilde. Auch selbst gönnte er abends nur noch
ein paar Biere und an den Wochenenden
auch mal eine Flasche Korn.

Seine Eltern waren, so lange sie noch gelebt hatten, praktizierende Katholiken gewesen. Sie waren nach dem Kriege aus Schlesien in das lutherische Schleswig-Holstein geflüchtet. Natürlich war auch Hartmut katholisch getauft worden, aber an diesen Glauben hatte er sich nach seiner Heirat wenig gehalten. Hilde und er hatten standesamtlich geheiratet, weil Hilde das so wollte. Das hatte zu Spannungen mit seinen Eltern geführt.

In den letzten Monaten hatte Hartmut seine katholischen Wurzeln jedoch wieder entdeckt. Zufällig war er an der Kirche der Sankt Ansgar Gemeinde vorbeigekommen, hörte Orgelmusik und las, daß in wenigen Minuten eine Andacht beginnen würde. Er war hineingegangen und hatte zugehört. Für diese wenigen Augenblicke hatte er sich geborgen gefühlt. Er kam wieder, und schließlich fiel den Pfarrer dieser schweigsame Mann auf. Hartmut gewann allmählich Vertrauen zu dem Priester und nahm seine Einladungen zu Gesprächen an. Er begann, Gott und Jesus Christus wieder an seinem Leben teilnehmen zu lassen, und glaubte schließlich, daß Gott ihn durch sein unend-

...aufgegeben in der Kirchengemeinde einen Weg aus seiner Verzweiflung heraus aufzuzeigen habe. Immer öfter meinte er deutlich zu erkennen, daß Gott ihm Zeichen gab, Dinge für ihn zu tun, durch die er seine Schuld wieder abtragen könne.

An diesem Abend trafen sich die Gemeindemitglieder nicht. Hartmut nahm eine Flasche Bier aus dem Kühlschrank und schaltete den Fernseher ein. Er sah die Tagesschau, und anschließend begann die ARD eine neue Unterhaltungsserie. Eine gute Viertelstunde schaute er zu, dann fand er das Programm zu langweilig und griff zur Fernbedienung. Fiel auf dem Zweiten. ‚Wieso jetzt schon?‘, wunderte er sich kurz und zappte weiter. Bei RTL bereits die rechte Werbung, dasselbe bei Sat 1. Er schaltete zum ZDF zurück. Durch die Texteinblendungen zu den Nahaufnahmen der Personen begriff er allmählich, worum es ging, und er blieb bei diesem Sender. Er sah einen noch jung wirkenden Mann, vielleicht um die 35, der von sich behauptete, vor mehr als 3300 Jahren Pharao in Ägypten gewesen zu sein. Dann sei er auch noch der Vater der heiligen Jungfrau Maria, und sie hätte gar nicht nur Jesus allein auf die Welt gebracht, sondern Zwillinge. Das empörte ihn. Dieser Mann entheiligte die biblische Familie! Jetzt behauptete dieses Shonin auch noch, dass Jesus gar nicht göttlichen Ursprungs gewesen wäre, weil es gar keinen Gott gäbe, und dass die ganze Auferstehungs= geschichte nur ein abgekartetes Spiel zwischen Jesus und seinen angeblichen Brüder gewesen sei. ,Jemand muss diesem Kerl Einhalt gebieten!', dachte er, innerlich aufs Äußerste erregt. Er griff zu seinem Handy und versuchte, Florian Borchers zu erreichen. Er wurde aber nur mit dessen Anrufbeantworter verbunden. Er hinterließ eine verzweifelt klingende Nachricht darauf, in der er forderte, dass jemand diesen Wirrbrecher im fränkischen stoppen müsse. Er verfolgte die Sendung noch eine Weile weiter und spürte, dass dieser Mann dort ihm den Glauben rauben wollte, den er vor so kurzer Zeit erst wiedergefunden hatte. Die Vorstellung, dass all das verloren hingekommen wäre, worum er in den letzten beiden Jahren so gelitten hatte, machte ihn rasend vor Wut. Erst seit ein paar Tagen sollte er wieder schlafen können. Er sollte das Fernsehgerät auch einfach abschalten können, aber er tat es nicht. Es war ein Zwang, weiter zuzuhören und mit jedem Wort ihren Mut zu kriegen, bis er außer sich war. Er fühlte plötzlich, daß sein Kopf auf eine merkwürdige Weise klar wurde, und er hatte das Gefühl, daß sein Geist den Körper wirklich verlassen hatte. Seine herrschte Ruhe, Klarheit des Denkens. Er begriff, daß es nicht nur eine Redenbart war; dieses ,außer sich sein vor Wut', und er vernahm eine innere Stimme, die ihm sagte, daß dieser Mann dort im Fremden sterben müsse. Für Hartmut Ulitz bestand kein Zweifel daran, daß Gott selbst ihm gerade den Auftrag dazu gegeben hatte.

Bilde war vor ein paar Tagen an seine Wohnungstür gekommen. Sie hielt ihm das in das Futteral gestellte Gewehr entgegen, das ihren Jungen getötet hatte. Sie sagte, daß jemand von einer Behörde bei ihr gewesen sei und gesagt habe, daß die Sperrfrist jetzt aufgehoben worden wäre. Sie wollte das Gewehr auf keinen Fall bei sich haben. Hartmut Ulitz hatte es genommen und anschließend in seinen Kellerraum gewesen.

Jetzt schloß er den Raum auf und nahm die Waffe an sich. Ohne sich großartig darum zu kümmern, ob er mit seiner Waffe auffallen würde, machte er sich mit der S=Bahn auf zu dem Studio, in dem dieser Sommerstern zu Gast war. Es waren nicht viele Reisende unterwegs an diesem Abend. Hartmut Ulitz verhielt ruhig und gelassen. Niemand fühlte sich durch ihn bedroht, selbst wenn einige erkannten, daß er in diesem Futteral ein Gewehr mit sich herumschleppte. Ulitz postierte sich in der Nähe des Studioeingangs und wartete auf das Ende der Sendung.

Endlich war es so weit. Die ersten Menschen strömten aus dem Studio. Im Sichtschutz eines Baumes nahm Ulitz die Waffe in Anschlag. In der ersten Menschenmenge war dieser Sommerstern nicht zu sehen. Das war auch kaum zu erwarten gewesen. Allmählich versiegte der Strom, nur noch sporadisch verließen kleinere Gruppchen das Gebäude.

‚Da ist er!', dachte Ulitz, als er einen jüngeren Herren in Begleitung einiger anderer Personen durch den Ausgang kommen sah. Die Gruppe schwenkte nach links ab. Ulitz wollte zuschlagen und rief ihn an:

„Grummtann?“, schallte es durch die Nacht.

Der Mann drehte sich in die Richtung, aus der er den Ruf gehört hatte. Im selben Augenblick sah er es von einem Baum her zweimal kurz hintereinander aufblitzen. Er spürte einen stechenden Schmerz in der Brust und im Oberarm, dann hörte er den Knall. Die Leute um ihn herum schrien in Panik auf, ohne daß er in diesem Augenblick begriffen hatte, was geschehen war. Eine Frau neben ihm blutete und brach zusammen, noch ehe er selbst auf die Knie ging. Dann spürte er, daß etwas Flüssiges ihm am Ärmel hinunter. Er wollte es abschütteln. Er sah Blut in der Hand, die er sich vor den Mund gehalten hatte. Jetzt erst verstand er, daß er selbst getroffen worden war. Ihm wurde schwarz vor Augen.

Minuten später war die gesamte Szenerie in blinkendes Blaulicht getaucht, und das Geheul von Polizei- und Ambulanzsirenen beherrschte das Koma. Ultz hatte seelenruhig sein Gewehr zurück ins Futteral gesteckt und war ohne Hast zurück zur U-Bahn-Station gegangen. Eine halbe Stunde später betrat er unbehelligt

seine Wohnung, stellte das Gewehr in die
Ecke, nahm ein Bier aus dem Kühlschrank
und schaltete den Fernseher ein.

Die meisten Sender sollten ihr
laufendes Programm unterbrechen und
berichteten live von einem terroristischen
Anschlag mitten in Hamburg, der offenbar
dem Mann gegolten hatte, der noch
Minuten zuvor bei Johann B. Faller über
sein langes Leben geredet hatte. Zur
Stunde konnte noch niemand Angaben über
die Identität der Opfer machen, ebenso
wenig wie über den Täter. Ein anderer
Sender war bereits in der Lage zu
konstatieren, daß bei dem Anschlag eine
Frau durch einen Schuß leicht verletzt
worden war. Der Mann, dem der Anschlag
offenbar diente gegolten hatte, sei
anscheinend auf dem Weg ins Krankenhaus
verstorben. Dazu zeigte man Bilder von der
Notaufnahmestation eines Kranken=
hauses, in das eine Bahre mit einem
vollständig bedeckten Körper gerollt wurde.

Hartmut Ulitz verspürte eine große
Ermüdung, als er sich wenig später ins
Bett legte. Langen Schlaf er jedoch nicht in
dieser Nacht, denn ein Sondereinsatz=
kommando der Polizei brach gegen vier Uhr Ulitz

morgens seine Tür auf, überwältigten ihn und nahmen ihn mit in Polizeigewahrsam.

Johann B. Fahler, Miriam Wagner, Sebastian Meißenborn, Dr. Matthias Wohlfarth, Dr. Harris Abbas, Richter Thomas Clement und Tummelkorn hatten die Schüsse gehört, als sie das Studio gerade verlassen wollten. Instinktiv hatten sie sich niedergeduckt. Der Sicherheitschef der ZD-Kristallisten forderte die Gruppe auf, sofort im Bereich der Gondraben Schutz zu suchen. Ein Feuerstrom eilte hinaus, um die Situation einzufangen. Die Analyse der Bilder führte noch in derselben Nacht zur Identifizierung des Täters. Aus der Tiefgarage heraus eskortierte die Sicherheitsmannschaft zwei unauffällige Fahrzeugen mit den Talkshowgästen unverzüglich zum Flughafen Fuhlsbüttel. Die Fahrzeuge rollten direkt an die Fahion 2000 heran.

Bereits auf dem Flug nach Frankfurt beschloss Tummelkorn, gleich nach der Landung eine Lagebesprechung durchzuführen. Telefonisch bat er Frank Parker, einen Raum zur Verfügung zu stellen. Auch Gionomo forderte er zur

Teilnahme auf. Er brauchte ihn nicht lange zu bitten. Auch er sollte die Geschichte am Feuer verfolgt.

Foerster war die ganze Nacht über fast zugleich über die Ermittlungen der Hamburger Polizei informiert worden.

„Die Frau wurde nur leicht verletzt", begann er die Gruppe über den momentanen Ermittlungsstand aufzuklären. „Sie ist nur zufällig getroffen worden. Der Mann, auf den der Täter geschossen hat, ist leider auf dem Weg ins Krankenhaus gestorben. Sein Name war Pinco Manzinelli. Wir wissen noch nicht viel über ihn, nur, daß er in Hamburg lebte, dort aber keine Familie hatte. Es besteht eine gewisse Ähnlichkeit zwischen Ihnen, Tummelloer, und diesem Mann. Es scheint sich also wirklich um eine Verwechslung mit Ihnen zu handeln, welcher Manzinelli zum Opfer gefallen ist. Bei dem mutmaßlichen Attentäter handelt es sich um einen 52-jährigen Mann aus Hamburg-Billstedt. Sein Name ist Hartmut Ulitz. Bisher galt er als unbescholtener Bürger. Er hat einen Waffenschein und besitzt ein Jagdgewehr, das die Tatwaffe sein könnte. Über ein mögliches Motiv ist bisher nichts bekannt.

In diesen Minuten soll der Zugriff durch ein
SEK erfolgen. Ob er Hintermänner hätte,
soll das Verhör erbringen. Die Polizei geht
aber eher von einem Einzeltäter aus, der
spontan gehandelt hat."

„Ihre Sicherheit bereitet mir große
Sorgen", fügte Frank Tauber noch ein paar
Sekunden des Schweigens an. „Vielleicht
sollten wir die Öffentlichkeit für heute noch
im Unklaren über den Ausgang des
Attentats lassen, um Zeit zu gewinnen."

Nach einer längeren Debatte
entschieden alle Beteiligten, über das
Schicksal Tauerstaubs Stillschweigen zu
bewahren. Zunächst war er außer Ansehen
noch in Offenbach sicher untergebracht.
Tauerstaub veranlasste, dass Dr. Abbas
mit seiner Maschine nach Kairo zurück-
geflogen würde.

Miriam fuhr mit Tauerstaub zum
Wilhelmsplatz nach Offenbach. Die Nacht
war lang geworden, deshalb schliefen sie bis
zum frühen Nachmittag. Auch dann
ging es in den Nachrichten sowohl des
Fernsehens als auch des Radios immer noch
vorrangig um die Explosionsberichte aus
Hamburg. Gegen 15 Uhr klingelte
Sebastian an der Wohnungstür. Miriam

öffnete und wunderte sich darüber, daß Sebastian trotz des wolkenverhangenen Himmels eine Sonnenbrille trug. Er hatte mehrere Zeitungen unter dem Arm.

„Ihr könnt euch gar nicht vorstellen, was da draußen los ist", begann er seinen Rundschwall und berichtete davon, daß er sich praktisch nirgendwo mehr hinbewegen könne, ohne erkannt zu werden. Mit der Sonnenbrille gehe es einigermaßen, sagte er.

„Da, lest selber!", forderte er Sommerstern und Miriam zur Lektüre auf.

Von einer Sensation und einer Tragödie an einem Abend berichteten die breiten Lettern auf den Titelseiten. Ganzseitig wurde über Sommersterns Auftritt im Fernsehen geschrieben. Der nächste ganzseitige Bericht hatte das Attentat zum Gegenstand. Einige Blätter spekulierten mit Sommersterns Tod, andere schienen besser informiert zu sein und berichteten von einem vermutlich irrtümlich erschossenen Opfer. Viele weitere Zeilen füllten Reportagen aus aller Welt über spontane Sympathiekundgebungen für den Ewig Lebenden, aber auch über Ausschreitungen gegen die von ihm aufgestellten Behauptungen. Meistens

formierten sich gleichartige Gruppie-
rungen, die ihn als mächtigen Gott zu
verehren begannen, andere Gruppen sahen
ihn als die Inkarnation des Satans. Alle
drei waren zunächst erschrocken über die
Reaktionen, die ihr gestriger Auftritt
hervorgerufen hatte.

„In die Öffentlichkeit oder auf die
Straße könnt ihr nicht mehr", sagte
Sebastian. „Jedenfalls nicht, bis sich die
Leute wieder einigermaßen beruhigt haben."

„Aber eins wird aus den Berichten
auch ersichtlich: Die Journalisten würden
Unverständnis zeigen, wenn du dich jetzt noch
einmal für eine Weile zurückziehen
würdest, bis es für die Leute einigermaßen
normal geworden ist, dass es dich gibt",
sagte Miriam an Timmothee gerichtet.

Dieser antwortete:

„Ja, ich denke auch, dass das das Beste
wäre. Ich sollte Kontakte zunächst nur mit
ausgewählten Menschen zulassen. Es
sollten Kontakte sein, aus denen der
Menschheit Nutzen entstehen kann. Ich
denke, ich werde mich mit Historikern
treffen, bis sie meinen Platz in der
Geschichte richtig eingeordnet haben, und ich
will mich auch der modernen Wissenschaft

zur Verfügung stellen. Aber ich werde das Geld dafür selbst in der Hand behalten. Ich glaube, ich werde mir irgendwo in einem Land, in dem die Emotionen nicht so hoch schlagen, einen Landsitz kaufen und mich von dort aus in Maßen der Öffentlichkeit stellen. Möchtest du mich dorthin begleiten?"
Diese Frage richtete er direkt an Miriam. Und als er sah, daß ihre Augen vor Freude glänzten, fügte er noch an:

"Als meine Frau?"

Das Herz schlug ihr bis an den Hals, sie spürte, daß sich all ihre Adern öffneten und eine wohlige Wärme direkt in ihren Körper strömen ließen. Sie ging auf Timmerkowa zu, küßte und umarmte ihn und flüsterte ein Ja direkt in sein Ohr.

"Ja, ja, ja!", wiederholte sie, immer lauter werdend. "Ich gehe mit dir, wohin du auch willst!"

Timmerkowa erwiderte ihre Umarmung und küßte sie.

Sebastian fühlte sich etwas peinlich berührt und sagte, daß er dann wohl besser gehe, aber Timmerkowa hielt ihn zurück.

"Wir werden Hilfe brauchen", sagte er, "auch die eines tüchtigen Anwalts. Ich würde mich freuen, wenn auch du und deine Familie mit uns kämen."

„An welches Land denkst du denn?", fragte Sebastian.

„An Skandinavien", antwortete Timmerkamp.

„Ein Ägypter im kalten Norden?", wunderte sich Sebastian.

„Ein Ägypter im kalten Norden!" antwortete Timmerkamp. „Da wird man ihn am wenigsten vermuten. Könntest du dich schon einmal nach etwas Passendem umsehen?"

„Gern", sagte Sebastian und verabschiedete sich.

Zuhause schaltete er sein Laptop ein, ging ins Internet und druckte eine Liste führender skandinavischer Immobilienmakler aus.

Am schnellsten einig würde man sich mit dem Eigentümer einer großzügigen Villa im Nordosten Stockholms, eine Viertelstunde mit dem Helikopter vom Flughafen Arlanda entfernt. Der Verkäufer war ein gerade gescheiterter Bauunternehmer, der sein Geldinstitut infolge der Bauunkredite in die Pleite getrieben hatte. Das

Annexen sollte nicht zu den Besitztümern
der Familie der Ohnes gehört, den Eisen-
bahnen, die aus Schweden ein wohlhabendes
Land gemacht sollten. Es war groß, fast
schloßartig. Es war auf dem neusten
Renovierungsstand und lag inmitten eines
wunderschönen Parks. Das Grundstück
besaß bereits alle notwendigen Sicherheits-
einrichtungen, dennoch bestand Miriam
darauf, daß Summenstern für sich einige
Bodyguards engagierte. Die Entscheidun-
gen, dorthin zu übersiedeln, mußten schnell
getroffen werden. Sebastians Frau
Charlotte war begeistert, ebenso ihre Kinder,
namentlich sie es bedauerten, aus ihrer
Klassengemeinschaft so plötzlich herausgerissen zu werden. Die fürchteten sich auch
ein wenig vor einer neuen Schule. Aber
Summenstern versprach, daß sich ein
Privatlehrer so lange um die Kinder
kümmern würde, bis sie die Sprache gelernt
haben würden und von sich aus gern eine
schwedische oder deutsche Schule besuchen
wollten.

Miriam und Summenstern heirateten
im engsten Familien- und Freundeskreis.
Ihre Eltern und ihre Schwester waren zur
Feier angereist. Giovonno zog nach Amboise

zu Jülich und kaufte sich dort ein Haus. Allmählich verebbte der öffentliche Trubel um Trummeskorn, und es zog relative Ruhe ein in das Haus, das nur noch gelegentlich von Fotografen belagert wurde. Die Telefone standen natürlich trotzdem niemals still, denn zahlreich waren die Anfragen der Historiker aus aller Welt, die mit Trummeskorn die Geschichte aufarbeiten wollten. Hauptmann Abbas genoss unter ihnen einen deutlichen Vorrang und war ein gern gesehener und oft wiederkehrender Gast. Frau Dr. Jüngsam erhielt für die Zeit ihrer Untersuchungen Trummeskorns ein speziell für sie eingerichtetes Labor in der Villa. Sie selbst bewohnte einen eigenen Bereich im Seitenflügel des Hauses, während ihr Mitarbeiterstab in einem Hotel in der Nähe untergebracht war. Ihre Forschungen sollten bahnbrechend für die moderne Alterungsforschung werden und revolutionierten die Krebstherapie. Trummeskorn scherzte gelegentlich, dass sie doch gleich hier bleiben könne, weil sie mit ihrer Arbeit sicher bald den Nobelpreis für Medizin erhalten würde. Sie wusste, dass er damit den offiziellen Teil ihrer Forschungen meinte.

Der eigentliche, streng geheim zu haltende
Zweck, daß sie in Sauerstoffarmut Nöten
arbeiten sollte, war der; daß sie versuchte,
ein Substrat und sein zugehöriges Enzym
zu isolieren, das Langlebigkeit derart auch
andern Menschen übertragen konnte.

Sie hatte bereits einen vielver-
sprechenden Ansatz dazu gefunden, der
zumindest in ersten Tierversuchen zum
Erfolg geführt hatte. Das Enzym — genauer
genommen handelte es sich dabei um einen
Multienzymkomplex—, das sie gefunden
hatte, verhinderte im Zusammenwirken mit
einem bestimmten Substrat den Abbruch
von Telomerstücken nach einer Zellerneu-
erung und konnte somit theoretisch den
behandelten Menschen in dem Alter
„einfrieren", in dem er sich gerade befand.
Jedenfalls, solange er die Stoffe in
regelmäßigen Abständen zugeführt bekam.
Sie konnte sie bisher weder künstlich
herstellen, noch waren sie in den Tierkörpern
reproduzierbar. Die Stoffe ließen sich
ausschließlich aus sauerstoffarmem Knochen-
mark gewinnen, und das passende Enzym,
sie nannte es interne Tierschlorinase, war
zudem nicht konservierbar. Damit stand es
in einem sehr engen Zeitrahmen nur in so

geringen Dosen zur Verfügung, daß höchstens ein oder zwei Personen damit hätten behandelt werden können. Die Behandlung würde in monatlichen Zyklen ständig wiederholt werden müssen, wenn ihr Effekt von Dauer sein sollte. Miriam würde die eine Person sein, das war Frau Dr. Jungfords Plan. Sie machte sich berechtigte Hoffnungen darauf, daß sie selbst die andere Person werden könnte.

Ein zweiter, vertraulich durchzuführender Forschungsauftrag von Timmerhow an sie bestand darin, die Vererbbarkeit der Langlebigkeit zu untersuchen, mit dem Ziel, sie auf mögliche Kinder Miriams und Timmerhows zu übertragen. In diesem Punkt war sie bisher über einen theoretischen Ansatz noch nicht hinaus gekommen. Ihrer Einschätzung nach war dieses Ziel aber früher oder später ebenfalls erreichbar. Solange stellte das Paar seinen Kinderwunsch zurück, zumal die Gefahr, daß Miriam zum Kindergebären zu alt werden könnte, schon fast gebannt war.

Timmerhow beschloß, mindestens so lange für die Öffentlichkeit unverfügbar zu bleiben, bis die wichtigsten Fragen der gegenwärtigen Menschheit an ihn

beantwortet haben. Zum augenblicklichen
Zeitpunkt fühlte er weder seine Familie noch
sich selbst in Schweden ernsthaft bedroht,
obwohl er neben Sympathiekundgebungen
für sich auch täglich Drohnachrichten erhielt.
Zwei offizielle Einladungen nahm er sehr
ernst. Die eine kam von Ban Ki=moon, der
ihn einlud, vor der Vollversammlung der
Vereinten Nationen eine Rede zu
halten, und die andere reichte ihn durch den
ägyptischen Staatspräsidenten Hosni
Mubarak überhand, der ihn bat, eine
Botschaft aus dem alten Ägypten an sein
Volk der Gegenwart zu überbringen.
Natürlich versprach sich der Präsident
damit einen Propagandaerfolg, schon im
Hinblick auf die nächsten Präsidentschafts=
wahlen, das war Trummestorm Plan.

Eine inoffizielle Wiedereinführung in
die Welt der Diplomatie sollte das frisch
gebackene Ehepaar schon vor einigen
Monaten erfahren. Zu ihrer Hochzeit sollten
sie ein offizielles Glückwunschschreiben des
schwedischen Königspaares erhalten,
zusammen mit einer Einladung in das
Schloß Drottningholm. Mysteriös daran
war, dass auch Gionomo und Juliette, die sich
zu diesem Zeitpunkt wegen der

627

Hochzeitsfeier noch in Schweden aufhielten,
mit in die Einladung einbezogen waren. Sie
fragten sich, ob König Carl XVI. Gustaf und
Königin Silvia etwas von Gionomos
Herkunft und Vergangenheit erfahren haben
konnten. Und tatsächlich schien Königin
Silvia bestens über ihn informiert zu sein,
denn sie führte den ganzen Abend über das
Gespräch gerade mit Gionomo und wechselte
dazu auffallend häufig die Spanische und
die Portugiesische Sprache. Sie selbst war in
Brasilien aufgewachsen und überraschte
ihren Gast damit, dass sie behauptete, ihm
dort schon einmal begegnet zu sein. Gionomo
konnte sich daran nicht erinnern und fragte
sie, wie sie darauf käme. Silvia holte
daraufhin ein altes Fotoalbum aus einem
der wertvollen Bücherschränke hervor und
setzte sich neben Gionomo und Juliette auf
das Sofa. Das Album war überladen mit
angegilbten Schwarzweißfotos. Selbst die
transparenten Zwischenseiten waren mit
Bildern beklebt. Offensichtlich sollten es ihre
Eltern irgend für die Tochter angelegt, denn
beinahe auf jedem Bild war sie selbst zu
sehen, während ihre Brüder nur sporadisch
und immer mit ihr zusammen zu sehen
waren. Und tatsächlich: Auf einem Bild

mit der Unterschrift Silvia Renata, Ardimento 1947 war auch Giovanno zu sehen. Er stand neben Silvias Vater, der ihm Tochter auf dem Arm hielt. Sie selbst hielt eine Indiopuppe in den Händen.

„Diese Puppe haben sie mir an diesem Tag geschenkt", sagte sie freudig lächelnd. „Ich kann mich noch sehr genau an sie erinnern. Ich habe sie geliebt wie keine zweite. Leider habe ich sie nicht mehr. Oder vielleicht sollte ich sagen: Gott sei Dank!"

„Warum gerade er dies?", fragte Juliette in der Sprache, deren sich die Königin gerade bediente.

„Weil ich ein paar Jahre später mit meinem Vater und meiner Mutter in einem kleinen Dorf in Peru war. Dort lernte ich ein Mädchen kennen, das so alt war wie ich. Ich wollte mit ihr spielen, doch das konnte sie nicht. Sie mußte fort, denn sie mußte arbeiten, in einem Steinbruch. Spielsachen besaß sie nicht; ich hatte die Puppe bei mir. Sie wollte sie sehen, weil sie so ähnlich gekleidet war wie sie selbst. Ich gab sie ihr; und sie drückte sie an sich. Meine Eltern hatten Mitleid mit dem Mädchen und schenkten ihr etwas Geld. Sie nahm es dankbar an. Ich wollte meine Puppe

wiederhaben, aber das Mädchen zögerte
einen Augenblick, sie mir zurückzugeben. Da
sagte meine Mutter einfach, daß sie sie
behalten könne, und als ich protestieren
wollte, legte sie den Finger auf den Mund
und sagte auf Deutsch: Wir kaufen dir eine
neue! Ich war wütend auf meine Mutter
und den Tränen nahe, aber das konnte ich
vor dem Mädchen nicht zeigen. Es dauerte
lange, bis ich das meiner Mutter verzeihen
konnte. Aber irgendwann wußte ich, daß es
richtig gewesen ist, und ich erinnerte mich
daran, wie glücklich das peruanische
Mädchen über meine Puppe war."

"Und heute leitet sie die World
Childhood Foundation und bekommt dafür
in Kürze einen Preis in Deutschland",
schaltete sich Carl XVI. Gustaf in das
Gespräch in englischer Sprache ein.

"Du redest doch über die indianischen,
unter sonst?", fragte der König seine Gattin,
die das Album noch immer in den Händen
hielt.

"Ja, du hast recht, es geht um die
Puppe", antwortete Silvia in englischer
Sprache.

"Das Erlebnis in Peru war sozusagen
der Auslöser für ihr Engagement für die

benachteiligsten Kinder dieser Welt", ergänzte er, ebenfalls auf Englisch.

„Sie fragen sich sicherlich, wie ich darauf gekommen bin, auch Sie beide heute einzuladen", eröffnete die Königin ihre Erklärung gegenüber Ojonomo und Julietta, die ihr aufmerksam zuhörten. „Tennessee sprach in dieser Talkshow, von der wir uns übrigens eine Auszeichnung besorgten, davon, dass er eine vornehme langlebige Person gut kenne. Ich dachte mir, dass diese Person bestimmt zu seiner Hochzeit mit Miriam eingeladen sein würde, und fand deshalb die Hochzeitsfotos schöner. Sie sind mir sofort aufgefallen, denn das Gesicht des Mannes, der mir damals die Puppe geschenkt hatte, werde ich niemals vergessen. Danach brauchte ich nur eins und eins zusammenzuzählen. Als ich erfuhr, wer Sie sind, verehrte Madame Clement, und wußte, wo Sie arbeiten, telefonierte ich mit Madame Saint-Gobain in Amboise, die ich seit vielen Jahren kenne. Oh, bitte, denken Sie jetzt bitte nicht schlecht von ihr! Sie hat sie nicht verraten; erst als sie merkte, dass ich bereits selbst alles über Sie beide herausgefunden hatte, war sie bereit, mir zu bestätigen, dass Sie die langlebige

Manches sind, von dem Timmelkam gesprochen haben. Sie sind der Sohn Leonardo da Vincis, nicht wahr? Bitte, erzählen Sie mir bei Gelegenheit etwas über ihn und über sich! Carl und ich sind beide leidenschaftliche Verehrer Ihres Vaters!"

Während der spanische König seine Unterhaltung mit Timmelkam "unter Staatsmännern", wie er es augenzwinkernd nannte, fortsetzte, gesellte sich Miriam mehr zu Königin Silvia, Julietta und Gionomo.

Worauf später sollte Silvia bei der Verleihung des Loncarog-Preises im niederbayrischen Saal Ibirg über ihre imaginäre Arbeit den Satz sagen:

"Wenn die Zukunft keine Antwort weiß, hilft ein Blick in die Vergangenheit?"

Die Reise nach Kairo trat Timmelkam mit gemischten Gefühlen an. Einerseits freute er sich sehr darauf, seinem ägyptischen Volk nach so langer Zeit ungestört und offen entgegentreten zu können. Andererseits waren ihm die Risiken, die dieses Unternehmen mit sich brachte, durchaus bewusst. Sie betrafen nicht nur seine eigene Sicherheit, sondern es bestand die Gefahr, daß es aufgrund seiner Erfahrung zu Unruhen kommen könnte. Zudem wußte Mubarak natürlich, daß Demonstranten bald vor der UNO-Vollversammlung reden würden. Er würde ihm mit Sicherheit einige aus seiner Sicht wichtigen Anliegen mit auf den Weg geben, die Demonstranten für Mubarak mit einbringen sollten. Demonstranten war aber nicht daran gelegen, die Interessen einer autokratischen Regierung international zu vertreten, sondern die des Volkes. Ihm war bewußt, daß er vermutlich nur zu einer sonderbaren Menge sprechen dürfte. Mubarak regierte sein Land quasi diktatorisch. Zur Sicherung des Inneren Friedens und seiner Macht vollzog er eine ganze Reihe von riskanten Grundwanderungen, bisher jedoch ziemlich erfolgreich, das mußte man ihm zugestehen.

Aus diesen Gründen stellte Demonstranten zu Beginn seiner Ansprache auch die positiven Errungenschaften seiner Regierung heraus. Dazu gehörte in rechter Linie der Friedensvertrag mit Israel. An seiner Aushandlung, noch unter Anwar As-Sadat, war Mubarak damals als Vizepräsident maßgeblich beteiligt gewe-

...en. Nach Sadats Ermordung und Mubaraks Machtübernahme **1981** hielt sich der neue Präsident zwar an den Wortlaut des Vertrags, erfüllte ihn aber niemals wirklich mit Leben. Das brachte Ägypten wohl den erwünschten Frieden, aber auch einen Gesichtsverlust in der arabischen Welt; damit verbunden büßte Ägypten seinen Einfluß ein. Diesen Verlust versuchte er auszugleichen, indem er den Vertrag bestehen ließ und erfüllte, aber niemals erweiterte. Stattdessen erntete er gelegentlich Beifall im eigenen Lager, wenn er sich in berechneten Maßen kritisch gegenüber den USA und freundlich gegenüber dem Nachbarn Israel äußerte. Damit ist es ihm bisher auch gelungen, islamistische Fundamentalisten davon abzuhalten, Ägypten zu destabilisieren. Ein weiterer Beitrag dazu ist die ständige Verlängerung des Ausnahmezustands, unter dem sich Ägypten seit seiner Machtergreifung befindet. Das erhält dem Militär Sonderrechte, die es Mubarak durch unbedingte Treue dankt. Aufkeimenden Demokratiebewegungen tritt er immer wieder aufs Neue mit dem Versprechen, die Demokratie selbst vorantreiben zu wollen,

...zeigen. Versprochene Wahlen zur
ägyptischen Volksvertretung werden
gelegentlich durchgeführt, aber mehr
Opposition, als Mubarak selbst zuläßt,
entsteht dabei nicht. Der Präsident sollte
damit erreichen, daß ein ehemaliger
absolutistischer Herrscher, der Staatschef
als einstiger Pharao vermutlich geworden
war, größtenteils in seinem Sinne zum
Volk reden würde.

Staatschef untersahen jedoch eine
ähnliche Gratwanderung von Mubarak,
nur in die andere Richtung. Gleichfalls
vermuteten sie ihnen, von er ihn nannte
„Nachfolger" zu noch mutigeren Schritten in
Richtung Demokratie und forderten ihn auf,
den Ausnahmezustand endlich zu beenden.

Staatschef bemerkte, wie die
zahlreichen Sicherheitskräfte rund um den
Tahrir-Platz in der Nähe des Parlaments
und bis zum Ägyptischen Museum hin mit
der Menge nicht mehr fertig würden. Der
große Platz, vor dem er sprach, war bis
dahin nur halb gefüllt gewesen. Jetzt
hatten sich schon einige Gruppen gewaltsam
Zugang verschafft, und immer mehr
Menschen strömten auf den Platz, weil sie
den Pharao, ihren Pharao, der noch lebte,

unbedingt sehen wollten. Die Beamten
knüppelten auf die vordringende Menge
ein. Jetzt sah sich Timurbogen erstmals seit
mehr als dreitausend Jahren veranlaßt,
wieder einen Befehl zu erteilen: Er befahl
den Uniformierten, die Gewalt gegen die
Bürger zu beenden und sie durchzulassen.
Und siehe: sie gehorchten ihm. Die Menge
überrannte begeistert die Absperrungen,
und bald drängten sich Hunderttausend
dicht an dicht auf dem großen Platz, um den
Pharao zu sehen, der in einer schlichten
Dschellabija gekleidet, die zum symbolischen
Zeichen seiner Unbestechlichkeit keine Taschen
sollte, zu ihnen sprach. Nicht allen gefiel, daß
er so viel von Frieden und Aussöhnung der
arabischen Welt mit Israel und der
westlichen Welt redete, aber die
Begeisterung für den Mann behielt die
Oberhand, und der Protest der Funda=
mentalisten ging an diesem Tag im Jubel
der Massen unter.

In früheren Zeiten war Timurbogen
oft schon inkognito und in einfache Gewänder
gehüllt durch Kairo gezogen, um die
Stimmungen der einfachen Leute
einzufangen, und so fand er leicht die
richtigen Worte, um die Masse zu

begriffen. Sommerkorn konnte nur noch gute
Miene zum für ihn scheinbar bösen Spiel
machen und hoffen, daß der Mann, den er
selbst eingeladen hatte, die Stimmung des
Volkes nicht gegen ihn wenden würde. Aber
genau das wusste Sommerkorn ganz
genau. Vielmehr fokussierte er die positive
Aufbruchstimmung, die er auslöste, auf
Mubarak und signalisierte dem Volk, daß
er darauf vertraue, daß ihr Präsident sein
Versprechen zu mehr Freiheit in Kürze
einlösen werde. Sommerkorn mehrte seinen
seinen Einfluß in der Welt; er war auf die
politische Bühne zurückgekehrt.

Aus Kairo reiste er direkt in
Richtung New York ab. Zwei Tage später
begann die UNO-Vollversammlung. Er
nutzte die Zeit, um an seiner Rede zu feilen.
Sein Einfluß war durch seinen Auftritt in
Kairo gewachsen. Die Delegierten waren
gespannt darauf, den Mann live zu
erleben. Einige Regierungschefs religiös-
fundamentalistischer Staaten hatten
angekündigt, daß ihre Repräsentanten den
Saal verlassen würden, wenn der
Ungläubige als Redner tatsächlich
zugelassen werde. Doch mit Ausnahme des
Vatikans fanden sich die Vertreter dieser

Länder nicht an ihren Vorgaben und blieben
anwesend?

Es war Tradition, daß Staats=
oberhäupter ihre Reden vor der UNO=
Vollversammlung in ihrer jeweiligen
Landessprache hielten. Um seine
Anerkennung darüber deutlich zu machen,
begann Timmermann in Altägyptischer
Sprache. Eine Übersetzung ins Arabische,
einer der Amtssprachen der UNO, sollte er
vorher angefertigt und dem Übersetzer=
team mit der Anweisung übergeben, diese
erst zu verlesen, wenn er diesen Teil seiner
Rede beendet hätte. Die Anliegen des
heutigen ägyptischen Volkes trug er jedoch
in reinem Hocharabisch vor und wechselte in
die Englische Sprache, als es darum ging,
wie seiner Meinung nach Reformen der
Völkergemeinschaft durchzuführen seien.
Timmermann lobte die Errungenschaften der
Organisation, wie ihren starken Einfluß auf
den relativen Weltfrieden. Offen kritisierte
er jedoch die seiner Meinung nach nicht mehr
zeitgemäße Zusammensetzung des
Weltsicherheitsrates und mahnte an, daß
dieser kein Gleichgewicht mehr repräsentiere.
Anstatt daß drei europäische Staaten je ein
Vetorecht besäßen, könne das ohnehin

638

zusammenwachsenden Europa auch mit einer Stimme sprechen. Afrikanische, lateinameri-
kanische und ozeanische Länder hätten dagegen überhaupt keine wirklichen Entscheidungsrechte im Weltsicherheitsrat. Ebenso dürfte ein so bevölkerungsreiches Land wie Indien nicht unberücksichtigt bleiben. Simmenstauer regte an, daß künftig nicht mehr ein Staat allein mit Veto einen Beschlußvorgang außer Kraft setzen könne, sondern daß dazu die Ausübung von mindestens zwei Veto-Eingaben erforder-lich sein müßten. Er bemängelte die Interessenlobby, die offensichtlich bestehe, wenn es um das Eingreifen der Gemeinschaft in wirtschaftliche Konflikte zwischen Staaten und innerhalb von Staaten gehe. Aus menschlicher Sicht sei ein schnelles und entschiedenes Eingreifen der Gemeinschaft bei Fällen von Völkermord, wie zum Beispiel in Ruanda oder Bosnien, notwendig, auch wenn es dabei nicht so unmittelbar um die Wahrung westlicher Interessen gegangen sei wie in Afghanistan oder im Irak.

Oberstes Ziel der Staatengemein-schaft müsse es immer bleiben, neben der Schaffung und Stabilisierung von Frieden weiterhin die Achtung und Einhaltung der Menschenrechte zu garantieren. Kein Staat darf als Staat infolge einer Sanktion von der Gemeinschaft ausgeschlossen werden; Staatenlenker jedoch, die gegen fundamentale Rechte verstoßen, müssen geächtet und weiterhin verfolgt werden können, um sie als Kriegsverbrecher oder Verbrecher gegen die Menschlichkeit zur Rechenschaft ziehen zu können. Diese juristische Aufarbeitung von Unrecht dürfe nicht allein den Oppositions-Kräften des jeweiligen Staates überlassen bleiben, sondern sie ist Aufgabe einer Institution wie dem Internationalen Gerichtshof in Den Haag. Als mahnendes Beispiel nannte er den Prozeß gegen Saddam Hussein, dessen Ausgang er eindringlich mißbilligte, selbst wenn man den Angeklagten zu Recht als Bestie bezeichnen konnte. Das Recht auf Leben und Würde sei für ihn existenziell und unantastbar; erklärte Simmethaler und betonte ausdrücklich, daß dazu eine weltweite Ächtung der Todesstrafe und der Folter gehöre. Jeder, der ein Todesurteil fälle und jeder, der juristisch oder politisch für die Vollstreckung eines Todesurteils verantwortlich ist, müsse zur Rechenschaft gezogen werden. Davon dürfte man auch und gerade in den Vereinigten Staaten von Nordamerika keine Ausnahme machen. Summerlaw forderte die Gründung einer Task=Force, die Verstöße gegen Menschen= rechte in allen Ländern registrieren und zur nichtöffentlichen Anzeige bringen sollte. Besonders gespannt war man auf Summerlaws erwarteten Beitrag zur Religionsfreiheit. Zu Beginn dieses Abschnittes wies Rude jetzt er voraus, daß darunter nicht nur die freie Ausübung einer Religion innerhalb der Grenzen, die die Menschenrechte vorgeben, zu verstehen sei, sondern auch das Recht darauf, keine Religion zu haben und festlegen nicht= religiöse Philosophien öffentlich verbreiten zu dürfen. Genauso wie die Religionen dies tun müssen, haben sich aber auch diese Philosophien an der Einhaltung der Menschenrechte zu orientieren. Philosophien, die sich, in welcher Form auch immer, gegen sie wenden oder zu Handlungen gegen die Menschenrechte aufrufen, sind von Menschenrechtsverstöße selbst zu ächten und zu ahnden. Summerlaw ging nun auf die Problematik ein, vor der religiös geprägte Staaten stehen. Viele ursprünglich christlich geprägte Staaten

hätten in der Zwischenzeit den religiösen Einfluß auf ihre Gesetzgebung relativ erfolgreich zurückgedrängt, vornehmlich bei genauer Durchsicht auch hier noch wieder zu verbessern sei. Die Einhaltung der Menschenrechte sei jedoch größtenteils gewährleistet. Erheblich größere Probleme damit gebe es bei den islamischen Staaten, in denen die Schari'a immer noch die unbedingte Grundlage der Gesetzgebung sei. Hier sei mittelfristig ein grundlegender Umbau des Rechtssystems absolut notwendig, weil sich große Teile der Schari'a nicht mit den Menschenrechten vereinbaren ließen. Der universelle Geltungsanspruch der Schari'a, wie er von vielen Muslimen und Islamgelehrten immer noch gesehen und aufrechterhalten wird, müsse sofort aufgegeben werden. Die unterschiedliche juristische Behandlung von Muslimen, Dhimmis, das heißt Schutzbefohlenen mit eingeschränkten Rechten, und Mu'ahids, das heißt Bürgern anderer Staaten, welche den Islam akzeptieren, dürfe nicht fortgeführt werden. Der Unrechtsstand der Harbis, der Ungläubigen also, und derer, die aus dem Islam zu einer anderen Religion konver=
tieren oder religiöse Gemeinschaften ganz

verlassen, müsse komplett abgeschafft werden. Es könne nicht sein, daß die Internationale Staatengemeinschaft es noch immer toleriere, daß Menschen aufgrund ihrer religiösen oder eben nicht religiösen Einstellung immer noch verfolgt und vom Tode bedroht werden. Einzig der Wunsch verbaler oder schriftlicher, nicht aggressiver Argumentation sei legitim, Menschen für oder gegen eine Religions= zugehörigkeit überzeugen zu wollen. Mit der Überschreitung der Grenze zur Propaganda hin betrete man den illegalen Bereich, den er bei jedweder Handlung von Zwang oder Gewalt kriminalisiert sehe und der Verfolgung anheim stelle.

Ein folgender Punkt beschäftigte sich mit den Atomwaffen. Er forderte eine weltweite Abschaffung von Nuklear= waffen. Bis zu ihrer Vernichtung sollen die Waffen unter UNO=Mandat gestellt werden. Ein kleiner Bestand müsse jedoch unter der ausschließlichen Nutzungs= befugnis der Vereinten Nationen bestehen bleiben, um Staatsregierungen davon abzuhalten, eigene Atomwaffen heimlich zu entwickeln oder zu lagern und schließlich mit ihrem Einsatz zu drohen.

Der Rest der Rede befasste sich mit den allgemeinen Themen des internationalen Banns von Kinderarbeit, mit den Rechten der Kinder, unter anderem auch Bildung, sowie abschließend mit der Globalen Erwärmung.

Miriam war hilfloß, Emmehtern zwei Tage später endlich wieder in die Arme schließen zu können. Alle ihre Auftritte hatte sie in angstvoller Spannung im Fernsehen und im Internet verfolgt. Emmehtern hatte sie nicht mitgenommen, weil es ihm zu gefährlich für sie erscheinen war.

19. Kapitel

Der Zugriff erfolgte fast gleichzeitig an drei verschiedenen Orten Schwedens.

Margo Tennsson war mit der kleinen Laura, der Tochter von Frau Dr. Jungbaus, in Uppsala zu Fuß unterwegs von Lauras Kindergarten zur Buchhalter= stelle. Am Straßenrand parkte der weiße Lieferwagen einer Elektrofirma. Die Seitentür stand offen. Als sie den Wagen passierten, wurden sie beide überplötzlich von hinten gepackt. Man drückte ihnen mit einer übel riechenden Flüssigkeit getränkte Tücher auf Mund und Nase und zog sie gewaltsam in den Wagen. Im selben Augenblick schloß sich die Tür; und das Lieferfahrzeug fuhr davon. Einen Moment später wurde ihnen schwarz vor Augen.

Charlotte Weißborn bummelte mit ihrer Tochter Antonia durch die Innenstadt von Stockholm. Auf der Vasagatan überholte sie ein langsam fahrender weißer Lieferwagen. Einige Meter vor ihnen stoppte er; und die Seitentür wurde geöffnet. Zwei Männer sprangen aus und schienen etwas aus dem Wagen holen zu wollen. Antonia zog ihre Mutter an ein

Schaufenster hatten, in dem sie einen hübschen Pulli gesehen hatte. Charlotte überlegte einen Augenblick lang, ob sie ihrer Tochter den Gefallen tun und das teure Stück für sie kaufen sollte. Doch dann blickte sie auf ihre Uhr und sie sah, dass sie schon spät dran waren. Als sie an dem Lieferwagen vorbeigingen, stießen die beiden Männer sie in den Laderaum des Fahrzeugs, sprangen hinterher und schlossen die Tür. Im selben Moment fuhr der Wagen an. Obwohl die Vorsorgetaten recht beliebt waren, fiel die plötzliche Entführung niemandem wirklich auf.

Prinzessin Madeleine, die junge Herzogin von Hölsingland und Gästrikland, sollte ihren Verlobten Jonas überreden, trotz der Bankenkrise, die ihn zurzeit fast vollständig in Anspruch nahm, einen Nachmittag mit ihr zu verbringen. Sie wollte mit ihm ausreiten an diesem sonnigen Freitag. Die Leibwächter wussten, dass die Königstochter es entgegen aller Vorschriften vorzog, wenn sie Abstand hielten. Ihr Ritter Jonas wisse sie schon zu beschützen, pflegte sie zu sagen. Folglich hielten sie sich zurück, zumal sie wussten, welchen Weg sie nehmen würden.

Madeleine und Jonas fanden ihren üblichen
Reitweg an einer Stelle versperrt vor;
wegen dringender Baumfällarbeiten,
stand auf dem Schild. Sie nahmen den
anderen Weg. Die Absperrung befand sich
nicht mehr dort, als die Leibwächter auf
ihren Pferden an der Stelle anlangten. Die
frischen Reitspuren waren verwischt
worden.

Die zwischen die Bäume gespannten
Seile sah das junge Paar nicht, als es schon
zu spät war. Sie stürzten zu Boden. Noch
ehe sie begreifen konnten, was geschehen war;
bedeckten jemand ihre Gesichter mit dicken,
feuchten Tüchern. Sie rochen chloroformig,
fast hätte sich Madeleine übergeben müssen,
doch kurz davor verlor sie das Bewußtsein.

Jonas erwachte zuerst. Er hatte
starke Kopfschmerzen und ihm war kalt. Er
versuchte, sich daran zu erinnern, was
geschehen war. Die Erinnerung kam nur
langsam zurück. Er hatte Schmerzen vom
Sturz. Im fahlen Licht glaubte er zwei
Körper auszumachen, die ein paar Meter
von ihm entfernt auf dem Boden lagen.
Panik ergriff ihn bei dem Gedanken, dass es
Madeleine sein könnte. Er wollte zu ihr. Da

nicht bemerkte er, daß er angekettet war
und sich nicht von der Stelle rühren konnte.
Der Versuch, sich der Frau zu nähern, wurde
jäh gestoppt. Sein Handgelenk tat jetzt
furchtbar weh. Er rief den Namen seiner
Verlobten. Eine der beiden Frauen bewegte
sich, dann die andere. Beide wachten
langsam auf. Madeleine war nicht unter
ihnen. Er kannte die Frauen nicht. Die eine
war Schwedin, die andere offenbar eine
Ausländerin. Auch sie waren angekettet.
Auch sie begriffen ihre Situation nicht. Jonas
versuchte sich zu orientieren. Sie mußten sich
in einem großen Kellerraum befinden. Sie
riefen um Hilfe, so laut sie konnten, doch es
hörte sie niemand.

Auch Madeleine erwachte allmählich.
Ihr schien die Abendsonne ins Gesicht. Sie lag
auf einer Decke und blickte sich um. Sie
befand sich offenbar auf einer Lichtung im
Wald. Es war sehr still um sie herum. Nur
den lauten Schrei eines Vogels vernahm sie,
als dieser über sie hinweg flog. Kurz
verfolgte sie seinen Flug mit ihren müden
Augen, bis sie direkt in die Sonne blickte
und die Lider zukneifen mußte. Sie hatte
starke Kopfschmerzen. Auch an Brust und

Rücken spürte sie Schmerzen vom Sturz. Noch etwas bewegte sich in ihrer Nähe. Trotz der Träume vorigen das plötzlichen Blendlichts, öffnete sie die Augen wieder und bemerkte zwei Mädchen, die ebenfalls auf Dielen lagen und gerade verwachten. Sie blickte sich verwirrt um. Sonst war niemand zu sehen. Sie sah an sich selbst herunter: Ihre Reitsachen sollte sie immer noch an. Die Kleidung war verschmutzt, aber unversehrt geblieben, niemand sollte ihr etwas angetan, sie war nicht vergewaltigt worden. Das kleine Mädchen müßte sich übergeben. Magdalena stützte sie dabei und tröstete sie, als sie zu weinen begann. Sonst schien es den beiden gut zu gehen. Magdalena bemerkte, daß die beiden Mädchen sich entkommend konnten. Die Größere nannte die Kleinere Laura und sie selbst hieß offenbar Antonia. Magdalena nannte den beiden ihren Namen. Darauf fragte Antonia, daß sie wisse, wer sie ist.

Die Prinzessin fürchtete um ihren Verlobten und fragte die Mädchen, ob sie wüßten, was geschehen war. Aber sie wußten es ebenso wenig wie sie. Magdalena stellte fest, daß sie ihr Mobiltelefon noch besaß. Laura, immer ihrer Leibwächter, sollte mehrfach versucht, sie damit anzurufen. Sie drückte auf den Verbindungsknopf, doch dann sah sie, dass es kein Netz gab. Sie forderte die beiden Mädchen dazu auf, mit ihr fortzuziehen. Sie müssten irgendwo hinlaufen, von wo aus sie telefonieren konnte. Sie entschied, dass sie einen Hügel hinaufgehen würden. Als sie oben waren, konnte sie in der Ferne die Optik erblicken. Das Handy funktionierte wieder. Zuerst versuchte sie Jonas anzurufen, aber nur seine Mailbox meldete sich. Danach rief sie Lotte an.

„Gott-sei-Dank, dass du dich meldest!", rief ihr in ihr Gehört. „Wo bist du? Ist mit dir alles in Ordnung?"

„Ich weiß es nicht", sagte sie und fragte gleich nach Jonas.

„Wieso Jonas, ist er denn nicht bei dir?", kam als Antwort zurück.

Jetzt fasste offenbar ihre Mutter das Telefon in der Hand und wollte ganz aufgeregt wissen, wie es ihr geht und wo sie ist. Sie sagte, dass sie das nicht weiß. Sie konnte sich nur daran erinnern, dass sie beide durch irgendetwas vom Pferd gerissen worden waren und dass ihr danach schwarz vor Augen geworden sei. Noch einmal

fragte sie angstvoll nach Jonas. Aber auch
der König wußte nichts über seinen
Verbleib.

Lassen ließ Madeleine beschreiben,
was sie sah. Sie erzählte ihm von der
Ostseeküste und von einer großen Brücke,
die sie in der Ferne sehen konnten. Er
veranlaßte über die Reichspolizei eine
Fahndungsortung. Diese ergab, daß sie sich im
Bereich der Höga Küsten aufhalten mußten.
Sofort wurde ein Helikopter in Bewegung
gesetzt. Die Prinzessin sorgte, daß sich zwei
Mädchen in ihrer Begleitung befänden, die
offenbar ebenfalls entführt worden waren.
Auch Antonia hatte ein Mobiltelefon bei
sich, mit dem sie gerade ihren Vater anrief.
Madeleine gab Lassen Antonias Telefon=
nummer durch. Die Überprüfung der
Nummer ergab eine Verbindung zu
Timmerkloten, dem langlebigen Ägypter.

Lange bevor der Helikopter der
Königsfamilie eintraf, wurden die drei von
einem Rettungshubschrauber ausgemacht,
der von Ulanschö aus gestartet war. Er
versorgte die Kinder und die Prinzessin mit
dem Notwendigsten und dirigierte die
etwas größere königliche Maschine an einen
geeigneten Landeplatz, damit sie die

Passagiere übernehmen konnte. Prinzessin Madeleine beschrieb den Platz, an dem sie aufgewacht waren. Im Gefolge der Maschine des Königs befand sich auch ein Polizeihubschrauber mit einem Team für die Spurensicherung.

Zwei Stunden später schwebte die Maschine mit den Entführungsopfern über Schloß Drottningholm ein und setzte sanft unweit des Gebäudes auf einer Rasenfläche auf. Königin Silvia und König Carl XVI. Gustaf umarmten ihre Tochter Madeleine. Sebastian Weißenborn schloß seine Antonia in die Arme, froh der Jungs seine kleine Laura. Die Stimmung blieb jedoch stark gedämpft, denn der Verbleib der anderen drei Entführten war noch immer ungewiß.

Der Monarch bot allen Beteiligten, auch Sommerskorn und die deutsche Staatsanwältin, die beide mitgekommen waren, in sein Arbeitszimmer. Der Innenminister und der Reichspolizeichef warteten dort bereits. Sie befragten Prinzessin Madeleine und die Kinder knapp über die Vorfälle und verstörte Besonderheiten, die ihnen aufgefallen sein könnten. Eine erste Untersuchung, die noch am Rettungshubschrauber durchgeführt worden wäre, hätte ergeben, daß alle drei nach der Betäubung in oder an den Liefermorgen zusätzlich Injektionen in den Ohren mit einem starken Narkose- mittel erhalten hätten. Die Entführer gaben an, von dem gesamten Transport überhaupt nichts gespürt zu haben und erst dort auf der Lichtung wieder aufgewacht zu sein.

Die kleine Laura mußte niesen. Ihre Mutter suchte nach einem Taschentuch.

„Brauchst du nicht suchen", sagte Laura. „Ich hab' doch meins". Dabei zog sie ein kleines Stofftaschentuch, auf das sie sehr stolz war, weil es ihre gestickten Initialen zeigte, aus der Tasche und schnäuzte sich. Ein kleines blaues Plastikstück fiel auf den Boden. Laura hatte das bemerkt und hob es nun auf.

„Was ist denn das?", fragte sie. „Das ist aber nicht meins."

Die Mutter übersetzte, was ihr Tochter gerade gesagt hatte, doch alle hatten es bereits verstanden. Der Polizeichef bat Laura auf Brüssch darum, es ihm zu zeigen. Es handelte sich um eine ?-?- Speicherkarte, von der Art, wie man sie in Digitalkameras verwendet. Unwillkür-

lich faßten auch Madeleine und Antonia in
ihre Jacken und versteckten darin etwas
Ähnliches. Ein Beamter der Spurensicherung
wurde gerufen. Er forderte beide Entführ=
ungsopfer auf, die Spurenkarten nicht
selbst herauszunehmen, sondern er benützte
dazu eine Pinzette. Schnell wurden die
Karten auf Spuren untersucht, insbesondere
auf Fingerabdrücke. Es fanden sich keine.
Sicherheitshalber nahm man Abstriche davon,
um sie auch möglicher DNA-Spuren
untersuchen zu können. Der Polizeichef bat
darum, daß man ihm ein Abspielgerät zur
Verfügung stellte. Die Kinder wurden
hinausgeleitet. Beim ersten Abspielen der
T-D-Karten sollten sie nicht zugegen sein,
wenn man den Inhalt noch nicht kannte.
Madeleine entschied sich zum Bleiben.

 Die erste Einstellung zeigte die kleine
Laura. Ihre Augen waren geschlossen, denn
sie war bewußtlos. Ihren Oberkörper hatte
man in die Sitzposition aufgerichtet. Ein
gefällter Baumstamm stützte sie dabei.
Der Kopf war nach hinten in den Nacken
gefallen. Im Hintergrund sah man
schwarze Militärstiefel. In der zweiten
Einstellung war Antonia zu sehen, in der
gleichen Stellung wie Laura. Die dritte

Einstellung zeigte unerwartungsgemäß Prinzessin Madeleine. Auch sie war bewußtlos in Sitzposition auf einer der Decken zu sehen, auf denen sie später unwohl waren. Weil sie größer war als die beiden Mädchen, stand einer der Entführer unmittelbar hinter ihr und hielt ihren Kopf an den Haaren hoch. Die Kamera zoomte von der Nahaufnahme Madeleines aus und gab dabei den Blick auf mehrere maskierte Männer in militärischer Kleidung frei. Sie hielten Schmonster in den Händen. Die Aufnahme entstand vor einer größeren Fabrikwand. In der Mitte der Szene war ein renitenter Mann zu sehen. Er trug eine offene Jacke in Tarnfarben, darunter ein weißes Unterhemd, das man als eine Spezialbija deuten konnte. Um den Kopf trug er ein auffallendes, weißes, zu einem Turban aufgewickeltes Tuch. Sein Bart war schwarz gefärbt, die Augen dunkel und stechend. Auch er hielt ein Schwert, ein arabisches Krummschwert mit einer kunstvoll geschwungenen Gravur, in der Hand. Sein Anblick führte zu einer Aufregung der meisten Anwesenden. Prinzessin Madeleine ergriff vor Schreck ihr Gesicht in den Händen. Der Mann war Osama bin Laden.

In arabischer Sprache wandte er sich an die Betrachter seiner Videobotschaft. Seine Stimme klang hämisch, als er sagte, dass es sehr einfach sei, sich, gleich wann auch immer, in diesem Lande hörbar zu machen. Drei kurze Hiebe mit den Scharten, und die Christenkinder sind ihrem enthaupted. Diese Aktion sei eine Warnung, sagte er: Eine Warnung an alle, die den Kafir, den Ungläubigen, den Gottesblüter, der von sich behauptet, ein Pharao geworden zu sein, bei sich aufnehmen. Im Namen Allahs werde Schreckliches über jeden kommen, der diesen Zorn nicht in die Hölle schickt.

Die Gesichter waren bleich geworden. Nur das Antlitz Summerlaus, das normalerweise die gesunde Bräune eines gerade aus dem Urlaub zurückgekehrten Mitteleuropäers zeigte, war noch dunkler geworden. Die Zornbadern an seinen Schläfenlappen pochten. Die Beleidigungen, die bin Laden gegen ihn und auch gegen Rija, seine Mutter, ausgesprochen hatte, waren für einen Mann mit arabischen Wurzeln so ehrenrührig, dass er nur noch seinen Tod verlangen konnte. Bin Laden hatte ihm offen den Krieg erklärt. Er allein wußte das nun. Er weigerte sich, das Geschwätz des Despoten auch noch für die anderen zu übersetzen. Der Videoclip endete mit einer arabischen Botschrift und zwischen arabischer Musik. Ganz zum Schluß erschienen zwei Zahlen- und Buchstaben-kombinationen, ebenfalls in arabischer Schrift. Da original arabische Zahlen für Europäer schwierig zu lesen sind, diktierte Trummelbaren sie dem Polizisten zum Mitschreiben und äußerte seine Vermutung, daß es sich dabei um Koordinaten handeln könnte. Der oberste Reichspolizist entsandte sofort eine Spezialeinheit, die den angegebenen Punkt untersuchen sollte. Er konnte sich nicht weit von Stockholm befinden.

Eine gute Stunde später waren Charlotte Weißenborn, Morga Torrsson und Jonas befreit. Sie sollten sich im Kellergewölbe einer alten und verlassenen Industrieanlage nördlich von Stockholm befunden. Endlich konnten alle Betroffenen wieder aufatmen. Alle, bis auf Trummelbaren.

Kaum der eiligst landesweit aufgebauten Straßensperren und interseine Personenüberprüfungen an Grenzen, Häfen und Flughäfen sollte etwas bewirkt. Der Terroristenführer war nicht auffindbar. Sofort nach der Geiselbefreiung sollte man sogar interpomis Alarm geschlagen. Alle Schiffe, die die schwedische Ostküste besuchten und infragen kamen, sollte man aufgebracht und durchsucht. Nicht einmal Bilder der Luft- und Satellitenüberwachung sollten bisher Ergebnisse gebracht. Keiner der Luftzeugen würde entdeckt, kein Hubschrauber konnte sichergestellt werden. Dabei waren die Mädchen und die Prinzessin, wegen der Entfernung und der Kürze der Zeit, mit Sicherheit auf dem Luftweg verschleppt worden.

Um Panik in der Bevölkerung zu vermeiden und unangenehmen Fragen über Sicherheitslücken aus dem Weg zu gehen, entschloss man sich dazu, Einzelheiten über den Vorfall zunächst zu verschweigen. Polizei und Geheimdienst erhöhten aber ihre Wachsamkeit. Eine akute Gefahr für einen Anschlag sah man im Moment noch nicht.

Timmelthan schlief unruhig in den folgenden Nächten. Miriam blieb seine Unruhe nicht verborgen. Sie suchte das Gespräch mit ihrem Mann.

„Es kann ihm nicht vordergründig darum gehen, mich aus dem Weg zu räumen", resümierte er. „Sonst hätte er mich längst umgebracht. Das wäre sicher nicht viel schwieriger gewesen, als diese Entführung zu veranstalten und hinterher unerkannt zu entkommen."

Miriam sah ihn fragend an.

„Er will etwas von mir. Er sucht den Kontakt."

„Darauf wirst du dich aber nicht einlassen!?", erwiderte Miriam. Ihr Gesicht zeigte Sorge und Angst um Timmerbaur.

„Ich fürchte, ich muß", entgegnete ihr Mann. „Wenn ich nicht gehe, wird er mit Sicherheit vor einem Anschlag nicht zurückschrecken."

„Aber selbst wenn, wie willst du ihn finden? Nicht einmal die CIA hat das seit dem 11. September geschafft. Außerdem wird er dich niemals wieder gehen lassen, falls du ihn tatsächlich finden solltest!" Mit diesen Worten klammerte sie sich an ihn. Sie hatte Tränen in den Augen.

Timmerbaur ließ sein Flugzeug startklar machen. Er flog nach Ghaida, der nordöstlichen Hafenstadt Saudi Arabiens

am Roten Meer. Er ließ sich direkt zum
Büro Baker bin Ladens fahren und
verlangte, den Konzernchef der Bin Laden
Gruppe zu sprechen. Man versuchte ihn
abzuweisen. Mit der geballten Autorität
des Pharaos verschaffte er sich Zugang zu
den Räumen des wirtschaftlich mächtigsten
Mannes in der Saudischen Monarchie.
Tutenchamun brauchte, als er Osama bin
Ladens Bruder gegenüber stand, nur zu
sagen, daß er gekommen sei, um eine alte
Schuld einzufordern. Baker bin Laden
verstand. Er sagte seine weiteren Termine
für diesen Tag ab. Wenig später sollte Baker
den Betrag von einer Milliarde US-
Dollar auf ein Konto anweisen, das
Tutenchamun ihm genannt hatte. Wesentlich
wertvoller jedoch war die andere
Forderung, die Tutenchamun stellte. Er
verlangte den Aufenthaltsort Osama bin
Ladens, die Koordinaten des Mannes, der
sich ihn und einem Großteil der Menschheit
zum Feind gemacht hatte. Baker sagte nichts
dazu. Er griff zum Telefonhörer und ließ
das Hotel Intercontinental für sich
reservieren. Über eine abhörsichere Leitung
rief er Abdullah Osama an, den Sohn Osama
bin Ladens:

„Du kommst um 18:00 Uhr zum Dinner.", sagte er seinem Neffen mit knappen Worten. Offensichtlich wußte Abdullah Osman, wohin er kommen mußte, denn diese Information reichte ihm aus. Es gab keine weiteren Fragen und auch keinen Widerspruch. Barker hatte seine Familie und die Firma fest im Griff. Trummelbauer nahm das Angebot des Oligarchen an, sich in der Royal Suite des Hotels frisch zu machen und die Zeit bis zum Abendessen dort zu verbringen. Um Punkt 18 Uhr erhielt er den Anruf, daß Barker und Abdullah Osman im Grand Ball Room auf ihn warteten. Nicht nur diese Prachthalle, sondern gleich der gesamte Restaurantbereich des Hotels war für den Publikumsverkehr gesperrt. Ein reger Mitarbeiter Barkers wies ihm den Weg durch eine ganze Armada von Leibwächtern.

Abdullah Osman und Trummelbauer waren sich noch nie begegnet. Barker bin Laden lächelte freundlich, als er seinem 30-jährigen Neffen den Pharao, wie er ihn nannte, vorstellte. Abdullah blickte den Ägypter kühl und voller Mißtrauen an. Die drei Männer begaben sich an die Fensterfront des Saales. Barker lud es,

von hier aus den Sonnenuntergang über
dem Roten Meer zu beobachten. In
knallroten Farben tauchte die Sonne hinter
dem Horizont scheinbar ins Meer ein. Viel
schneller wurde es dunkel, als Sommerstern
es schon aus Skandinavien gewöhnt war.

Borke bot den beiden Herren zu Tisch
und Klappstuhl in die Hand. Sofort öffneten
sich die Flügeltüren der Halle, und
Bedienstete trugen die herrlichsten Speisen
an den Tisch. Mit dem Essen beruhigten sich
die aufgebrachten Gemüter ein wenig. Borke
schien sich durch die Eröffnung eines
Smalltalks um weitere Entspannung der
Atmosphäre zu bemühen. Doch keine beiden
Gäste wußten, daß die Unterhaltung mit
ihm niemals wirklich unanfänglich war.
Abdullah war bereits darüber informiert,
worum es gehen würde, und wartete auf
das Signal seines Onkels, daß er, so gut
konnte er ihn, mitten aus dem Smalltalk
heraus abführen würde. Osama, sein Vater,
hatte ihn andeutungsweise schon darauf
vorbereitet, daß ein einflußreicher Ägypter
kommen würde, um zu erfahren, wo er sich
aufhalte. Abdullah hörte zu, wie die beiden
Araber von den alten Zeiten redeten, als
Muhammad bin Laden, Borkes und Osamas

Vater, nach den Geschütz des Konzerns lenkte. Und als Abu Muhammad die noch junge Alia Osama kennen lernte, Osamas Mutter und seine Großmutter. Nun war es soweit. Sie sollten den Punkt erreichen, auf den die alte Schuld zurückging, auf den sich Timmerlowa bezog. Baker forderte von Abdullah Osama die Angaben über den Aufenthaltsort seines Vaters. Abdullah kündigte ihm an, was er verlangte. Als Timmerlowa genannt, sprach Baker:

„Du fliegst mit deiner Maschine in der Nacht wie gewohnt nach Albona. Dort läßt du deinen Kopiloten aussteigen. Du läßt dein Flugzeug für eine Flugzeit von zweieinhalb Stunden betanken und startest wohl um zwei Uhr in der Nacht. Anschließend steigst du auf 5000 Fuß auf und schaltest diesen Mobilfunkempfänger an. Wenn du ihn eingeschaltet hast, erhältst du eine Reihe von TMLO mit Koordinaten. Öffne die TMLO mit der laufenden Nummer 148 und steuere die Koordinaten an, die darauf zu sehen sind. Um eine Start- oder Landeerlaubnis brauchst du dich nicht zu kümmern. Die Flugüberwachung wird abgeschaltet sein. Steige nicht über 6000 Fuß, sonst wird die Operation abgebrochen.

Dein Funkgerät wird blockiert sein; hier kommst du mit diesem Mobilfunkgerät nicht. Wenn du im Bereich zwischen 5000 und 6000 Fuß bleibst, bist du sicher: Du überfliegst damit alle Hindernisse und kommst von einer internationalen Luftraumüberwachung nicht erfasst werden. Zwanzig Meilen vor dem angegebenen Punkt beginnst du mit dem Sinkflug. Genauere Anweisungen erhältst du ab dort über das Mobilfunkgerät. Salam Aleikum!"

„Aleikum Salam!", antwortete Trummelbaur und fragte: „warum lässt du mich allein dorthin reisen und schickst mir nicht einen deiner Männer auf den Hals?"

„Meine Männer und die ganze Familie werden von der CIA überwacht", antwortete er. „Ein sicherer Kontakt zu meinem Bruder ist sehr schwer aufrecht zu erhalten".

In der königlichen Suite schlief Trummelbaur noch ein paar Stunden, ehe er nach Osbora aufbrach. Das Betanken der Maschine übernahmen Leute von Boske bin Laden, die er dorthin beordert hatte. Pünktlich um zwei Uhr Ortszeit zog Trummelbaur den Schubhebel auf Maximum

und ließ die Maschine kurze Zeit später in
den sturmklaren Himmel aufsteigen.
Nach Erreichen der Höhe von 5000 Fuß
wählte er die VME mit der Nummer 148
und steuerte darauf einen Kurs, um sich in
die westliche Richtung zu bewegen. Nur
schemenhaft sah er im Abenddunkel
vereinzelt einige Hügel aus der Wüste
aufragen. Selten bemerkte er Lichter unter
sich. Zwanzig Meilen vor dem Ziel drosselte
er die Triebwerksleistung und leitete den
Sinkflug ein. Eine Stimme, die per
Bluetooth-Übertragung aus dem Handy
in sein Headset drang, sagte, daß man ihn
jetzt auf dem Radarschirm habe. Der Mann
gab professionelle Angaben über Richtung,
Einflugwinkel, Eintrate und Geschwindigkeit. Kurze Zeit später hatten die Räder
seiner Falcon 2000 ersten Bodenkontakt
mit einer holprigen Piste. Schnell schaltete
der Pilot auf Umkehrschub und lenkte die
Maschine langsam auf das Scheinwerferlicht zu, das er rechts von sich entdeckt hatte.
Ein vermummter Mann mit Leuchtstäben
in den Händen wies Tammenschon seine
Parkposition zu. Andere Vermummte, die
bewaffnet waren, forderten ihn auf, einen
alten Jeep zu besteigen, der sich unverzüg-

lich, aber unberührtes, in Bewegung setzen. Am Ende des Rollfeldes, über das sie jetzt fuhren, fielen Trummeltoner mehrere Flugzeugwracks auf. Offensichtlich handelte es sich bei diesem Flugplatz um eine Art Flugzeugfriedhof. Nach kaum fünfzehn Minuten fahrt über eine holprige Wüsten= piste, erreichten sie bewohntes Gebiet. Der Jeep steuerte am Rand des Dorfes auf ein Grundstück zu, das von hohen, grob mit Lehm verschmierten Mauern umgeben war. Ein primitives Holztor öffnete sich und ließ das Fahrzeug einfahren.

Aufgrund der Koordinaten hatte Trummeltoner grob überschlagen, daß er vermutlich im äußersten Westen des Sudan, in der Provinz Darfur gelandet war: Dafür hätte auch die Tatsache gesprochen, daß Osama bin Laden im Sudan zahlreiche Grundstücke besaß. Früher hatte er dort praktisch das Monopol auf Gummi erworben und auf Sesam innegehabt. Auch der Autofahrt sicher hatte Trummeltoner aber auf einem der Grundstücke eine ausgebrannte Flagge entdeckt, die offenbar blau=gelb=rot gemustert war und somit anzeigte, daß er sich im Tschad befand. Dann konnte es sich nur um Abu handeln,

mutmaßte er. Eine Information, die den
Amerikanern, von denen einige gar nicht
weit von hier stationiert waren, fünfzig
Millionen Dollar, wenn nicht mehr, wert
gewesen wären. Trummeskorn überlegte, daß
nicht viele im Dorf über ihren prominenten
Mitbewohner Bescheid wissen konnten und
daß die, die es taten, wirklich treue
Gefolgsleute sein mußten.

Die Unbekannten forderten ihn jetzt
auf, eines der Häuser zu betreten, die sich
innerhalb des eingefriedeten Bereichs
befanden. Der Raum, in den er eintrat,
war spartanisch eingerichtet: Ein paar
Holzstühle, ein Tisch, ein Regalstell mit
Fotos, Tellern, einem löchrigen Körbchen, in
dem sich leicht korrodiertes Besteck befand,
ein abgegriffener Koran und drei oder vier
andere Bücher in arabischer Schrift.
Trummeskorn wurde ein Stuhl zugewiesen,
auf den er sich setzte. Dein Gastgeber ließ
ihn warten. Die nackte Glühbirne an der
Decke spendete nur wenig Licht. Deshalb
stellte sich Trummeskorn direkt unter sie, als
er, noch immer Mühe, beinahe schon
gelangweilt, in einem der Bücher blätterte.
Es handelte offenbar vom bewaffneten
Kampf. Er legte es bald wieder zur Seite.

667

Es war nicht die Art von Literatur, die er mochte. Timmerhaus ging auf und ab und blickte aus den trüben und staubigen Scheiben nach draußen. Die Sonne ging langsam auf. Auf dem Grundstück befanden sich Bäume, dahinter waren lückenhaft die Spitzen von Palmen zu sehen, die einen größeren Teich oder See zu umranden schienen.

Plötzlich ging die Tür auf. Timmerhaus drehte sich um und blickte in das Gesicht Osama bin Ladens. Er sah schlecht aus. Ängstlich schlechter als auf dem Video, das auf den T-?-Karten in Scheunen gespeichert war. Das hagere Gesicht war noch weiter eingefallen, Bart- und Haaransatz grau. Man sah, dass der Bart dort, wo er noch schwarz war, gefärbt worden sein müsste. Ein Handgelenk war verbunden; der ganze Arm schmerzte ihn offensichtlich.

„Ich bitte dich um Verzeihung, dass ich dich so lange warten ließ", sagte er. „Die Dialyse hat mich länger aufgehalten als geplant."

„Du hast mich und meine Mutter beleidigt", entgegnete Timmerhaus, „da fällt eine Unhöflichkeit nicht mehr so sehr ins Gewicht."

„Ich freue mich, daß du meine Einladung verstanden und angenommen hast", sagte Osama mit freundlich klingender Stimme. Er deutete an, daß sein Gast sich doch setzen möge. Auch er nahm Platz. Eine verschleierte Frau brachte Tee und Gebäck.

Die Männer trafen zum ersten Mal aufeinander. Aber Terroristen kannte Luther von ihm. Sie waren freundlich, ja geradezu nett und zuvorkommend. Im nächsten Augenblick waren sie fähig, ihrem Gegenüber höchstselbst den Kopf abzuschlagen oder eine Anordnung zu dessen Folter zu geben. Einen Befehl, Tausende, ja Millionen von Menschen zu morden, gaben sie ohne mit der Wimper zu zucken. Hauptsache, sein General, als er selbst noch Pharao war; wovon solch ein Mensch geworden, der rechte dieser Sorte, den er kannte. Die Liste derer, die gemacht waren, ist lang, dachte er. Viele Prominente der Geschichte waren darunter. Alexander, dem man den Beinamen der Große geben sollte, Caesar, Oktavian gehörten dazu, auch Karl der Große, Robespierre, bis hin zu Hitler, Mussolini, Stalin und Saddam Hussein, die er allerdings nie persönlich kennen lernen müßte. Jetzt saß er wieder einem aus dieser Gonde gegenüber.

„Ich hoffe, mein Bruder hat dich angemessen entschädigt für die Dienste, die du unserem Vater nicht geleistet hast", sagte bin Laden. „Oder bist du scharf darauf, den Betrag noch einmal um 50 Millionen zu erhöhen? — Dann allerdings werde ich dich kaum wieder abreisen lassen können."

„Ich sollte es nicht für deinen Vater getan, sondern für deine Mutter", antwortete Timmestern. „Was den Betrag angeht: Er ist höher als der Kredit, den ich deinem Vater gewährt hatte, aber niedriger, als es in unserer Vereinbarung stand. Eine halbe Milliarde Dollar habe ich deinem Bruder gelassen, dafür, daß ich erfahre, wo du dich aufhältst. Hältst du es für klug, auf das Zuhause zu verzichten, um das Einhaben zu erhalten?"

„Du bist ein Idealist, genau wie ich, also werde dir das schon zuzutrauen", entgegnete Osama. „Außerdem habe ich dich und deine Mutter beleidigt, tödlich beleidigt. Nach arabischer Sitte hast du das Recht mich zu töten."

„Niemand hat jemals das Recht, irgendjemanden zu töten! Das so genannte arabische Recht zur Verteidigung der Familienehre ist kein Recht = es ist ein Unrecht!"

„Ganz der Tugendbauer aus dem Fernsehen!", sagte Osama bin Laden sarkastisch. „Der große Fürsprecher der Menschenrechte!" Er ging ein paar Schritte auf und ab in dem kleinen Raum und blieb schließlich vor dem Fenster stehen.

„Und was bleiben deine Menschenrechte, wenn es um die da draußen geht? Hast du sie gesehen, die Flüchtlinge aus Darfur? Die Hungernden aus Biafra? Die Vergifteten in Nigeria? Die Geschundenen dieser Welt? Müssen sie nicht sterben, damit sich ein Amerikaner oder einer von den reichen Mitteleuropäern, mit denen du dich so gern umgibst, angenehmer leben kann?"

„Du kannst die indirekten Einflüsse, die ein Volk auf andere Völker ausübt, nicht mit dem vergleichen, was du selbst tust. Du mordest Menschen direkt und mit voller Absicht. Darum trägst du auch unmittelbarer Schuld daran. Heutige Völker, die auf Kosten anderer in Wohlstand leben, tun das im Allgemeinen nicht bewußt. Sie trifft nur mittelbare Schuld, und auch erst dann, wenn sie bewußt erfahren haben, was

ihr Lebensstil voneinander abweichen kann.
Die meisten verstehen das. Jedenfalls die,
die ein normales, ein durchschnittliches
Leben führen. Viele von ihnen versuchen, ihre
Schuld zu bewältigen, indem sie gelegentlich
oder regelmäßig spenden, sich ehrenamtlich
betätigen, Patenschaften übernehmen oder
Kinder aus armen Verhältnissen bei sich
aufnehmen. Aber du, was tust du? Du bist
ein reicher Mann, deine Brüder leben in
unermesslichem Luxus. Die werden sagen:
Die Milliarden, die uns gehören, haben wir
uns verdient. Aber man kann sich
Milliarden nicht selbst verdienen. Immer
steckt Arbeit dahinter. Die Arbeit von
Tausenden Menschen, die nicht gerecht
entlohnt worden sind. Auch du profitierst
davon. Zwar setzt du das Geld nicht mehr
ein, weil du dir davon ein bequemes Leben
machen willst, aber du setzt es ein, weil du
deine Machtgier davon befriedigst. Du
meinst, du bist der Gerechte, der die wahren
Unterdrückten dieser Welt rächt? Nein, du
unterscheidest dich von Stalin, Hitler oder
Lenin nur dadurch, dass du ein Diktator
ohne Land bist. Genau wie bei ihnen, besteht
deine Macht nur darin, dass du denen, die
um dich sind, Angst machst, Todesangst! Du

folgt keinem moralischen Führungsanspruch; er ist ausschließlich begründet auf Geld und Angst!"

Timmenstorns Worte lösten Zorn aus in dem Terroristenführer:

„Wer bist du, daß du mir das zu sagen wagst?!", schrie er ihn an.

„Ich bin der, dessen Rat du brauchst", antwortete Timmenstorn ruhig.

„Du bist ein Ungläubiger, den zu töten eines jeden Moslems Pflicht ist!", herrschte Osama ihn wieder an.

„Wenn du glaubst, mich töten zu müssen, dann tu es! Aber nichts und niemand gibt dir das Recht dazu!", schrie Timmenstorn nochmals zurück.

Die Tür ging auf, und einer von den Laudans Männern stürmte herein, die Kalaschnikow im Anschlag. Osama gebot ihm Einhalt und schickte ihn mit einer Handbewegung wieder hinaus.

„Du scheinst keine Angst vor dem Tod zu haben?", fragte er:

„Doch, ich habe Angst vor dem Tod", entgegnete Timmenstorn. „Auch noch mehr als dreitausend Jahren noch. Vielleicht sogar mehr als früher, denn heute bin ich mir sicher, daß der Tod das Ende des Lebens bedeutet.

Früher redete die Religion mir ein, daß es ein Weiterleben nach dem Tod gebe, sogar ein besseres als das irdische. Und wenn du ehrlich bist, dann gibst auch du zu, daß du Angst vor dem Tod hast."

Osama bin Laden antwortete nicht direkt darauf, sondern sagte:

„Der Prophet sagt, daß wir uns ein besseres Leben nach dem Tod verdienen, wenn wir den Islam auf Erden mit unserem Leben verteidigen!"

„Der Prophet irrt!", antwortete Tummelbaum. „Das predigst du deinen Männern, damit sie Selbstmordattentäter für dich in den Tod gehen, um das zu bekämpfen, was du persönlich haßt! Dein Prophet hat Unrecht, aber er war dir ähnlich!"

„Was weißt du schon von ihm?!", sagte bin Laden, einerseits wirklich fragend, andererseits seine Verachtung für den Ungläubigen ausdrückend.

„Persönlich kannte ich ihn kaum", antwortete Tummelbaum, „ich kann dir meine Meinung über ihn sagen, aber wenig Objektives."

„Dann sag mir deine Meinung!"

„Du kennst meine Einstellung zu den Göttern und Religionen", antwortete Tuumuzteuu.

„Ruhe!", befahl Osanna Knapp.

„Mir gefällt dein Ton nicht!", sagte der Ägypter: „Deine Situation hat dich einsam gemacht, sie zerreibt dich, nicht wahr? Es ist nicht einfach, die Kontrolle über deine Männer zu behalten, wenn 50 Millionen Dollar auf deinen Kopf ausgesetzt sind. Dann darfst du nicht den Hauch eines Zweifels an deiner Autorität zulassen. Ein jeder muß wissen, daß er des sicheren Todes ist, wenn er dich verrät. Da sind Gefühle, da ist Freundlichkeit fehl am Platz, nicht wahr?"

„Was schwätzt du wie ein altes Weib?", brauste ein Laoden auf. „Ich habe dich nicht geholt, weil ich einen Tratschklumpen brauche!"

„Wofür holst du mich dann = geholt = wie du sagst?"

Osanna ein Laoden beruhigte sich wieder: In seinem Innersten sollte er eingestehen, daß sein Besucher Recht hatte. Noch war es ihm immer wieder gelungen, sich vor der Welt, insbesondere den Amerikanern zu verstecken. Sogar

Anschlägen konnte er zwischen noch leiden.
Dass auch ihn ausgesetzte Kopfgeld stellte
allerdings ein weiteres Problem dar. Im
Grunde genommen konnte er niemandem
mehr vertrauen. Zu groß war die
Verlockung für seine Leute, mit einem
einzigen Streich für sich selbst und für
nachfolgende Generationen für immer
ausgesorgt zu haben. Erst letzten Monat
wurden zwei Verdächtige aus seiner
unmittelbaren Nähe enttarnt. Er selbst
sollte sie vor versammelter Mannschaft
enthaupten und die Familien derjenigen, die
ihm die Verräter preisgegeben sollten, mit
jeweils einer halben Million Dollar belohnt.
Das sollte zunächst Wirkung gezeigt. Aber
wie lange würde das noch anhalten? Wann
würden seine Leute anfangen, sich
gegenseitig grundlos zu bezichtigen, nur um
die Belohnung von ihm zu erhalten = oder
doch von den Amerikanern, wenn er nicht
mehr würde zahlen können? Trummschlam
sollte Ruhe. Er war gezwungen, immer
misstrauisch zu sein. Da war kein Platz
mehr für Gefühle von Zuneigung oder für
Freundlichkeit. Seine Familie sollte er seit
einer Ewigkeit nicht mehr gesehen. Seine
Frauen waren in Peschawar oder Multan,

seine Kinder überhaupt. Er dachte an Najma, seine rechte Frau, und an Abdullah Osama, seinen ältesten Sohn, der zu seinem Vater stand und ihn gelegentlich im Kampf unterstützte. Wenigstens zu ihm hatte er manchmal noch Kontakt. Seine zweite Frau, Umm Ali, hatte die Scheidung gewünscht, als er in den Untergrund abtauchen mußte. Die drei Kinder mit ihr würde er nie wiedersehen. Damals, lange vor dem 11. September, war er ihnen noch ein liebevoller Vater gewesen. Er erinnerte sich an dieses Gefühl, das er fast schon vergessen hatte.

Osama bin Laden sprach:

„Als ich klein war, verbrachte ich hin und wieder Zeit bei meiner Großmutter in Latakia, in Syrien also. Meine Mutter schickte mich meist dorthin, weil es zunehmend Spannungen zwischen ihr und meinem Vater gab, die schließlich zur Scheidung führten. Ich sollte von all dem möglichst wenig mitbekommen. Als ich vom letzten Aufenthalt bei der Großmutter zurückkam, war die Scheidung vollzogen, und mein Vater hatte bereits eine neue Ehe für meine Mutter arrangiert. Ich mußte in das Haus meines neuen Stiefvaters ziehen. Sein Lebensstandard lag weit unter dem meines Vaters, aber immer noch bedrückend über den meiner Großmutter. Ich hatte ein eigenes Zimmer mit einem Fernsprechapparat. Vor ihm lebte ich einigermaßen zufrieden dahin. Aber ich sehnte mich auch nach dem bescheidenen Leben bei meiner Großmutter zurück. Sie war nicht reich, sie besaß keinen Fernsprecher; aber es herrschte Leben in ihrem Haus. Wirkliches Leben, nicht das hinter dieser matten Glasscheibe in Gestalten. Meine Großmutter erzählte mir Geschichten. Geschichten aus Tausendundeiner Nacht und selbst erfundene Geschichten, die so lebendig waren, daß ich die Figuren farbig und leibhaftig vor meinem geistigen Auge sehen konnte. Darunter war eine Geschichte, die ich für ebenso erfunden hielt, wie es die anderen waren. Bis Du aufgetaucht bist, in diesem deutschen Fernsprecher. Alice, meine Mutter, hatte die Sendung verfolgt. Sie hat mir die Aufzeichnung zukommen lassen mit der Nachricht, daß sie dich kennen würde. Du bist der Mann, der Vaters Firma damals vor dem Zusammenbruch gerettet hätte, und du bist ebenfalls der Mann, den Großmutter aus ihrer Kindheit kannte. Jedenfalls hat sie das damals meiner Mutter gegenüber behauptet. Großmutter sollte dich mit der Geschichte in Verbindung gebracht, die sie meiner Mutter und später auch mir hin und wieder zu erzählen pflegte."

„Erzähle mir die Geschichte!", forderte Timmelsteen und nahm einen Schluck aus der Tasse mit dem Tee.

„Sie sprach von Maria Al-Qibtiya, Maria der Koptin: ‚Maria aber war die Mutter des Propheten Isa, den sie jungfräulich von Gott selbst empfangen sollte. Sie lebte schon seit tausend Jahren und war die Tochter eines Pharaos. Mohammed aber, der letzte der Propheten, verbreitete den Islam über die ganze Welt und verlangte auch von Ägypten, den neuen Glauben anzunehmen. Da begab sich Maria aus Hagen bei der Königsstadt Anfina am Ufer des Nils auf Geheiß ihres Vaters, des Pharaos, zu Mohammed und sprach: Lasst uns Christen unseren Glauben. Du kannst ihn nicht verschütten. Der Herr schickt mich als Geschenk an dich, denn er wünscht nicht, dass die einen, die ihn verehren, unterdrückt werden von den anderen, die ihn ebenso verehren. Und Maria ging mit dem Propheten Mohammed die Ehe ohne Vertrag ein und gebar Ibrahim, welchem der Erzengel Gabriel Ibrahim Ibn Mohammed nannte. Doch Allah rief ihn zu sich, noch ehe er beschnitten war. Kurz darauf verschied auch Mohammed, der Prophet. Aber Marqa war erneut schwanger mit einem Mädchen, das sie noch im selben Jahr gebahr.' "

„Die nannte sie Amina Bint Mohammad, Kind des Friedens und der Harmonie", unterbrach ihn Timmschlere.

„Die soll sehr lange gelebt haben", sagte Osama bin Laden, „und noch mit mehr als hundert Jahren soll sie Kinder geboren haben. Meine Großmutter behauptete, daß ihre Familie in direkter Linie von ihr abstammte. Kommst du mir nun sagen, ob das wahr und also gar kein Märchen ist?"

„Maria ging nicht auf mein Geheiß zu Mohammed, sondern aus freien Stücken. Und Pharao war ich damals schon längst nicht mehr. Doch jetzt zum wahren Kern der Legende: Maria nannte das Kind Amina nicht nur wegen der Bedeutung Kind des Friedens und der Harmonie so, sondern auch nach Mohammeds Mutter; die denselben Namen trug und eine Heidin war. Mohammed hatte Allah für seine Mutter um Vergebung gebeten. Aber Marias

Faktor stellte tatsächlich eine Harmonie zwischen den Religionen her. Der Islam gab den Anspruch auf, innerhalb der Umma die einzig legitime Religion zu sein. Eine gewisse Toleranz löste die Gewalt ab. Es ist richtig, daß Amina langlebig war und Kinder hatte. Mohammed war aus dem Stamme der Koreischiten hervorgegangen, die ihre Abstammung direkt auf Abraham zurückführten; mithin ist es möglich, daß er langlebige Kinder zeugen konnte. Aber sie wurde nicht viel älter als 160 Jahre. Amina starb an einer Krankheit. Sie wurde jedoch, ebenso wie ihre Halbschwester Fatima Ukrahin einer anderen Linie war; die Stammmütter von Nachkommen, die ihre Herkunft sowohl auf Mohammed als auch auf Maria herleiten konnten und bis heute noch können. Ich habe diese Linie zwar nach Aminas Tod gelegentlich weiterverfolgt, kann die aber nicht mit letzter Bestimmtheit sagen, ob eine Großmutter mit der Behauptung Recht hatte, in direkter Linie von Amina abzustammen. Es ist aber wahrscheinlich."

„Demnach", stellte Osama bin Laden nachdenklich fest, „wäre ich in gewisser Weise auch einer deiner Nachkommen."

„Im Verlauf der Jahrtausende ist die Zahl der Nachkommen eines Menschen womit gehöhert. Blickt man weit genug, ist innerhalb eines Stammes ein jeder mit jedem verwandt. Bedenke: Hast du Recht, so hast du nicht mich und meine Mutter, sondern dich am Ende selbst beleidigt!"

„Ich nehme das zurück!", sagte ein Laden.

„Aber", nahm Timmerstern den Faden wieder auf, „du wolltest nicht eigentlich wissen, ob du auf irgendeine Weise mit mir verwandt bist, sondern es geht dir in Wahrheit um deine Nachfahrenschaft zu Mohammed, dem Propheten. Du willst aus ihr ableiten, daß du hier in seinem Sinne und damit auch in Allahs Sinne recht handelst, nicht wahr?"

„Das war eine meiner Absichten", antwortete Osama.

„Dazu kann ich dir folgendes sagen: Auch Mohammed zählt, wenn die Geschichte deiner Großmutter wahr ist, zu deinen Vorvätern. Doch ganz gleich, ob du in seinem Sinne handelst oder nicht — du kannst nicht im Sinne Allahs handeln, weil Allah nicht existiert! Du handelst auch nicht im Sinne der Menschlichkeit, die mein höchstes Gut dorstellt und aufgrund der Nichtexistenz eines Gottes unser aller höchstes Gut ist. Menschlichkeit verbindet das Töten oder Foltern von Menschen im Sinne einer Strafe grundsätzlich. Menschlichkeit unterscheidet zwischen Mord, Totschlag, fahrlässiger Tötung und Notwehr. Notwehr ist legitim und kann nicht unter Strafe stehen. Fahrlässige Tötung ist das Töten ohne Absicht, aber ohne die bewußte Abführung der Handlung gegen die Gefahr, daß sie zum Tod eines Anderen führen kann. Die unterliegt nur bedingt dem Strafrecht. Totschlag gehört zu den bewußten und absichtlich herbeigeführten Tötungsdelikten, die schwer zu bestrafen sind. Dem Totschlag fehlen aber die Charakteristika, die das Töten zum Mord machen. Die Kriterien des Mordes sind subjektiv unverifizierbar; dazu gehören auch jeden Fall aber die niederen Beweggründe, die Gemeingefährlichkeit und die Heimtücke.

Mord du tust, ist Mord! Deine Aktionen erfüllen sowohl den Tatbestand der Gemeingefährlichkeit von auch der Heimtücke. Wenn du deine Taten damit zu rechtfertigen versuchst, indem du sagst, daß auch die Wohlstandsgesellschaft tötet, wenn

für den Unterprivilegierten die Ressourcen
entzieht, dann betrachst du eine im
höchstfall fahrlässige Tötung mit Mord.
Im Grunde genommen bist du auch
innerhalb deiner eigenen Organisation
wahrscheinlich der einzige, den man den
Mordvorwurf uneingeschränkt machen
kann, denn du bist derjenige, der seine Leute
religiös verblendet, bis sie bereit sind, für
dich oder deine vermeintliche Ideologie zu
töten. Deine Männer begehen daher ihre
Totschlag, während du einen Mordanschlag
geben sollst und damit der Mörder bist.
Und wenn dein eigentliches Motiv dazu
auch noch deine Herrschsucht ist, dann
geschehen die Morde zusätzlich auch aus niederen
Beweggründen. Das US=Amerikanische
Recht sieht dafür in den meisten seiner
Staaten die Todesstrafe vor; das
europäische Recht die lebenslange
Freiheitsstrafe. Die Amerikaner aber
machen sich selbst kollektiv ebenso des
Totschlags schuldig. Beurteilt man Rache
als niederen Beweggrund = und ich sehe das
im Grunde genommen so = sogar des
Mordes. Sie teilen ihre Schuld auf und
glauben damit, daß sie für den einzelnen
weniger wiegen: Das Volk wählt die

Vertreter, die die Todesstrafe zum Recht erheben. Die Geschworenen urteilen, ob sich der Angeklagte des Mordes schuldig gemacht hat, und der Richter spricht aufgrund des dann zwingenden Gesetzes das Todesurteil, das der Henker in Gestalt eines Vollzugsbeamten oder gar eines Arztes schließlich vollstreckt. Du nennst dich Christen. Du nennst dich Moslem."

Osama wünschte, nach draußen zu gehen. Er liebte es, die frische Morgenluft zu genießen, ehe die Hitze des Tages aufstieg. Sicherheitsleute begleiteten ihn auf den Hof. Ein Laden anstatt darauf, unter dem schützenden Blätterdach der Bäume zu bleiben, denn er wußte, daß man auch mit Satelliten aus dem All nach ihm fahndete. Er sagte:

"Es ist einerlei, wie man einem Toten nennt oder welches Strafmaß von den Menschen dafür vorgesehen ist. Ich handle im Namen Allahs für den Islam! Islam bedeutet Unterwerfung unter Gott - völlige Hingabe an Gott! Mein Gesetz ist die Scharia!"

"Nach deinem Gesetz bin ich doch ein Harbi - ein Nicht-Muslim, der sich, nach der Definition des Koran, im

Kriegszustand mit dem Islam befindet, ob er will oder nicht. Somit gebietet es die Schari'a, daß du mich tötest."

"Wenn es stimmt, was du behauptest, dann hast du schon gelebt, bevor die Schari'a zum Gesetz der Moslems wurde. Du warst Krishna Anhänger, du warst Atheist indischer Information. Du bist der Vater Mohammads, du bist ein Vorfahre der Moslems, bist wahrscheinlich auch mein Vorfahre! Die Schari'a ist gnädig mit dir und verbietet es einem jeden Moslem, dich aufgrund deiner früheren Position zu töten."

"Aber heute verneine ich die Existenz aller Götter und halte die Gesetze der Menschlichkeit hoch!", antwortete Timursowr, "die Gesetze deines Gottes stehen dieser oft entgegen!"

"Die Schari'a ist Gottes Gesetz; sie ist nicht unmenschlich!" entgegnete Osama bin Laden scharf.

Timursowr erzählte:

"Ich traf einmal = das neue Jahrtausend hatte gerade begonnen = einen alten Mann. Er war über 90 Jahre alt. Wir unterhielten uns. Er erzählte mir aus seinem Leben, davon, daß er noch so vieles plante und nun fürchtete, daß sein

Lebenszeit für all seine Pläne nicht mehr ausreichen könnte. Er sagte, daß er sich manchmal frage, welches Datum wohl einst auf seinem Grabstein stehen werde. Er war stolz darauf, daß die Jahreszahl nun mit einer 2 für das neue Jahrtausend beginnen würde. Das wenigstens wäre davon gesichert. Sein größter Traum war es, einmal nach Amerika zu reisen und dort die Familie seines Enkels zu besuchen und seine Urenkel kennenzulernen. Er verabschiedete sich von mir mit den Worten: ‚Ich beneide Sie um Ihre Jugend. Das Leben liegt noch vor Ihnen. Aber eins, junger Mann, ist sicher: Wir werden beide die 2 am Anfang unserer Sterbejahre auf dem Grabstein haben.'

Ich kenne heute das Sterbedatum dieses Mannes: Es ist der 11. September 2001. Sein Enkel und dessen Frau erhielten dasselbe Datum auf ihrem gemeinsamen Grabstein. Dort aber beerdigt werden konnten sie alle drei nicht. Es gab keine Überreste, sie sind zu Staub geworden. Sie sind nur noch Namen auf der langen Liste deiner Opfer; die bisher wenigstens noch einmal im Jahr verlesen wird. Die Kinder, die Urenkel dieses alten Mannes, leben als Waisen in einer Pflegefamilie. Ein Teil

das Geld, das ich von deinem Bruder
erhielt, ist für sie bestimmt, der Rest für
deine weiteren Opfer."

„Mir ist durchaus bewußt, daß eine
Aktion wie diese auch ihre tragischen Seiten
hat. Aber der Dschihad, der unerbittliche
Kampf für Gott und für seine Gerechtigkeit,
rechtfertigt es, denn letzten Endes kommt
er auch denjenigen zugute, die heute noch die
vermeintlichen Opfer sind! Denn einmal wird
aus dem Verborgenen kommen und Allahs
Reich errichten!"

Timmerstone ging plötzlich ein Licht
auf. Er faßte sich an die Stirn und sagte:

„Jetzt begreife ich, warum du mich
holst kommen lassen! Du glaubst, über
deinen Vater bist du ein Nachfahre
Muhammad ibn Hasan al-Mahdis, des
verborgenen Zwölften Imams, und durch
deine Mutter bist du gleichzeitig ein
Nachfahre Morgams, hältst also selbst der
Ja ibn Morgams. Du siehst dich als die
personifizierte Vereinigung Jesu von
Nazareth mit dem Mahdi, die nach der
Prophezeiung beide zusammen zurückkehren
werden, um das Werk Mohammeds zu
vollenden! Du glaubst, daß du der
Auserwählte bist, der al-ghaibat al-kubra,

die Zeit der großen Abrechnung, beenden wird!"

Osama bin Laden sagte nichts. Er blickte nur auf und sah sein Gegenüber mit strahlenden Augen an.

"Wahrhaftig – du hältst dich für den Mahdi!", wiederholte Immenstorr. "Du glaubst, du bist der Rechtsgelehrte, der in der Endzeit das Unrecht beseitigt. Und die Endzeit, die bombst du gleich selbst herbei, nicht wahr? Wie steht es doch gleich geschrieben...?"

"Die Endzeit ist begleitet von Naturkatastrophen. So steht es geschrieben", ergänzte bin Laden mit ruhiger, aber fester Stimme.

"Oh, mein Gott!", stieß Immenstorr verzweifelt hervor. "Was soll das nur? Hast du nicht der Katastrophen schon genug angerichtet? Was ist mit dem Iran? Wissen sie dort von deiner wahren Gesinnung? Glaubt man dir?"

Immenstorr ging nachdenklich und nervös im Garten auf und ab. Dann ging er fest auf Osama bin Laden zu und sagte ihm direkt ins Gesicht:

"Laut Verfassung des Iran ist der Zwölfte Imam das eigentliche Staats=

überhaupt des Landes. Der Apostolat ist
lediglich sein Stellvertreter bis zur
Rückkehr des Mahdi. Hast du die Absicht,
das Milargat=r Fängt zu benutzen? Hält sich
Ashmadi=mahshad mit deiner Hilfe und zu
deiner Hilfe illegal an der Macht?"

Osama sagte nichts. Aus seinem
festen Blick genau in seine Augen aber
schloß Trummeshoner, daß er ins Schwarze
getroffen hatte.

„Ashmadi=mahshad", fuhr er fort,
„Mahshad bedeutet doch auch auf Farsi
Rasse oder Menschenschlag, nicht wahr?
Steht im ersten Teil seines Namens der
Begriff des Mahdi? Ist er dein Wegbereiter?"

Minder erhielt Trummeshoner seine
Antwort. Osamas Ausdruck änderte sich
ebenso wenig. Noch einmal machte
Trummeshoner ein paar Schritte durch den
Garten und ging wieder auf Osama zu:

„Bleibt er so lange an der Macht, bis
ihr über die Atombombe verfügt? Soll sie die
Endzeit bringen, die prophezeite große
Katastrophe auslösen, die dich hernach als
Mahdi in Erscheinung treten läßt?"

Dieses Mal antwortete der
Terroristenführer:

„Es wird geschehen, was vorher=
bestimmt ist."

„Und was ist vorherbestimmt? Ist
Ashwadi=mahshad jetzt dein Prophet?" Erregt
ging Timmerkloer zurück in den Raum, in
dem er vorhin auf Osama bin Laden
gewartet hatte. Er nahm das Buch zur
Hand, in dem er geblättert hatte, und
wandte sich ihm zu bin Laden, der ihm
nachgefolgt war. Er zitierte daraus ein
Vorwort Mahmud Ashwadimahshads:

„Ohne Zweifel wird der Verheißene
Imam und der Große Reformer und
endgültiger Retter und letzter Bote des
Himmels kommen und zusammen mit
allen Gottesbombesten und denen, die
Gerechtigkeit fordern und Menschenliebe
praktizieren, eine strahlende Zukunft
aufbauen und die Welt mit Gerechtigkeit
und Schönheit füllen. Dies ist Gottes
Verheißung und Gott löst sein Versprechen."

Osama nahm ihm das Buch aus der
Hand und legte es zurück in das Regal.

„Strahlende Zukunft!", rief
Timmerkloer sarkastisch, „wir wissen!"

„Ich denke, wir sollten Speisen und
Getränke zu uns nehmen, ehe wir uns zu
sehr erhitzen", sagte Osama bin Laden und

platzen in die Hände. Die verschleierte Frau verschien und stellte kurze Zeit später eine Schüssel mit Couscous und eine Gemüseterrine auf den Tisch.

„Erzähle mir von ihm!", forderte Osama ben Laden seinen Gast auf.

„Von wem? Von Muhammad ibn Hasan al-Mahdi?", fragte Timmerhaus.

„Vom Verborgenen, ja, natürlich!"

„Wie kommst du darauf, daß ich ihn gekannt haben könnte?"

„Ist er nicht auch einer, der noch lebt?", fragte Osama.

„Ist?! – Nein, er lebt nicht mehr!", antwortete Timmerhaus.

„Aber er war doch auch einer wie du, ein, wie sagst du? Langlebiger?"

„Die Zeit der kleinen Verborgenheit dauerte, wenn ich mich recht erinnere, 70 Jahre. Von kurz nach seiner Geburt bis fast zum Beginn der großen Verborgenheit. Das ist nicht gerade ein ungewöhnlich hohes Alter, mit dem er aus dem Leben schied", antwortete Timmerhaus. „Es heißt, er haben über viele Generationen hinweg Kontakt zu seinen muslimischen Brüdern gehalten. Das ist eine Legende, noch dazu eine schlecht erfundene, denn man bekommt kaum eine

Generationen in 70 Jahren über. Die Zeit der Großen Verborgenheit ist nichts anderes als die Zeit, die er nun schon tot ist."

„Aber es gibt Augenzeugen, die ihn damals gesehen haben!", erwiderte Osama in festem Glauben.

„Das liegt daran, daß deine Idee nicht so weit ist, wie du glaubst!", entgegnete Summerstone. „Es gab einen, der genau wie du behauptete, die Zeit der Verborgenheit sei vorüber; und er sei der Zwölfte Imam. Dies wiederum er zu der Zeit, als Jerusalem von den Kreuzfahrern bedroht wurde. Er rief zum bedingungslosen Kampf gegen die so genannten Christen auf. Im Jahre 1099 gelang den Kreuzrittern aber der entscheidende Sieg, und sie eroberten die Stadt. Dabei fand der selbst ernannte Zwölfte Imam den Tod. Der Ritter, der ihn sein Schwert in die Brust gerammt hatte, prahlte mit seiner Tat so sehr, daß er den unbändigen Zorn der Sarazenen hervorrief und kurze Zeit später im Rahmen einer geheimen Mission hinterrücks ermordet wurde."

„Wenn es nun so ist, wie du sagst", schloß Osama ungeduldig an, „daß Muhammad ibn Hasan al-Mahdi wirklich tot ist, dann bin ich als sein direkter Nachfahre über meinen Vater und gleichzeitiger Nachfahre der Mauga über meine Mutter doch der einzige Erbe des Zwölften Imam, der die Milagros-n Sorgch jemals im Sinne der Vorsehung beenden kann!"

Temmeltorn stand auf, nahm den Koran aus dem Regal, blätterte darin, bis er die Sure 57 fand, und verlas den Vers 22:

„Kein Unglück trifft ein auf der Erde oder bei euch selbst, ohne daß es in einem Buch stünde, bevor Wir es erschaffen."

„Ich bin erstaunt, daß du dich so gut auskennst mit dem Koran, daß du mir selbst damit einen Gottesdienst verpassen kannst!", sagte Osama.

„Ich hatte Zeit, ihn zu studieren", antwortete Temmeltorn. „Es heißt weiter, daß der Mensch dennoch einen freien Willen hat, denn, würde er nicht frei über sein Schicksal entscheiden können, dann würde nur Gott keine Möglichkeit haben, über ihn zu richten."

„Der Mensch bewegt sich nur frei innerhalb des Schiffes, dessen Kurs Allah allein bestimmt!", entgegnete Osama bin Laden.

„Falsch!", stieß es aus Trummschlaus hervor. Er beugte sich zu dem noch auf seinem Stuhl sitzenden Mann herab und beschwor ihn: „Du kommst es noch stoppen! Du kommst die größte Tragödie der Menschheit noch verhindern! Wenn du es nicht tust, ich werde es auf jeden Fall zu verhindern suchen!"

Trummschlaus konnte keine Regung in Osama entdecken. Er sank auf seinen Stuhl zurück und in gleicher Augenhöhe mit ihm fragte er:

„Hast du immer noch nicht genug? Plagt dich dein Gewissen nicht? Ich bin innerlich jedes Mal an meiner Schuld fast zerbrochen, wenn ich getötet habe oder den Befehl zum Töten geben mußte!"

Osama bin Laden blickte recht vor sich hin. Sie schwiegen eine lange Weile.

„Einen Weg zurück gibt es für dich wahrhaftig nicht mehr", beendete Trummschlaus die Stille. „Dereinst im Theater in Mannheim hörte ich, wie einer aus der Feder Friedrich Schillers sprach: Der Gedanke G o t t wählt einen fürchterlichen Nachbar auf, sein Name heißt R i c h t e r! und

vorüber: Nun glaubt Ihr noch, Gott werde es
zugeben, daß ein einziger Mensch in seiner
Welt wie ein Wüterich hause und das
Oberste zuunterst kehre?

Und nach einem Augenblick sprach er
vorüber:

„Du könntest zum Wohle der
Menschheit auf deinem einmal eingeschla=
genen Weg stehen bleiben, denn er ist eine
Sackgasse. Auch wenn du selbst glaubst,
daß ein Ende des Mongus der
Herrschaftsanspruch des Verborgenen
Imams sei, und du dort Glanz und
Verheißung für dich siehst!"

„Allah wird mich führen auf meinem
Weg, und erst an seinem Ende werden wir
erkennen, welcher Weg es war!"

„Christen, Juden und Muslime beten
zum selben, einzigen Gott, nicht wahr?", gab
Tamerlan zu bedenken. „Während ihr
betet, daß es euch gelingen möge, den Islam
über christliche Gebiete und wieder auf ganz
Palästina auszuweiten, betet man dort,
derselbe Gott möge ihnen beistehen und
genau das verhindern. Welchs Kopfzer=
brechen mütet ihr alle eurem Gott
eigentlich zu?"

Osama antwortete:

„Wenn du in diesem Theater weiter zugehört hast, dann vernahmst du von demselben auch die Worte: Die Waagschale dieses Lebens sinkend, wird aufsteigen in jenem, steigend in diesem, wird in jenem zu Boden fallen. Aber was hier zeitliches Leiden war, wird dort ewiger Triumph."

„Ich vernehme die Worte – und auch die: was hier weltlicher Triumph war, wird dort ewige Verzweiflung! Glaubst du denn noch immer, daß du die Welt durch Greuel verschönern und die Gesetze durch Gesetzlosigkeit aufrecht= erhalten kannst?"

Osama schloß die Augen. Als sie sich langsam wieder öffneten, blickte er Trunmstarr fest an und sagte:

„Ich stehe nicht am Rand eines entsetzlichen Lebens. Ich richte nicht den ganzen Bau der sittlichen Welt zugrunde. Ich vermehre und vergrößere den Bau der sittlichen Welt Allahs!"

Auch wenn es ein hart geführtes Streitgespräch war, das er mit dem ruhigen ägyptischen Pharao führte, fühlte sich Osama bei Leiden seit langer Zeit zum ersten Mal wohl und merkwürdig geborgen

in dessen Abwesenheit. Trummelbauer war
kein Untergebener; die Angst vor ihm
sollte, und vor dessen Macht er Furcht
haben müßte. Er redete ihm nicht vorgeben
seiner Tod bringenden Autorität nach dem
Maul. Er nahm ihn ernst, kritisierte ihn
ehrlich und begegnete ihm auf Augenhöhe. Es
verletzte ihn selbst einen Stich ins Herz,
wenn er davon dachte, daß er diesen Mann
gleich verabschieden müsse und zu der
dummen Autorität gegenüber seinen
Männern zurückkehren müßte, die ihn,
wenn er gegen sich selbst ehrlich war,
wirklich einsam gemacht hatten. Ein Leben
müßte, daß Trummelbauer diesen Ort, so bald
es ihm möglich war, verlassen würde,
verlassen müßte. Das gebot ihm sein
Gewissen gegenüber der Menschheit. Er
müßte auch, daß Trummelbauer sein Wissen
um die eigentlichen Ziele der ironischen
Atompolitik weitergeben würde. Aber
deshalb würde er Trummelbauer nicht töten,
auch wenn das die einzige Möglichkeit wäre,
ihn vom Macht abzuhalten. Immer bin
Leben müßte, daß nur Allah die
Entscheidung treffen konnte, welches der
rechte Weg war.

Als die Zeit gekommen war, verabschiedete er seinen Gast an dem Jeep, der ihn herangebracht hatte, mit den Worten:

„Der alte Mann soll sich gedulden; es ist nicht sicher, dass sich die 2 am Anfang deines Todesjahres finden wird. Vielleicht wirst du irgendwann in tausend Jahren einem Anderen davon erzählen, dass du mich kanntest. Und du wirst ein gerechtes Urteil über mich fällen!"

Timmerstorn flog nach Osborne, wie er gekommen war. Ein Suchtrupp unter dem Kommando der Vereinten Nationen fand den Ort des Zusammentreffens später verlassen vor. Zurück in Schweden, bemühte sich Timmerstorn in seiner Eigenschaft als Staatsmann um eine Unterredung mit Barrack Obama. Diese fand im Rahmen der Verleihung des Friedensnobelpreises an den amerikanischen Präsidenten am 10. Dezember 2009 in Oslo statt.

Geboren: 1351 vor der Zeitenwende in Theben.
Vater: Pharao Amenhotep III (Amenophis III.)
Mutter: Kija (aus der Provinz Mitanni stammend; führt ihren Familienstammbaum auf Abu Ram (Ab-Ram = Abraham) zurück.
Vater und Mutter tragen die Gene zur rezessiv vererbbaren Langlebigkeit in sich.

Vor 1337: Beginn einer Liebesbeziehung Semenchkares zu Neferneferuaton-Nefertiti (Nofretete); aus dieser Beziehung stammten 2 lebende und 2 totgeborene Kinder.

1337 v.u.Z.: Thronbesteigung Semenchkares in Achet-Aton und Vermählung mit Merit-Aton (Tochter Echnatons und Nofretetes) Pharao von 1337 bis 1333 vor unserer Zeitrechnung.

1333: Fehlgeschlagener Mordanschlag auf Semenchkare, dennoch die Entmachtung durch den späteren Pharao Haremhab.

1332: Beginn der Regierungszeit Tut-anch-Atons (Tut-anch-Amun). Tut-anch-Amun ist ein Halbbruder Semenchkares (Vater: Amenophis IV = Echnaton; Mutter: Kija; Übereinstimmung der Blutgruppen Tut-anch-Amuns und Semenchkares = A2MN; heute praktisch ausgestorben)
Verbannung Semenchkares in nubische Goldmine

1219 v.u.Z.: Ende der Verbannung, Mitbesitz des geheimen, weltgrößten Goldvorrates in der Mine.

1213 v.u.Z.: Finanzierung des Exodus des Volkes Israel aus Mitteln des Goldvorrates, Bau und Ausstattung der Bundeslade, ebenfalls aus diesen Mitteln, danach Auszug des Volkes Israel aus Ägypten unter Führung des Moses und unter Teilnahme Semenchkares.

Zwischen 598 und 539 v.u.Z.: Babylonisches Exil; am Ende Beziehung zw. Semenchkare und Schadrach (hebr. Hananja; Kurzform Anna; ebenfalls Trägerin des Langlebigkeitsgens, selbst jedoch nicht langlebig; sie stirbt im Alter von ca. 62 Jahren)

539 v.u.Z.: Geburt der Miriam. Tochter Semenchkares und Hananjas; Miriam wurde eine Langlebige.

Ca. 25. Mai des Jahres 5 v.u.Z.: Miriam (Maria) gebiert in Bet-Lechem die Zwillinge Jusuf und Joshua. Leiblicher Vater ist der Essäer Wanderprediger Joshua; Stiefvater wird der Häuserbauer Jusuf aus Nazareth.
Der junge Jusuf geht später zum Studium des Häuserbaus nach Griechenland, während sein Bruder Joshua sich von Jahwe berufen fühlt, gegen die Missstände im Land Israel vorzugehen. Dabei erzürnt er die jüdische Priesterschaft ebenso wie die römischen Besatzer.

Donnerstag, 19. September im Jahr 30 u. Z. (greg. Kalender): Vortag des Schabbat vor Jom Kippur: Austausch Joshuas gegen seinen von Pontius Pilatus gefangen gehaltenen Bruder. Kreuzigung Joshuas, den die Römer Jesus nannten und der von Pontius Pilatus den Beinamen Christus erhält.

Freitag, 20. September 30 u.Z.: Todestag Jesu Christi

Sonntag, 22. September 30: Nach Ende des Schabbat tauschen Maria und die Jünger den Leichnam Jesu gegen seinen Bruder Jusuf aus: die Legende um das Wunder der Wiederauferstehung entsteht.

Jom Kippur des jüdischen Jahres 3791 (30 u. Z.): Jusuf nimmt im Anruf Jahwes im Tempel die Sünden seines Volkes auf sich und zieht anstelle des traditionellen Sündenbockes in die Wüste, aus der er nicht ersichtlich zurückkehrt, woraus sich die Legenden um das Sterben Jesu für unsere Sünden und die der Himmelfahrt entwickeln. Jusuf kehrt stattdessen nach Griechenland zurück, wo er bis zu seinem Tod unerkannt lebt und arbeitet.

April 1501: Bei der Präsentation seines Entwurfes für das unter dem Namen *Anna selbdritt* bekannt gewordene Bild begegnet

701

Leonardo da Vinci Miriam (Maria) in Florenz ein zweites Mal. Er erinnert sich an ihre erste flüchtige Begegnung vor Jahrzehnten und ihm fällt sofort auf, dass sie in der Zwischenzeit um keinen einzigen Tag gealtert zu sein scheint. Es entwickelt sich eine gegenseitige Liebesbeziehung.

14. August 1503: Maria gebiert Giacomo di ser Lionardo, ihren gemeinsamen Sohn mit Leonardo da Vinci. Er ist, wie sich später herausstellt, ein langlebiger Mensch. Leonardo war unehelich geboren. Seine Mutter Catarina war Araberin; über sie wurden ihm die Gene zur Langlebigkeit weitergegeben.

15. August 1503: Maria stirbt an den Folgen der Geburt.

Ende 1503: Leonardo beginnt, la Gioconda zu malen; er portraitiert Maria, die Liebe seines Lebens, aus dem Gedächtnis. Er nennt das Gemälde *Mona Lisa*. Der Name bedeutet eine spielerische Verschlüsselung, denn in Spiegelschrift gelesen heißt es *Asil Anom*, eine ihm eigene Abkürzung für die italienischen Worte Asilo und anonimo, für das also, was er ihr geboten hat: eine Zuflucht, in der sie unerkannt bleiben konnte.

Anfang 1519: Giacomo di ser Lionardo heuert in Sevilla auf der Trinidad an und sticht später mit Magellan zu dessen Weltumsegelung in See.

2. Mai 1519: Leonardo da Vinci stirbt auf einer Reise in Frankreich und erhält die Nachricht seines Sohnes nicht mehr. Stattdessen nimmt sie Semenchkare in Empfang.

Oktober 2008: Semenchkare wird als Erik Weizmann bei der Einreise in die USA kurzzeitig festgenommen, weil ein Computer Alarm schlägt, in dem die Fingerabdrücke eines möglichen Komplizen des Kunsträubers Vincenzo Peruggia (Raub der Mona Lisa von 1911) gespeichert sind.

Anfang 2009: Der CIA-Mann Frank Parker erreicht die Freilassung des unter Terrorverdacht in der Guantánamo Bay einsitzenden Mohammad Sayaddin. Sayaddin ist Giacomo di ser

Lionardo. Parker fliegt ihn aus nach Frankfurt, wo es ein Wiedersehen mit seinem Großvater gibt.

Anfang 2009: Semenchkare sieht sich gezwungen, seine wahre Identität preiszugeben, nachdem er den lückenlosen Nachweis dafür erbracht hat, dass er ein langlebiger Mensch ist und früher der Pharao Semenchkare war, über dessen Verbleib in der Zwischenzeit nichts bekannt geworden war.

Bibliographie

Die meisten Informationen zu den tatsächlichen geschichtlichen Ereignissen, auf denen dieses Buch aufgebaut ist und die nicht meinem Allgemeinwissen entstammen, habe ich, der modernen Zeit folgend, dem Internet entnommen. Vornehmlich Wikipedia und manches „ergoogelt".

Aus folgenden Büchern habe ich zusätzliche Informationen bezogen:

Erman/Ranke: *Ägypten und ägyptisches Leben im Altertum*

Mika Waltari: *Sinuhe der Ägypter*

Dr. Tenbrock/Prof. Dr. Kluxen, Prof. Dr. Stier u.a.: *Zeiten und Menschen* (Geschichtliches Unterrichtswerk)

Paul Frischauer: *Leonardo da Vinci – wirf deinen Schatten, Sonne*

Kenneth Clark: *Leonardo da Vinci*

Friedrich Schiller: *Die Räuber*

Johann Wolfgang von Goethe: *Faust – der Tragödie erster Teil*

Antal Szerb: *Die Pendragon Legende*

Herbert Wotte: *Magellans Reise um die Welt*

Harald Fritzsch: *Die verbogene Raum-Zeit*

Stephen Hawking: *Die illustrierte kurze Geschichte der Zeit*
Die kürzeste Geschichte der Zeit

Die Bibel
Der Koran

704

Weitere Bücher von Andreas Härdter:

*Die meisten Dinge sind an sich schon komisch; die anderen werden es,
wenn man sie in einem neuen, manchmal auch absurden
Zusammenhang betrachtet.*

Unter diesem Leitspruch machte sich der Satiriker und leidenschaftliche
Fußgänger Andreas Härdter zusammen mit seinem Cousin Michael
einst von Braunschweig aus auf, um 10 Jahre oder 80 Wandertage
später den antiken Nabel der Welt für sich zu erobern.

Es ist ein humorvolles, ein satirisches, ein witziges Buch, das
vor allem die zahlreichen Erlebnisse und Kuriositäten am Rand des
Weges beleuchtet und dabei gelegentlich auch einmal stark übertreibt.
Ein gehöriger Schuss Selbstironie darf natürlich nicht fehlen, und so
bleiben auch die kleinen und großen Schwächen, Fehler und Ängste der
Akteure nicht verschont. Aber aus allen Gefahren kamen sie immer heil
heraus und hatten abends meist das Glück, auf das Happy-End der
Tagestour mit einem Hefeweizen anstoßen zu können.

ISBN (bisher) 978-3-86805-052-3
ISBN (neu) 978-3-943070-02-6
Als eBook: ISBN 978-3-943070-03-3

Die Hanse-Runde - geradelt

Im Uhrzeigersinn um die Ostsee
Von Travemünde nach Travemünde

Die meisten Dinge sind an sich schon komisch; die anderen werden es, wenn man sie in einem neuen, manchmal auch absurden Zusammenhang betrachtet.

Unter diesem Leitspruch machte sich der Satiriker, leidenschaftliche Wanderer und Radfahrer Andreas Härdter erneut auf, um dieses Mal die gesamte Ostsee aus eigener Kraft, teils zu Fuß, aber größtenteils mit dem Fahrrad, zu umrunden. Von Travemünde nach Kopenhagen wählte er, wie zuvor schon auf seinem Spaziergang nach Rom, den Fernwanderweg E6, bereiste dann aber die Küstenländer Schweden, Finnland, Russland, Baltikum und Polen mit dem Fahrrad.

   Das wahrscheinlich witzigste Reisebuch der Welt hat damit ernsthafte Konkurrenz, und das auch noch aus dem eigenen Stall, bekommen. Wieder ist dem Autor ein humorvolles, ein satirisches, ein witziges Buch gelungen, das vor allem die zahlreichen Erlebnisse und Kuriositäten am Rand des Weges beleuchtet und dabei gelegentlich auch einmal stark übertreibt. Ein gehöriger Schuss Selbstironie fehlt auch dieses Mal nicht, und so bleiben auch die kleinen und großen Schwächen, Fehler und Ängste des Akteurs nicht verschont.

ISBN 978-3-943070-08-8
Als eBook: ISBN 978-3-943070-09-5

Jahresgedicht 2002

365 Kurzgedichte zur aktuellen Weltgeschichte

Die Top-Nachricht eines jeden Tages in diesem Jahr wird darin in gereimter Form wiedergegeben. Das Jahresgedicht ruft so auf angenehme Weise und knapp gehalten, mal ernst, mal heiter, die Erinnerung an dieses ereignisreiche Jahr zurück.

Der Leser wird erstaunt sein, wie oft er sich während der unterhaltsamen Lektüre an die Stirn fasst und sagt: „Ach ja, das hatte ich ja schon ganz vergessen!"

Machen Sie aktiv mit bei einer neuen Ausgabe der Jahresgedichte!
Setzen auch Sie Ihre Top-Nachricht in Reimform und senden Sie diese als E-mail an den Verlag: www.freigeistiger-verlag.de.

Vielleicht erscheint dann auch Ihr Kurzgedicht im neuen Band bald als E-Book oder gar als Buch!

ISBN 978-3-943070-04-0
eBook Ausgabe: ISBN 978-3-943070-05-7 (epub-Format)

Jahresgedicht 2012

366 Kurzgedichte zur aktuellen Weltgeschichte

ISBN 978-3-943070-06-4
eBook Ausgabe: ISBN 978-3-943070-07-1

Jahresgedicht 2013

365 Kurzgedichte zur aktuellen Weltgeschichte

ISBN 978-3-943070-10-1
eBook Ausgabe: ISBN 978-3-943070-11-8

Jahresgedicht 2014

365 Kurzgedichte zur aktuellen Weltgeschichte

ISBN 978-3-943070-13-2
eBook Ausgabe: ISBN 978-3-943070-14-9

Andreas Härdter

Die Wanderung von Braunschweig nach Rom

Alle reich bebilderten und sehr ausführlichen Beschreibungen der einzelnen Tagestouren nach Rom.

Teil 1: Von Braunschweig nach Salzburg – 36 Tagestouren (pdf-Format)

Teil 2: Über die Alpen nach Venedig – 20 Tagestouren (pdf-Format)

Teil 3: Von Venedig nach Rom – 24 Tagestouren (pdf-Format)

Mit Link auf Google maps, wo jede Tagestour genauestens in Kartenform verzeichnet ist.

Bestellbar bei www.freigeistiger-verlag.de

Die Wanderung auf dem E 6 von Braunschweig nach Kopenhagen

Alle reich bebilderten und sehr ausführlichen Tourenbeschreibungen der langen Wanderung an die Ostsee und nach Kopenhagen - 29 Tagestouren (pdf).

Mit Link auf Google maps, wo jede Tagestour genauestens in Kartenform verzeichnet ist. (in Vorbereitung).
Bestellbar bei www.freigeistiger-verlag.de

Im Uhrzeigersinn um die Ostsee

Alle reich bebilderten und sehr ausführlichen Tourenbeschreibungen der langen Fahrrad-Wanderung um die gesamte Ostsee herum.

Teil 1: Von Kopenhagen entlang der Ostseeküste nach Stockholm – 8 Tagestouren (pdf)

Teil 2: Um den Bottnischen Meerbusen – von Stockholm nach Turku – 20 Tagestouren (pdf)

Teil 3: von Turku über Helsinki und Sankt Petersburg nach Tallinn – 9 Tagestouren (pdf)

Teil 4: von Tallinn über Kaliningrad nach Danzig/Gdynia – 13 Tagestouren (pdf)

Teil 5: von Danzig nach Travemünde - 7 Tagestouren (pdf)

Die Strecke Travemünde nach Kopenhagen habe ich als Wanderung unternommen. Sie ist bei der „Wanderung auf dem E6 von Braunschweig nach Kopenhagen" enthalten, kann aber auch extra bezogen werden.

Alle Touren mit Link auf Google maps, wo jede Tagestour genauestens in Kartenform verzeichnet ist.

Bestellbar bei www.freigeistiger-verlag.de